Spiegelberg Verlag

Die Kolonie Tongalen
1. Teil der Sphären-Trilogie

Autor
Chris Vandoni
www.vandoni.ch

Erste Auflage © 2012
Zweite Auflage © 2015

Herausgeber
Spiegelberg Verlag

Satz, Layout & Umschlaggestaltung
Marktfotografen GmbH
www.marktfotografen.de

Lektorat
Obst & Ohlerich – Freie Lektoren, Berlin
www.freie-lektoren.de

Alle Rechte vorbehalten.
Kein Teil des Werkes darf in irgendeiner Form
(durch Fotografie, Mikrofilm oder ein anderes Verfahren) ohne
schriftliche Genehmigung vom Spiegelberg Verlag reproduziert
oder unter Verwendung elektronischer Systeme verarbeitet,
vervielfältigt oder verbreitet werden.

Printed in Germany

ISBN 978-3-939043-53-9
www.spiegelberg-verlag.com

Chris Vandoni
DIE SPHÄREN-TRILOGIE

DIE KOLONIE TONGALEN

Roman

Spiegelberg Verlag

Chris Vandoni stammt aus dem Tessin, lebt aber seit der Kindheit in der deutschen Schweiz und ist in der IT-Schulung tätig. Der langjährigen Freundschaft mit dem 2005 verstorbenen Perry-Rhodan-Autor Walter Ernsting (Clark Darlton) entsprang die Inspiration zum Schreiben. Erste unveröffentlichte Romane entstanden bereits in den 80er-Jahren.

*In Gedenken an
Walter Ernsting,
einem Visionär und Freund.*

PROLOG

Die schwülwarme Luft im Raum ließ jeden Atemzug zu einer schweißtreibenden Qual werden. Zahlreiche Fliegen hingen lustlos an den Wänden und an den offenen Fensterscheiben. Der Deckenventilator tat seine Pflicht, ohne dabei größere Wirkung zu erzielen.

Michael O'Donovan legte seinen Füllfederhalter beiseite, wischte sich den Schweiß von der Stirn und erhob sich mühsam. Sein Sessel knarrte erleichtert, als ob er sich über die Befreiung von einer schweren Last freuen würde.

Während Michael sich an die Schreibtischkante stützte, drehte er sich um und sah aus dem Fenster. Das Sonnenlicht, das an die brüchige Fassade der gegenüberliegenden Häuser prallte, blendete ihn. Er kniff die Augen zusammen und nahm seine Lesebrille ab.

Die Aussicht erinnerte ihn an seine Jugendzeit im fernen Heimatland. In den letzten Jahrzehnten hatte sich hier nichts verändert. Die Technik war irgendwo außerhalb der Wüste von Nevada stehen geblieben. Es machte den Anschein, als wäre das Gebiet von Zivilisation und Fortschritt völlig vergessen worden. Doch das kümmerte die spärlichen Einwohner herzlich wenig.

Über der staubigen Straße vollführte die heiße Luft einen flimmernden Tanz. Der vom letzten Sturmwind umhergewehte Unrat sammelte sich im Rinnstein.

Michael griff nach seinem an der Fensterbank angelehnten Stock. In vorauseilenden Gedanken traf er sich gleich nebenan in der Bar, wo er sich jeden Abend mit seinen Freunden noch einen Whisky genehmigte. Eilig hatte er es nie, sich dort einzufinden. Er genoss die Zeit davor, in der er sich in bescheidener Weise darauf freuen konnte.

In Down Hill war Eile ein Fremdwort. Dafür war der winzige Ort, mitten in der Einöde, viel zu abgeschieden und zu unbedeutend. Farmer und alteingesessene Menschen mit Traditionen, die in weitem Umkreis um das Städtchen lebten, ließen sich höchst selten hier blicken. Für die wenigen, meist älteren Einwohner, war jeder Tag wie der andere.

Michael drehte sich um. Er hatte sich vorgenommen, vor dem Verlassen des Büros noch eine Kleinigkeit zu erledigen. Schon den ganzen Tag hatte er versucht, daran zu denken, um es am Ende nicht zu vergessen. Bedächtig ging er zum Aktenschrank, schloss ihn auf und entnahm ihm eine digitale Datenkarte. Anschließend bewegte er sich zu einem zweiten Sessel neben dem Schreibtisch, auf dem sein Aktenkoffer geduldig wartete.

Er legte die Karte mit einer langsamen Bewegung zu den anderen Sachen, als ob er darauf achten müsste, dass nichts verloren ging. Er schloss den Deckel des Koffers, stützte sich und hob ihn auf.

Bevor er sich zur Tür drehte, blieb er einen Moment stehen und bedachte die Schreibtischoberfläche mit einem prüfenden Blick. Alles lag an seinem Platz. Ordnung war sein oberstes Gebot. Er hätte blind nach jedem Gegenstand greifen können, alles würde er auf Anhieb finden. Ähnlich eines Rituals hatte jedes Ding seit Jahren seinen angestammten Platz.

Michael O'Donovan wandte sich um und schlurfte dem Ausgang entgegen. Er war in seinen alten Tagen nicht mehr der Schnellste, konnte es sich jedoch leisten, sich Zeit zu nehmen. Der knarrende Fußboden gab seinen gewohnten Monolog von sich.

Als er die Tür erreichte, beschlich ihn ein seltsames Gefühl. Obwohl sein Gehör nicht mehr zum allerbesten zählte, glaubte er, ein fremdes Geräusch vernommen zu haben.

Langsam drehte er den Knauf. Das Klicken des Türschlosses ließ ihn zusammenfahren. Vorsichtig zog er den Griff zu sich heran.

In der Folge ging alles sehr schnell. Während ihm die Tür entgegenknallte, zischten zwei Strahlenschüsse durch die

Öffnung, die ihn mit voller Wucht in den Raum zurückschleuderten. Er fiel hart zu Boden. Unwillkürlich griff er sich an die Brust und betrachtete anschließend seine Hand. An seinen Fingern klebte Blut, sein Blut. Gleichzeitig spürte er den stechenden Schmerz in der Lunge.

Die Erkenntnis war grausam, aber niemand konnte sie ihm durch eine andere ersetzen. Keinen Whisky mehr mit seinen Freunden, keine Spaziergänge mehr mit seinem treuen Vierbeiner, keinen Sonnenuntergang mehr auf seiner gemütlichen Veranda.

Aus den Augenwinkeln sah er zwei Männer in sein Büro stürmen, die sich zuerst an seinem Schreibtisch und anschließend am Aktenschrank vergingen.

»Nichts«, sagte einer der beiden nach einer Weile mit rauer Stimme und stieß einen derben Fluch aus.

Michael hörte, wie Gegenstände zu Boden fielen, wie Papier zerknittert und Gegenstände umgestoßen wurden.

»Hier, der Aktenkoffer«, rief der andere aufgeregt. »Vielleicht ist sie da drin.«

Der Koffer wurde auf den Schreibtisch entleert und respektlos weggeworfen. Krachend fiel er von der Wand zu Boden.

»Da ist sie.«

Plötzlich war alles still. Die Einbrecher schienen ihren Fund zu kontrollieren und zu begutachten. Dann steckten sie ihn in ihre Tasche und stürmten mit polternden Schritten aus dem Raum.

Michael spürte einen weiteren Stich. Das Atmen bereitete ihm große Schwierigkeiten. Er wusste, dass die Begegnung mit dem Tod nicht mehr lange auf sich warten lassen würde. Er fühlte den Schmerz kaum noch.

Seine letzten Gedanken rasten zurück in seine Jugendzeit, in seine Heimat nach Clonakilty an der irischen Südküste, wo sein Vater und er oft mit dem Fischerboot aufs Meer hinausgefahren waren. Obwohl er selbst nie viel für den Anglerberuf übrig gehabt hatte, bescherten ihm die Erinnerungen daran ein Quäntchen Trost auf seinem bitteren Weg.

Er spürte ein leichtes Bedauern, dem Handwerk seines Vaters nicht mehr Interesse entgegengebracht zu haben. Damals hatte er die meiste Zeit hinter Büchern verbracht. Seine Faszination von Recht und Gesetz zog ihn nach der Schule nach Dublin, um dort das Jurastudium zu absolvieren.

Nach dem Tod seiner Mutter wanderte sein Vater mit ihm nach Amerika aus. Er erwarb dort von seinem Bruder ein Stück Land, um eine neue Existenz zu gründen. Mit der neuen Heimat hatte sich sein Vater jedoch nie richtig anfreunden können. Und so starb er ein paar Jahre später.

Michael verkaufte die Farm und übernahm die Anwaltspraxis seines Onkels, der sich in der Zwischenzeit zur Ruhe gesetzt hatte.

Mit seinen neunundneunzig Jahren würde nun hier und jetzt seine Anwaltskarriere, die eigentlich gar nie eine gewesen war, zu Ende gehen. Er würde seiner geliebten Frau folgen, die den Weg in die Ewigkeit schon vor langer Zeit angetreten hatte, ohne ihm Nachkommen geschenkt zu haben.

Ein weiterer schmerzhafter Stich ließ ihn zusammenzucken und holte ihn aus seiner Rückblende. Sein Herz schlug nur noch schwach. Ein letztes Mal ließ er den mittlerweile getrübten Blick durch den Raum kreisen. Er konnte keine Einzelheiten mehr erkennen.

Dann senkte sich die Dunkelheit über ihn.

1.

Ernest Walton saß im Cockpit seines Raumgleiters *Space Hopper* und ärgerte sich über die lange Wartezeit, die ihm von der Raumhafenkontrolle von Geneva aufgebrummt worden war. Es war jedes Mal dasselbe, wenn er hierher kam. Obwohl Geneva mittlerweile der wichtigste Raumhafen Europas war, schaffte man hier immer noch keinen flüssigen Ablauf von Starts und Landungen. Wenn Ernest zurückdachte, musste er sich eingestehen, dass es nie und nirgendwo anders gewesen war. In Cork, dem regionalen Raumhafen an der irischen Südküste, keine Stunde von seinem mittlerweile selten besuchten Wohnort entfernt, war es noch schlimmer. Nur dank gelegentlichen Sondergenehmigungen, vermittelt von seinem langjährigen Freund Rick Blattning, dem Inhaber eines der größten Technologiekonzerne und gleichzeitig Mitglied des Diplomatischen Rats der Erde, wurden ihm ab und zu schnelle und unbürokratische Starts erlaubt.

Beim Anblick der Erde aus dem Orbit wurden Ernests Erinnerungen an das düstere Bild, welches die Menschheit in den letzten Jahrhunderten ereilt hatte, jedes Mal von Neuem offenbart. Nach der wirtschaftlichen und gesellschaftlichen Blütezeit gegen Ende des zwanzigsten Jahrhunderts, in welcher der Kapitalismus geprägt war von Gier, Korruption, Neid und Missgunst, in der das Wirtschaftssystem den Höhepunkt an Ausbeutung erreichte, und das Drittweltländer mit einem perfiden Finanzsystem derart ausbluten ließ, dass diese sich nur noch mit Gewalt und Terror dagegen wehren konnten, stürzten auch die industriestarken Nationen in eine weltweite Krise. Der Drang nach immer mehr führte irgendwann zu einem Ende. Nach dem Motto *Man nehme es von den Armen und gebe es den Reichen* war irgendwann nichts mehr zu holen. Dies führte weltweit zu Flüchtlingsströmen, meist aus jenen Entwicklungsländern, die von Despoten und Diktatoren beherrscht wurden.

Es entwickelten sich immer mehr Flüchtlingsdramen, bei denen Großteile der Asylsuchenden auf der Strecke blieben.

Damit begann die Zeit der großen Krisen. Verschiedene Faktoren, alle miteinander verflochten und sich gegenseitig beeinflussend, führten die Menschheit an den Rand des Abgrunds. Seuchen und Pandemien, meist hervorgerufen durch neuartige oder durch den Klimawandel mutierte Viren, führten zu Notständen in vielen Regionen der Erde, vorwiegend in jenen, die sonst schon durch eine hohe Bevölkerungsdichte gezeichnet waren. Durch die bereits schon seit einiger Zeit existierenden Völkerwanderungen verbreiteten sich die Viren und die Seuchen innerhalb kurzer Zeit auf der ganzen Erde. Es kam zu drastischen Ausgrenzungen von ganzen Völkergruppen, nachdem in den Jahrzehnten zuvor eine nicht ganz unproblematische multikulturelle Vermischung stattgefunden hatte. Nach dem Ausbruch der Seuchen, durch mangelnde sanitäre Versorgung vorwiegend in ärmeren Gebieten, stieg das konservativ-nationalistische Denken in vielen Ländern massiv an. Die Integration von Ausländern wurde in den ehemals wirtschaftsstarken Nationen massiv reduziert und begrenzt. Die bereits integrierten erlebten die wahre Hölle in Form von Diskriminierung und Verfolgung. Eine der instinktiven Eigenschaften des Menschen entfaltete sich zur vollsten Blüte: *Für alles, was ihm widerfuhr, brauchte er einen Sündenbock, dem die Schuld für all sein Elend auferlegt werden konnte.*

Diese dramatische Entwicklung erfolgte in einer Geschwindigkeit, die Regierungen und administrative Verwaltungen völlig überforderten. Immer häufiger kam es zu Aufständen und kriegerischen Übergriffen, ja sogar zu regelrechten Völkermorden. Und die Vereinten Nationen, ein Abklatsch dessen, was sie einmal darstellten, standen dem Ganzen hilflos gegenüber. Andere humanitäre Institutionen hatten sich entweder aufgelöst oder waren zerstritten, sodass ihr Wirkungspotenzial im Nichts verpuffte.

Als ob das alles nicht schon genug gewesen wäre, schlug einige Jahrzehnte später auch das Klima immer erbarmungsloser zu. Naturkatastrophen häuften und übertrafen sich in ihrer Intensität mehr und mehr. Zu lange hatte die Menschheit den Klimawandel nicht ernst genommen. Zu lange hatte man politisiert, intrigiert und sich darüber gestritten, ob der Mensch dafür verantwortlich war oder ob es sich nur um eine Laune der Natur handelte. Zu lange hatte man nur halbherzige Maßnahmen ergriffen, um das Problem in den Griff zu bekommen. Und wenn, dann wurde nur etwas unternommen, wenn man daraus Profit schlagen konnte. Irgendwann war der Zeitpunkt erreicht, an dem der Vorgang nicht mehr oder nur zum Teil rückgängig gemacht werden konnte.

Die Menschheit, am Ende des einundzwanzigsten Jahrhunderts ohnehin schon durch Seuchen, wirtschaftliche Instabilität, Terror und Kriege auf eine harte Probe gestellt und dezimiert, wurde nun gänzlich in ein neues Zeitalter gedrängt. Viele Inselstaaten verschwanden, große Küstenregionen bekamen ein völlig neues Aussehen. Die Menschheit, die vor Beginn der großen Krisen auf knapp zehn Milliarden angewachsen war, wurde innerhalb weniger Jahrzehnte auf ein Drittel reduziert. Und in vielen Fällen traf es nicht diejenigen, die für die Krisen verantwortlich waren.

Nach dem Zusammenbruch des Finanz- und Weltwirtschaftssystems stürzte auch die Industrie in eine große Krise. Viele Betriebe mussten schließen, technische Entwicklungen wurden eingestellt und die Fabrikation von alltäglichen Gütern auf ein Minimum beschränkt. Luxus verschwand gänzlich von der Bildfläche. Mehr und mehr wurde die Gesellschaft von einem harten Überlebenskampf geprägt. Die Kinder der neuen Menschheit wurden in eine Epoche geboren, in der man von den florierenden Zeiten nur noch in Büchern lesen konnte, ein Medium, das durch den technischen Fortschritt vor den Krisen schon fast nicht mehr existierte.

Während der technische Fortschritt, kurz vor den Krisen wegen der damals drohenden Überbevölkerung und Ressourcenknappheit, vor allem in der Raumfahrt große Anstrengungen erfahren hatte, sodass sich in fremden Sonnensystemen Kolonien bilden konnten, kam er in den Krisenjahren gänzlich zum Erliegen. Die Kolonisation von neuen Planeten geriet dabei in Vergessenheit. Zeitweise unterhielt man mit den bestehenden Kolonien keinen Kontakt mehr. Digitaltechnik und Virtualität wurden mehr und mehr zu einem Mythos. Es machte zeitweise sogar den Anschein, als würde sich die Menschheit in mittelalterliche Zustände zurückentwickeln.

In diesen schwierigen Zeiten konnten religiöse Institutionen und Sekten verschiedener Glaubensrichtungen expandieren und ihre Positionen massiv stärken. Die Menschheit suchte wieder vermehrt Halt im Glauben. Traditionelle kirchliche Werte gewannen an Bedeutung. Und die Prediger trugen das ihre zum Wandel bei. Vielerorts verkündeten sie in größter Polemik, der lockere Lebenswandel aus früheren Zeiten hätte das Teuflische heraufbeschworen und sei für die Krisen verantwortlich. Der größte Teil der Menschheit huldigte ihnen Respekt und besann sich wieder auf Sitte und Moral. Doch auch Glaubensstreitigkeiten und Intoleranz nahmen zu und erzeugten neue Konflikte und weitere Krisen. Wieder begann man sich gegenseitig zu bekämpfen.

Ein kleiner Teil von Menschen konnte sich mit religiösen Rechtfertigungen zu den Geschehnissen und entsprechenden Trostspenden nicht zufriedengeben und versuchte, die wahren Ursachen zu ergründen. Doch jene Minderheiten wurden wegen ihres Denkens und Handelns ausgegrenzt, diskriminiert und verfolgt. Mordanschläge, oft sogar von Sekten und religiösen Institutionen selbst in Auftrag gegeben, waren keine Seltenheit.

Zu Beginn des zweiundzwanzigsten Jahrhunderts wurden neue technische Anstrengungen unternommen. Man erinnerte sich an die alten Errungenschaften und versuchte, sie neu zu beleben. Die digitale Nanotechnik, die vor den Krisenjahren noch in den Kinderschuhen steckte, konnte sich zur dominierenden Innovation entwickeln und fand in jedem noch so winzigen Gerät Einzug.

Man versuchte, zu den Kolonien wieder diplomatische Beziehungen aufzubauen und mit ihnen Handel zu treiben. So konnten diese einen neuen Zustrom von irdischen Einwanderern verzeichnen, was für sie nicht nur Vorteile brachte. Ohne Kontakt zur Erde während der Zeit der großen Krisen hatten sich hier neue Gesellschaftsformen und Kulturen entwickelt.

Ein kurzes Signal aus den Lautsprechern riss Ernest aus den Gedanken. Auf dem Display erschien die Landeerlaubnis zusammen mit der Bezeichnung des Gates und dem dazugehörigen Code, der automatisch ins Bordsystem übertragen wurde. Ernest brauchte nur noch die Bestätigungstaste zu drücken, worauf sich die *Space Hopper* automatisch in Bewegung setzte und die Landung einleitete.

»Na endlich! Wurde auch Zeit«, brummte er ärgerlich, lehnte sich zurück und beobachtete den Landevorgang.

2.

Nachdem das mehrere Jahrzehnte lang andauernde Terraforming abgeschlossen war, trafen vor dem Beginn der irdischen großen Krisen die ersten Siedler auf dem zweiten Planeten des TONGA-Systems ein. Sie landeten in der nördlichen Hemisphäre an der Westküste des einzigen Kontinents.

Ein mehrere Hundert Kilometer breiter Gürtel, der von einer Meeresströmung mit mildem Klima versorgt wurde, erstreckte sich die Küste entlang von Norden nach Süden, wo er in einen üppigen Urwald überging und jenseits des Äquators in einer Sandwüste endete, in der nur Hitze und Dürre herrschten. Südlich dieser Wüste existierte ein weiteres bewohnbares Gebiet, jedoch wesentlich kleiner als jenes im Norden.

Durch immerwährende gewaltige Stürme und Orkane war die Ostküste des Festlandes nicht bewohnbar. Zudem gab es im Innern des Kontinents ebenfalls nur Wüsten und Trockenheit.

Durch das Terraforming war es dem Planeten nicht möglich gewesen, in einem natürlichen Evolutionsprozess eigenes Leben hervorzubringen. Man hatte ihn zu schnell aus seinem Urzustand herausgeführt. Eine Fauna existierte daher nur im Anfangsstadium in Form von Insekten und Mikroorganismen, Letztere vorwiegend in Gewässern. Die Pflanzenwelt hingegen konnte sich in den gemäßigten Breitengraden schnell entwickeln und brachte, dank nahezu irdischen Verhältnissen bezüglich Klima und Luftzusammensetzung, mit einigen Ausnahmen ähnliche Gattungen hervor wie die Erde.

Die Kolonisten von TONGA-II stammten aus verschiedenen Ländern der Erde, setzten sich jedoch vorwiegend aus gesellschaftlichen Minderheiten, politisch Andersdenkenden oder ärmeren Schichten zusammen. Viele fühlten sich von Regierungen, Behörden, sozialen und kirchlichen Institutionen benachteiligt oder von Mitmenschen unterdrückt und verfolgt.

Die Anzahl derer, die sogar abgeschoben worden waren, machte einen nicht unwesentlichen Anteil aus. Sie wussten denn auch einiges über die Machenschaften von Regierung und Behörden in ihren ehemaligen Heimatländern zu berichten.

Anhand dieser Berichte wurden Andersdenkende und Dissidenten als psychisch Kranke oder geistig Verwirrte eingestuft. Man setzte sie so lange verschiedenen Repressalien aus, bis sie irgendwelche Geständnisse ablegten und somit den Beweis für ihre „Geisteskrankheit" erbrachten. Folter, die von Gesetzes wegen weltweit verboten war, durfte nun unter dem Deckmantel einer psychischen Behandlung eingesetzt werden. Auch medikamentöse Behandlungen, um die Patienten wieder auf den leuchtenden Weg geistiger Klarheit zurückzuführen, waren an der Tagesordnung.

Die anfänglich kleineren Siedlungen auf TONGA-II wuchsen durch den permanenten Zustrom weiterer Einwanderer schnell zu größeren Orten und Städten heran, sodass die irdische Kolonialverwaltung ihre Aufgabe sehr bald als erfüllt betrachtete und TONGA-II zu einer sich selbstverwalteten Kolonie ausrufen konnte.

Man gab dem Kolonialgebiet den Namen Tongalen und nannte die Hauptstadt Tongala.

Der Administrative Rat von Tongalen wurde von der Bevölkerung in regelmäßigen Abständen neu gewählt. Bisherige Amtsinhaber konnten wiedergewählt werden. Jeder Bürger hatte das Recht, sich für ein Amt zu bewerben.

Die politischen und gesellschaftlichen Strukturen wurden bewusst einfach gehalten. Verschiedene Ämter sorgten für das Funktionieren des öffentlichen Lebens und die Erfüllung sozialer Aufgaben. Die Wirtschaft diente ausschließlich der Selbstversorgung. Religionen und kirchliche Institutionen existierten offiziell keine.

So gedieh eine Gesellschaft ohne die dogmatischen und ausbeuterischen Strukturen, wie sie auf der Erde vielerorts noch herrschten oder bis vor kurzem noch geherrscht hatten, und mit denen die allerersten Einwanderer in ihrem alten Leben noch konfrontiert gewesen waren.

Das völlig andersartige Wertebewusstsein der Tongaler verhinderte die Entstehung jeglicher kapitalistischer Systeme. Nicht Masse und Besitztümer spielten im Leben die dominierende Rolle, sondern gesellschaftliche Integration, Kreativität und soziale Kompetenz. Kunst im kulturellen Sinn hatte in allen Situationen des Alltags großen Einfluss, besaß jedoch ausschließlich geistigen und metaphysischen Wert und stellte keinerlei wirtschaftliche Bedeutung dar.

In ihrem persönlichen Charakterbild entwickelten sich die Tongaler zu sehr offenen Wesen, die sich bezüglich ihres Denkens aufrichtig und ohne einschränkende Konventionen äußerten. Um dies korrekt und ohne Irrtümer interpretieren zu können, brauchte man als Außenstehender gute Kenntnisse über Eigenschaften und Charakteristiken der Kolonisten. Zu Beginn der Wiederaufnahme der diplomatischen Beziehungen zwischen der Erde und Tongalen kam es des Öfteren zu Missverständnissen sowie zu kuriosen und peinlichen Situationen.

In zwischenmenschlicher und sexueller Hinsicht entwickelten die Tongaler ebenfalls eigene Formen. Sie unterwarfen sich nicht den stark regulierten Systemen, die auf der Erde in verschiedenen Kulturen seit jeher existierten. So gab es keine amtlich oder kirchlich abgesegnete Heirat und keinen Besitzanspruch an Partner. Tongaler lebten äußerst selten paarweise, sondern meist in Kommunen und Wohngemeinschaften.

Körperliche Liebe gehörte zum Leben wie das Atmen und war weder gesetzlich eingeschränkt noch durch irgendwelche Tabus belegt. Zudem besaßen Frauen eine stark erhöhte Sensibilität bezüglich ihrer Empfängnisbereitschaft. Dadurch war es Partnerschaften möglich, ihren Nachwuchs ziemlich genau zu planen.

Das konventionelle Familiensystem, wie es auf der Erde in vielen Kulturkreisen existierte, gab es in Tongalen nicht. Es kam selten vor, dass eine Partnerschaft mehrere Kinder hervorbrachte. Viel eher wurden Partner gewechselt, sodass die weiteren Nachkommen einen anderen Elternteil besaßen. Oftmals lebten ehemalige und neue Partner in derselben Kommune, was das Aufziehen von Kindern vereinfachte.

Trennungen gingen unkompliziert und unbürokratisch über die Bühne. Man entschloss sich dazu und ging entweder seiner Wege oder lebte weiter in derselben Gemeinschaft. Auch polygame Beziehungen waren keine Seltenheit. Durch das Fehlen von Besitzansprüchen war Eifersucht eine ziemlich unbekannte Eigenschaft.

Obwohl die Tongaler ursprünglich von irdischen Menschen abstammten, hatte sich ihr Organismus über die Generationen den planetarischen Verhältnissen abgepasst. Durch den leicht geringeren Sauerstoffgehalt besaßen sie eine höhere Dichte von Lungenbläschen und eine leicht größere Anzahl roter Blutkörperchen. Die etwas geringere Gravitation gegenüber der Erde hatte auch Veränderungen ihrer Anatomie zur Folge. So waren Tongaler von größerer Statur und schmaler gebaut als irdische Menschen. Durch eine völlig andere Ernährungskultur war Fettleibigkeit eher eine Seltenheit.

Tongaler besaßen auch Schwächen. So hatten sie sehr große Schwierigkeiten mit dem Alleinsein. Auch mit psychischem Stress und Druck konnten sie sehr schlecht umgehen.

Um nicht dieselben Gesellschaftsformen entstehen zu lassen, wie sie die Erde hervorgebracht hatte, schützten sich die ersten irdischen Auswanderer mit entsprechenden Gesetzen. Doch über die Generationen hinweg entwickelte sich die tongalische Gesellschaftsform zur Selbstverständlichkeit und Tradition.

Nach der Wiederaufnahme der Beziehungen wurde man auf der Erde irgendwann auf die neuartigen Lebensqualitäten in der Kolonie Tongalen aufmerksam. Nach einem mehrere Generationen dauernden Unterbruch entwickelte sich ein neuer Zustrom. Tongalen begann wieder zu wachsen.

Aber nicht alle neuen Einwanderer konnten sich mit dieser Art von Gesellschaftsform anfreunden. Viele brachten die irdische Denkweise mit und versuchten diese in ihrer neuen Lebensumgebung weiterzupflegen. Zwischenfälle begannen sich zu häufen, in denen andersdenkende Einwanderer und traditionelle Kolonisten aneinandergerieten oder Einwanderer versuchten, das System zu verändern.

Nach einiger Zeit bildete sich unter den neuen Kolonisten eine religiöse Gemeinschaft namens Curaner, eine Ableitung von lateinischen Wort ‚Cura'. Der Sinn dieser Gemeinschaft bestand darin, den Glauben an einen Gott, wie man ihn auf der Erde pflegte, weiterzuführen und Sitte und Moral nach irdischen Maßstäben zu bewahren.

Zwei Lebenskulturen prallten aufeinander.

Das Gleichgewicht innerhalb der Gesellschaftsform, das sich mittlerweile seit mehreren Generationen bewährt und gefestigt hatte, wurde empfindlich gestört. Es bildeten sich zwei Parteien, und es drohte eine Spaltung.

Durch den stetigen Zustrom neuer Einwanderer gewann die Partei der Curaner immer mehr an Einfluss.

Doch bevor es zur dramatischen Eskalation kam, entschlossen sich beide Parteien, gemeinsam einen Weg für eine friedliche Lösung zu suchen. Auch in dieser Hinsicht wollte man nicht dem Beispiel der Erde folgen und bei unterschiedlichen Ansichten und Lebensauffassungen einen Krieg beginnen.

Nach vielen Verhandlungen und Gesprächen einigte man sich, für die Curaner in einem bisher unbewohnten Gebiet südlich des Äquators, ebenfalls an der Westküste des Kontinents, einen neuen Staat zu gründen, in dem sie ihre eigene Kultur und Gesellschaftsform pflegen konnten.

Die Kolonisten beider Parteien atmeten auf, da sie einen drohenden Bürgerkrieg auf diplomatischem Weg verhindert hatten.

Bei den Feierlichkeiten der Staatsgründung wurde der neue Staat Curanien ausgerufen. Seine Hauptstadt sollte den Namen Curania tragen.

Grenzstreitigkeiten zwischen den Curanern und den Tongalern waren aufgrund des lebensfeindlichen Äquatorialbereichs zwischen ihnen so gut wie ausgeschlossen.

Auch wenn die beiden Staaten von sehr unterschiedlichen Kulturen und Lebensauffassungen geprägt und voneinander unabhängig waren, entwickelte sich doch bald reger Handel.

Die Konflikte gerieten in Vergessenheit, und man akzeptierte sich gegenseitig.

3.

Marac Kresnan war ein gewöhnlicher Bürger von Curanien und lebte mit Frau, Tochter und Sohn etwas außerhalb der Hauptstadt Curania.

Seine Eltern hatten die Gründung des Staats noch miterlebt, waren jedoch einige Jahre später gestorben. Nachdem sie auf der Erde unter größter Armut ein kümmerliches Dasein gefristet hatten, bauten sie sich in Curanien eine neue Existenz auf.

Marac und seine Familie waren, wie schon seine Eltern und alle Curaner, sehr gläubige Menschen, die streng auf Sitte und Moral achteten. Sie glaubten an ein Leben nach dem Tod und an die Heilige Dreifaltigkeit.

Marac, der einzige Sohn, hatte nach dem Tod seiner Eltern das Haus übernommen. Er verdiente seinen Unterhalt mit dem Verkauf von Nahrungsmitteln, die in den ländlichen Gebieten produziert wurden. Daher hatte er meist in den Städten zu tun, wo er seine Erzeugnisse anbot.

Sein Unternehmen wuchs zusehends, denn er hatte ein feines Gespür für die Bedürfnisse der Menschen. Diese Eigenschaft verhalf ihm sogar zu einer kleinen Niederlassung auf der Erde, da man auch dort auf die Qualität seiner Produkte aufmerksam geworden war.

Das Unglück, welches sein ganzes Leben in eine völlig andere Bahn lenken sollte, geschah zu einem Zeitpunkt, als er sich geschäftlich auf der Erde aufhielt.

Ein gewaltiges Seebeben erschütterte die südliche Hemisphäre des großen Ozeans von TONGA-II. Auf dem Meeresgrund schoben sich zwei tektonische Platten übereinander und hoben sich gegenseitig mehrere Dutzend Meter an. Die dadurch entstandene Wasserverdrängung löste einen gigantischen Tsunami aus.

Eine Flutwelle von fast hundert Metern Höhe breitete sich mit über eintausend Kilometern pro Stunde als konzentrischer Ring vom Epizentrum des Bebens aus.

Kurz bevor die Welle auf den Kontinent traf, zog sich das Meer mehrere Hundert Meter zurück, bevor die gewaltige Wasserwand einige Minuten später herangebraust kam.

Nichts konnte dieser Urgewalt standhalten. Häuser, Fabriken, Brücken und Bauten jeglicher Art sowie Pflanzen und Wälder wurden innerhalb weniger Sekunden dem Erdboden gleichgemacht, Menschen auf der Stelle erschlagen. Die Wassermassen drangen mehrere Hunderte Kilometer weit ins Landesinnere ein und verschonten nichts und niemanden.

Als Marac Kresnan von seiner Geschäftsreise von der Erde nach TONGA-II zurückkehrte, existierte Curanien nicht mehr. Der Tsunami hatte das gesamte Land und sämtliche Einwohner vernichtet. Eine riesige Schneise der Verwüstung, mehrere Hundert Kilometer in Breite und ebenfalls mehrere Hundert Kilometer weit ins Landesinnere reichend, war das Einzige, was übrig geblieben war.

Tongalen hingegen war bei dieser Katastrophe relativ glimpflich davongekommen. Die Ausläufer der Flutwelle hatten zwar auch die Nordküste des Kontinents erreicht, jedoch bereits in so abgeschwächter Form, dass außer einigen harmlosen Überschwemmungen keine nennenswerten Schäden entstanden waren.

Für Marac Kresnan brach die Welt zusammen. Er, der bisher das perfekte Leben gelebt, eine glückliche Familie und ein erfolgreiches Geschäft besessen, der bisher nie mit großen Rückschlägen, geschweige denn mit Katastrophen zu tun gehabt hatte, stand plötzlich vor dem Nichts.

Da, wo vor kurzem sein Haus gestanden, wo sich seine Firma befunden hatte, wo seine Kinder zur Schule gegangen waren, wo sich eine ganze Stadt erstreckt hatte, gab es nur noch Trümmer.

Eine Rückkehr war unmöglich.

Er flog zur Erde zurück. Seinen einzigen Besitz trug er am Körper und in seinem Gepäck. Die guten Geschäftsbeziehungen halfen ihm, hier Fuß zu fassen und so gut es ging zu überleben. Mit seinen dreiunddreißig Jahren hatte er sein Leben praktisch noch vor sich. Die neue Umgebung sollte es ihm einfacher machen, über den schmerzlichen Verlust hinwegzukommen.

In den nächsten Jahren schaffte er es, dank seinen guten Fähigkeiten als Vermittler, für sich alleine eine neue Existenz aufzubauen. Auch wenn ihm die von wirtschaftlicher Korruption und heuchlerischer Bigotterie geprägte Gesellschaft der Erde nicht behagte, hatte er TONGA-II nie wieder aufgesucht.

Curanien wurde nicht wieder aufgebaut. Man hielt das Risiko für zu groß, dass es noch einmal zu einer ähnlichen Katastrophe kommen könnte.

Tongalen hingegen blühte weiter auf. Es wurde ein Frühwarnsystem für unterseeische Beben und Tsunamis eingerichtet. Es blieb weiterhin ein religionsloses Land, geprägt von offener Meinungsäußerung und Freizügigkeit ohne falsche Tabus. Neue Kolonisten, die sich diesem Lebensstil nicht unterordnen konnten, bildeten eine kleine Minderheit.

Langsam geriet die Tatsache, dass Curanien je existiert hatte, in Vergessenheit.

4.

Ernest Walton saß in seiner Lieblingsbar im Raumhafen von Geneva und nippte an einem Glas *Four Roses*. Zum wiederholten Mal sah er auf seine Uhr, obwohl jedes Mal nicht mehr als ein paar wenige Minuten verstrichen waren, und stieß einen leisen Fluch aus.

»Pünktlichkeit scheint heute aus der Mode gekommen zu sein«, brummte er vor sich hin, doch niemand beachtete ihn.

Ernest Walton war ein Phänomen. Mit seinen hundertneunundzwanzig Jahren und dem Aussehen eines knapp Siebzigjährigen stellte er die Fachwelt vor ein Rätsel. Ärzte und Wissenschaftler vermuteten, er sei bei einem seiner Raumflüge in den Einflussbereich einer fremdartigen Strahlung geraten.

Mit seiner schlanken, eins achtzig großen Figur und dem silbergrauen Haar, das er im Nacken zu einem Zöpfchen zusammengebunden trug, hinterließ er einen kräftigen und drahtigen Eindruck. Doch in seinem Gesicht widerspiegelte sich ein sympathisches Wesen. Seine Augen strahlten Güte und Wärme aus. Seine Nase erinnerte an die eines stolzen Indianerhäuptlings.

Bis vor knapp dreißig Jahren hatte er Abenteuerromane geschrieben, die sich zu der damaligen Zeit in Form von digitalen Hörbüchern sehr gut verkauften. Dieses Medium war zwar ein Relikt aus der Zeit zu Beginn des einundzwanzigsten Jahrhunderts, hatte sich jedoch erstaunlich lange halten können.

Ernest Walton hatte sich mit den Einnahmen seiner Romane eine beträchtliche Summe auf die Seite legen können, von der er bis heute nur einen kleinen Teil verbraucht hatte. Er benötigte im Leben nicht viel, um glücklich zu sein. Seine Bescheidenheit wurde allgemein geschätzt.

Als der Konsum von digitaler Hörliteratur unter den Menschen aus der Mode kam, vor allem jüngere Generationen immer mehr Interesse an technischen Spielzeugen zeigten, die man für alles Mögliche verwenden konnte, hatte er mit dem Schreiben aufgehört und beschlossen, selbst Abenteuer zu erleben. Dazu kaufte er sich von seinen Ersparnissen einen kleinen Raumgleiter und gründete das interstellare Transportunternehmen *Space Hoppers Limited*.

Sein Unternehmen hatte sich auf Aufträge spezialisiert, für die sich andere Transportunternehmen nicht interessierten oder sich wegen bestimmter Umstände oder mangelnder finanzieller Lukrativität zu schade waren.

Doch bald merkte Ernest, dass er sein Unternehmen nicht mehr alleine führen konnte, und bot seinem langjährigen Freund Eric Daniels an einzusteigen. Eric ließ sich nicht zweimal bitten.

Ernest leerte sein Glas, worauf der androide Barkeeper ihn fragte, ob er nachschenken dürfe. Ernest nickte und legte die Finger seiner rechten Hand auf den Zahlscanner, von denen es direkt in den Tresen integriert an jedem Sitzplatz einen gab. Mit dem kurzen Aufleuchten eines kleinen grünen Quadrats auf dem Display bestätigte das Gerät das Erkennen des Fingermusters. Ernest tippte seinen Geheimcode ein. Ein weiteres grünes Quadrat besagte, dass der Betrag für das Getränk von seinem Konto abgebucht worden war.

In dem Moment, als er das Glas an seine Lippen führte, setzte sich ein Mann in einer schäbigen Kunststoffjacke neben ihn, klappte sein Hoverboard zusammen und legte es unter den Sessel. Er war völlig außer Atem.

»Na endlich!« Ernest zeigte sich verstimmt. »Dachte schon, du kreuzt heute gar nicht mehr auf.«

Mark Henderson atmete ein paar Mal tief durch, bevor er antwortete. »Die ließen mich mit meinem Gleiter in der Luft hängen, konnte nicht landen. Anscheinend gab es irgendein technisches Problem.«

Kaum hatte Mark zu Sprechen begonnen, tänzelte auch schon der Barkeeper heran und fragte ihn mit seiner übertrieben freundlich klingenden Stimme: »Was darf ich Ihnen servieren?«

»Ein kaltes Bier, bitte«, antwortete Mark, worauf sich die synthetischen Hände des Roboters sogleich daran machten, ein Glas voll aus dem Hahn zu zapfen.

Als Ernest den Drink bezahlen wollte, winkte Henderson ab und erledigte dies mit seinen eigenen Fingerabdrücken. »Kommt nicht in Frage. Wenn ich schon zu spät komme, kann ich wenigstens meinen Drink selbst begleichen.« Dann hob er das Kunststoffglas und sagte: »Zum Wohl.«

Ernest hob ebenfalls sein noch halb volles Whiskyglas und murmelte: »Ich verstehe nicht, wie du dieses synthetische Zeugs trinken kannst.«

»Mir schmeckt's. Du solltest dir lieber mal Gedanken über einen neuen Raumgleiter machen«, nuschelte Henderson, nachdem er das Glas zur Hälfte geleert und sich den Schaumstreifen an der Oberlippe mit dem Jackenärmel abgewischt hatte.

»Bei jedem neuen Auftrag nervst du mich damit. Der Kahn tut's noch allemal für mich. Mit den neuartigen Dingern komm ich sowieso nicht mehr klar. Die haben zu viel technischen Schnickschnack.«

»Ach, das ist gar nicht so schlimm. Du hättest es auf jeden Fall einfacher, und es wäre wesentlich sicherer. Ich mache mir jedes Mal Gedanken darüber, ob du von den Aufträgen überhaupt wieder zurückkehrst.«

»Bis jetzt hab ich es immer ohne Probleme geschafft.«

»So ganz ohne Probleme auch wieder nicht. Ich möchte dich nur ungern an deinen vorletzten Auftrag erinnern.«

»Meinst du etwa den Schlamassel mit den exotischen Viechern?«

»Ja, genau den.«

»Da konnte ich doch nichts dafür. Mit meinem Gleiter hatte das auch nichts zu tun. Diese Dinger waren ausgebüxt und hatten mein Schiff verwüstet. Was glaubst du, warum keine andere Gesellschaft diesen Auftrag übernehmen wollte.«

»Du warst praktisch manövrierunfähig. Nicht auszudenken, wenn du nicht zufällig den Weg einer Patrouille gekreuzt hättest.«

»Ich wäre auch ohne die zurechtgekommen«, winkte Ernest ab.

»Das bezweifle ich, aber reden wir nicht mehr darüber.«

»Dann lass mal die Katze aus dem Sack. Warum bewegst du deinen Hintern höchstpersönlich hierher? Geht's um einen neuen Auftrag? Bisher ging das doch reibungslos über den Kommunikator.«

Mark Henderson war seit Jahrzehnten mit Ernest befreundet. Sein schütteres, hellgraues Haar unterstrich seine zweiundsechzig Jahre. Sein erweiterter Bauchumfang zeugte nicht von ausgesprochen sportlichen Aktivitäten. Als eingefleischter Fan von Elvis Presley, der noch immer als Legende verehrt wurde, trug er an seinen Wangen dieselben Koteletten, die jedoch in den letzten Jahren ziemlich ergraut waren.

Mark leitete früher eine Agentur für Autoren jeglicher Art und war Ernests Vermittler gewesen, als dieser noch Abenteuerromane geschrieben hatte.

Als Ernest mit dem Schreiben aufhörte, verkaufte Henderson seine Agentur und eröffnete ein Transportvermittlungsunternehmen. Zur damaligen Zeit war das eine zukunftsträchtige Branche, da die Transporte in den erforschten Bereichen der Galaxie immer mehr zunahmen.

Ernest wiederum bekam all seine Aufträge von Mark Henderson und kam damit sehr schnell ins Geschäft mit lukrativen Auftraggebern.

Henderson nahm einen weiteren Schluck Bier, stellte das Glas auf die Theke und dachte eine Weile nach. Dann kramte er eine digitale Datenkarte aus seiner Tasche und schob sie Ernest zu, der sogleich seine Hand darauf legte und sie in seiner Jackentasche verschwinden ließ.

»Daten für einen neuen Auftrag?«, fragte Ernest nicht überrascht.

»Genau. Eigentlich sind es zwei.«

»Gibt's dafür doppelte Prämien?«

»Hör erst mal zu. Der eigentliche Auftrag kommt vom Astronomical Museum of London. Die haben Gesteinsproben und Mineralien bestellt, die vom zweiten Planeten des TONGA-Systems zur Erde transportiert werden müssen. Und wenn ihr schon dahin fliegt, könnt ihr auf dem Hinweg etwas mitnehmen.«

»Und das wäre?«

»Ein paar chemische Substanzen, die dort zu einem neuen Medikament verarbeitet werden. Der Pharmakonzern *Norris & Roach Labs Inc.* betreibt in der Kolonie Tongalen eine Forschungsniederlassung.«

»Was ist an den beiden Aufträgen so besonders, dass du persönlich hierherkommst?«

»Einerseits war ich zufällig in der Gegend, und andererseits wollte ich sicher gehen, dass unser Gespräch nicht abgehört wird.«

»Gibt's irgendwelche Probleme mit einem der beiden Aufträge?«

»Sagen wir es mal so: Der Konzern möchte nicht, dass die Konkurrenz mitbekommt, was ihr transportiert. Du weißt ja, es gibt immer Möglichkeiten, ein digitales Gespräch abzuhören.«

»Das Ganze ist doch legal, oder?« Ernest sah seinen Vermittler skeptisch an.

»Was denkst du denn.« Henderson lachte spontan. »Habe ich dir jemals einen unseriösen Auftrag vermittelt? Mal im Ernst. Es geht eigentlich nur darum, dass euch nicht irgendein Auftragspirat die Fracht abknöpft. Du weißt doch, dass so was immer wieder vorkommt.«

»Wir hatten bisher Glück. Die bisherigen Begegnungen mit Piraten sind jeweils glimpflich ausgegangen. Aber wir waren ja auch erst ein paar wenige Male außerhalb des Sonnensystems, wo das bekanntlich öfter vorkommt.«

»Da hast du recht.«

»Warum wird dieses Medikament in Tongalen produziert und nicht hier auf der Erde?«

»Auf dem Planeten existiert ein pflanzlicher Rohstoff, den es auf der Erde nicht gibt.«

»Das klingt einleuchtend. Aber warum sagt mir mein Gefühl, dass da noch irgendetwas anderes ist?«

»Du kannst beruhigt sein. Es ist alles in Ordnung. Auf der Karte befinden sich die Auftragsdaten für beide Aufträge sowie die Kommunikationscodes für die Kontaktaufnahme mit den entsprechenden Leuten vor Ort.«

»Wie gefährlich sind diese chemischen Substanzen?«

»Solange man sie nicht zu sich nimmt, richten sie keinen Schaden an. Sie sind in bruchsicheren Behältern luftdicht verpackt und sollten sogar einen Absturz überstehen. Wenn ihr sie also nicht mit Gewalt öffnet, sollte nichts passieren. Eine genaue Dokumentation für das Vorgehen in einem Schadensfall befindet sich ebenfalls auf der Datenkarte.«

Ernests Miene verfinsterte sich erneut. »Dann geht der Pharmakonzern davon aus, dass unter Umständen etwas passieren könnte?«

»Eigentlich ist es so gut wie unmöglich, dass die Behälter während des Transportes zerstört werden können. Aber mit dieser Dokumentation erfüllt der Konzern lediglich die Sorgfaltspflicht, die von der Versicherungsgesellschaft gefordert wird.«

Ernest gab sich mit dieser Erklärung zufrieden, hob sein Glas und nahm einen weiteren Schluck. »Wann müssen wir aufbrechen?«

»Es wäre gut, wenn ihr möglichst schnell starten könntet.«

Ernest überlegte kurz. »Meine Leute befinden sich gerade nicht in der Nähe. Eric macht Urlaub, und Christopher befindet auf einer Fotosafari.«

»Wie schnell können sie hier sein?«

»Theoretisch innerhalb eines Tages. Die Frage ist nur, ob sie darüber begeistert sein werden, ihre momentane Tätigkeit abzubrechen.«

»Eure Reise wird gut bezahlt. Es sind ja zwei Aufträge.«

»Damit kannst du sie nicht ködern. Geld ist ihnen nicht wichtig.«

»Dir wird schon etwas einfallen. Ich würde den Auftrag ungern jemand anderem geben.«

»Ich bin überzeugt, das brauchst du auch nicht.« Ernest lächelte versöhnlich.

»Wo steht euer Raumgleiter?«

»In einem Hangar hier in Geneva. Eigentlich hätte er mal wieder eine Generalüberholung nötig.«

»Solltet ihr technische Probleme haben, im Gelände des Raumhafens von Tongala befindet sich eine Zweigstelle einer irdischen Wartungsgesellschaft, in der ihr euren Raumgleiter vor dem Rückflug kontrollieren und überholen lassen könnt.«

»Ich hoffe nicht, dass wir Probleme haben werden.«

»Man kann nie wissen. Wart ihr schon einmal im TONGA-System?«

»Nein, bisher nicht. Was weißt du über den Planeten und die Kolonisten?«

»Ihre Sozialstruktur ist ziemlich einfach. Ursprünglich waren es Auswanderer aus den verschiedensten Ecken der Erde. Ihre Technik hat sich jedoch seit der Besiedlung des Planeten nur in bestimmten Bereichen weiterentwickelt. Die Leute pflegen einen sehr einfachen Lebensstil. Es gab nie Probleme mit ihnen. Aber wenn alles nach Plan verläuft, werdet ihr mit der Bevölkerung kaum Kontakt haben.«

»Wie sind die klimatischen Bedingungen?«

»Der Sauerstoffgehalt und die Gravitation sind etwas geringer als auf der Erde. Es gibt nur einen einzigen großen Kontinent. Der Rest besteht aus einem riesigen Ozean.«

»Temperaturen?«

»Kommt drauf an, wo ihr landet. Die Polkappen sind vereist, am Äquator ist es zu heiß und zu trocken. Unmittelbar nördlich davon befindet sich eine feuchtwarme Tropengegend. Tongalen selbst befindet sich an der Westküste in gemäßigten Breitengraden der nördlichen Hemisphäre. In den äquatorialen Trockengebieten und im Inneren des Kontinents gibt es riesige Sandstürme, die sich kilometerweit auftürmen, während es in den tropischen Gegenden heftige Unwetter mit sintflutartigen Regenfällen und Überschwemmungen geben kann.«

»Keine Gegend für Urlaub.«

»Definitiv nicht. Kannst du mir bis morgen Abend Bescheid geben?«

»Kein Problem Ich werde sofort mit Eric und Christopher Kontakt aufnehmen.«

5.

Eric Daniels saß in der Lobby des Concorde El Salam Hotels in Kairo und blätterte auf seinem Kommunikator in einem digitalen Reiseprospekt. Er hatte jedoch nicht vor, eine Rundreise zu den Pyramiden zu buchen, sondern betrachtete die Bilder lediglich aus Langeweile, da sich sein persönlicher Touristenführer wieder einmal verspätete.

Das Concorde El Salam lag im modischen Heliopolis auf der Ostseite Kairos, nur wenige Kilometer vom internationalen Raumhafen und etwa fünfundzwanzig Kilometer vom Stadtzentrum entfernt.

Trotz seiner fünfundsechzig Jahre war Erics Tatendrang und seine Abenteuerlust noch lange nicht verblasst. Er hatte das Schreiben aufgegeben, weil es seiner Ansicht nach nichts mehr über die Erde zu schreiben gab. Seine Bücher hatten vorwiegend grenzwissenschaftliche Bereiche thematisiert. Zu Beginn seiner Karriere wurden seine Thesen von der Fachwelt nur belächelt. Man hatte ihn sogar als Scharlatan bezeichnet, schrieb er doch vorwiegend von Außerirdischen, die in der Frühzeit der menschlichen Evolution die Erde besucht und sich mit den damaligen Urmenschen vermischt hätten.

Als sich die Menschheit in jüngster Zeit anschickte, den Weltraum zu erobern und eines Tages auf einem fernen Planeten eines anderen Sonnensystems Spuren von humanoiden Wesen entdeckte, wurde Eric als Visionär gefeiert. Doch sein Ruhm verblasste schnell, und es dauerte nicht lange, da ging der Erfolg seiner Veröffentlichungen massiv zurück. Nachdem seine Thesen nicht mehr kontrovers genug waren, interessierte sich praktisch kein Mensch mehr dafür.

Eric hatte in den letzten Jahren an Leibesfülle etwas zugelegt, was ihm mit seiner Größe von einem Meter siebzig nicht zum Vorteil gedieh. Sein dunkelgraues, kurzes Haar trug er meist nach hinten gekämmt.

Seine Hektik aus früheren Zeiten hatte sich etwas gelegt, doch auch heute hielt er es nur schwer an einem Ort aus. Andererseits war er immer bereit für ein ausgelassenes Fest, bei dem es stets die allerbesten Weine zu trinken gab. Als ehemaliger Hotelier war er ein exzellenter Fachmann.

Mit seinem Beitritt zu Ernests Transportunternehmen begann für ihn ein neuer Lebensabschnitt. Nachdem er auf der Erde genug geforscht hatte, nahm er sich vor, die Tiefen der Galaxis zu ergründen.

Das Summen des Kommunikators riss ihn aus den Gedanken. Im Hörer des Headsets vernahm er Ernest Waltons Stimme. »Hallo Eric, immer noch im Urlaub?«

»Klar, was denkst du denn? Wenn ich schon mal auf der Erde bin. Ist ja in letzter Zeit selten genug vorgekommen.«

»Dann schwing deinen Hintern nach Geneva. Es gibt Arbeit. Ich wohne im Intercontinental an der Chemin Du Petit Saconnex.«

»Ich weiß, wo das ist. Ist es denn so dringend?«

»Scheint so. Dafür werden die Aufträge gut bezahlt.«

»Du sprichst in der Mehrzahl. Das riecht nicht nur nach Arbeit, sondern nach viel Arbeit.«

»Nicht unbedingt. Es sind zwei Aufträge, die wir in einem Flug erledigen können.«

»Das klingt schon besser.« Eric atmete erleichtert aus.

»Wann kannst du hier sein?«

»Rein theoretisch könnte ich sofort aufbrechen.«

»Okay. Ich versuche noch, Christopher zu erreichen. Ich weiß gar nicht, wo der sich gerade herumtreibt.«

»Als ich das letzte Mal mit ihm gesprochen habe, war er gerade in Kalkutta. Soviel ich weiß, wollte er zu einem Gletscher im Himalaja.«

Ernest bedankte sich und unterbrach die Verbindung.

Eric erhob sich aus dem Kunstledersessel und begab sich zur Rezeption. Er checkte aus, bezahlte seine Rechnung und buchte einen direkten Flug nach Geneva.

Eine Stunde später saß er in einem halbgefüllten Fluggleiter und blätterte weiter durch den Prospekt über Pyramiden.

6.

Christopher Vanelli spürte mit jedem Schritt, wie ihm schwindlig wurde, was auf den geringeren Sauerstoffgehalt der Luft in dieser Höhe zurückzuführen war. Er hatte sich gegenüber dem Bergführer bisher nichts anmerken lassen, aber nun verstärkte sich der Effekt so sehr, dass er es nicht mehr verbergen konnte.

Sein Begleiter Dawa Tshering, ein Einheimischer aus dem tibetischen Hochland, hatte dies jedoch schon längst erkannt und sein Tempo sukzessiv an Christophers Leistungsfähigkeit angepasst, ohne dass dieser davon etwas bemerkt hatte.

Christopher, knapp einen Meter neunzig groß und schlank, kannte Dawa schon seit einiger Zeit. Es war nicht das erste Mal, dass er mit seinem tibetischen Freund zu einer der letzten Gletscherregionen auf der Erde im Gebiet des Himalaja unterwegs war.

Christopher war von Gletschern fasziniert. Vor den großen Krisen gab es sie noch an vielen Orten auf der Erde. Doch während des massiven Klimawandels seit Ende des zwanzigsten Jahrhunderts waren die meisten von ihnen dahingerafft worden. Bevor sich Christopher Ernest Walton und Eric Daniels angeschlossen hatte, arbeitete er als freiberuflicher Fotograf und Filmer. Doch seit er mit der *Space Hopper* im Weltraum unterwegs war, übte er diese Tätigkeit nur noch selten aus. Trotzdem wurde er immer wieder von wissenschaftlichen Institutionen für Aufträge angefragt. Da sein persönliches Interesse an Gletschern mittlerweile auch diesen Institutionen bekannt war, handelte es sich bei den Aufträgen oft auch um solche, die damit zu tun hatten.

Sein gegenwärtiger Auftrag führte ihn zu einer Gletscherhöhle, die sich vor einigen Wochen durch Verschiebung der Eismassen gebildet hatte. Die Wissenschaftler konnten anhand seiner Bilder zu wichtigen Erkenntnissen gelangen und entscheiden, ob sich der Standort für geplante Experimente und Forschungen eignete.

Christopher hatte sich dank einiger lukrativer Aufträge dieser Art eine moderne holografische Kameraausrüstung anschaffen können, die er auch für andere Zwecke benutzte. Auch wenn er mit dem Team der *Space Hopper* im Weltraum unterwegs war, nutzte er viele Gelegenheiten, um Bilder zu schießen.

Sein größtes Interesse galt jedoch den Gletschern. Es war geweckt worden, als er vor Jahren verschiedene Berichte über den damals größten Alpengletscher zu lesen bekam, den Aletschgletscher in der Schweiz, der in rasantem Tempo zu schmelzen begonnen und dadurch eine verheerende Naturkatastrophe ausgelöst hatte. Ganze Bergregionen mussten mangels Trinkwasser evakuiert werden. Die Flüsse unterhalb des Gletschers führten eine Zeit lang permanent Hochwasser, aufgrund dessen auch in den Tälern weite Teile evakuiert werden mussten.

Diese Berichte weckten in ihm auch das Interesse am Klimawandel selbst, der Ende des zwanzigsten Jahrhunderts eingesetzt hatte und immer noch andauerte.

Während sich damals der globale Temperaturanstieg, hervorgerufen durch den Treibhauseffekt, immer mehr beschleunigte und zum rasanten Abschmelzen von Gletschern und Polareis führte, veränderten sich auch die Meeresströmungen. Es kam zu einer Umverteilung der Luftmassen. Einerseits wurde die heiße Luft aus der Äquatorgegend immer langsamer wegtransportiert, andererseits stauten sich kalte Luftmassen an Orten, an denen vorher ein mildes Klima geherrscht hatte. Viele Gegenden vertrockneten, andere wiederum wurden von Überschwemmungen und Hochwasser heimgesucht. Das Ansteigen des Meeresspiegels verschlang zusätzlich große Küstenregionen. Ganze Bevölkerungsgruppen wurden zu Klimaflüchtlingen, für die es anfangs nicht einmal eine gesetzliche Grundlage gab, um sie überhaupt als legitime Flüchtlinge einzustufen.

Die Regenwälder verschwanden vom Weltbild und verwandelten sich zu kargen Steppen, nicht etwa hauptsächlich durch Rodung oder blinde Abholzung, sondern sie vertrockneten durch die höheren Temperaturen und durch Wassermangel. Der Regenwald im Amazonasbecken war zudem von Sandstürmen in der afrikanischen Sahara abhängig. Diese mehrere Kilometer hohen Sandmassen, mit wertvollen Mineralien angereichert, wurden von den starken Winden über den Atlantik nach Westen getragen, vermischten sich mit Regenwolken, die sich vor der südamerikanischen Küste bildeten und ins Landesinnere getrieben wurden, wo sie sich ihrer Last in Form von Regen entledigten. Das Amazonasbecken bedankte sich für diese vielseitige Düngung mit einer beispiellosen Vielfalt. Doch durch die steigende Verdunstung von Meerwasser entstanden im Süden der Sahara neue Monsunregen, die der Sahelzone genug Wasser bescherten, damit diese von der Flora zurückerobert werden konnte. Die entsprechenden Sandstürme, die das Amazonasbecken mit Mineralien und Dünger versorgt hatten, blieben aus.

Innerhalb eines halben Jahrhunderts verschwanden sämtliche Alpengletscher, der größte Teil des Eispanzers von Grönland und das Polareis in der Arktis. Auch von den Gletschern im Himalaja blieb nicht viel übrig. Einzig der fast fünftausend Meter dicke Eispanzer im Innern der Antarktis konnte dieser Entwicklung länger standhalten, auch wenn hier vor allem das Schelfeis an den Küsten immer schneller abbrach, in wärmere Gewässer trieb und schmolz. Dadurch besaß das Festlandeis vielerorts keinen Halt mehr, rutschte nach und versank ebenfalls in den Fluten. Der innere Kern des kontinentalen Eispanzers konnte sich jedoch bis zum heutigen Zeitpunkt einigermaßen halten.

Eine gefährliche Entwicklung hatte sich in der sibirischen Tundra und in Alaska ergeben, in denen das Auftauen der Permafrostböden nebst Kohlenstoffdioxid Unmengen von Methangas freisetzte. Immer öfter kam es zu sogenannten

Methanrülpsern, die auf einen Schlag derart große Mengen dieses Giftgases freisetzten, dass es zu einer Sauerstoffverdrängung kam. Dadurch wurde jegliches sauerstoffabhängige Leben in diesen Gegenden vernichtet. Ganze Regionen wurden mit Überflugverboten belegt, da es immer häufiger vorkam, dass Flugzeuge explodierten, die in eine Methanwolke flogen.

Als die Meerestemperaturen soweit angestiegen waren, dass die Methanhydratvorkommen an den Kontinentalabhängen zu schmelzen begannen, verloren die sedimentierten Hänge ihren Halt und rutschten auf den Meeresgrund. Durch diese enorme vertikale Materialverschiebung entstanden Tsunamis, deren Ausmaße sich der Mensch bis zum damaligen Zeitpunkt nie hatte vorstellen können.

Dawas Stimme riss Christopher aus seinen Gedanken. Seit er den Sauerstoffmangel spürte, hatte er kein Wort mehr gesprochen. Dawa kannte Christopher gut genug, um diesen Umstand richtig zu interpretieren. »Wir sind bald da«, sagte er und blickte zu ihm zurück.

Christopher richtete sich auf und nickte seinem Freund zu. Es dauerte jedoch noch eine volle Stunde, bis sie ihr geplantes Ziel erreichten. Als er die horizontale Spalte zwischen Eis und glattem Fels erblickte, ließ er sich in den Schnee fallen und atmete erst einmal kräftig durch. Obwohl er mit seinen sechsunddreißig Jahren noch relativ jung war, machte ihm der Aufstieg in diese Höhe zu schaffen. Er hätte sich zwar bequem mit einem Gleiter hochfliegen lassen können. Aber er wollte sich solche Herausforderungen nicht entgehen lassen.

Nach einigen Minuten öffnete er seinen Rucksack, holte seine Geräte hervor und konfigurierte sie auf die Umgebung und die Lichtverhältnisse. Dawa lächelte, was er eigentlich oft tat, wenn sich ihre Blicke trafen. Das war die Art der Tibeter. Sie waren von Grund auf freundlich und höflich. Als er Christopher vor einigen Jahren zum ersten Mal begleitet hatte, hatten sie sofort ihre Sympathien bemerkt und sich angefreundet. Seither versuchte Christopher jeweils, den Zeitpunkt seiner

Expeditionen mit Dawas Verfügbarkeit abzustimmen. Dawa arbeitet als Lehrer und Sporttrainer an einer Schule in Zhongba, nahe der Grenze zu Nepal und hatte gerade Schulferien.

Christopher erhob sich und ging zum Eingang der Spalte. Dort ließ er sich auf die Knie nieder und blickte hinein. Es war stockdunkel. Durch den ständigen Blick auf die Schneelandschaft brauchten die Augen etwas mehr Zeit, um sich auf diese Dunkelheit einzustellen. Gefolgt von seinem Freund kroch er auf allen Vieren hinein und schaltete die Stirnlampen ein. Er sah sich um und konnte erkennen, dass die Höhle im Innern höher war, sodass er sich problemlos aufrichten konnte. Nach einer Weile hatten sich seine Augen besser an die Dunkelheit gewöhnt, und er konnte die ungefähren Ausmaße der Höhle noch besser erkennen. Sie dehnte sich vorwiegend in die Breite aus und war unterschiedlich hoch. Im Hintergrund wurde sie immer niedriger. Der Felsen stieg mehr und mehr an. Ein Ende war nicht zu erkennen.

Christopher verteilte die Leuchtkörper, ging anschließend in der Mitte in die Hocke und las auf dem Display des Belichtungsmessers die Ergebnisse ab. Dawa zeigte auf einige sehr interessante Stellen. Christopher begann, ein Bild nach dem anderen zu schießen.

Eine Stunde später verspürte er Hunger. Zusammen setzten sie sich hin, packten den Proviant aus ihren Taschen und nahmen ihre karge Mahlzeit ein. Eine weitere halbe Stunde später packten sie die Reste wieder ein und verstauten sie in ihren Taschen. Während des Essens hatten sie die Höhle genauer in Augenschein genommen, woraus sich konkretere Pläne für weitere Aufnahmen ergaben.

Christopher packte einige Leuchtkörper in seine Hosentasche und kroch langsam tiefer ins Innere, jedoch immer darauf bedacht, nie den Halt unter den Füssen zu verlieren. Dawa folgte ihm in sicherem Abstand. Zu seinem Erstaunen entdeckte Christopher im Innern einen niedrigen Seitengang, der zu einer weiteren Kammer führte. Er leuchtete sie aus und stellte fest, dass sie weitaus größer war als die Eingangshöhle. Vorsichtig kroch er in den Seitengang, bis er sich in der großen Kammer befand. Hier konnte er ohne die Leuchtkörper überhaupt nichts sehen, da das Tageslicht nicht bis hierher vordrang. Er verteilte sie wieder in einem Kreis und nach oben gerichtet auf dem Boden, sodass sie den Raum mit einer angenehmen Helligkeit ausfüllten.

Die Decke leuchtete in den vertrauten, wunderschönen Blautönen, die Christopher in der Natur bisher nur selten zu Gesicht bekommen hatte. Erneut ließ er die Kamera ein Bild nach dem anderen schießen, während Dawa in regelmäßigen Abständen die Leuchtkörper verschob und somit die reflektierenden Muster im Eis veränderte.

Plötzlich bemerkte Christopher, dass Dawa an einem bestimmten Punkt stehen geblieben war und nur noch in eine Richtung blickte. Christopher ließ die Kamera sinken und sah in dieselbe Richtung. Eine dunkle Stelle erregte seine Aufmerksamkeit. »Was siehst du da?«

Dawa antwortete nicht sofort, machte einen Schritt auf die Stelle zu und blieb wieder stehen, ohne den Blick abzuwenden. Christopher trat neben ihn und erkannte ein kleines Loch im Eis, aus dem ausschließlich Finsternis drang.

»Was ist das?«, fragte er und ging noch etwas näher.

»Pass auf!«, warnte Dawa. »Die Eisdecke könnte einstürzen.«

»Wie kommst du darauf?«

»Ich vermute, unter uns befindet sich ein großer Hohlraum.«

»Woran erkennst du das?«

»An der Akustik. Hör genau hin!« Dawa schnalzte kurz mit der Zunge und wartete einen Augenblick. »Hast du es gehört?«

»Ja.« Kurz nachdem Dawa das Geräusch erzeugt hatte, drang aus dem dunklen Loch ein schwacher Hall an seine Ohren.

»Wenn wir uns auf den Boden legen, können wir uns näher heranbewegen.« Dawa machte den Anfang und robbte langsam auf das Loch zu. Christopher folgte ihm vorsichtig.

Das Loch war etwa einen halben Meter hoch, dafür aber mehr als doppelt so breit. Nebeneinander krochen sie langsam hinein, immer darauf bedacht, den Boden auf seine Stabilität zu prüfen. Als der Gang zu Ende war, stellten sie fest, dass das Licht ihrer Stirnlampen auf keine Hindernisse traf. Sie waren anscheinend zu schwach, um diesen Hohlraum ausleuchten zu können.

Christopher gab einen Laut von sich und erschrak über den langen, aber leisen Widerhall, den er vernahm.

»Die muss riesig sein«, sagte Dawa beeindruckt.

»Riesig scheint nur der Vorname zu sein.«

»Das ist sehr eigenartig.«

»Warum meinst du?«

»Hohlräume in Gletschern entstehen, wenn sich die Eismassen bewegen. Das tun sie meistens ruckartig, wenn der Druck oder die Spannung zu groß wird. Die Hohlräume, die dadurch entstehen, sind für gewöhnlich nicht so groß.«

»Willst du damit sagen, dass dieser Hohlraum aus einem anderen Grund entstanden ist?« Christopher blickte seinen Freund von der Seite fragend an.

»Ja.«

»Was glaubst du, wie diese Höhle entstanden ist?«

»Ehrlich gesagt, ich habe keine Ahnung. Aber sie liegt nicht, wie ich zuerst vermutet hatte, unter uns, sondern vor uns.«

»Wie kommst du darauf?«

»Achte mal auf die Fläche vor uns.«

»Sie ist spiegelglatt. Das ist allerdings sehr merkwürdig."

»Alles deutet daraufhin, dass dies irgendwann mal ein unterirdischer See war, der jetzt zugefroren ist. Bei den hier herrschenden Temperauren muss das Eis sehr stabil sein.«

»Du meinst, wir könnten problemlos darauf gehen.«

»Ich glaube schon.«

»Du bist dir aber im Klaren darüber, dass uns hier niemand findet, wenn wir einbrechen und nicht mehr rausfinden.«

»Ich bin überzeugt, dass dies nicht passieren wird. Wir werden uns aber trotzdem gegenseitig absichern. Ich werde zurückgehen und die Seile holen.«

Kurz darauf war Dawa verschwunden. Christopher versuchte mit seiner Stirnlampe, verschiedene Bereiche der Höhle auszuleuchten, was ihm jedoch wegen deren Größe kaum gelang. Doch in einiger Entfernung glaubte er, das Glitzern einer Spiegelung wahrgenommen zu haben. Erneut versuchte er, den Lichtstrahl in diese Richtung zu lenken und konnte kurz darauf dieselbe Lichtreflektion erkennen.

Wenig später kam Dawa mit Seilen und einer Teleskopstange zurück. Letztere befestigte er vor dem Einstieg des Durchgangs und band das eine Ende eines der Seile daran. Das andere Ende reichte er Christopher, der es sich sogleich um die Hüften schnürte. Dawa tat es im mit dem zweiten Seil gleich.

»Ich werde zuerst gehen, während du mein Seil hältst«, sagte Christopher.

»Dasselbe wollte ich gerade umgekehrt vorschlagen.«

Christopher lächelte seinen Freund an, drehte sich um und kroch in die Höhle hinein, genau in die Richtung, in der er die Spiegelung gesehen hatte. Um die Stabilität des Eises zu prüfen, schlug er in regelmäßigen Abständen mit dem Eispickel Löcher in den Boden. »Du kannst nachkommen«, rief er seinem Kameraden zu. »Das Eis ist hier sehr dick und stabil.«

Als Dawa neben ihm auftauchte, hatte sich Christopher bereits aufgerichtet und beleuchtete den Boden.

»Siehst du, wie dunkel das Eis ist. Das zeugt von einer sehr hohen Dichte. Für einen Einsturz besteht keine Gefahr.«

Christophers Aufmerksamkeit galt jedoch etwas ganz anderem.

Dawa schien dies zu bemerken. »Was ist das?«

»Die Spiegelung ist mir vorhin schon aufgefallen.« Christopher machte ein paar Schritte und blieb wieder stehen. Die Reflektion hatte sich verstärkt. Er richtete den Lichtstrahl langsam nach oben. Erneut machte er einige Schritte auf das Objekt zu.

»Sei vorsichtig«, hörte er Dawas Stimme hinter sich. Kurz darauf hatte er ihn eingeholt und stand neben ihm. »Was ist das denn?« Nun galt auch Dawas Aufmerksamkeit dem Objekt vor ihnen.

Als sich Christopher erneut vorwärts bewegte, hatte er nur noch das Objekt im Blickfeld. Er spürte, dass Dawa sein Seil straff hielt, um ihn abzusichern. Doch dies wäre nicht nötig gewesen, da der eisige Boden extrem hart und stabil war. Mit jedem Schritt glaubte Christopher, dem Objekt näher zu kommen, doch dann musste er feststellen, dass er sich gewaltig getäuscht hatte. Die Distanz hatte sich anscheinend kaum verändert.

»Ich verstehe das nicht«, sagte er, als Dawa ihn erneut eingeholt hatte. »Nun haben wir doch schon eine ganz schöne Strecke in dieser Höhle zurückgelegt, aber mir scheint, dieses Objekt ist immer noch gleich weit entfernt.«

»Das ist eine optische Täuschung«, antwortete Dawa. »Es ist viel größer, als wir es eingeschätzt hatten. Die Höhle selbst ist auch viel höher, als wir gedacht hatten. Schau mal nach oben. Unser Licht reicht nicht bis zur Decke.«

»Du hast recht.«

Nach wie vor den Boden prüfend, gingen sie nun gemeinsam vorwärts. Zwischendurch drehten sie sich um und stellten irgendwann fest, dass sie den Höhlenausgang nicht mehr erkennen konnten.

Plötzlich waren die Seile zu Ende. Sie sahen sich fragend an.

»Ich werde zurückgehen und mein Seil lösen«, sagte Dawa spontan und machte sich auf den Weg. Als er wenige Minuten zurückkehrte, spürte Christopher, dass sein Seil wieder nachgab. »Ich habe mein Seil an deines geknüpft. Auf diese Weise haben wir die doppelte Länge zur Verfügung. Ich werde mich einfach bei dir einhaken.«

Zuversichtlich gingen sie weiter bis sich das Seil erneut anspannte. Sie hatten sich dem Objekt zwar ein gutes Stück genähert, waren jedoch immer noch nicht nahe genug, um zu erkennen, um was es sich dabei handelte.

»Was nun?«, fragte Christopher ratlos.

Dawa hakte sich von Christopher los, nahm seine Stirnlampe ab und legte sie auf den Boden. »Binde dich los und leg das Ende des Seils neben meine Lampe. Wir werden ohne das Seil weitergehen. Wir lassen meine Lampe hier, damit wir wieder hierherfinden.«

»Bist du sicher, dass wir das tun sollten?«

»Der Boden ist stabil. Es wird uns nichts passieren.« Dawa löste Christophers Seil und legte es auf den Boden. »Wir müssen darauf achten, zusammenzubleiben.«

Einige Minuten später blieben sie stehen. Sie hatten keine Vorstellung davon, welche Strecke sie mittlerweile zurückgelegt hatten.

Aber sie hatten das Objekt erreicht.

Sie standen davor, starrten darauf und fanden keine Worte. Ihre Verblüffung war zu groß, um sich auch nur im Geringsten vorzustellen, um was sich dabei handelte. Es besaß eine spiegelglatte Oberfläche, hart und glänzend. Aber über eines waren sie sich im Klaren:

Was vor ihnen in die Höhe ragte, war kein Eis.

Christopher zog seinen Handschuh aus und legte seine Hand auf die Oberfläche. Im ersten Moment spürte er Kälte, die aber sogleich verschwand. Zudem glaubte er, dass sich die Oberfläche plötzlich nicht mehr so hart anfühlte, wie noch kurz zuvor. Erschrocken entfernte er seine Hand und starrte völlig entgeistert auf die Stelle, an der sie gelegen hatte.

Keine Spiegelung mehr!

Im Schein seiner Lampe sah er einen mattblauen Fleck, dessen Umrisse genau seine Hand beschrieb, während die Fläche darum herum nach wie vor glänzte.

»Das ist doch unmöglich«, sagte Dawa und berührte mit seiner Fingerspitze den Fleck. »Er ist weich. Was ist das für ein Material?«

Auch Christopher berührte nun den Fleck. »Keine Ahnung. Auf jeden Fall kein Eis. Aber auch kein Fels. Fühlt sich an wie ein Kunststoff.«

»Könnte dies ein Teil eines Fluggleiters sein?«, fragte Dawa.

»Glaube ich nicht. Schau dir mal die Form an.« Christopher leuchtete mit der Lampe nach oben. Das Gebilde hatte scharfe, gerade Kanten und wurde immer schmaler. »Ich kenne keine Fluggleiter mit einer solchen Form.«

»Aber etwas Natürliches ist es auch nicht.«

»Da gebe ich dir recht.« Christopher sah Dawa für einen Moment in die Augen. Dann drehte er sich um die eigene Achse und leuchtete in alle Richtungen.

Dawa, der mit seinem Blick dem Lichtstrahl folgte, war genauso sprachlos wie Christopher. In unterschiedlichen Entfernungen gab es Dutzende weiterer Objekte mit ähnlichen Formen. Bizarre Gebilde, die aus dem Eis nach oben ragten.

Plötzlich bemerkte Christopher, dass Dawa ihn entsetzt anstarrte. »Was hast du?«

»Schau dir mal deine Hand an«, antwortete er besorgt.

Als Christopher das Licht auf sein Handfläche richtete, erkannte er die blaue Verfärbung. Erschrocken streifte er sie an seiner Hose ab. Doch es half nichts. Die Verfärbung blieb.

»Lass uns von hier verschwinden!«, sagte er und machte sich auf den Rückweg, gefolgt von seinem Freund.

Als sie Minuten später in die zweite Höhle zurückkehrten, hörten sie aus der Eingangshöhle das Empfangssignal von Christophers Kommunikator. Hastig sammelten sie die Leuchtkörper ein, verstauten die Geräte und krochen zurück in die Eingangshöhle. Christopher nahm den Kommunikator und steckte dessen Clip an sein Ohr.

»Wie schnell kannst du in Geneva sein«, hörte er die energische Stimme Ernest Waltons.

»In Geneva?«, fragte Christopher verwundert. »Was soll ich dort?«

»Komm einfach so schnell, wie es dir möglich ist, hierher! Wir haben neue Aufträge.«

»Das könnte etwas problematisch sein.«

»Problematisch? Warum das denn?«

»Ich befinde mich in einer Gletscherhöhle mitten im Himalaja.«

Am anderen Ende herrschte einen Moment Stille. Dann kam ein Räuspern, dann noch ein paar unverständlich gemurmelte Wörter. Nach einer Weile fuhr Ernest fort: »Wie lange brauchst du bis in die Zivilisation zurück?«

»Wenn wir jetzt gleich aufbrechen, etwa drei Tage.«

»Kannst du dich nicht runterfliegen lassen?«

»Wenn es unbedingt sein muss.«

»Es wäre gut, wenn du es einrichten könntest. Wir haben zwei wichtige Aufträge, die nicht warten können.«

»Ich werde mich gleich auf den Weg machen.«

»Falls du noch etwas zu erledigen hast oder besorgen musst, dann tu es auf dem Weg hierher. Wir werden anschließend länger unterwegs sein.«

Ernest hatte die Verbindung unterbrochen. Christopher legte den Kommunikator beiseite. Er zerlegte seine Ausrüstung in ihre Einzelteile und verstaute sie im Rucksack. Danach verließ er zusammen mit Dawa die Höhle und rief über den Kommunikator einen Fluggleiter.

7.

Der Raum war sechseckig, metallisch und stillos, hatte eine Front, eine Rückwand und je zwei gewinkelte Seitenwände. An keiner Wand hing ein Bild. Auf keinem der wenigen, ebenfalls metallisch aussehenden Möbeln standen eine dekorative Vase oder eine Skulptur. Kein Teppich zierte den Fußboden.

Jenseits der Mitte präsentierte sich ein großer stählerner Schreibtisch. Direkt in seine Oberfläche waren in einem Halbkreis drei holografische Monitore eingelassen. Hinter dem Schreibtisch stand ein wuchtiger schwarzer Kunstledersessel mit Arm- und hoher Rückenlehne sowie einer Nackenstütze.

Vier der sechs Wände waren mit Leichtmetall verkleidet, während die beiden Seiten rechts und links des Schreibtisches je eine getönte Glasfront bildeten, die eine hervorragende Aussicht auf die Pariser Innenstadt boten. Die Wände zu beiden Seiten des Eingangs waren mit unzähligen Überwachungsmonitoren übersät. Hinter dem Sessel gähnte eine dunkle Leere. Der Fußboden protzte in kaltem, geschliffenem Granit.

Der Eingang, eine metallene Doppeltür, unterstrich die Hässlichkeit dieses Raumes zusätzlich. Es war keine gewöhnliche Tür. Sie bildete vielmehr den Bestandteil eines aufwändigen Sicherheitssystems. Direkt in den rechten Türflügel waren ein Hand- und Augenscanner und ein Zahlenfeld eingelassen. Die zwanzig Zentimeter dicke Tür bestand aus mehreren Schichten gehärteten Stahls. Sie konnte sogar einem Bombenanschlag standhalten. Sollte es jemandem gelingen, sich Zutritt zu diesem Gebäude zu verschaffen und tatsächlich die oberste Etage erreichen, war der Weg vor dieser Tür zu Ende.

Der Raum verfügte über ein autarkes Klima- und Belüftungssystem und ermöglichte es, ihn gegen außen hermetisch abzuriegeln. Bei einem Brand war man hier drin in Sicherheit.

Das Gebäude selbst galt als einsturzsicher, selbst bei mittleren Erdbeben.

Im Fußboden eingelassen waren sanitäre Anlagen, die im Notfall ausgefahren werden konnten. Auf der Vorderseite des Schreibtisches gab es Vorratsschränke, gefüllt mit Nahrungskonzentraten. Somit war das Überleben in diesem Raum für eine längere Zeit möglich.

Der Mann, der auf dem Sessel hinter dem Schreibtisch saß, hieß Derek Varnowski und war seit ein paar Tagen neuer Generaldirektor von *Norris & Roach* Labs Inc., dem größten Pharmakonzern der Erde.

Zeit seines Lebens hatte Derek im Schatten seines übermächtigen Vaters gestanden, der vor einer Woche völlig überraschend einem Herzversagen erlegen war.

Derek hatte seinen Vater gehasst. Er hatte es ihm nie recht machen können, war nur kritisiert worden und hatte oft als nicht ernstzunehmende Witzfigur der Familie gedient. Niemand hatte gegen Lincoln Varnowski eine Chance gehabt. Dafür war er viel zu selbstverliebt gewesen und immer im Recht, auch wenn er nicht recht hatte.

Derek hatte den Kampf gegen den Tyrannen längst aufgegeben und einfach gewartet, bis sich ihm eine Chance bot. Und als sie da war, hatte er sie eiskalt genutzt.

Für den alten Patriarchen all die Jahre den Laufburschen und die Lachnummer zu spielen, hatte sich schließlich ausbezahlt. Nur so bestand die Möglichkeit, ihm täglich ganz nahezukommen. Aber der Alte strotzte nur so vor Gesundheit. Ohne Dereks kleine Beihilfe hätte er ihm noch lange im Weg gestanden.

Allesamt hatten sie dem Tyrannen die Füße geleckt, während Derek von den meisten nur belächelt und selten ernst genommen worden war. Er gehörte nicht einmal zum engsten Kreis der Geschäftsleitung und war auch nie als Nachfolger vorgesehen gewesen.

Aber Derek hatte alles sorgfältig geplant und arrangiert, den besten Zeitpunkt gewählt und die richtigen Leute erpresst oder bestochen. So hatte alles seinen Lauf genommen.

Nun war er ganz oben angelangt, aber sein Weg war noch lange nicht zu Ende.

Er hatte große Pläne mit dem Konzern. Pläne, von denen sein Vater nichts wissen wollte. Trotzdem hatte er schon vor einiger Zeit damit begonnen, Vorbereitungen zu treffen, die richtigen Leute um sich zu scharen und gewisse Aktivitäten zu veranlassen.

Mit Geld bekam man die fähigsten Köpfe, und Geld hatte er genug. Bei seiner Überzeugungsarbeit hatte er sich stets großzügig gezeigt. Nur einmal wagte es einer der angeheuerten Männer, ihn unter Druck zu setzen und über Erpressung den zehnfachen Betrag zu fordern. Kurz darauf war er Fischfutter in der Seine gewesen.

Derek Varnowski hatte Wirtschaftsgeschichte studiert und zeigte sich schon während seines Studiums sehr begeistert von den früheren ausbeuterischen Wirtschaftsstrukturen.

Als er für eine seiner Diplomarbeiten in den Archiven des Konzerns nach Material suchen durfte, entdeckte er etwas, das sein weiteres Leben in eine bestimmte Richtung führen sollte. Zuerst konnte er nicht glauben, was er auf einem der Holochips alles zu sehen bekam. Es war für ihn unerklärlich, dass er für solche Daten die Zugangsberechtigung erhalten hatte. Anscheinend hatte niemand mehr Kenntnis von der Existenz dieses brisanten Materials.

Heimlich hatte er sich damals eine Kopie angefertigt und sich vorgenommen, wenn die Zeit reif war, darauf zurückzugreifen. Er würde sich geeignete Fachleute suchen und dieses uralte Projekt wiederbeleben. Damit würde sich ihm die Möglichkeit von unvorstellbarer Macht bieten. Und Macht war das primäre Ziel, das er in seinem Leben anstrebte. Der Konzern und der große Reichtum, den ihm sein Vater dank der unauffälligen, aber nicht unbedeutenden Manipulation hinterlassen hatte, dienten lediglich dazu, dieses Ziel zu erreichen.

Nun war der Zeitpunkt gekommen, seinen lange gereiften Plan in die Tat umzusetzen. Aber er durfte sich nicht von seiner Euphorie verführen lassen und alles überstürzen. Er wollte sich genug Zeit nehmen, alles aufeinander abzustimmen und sich gegen alle Eventualitäten absichern.

Er öffnete den digitalen Safe, holte den Holochip hervor und legte ihn in das entsprechende Lesegerät. Seit er vor Jahren diese Kopie angefertigt hatte, erweiterte er das Datenmaterial laufend mit Analysen und Strategien über das weitere Vorgehen.

Schon einige Wochen vor dem Tod seines Vaters hatte er damit begonnen, Leute zu rekrutieren. Dabei handelte es sich um bestechliche Wissenschaftler und Söldner. Bevor er das Projekt in die Tat umsetzen konnte, waren etliche Experimente und Versuche von Nöten. Das Problem dabei bestand darin, dass diese Experimente unmöglich auf der Erde durchgeführt werden konnten. Doch dafür hatte er bereits eine Lösung gefunden. Auf einem Kolonialplaneten existierte eine Zweigniederlassung des Konzerns. Ein Team von Wissenschaftlern und ein Söldnertrupp sollten die geeigneten Voraussetzungen für umfassende Versuche schaffen.

8.

Als Christopher am übernächsten Tag im geräumigen Hotelzimmer eintraf, wurde er bereits von Ernest, Eric und Mark erwartet.

»Du bist höchstpersönlich hierhergekommen?«, fragte er erstaunt, als er Mark erblickte. »Dann muss es sich um ganz besondere Aufträge handeln.«

»So besonders nun auch wieder nicht«, winkte Ernest ab.

»Scheint aber etwas Geheimnisvolles zu sein.«

»Auch das wäre stark übertrieben.«

Das Zimmer besaß eine Terrasse, die eine tolle Aussicht über den Lake Geneva bot. Der Zimmerandroide verteilte gerade die gewünschten Getränke und Snacks und zog sich anschließend wieder hinter seine Bar zurück.

Christopher setzte sich auf einen der beiden freien Hoversessel, der sich sofort an seine Körperformen anpasste. Über ein kleines Touchscreen-Display in der Armlehne ließ er sich für beliebige Sitzpositionen verstellen sowie knapp über dem Boden schwebend in alle Richtungen im Raum bewegen. Gespannt sah er abwechselnd zu Ernest und zu Mark.

»Ich möchte euch danken, dass ihr es einrichten konntet, so schnell hierherzukommen«, begann Ernest mit ruhiger Stimme. »In Anbetracht dessen, dass ihr dasselbe Mitspracherecht habt und über die Annahme von Aufträgen mitentscheiden könnt, habe ich mir gedacht, euch hier und jetzt von Mark und mir persönlich über den nächsten Auftrag informieren zu lassen. Im Grunde genommen sind es zwei Aufträge. Und wir werden diesmal unser Sonnensystem verlassen.«

Ernest erzählte seinen Freunden in groben Zügen in etwa das, was er von Mark Henderson bereits erfahren hatte. »Falls ihr es nicht einrichten könnt, so lange unterwegs zu sein, ist es euch freigestellt, hierzubleiben.«

Anschließend übergab Ernest das Wort an Mark und setzte sich auf sein multifunktionales Bett. Christopher bemerkte es erst jetzt und erinnerte sich an die vielen Berichte, die er schon darüber gelesen hatte. Selbst hatte er noch nie eines gesehen. Sie wurden vorwiegend in Hotels eingesetzt, da sich nur wenige Leute eine solche Ausführung leisten konnten. Einfachere Modelle für weniger betuchte Menschen waren hingegen sehr verbreitet und bildeten den eigentlichen Standard in Sachen Schlafmöbeln.

Das Highend-Modell, das er nun vor sich sah, maß zwei Meter in der Breite und Länge und konnte, wenn man es wünschte, hermetisch abgeschlossen werden. Für frische Luft und Wärmeregulierung sorgte eine eingebaute Klimaanlage. Ein holografischer Monitor oberhalb des Fußendes, dessen Neigewinkel sich automatisch der Kopfneigung der liegenden Personen anpasste, ein ausgeklügeltes Soundsystem und die sich leicht mitbewegende Liegefläche vermittelte den Zuschauern das totale Realerlebnis. Aber auch Menschen, die es lieber ruhiger hatten, kamen auf ihre Kosten. Durch sanftes Schwingen und entsprechenden Bildprojektionen konnte unter anderem eine romantische Bootsfahrt auf einem idyllischen See simuliert werden. Digitale Bücher wurden entweder vorgelesen, wobei man den Klang der Stimme bestimmen konnte, oder man konnte sogar selbst lesen. In diesem Fall wurde der Text vom holografischen Monitor in gewünschtem Winkel angezeigt. Eine Verpflegungsautomatik deckte die kulinarischen Wünsche ab, während die Liegefläche auch für Massagen eingesetzt werden konnte. Daneben gab es noch viele kleine Funktionen, die es den Liegenden an nichts fehlen ließ.

Vor lauter Bewunderung über dieses technische Wunderwerk bekam Christopher die Hälfte von Marks Erläuterungen gar nicht mit. Eric hatte gerade eine Frage gestellt. Mark beantwortete sie zufriedenstellend.

Nachdem alle Einzelheiten geklärt waren, wurde der Auftrag einstimmig angenommen. Um das Ganze zu besiegeln, ließ man den Zimmerroboter Champagner, Bier, Wein und Bourbon servieren.

»Eines muss ich noch erwähnen«, sagte Mark, nachdem er mit seinem Bier mit den anderen angestoßen hatte.

Eric stellte sein Glas auf das Salontischchen und sah Mark skeptisch an, während Christopher gespannt über den Rand seines Champagnerglases blickte. Nur Ernest blieb gelassen, denn er schien zu ahnen, was jetzt kommen würde.

»Ich glaube, du traust unserem Schiff nicht so ganz«, sagte er und nahm noch einen Schluck Bourbon.

»Genau«, antwortete Mark. »Aus versicherungstechnischen Gründen und wegen der Haftpflicht des Auftraggebers, und damit meine ich den Pharmakonzern *Norris & Roach*, sollte eine ausführliche Wartung durchgeführt werden. Ich habe in unseren Unterlagen nachgesehen, wann der Gleiter das letzte Mal überholt worden ist. Das liegt schon zu lange zurück. Die Kosten für diese Wartung übernimmt natürlich der Auftraggeber.«

»Na, wenn das kein Wort ist!« Eric war begeistert.

»Das könnten wir bei jedem Auftrag so handhaben«, meinte Ernest mit scheinheiliger Miene.

Mark sah ihn eine Sekunde lang an und erwiderte dann lakonisch: »Das könnte dir so passen.«

Daraufhin brachen alle in Gelächter aus.

Nach einer weiteren Stunde verabschiedete sich Mark und meinte, es gäbe für diesen Auftrag noch vieles zu organisieren.

»Was machen wir mit dem angebrochenen Abend?«, fragte Christopher.

»Ich hau mich in die Falle und schau mir noch einen spannenden Film an«, antwortete Ernest, der es sich auf dem breiten Bett bereits gemütlich gemacht hatte.

»Ich gehe in mein Zimmer, denn ich muss noch ein paar wichtige Anrufe tätigen«, verkündete Eric. »Und anschließend werde ich sehr wahrscheinlich schlafen.«

»Dann werde ich wohl alleine in die Bar gehen müssen«, jammerte Christopher gespielt. »Denn ich bin alles andere als müde.«

Wenig später fuhr Christopher mit dem Antigravitationslift in die Hotellobby. Von dort begab er sich durch einen Zwischengang zur Hotelbar und stieß mit einer jungen Frau zusammen, die gerade um eine Ecke bog.

»Oh, entschuldigen Sie«, sagte sie verlegen und sah Christopher lächelnd an.

»Ich habe mich zu entschuldigen«, antwortete er nicht minder verlegen, während er sie musterte. Sie war ungefähr einen Meter siebzig groß und schlank, ja sogar ziemlich dünn und hatte ein schmales Gesicht, das von schwarzen, fast kurzen, leicht gelockten Haaren umrahmt wurde, und aus dem ihn ein Paar strahlend blaue Augen spitzbübisch entgegenblickten. Das breite Lächeln gab ihre makellosen Zähne preis. Am rechten Ohr steckten drei und am linken zwei kleine Ohrringe. »Wenn ich mich nicht so gedankenverloren und schnell fortbewegt hätte, wäre das bestimmt nicht passiert.

»Ach was, Sie konnten ja nicht ahnen, dass ich in dem Moment um die Ecke biegen würde.«

»Trotzdem, hätte ich besser aufgepasst, wäre der Zusammenstoß zu vermeiden gewesen.«

»Wir können natürlich noch weiter über die Gründe dieses kleinen Unfalls diskutieren und darüber rätseln, wer daran schuld ist, oder ...«, sagte sie und sah ihn schelmisch an.

»Oder was?«, fragte er scheinbar nichts ahnend und grinste leicht.

»Oder ich könnte Ihnen in der Bar als Wiedergutmachung einen Drink spendieren.«

»Kommt gar nicht in Frage«, antwortete er mit gespielter Empörung. »Wenn jemand etwas spendiert, dann bin ich es.«

»Dann sind wir ja wieder gleich weit wie vorher. Am besten gehen wir einfach rein und jeder bezahlt seinen Drink selbst.«

»Das ist wirklich die beste Lösung«, antwortete Christopher lachend.

Sie drehte sich um und betrat mit entschlossenen Schritten das Lokal, ließ die Theke gleich links liegen und begab sich in den hinteren Teil der Bar. Dort setzte sie sich an ein Tischchen in einer Nische, etwas abseits vom allgemeinen Geschehen. Christopher folgte ihr und setzte sich ihr gegenüber in den Sessel.

Es dauerte nicht lange, bis ein androider Kellner neben ihnen stand und sie nach den Getränkewünschen fragte. Sie bestellten beide jeweils ein Glas Champagner.

»Wohnen Sie in diesem Hotel?«, fragte Christopher, als ihm nichts Besseres einfiel, womit er ein Gespräch beginnen konnte.

»Nein, ich hatte mich hier mit jemandem getroffen und wollte gerade wieder gehen«, antwortete sie etwas ärgerlich.

»Scheint nicht gerade eine erfreuliche Begegnung gewesen zu sein.«

»Da haben Sie allerdings recht.«

»Ach übrigens, mein Name ist Vanelli. Christopher Vanelli. Aber Sie können mich auch einfach Christopher nennen. Ich bin nicht so für Förmlichkeiten.«

»Freut mich, ich bin Michelle Evans. Meine Freunde nennen mich einfach Mickie.«

»Ist mir auch ein Vergnügen, Mickie«, antwortete Christopher und streckte ihr die Hand entgegen.

Sie drückte sie bereitwillig. Christopher spürte die Wärme, die ihre schlanke Hand und ihre dünnen Finger ausstrahlten.

»Und? Wohnst du denn in diesem Hotel?«, fragte sie darauf.

»Eigentlich nur für diese eine Nacht. Ich habe mich mit zwei Freunden, die gleichzeitig auch meine Arbeitskollegen sind, und unserem Vermittler zu einer Besprechung getroffen.«

»In einem Hotel?«, fragte sie erstaunt. »Ich dachte, so was tut man in einem Büro oder Arbeitsraum.«

»Wir haben eigentlich keine Arbeitsräume oder Büros in diesem Sinn, da wir dauernd unterwegs sind. Die administrativen Angelegenheiten erledigt unser Vermittler.«

Christopher hoffte, dass sie ihn nicht weiter über seine Arbeit ausfragen würde, denn er war sich darüber im Klaren, dass er mit Fremden nicht über ihre Aufträge sprechen durfte. Gerade für den Auftrag von *Norris & Roach* mussten sie sich zu Verschwiegenheit verpflichten. Trotzdem wollte er auf keinen Fall die angenehme Stimmung trüben.

»Wohnst du in Geneva?«, fragte er, um das Thema zu wechseln.

»Ja, seit gut drei Jahren. Aber mein Französisch hat sich in der Zeit nicht viel verbessert. Zum Glück verstehen die meisten auch Deutsch, Englisch und Unilingua.«

Unilingua hatte sich in den letzten Generationen zu einer Art Weltsprache entwickelt, die dem britischen Englisch am nächsten stand, jedoch auch einige germanische, romanische und fernöstliche Einflüsse aufwies. Unilingua galt in allen irdischen Kolonien als offizielle Umgangs- und Amtssprache.

»Stimmt, mit Unilingua kommt man tatsächlich überall weiter. Ich war in meinem Leben bisher immer ziemlich sprachfaul. Nebst Unilingua hab ich andere Sprachen so nach und nach gelernt, weil es für meinen Job manchmal unerlässlich war. Aber natürlich nicht in vollem Umfang.«

Er hätte sich auf die Zunge beißen können, dass er seinen Job angesprochen hatte, wo er sich doch solche Mühe gegeben hatte, davon abzulenken.

»Was ist dein Job?«, fragte sie sogleich und lächelte.

»Ich bin Mitglied eines Transportunternehmens«, antwortete er scheinbar gelangweilt. »Nichts Spektakuläres.«

»Was transportiert ihr denn so?« Sie ließ nicht locker.

Er hätte sich die Haare raufen können, ließ sich jedoch nichts anmerken.

»Dieses und jenes. Verschiedene Sachen. Was unsere Kunden halt transportiert haben möchten«, antwortete er so gelassen wie möglich.

»Aha, klingt furchtbar langweilig.«

»Von irgendetwas muss man leben.«

»Da hast du auch wieder recht.«

»Was machst du so?«

»Ich arbeite als Laborassistentin in einem großen Pharmakonzern«, antwortete sie missmutig.

»Klingt aber nicht gerade begeistert?«

»Ich hatte gerade großen Ärger.«

»Das tut mir leid.«

»Mir nicht, ich würde am liebsten kündigen.«

»Warum das denn?«, fragte Christopher und war froh, dass das Gespräch eine andere Wendung nahm.

»Darüber möchte ich jetzt lieber nicht reden«, antwortete sie leicht gereizt.

»Okay.«

»Entschuldige, wenn ich etwas verärgert bin, du kannst ja nichts dafür.«

»Ist schon gut.«

»Wie viele seid ihr denn in eurem Transportunternehmen?«, fragte sie und lächelte erneut.

»Zu dritt«, antwortete er und freute sich, dass sich ihre Stimmung wieder gebessert hatte. Weniger freute es ihn jedoch, dass das Gesprächsthema erneut bei seinem Job gelandet war. »Da ist unser Senior, für uns so etwas wie ein Vater. Er heißt Ernest und ist hundertneunundzwanzig Jahre alt.«

»Wahnsinn!« Sie blickte ihn mit großen Augen an. »Das ist doch fast nicht möglich.«

»Das Erstaunliche daran ist, er sieht nicht älter aus als siebzig und ist gesund und topfit.«

»Das ist tatsächlich sehr erstaunlich. Gibt es eine Erklärung dafür?«

»Die gibt es bestimmt, aber weder Ärzte noch Wissenschaftler haben den Grund dafür gefunden. Um ihn ranken sich einige Gerüchte, aber ich habe keine Ahnung, ob davon etwas wahr ist.«

»Was sind das denn für Gerüchte?«

»Einerseits sagt man, es könnte etwas mit Strahlungen aus irgendeiner Region des Weltraums zu tun haben. Andererseits wurde schon gemunkelt, er sei vor vielen Jahren von Außerirdischen entführt worden.«

Sie lachte kurz auf. »Das ist nun wirklich ein Klischee, das man schon seit beinahe Jahrhunderten kennt. In der Vergangenheit haben schon viele Menschen genau das von sich behauptet, aber niemand konnte bisher den Beweis erbringen.«

»Davon habe ich auch schon oft gehört. Bei Ernest ist es genau umgekehrt. Wer diese Gerüchte in Umlauf gebracht hat, ist nicht bekannt. Aber er dementiert alles. Er sagt, er wisse nichts davon.«

»Dann ist er oft im Weltraum unterwegs?«

»Wir alle sind es. Gehört zu unserem Job.«

Daraufhin musterte sie ihn mit einem eigenartigen Blick und fragte: »Ach, ihr transportiert nicht nur auf der Erde?«

»Eigentlich gar nicht auf der Erde, sondern hauptsächlich unter den planetarischen Niederlassungen innerhalb des Sonnensystems. Ab und zu auch mal zu einer Kolonie außerhalb unseres Systems, aber das kam bisher noch nicht sehr oft vor.«

Ihr Blick blieb an seinem haften und löste sich erst nach einer Weile wieder. Sie schien verwirrt.

»Dann ist da noch Eric, unser Astronom. Er kennt das Sonnensystem wie kein anderer, weiß immer genau, wann welcher Planet sich gerade an welchem Punkt in seiner Umlaufbahn befindet. Dank ihm finden wir immer den richtigen Weg, vor allem, wenn ab und zu unser Navigationssystem ausfällt.«

»Kommt denn so was häufiger vor?«

»Unser Schiff ist nicht gerade das modernste. Da geht halt ab und zu mal etwas kaputt. Aber bisher ging immer alles gut. Vor unserem nächsten Auftrag verpassen wir ihm aber eine Generalüberholung. Die Zeit seit unserem letzten Auftrag war für uns mal wieder eine Gelegenheit, Erdurlaub zu machen und unseren persönlichen Interessen nachzugehen.«

»Was sind deine persönlichen Interessen?«

In den nächsten Minuten erzählte er ihr von seinen Fotografien und seinem Interesse an Gletschern. Sie zeigte sich beeindruckt und hörte aufmerksam zu.

»Ich nehme an, du wirst auch unterwegs im Weltraum Fotos machen.«

»Da hast du recht. Aber meistens bleibt dafür nicht genug Zeit.«

»Wer gehört sonst noch zu eurem Unternehmen?«

»Zum Unternehmen eigentlich niemand mehr, aber da ist noch Mark, unser Vermittler, der jedoch nie mitfliegt. Er besorgt uns die Aufträge und erledigt die ganzen administrativen Dinge, treibt das Geld ein und verwaltet unsere Angelegenheiten. Ernest und Mark kennen sich schon seit Jahrzehnten und sind sehr gut miteinander befreundet.«

Erst jetzt bemerkte Christopher, dass Michelle ganz blass geworden war. Sie saß wie angewurzelt in ihrem Sessel und starrte ihn mit entsetzten Augen an.

»Was ist denn los?«, fragte er erstaunt. »Stimmt was nicht?«

»Wie ... wie heißt dieser Mark ... mit vollem Namen?«, fragte sie mit zittriger Stimme.

»Mark Henderson, warum?«

»Ach nichts«, antwortete sie hastig und leerte ihr Sektglas. »Ich muss jetzt gehen.«

Sie stand auf, griff nach ihrer Tasche und wollte sich verabschieden.

»Habe ich etwas Falsches gesagt«, fragte Christopher verdutzt.

»Nein, nein, alles okay, aber ich muss jetzt trotzdem gehen. Es hat mich gefreut, dich kennenzulernen.«

Mit großen Schritten verließ sie das Lokal. Christopher blieb zurück und verstand die Welt nicht mehr.

9.

Am nächsten Morgen saßen Ernest, Eric und Christopher im Speisesaal und frühstückten.

»Na, Ernest, wie war der Film, den du gestern Abend noch schauen wolltest?«, fragte Christopher interessiert.

»Bin dabei eingepennt«, antwortete dieser mürrisch.

»Ja, so was kann schon mal vorkommen«, witzelte Eric und grinste Ernest an. Dann wandte er sich an Christopher. »Du hast uns noch gar nichts von deiner Himalaja-Expedition erzählt.«

»Ach ja, stimmt.« Christophers Miene wurde ernst. »Da ist etwas Eigenartiges passiert.« Nach kurzem Zögern erzählte Christopher von der großen Höhle innerhalb des Gletschers und von den eigenartigen Objekten, die er und Dawa entdeckt hatten. Christopher war derart in seine Erzählung vertieft, dass er nicht bemerkte, wie sich Ernests Gesicht immer mehr verdüsterte. Als der seinen Bericht beendet hatte, senkte er seinen Kopf und starrte nachdenklich auf seine Hände, die in seinem Schoß lagen. »Ich weiß, ich habe mich wie ein Feigling verhalten.«

»Nein, ihr habt völlig richtig gehandelt«, sagte Ernest sofort. »Ihr wart tief im Innern eines Gletschers und befandet euch in einer gefährlichen Situation. Auch wenn der Boden hart und stabil war, die Decke der Höhle hätte einstürzen und euch begraben können Es war klug von euch, so schnell wieder zu verschwinden.«

Für eine Weile sagte niemand etwas.

»Erzähl uns doch, was du gestern Abend noch Interessantes erlebt hast«, unterbrach Eric die Stille.

»Gestern Abend? Ach so, da ist mir tatsächlich auch etwas Eigenartiges passiert«, begann er, worauf ihn Ernest und Eric erwartungsvoll ansahen.

Christopher erzählte von dem Zusammenstoß und dem anschließenden Gespräch mit Michelle Evans. Als er erwähnte, dass sie bei einem Pharmakonzern arbeitete, wurden Ernest und Eric sofort hellhörig.

»Du hast nicht gefragt, bei welchem?«, fragte Ernest ärgerlich.

»Sie wollte nicht darüber reden. Sie schien sehr verstimmt zu sein. Sie sagte, sie hätte gerade große Scherereien gehabt. Aber wie gesagt, sie wollte nicht darüber reden. Ich hab sie auch nicht mehr weiter gedrängt. Ich dachte, sie würde später noch mal darauf zurückkommen.«

»Du sagtest, sie sei plötzlich abgehauen, als du den Namen von Mark erwähntest?«

»Ja. Ich hatte nur unsere Vornamen genannt, aber bei Mark fragte sie sich noch nach dem Nachnamen. Als ich den nannte, hatte sie es plötzlich sehr eilig. Sie entschuldigte sich und meinte, es hätte nichts mit mir zu tun.«

»Das ist äußerst merkwürdig.«

»Scheint so, als hatte sie schon das Vergnügen mit ihm gehabt«, mutmaßte Eric. »Aber anscheinend nicht auf eine erfreuliche Art und Weise.«

»So was habe ich auch schon vermutet. Vielleicht sollten wir ihn fragen, ob er eine Michelle Evans kennt.«

»Ich werde es gleich versuchen«, versprach Ernest und kramte seinen Kommunikator hervor. »Bin mal gespannt, was er dazu sagt.«

»Vielleicht hat das gar nichts zu bedeuten«, meinte Eric. »Oder wenn Mark uns aus Geheimhaltungsgründen gewisse Dinge nicht verraten darf, wird er vielleicht Probleme kriegen, wenn die Konzernleitung erfährt, dass wir diese Michelle Evans kennen.«

Während Ernest die Verbindung zu Mark Henderson herzustellen versuchte, redeten Eric und Christopher weiter.

»Du sagtest doch, sie hätte sich in der Bar mit jemandem getroffen, bevor es zu eurem Zusammenstoß kam.«

»Ja, genau das sagte sie«, erinnerte sich Christopher wieder.

»Was wäre, wenn es Mark gewesen war, mit dem sie sich getroffen hatte?«

Christopher sah Eric eine Weile nachdenklich an.

»Mark ist gerade nicht erreichbar«, unterbrach Ernest die beiden. »Da kommt nur der Anrufbeantworter.«

»Eigenartig«, meinte Christopher. »Er ist doch sonst immer erreichbar.«

»Nehmen wir mal an«, fuhr Eric nach einem kurzen Moment fort, »Michelle Evans arbeitet tatsächlich bei *Norris & Roach*. Und nehmen wir an, sie kennt Mark und hat sich sogar unmittelbar vorher mit ihm in der Bar getroffen. Was könnte dann der Grund gewesen sein, dass sie bei der Erwähnung seines Namens derart verstört wirkte? Vor allem, nachdem sie sich bis zu diesem Zeitpunkt bestens mit dir unterhalten hatte.«

Es war die typische Art von Eric, Probleme und Rätsel zu analysieren und Zusammenhänge auf den Punkt zu bringen. Nach einer kurzen Pause fragte er weiter: »Falls sie sich tatsächlich mit Mark getroffen hatte, worüber könnten die beiden gesprochen haben?«

»Bestimmt über etwas Unangenehmes für sie«, folgerte Christopher. »Deshalb war sie so verärgert. Es machte ganz den Anschein, dass der Zeitpunkt dieses Ärgernisses noch nicht weit zurücklag.«

»Aber Mark ist doch kein Angestellter dieses Pharmakonzerns«, gab Ernest zu bedenken. »Was hat er dann mit ihr zu schaffen?«

»Das sollten wir ihn fragen.«

»Vielleicht sollten wir uns gar nicht so viele Gedanken darüber machen«, meinte Christopher besänftigend. »Es ist ja nicht gesagt, dass sie sich mit Mark getroffen hat. Vielleicht ist sie ihm tagsüber in der Firma begegnet, hatte sich dabei Ärger eingehandelt und sich abends mit einem Freund oder einer Freundin in der Bar getroffen.«

»Christopher hat teilweise recht. Solange wir nicht mit Mark gesprochen haben, bringt es uns nichts, uns die Köpfe zu zerbrechen.« Ernest schien erleichtert und nahm noch einen Schluck Kaffee. »Sobald ich Mark erreiche, werde ich ihn fragen, ob er sie kennt. Vielleicht weiß er, warum sie Ärger hatte.«

Nach dem Frühstück gingen sie getrennte Wege, denn jeder von ihnen musste noch ein paar wichtige Angelegenheiten erledigen und bestimmte Dinge besorgen.

Am Abend trafen sie sich wieder im Hotel, um gemeinsam zu essen und die letzten Details zu besprechen. Mark war jedoch während des ganzen Tages nicht erreichbar gewesen. Da sie am nächsten Morgen frühzeitig abreisen wollten, begaben sie sich nicht allzu spät in ihre Zimmer.

10.

Ernest konnte in dieser Nacht kaum ein Auge schließen. Die Umstände um diese Michelle Evans und einen möglichen Zusammenhang mit Mark ließen ihm keine Ruhe. So, wie es aussah, arbeitete sie tatsächlich bei dem Konzern, von dem sie den Auftrag bekommen hatten. Ihre Reaktion bei der Erwähnung von Marks Namen ließ darauf schließen, dass sie ihn nicht nur kannte, sondern auch mit ihm zu tun hatte.

Was Ernest nicht aus dem Kopf ging, war die Tatsache, dass sie es plötzlich so eilig hatte zu verschwinden, als Christopher seinen Namen nannte. Auch wenn er der Grund für ihren Ärger war, hätte sie doch darüber mit Christopher reden können. So aber machte es fast den Anschein, dass der Ärger nicht nur mit Mark, sondern auch mit dem Auftrag zu tun hatte oder sogar mit der ganzen Crew der *Space Hopper*.

Wie auch immer, dachte Ernest, sie wird ihre Gründe für ihr Verhalten gehabt haben. Es könnte auch sein, dass sie mit Christopher nicht darüber reden durfte. Doch dann hätte sie bestimmt eine andere Reaktion gezeigt. Je mehr er darüber nachdachte, kam er zum Schluss, dass es sich um etwas Persönliches handeln musste.

Nachdem Ernest sich zwei Stunden lang hin und her gewälzt und es trotz verschiedener Einschlafprogramme nicht geschafft hatte, endlich den Weg ins Land der Träume zu finden, reichte es ihm. Er stand auf, kleidete sich an und fuhr mit dem Antigravitationslift in die Hotellobby. Von dort aus begab er sich in die Bar, setzte sich an die Theke und bestellte einen Bourbon. Außer zwei anderen Besuchern, die etwas abseits von ihm saßen, war er der einzige Gast.

Nachdem er beim Barkeeper einen Drink bestellt und erhalten hatte, wartete er, bis dieser gerade nichts zu tun hatte, und winkte ihn unauffällig zu sich.

»Kann ich Sie etwas fragen?«

»Aber natürlich«, antwortete er ganz im Stil eines Roboters. »Ich stehe Ihnen zu Diensten.«

»Vorletzten Abend hat sich hier eine Frau mit einem Mann getroffen.«

»Es waren einige Paare hier. Wie sahen sie denn aus?«

»Er ist sechsunddreißig Jahre alt, schlank und groß, hat schwarze Haare. Sie hat ebenfalls schwarze Haare und ist ziemlich dünn. Sie saßen irgendwo da hinten an einem Tischchen.« Ernest zeigte mit dem Finger in die ungefähre Richtung.

»Ja, an die beiden kann ich mich erinnern. Aber die Frau war unmittelbar davor mit einem anderen Mann hier.«

»Genau das wollte ich Sie fragen. Wissen Sie noch, wie dieser andere Mann ausgesehen hat?«

Auf der Brust des Androiden leuchtete ein Display auf. Nach weniger als einer Sekunde erschien ein klares Hologramm. Es zeigte Michelle Evans mit einem Mann an einem Tischchen. Sie gestikulierte kurz und schien den Mann zu beschimpfen, worauf er seinen Zeigefinger erhob und bedrohlich auf sie einredete.

»Ist das die Frau, die sie meinten?«, fragte der Androide höflich.

»Genau die ist es. Und ihn kenne ich auch bestens.«

»Es freut mich, dass ich Ihnen helfen konnte.«

»Sie haben mir in der Tat sehr geholfen. Besten Dank.«

»Es war mir ein Vergnügen.« Der Barkeeper wandte sich um und widmete sich anderen Aufgaben.

Ernest kramte seinen Kommunikator hervor und versuchte noch mal eine Verbindung zu Mark herzustellen. Doch zu seiner Enttäuschung meldete sich, wie schon beim letzten Versuch, nur die charmante weibliche Stimme des Anrufbeantworters. Er kippte den Rest seines Drinks hinunter und verließ die Bar.

Vor dem Eingang zum Wartungshangar hielt ein Bodengleiter. Ein Mann in Overall eines Wartungsinspektors entstieg dem Gefährt und näherte sich dem Hangar. Der Mann steckte die Zutrittskarte in den Schlitz und trat entschlossen ein. Er blickte weder nach links noch nach rechts und schritt auf direktem Weg zu einem bestimmten Raumgleiter.

Im Hangar herrschte rege Betriebsamkeit, was seinen Auftrag wesentlich leichter machte, da er von keinem der anwesenden Arbeitsroboter beachtet wurde. Die eine Hand steckte in seiner Hosentasche, in der eine wichtige Datenkarte steckte. Einige Androiden sahn kurz auf, als er an ihnen vorbeiging, und grüßten ihn höflich. Er reagierte nicht darauf, blickte weiter geradeaus und näherte sich geradewegs seinem Ziel.

Als er es erreicht hatte, stieg er entschlossen die Einstiegstreppe hoch und verschwand im Innern des Gleiters. Er zog die Datenkarte und seinen Kommunikator aus der Hosentasche und tippte auf Letzterem etwas ein. Er brauchte nicht lange zu warten, bis die Antwort in Form eines Zahlencodes erschien.

Dann trat er an eine Schalttafel und klappte die transparente Abdeckung zur Seite. Mitten unter unzähligen kristallinen und anderen Bauteilen war ein kleines Display eingebettet, das eigentlich nur für Notfälle gedacht war. Der Mann tippte es kurz an, worauf ein Eingabefeld und ein Zahlenblock erschienen. Er tippte den soeben erhaltenen Code ein und steckte die Speicherkarte neben dem Display in den dafür vorgesehenen Slot. Daraufhin erschien ein rudimentär gestaltetes Funktionsmenü.

Nachdem er ein paar Befehle ausgeführt hatte, zog er die Speicherkarte wieder heraus und schloss die Abdeckplatte. Erneut tippte er auf dem Kommunikator etwas ein, bevor er ihn zusammen mit der Speicherkarte in seiner Hosentasche verschwinden ließ.

Unauffällig stieg er aus dem Gleiter, gab einem Androiden noch ein paar belanglose Anweisungen und verließ den Hangar.

11.

Am nächsten Morgen erwachte Christopher durch den Türsummer des Hotelzimmers. Er sah auf die Uhr und stellte fest, dass es noch sehr früh war.

»Mist«, raunte er. »Muss das denn wirklich mitten in der Nacht sein?«

Er wusste zwar, dass Ernest und Eric zeitig aufbrechen wollten, aber dass es so früh sein würde, hatte er nicht erwartet. Anscheinend dachten die beiden, sie müssten ihn vorzeitig wecken, damit er rechtzeitig für die Abreise bereit war.

Ohne den Monitor einzuschalten, um zu sehen, um wen es sich beim frühmorgendlichen Besuch handelte, öffnete er mit einem Fingerdruck auf das Display die Zimmertür.

»Kommt rein«, röchelte er mit verschlafener Stimme und hoffte, dass der Lautsprecher vor der Tür seine Worte in verständlicher Form wiedergab.

Er hob seinen Oberkörper, setzte sich auf die Bettkante und rieb sich die Augen. Gleichzeitig hörte er die sich öffnende Tür, die sich kurz darauf mit einem ähnlichen Geräusch wieder schloss.

»Was wollt ihr denn schon so früh?«, knurrte Christopher mürrisch.

»Hallo«, erklang leise eine weibliche Stimme.

Erschrocken sah er auf und blickte in das verlegene Gesicht von Michelle Evans. Sie stand mitten im Zimmer und schien nicht zu wissen, ob sie zu ihm oder sonst irgendwohin im Zimmer blicken sollte.

Dann wurde ihm bewusst, dass er nackt war und bedeckte sich so gut es ging mit den Händen.

»Du?«

»Entschuldige, wenn ich so hereinplatze«, sagte sie unsicher. »Ich wusste nicht, dass du jemand anderen erwartet hattest.«

»Ich dachte, es wären Eric und Ernest«, erwiderte er nicht weniger verlegen.

»Soll ich draußen warten?«

»Worauf warten?«, fragte er verwundert.

»Bis du dir etwas angezogen hast.«

»Ach so. Nein, es reicht, wenn du dich umdrehst.«

Sie ging zum Fenster und blickte nach draußen in die Morgendämmerung.

So eine vertrackte Situation, dachte er. Da saß er splitternackt auf dem Bett, und vor ihm stand eine bildhübsche Frau und sah aus dem Fenster.

»Ich verschwinde kurz im Bad«, sagte er, kramte seine Sachen zusammen und verschwand.

Eine Viertelstunde später saßen sie sich in bequemen Hoversesseln gegenüber.

»Du hattest es vorgestern ziemlich eilig«, bemerkte Christopher lakonisch.

»Ja, tut mir leid, dass ich so überstürzt abgehauen bin.«

»Du hattest bestimmt deine Gründe.«

Sie zupfte nervös an ihren Haaren, während er zurückgelehnt im Sessel saß und ihr dabei zusah.

»Mir ist aufgefallen, dass du bei der Erwähnung des Namens Mark Henderson ziemlich erschrocken reagiert hast«, fuhr er fort, ohne sie aus den Augen zu lassen.

»Ja, ich weiß«, entgegnete sie. Ihr Blick war nach unten gerichtet.

»Kennst du ihn?«

»Nicht besonders. Ich habe ihn ein paarmal in der Firma gesehen, als er zu Besprechungen anwesend war, aber bis dahin nie persönlich mit ihm zu tun gehabt.«

»Wie ist der Name der Firma, in der du arbeitest?«

»*Norris & Roach.*«

Christopher war darüber nicht sonderlich überrascht. »Das ist einer der größten Pharmakonzerne weltweit. Nein, das ist sogar der größte.«

»Stimmt, aber hier in der Niederlassung in Geneva gibt es vorwiegend administrative Büros und nur wenige Forschungslabors.«

»Du arbeitest in einem dieser Labors?«

»Ja, aber wir sind leider nicht an den ganz großen Sachen dran. Die Arbeit hier ist ziemlich langweilig.«

»Weißt du etwas über unseren Auftrag?«

Sie zögerte, dann antwortete sie: »Ich wurde einmal unfreiwillig Zeuge eines Gesprächs zwischen diesem Henderson und einem meiner Vorgesetzten.«

»Ging es dabei um unseren Auftrag?«

»Ich bin mir nicht sicher. Ich habe nur einen Teil des Gesprächs mitbekommen. Daraus wurde ich nicht ganz schlau.«

»Deswegen hattest du Ärger?«

Sie nickte. »Ein anderer Vorgesetzter hat gesehen, dass ich mich zum Zeitpunkt des Gesprächs in der Nähe aufhielt, und schloss daraus, dass ich gelauscht und zumindest einen Teil des Gesprächs mitbekommen hatte.«

»Leuchtet mir ein.«

»Es verging keine halbe Stunde, da wurde ich zu meinem direkten Vorgesetzten zitiert, der mir einen gehörigen Rüffel verpasste.«

»Du hast dich nicht rechtfertigt? Es war doch keine Absicht.«

»Hab ich, aber er hat mir nicht geglaubt. Und wozu dann weiterstreiten, die Bosse haben doch immer recht.«

»Leider gibt es viele solche.«

Erneut ertönte der Türsummer. Diesmal sah Christopher vor dem Öffnen der Tür nach, wer davor stand. Ernest und Eric winkten auf dem Monitor, worauf Christopher die Tür öffnen ließ. Die beiden betraten das Zimmer und grüßten. Überrascht blieben sie stehen, als sie Michelle im Sessel sitzen sahen.

»Darf ich euch vorstellen. Das ist Michelle Evans.« Danach zeigte Christopher zu Ernest und Eric und fuhr fort: »Das sind Ernest Walton und Eric Daniels, meine Freunde und Arbeitskollegen.«

Michelle erhob sich, lächelte die beiden verlegen an und streckte ihnen die Hand entgegen. »Hallo.«

Ernest erwiderte den Gruß misstrauisch, während Eric sein freundlichstes Gesicht aufsetzte. Dann wandte sich Ernest an Christopher und flüsterte: »Was macht die denn hier?«

Christopher antwortete nicht darauf und bat alle, Platz zu nehmen. Anschließend wiederholte er kurz, was er bisher von Michelle erfahren hatte.

»Sie hatten noch nie persönlich mit Mark Henderson zu tun?«, fragte Ernest nicht minder misstrauisch als vorher.

»Nein.«

»Sie haben ihn auch nicht unmittelbar vor der Begegnung mit Christopher in der Hotelbar getroffen?«

Michelle starrte Ernest verzweifelt an.

»Warum wollten Sie uns das verschweigen?« Ernest Stimme wurde etwas energischer. »Was hatten Sie mit Mark zu besprechen, was wir nicht wissen sollten?«

Michelles Gedanken rotierten. Sie war freiwillig hierhergekommen, um sich bei Christopher für ihren ungebührlichen Abgang zu entschuldigen. Nun bereute sie ihren Entscheid, weil sie sich damit in große Schwierigkeiten gebracht hatte. Sie durfte ihnen die Wahrheit nicht sagen, sonst war alles verloren.

»Beim Verlassen der Firma bin ich Mark Henderson über den Weg gelaufen, und er flüsterte mir zu: *Wir müssen reden*«, begann sie zaghaft ihre Erklärung. »Dann drückte er mir unauffällig ein Kärtchen in die Hand und verschwand eilig.«

»Was stand darauf?«

»Der Name des Hotels und der Bar, ein Datum und eine Uhrzeit. Also bin ich hingegangen.«

»Das war vorgestern Abend, bevor wir unseren Zusammenstoß hatten?«, fragte Christopher sicherheitshalber.

»Ja.«

»Worüber habt ihr gesprochen?«

Sie zögerte und blickte zum Fenster. »Er hat mir Fragen gestellt und versucht herauszufinden, wie viel ich von dem Gespräch mitbekommen habe. Also habe ich ihm erzählt, was ich gehört hatte.«

»Wie viel weißt du denn?«

»Scheinbar nicht viel, denn ich habe nur wenig mitbekommen. Eigentlich habe ich nur unfreiwillig ein paar Gesprächsfetzen aufgeschnappt. Ich habe sie mir nicht gemerkt. Was mir geblieben ist, sind ein paar Wörter wie *Chemische Substanzen*. Dann war noch die Rede von irgendeinem Medikament. Sie hatten dafür einen Namen, aber den hab ich vergessen. Und sie redeten über Nachrichten und Informationen. Aber um was es dabei ging, hab ich ebenfalls nicht mitbekommen. Vielleicht können Sie mir ja mehr darüber erzählen.«

»Das dürfen wir nicht.«

»Das habe ich mir schon gedacht.«

»Worüber habt ihr sonst noch geredet?«

»Nichts mehr, was den Auftrag direkt betraf. Aber er hat mir gedroht, ich würde ernsthafte Schwierigkeiten bekommen, wenn ich irgendetwas darüber weitererzählen sollte. Oder wenn ich versuchen würde, weitere Einzelheiten in Erfahrung zu bringen.«

»So kenne ich Mark gar nicht. Aber ich kann jetzt verstehen, dass du so erschrocken reagiert hast, als ich dir seinen Namen nannte.«

Sie hob den Kopf und sah ihm in die Augen, sagte aber nichts. Er konnte die Angst in ihrem Gesicht erkennen. Ernest und Eric saßen schweigend daneben.

»Was ist?«, fragte er sie nach einer Weile.

»Ich glaube, ich werde beschattet«, antwortete sie ängstlich.

»Von Mark?«

»Nein, aber mir ist ein Typ aufgefallen, der sich an denselben Orten befand, an denen ich mich aufgehalten hatte. Ich glaube nicht, dass es ein Zufall war.«

»Das glaube ich auch nicht. Dann weiß er bestimmt auch, dass du jetzt hier bist«, sagte Christopher besorgt, stand auf, ging zum Fenster und sah hinaus.

»Nein, ich glaube, ich habe ihn abgehängt«, sagte sie beschwichtigend. »Bevor ich zu deinem Zimmer kam, bin ich mit dem Lift ein paarmal rauf und runtergefahren, hab jedes Mal den Schacht gewechselt und bin immer in einer anderen Etage ausgestiegen. Auf deiner Etage bin ich zuerst in die andere Richtung gegangen, bin vor einer anderen Zimmertür stehengeblieben und habe gewartet. Als nach einer Weile niemand erschien und nichts geschah, ging ich zurück zum Lift und kam hierher.«

»An die Gesichtsscanner hast du nicht gedacht?«, fragte er.

Sie antwortete nicht und holte stattdessen eine Sonnenbrille und einen gefalteten Damenhut aus ihrer Handtasche.

»Tja, hoffen wir, dass der Trick gewirkt hat.«

Als sie die Sachen wieder in ihrer Tasche verstaut hatte, fragte er: »Warum bist du zu mir zurückgekommen?«

»Ich möchte weg von hier«, antwortete sie entschlossen.

»Wie bitte?«

»Ich möchte Sie auf Ihrem Flug begleiten«, wiederholte sie, sah anschließend zu Ernest und zu Eric.

Christopher brauchte eine Weile, um sich von seiner Verblüffung zu erholen.

»Ich fühle mich hier nicht mehr sicher«, fuhr sie fort. »Ich will einfach weg.«

»Das kann ich verstehen, aber warum gerade mit uns?«

»Vielleicht hat Henderson einen Killer auf mich angesetzt, und der wartet nur auf die passende Gelegenheit.«

»Einen Moment mal«, mischte sich Ernest in die Unterhaltung ein. »Was erzählen Sie uns da für einen Bockmist! Ich glaube Ihnen kein Wort. Von wegen Mark soll einen Killer auf Sie angesetzt haben.«

Christopher versuchte, die Situation zu besänftigen. »Ich kenne Mark nun schon lange genug, dass ich dir versichern kann, dass er so etwas nie tun würde.«

»Warum hat er mir dann gedroht?«

»Vielleicht kommt er selbst in Teufels Küche, falls sich herausstellt, dass du doch geheime Informationen mitbekommen hast. Und er will nur sicher gehen, dass du nichts verrätst.«

»Ich würde trotzdem gerne mit euch mitfliegen«, sagte sie entschlossen. »Mich hält hier nichts mehr. Ich würde mich sicherer fühlen. Überlegt einmal, wenn Mark Henderson mich tatsächlich beschatten lässt, um sicherzugehen, dass ich mit niemandem Unbefugten rede, was wäre dann aus seiner Sicht der beste Ort, an dem ich mich aufhalten könnte?«

»Bei uns, weil du uns nichts über den Auftrag erzählen könntest, was wir nicht selbst schon wissen«, antwortete Christopher. »Das leuchtet mir ein.«

»Da ich keinen Job mehr habe, hält mich hier wirklich nichts mehr.«

»Du hast keinen Job mehr?« Christopher sah sie erneut verblüfft an.

»Ich habe gekündigt. Darauf haben sie mich per sofort freigestellt. Anscheinend hatten sie sowieso vor, mich zu feuern.«

Christopher blickte zu seinen beiden Freunden.

»Das kommt alles etwas kurzfristig«, meinte Ernest nicht gerade begeistert. »Eigentlich wollten wir heute früh abreisen.«

»Ihr fliegt jetzt schon los?«

»Das haben wir tatsächlich vor. Wäre es für dich ein Problem?« Christopher sah sie fragend an.

Wieder zupfte sie nervös an ihren Haaren. »Ich dachte, es würde noch ein paar Tage dauern. Ich müsste noch ein paar Sachen aus meiner Wohnung holen.«

»Wie viel Zeit brauchst du dafür?«

»Nicht viel. Wir könnten sofort hinfahren.«

»Wie lange dauert das?«, fragte Ernest. Er verbarg in keiner Weise, dass er darüber nach wie vor nicht sehr angetan war.

»Etwa eine Stunde.«

Eric räusperte sich. Er hatte sich bis dahin nicht zu der Situation geäußert. »Wenn alles stimmt, was Miss Evans uns bisher erzählt hat - und ich erkenne keinen Grund, warum sie uns belügen sollte -, dann sollte es für uns kein Nachteil sein, wenn sie uns begleitet.«

Sie sahen Eric eine Weile schweigend an. Ernest nickte. »Ich werde Sie aber im Auge behalten«, sagte er mit ernster Miene an Michelle gewandt.

»Wir müssten Sie noch bei der Raumflugkontrolle anmelden«, sagte Eric.

»Ich werde das übernehmen. Wir treffen uns in anderthalb Stunden im Raumhafen in der Bar, in der ich mich mit Mark getroffen habe. Ihr wisst ja, wo das ist. Seid bitte pünktlich. Ich werde in der Zwischenzeit noch mal versuchen, Mark zu erreichen.«

Kaum war Ernest wieder in seinem Zimmer, setzte er sich mit einem alten Freund bei der Terrestrial Security Agency in Verbindung.

»Hallo Thomas. Kannst du mir einen Gefallen tun?«

»Worum geht's denn diesmal? Doch nicht schon wieder um irgendeine Verletzung von Sicherheitsbestimmungen?«

»Nein. Du kannst dich beruhigen. Du sollst mir nur Auskunft über eine bestimmte Person geben.«

»Offiziell oder inoffiziell?«

»Am besten ohne den ganzen administrativen Kram.«

»Dann inoffiziell. Aber du weißt, dass es mir Ärger einbringen könnte?«

»Und du weißt, wie verschwiegen ich bin.«

»Zum Glück, sonst würde ich es nämlich nicht tun. Also, wer ist die Person?«

»Michelle Evans, wohnhaft in Geneva, etwa fünfundzwanzig bis dreißig Jahre alt. Arbeitete bis vor kurzem bei *Norris & Roach*.«

»Dauert nur ein paar Sekunden.«

12.

Christopher und Michelle saßen in einem Taxigleiter und ließen sich zu ihrem Apartment fahren. Das Gefährt wurde vollautomatisch gesteuert. Man brauchte lediglich über ein Touchscreen-Display das gewünschte Fahrziel einzugeben und die Bezahlung abzuwickeln.

Fahrzeuge wurden durch Leitsysteme gelenkt. Das manuelle Steuern war nur noch auf privaten Grundstücken oder auf Nebenwegen möglich, wo es keine Leitsysteme gab.

Michelle blickte immer wieder aus dem Rückfenster, um sich zu vergewissern, dass sie nicht verfolgt wurden. Doch bisher schien das nicht der Fall zu sein.

Nach einer halben Stunde Fahrt erreichten sie ihr Ziel und stiegen aus. Michelles Apartment lag etwas außerhalb des Stadtzentrums in einem ruhigeren Viertel.

Als sie die Tür öffnete, bot sich ihnen ein chaotisches Bild. Die Wohnung bestand aus einem großen Raum, der als Schlaf- und Wohnzimmer diente, und einer zusätzlichen kleinen Kochnische. Im Hintergrund gab es ein kleines Badezimmer mit einer Dusche.

Michelle hatte diese möblierte Wohnung mit wenigen Gegenständen gemütlich eingerichtet gehabt, doch nun lag alles verwüstet und wild verstreut auf dem Fußboden. Schranktüren standen offen, Schubladen waren herausgezogen.

Eine Weile blieben sie in der Tür stehen und sahen sich das Durcheinander an. Dann machte sie den ersten Schritt, bückte sich und hob ein paar Gegenstände auf, die anscheinend noch intakt waren.

Wenn man vom Chaos absah, waren bei diesem Einbruch erstaunlich wenige Gegenstände kaputt gegangen.

»Da hat jemand anscheinend etwas ganz Bestimmtes gesucht«, unterbrach Christopher die Stille. »Hast du eine Ahnung, was das gewesen sein könnte?«

»Nein, ich besitze nichts Wertvolles und auch nichts, was so besonders wäre, dass man es stehlen müsste.«

»Ein gewöhnlicher Einbruchdiebstahl war das bestimmt nicht. Ist dir schon aufgefallen, ob etwas fehlt?«

»So auf den ersten Blick gesehen vermisse ich nichts.«

»Vielleicht wollte sich der Einbrecher nur vergewissern, ob du im Besitz eines bestimmten Gegenstandes bist.«

»Ich wüsste nicht, was das sein sollte.«

Michelle hatte damit begonnen, ihre Sachen zusammenzusuchen und sie in eine Tasche zu packen. Da sie nicht viel besaß, war dies schnell erledigt.

Nach einer knappen halben Stunde standen sie auf der Schwelle der Wohnungstür und ließen ihre Blicke noch einmal durch den Raum gleiten. Für Michelle bedeutete dies der Abschied von einer Umgebung, in der sie für eine gewisse Zeit gelebt hatte. Aber es machte nicht den Anschein, als würde sie ihr nachtrauern.

»Gehen wir«, sagte sie kurz und emotionslos und schloss die Tür. Sie packten die beiden Taschen und verließen das Haus.

Der Mann saß in einem geschlossenen Gleiter mit getönten Scheiben. Er beobachtete, wie Michelle und Christopher das Haus betraten und es nach einer halben Stunde wieder verließen.

Unmittelbar bevor sie hier eingetroffen waren, hatte er das Apartment durchsucht, den bestimmten Gegenstand jedoch nicht gefunden. Er nahm an, dass sie ihn bei sich trug. Er hatte damit gerechnet, dass sie hier auftauchen würde und sich das Problem einfach lösen ließ. Dass sie aber in Begleitung erschien, verkomplizierte die Sache.

Als er sah, wie Michelle und Christopher mit dem Taxigleiter losfuhren, folgte er ihnen in sicherem Abstand. Vielleicht ergab sich später noch eine weitere Gelegenheit, ihr den Gegenstand abzunehmen, denn er durfte das Ziel auf keinen Fall erreichen.

13.

Als sie mit dem Taxigleiter auf dem Rückweg waren, stellte Christopher fest, dass Michelle immer wieder durchs Rückfenster blickte. Irgendwann sagte er zu ihr: »Beruhige dich. Wir sind bald da. Es wir schon nichts passieren.«

»Ich glaube, wir werden verfolgt«, erwiderte sie sorgenvoll. »Da ist ein anderer Taxigleiter mit getönten Scheiben. Er stand am Straßenrand, als wir losfuhren und fährt seither hinter uns her.«

»Das könnte Zufall sein.«

»Er stand aber schon da, als wir bei meiner Wohnung ankamen.«

Christopher drehte den Kopf und sah so unauffällig wie möglich nach hinten. Tatsächlich konnte er das von Michelle erwähnte Fahrzeug sehen. Anscheinend gab sich der Fahrer große Mühe, sich hinter anderen Fahrzeugen zu verstecken. Zudem waren auch die getönten Scheiben, die er bei einem Taxigleiter bisher noch nie gesehen hatte, ein verdächtiges Indiz.

Spontan befahl er ihrem automatisch gesteuerten Taxigleiter, bei der nächstmöglichen Gelegenheit anzuhalten. Als sie wenig später am Straßenrand standen, blickte Christopher erneut unauffällig aus dem Rückfenster. Das verdächtige Fahrzeug hatte ebenfalls angehalten und wartete. »Du hattest recht. Wir werden tatsächlich verfolgt. Der andere hat ebenfalls angehalten.«

»Glaubst du mir jetzt, dass irgendjemand hinter mir her ist?«, sagte Michelle.

»Ja, aber es ist noch lange nicht gesagt, dass Mark dahintersteckt.«

»Er ist es bestimmt.«

Christopher gab ihrem Taxigleiter die Anweisung mit der höchstmöglichen Geschwindigkeit zum Flughafen zu fahren. Doch kaum waren sie gestartet, setzte sich auch das andere Fahrzeug wieder in Bewegung. Michelle wurde immer unruhiger.

Ihr Verfolger gab sich nun keine Mühe mehr, seine Absicht zu verbergen. Mit riskanten Überholmanövern verringerte er den Abstand zu ihnen mehr und mehr.

»Das kann unmöglich ein automatisch gesteuerter Taxigleiter sein, so wie der fährt«, sagte Christopher als er einmal mehr durchs Rückfenster geschaut hatte. »Dieses Fahrzeug wird manuell gesteuert. Es scheint jemand am Steuer zu sitzen, der das sehr gut beherrscht.«

Nach einigen weiteren Fahrminuten befand sich der Verfolger direkt hinter ihnen und ignorierte jeglichen Sicherheitsabstand.

»Kann denn unser Taxi nicht etwas schneller fahren?«, fragte Michelle verzweifelt.

»Es hält sich an die Verkehrsregeln, was man von unserem Verfolger nicht behaupten kann.«

Durch die Aufforderung an ihr Taxigleiter, möglichst schnell zu fahren, nutzte das Fahrzeug jede sich bietende Möglichkeit, andere Fahrzeuge zu überholen und anhand von laufenden Verkehrsanalysen die derzeit schnellste Route zu wählen. Doch all das hinderte ihren Verfolger nicht daran, sich an ihre Fersen zu heften und unmittelbar hinter ihnen zu bleiben.

Bodengleiter schwebten zwar über den Boden, konnten aus Sicherheitsgründen jedoch lediglich eine maximale Höhe von anderthalb Meter über dem Boden erreichen, was es ihnen unmöglich machte, vertikale Überholmanöver auszuführen.

Als Christopher sich erneut umdrehte, stellte er fest, dass das Fahrzeug ihres Verfolgers langsam zu steigen begann. »Das ist doch nicht möglich«, sagte er erstaunt.

Auch Michelle sah nun wieder aus dem Rückfenster und erkannte, was Christopher meinte.

Der Verfolger hatte mittlerweile die zweifache Höhe ihres Taxigleiters erreicht und schickte sich an, über sie hinwegzufliegen.

»Das ist definitiv kein Taxigleiter, auch wenn er so aussieht«, musste Christopher mit Ernüchterung feststellen. »Bei der nächsten Straße rechts abbiegen!«, wies er ihren Gleiter spontan an.

Als sie abbogen, konnten sie gerade noch sehen, wie der fremde Gleiter über sie hinweg geradeaus weiterfolg, daraufhin scharf abbremste und sich anschickte zu wenden. Es dauerte nicht lange, tauchte er hinter ihnen wieder auf. Erneut gab Christopher dem Gleiter den Befehl, auf dem derzeit schnellsten Weg zum Raumhafen zu fahren, worauf er bei der nächsten Kreuzung rechts abbog. Hier war der Verkehr jedoch ziemlich dicht, sodass es für den Verfolge keine Möglichkeit gab, sich vor sie zu setzen. Daher reihte er ich wieder bodennahe unmittelbar hinter ihnen in den Verkehr ein.

Glücklicherweise wurde der Verkehr, je mehr sie sich dem Raumhafen näherten, noch dichter. Der Verfolger blieb jedoch hartnäckig hinter ihnen und schien auf eine Gelegenheit zu warten, um zuzuschlagen. Christopher fragte sich, was passieren würde, wenn sie beim Raumhafen ankamen und aus dem Taxigleiter stiegen. Würde der Verfolger dann zuschlagen und sie angreifen?

Christopher kramte seinen Kommunikator hervor, schrieb eine Nachricht und schickte sie ab.

»Wem hast du geschrieben?«, fragte Michelle neugierig.

»Rick Blattning. Er ist ein langjähriger Freund von uns und Mitglied des Diplomatischen Rat der Erde. Ich habe ihm die Situation kurz geschildert und ihn gebeten, kurzfristig vor der Einfahrt zum Raumhafen eine Polizeikontrolle anzufordern.«

»Geht das so schnell?«

»Mit seinen Beziehungen sollte das kein Problem sein.«

»Da bin ich mal gespannt.« Michelle blickte noch mal zurück, konnte aber hinter der getönten Frontscheibe des fremden Gleiters niemanden erkennen.

Eine halbe Stunde später näherten sie sich dem Raumhafengelände. Der Verfolger hatte nach wie vor keine Gelegenheit gefunden, sie zu überholen, saß ihnen aber immer noch im Nacken.

»Wir nähern uns der Raumhafeneinfahrt. Gleich müssten wir die Kontrolle sehen.« Christopher wies ihren Gleiter an, langsamer zu fahren, worauf sich der Abstand zum Gefährt vor ihnen mehr und mehr vergrößerte. Es dauerte nicht lange, stieg ihr Verfolger langsam in die Höhe und setzte zu einem vertikalen Überholmanöver an.

»Ich frage mich, was er damit bezweckt«, sagte Christopher. »Will er etwa mitten auf der Fahrbahn anhalten und über uns herfallen? Hier gibt es doch zu viele Zeugen.«

Der fremde Gleiter verschwand langsam aus dem Blickfeld des Rückfenster.

»Er ist jetzt genau über uns.«

»Wo ist die Kontrolle?«, fragte Michelle ängstlich.

Christopher hielt nach vorne Ausschau, antwortete aber nicht, da er sie ebenfalls noch nirgends sehen konnte.

»Er darf sich nicht zu früh vor uns setzen«, sagte Christopher und wies den Gleiter an, ein bisschen schneller zu fahren. Als er sich vorbeugte, um durch die Frontscheibe nach oben zu schauen, konnte er bereits den Bug des fremden Gleiters erkennen, der sich langsam nach vorne bewegte.

»Er kommt«, sagte Michelle aufgeregt. »Und immer noch keine Kontrolle in Sicht.«

Plötzlich beschleunigte der fremde Gleiter, schoss nach vorn und versuchte, sich vor ihnen einzuordnen. Ihr Taxigleiter führte sofort eine scharfe Bremsung aus, um einen möglichen Zusammenstoß zu verhindern, was dem Fremden ermöglichte, sich auf Bodennähe abzusenken.

Christopher und Michelle starrten sprachlos aus dem Frontfenster und hielten den Atem an. »Und was nun?«, fragte Michelle.

»Ich verstehe auch nicht, was das soll. Ich hatte damit gerechnet, dass er uns anhält.«

»Da!«, rief Michelle. »Ein Polizeigleiter!« Michelle zeigte mit dem Finger begeistert nach vorn.

Auch der fremde Gleiter schien die Polizei bemerkt zu haben, denn erhob sich plötzlich in die Luft, drehte ab und verschwand am Himmel. Der Polizeigleiter flog über sie hinweg und verfolgte ihn. Erleichtert lehnten sie sich in ihren Sitzen zurück und atmeten einmal kräftig durch.

Kurz darauf verließen sie den Taxigleiter und begaben sich durch das mit einer Geschäftspassage, bestehend aus Einkaufsläden, Restaurants und Bars, ausgestatteten Oberdeck in die Abfertigungshalle. Nachdem sie sich beim Check-In identifiziert hatten, gelangten sie in eine weitere Geschäftspassage.

Als sie die Bar betraten, in der sie sich mit Ernest und Eric treffen wollten, stand urplötzlich Mark vor ihnen. Völlig verdutzt ließen sie sich an die Theke führen, wo er ihnen einen Drink spendierte.

»Was machst du denn hier?«, fragte Christopher zutiefst erstaunt.

»Ich wollte mich von euch verabschieden, aber Ernest und Eric sind noch nicht da.«

»Woher kennst du unsere Abflugzeit?«

»Kann man doch nachschauen. Wird alles bei der Raumflugkontrolle registriert. Zudem weiß ich, dass dies Ernests Lieblingsbar ist und er sich bisher noch vor jedem Flug hier einen Drink genehmigt hat.«

Michelle betrachtete Mark abfällig und unterließ es, mit ihm zu sprechen. Dann richtete Mark seinen Blick auf sie und sagte: »Wie ich sehe, habt ihr euch kennengelernt.«

»Das war kurz, nachdem du dich mit ihr in der Hotelbar getroffen hattest«, erwiderte Christopher und hielt Marks Blick stand, in der Hoffnung, in seinen Augen eine Regung erkennen zu können.

Aber Marks Miene blieb weiter übertrieben freundlich, als stünde der Hochadel höchstpersönlich vor ihm. »Michelle und ich haben uns im Pharmakonzern kennengelernt, von dem ich den Auftrag für euch erhalten habe. Aber das weißt du bestimmt schon.«

»Ja, sie hat es mir erzählt«, antwortete Christopher spröde. »Sie hat mir auch gesagt, dass du ihr gedroht hast.« Wieder ließ er Mark nicht aus den Augen und wartete gespannt auf seine Reaktion.

Dieser lächelte jedoch gelassen, sah zuerst Michelle und dann Christopher an. »Gedroht ist etwas übertrieben. Ich habe ihr lediglich klar gemacht, dass sie mit niemandem darüber reden und auch keine Nachforschungen anstellen darf. Sie ist anscheinend unfreiwillig Zeugin einer vertraulichen Unterhaltung geworden.«

Michelles kühler Blick, mit dem sie Mark ununterbrochen anstarrte, hätte beinahe eine neue Eiszeit heraufbeschworen.

»Aber ich finde es sehr erfreulich, dass ihr euch getroffen habt«, fuhr Mark nach einer Weile mit derselben Nonchalance fort. »Ich finde es auch sehr gut, dass sie euch auf eurem Flug begleitet.«

»Wer hat gesagt, dass ich mitfliege?« Michelles schroffer Ton hätte die soeben entstandenen Eiszapfen in tausend Stücke zersplittern lassen.

»Es sind vier Personen für euren Flug angemeldet«, antwortete Mark lächelnd.

»Dann hat Ernest dich also bereits nachgemeldet«, folgerte Christopher und sah zu Michelle.

»Genau. Diese Daten kann man ebenfalls öffentlich einsehen.« Wieder lächelte Mark. Es schien, als hätte er sich einen Suppenlöffel quer in den Mund gesteckt. Für Christophers Begriffe lächelte Mark seit ihrem Eintreffen in der Bar etwas zu viel.

Dann standen wie aus dem Nichts plötzlich Ernest und Eric neben ihnen.

»Da schau einer an.« Ernest lachte herzhaft und klopfte Mark mit der flachen Hand auf die Schulter. »Er ist wieder aufgetaucht. Ich habe mehrmals versucht, dich zu erreichen, landete aber immer wieder bei der reizenden Stimme deines Anrufbeantworters.«

»Ich war verhindert.« Der Suppenlöffel in Marks Mund verwandelte sich in einen Teelöffel und verschwand dann gänzlich. Er schien verunsichert. »Aber ich hätte mich auf jeden Fall noch bei dir gemeldet. Zudem wollte ich mich doch von euch verabschieden.«

»Gibt es irgendetwas, was du uns noch mitteilen wolltest?«

»Eigentlich nicht.« Mark hatte sein Lächeln wiedergefunden. »Nur dass ich euch einen erfolgreichen und angenehmen Flug wünsche. Meldet euch bei mir, wenn ihr zurück seid.«

»Das werden wir auf jeden Fall.«

Nachdem sich alle noch einen Drink genehmigt hatten, gab Mark Henderson zum Abschied allen die Hand und schüttelte sie. Michelle verweigerte ihm den Händedruck und wandte sich wortlos von ihm ab.

Wenig später übergaben sie ihr Gepäck einem dafür vorgesehenen Förderband und erhielten von einem Automaten programmierte Hoverboards, die sie zum richtigen Gate bringen sollten. Sie stellten sich drauf, hielten sich am Griff fest und schwebten durch einen langen Gang zur Plattform einer automatisch gesteuerten Gleiterbahn. Die vorderste von einer ganzen Reihe Fahrkabinen öffnete sich, und sie stiegen ein. Sie bot etwa einem Dutzend Personen Platz.

Die Fahrt zu ihrem Raumgleiter dauerte ein paar Minuten. Man spürte nicht die geringsten Erschütterungen. Nur der Andruck aufgrund der Beschleunigung vermittelte den Eindruck, dass sich die Kabine vorwärts bewegte.

Mit einem ebenfalls spürbaren Bremsmanöver hielt sie wenig später an. Nachdem sie ausgestiegen waren, schwebten sie durch ein letztes Kontrollportal, in dem sie gescannt wurden. Der Vorgang dauerte nur kurz. Danach ging es weiter durch ein schmales Fingerdock, welches sie zum Einstieg ihres Raumgleiters brachte.

Als sie im Eingangsraum ihres Schiffs standen, stach ihnen der Geruch von Reinigungsmitteln in die Nase.

»Ach herrje«, brummte Ernest. »Es dauert wie gewöhnlich eine Weile, bis sich dieser Gestank verflüchtigt.«

»Ich könnte eine Pfeife rauchen«, schlug Eric vor.

»Kommt gar nicht in Frage!«, protestierte Christopher.

»War nur ein nicht ernst gemeinter Vorschlag«, erwiderte Eric grinsend, der Christophers Reaktion kannte. Es war nicht das erste Mal, dass sie sich deswegen fast in die Haare gerieten. Aber außer in seiner Kabine hatte Eric bisher nirgends im Raumgleiter geraucht.

»Christopher, du könntest Mickie herumführen und ihr das Schiff zeigen«, schlug Ernest vor, »während ich den Start vorbereite.«

»Einverstanden.«

Christopher führte sie in den Aufenthaltsraum und in die Bordküche, zeigte ihr die sanitären Einrichtungen und das Vorratslager, welches sich im Unterdeck befand.

Danach gingen sie in den hinteren Bereich des Gleiters, wo er ihr zeigte, wer welche Kabine bewohnte. Die vorderste gehörte Ernest. Gleich gegenüber wohnte Eric. Etwas weiter den Gang entlang gab es noch zwei Kabinen, von denen Christopher die linke bewohnte. Die rechte war unbewohnt und für Gäste gedacht.

Christopher öffnete die Tür und führte Michelle hinein.

»Ich hoffe, sie gefällt dir.« Er beobachtete sie von der Seite und kam nicht umhin festzustellen, wie gut aussehend sie war.

Sie stellte ihre Tasche auf den Boden, sah sich um und lächelte.

»Und wie es mir gefällt. Wenn ich darf, werde ich mich hier häuslich einrichten.«

»Nur zu.« Christopher breitete seine Arme aus.

Anschließend führte er sie ans Ende des Ganges, wo sich der Toilettenraum mit einer Dusche befand.

»Wir müssen uns absprechen, wer wann den Raum benutzt«, erklärte er. »Wir haben nur diesen Waschraum.«

»Das ist für mich kein Problem«, antwortete sie begeistert. »Ich kann mich gut anpassen.«

Eine halbe Stunde später trafen sie sich im Aufenthaltsraum. Dieser war gemütlich eingerichtet. In der Mitte stand ein runder Metalltisch, der von oben beleuchtet wurde. Linkerhand in einer Nische befand sich die Bordküche mit mehreren Geräten und Schränken, die mit Vorräten gefüllt waren.

Auf der anderen Seite des Aufenthaltsraums, ebenfalls in einer Nische, befanden sich zwei Terminals, die mit dem Bordsystem verbunden waren. Sie dienten der manuellen Bedienung des Systems, was ab und zu notwendig war. Das meiste wurde jedoch von den Bordsystemen automatisch gesteuert, wenn sie mit den entsprechenden Daten gefüttert und die geplanten Prozesse vorprogrammiert worden waren.

»Das alles ist etwas altmodisch«, entschuldigte sich Christopher bei Michelle. »Der Kahn ist schon mehrere Jahrzehnte alt.«

»Wenn ich ehrlich bin, ist mir das ziemlich egal«, erwiderte Michelle. »Hauptsache, ich komm weg von hier.«

Während Ernest, Eric und Michelle am runden Tisch Platz nahmen und sich über den Flug und andere Dinge unterhielten, setzte sich Christopher an eines der Terminals und kopierte die Reisedaten, die sie von Mark auf der Speicherkarte erhalten hatten, in den Bordrechner. Danach stellte er noch ein paar eigene interne Berechnungen an, speicherte sie und verließ das Terminal, um sich zu seinen Gefährten an den Tisch zu setzen.

»Mickie, kannst du eigentlich kochen?«, fragte Ernest und sah sie mit einem verschmitzen Lächeln an.

Michelle senkte verlegen den Kopf und antwortete nicht darauf.

Ernest grinste. »Na, das trifft sich gut, sonst könnte es in der Bordküche ein paar Probleme geben.«

Michelle sah verwundert auf.

»Na ja«, erklärte Eric lachend. »Ernest hat seine eigenen Methoden und Regeln beim Kochen. Dabei sollte man ihn lieber nicht stören.«

»Ach so. Dann werde ich ihm auf keinen Fall dreinreden.« Michelle lachte nun ebenfalls.

»Kinder, in einer Stunde werden wir starten.« Ernest erhob sich. »Wer sich noch etwas im Raumhafen besorgen will, soll es gleich jetzt tun. Bis zum Start werde ich mich noch ein bisschen aufs Ohr hauen.«

14.

Der Flug zum äußeren Rand des Sonnensystems dauerte mit den Normaltriebwerken, die nur für Unterlichtgeschwindigkeit vorgesehen waren, etwas mehr als zwei Wochen. Die Triebwerke arbeiteten einwandfrei, Ernest hatte sogar den Eindruck, dass sie weniger Geräusche verursachten als früher. Die Bordzeit und der Lebensrhythmus richteten sich nach mitteleuropäischer Standardzeit.

Das Leben an Bord des Raumgleiters hatte sich eingependelt. Es gab keine Kollisionen, weder im Waschraum noch in der Bordküche. Die Crewmitglieder verrichteten ihre Arbeit und vertrieben sich die übrige Zeit mit Diskussionen über die verschiedensten Themen, mit Musikhören, Filme betrachten oder mit Unterhaltungsspielen.

Christopher machte holografische Fotos von den Planeten und Asteroiden des Sonnensystems und vom Sternenhimmel.

Michelle hatte sich gut in das Team eingefügt. Sie hatte sich anerboten, sich um die Kommunikation und Informationsübermittlung zu kümmern. Wenn eine Nachricht eintraf, legte sie sie den anderen vor, worauf gemeinsam entschieden wurde, wie darauf zu antworten war. Michelle übermittelte dann die entsprechende Nachricht.

Ernest hatte sein anfängliches Misstrauen ihr gegenüber weitgehend abgelegt. Nur am Anfang des Flugs war es zu einer hitzigen Diskussion gekommen, als er ihre Aussage bezüglich des Treffens mit Mark noch mal infrage stellte und sogar die Möglichkeit in Betracht zog, die Begegnung mit Christopher sei von ihr inszeniert worden. Erneut versicherte sie, dass es sich so abgespielt habe, wie sie es bereits zuvor beschrieben hatte.

Christopher und Michelle hatten sich näher kennengelernt und verbrachten ab und zu die Zeit zusammen, ohne sich auf irgendwelche Annäherungen einzulassen. Sie hatten ein paar Gemeinsamkeiten entdeckt, aber in anderen Dingen unterschieden sie sich doch ziemlich voneinander. Als dann die gegenseitigen Sympathien immer offenkundiger wurden, wäre es zwischen Ernest und Christopher beinahe zu einem handfesten Streit gekommen. Ernest konnte Michelle anscheinend immer noch nicht das volle Vertrauen entgegenbringen. Der Rest seines Zweifels veranlasste ihn, Christopher vor einer möglichen Dummheit zu bewahren. Doch dieser warf ihm daraufhin Einmischung in seine persönlichen Angelegenheiten vor. Eric, der in solchen Fällen stets besonnen reagierte, schaffte es jedoch, dass sich die beiden Streithähne wieder vertrugen. Michelle blieb dieser Konflikt nicht verborgen und zog sich in den ersten paar Tagen danach des Öfteren in ihre Kabine zurück, bis Ernest sie darauf ansprach und sie bat, sich wieder vermehrt an gemeinsamen Gesprächen und Diskussionen zu beteiligen.

In der darauffolgenden Zeit erlaubten sich Ernest und Eric zwischendurch sogar ihre Späße, indem sie entsprechende Bemerkungen über Christopher und Michelle äußerten. Doch die beiden ließen sich dadurch nicht aus der Ruhe bringen und erwiderten die Äußerungen ihrerseits mit provokanten Bemerkungen. Die Beziehung zwischen Michelle und Christopher beschränkte sich jedoch auf eine allgemeine Freundschaft und gegenseitige Sympathie. Ob Christophers Zurückhaltung gegenüber Michelle auf den Streit mit Ernest zurückzuführen war, konnte niemand mit Sicherheit sagen.

Alles in allem hatte Michelle frischen Wind ins Team gebracht. Nicht unwesentlich war die Tatsache, dass sie die einzige Frau an Bord des bisher nur von Männern bevölkerten Gleiters war. Auffällig war unter anderem auch, dass die Bordküche einen gepflegteren Eindruck machte als früher.

Allerdings konnte Michelle mit Ernests Kochkünsten genau so wenig anfangen wie Christopher. Damit hatte er endlich eine Verbündete. Die gelegentlichen Diskussionen übers Kochen endeten jedoch meistens in einem Gelächter.

Als sie Pluto passiert hatten, startete Ernest die Überlichttriebwerke. Da das Ziel vorprogrammiert war, konnte er das Steuer des Schiffes dem Autopiloten übergeben.

Innerhalb des Sonnensystems hatte es sich Ernest nicht nehmen lassen, den Gleiter zwischendurch manuell zu fliegen. Da er manchmal ziemlich nahe an Asteroiden vorbeiflog, nutzte Christopher die Gelegenheiten, um Nahaufnahmen zu machen.

Am dritten Tag des Überlichtfluges wachte Ernest mitten in der Nacht auf. Im Hyperraum gab es zwar keinen Unterschied zwischen Tag und Nacht, doch das Bordgeschehen richtete sich nach wie vor nach irdischer Zeit.

Als Ernest die Tür seiner Kabine öffnete, wurde er Zeuge eines Gesprächs zwischen Christopher und Michelle. Sie unterhielten sich über sein Alter und sein wesentlich jüngeres Aussehen. Dabei spekulierten sie über die verschiedensten Möglichkeiten, die zu diesem Phänomen geführt haben könnten.

Ernest war es gewohnt, dass sich Leute darüber den Kopf zerbrachen. Daher erstaunte es ihn nicht, dass sich auch Michelle über diese Tatsache Gedanken machte und mit Christopher darüber diskutierte. Er hatte in seinem Leben deswegen schon einige kuriose Situationen erlebt, die ihn meist sehr amüsierten.

Nachdem Ernest vom Toilettenraum in seine Kabine zurückgekehrt und sich wieder hingelegt hatte, kreisten seine Gedanken einmal mehr um die Umstände seines Alters. Er war sich völlig im Klaren, dass er der medizinischen Welt Rätsel aufgab. Das menschliche Durchschnittsalter hatte sich zwar in den letzten Jahrhunderten sukzessive erhöht und sich bei knapp unter einhundert Jahren etabliert. Dabei gab es auch immer wieder Leute, die einhundertzwanzig Jahre oder älter wurden. Nur hatte niemand von ihnen die Physiognomie eines knapp Siebzigjährigen, geschweige denn die körperliche Konstitution dazu.

Das alles war Ernest sehr wohl bewusst. Er kannte auch den Grund dafür. Nur hatte er bisher noch mit niemandem darüber gesprochen. Er hatte auch nicht vor, es in absehbarer Zeit zu tun. Er durfte nicht darüber reden. Es war ihm verboten worden.

Was er damals vor knapp sechzig Jahren erlebt hatte, war so unglaublich, dass er oft selbst daran zweifelte, es tatsächlich erlebt und nicht nur geträumt zu haben. Er war nach wie vor von diesen Erinnerungen fasziniert. Sie hatten bis heute kein bisschen von ihrer Eindrücklichkeit eingebüßt.

Es geschah auf dem Rückflug von einer Autorentagung, die auf dem Kolonialplaneten MOLANA-III stattgefunden hatte. Damals hatte er mit einem Abenteuerroman aus der Vergangenheit der Erde einen großen Erfolg verzeichnen können. Darin hatte er geschickt Fiktives mit Realem kombiniert und Grenzen derart verwischt, dass der Leser nicht mehr genau feststellen konnte, was Fantasie war und was nicht.

Erneut versank Ernest in die Erinnerungen der damaligen Geschehnisse.

Der Raumgleiter, der damals nur von einer kleinen Crew besetzt war und vom Autopiloten gesteuert wurde, verließ plötzlich ungeplant den Hyperraum. Ernest war der einzige gewesen, der es bemerkt hatte, da der Rest der Crew schlief.

Im großen Panoramafenster erblickte er eine leuchtende Kugel. Mangels Perspektive war es ihm unmöglich, ihre Größe zu bestimmen. Dies war aber nicht nötig. Denn als sie sich näherte und irgendwann das gesamte Panoramafenster ausfüllte, wusste er, sie war riesengroß. Da ihre Hülle transparent war, konnte er sogar ins Innere sehen. Sie schien in Äquatorhöhe in zwei Hälften unterteilt zu sein. In der oberen konnte er dunkelblaue, skurrile Gebilde erkennen, die in hellem Licht erstrahlten, während die untere Hälfte komplett von dunkelblauer Farbe ausgefüllt war. Eine Quelle dieses Lichts konnte er nicht erkennen. Es war, als würde die gesamte obere Hülle selbst leuchten.

Kurz darauf begann das Szenario, das sein zukünftiges Leben entscheidend prägen sollte.

Vor dem großen Panoramafenster erschienen winzig kleine Lichtpunkte, die zuerst langsam, dann immer schneller auf ihn zuschossen. Die anfängliche Furcht wich schnell einer Faszination, als er merkte, dass die Lichter ihm keinen Schaden zufügten. Zudem verspürte er eine gewisse Vertrautheit, die sich noch verstärkte, als die Lichtpunkte ihn immer mehr einhüllten. Ein Rausch des Glücksgefühls überkam ihn, und er ließ sich treiben. Er verlor jegliches Zeitgefühl, jegliche Orientierung. Als er vor lauter Lichtpunkten nichts anderes mehr erkennen konnte, schloss er die Augen, aber die Punkte blieben weiterhin sichtbar.

Er fühlte sich glücklich und frei.

Plötzlich verschwanden die Lichtpunkte. Er wurde sich wieder seines Körpers gewahr, hatte den Eindruck, irgendwo zu stehen, spürte Wärme auf seiner Haut. Als er die Augen öffnete, hielt er sofort die Hand schützend davor, um sie vor dem gleißenden Licht zu schützen. Er brauchte einen Moment, um sich daran zu gewöhnen.

Seine Füße ruhten auf einer dunklen, mattblauen Fläche. Sie gehörte zu einer unförmigen Plattform, die auf glitzerndem Wasser schwamm. Es gab unzählige solcher Plattformen, die alle mit schmalen, unregelmäßig gebogenen Stegen miteinander verbunden waren. Die Ränder der Plattformen wurden von sanften Wellen überspült.

Ernest blickte in die Ferne und erkannte skurrile, unterschiedlich geformte Türme in derselben Farbe wie die Plattformen. Überhaupt gab es außer dem gleißenden Licht, das von oben kam, und dem Wasser keine andere Farbe als dieses matte Dunkelblau. Am Firmament konnte er keine sichtbare Lichtquelle erkennen, keine Sonne oder etwas Ähnliches. Der gesamte Himmel, wenn es denn einer war, bestand aus Licht, welches diese eigenartige Welt mit einer strahlenden Helligkeit überflutete. Außer dem leisen Plätschern des Wassers herrschte absolute Stille.

Was war das für ein Ort?

Wie war er hierhergekommen?

Außer ihm war nichts und niemand hierher geholt worden. Kein Gleiter, keine seiner Mitreisenden und keinerlei Material. Auch nicht, was er am Körper getragen hatte.

Aus den Augenwinkeln konnte er plötzlich eine Bewegung ausmachen. Sofort wandte er seinen Blick in diese Richtung und erspähte von Weitem eine Gestalt, die sich über Plattformen und Stegen auf ihn zubewegte. Er kniff die Augen zusammen, versuchte ein klareres Bild zu erhalten, wartete gespannt und erkannte bald darauf einen nackten Jungen mit schwarzem, mittellangem Haar.

Wenig später stand er Ernest gegenüber und sah ihm vertrauensvoll in die Augen. Ernest kannte ihn nicht, konnte sich nicht vorstellen, wer das war. Trotzdem wurde er den Eindruck einer großen Vertrautheit nicht los.

»Hallo Ernest.« Die Stimme eines gewöhnlichen Jungen, freundlich, nichts Bedrohliches.

»Wer bist du?«

»Nenn mich Ahen.«

»Wo bin ich hier?«

»An einem zeitlosen Ort.«

Ernest sah den Jungen verwirrt an. Etwas in seinem Inneren sagte ihm, dass er auf weitere Fragen keine Antworten erhalten würde.

»Ich muss dir eine Botschaft übermitteln«, sprach der Junge weiter.

»Mir? Eine Botschaft? Warum gerade mir?«

»Diese Botschaft musst du in dir tragen und mit niemandem darüber sprechen.«

»Worin besteht dann der Sinn dieser Botschaft?«

»Wenn die richtige Zeit gekommen ist, wirst du den Sinn erkennen. Dann sollst du darüber reden, sie an andere Menschen weitergeben.«

»Wie weiß ich, wann es soweit ist?«

»Du wirst es merken.«

»Wie lautet die Botschaft?«

»Eine große Gefahr geht von deinem Heimatplaneten aus. Sie bedroht das gesamte Universum.«

»Was für eine Gefahr?«

Der Junge antwortete nicht, sah ihm nur in die Augen.

»Verstehe. Du kannst mir nicht auf alles antworten. Aber wie kann ich etwas gegen die Bedrohung tun?«

»Du wirst den Zeitpunkt erkennen, wann du diese Botschaft den Menschen mitteilen musst.«

»Wann wird das sein?«

Keine Antwort.

»Vielleicht lebe ich nicht lange genug, bis dieser Zeitpunkt eintritt.«

»Du wirst lange genug leben.«

Wieder starrte Ernest den Jungen verwirrt an.

Plötzlich streckte Ahen seinen Arm aus und zeigte mit dem Finger auf einen der skurrilen Türme. »Schau.«

Ernests Blick folgte dem Finger. Sofort sah er, was der Junge ihm zeigen wollte. Der Turm veränderte fortwährend seine Form.

»Was ist das? Ein Lebewesen?«

»Es ist dasselbe wie das, worauf du stehst.«

Sofort blickte Ernest nach unten auf die Plattform, dann zum Rand, der nach wie vor von Wellen überspült wurde. Auch dieser veränderte ständig seine Form, zwar nur minimal, aber doch deutlich erkennbar.

»Lebt dieses Material etwa?«

»Nein, aber es ist von Leben erfüllt.«

»Aber das ist doch …«

»... ein Widerspruch, wolltest du sagen.« Ahen bückte sich, legte seine flache Hand auf die Oberfläche der Plattform und wartete einen Moment.

Ernest starrte gebannt hinunter und sah, wie die Hand des Jungen bis etwa zur Hälfte in dem mattblauen Material versank, als würde es schmelzen. Dann hob er die Hand und hielt Ernest die Innenfläche entgegen. Sie war übersät mit einem feinen, blauen Pulver, das sich auf der Haut zu bewegen schien.

»Was ist das?«

»Leben. Behalte es gut in Erinnerung.«

Bevor Ernest seiner erneuten Verwirrung Luft verschaffen konnte, begann es um ihn herum zu flimmern. Erneut wurde er von Lichtpunkten eingehüllt, bis er von der Umgebung, dem hellleuchtenden Firmament, den skurrilen Türmen, den Plattformen und von Ahen nichts mehr sehen konnte.

Im nächsten Augenblick stand er im Gleiter vor dem großen Panoramafenster, als wäre nichts geschehen. Draußen schwebte die leuchtende Kugel, die sich langsam entfernte und wenig später aus seinem Blickfeld entschwand.

Der Gleiter tauchte wieder in den Hyperraum ein und setzte den Rückflug ungehindert fort.

15.

Weitere zweieinhalb Wochen später wurden die Überlichttriebwerke vom System automatisch abgeschaltet. Das Schiff verließ den Hyperraum. Auf dem Ortungsschirm war eine Sonne zu sehen, die von mehreren Planeten umkreist wurde.

Ernest und Eric saßen im Cockpit und betrachteten auf dem Kontrollschirm die Sternenkarte, die das TONGA-System und die gegenwärtige Position der *Space Hopper* zeigte.

»Der zweite ist unser Ziel.« Ernest zeigte mit dem Finger auf den Schirm. »Den äußersten haben wir bereits passiert.«

Christopher und Michelle betraten das Cockpit und setzten sich auf ihre Plätze. Christopher gab an seinem Terminal ein paar Befehle ein und blickte gespannt auf den Bildschirm, während Michelle sich ein Headset aufsetzte und den Funkverkehr überwachte.

»Alle Systeme arbeiten einwandfrei«, bestätigte Christopher kurz darauf.

»Bisher keine Kommunikationssignale auf den Normalfrequenzen«, informierte Michelle.

»Dafür sind wir noch zu weit weg«, erklärte Ernest.

Im Panoramafenster wuchs der Planet zu einer großen Kugel heran, die um den Äquator einen hellen Streifen besaß. An der West- und Ostküste des Kontinents gab es sowohl in der nördlichen wie auch in der südlichen Hemisphäre eine grünblaue Zone. Das Innere war ebenfalls hell, während die Polkappen weiß leuchteten. Der Rest des Planeten wurde von Wasser bedeckt.

»Wir kriegen Besuch«, meldete sich Michelle. »Ich empfange gerade die Botschaft einer Planetenpatrouille.«

»Schalte sie bitte auf die Lautsprecher.«

Michelle tippte auf der Tastatur den entsprechenden Befehl ein, worauf sich aus den Lautsprechern eine Stimme meldete, begleitet vom üblichen Funkrauschen.

»... Planetenpatrouille von Tongalen an unbekannten Raumgleiter, bitte identifizieren Sie sich. Commander Ferris von der Planetenpatrouille von Tongalen an den unbekannten Raumgleiter, bitte identifizieren Sie sich.«

»Transportschiff *Space Hopper* an Planetenpatrouille«, antwortete Michelle freundlich. »Wir können Sie empfangen und bitten um Landeerlaubnis auf dem Raumhafen von Tongala.«

»Bitte übermitteln Sie uns Ihre Transportdaten. Die notwendige Übermittlungsfrequenz und den dazugehörigen Code haben wir soeben an Ihr Bordsystem geschickt.«

Michelle gab ein paar Befehle ein und erhielt sofort die entsprechenden Daten auf dem Monitor angezeigt. Mit einem weiteren Befehl rief sie die Transportdaten vom System ab und leitete sie zusammen mit dem Code an die Übermittlungsfrequenz.

Die Lautsprecher blieben eine Weile stumm.

»Was machen die denn so lange?«, murrte Ernest ungeduldig. »Wenn Mark unseren Transport korrekt registriert hat, sollten sie die Daten im System haben.«

Kaum hatte Ernest den Satz beendet, erklang aus den Lautsprechern eine andere Stimme. Im Panoramafenster tauchte plötzlich ein Schiff ohne Kennzeichen auf und blieb in einer bestimmten Distanz vor ihnen stehen.

»Wir möchten Sie bitten, uns unauffällig zu folgen«, befahl die fremde Stimme.

»Was hat das denn zu bedeuten?« Ernest sah Eric verwundert an.

»Dürfen wir fragen, wer Sie sind und was Sie von uns wollen?«, erkundigte sich Michelle. »Wir haben eine lange Reise hinter uns und würden gerne landen.«

»Folgen Sie uns einfach, und es wird für Sie keine Probleme geben«, wiederholte der Mann. »Wir haben unsere Waffen auf

Sie gerichtet. Wir wissen, dass Ihr Schiff nur über eine minimale Bewaffnung verfügt.«

»Jetzt versteh ich überhaupt nichts mehr«, sagte Ernest gereizt.

»Ich glaube, wir sollten tun, was er sagt«, riet Eric. »Die sind stärker.«

Ernest wartete.

Wenig später meldete sich die fremde Stimme erneut. »Wir werden nun losfliegen und hoffen, Sie folgen uns. Ansonsten werden wir Ihr Schiff in den Traktorstrahl nehmen und hinter uns herziehen.«

»Darf ich Sie noch mal fragen, was das alles zu bedeuten hat? Sie sind doch nicht von der Planetenpatrouille«, wiederholte Michelle.

»Ich bitte Sie. Hören Sie auf zu fragen und folgen Sie uns. Sie werden noch früh genug erfahren, was wir wollen.«

»Piraten!«, hauchte Ernest. »Die wollen uns die Fracht abnehmen.«

»Die werden aber immer dreister«, schimpfte Eric. »Direkt vor der Haustür von TONGA-II.«

»Schnallt euch an und haltet euch fest!«, rief Ernest.

Blitzschnell betätigte er ein paar Schalter, worauf das Schiff nach unten absackte und stark beschleunigte. Die Gravitationsneutralisatoren konnten dieses Manöver nicht vollständig ausgleichen, weshalb die Crew unsanft durchgeschüttelt wurde. Dabei flogen auch einige Gegenstände durch das Cockpit.

»In unseren Kabinen wird es aussehen wie auf einem Schlachtfeld«, jammerte Eric und verdrehte die Augen.

Ernest, der das Schiff manuell steuerte und es mit einem waghalsigen Manöver aus dem Einflussbereich des fremden Schiffs gebracht hatte, blickte konzentriert aus dem Panoramafenster. Die grünblaue Gegend des Planeten rückte näher, während ein immer stärker werdendes Summen das Cockpit erfüllte.

Plötzlich wurde der Gleiter durchgeschüttelt. Ernest hatte Mühe, ihn wieder in eine ruhige Lage zu versetzen.

»Die schießen tatsächlich auf uns«, rief Christopher. »Bei dieser Stärke hält unser Schutzschirm das nicht lange aus.«

Ernest ließ den Gleiter noch einmal heftig absacken, manövrierte ihn in einen bestimmten Winkel zur Planetenoberfläche und beschleunigte wieder, worauf das Panoramafenster allmählich zu glühen begann. Zu dem Summton mischte sich zusätzlich ein heftiges Dröhnen, begleitet von einem beängstigenden Vibrieren.

Der Eintritt in die Planetenatmosphäre bremste den Raumgleiter heftig ab. Ernest hielt den Steuerknüppel mit beiden Händen fest umschlossen und starrte hinaus. Das Panoramafenster war mittlerweile vollständig von lodernden Flammen bedeckt. Die Anzeige über die Belastung des Schutzschirms näherte sich unaufhörlich dem Maximum. Das Vibrieren steigerte sich in ein heftiges und geräuschvolles Rumpeln, begleitet von metallischem Ächzen und Knarren.

»Wenn das so weitergeht, fliegt uns gleich der ganze Kahn um die Ohren!«, schrie Eric.

Ernest ließ sich nicht beirren, hielt weiterhin den Steuerknüppel mit beiden Händen fest umklammert und starrte geradeaus.

Ein langgezogenes Kreischen durchfuhr den Gleiter und quälte ihre Gehörnerven bis aufs Äußerste.

Plötzlich war der Spuk vorbei. Das Dröhnen und Vibrieren verschwand. Vor ihnen erschien, soweit das Auge reichte, eine riesige grüne Waldfläche. Darin eingebettet waren unzählige kleinere Seen und Flüsse.

Die *Space Hopper* sank tiefer und näherte sich dem Urwald. Mit horrender Geschwindigkeit raste der Gleiter in geringer Höhe über dieses Naturparadies hinweg. Gigantische Urwaldriesen türmten sich in die Höhe und breiteten ihr skurriles Astwerk in alle Richtungen aus, als wollten sie sich gegenseitig übertreffen und verdrängen. Zwischen den Bäumen herrschte derart dichter Pflanzenwuchs, dass vom Boden nichts zu sehen war. Einzig die Flüsse und Seen, manchmal waren es auch nur kleinere Tümpel, vermittelten in etwa den Eindruck, wie tief unten der eigentliche Waldboden lag.

»Die sind ebenfalls in die Atmosphäre eingetaucht und haben uns wieder im Visier«, warnte Eric, worauf Ernest den Gleiter in einer scharfen Kurve nach links zog.

Rechts von ihnen zischte ein Strahlenschuss vorbei. Wieder ließ Ernest den Gleiter ein Stück tiefer absacken. Die Urwaldriesen kamen ihnen bedrohlich nahe, während sie nach wie vor mit horrendem Tempo über sie hinwegrasten.

Plötzlich wurde das Gebiet hügeliger. Es tauchten Schluchten auf, die von schroffen Felswänden flankiert wurden und in denen sich Flüsse hindurchschlängelten.

Ernest reagierte blitzschnell, ging noch tiefer und lenkte den Gleiter in eine dieser Schluchten. Zu beiden Seiten ragten scharfkantige Felsvorsprünge heraus, denen er immer wieder ausweichen musste.

Michelle starrte verängstigt aus dem Panoramafenster und klammerte sich mit beiden Händen an ihren Armlehnen fest.

Obwohl Eric solche waghalsigen Manöver schon einige Male miterlebt hatte, war es trotzdem ein nervenaufreibendes Ereignis. Eine von Ernests großen Fähigkeiten war es, einen Gleiter durch solch unwegsames Gebiet zu fliegen. Es gab heutzutage nur noch wenige Piloten, die einen Gleiter vollständig manuell fliegen konnten, geschweige denn in einer so schmalen Schlucht.

»Christopher, wie wär's, wenn du eines von unseren Ostereiern abwerfen würdest?«, schlug Ernest vor.

»Gute Idee.« Er tippte ein paar Befehle ein.

»Was sind Ostereier?«, fragte Michelle verwundert.

»Damit bezeichnen wir kleine Sprengkörper, die einen verblüffend ähnlichen Effekt erzeugen wie der Absturz eines Gleiters«, erklärte Christopher beiläufig.

Wenige Sekunden später gab es hinter ihnen eine Explosion. Auf dem Monitor konnte Christopher eine Feuerwand aufsteigen sehen, die die gesamte Schlucht ausfüllte.

»Nun werden sie glauben, sie hätten uns getroffen oder wir wären an der Felswand zerschellt«, frohlockte Ernest. »Und in dieser Schlucht können sie uns nicht orten.«

Zu beiden Seiten rasten die Felswände mit schwindelerregendem Tempo an ihnen vorbei. Ernest wich jedem Hindernis mit unglaublicher Behändigkeit aus. Manchmal schien es, als würde der Gleiter die obersten Wipfel der Bäume berühren. Aber das war nur eine Täuschung.

»Wir müssen irgendwo landen«, sagte Eric nach einer Weile.

»Wir können jetzt nicht aus der Schlucht aufsteigen«, erwiderte Ernest, während er konzentriert aus dem Panoramafenster starrte. »Die würden uns sofort wieder orten.«

»Im Moment haben sie uns auf jeden Fall verloren«, meldete Christopher. »Ich bekomme kein Peilsignal mehr von ihnen.«

»Na dann, auf zu einem Landeplatz«, sagte Eric beruhigt.

»Ich werde dieser Schlucht bis zu ihrem Ende folgen«, sagte Ernest. »Dann schauen wir uns die Gegend mal an. Vielleicht finden wir etwas Passendes zum Landen.«

Eine halbe Stunde später dehnte sich die Schlucht aus. Vor ihnen erschien ein breiter Talkessel mit niedrigen Pflanzen und Gras. Mittendrin erstreckte sich ein kleiner See, der am anderen Ende von einem Wasserfall gespeist wurde.

Ernest bremste den Gleiter scharf ab, während er sanft nach links abdrehte.

»Das reinste Paradies«, schwärmte Michelle, die gebannt aus dem Panoramafenster blickte.

»Am linken Ufer gibt es eine kleine Fläche«, bemerkte Eric. »Da könnten wir landen.«

Ernest hatte die Stelle ebenfalls entdeckt, umrundete sie einmal und sah sie sich näher an. Dann fuhr er die Landestützen aus und setzte das Schiff sanft auf dem Boden auf.

16.

Nachdem die Triebwerke verstummt waren, öffneten sie ihre Sicherheitsgurte, blieben jedoch noch eine Weile sitzen.

»Was nun?«, fragte Christopher ratlos.

»Wir sitzen ganz schön in der Tinte«, knurrte Ernest.

»Ganz schön dreist, wie sich dieser Pirat vor der Haustür von Tongalen verhalten hat«, meinte Eric. »Mark wird staunen, wenn wir ihm das erzählen.«

»Er wird es bestimmt wieder herunterspielen«, winkte Christopher lakonisch ab. »Aber so, wie es aussah, wollten die uns entführen.«

»Wir müssen unbedingt mit den Leuten Kontakt aufnehmen, denen wir die Substanzen abliefern und von denen wir die Mineralien bekommen sollen«, schlug Eric vor.

»Die in unseren Auftragsdaten enthaltenen Kommunikationsfrequenzen sollten uns automatisch mit den richtigen Leuten in Verbindung setzen«, erklärte Christopher. »Aber anscheinend ist das nicht geschehen, sonst hätte sich nicht plötzlich ein Fremder gemeldet.«

»Das waren definitiv nicht die Leute, denen wir etwas abliefern oder etwas überbringen sollten.«

»Dann schick mal auf der Kommunikationsfrequenz eine manuelle Nachricht. Sag den Leuten doch einfach, wir wären eingetroffen und mit einer Panne im Dschungel gestrandet.« Ernest wirkte gereizt.

Christopher verfasste zwei Nachrichten, eine für die Lieferanten der Mineralien und die andere für die Niederlassung von *Norris & Roach*, las aus dem Bordsystem die Frequenzen aus und fügte sie den Nachrichten hinzu. Danach verschlüsselte er sie und schickte beide ab.

»Wir werden eine Bestätigung bekommen, in der wir sehen, wann und von wem die Nachrichten abgerufen wurden«, erklärte er.

»Sehr gut«, lobte Ernest.

»Dann werden wir sofort sehen, ob sie jemand abfängt.«

Keine Viertelstunde später traf die erste Antwort ein. Ein Mann namens Daniel Beckman teilte ihnen mit, man könne ihnen keine technische Unterstützung bieten, man solle sich doch an die Wartungsgesellschaft im Raumhafen wenden. Diese würde das Schiff bestimmt wieder flottkriegen. Er schrieb außerdem, wo man die Ladung mit den Mineralien abholen könne und dass man auf sie warten würde.

Michelle nahm daraufhin Kontakt mit der Wartungsgesellschaft auf, gab die Position der *Space Hopper* an und nannte als Grund der Panne einen Triebwerksschaden. Eine weibliche Stimme antwortete ihr, man werde sich am nächsten Tag darum kümmern, und sie sollten an der gegenwärtigen Position verbleiben.

Kurz darauf traf die zweite Antwort ein. Eine Sachbearbeiterin von *Norris & Roach* namens Afra Melinn bedauerte ihr Missgeschick und bot ihnen an, die chemischen Substanzen abholen zu lassen. Man werde ein paar Leute mit einem Fluggleiter schicken, denen sie die Fracht übergeben könnten.

»Na toll!« Ernest verdrehte verärgert die Augen. »Dann sitzen wir hier erst einmal fest. Wenn wir starten, werden wir von den Piraten sofort wieder geortet.«

Christopher hatte während der Wartezeit verschiedene Analysen durchgeführt. Die Luft in dieser Gegend war mit hoher Feuchtigkeit gesättigt, die Temperaturen bewegten sich etwas über dreißig Grad, die des Sees um sechsundzwanzig Grad. Die Sonne hatte Mühe, mit ihren Strahlen die feuchte Atmosphäre zu durchdringen, aber vereinzelte Schatten zeugten davon, dass es ihr an einigen Stellen trotzdem gelang.

»Betrachten wir es doch als Urlaub.« Christopher zeigte mit dem Finger durch das Panoramafenster nach draußen. »Das ist das reinste Paradies.«

»Ich würde sehr gerne schwimmen gehen«, schwärmte Michelle. »Scheint ja angenehm warm zu sein.«

»Na ja, wenn ihr wollt«, brummte Ernest. »Für mich ist das zu anstrengend. Bei dieser Luftfeuchtigkeit halte ich es sowieso nicht lange aus.«

»Aber du könntest trotzdem kurz nach draußen kommen«, meinte Eric. »Ein bisschen frische Luft schadet auch dir nichts.«

»Ja, das schaff ich bestimmt noch. Aber wenn es ungemütlich wird, verziehe ich mich wieder ins Schiff.«

»Ich werde die Mobilkonsole unseres Bordsystems mitnehmen«, sagte Christopher. »Am besten schalten wir auch noch den Spiegelschirm ein.« Er tippte den entsprechenden Befehl ins System ein. Dann verließ er das Terminal, verschwand kurz in seiner Kabine und zog sich leichtere Kleider an.

Als er zurück in den Aufenthaltsraum kam, waren alle außer Michelle bereit, das Schiff zu verlassen.

»Frauen brauchen immer etwas länger, um sich umzuziehen«, spöttelte Ernest.

Kaum hatte er den Satz beendet, kam Michelle den Gang entlang und betrat, nur mit einem weißen, bauchfreien Top mit dünnen Spaghettiträgern und dunkelblauen Shorts bekleidet, den Aufenthaltsraum.

»Da bin ich schon.« Sie sah die anderen der Reihe nach an.

Ernest und Eric starrten sie mit offenem Mund an, während Christopher ein Grinsen nicht verkneifen konnte.

»Gehen wir?«, fragte sie, worauf Ernest und Eric sich wieder auf ihr Vorhaben besannen und verlegen zum Ausstiegsschott trotteten.

Die beiden hatten sich eine leichte Tasche umgeschnallt, in der sie ihre Raucherutensilien mitführten, und waren mit Shorts und Poloshirts bekleidet, während Christopher bereits nur noch eine Badehose und ein T-Shirt trug.

»Was ist ein Spiegelschirm?«, fragte Michelle, nachdem sie ins Freie getreten war und neben Christopher herging.

»Ein ganz spezieller Energieschirm, der von außen wie Tausende winziger Spiegel wirkt. Dadurch wird der Raumgleiter aus der Höhe praktisch unsichtbar, weil sich die Umgebung in allen möglichen Winkeln nach oben und zur Seite spiegelt.«

»Genial.«

»Innerhalb dieses Spiegelschirms befindet sich der eigentliche Energieschirm, der jegliche Energiestrahlung, die das Schiff abgibt, ebenfalls abschirmt.«

»Dann kann der Gleiter gar nicht entdeckt werden.« Michelle zeigte sich beeindruckt.

»So soll es auch sein.«

»Was lässt sich mit der Mobilkonsole alles anstellen?«

»Damit kann ich den Gleiter praktisch fernsteuern, mich in die Ortung und in das Kommunikationssystem einschalten. Umgekehrt meldet mir die Konsole alles, was im Gleiter vor sich geht. Jede Ortung, jeder Funkspruch wird auf die Konsole übertragen.«

Hintereinander wanderten alle vier das leicht abschüssige Gelände in Richtung Seeufer, das sich etwa hundert Meter von der Landefläche entfernt vor ihnen ausbreitete. Eric ging voran und inspizierte zwischendurch einige Pflanzen, während Ernest, an zweiter Stelle gehend, sich mehr für den Himmel interessierte. Es folgte Michelle. Christopher schließlich bildete das Ende der Kolonne und hielt auf dem Display der Mobilkonsole Ausschau nach Ortungssignalen.

»Bis jetzt ist der Himmel sauber«, bemerkte er, als sie das Seeufer erreicht hatten.

»Ich habe auch nichts herumfliegen sehen«, bestätigte Ernest.

»Dann können wir ja beruhigt schwimmen gehen«, freute sich Michelle.

»Wir sollten uns noch vergewissern, dass im Wasser keine Gefahren lauern«, warnte Eric. Er öffnete seine Tasche, entnahm ihr ein paar kleine tellerförmige Gegenstände und warf einen nach dem anderen in weitem Bogen ins Wasser, jeden in eine andere Richtung.

»Was sind das für Dinger?« Michelle sah den Scheibchen hinterher, bis sie im Wasser versanken.

»Sensoren«, antwortete Christopher. »Sie messen Bewegungen, Energie- und Wärmestrahlungen und Nerven- und Hirnströme. Wenn sich ein Wesen auf etwa hundert Meter einem Sensor nähert, meldet er es der Mobilkonsole. Somit werden wir rechtzeitig vor eventuellen Gefahren gewarnt.«

»Wir sollten noch eine Weile warten, bevor wir ins Wasser gehen«, schlug Eric vor. »Wenn die Sensoren in dieser Zeit nichts melden, sollte keine Gefahr bestehen.«

»Eric hat recht«, bestätigte Ernest. »Lieber etwas zu vorsichtig als umgekehrt.« Er ließ sich langsam auf einen großen Stein nieder, griff in die Tasche und holte seine Tabakpfeife hervor. Eric setzte sich neben ihn auf den von Moos und Pflanzen bedeckten Boden und tat es ihm gleich.

»Oh je, jetzt werden wir eingenebelt«, beklagte sich Christopher.

»Ihr könnt euch etwas abseits von uns hinsetzen«, schlug Ernest vor, was Christopher und Michelle sofort taten.

Als sie sich in einiger Entfernung auf den Boden gesetzt hatten, sah Christopher Michelle von der Seite an und sagte: »Du hast nie viel aus deiner Vergangenheit erzählt.«

»Du hattest nie danach gefragt.«

»Ich wollte dich nicht bedrängen. Ich dachte, wenn dir danach ist, wirst du es von selbst tun.«

»Na ja, vielleicht hat sich nie die passende Gelegenheit ergeben.«

»Über unser Team wolltest du aber eine Menge wissen.«

Michelle lächelte. »Es hat mich interessiert.«

»Kann es sein, dass du damit von dir ablenken wolltest? Wolltest du vielleicht, dass ich keine Gelegenheit bekomme, dir Fragen über dich zu stellen?«

»Eigentlich nicht, aber mir war nie danach, über mich zu reden. Es hat wirklich nichts zu bedeuten. Es ist meine Art, mich nicht so sehr in den Vordergrund zu stellen.«

»Das ist auch eher meine Art.«

An ihrer rechten Schläfe bahnte sich langsam ein Schweißtropfen den Weg nach unten, am Auge vorbei zur Wange. Er beobachtete dieses dünne Rinnsal eine Weile, bevor er mit seinem Zeigefinger sanft den Weg des Tropfens auf ihrem Gesicht nachzeichnete.

Für einen kurzen Moment schloss sie ihre Augen, atmete tief ein und wieder aus. Dann wandte sie ihm das Gesicht zu und lächelte verlegen.

»Es ist sehr schwül«, sagte sie, um dem Moment etwas die Spannung zu nehmen. »Am liebsten würde ich mich jetzt ins Wasser stürzen.«

»Na, dann lass uns eintauchen.« Christopher stand auf und streckte ihr die Hand entgegen. Sie griff danach und zog sich hoch.

17.

»Wir gehen jetzt schwimmen«, informierte Christopher Ernest und Eric. »Die Sensoren haben nichts angezeigt.«

»Okay«, erwiderte Ernest. »Aber seid trotzdem vorsichtig.«

»Werden wir.«

Michelle zog ihre Shorts aus und legte sie auf den Boden. Dann drehte sie sich um, lief zum Ufer und blieb dort stehen. Sie blickte zurück und stellte fest, dass Ernest, Eric und Christopher sie mit großen Augen anstarrten. In ihrem knappen schwarzen Tanga hatte sie die Blicke der drei auf sich gezogen und ließ deren Puls höher schlagen.

Christopher fühlte sich ertappt, zog sich das Shirt über den Kopf und eilte ebenfalls zum Ufer. Langsam watete er zusammen mit Michelle ins seichte Wasser. Der Boden war mit feinem Sand bedeckt. Es gab nur vereinzelte Steine.

Als sie bis zu den Hüften im Wasser standen, drehten sie sich um und blickten zurück zum Ufer.

»Hey! Ihr müden Landratten!«, rief Christopher. »Wollt ihr nicht reinkommen? Es ist herrlich und erfrischend.«

»Ihr seid doch nicht etwa wasserscheu«, ergänzte Michelle lachend.

Eric erhob sich langsam und sagte etwas Unverständliches zu Ernest. Dann zog er Shorts und Poloshirt aus und begab sich zum Ufer. Er machte ein paar Schritte, bis ihm das Wasser an die Badehose reichte.

Ernest hatte sich inzwischen auch erhoben und sich dem Ufer genähert. Er machte ein paar Schritte und wartete. So ganz zu behagen schien es ihm nicht.

Eric watete weiter und erreichte nach einer Weile Christopher und Michelle. Dann warf er einen Blick zurück. »Kommst du nicht?«

»Geht nur, ich werde hier die Stellung halten.« Ernest drehte sich um und verließ das Wasser.

»Vielleicht gar nicht schlecht, wenn einer von uns die Konsole im Auge behält«, meinte Eric.

Dann drehte er sich um, streckte die Arme von sich und tauchte kopfüber ins Wasser. Mit kräftigen Zügen kraulte er davon.

Michelle und Christopher wateten weiter, bis ihnen das Wasser an die Brust reichte. Ihm war nicht verborgen geblieben, dass sie unter dem Top nichts trug, und hatte daher darauf verzichtet, sie zu fragen, ob sie es zum Schwimmen nicht besser ablegen wollte.

Da die leichten Wellen ihr jetzt über die Brust schwappten, schien das Top praktisch durchsichtig und zeichnete die Konturen ihres flachen Busens ab. Wie es schien, machte sie sich nichts daraus.

Sie ging in die Knie, sodass nur noch ihr Kopf aus dem Wasser ragte. Dann tauchte sie ganz unter, um nach ein paar Sekunden prustend wieder aufzutauchen.

»Ach, ist das herrlich«, schwärmte sie.

Die nassen Haare legten sich eng an ihren Kopf, das Wasser lief über ihr Gesicht.

Christopher tat es ihr gleich und tauchte ebenfalls nach ein paar Sekunden wieder auf. Aus seinen Augenwinkeln bemerkte er, dass Eric schon eine ziemliche Strecke zurückgelegt hatte.

»Das Wasser ist glasklar.« Michelle war begeistert. »So etwas habe ich schon lange nicht mehr erlebt.«

Übermütig spritzte sie ihm eine kleine Gischt ins Gesicht, verschwand wieder unter Wasser und schlängelte sich davon.

»Na warte!«, rief er, ließ sich ins Wasser gleiten und schwamm ihr hinterher.

Er tauchte unter und versuchte, ihren Fuß zu erwischen. Aber das gestaltete sich schwieriger, als er erwartet hatte. Sie war wendig und beweglich und entzog sich immer wieder seinem Griff.

Als er wieder auftauchte, versuchte er herauszufinden, wo sie sich ungefähr befand. Aber er konnte sie nicht ausmachen. Doch dann sah er einen hellen Fleck im Wasser und vermutete, es könnte sich dabei um ihr Top handeln.

Sofort kraulte er in diese Richtung und rechnete damit, dass sie demnächst Luft holen musste.

Aber es dauerte noch einige Sekunden, bis ihr Kopf endlich aus dem Wasser auftauchte und sie prustend nach Luft schnappte.

»Du bist ganz schön schnell«, attestierte er ihr. »Warst du mal Sportschwimmerin?«

»Nein. Aber ich habe mich früher anderweitig körperlich betätigt.«

»Und was war das?«

»Tanzen.« Ihr Brustkorb hob und senkte sich vom heftigen Atmen. »Ballett und Jazztanz.«

»Ich hatte mal eine Freundin, die auch Jazztanz gemacht hat.«

»Was ist aus ihr geworden?«

»Wir haben uns auseinandergelebt.«

»So was soll vorkommen. Ist dann besser, wenn man sich trennt.«

»Ja, das haben wir auch getan.«

Eine Weile sagten sie nichts. Doch dann fragte er: »Tanzt du immer noch?«

»Nein, seit einigen Jahren nicht mehr. Ich habe mich mal verletzt und danach den Anschluss verloren. Irgendwie war ich nicht mehr motiviert genug, wieder ganz von vorne anzufangen.«

»Man muss im Leben auf vieles verzichten, wenn man sich ganz einer Sache verschreibt.«

»So ist es.«

»Man braucht auch eine gewisse Unterstützung von Angehörigen, die einen immer wieder aufbaut und motiviert, wenn es mal nicht so rund läuft oder eben, wenn man verletzt ist.«

»Du scheinst aus eigener Erfahrung zu sprechen.«

»In meiner Kindheit und Jugendzeit hat mir genau diese Unterstützung gefehlt. Ich war meist auf mich allein gestellt.«

»Und deine Eltern? Über deine Jobs und deine Hobbys weiß ich ja ziemlich viel, aber du hast mir nie etwas über deine Familie erzählt.«

Als Christopher nicht sofort antwortete und sich stattdessen auf dem Rücken ins Wasser gleiten ließ, sagte Michelle: »Entschuldige, ich wollte dir nicht zu nahe treten.«

»Schon gut, hast du nicht. Es gibt eben Dinge, an die man sich weniger gern erinnert.«

»Kann ich gut verstehen.« Michelle schwamm langsam neben ihm her.

»Meinen richtigen Vater hab ich nie kennengelernt. Er hat sich aus dem Staub gemacht, als meine Mutter in jungen Jahren schwanger wurde. Mit meinem Stiefvater hatte ich während meiner Kindheit praktisch nur Zoff. Zudem waren meine Mutter und er so mit ihren Problemen beschäftigt, dass meine und meines Bruders Anliegen einfach zu kurz kamen.«

»Hast du noch mehr Geschwister?« Michelle sah ihn von der Seite an.

»Eine jüngere Schwester. Eigentlich sind beide meine Halbgeschwister. Sie stammen von meinem Stiefvater. Meine Schwester ist so was wie ein Versöhnungskind. Nachdem meine Mutter und ihr Mann sich jahrelang gestritten hatten, gab's irgendwann mal eine große Aussprache, und sie entschlossen sich, noch mal von vorne zu beginnen.«

»Hat das was gebracht?«

»Hm, eigentlich nicht viel. Für kurze Zeit vielleicht.«

»Eine intakte Familie ist viel wert.«

»Du sagst es.« Christopher ließ sich für einen kurzen Moment im Wasser treiben. »Ich hab rund um mich herum unter meinen Schulfreunden erlebt, wie ein Familienleben sein kann, was es heißt, von Eltern und Geschwistern Sicherheit und Halt zu bekommen.«

»Aber du hast es nicht bekommen.«

»Eigentlich nicht so, wie es hätte sein sollen. Wenn ich heute zurückblicke, so merke ich, wie mir damals als Junge der Halt und die Unterstützung der Eltern fehlte. Wenn ich beispielsweise mit anderen Kindern und deren Eltern Ärger hatte, konnte ich sicher sein, dass ich von meinen Eltern auch noch zusammengestaucht wurde. Für sie waren immer die anderen im Recht, nur nicht die eigenen Kinder.«

»Das hab ich ganz anders erlebt. Meine Eltern standen in erster Linie hinter den eigenen Kindern, klärten die Situation ab, und dann wurde darüber diskutiert. Aber nicht einfach generell für die anderen Partei ergreifen.«

»So war es bei uns. Zudem wurde mein Halbbruder von meinem Stiefvater meist bevorzugt. Der merkte das sehr schnell und nutzte es oft aus.«

»Kinder sind schlau und manchmal sogar ziemlich unbarmherzig.«

»Das kannst du laut sagen.«

»Hat sich das irgendwann geändert?«

»Als wir alle drei erwachsen waren, hat sich meine Mutter von ihrem Mann getrennt. Für ihn brach eine Welt zusammen. Er veränderte sich total. Vorher ein rechthaberischer, aufbrausender Tyrann, nach der Trennung ein in sich gekehrter, verbitterter, alter Mann.«

»Plötzlich merkt man, was man verloren hat.«

»Weißt du, was das Eigenartigste war?« Christopher richtete sich auf und blickte zu Michelle. »Bis zu meinem achtzehnten Lebensjahr hatten wir uns gegenseitig bekriegt. Nachdem meine Mutter sich von ihm getrennt hatte, wurden er und ich gute Freunde. Wenn ich bei ihm aufkreuzte, hat er fast geweint vor Freude. Er war so einsam und dann so glücklich, wenn ihn jemand besuchte.«

»Hast du noch Kontakt mit ihm?«

»Er ist vor vielen Jahren gestorben.«

»Oh. Und deine Mutter?«

»Sie hat seit einigen Jahren einen anderen Lebenspartner, interessiert sich aber kaum für mich.«

»Und für deine Geschwister?«

»Na ja, für sie vielleicht etwas mehr. Aber der Grund liegt wahrscheinlich darin, dass sie Kinder haben und sie somit deren Großmutter ist.«

»Aber sie wird sich doch wohl nicht deswegen so wenig für dich interessieren, weil du ihr keine Enkel geschenkt hast?«

»Weiß ich nicht. Könnte sein, dass sie auch für meine Geschwister weniger Interesse zeigen würde, wenn sie keine Kinder hätten.«

»Vielleicht.«

Eine Weile schwammen sie schweigend nebeneinander her, bevor Christopher fortfuhr: »Sie hat in den letzten Jahren, als ich noch etwas mehr Kontakt mit ihr hatte, ab und zu durch die Blume erwähnt, dass sie ein hartes Leben gehabt hatte und jetzt ihre Ruhe haben möchte. Anders ausgedrückt hätte sie genauso gut sagen können: Ich habe euch aufgezogen, und jetzt lasst mich mein Leben leben. Sie hat sich nie dafür interessiert, was ich mache, wo ich arbeite, wohin ich unterwegs war oder was mir Sorgen bereitete. Anfangs hatte ich noch Versuche unternommen, ihr meine Probleme zu schildern.«

»Ich nehme an, sie hat sich nicht groß dafür interessiert.«

»Nein. Wenn sie doch mal etwas dazu sagte, dann waren es eher Vorwürfe, ich würde dies und jenes falsch machen, und ich sei für meine Situation selbst schuld. Von irgendeiner Aufmunterung oder einem guten Ratschlag keine Spur.«

»War halt bequemer, die Schuld einfach auf dich abzuschieben, statt sich mit dem Problem auseinanderzusetzen.«

»Wahrscheinlich war es so. Keine Unterstützung, wenn ich Hilfe benötigt hätte, keine Anerkennung für etwas Vollbrachtes, auf das ich selbst stolz war. Einfach nichts dergleichen.«

»So was macht mich echt traurig«, sagte Michelle betrübt. »Aber es zeigt mir einmal mehr, dass ein intaktes Familienleben nicht selbstverständlich ist. Auf diese Weise kann ich das, was ich von meinen Eltern bekommen habe, viel mehr schätzen.«

»Ich mag's allen Menschen von Herzen gönnen, wenn sie eine tolle Familie haben.«

»Wie stehst du zu deinen Geschwistern?«

»Mit meiner Schwester hatte ich immer ein sehr gutes Verhältnis. Kommt vielleicht auch daher, dass ich Pate ihrer Tochter bin. Am Anfang war das Mädchen mir gegenüber ziemlich verschlossen, aber mit der Zeit hat sich die Kleine mehr geöffnet, sodass wir ein sehr gutes, freundschaftliches Verhältnis haben.«

»Und dein Bruder?«

»Das war immer unterschiedlich. Da gab's eine Zeit lang überhaupt keinen Kontakt, dann wieder eine Weile regelmäßig. Er ist ein ziemlich Ich-bezogener Mensch. Seine Meinung gilt. Alles andere ist Quatsch.«

»Ach, solche Menschen habe ich auch schon kennengelernt. Die reden dann ständig, und man kommt kaum zu Wort.« Michelle lächelte kurz.

»Genauso ist es auch bei ihm. Zudem hat er ein sehr starkes Mitteilungsbedürfnis. Da kannst dir ja vorstellen, wie ein Gespräch verläuft.«

»Wohl ziemlich einseitig.«

»Genau. Irgendwann hatte ich von allem die Schnauze voll.«

»Dann hast du dich Ernest und Eric angeschlossen?«

»So war es. Es war wie eine Erlösung. Nach dieser Entscheidung fühlte ich mich befreit und unbeschwert wie schon lange nicht mehr.«

»Nachdem, was du mir nun alles erzählt hast, kann ich einiges an deiner Art, wie du bist und wie du dich gibst, viel besser verstehen. Ich kann mir auch vorstellen, was in dir vorgeht, oder besser gesagt, was früher in dir vorgegangen ist.«

»Gegenüber Fremden gebe ich mich anders. Nicht bewusst, geschieht irgendwie von selbst. Die merken von all dem praktisch nichts.«

»Ist wohl so was wie ein Selbstschutz.«

»Könnte sein.«

Die ganze Zeit waren Christopher und Michelle langsam nebeneinander hergeschwommen und näherten sich nun dem Wasserfall.

Christopher drehte sich um und hielt Ausschau nach Eric. Er entdeckte ihn, als dieser soeben aus dem Wasser stieg und sich neben Ernest auf den Boden setzte. Christopher winkte ihnen zu, worauf Ernest kurz den Arm hob und zurückwinkte.

»Bei denen scheint alles in Ordnung zu sein.«

Das tosende Geräusch des Wasserfalls verstärkte sich mehr und mehr, sodass es schwieriger wurde, sich zu unterhalten.

Plötzlich spürte Christopher den Grund unter den Füßen und richtete sich auf. Er drehte sich zu Michelle um, die nun ebenfalls stand, und zeigte auf den Wasserfall. Sie nickte bloß.

Der Hauptfall stürzte über eine breit abstehende Felsnase, die weit in die Höhe ragte. Unter diesem Felsvorsprung tropfte es, ähnlich einem Platzregen. Christopher zeigte mit dem Finger in diese Richtung, worauf Michelle mit entschlossenen Schritten darauf zu watete.

Er folgte ihr. Das Wasser wurde seichter. Je mehr sie sich unter den Felsen bewegten, desto feiner wurde der Sand unter ihren Füßen und desto mehr wurde das laute Tosen des Hauptfalls gedämpft, sodass man sich wieder einigermaßen normal unterhalten konnte.

Michelle suchte sich eine Stelle mit einem nicht allzu starken Wasserstrahl, stellte sich darunter und ließ das kühle Nass abwechselnd auf ihr Gesicht und ihren Nacken prasseln.

Christopher schritt unter dem Felsen weiter nach hinten, bis dieser beinahe bis zum Boden reichte, sodass er sich bücken musste. Er ließ sich auf die Knie nieder, kroch unter dem Felsen hindurch und befand sich in einer Felsgrotte. Es war ziemlich dunkel, sodass er im ersten Moment nicht viel erkennen konnte.

Das Geräusch des Wasserfalls war hier fast nicht mehr zu hören. Er klatschte einmal in die Hände und versuchte anhand der Akustik, die ungefähre Größe der Höhle zu ermitteln. Das ausbleibende Echo und das Fehlen jeglichen Halls ließen darauf schließen, dass sie nicht übermäßig groß war.

Ein ideales Versteck wäre sie aber auf jeden Fall, dachte er, falls wir erneut angegriffen werden.

Da er ohne Lichtquelle auch nach einer Weile, als sich seine Augen an die Dunkelheit gewöhnt hatten, nicht viel erkennen konnte, beschloss er, seine Erkundungen abzubrechen und zu Michelle zurückzukehren.

Als er auf allen Vieren unter dem Felsen wieder ins Freie kroch, traute er seinen Augen nicht. Michelle stand immer noch unter dem Wasserstrahl, hatte jedoch ihr Top abgelegt und trug nur noch ihren schwarzen Tanga. Langsam ging er auf sie zu.

Als sie ihn bemerkte, versuchte er, nicht den Eindruck zu erwecken, sie anzustarren und blickte abwechselnd in verschiedene Richtungen. Sie drehte sich ihm zu und lächelte.

»Sei nicht so schüchtern«, rief sie ihm entgegen. »Du brauchst doch nicht wegzuschauen.«

Er wusste nicht, was er sagen sollte, lächelte und sah ihr in die Augen. Doch als sich ihr Blick wieder dem Wasser zuwandte, konnte er nicht anders und betrachtete ihren schlanken Körper. Er hatte sie bisher noch nie so gesehen. Ihre Arme waren dünn, aber kräftig, der Busen klein und flach und ihre Taille schmal.

Schon einige Male hatte er sich in Gedanken ihren nackten Körper vorgestellt und immer vermutet, dass sie seinen Idealvorstellungen entsprach. Jetzt stand sie vor ihm, nur einen knappen Meter entfernt, und er konnte seinen Blick nicht von ihr lösen.

»Komm her, bevor du zur Salzsäule erstarrst.« Sie nahm seine Hand und zog ihn unter den Wasserstrahl.

Er spürte die massierende Wirkung des Wassers auf seinen Schultern und im Nacken.

»Ich liebe Wasser.« Sie räkelte sich weiter unter dem Strahl.

»Geht mir auch so.« Ihre Nähe machte ihn nervös. Es war schon einige Zeit her, seit er das letzte Mal mit einer Frau zusammen gewesen war. Er spürte plötzlich ein intensives Verlangen. Aber es bereitete ihm Schwierigkeiten, dieses Verlangen zu zeigen.

Nach einer Weile wandte sich Michelle ihm zu. Sie sahen sich schweigend in die Augen. Ihre Gesichter waren noch eine Handbreite voneinander entfernt. Langsam hob er seine Hand und strich ihr mit den Fingerspitzen eine nasse Strähne aus dem Gesicht. Für einen Moment schloss sie die Augen. Es machte den Anschein, als schmiege sich ihre Wange an seine Finger.

Kurz darauf öffnete sie ihre Augen wieder. Ihre Blicke trafen sich erneut. Sie umfasste seinen Nacken und zog sein Gesicht sanft zu sich herunter. Ihre Lippen trafen sich, zuerst kurz und sanft und immer wieder, dann intensiver und länger, bis sie sich nicht mehr voneinander lösen konnten und sich zu einem langen und leidenschaftlichen Kuss vereinten. Ihre nassen Körper schmiegten sich aneinander. Er spürte sein Herz bis zum Hals pochen.

Sie umarmten sich heftiger, ließen sich nach unten gleiten und legten sich seitlich ins flache Wasser. Ihre rechte Hand fuhr über seinen Rücken und verschwand unter seiner Badehose, schob sie sogar ein bisschen nach unten, während die andere auf seinem Rücken lag und seinen Körper heftig an sich presste.

Er hatte den Eindruck, als würden sich seine Hände selbstständig machen und ihren gesamten Körper erforschen wollen. Die eine lag in ihrem Nacken, kraulte diesen zärtlich, während die andere ihren Busen und ihre Seite streichelte und langsam abwärts glitt. An ihrer Hüfte angelangt, spürte er den Stoff des Tangas, ließ seine Finger darunter gleiten und versuchte ihn langsam nach unten zu schieben. Als er spürte, wie sie leicht ihr Becken anhob, schob er den Tanga bis über ihre Knie. Mit ein paar wenigen Beinbewegungen befreite sie sich endgültig davon. Gemeinsam entfernten sie daraufhin auch seine Badehose.

Ihre Küsse und Liebkosungen wurden leidenschaftlicher und intensiver. Christopher drehte sich auf den Rücken und zog Michelle auf sich. Seine Hände glitten über ihren Rücken und ihre Seiten bis zum Po und massierten ihn zärtlich.

Als Michelle ihre Beine anwinkelte und er sanft in sie eindrang, hörte er ein wohliges Stöhnen an seinem Ohr.

18.

Nachdem sie sich leidenschaftlich geliebt hatten, blieben Michelle und Christopher eine Weile umschlungen im seichten Wasser liegen, ließen sich Zeit und genossen die Stimmung.

Einige Zeit später begannen sie sich von Neuem gegenseitig zu streicheln und liebten sich ein zweites Mal, noch intensiver und noch leidenschaftlicher.

Anschließend zogen sie sich an und schwammen zurück, wo sie von Ernest und Eric schon ungeduldig erwartet wurden.

Christopher erzählte von der Grotte und meinte, sie könnte sich im Notfall als ideales Versteck erweisen. Den Rest verschwieg er ihnen.

»Wir könnten die Wartezeit nutzen und das Unterdeck für die Ladung bereit machen«, schlug Eric vor. »Ich nehme an, wir erhalten nicht nur ein paar Steinchen, sondern einige Container mit schweren Brocken.«

»Vielleicht sind es lebendige Steine«, witzelte Ernest, »und die brechen dann wieder aus und verwüsten das Schiff.«

»Steine und ausbrechen?« Eric lachte. »Aber man kann nie wissen, was es auf anderen Planeten alles gibt. Vielleicht strahlen diese Steine auf eine besondere Art und Weise und machen uns alle unsterblich. Lassen wir uns überraschen.«

Niemandem fiel bei Erics letzter Bemerkung das Schmunzeln auf, das Ernests Lippen für einen Augenblick umspielte.

Als die Sonne, oder das, was von ihr durch die feuchte Luft zu sehen war, sich dem Horizont näherte, sagte Christopher, der sich seit der Rückkehr mit der Mobilkonsole beschäftigt hatte: »Meine Analysen haben ergeben, dass die Tage auf diesem Planeten tatsächlich etwas kürzer sind als auf der Erde. Ich glaube, es dauert nicht mehr lange, dann ist es hier draußen stockdunkel.«

»Dann sollten wir wieder reingehen, bevor wir uns noch verirren«, schlug Ernest erleichtert vor.

Christopher war erstaunt, dass Ernest sich die ganze Zeit über draußen aufgehalten hatte. Normalerweise kam er mit Hitze und feuchtwarmem Klima nicht gut zurecht.

Ernest erhob sich als erster, drehte sich um und machte sich auf den Rückweg, gefolgt vom Rest des Teams.

Eine weitere Stunde später saßen sie erneut zusammen am runden Tisch im Aufenthaltsraum und nahmen eine abendliche Mahlzeit ein.

Kurz davor hatte sich Afra Melinn von *Norris & Roach* noch einmal gemeldet und ihnen mitgeteilt, der Fluggleiter, der die chemischen Substanzen abholen sollte, sei gestartet.

Ernest hatte sich darüber hocherfreut gezeigt, da sich ein Teil ihres Auftrags somit bald erledigt haben würde und die Chancen, diesen Planeten schnell wieder zu verlassen, sich erhöhten. Michelle und Christopher wären jedoch sehr gern noch eine Weile geblieben.

Als alle ihre Mahlzeit beendet hatten, räumte Michelle das Kunststoffgeschirr in die Reinigungsmaschine. Anschließend wischte sie den Tisch ab und setzte sich wieder.

»Christopher, was meinst du dazu, wenn wir heute noch eine Systemanalyse und eine Wartung durchführen lassen würden?« Eric sah ihn fragend an. »Falls etwas nicht in Ordnung ist, hätten wir genug Zeit, uns darum zu kümmern.«

»Gute Idee. Ich werde das gleich in die Wege leiten.«

Christopher stand auf, setzte sich an ein Terminal und startete die Analyse und das Wartungsprogramm, die er eigens für diesen Raumgleiter geschrieben hatte. Die beiden Programme würden eine Weile laufen und das gesamte Bordsystem einer genauen Überprüfung unterziehen, virtuell die verschiedensten Szenarien und ihre Folgen durchspielen, sämtliche Daten verifizieren und die wichtigsten davon sichern. Als er sich vergewissert hatte, dass das Programm ordnungsgemäß lief, erhob er sich und setzte sich wieder zu den anderen.

»Es war ein langer und anstrengender Tag.« Ernest setzte zum Gähnen an. »Ich werde mich jetzt in die Koje legen und mir noch etwas vorlesen lassen.«

»Diesem Vorschlag werde ich mich gleich anschließen«, erwiderte Eric und erhob sich ebenfalls. »Ihr zwei solltet auch schlafen gehen. Der Tag war wirklich anstrengend und wer weiß, was in den nächsten Tagen alles auf uns zukommt.«

Christopher sah Eric argwöhnisch an. »Hast du irgendeine Vorahnung?«

»Nein, ich dachte nur, man kann ja nie wissen.« Eric lächelte kurz, drehte sich um und verließ den Aufenthaltsraum.

»Was machen wir nun?« Christopher blickte zu Michelle.

»Wir gehen zu dir.« Sie erhob sich, griff nach seiner Hand und zog ihn mit sich. Etwas überrascht ließ er sich mitziehen und verschwand kurz darauf zusammen mit ihr in seiner Kabine.

Wenig später saßen sie auf der Bettkante. Er klappte das Mobilterminal auf, das auf dem Beistelltisch lag, und ließ sich das Zwischenresultat der Wartung anzeigen. Bisher schien alles in Ordnung zu sein.

Dann ließ er sich nach hinten auf sein Kissen fallen und rieb seine Augen. Gleich darauf spürte er Michelles Körper neben sich. Sie schmiegte sich an ihn. Er legte seinen Arm um sie und zog sie noch fester an sich. Eine ganze Weile lagen sie reglos da und genossen den Augenblick.

Ein leises akustisches Signal riss ihn aus den Gedanken. Er hob den Kopf, sah zum Display des Mobilterminals hinüber und traute seinen Augen nicht.

Michelle spürte sofort, dass etwas nicht in Ordnung war, und hob ebenfalls den Kopf.

»Das ist doch nicht möglich«, murmelte Christopher ungläubig.

»Was ist los?«

»Eine Unstimmigkeit im Datenbestand des Sekundärsystems.« Über seine Antwort konnte sie sich keinen Reim machen. »So etwas dürfte es gar nicht geben.«

»Warum nicht?«

»Unser Datenbestand weist Abweichungen zu den Angaben aus dem aktuellsten Wartungsprotokoll auf. Seit der letzten Wartung hat niemand Daten in das Sekundärsystem übertragen, ihm entnommen oder darin verändert.«

»Könnten das nicht die Kommunikationsdaten sein?«

»Nein, die befinden sich im Primärsystem.«

»Nachträglich per Funk können auch nicht irgendwelche Informationen übermittelt worden sein?«

»Der Datenverkehr wird ebenfalls über das Primärsystem abgewickelt. Die Abweichung befindet sich jedoch im Sekundärsystem. Darauf hat niemand außer uns Zugriff. Genaugenommen habe eigentlich nur ich darauf Zugriff. Es ist gegen außen vollkommen abgeschottet, auch zum Primärsystem. Die beiden Systeme arbeiten aus Sicherheitsgründen völlig getrennt voneinander.«

»Man kann keine Daten von einem System zum anderen übertragen?«

»Das schon, aber nicht auf direktem Weg. Es läuft über ein drittes System, das Aktivsystem. Darin laufen die Prozesse, darin werden die Daten verarbeitet und die Simulationen durchgeführt. Aber während der Operationen werden sämtliche Rechenvorgänge ausschließlich mit Daten aus dem Primärsystem ausgeführt. Benötigen wir ausnahmsweise Daten aus dem Sekundärsystem, müssen sie manuell ins Aktivsystem übertragen werden. Dazu müssten bestimmte Sequenzen ausgeführt und Sicherheitssysteme überwunden werden. Das wiederum geht nur, wenn man die entsprechenden Codes kennt. Falls wir Daten aus dem Sekundärsystem auf diesem Weg ins Primärsystem übertragen, werden sie zuerst in einem speziell abgeschotteten Zwischenspeicher abgelegt und durchlaufen verschiedene Prüfungen. Wenn sie vollständig aus dem

Sekundärspeicher ausgelesen und geprüft worden sind, wird die Verbindung zum Sekundärsystem unterbrochen. Erst dann werden sie ans Primärsystem übergeben, wo sie für die Bearbeitung zur Verfügung stehen. Nach der Verarbeitung werden sie jedoch nicht wieder ins Sekundärsystem zurückgeschrieben, sondern im Primärsystem gespeichert.«

»Wie kommen denn Daten überhaupt ins Sekundärsystem?«

»Das Schreiben von Daten ins Sekundärsystem kann nur im Wartungsmodus vorgenommen werden. In diesem Modus kann das Schiff nicht flie …« Christopher ließ den Satz unbeendet und erstarrte.

»Was ist mit dir?« Michelle sah ihn bestürzt an. Als sie sein Gesicht sah, spürte sie die Angst in ihrem Nacken emporkriechen.

»Der Wartungsmodus«, flüsterte er entsetzt. Hastig tippte er ein paar Befehlsstrukturen ein und beendete die Systemwartung augenblicklich. Dann aktivierte er das Alarmsystem, worauf im ganzen Raumgleiter schrille Sirenen ertönten. Anschließend sprang er auf, hastete eiligst aus seiner Kabine und ließ eine völlig verstörte Michelle zurück.

Sie stand ebenfalls auf und lief ihm hinterher. Unterwegs begegnete sie Ernest und Eric, die verwundert aus ihren Kabinen kamen und erschraken, als sie Christopher zum Bordrechner eilen sahen. Sie sah die beiden an, hob einfach nur ihre Schultern und setze eine fragende Miene auf.

Kurz darauf saß Christopher am Terminal und tippte laufend Befehlssequenzen ein.

»Was ist passiert?« Ernest war mit Eric und Michelle nähergetreten und blickte ihm verwundert über die Schultern.

»Unser Bordsystem wurde verseucht.« Christophers Stimme klang gehetzt.

»Verseucht? Etwa mit einem Virus?«

»So in etwa.«

»Was machst du jetzt?«, fragte Eric.

»Ich habe die Systemwartung abgebrochen und versuche nun, das Backup zu starten.« Christopher tippte hastig weitere Sequenzen ein.

»Wie konntest du denn feststellen, dass das System verseucht ist?«

»Das Wartungsprogramm hat einen Fehler gemeldet, den es eigentlich gar nicht geben darf.«

Bei jeder Sequenz, die er eintippte, wartete er anschließend auf deren Reaktion. »Scheiße«, fluchte er nach einer Weile, lehnte sich zurück und faltete die Hände hinter seinem Kopf. »Das Backup lässt sich nicht starten. Es reagiert einfach nicht.«

»Das klingt nicht gut.« Eric runzelte die Stirn.

»Um es im Klartext zu sagen: Das ist eine Katastrophe.« Christopher schlug verärgert mit der flachen Hand auf seinen Oberschenkel, als ob er damit sämtliche Probleme auf einmal erschlagen könnte.

»Könntest du uns etwas genauer erklären, was passiert ist und was jetzt los ist?« Ernest versuchte dabei, die Ruhe zu bewahren.

»Einen Moment noch.« Christopher tippte wieder ein paar Befehlsstrukturen ein. »Ich starte zuerst noch eine Sequenz, die unser Sekundärsystem analysiert. Wenn ich mich nicht irre, werden wir anschließend etwas sehr Unerfreuliches entdecken.«

Christopher schickte den Befehl ab. Alle starrten gespannt auf den Monitor und warteten schweigend.

Nach wenigen Sekunden, die wie eine Ewigkeit dauerten, erschien das Resultat.

19.

Eine halbe Stunde später saßen sie deprimiert am runden Tisch im Aufenthaltsraum.

Nachdem das Ergebnis der Analyse auf dem Monitor erschienen war, hatte Christopher noch ein paar weitere Protokolle aufgerufen, um sich ein detaillierteres Bild über den Schaden machen zu können.

Die letzte Hoffnung, dass es sich vielleicht nur um ein Versehen oder etwas Harmloses handelte, hatte sich in Luft aufgelöst. Große Ernüchterung machte sich breit.

»So, wie sich die Lage präsentiert, sitzen wir im schlimmsten Fall auf einer Zeitbombe«, begann Christopher mit den Erläuterungen.

»Und im nicht ganz schlimmsten Fall?«, erkundigte sich Eric emotionslos.

»Das kann ich noch nicht beurteilen. Auf jeden Fall haben sich fremde Daten, ich vermute, irgendwelche schädliche Skripts, vom Sekundärsystem ins Primärsystem übertragen.«

»Ich dachte, das wäre so gut wie unmöglich.« Ernest sah ihn erstaunt an.

»Das ist es auch. Im Normalfall zumindest. Jedenfalls schlummerten diese Dinger im Sekundärsystem und befinden sich nun auch im Primärsystem.«

»Wie haben sie den Weg dahin gefunden?«

»Durch die Wartung, die ich vor zwei Stunden gestartet habe.« Christopher sah alle der Reihe nach an. Dann fuhr er fort: »Dadurch wurde die einzige Situation geschaffen, die es überhaupt ermöglicht, Daten vom Sekundär- ins Primärsystem zu übertragen.«

»Was ist mit all den Sicherheitsmechanismen?«, fragte Eric skeptisch.

»Anscheinend haben es diese Skripts geschafft, sie zu umgehen. Genau das geht mir nicht in den Kopf. Um dies zu bewerkstelligen, braucht es Informationen, die nur wir, besser gesagt, nur ich kenne.«

»Ist es nicht riskant, wenn du als einziger über diese Informationen verfügst?«, fragte Michelle nachdenklich. »Was ist, wenn dir irgendetwas zustößt?«

»Es ist nicht so, dass Ernest und Eric keinen Zugriff auf diese Infos haben«, erklärte Christopher. »Sie sind in unserem Bordtresor auf einer verschlüsselten Sicherheitskarte gespeichert. Den Code für den Tresor kennen beide.« Er zeigte mit dem Finger auf einen unauffälligen Rahmen in der Seitenwand des Aufenthaltsraumes. »Irgendwann sollten wir auch dich einweihen«, fuhr er fort und sah Michelle mit ernster Miene an. »Falls uns dreien etwas passiert, könntest du den Gleiter alleine zur Erde fliegen.«

»Ich kann doch den Gleiter unmöglich alleine steuern.«

»Müsstest du auch nicht. Du brauchst dazu nur die richtige Steuersequenz zu starten. Der Gleiter bringt dich automatisch nach Hause. Dazu brauchst du einen Teil dieser vertraulichen Informationen.«

»Dann scheint das ziemlich einfach zu sein.« Michelle konnte ihre Verunsicherung nicht ganz verbergen.

»Ich glaube, es bringt uns nichts, wenn wir uns die Köpfe darüber zerbrechen, wie das Virus in den Primärspeicher gelangen konnte.« Eric versuchte, das Gespräch wieder auf das eigentliche Problem zu lenken. »In erster Linie sollten wir rausfinden, was dieses Skript anrichten kann.«

»Oder schon angerichtet hat«, ergänzte Christopher, worauf es im Raum totenstill wurde.

»Sollten wir dann nicht das gesamte System herunterfahren?«

»Das würde jetzt auch nichts mehr nützen. Wenn das Virus bereits etwas manipuliert hat, hätten wir es schon längst zu spüren bekommen. Bestimmte Bordfunktionen wären bereits unmittelbar nach der Übertragung ausgefallen. Aber so, wie es aussieht, läuft alles noch einwandfrei. Zudem habe ich die Prüfsummen der Versorgungssysteme verifiziert. So, wie es aussieht, sind die vom Virus nicht betroffen. Jedenfalls noch nicht.«

»Das würde heißen, unsere Lebenserhaltungssysteme an Bord sind davon nicht oder noch nicht betroffen.«

»Sieht so aus, aber ich habe trotzdem zur Sicherheit einige Kontrollmodule aktiviert, die alle Bordfunktionen überprüfen, bevor sie ausgeführt werden. Dadurch kann es beim Aufruf einer Funktion eine kleine Verzögerung geben. Also, nicht gleich in Panik geraten, wenn jemandem von euch so etwas auffällt. Aber vermutlich werdet ihr das gar nicht merken.«

»Das heißt dann also, wir sind einigermaßen sicher, solange wir nicht starten?« Eric blickte fragend zu Christopher.

»Das nehme ich an. Aber ich kann im Moment nicht sagen, was passieren wird, wenn wir einen Start versuchen. Bevor wir das in Erwägung ziehen, muss ich das System durchchecken. Das braucht Zeit. Im Sekundärsystem sind einige Analyseprogramme hinterlegt, bei denen ich hoffte, sie nie einsetzen zu müssen. Ich werde sie auf ihre Echtheit prüfen, sie dann ins Primärsystem übertragen und starten.«

»Warum Echtheit?« Michelle schien verwirrt. »Können die denn gefälscht sein?«

»Nein, aber vielleicht verändert. Für jemanden, der es fertigbringt, ein Skript in unser System einzuschleusen und dabei alle Sicherheitsmechanismen zu umgehen, ist es bestimmt auch ein Leichtes, Daten in unserem Sekundärsystem zu verändern.«

»Das kann ja eine Ewigkeit dauern.« Ernests Gesicht verfinsterte sich.

»Immerhin besser, als wenn uns der ganze Kahn beim nächsten Start um die Ohren fliegt«, meinte Eric lakonisch.

20.

In den folgenden Stunden, während das Analyseprogramm lief, zeichnete sich ein immer erschreckenderes Bild ab. Die Manipulationen beschränkten sich zwar ausschließlich auf Bereiche des Antriebs und der Steuerung des Raumgleiters, aber dafür waren sie sehr umfangreich. An einen Start war nicht zu denken. Damit waren die Absichten des Saboteurs klar zu erkennen. Das Schiff sollte einwandfrei funktionieren, solange es unterwegs nach TONGA-II war und sich hier aufhielt und erst auf dem Rückflug Schaden erleiden. Der Saboteur konnte davon ausgehen, dass das Wartungsprogramm frühestens nach der Landung auf TONGA-II ausgeführt werden würde und somit sichergehen, dass das Virus erst dann aktiviert wurde. Es lag ihm also viel daran, dass die *Space Hopper* TONGA-II heil erreichte, nicht aber wohlbehalten zur Erde zurückkehrte.

Diese Erkenntnisse trafen die Crew schwer.

Christopher, der schon seit mehreren Stunden am Terminal saß und die Analyse überwachte, wurde zusehends müde. Noch ein paar Minuten, dann würde Eric ihn ablösen. Ihm schwirrte der Kopf von den vielen Daten, die er in den letzten Stunden begutachtet und überprüft hatte. Michelle hatte ihm in den ersten zwei Stunden Gesellschaft geleistet, war aber dann so müde geworden, dass sie schlafen gegangen war.

Jetzt, in dieser deprimierenden Situation, sehnte er sich nach ihrer Nähe. Plötzlich wurde ihm bewusst, wie einsam er sich all die Jahre gefühlt und wie sehr er dieses Gefühl immer wieder verdrängt hatte.

Nach einigen enttäuschenden Beziehungen hatte er sich, teilweise unbewusst, gegen jegliche emotionale Bindungen gewehrt und sich jeweils sofort zurückgezogen, wenn sich entsprechende Gefühle bemerkbar gemacht hatten. So hatte er lange nicht bemerkt, wie er sich immer mehr in eine Isolation flüchtete. Die Einsamkeit wurde ihm erst bewusst, als er daran war, sie zu überwinden.

Als Eric neben ihm auftauchte, war Christopher kurz davor einzudösen. Er sah erleichtert auf und räumte den Sessel.

»Schlaf dich aus.« Eric klopfte ihm sanft auf die Schultern. »Du hast heute Großes geleistet.«

»Danke«, antwortete Christopher leise.

»Solltest du Schuldgefühle haben, weil du es warst, der das Wartungsprogramm gestartet hat, dann vergiss es schnell wieder. Du bist nicht dafür verantwortlich, dass dies passiert ist. Jeder von uns hätte das Wartungsprogramm starten können. Zudem war es mein Vorschlag gewesen. Was geschehen ist, lässt sich nicht umkehren. Wir müssen versuchen, das Beste aus dieser Situation zu machen.«

»Ja.«

»Also, schlaf gut, und denk nicht mehr allzu sehr darüber nach.«

»Okay.«

Christopher schlurfte davon und verschwand in seiner Kabine.

Nicht ganz unerwartet stellte er fest, dass Michelle, mit dem Gesicht zur Wand, in seinem Bett lag. Er schlüpfte aus den Kleidern, ging noch schnell unter die Dusche und kroch anschließend ebenfalls ins Bett, wo er sich an ihren nackten Rücken schmiegte und kurz darauf einschlief.

Als er aus einem wirren Traum aufwachte, lag er alleine im Bett. Er hatte den Eindruck, einen ganzen Tag geschlafen zu haben, aber als er auf die Uhr sah, stellte er fest, dass es nur vier Stunden später war.

Besser als gar nichts, dachte er. Er stand auf, zog sich an und verließ die Kabine.

Ernest und Michelle saßen am runden Tisch und aßen eine Kleinigkeit, während Eric immer noch am Terminal saß.

»Guten Morgen«, begrüßte ihn Ernest.

Christopher murmelte etwas Ähnliches, ging zu Michelle und gab ihr einen flüchtigen Kuss auf die Wange. Dann holte er sich etwas zu essen und setzte sich ebenfalls an den Tisch.

»Das Analyseprogramm scheint demnächst zu Ende zu sein«, rief Eric aus der Terminalnische.

»Hat sich noch etwas Besonderes ergeben?«, fragte Christopher mit halb vollem Mund und hätte sich beinahe verschluckt.

»Nein. Es ist tatsächlich so, dass nur Bereiche der Schiffssteuerung und des Antriebs betroffen sind.«

»Das überrascht mich nicht.« Christopher schob einen weiteren gehäuften Löffel Getreidebrei in den Mund.

»Als du geschlafen hast, hat uns ein Typ des Sicherheitsdienstes des Raumhafens angefunkt«, informierte Ernest.

»Was wollte er?«

»Er fragte, warum wir nicht auf den Empfang der Landekoordinaten gewartet hätten und ordnungsgemäß auf dem Raumhafen gelandet sind, warum wir stattdessen dieses waghalsige Manöver flogen.«

»Was hast du ihm geantwortet?«

»Ich hab vom Entführungsversuch erzählt und gesagt, wir wären deshalb abgehauen. Ich hatte jedoch den Eindruck, dass er von dieser Geschichte nicht ganz überzeugt war.«

»Mit anderen Worten, der Sicherheitsdienst glaubt nicht an Piraten oder Entführer.«

»Ich glaube nicht. Auf jeden Fall hat er uns aufgefordert, uns innerhalb der nächsten zwölf Stunden bei der Raumhafenkontrolle von Tongala einzufinden. Ansonsten würde man uns festnehmen und wegen Verstoß gegen die Sicherheitsbestimmungen anklagen.«

»Hast du ihm unsere Situation geschildert?«

»Ja. Darauf meinte er nur, wir sollten uns mit der Wartungsgesellschaft im Raumhafen in Verbindung setzen, was wir ja bereits getan haben. Mit anderen Worten, er hat unsere Situation irgendwie nicht so ernst genommen.«

»Das wird ja immer besser.« Christopher stieß einen Fluch aus und schüttelte den Kopf.

»Wir sollten Rick einen Hyperfunkspruch schicken und ihn über unsere Situation und die möglichen Folgen informieren«, schlug Ernest vor. »Im schlimmsten Fall könnte er als Mitglied des Diplomatischen Rats der Erde für uns eintreten.«

»Du glaubst, der Sicherheitsdienst nimmt uns dann die waghalsige Flucht nicht übel?« Christopher sah ihn zweifelnd an.

»Rick könnte zumindest ein gutes Wort für uns einlegen.«

»Na ja, einen Versuch ist es wert. Außer Warten bleibt uns nicht viel anderes übrig. Einen Start können wir unter diesen Umständen nicht riskieren.«

»Ich werde das erledigen.« Michelle erhob sich und ging zum Terminal.

Christopher bedankte sich und wandte sich wieder Ernest zu. »Irgendetwas Neues von der Wartungsgesellschaft?«

»Bis jetzt nicht. Ich hab keine Ahnung, ob die überhaupt schon aufgebrochen sind. Gemeldet haben sie sich jedenfalls noch nicht.«

»Wir sollten uns noch mal mit denen in Verbindung setzen. Die Situation hat sich inzwischen drastisch verändert. Wir hatten ihnen ja anfänglich nur von einer harmlosen Panne berichtet.«

»Die werden den Schaden aber nicht beheben können.«

»Glaube ich auch nicht. Sie werden die *Space Hopper* zum Raumhafen verfrachten müssen. Entweder an Bord eines ihrer Schiffe oder mittels Traktorstrahl.«

»Ich werde das auch gleich erledigen«, rief Michelle, die anscheinend mitgehört hatte.

»Sag ihnen, sie sollen sich beeilen«, erwiderte Christopher.

»Vor morgen werden die bestimmt nicht aufkreuzen.« Ernest machte ein griesgrämiges Gesicht.

Christopher dachte kurz nach. »Falls ich es schaffen sollte, das Virus zu eliminieren, und auch nur falls, müssten die Steuerung und die Triebwerke erst einmal eingehend überprüft und getestet werden, bevor sie wieder für einen Flug eingesetzt werden könnten.«

»Das leuchtet mir ein.« Ernest stützte die Stirn in seine Hände und atmete hörbar ein und aus.

»Hier sind wir vorerst sicher«, fuhr Christopher fort. »Energie und Vorräte haben wir genug. Die Wasseraufbereitung arbeitet auch einwandfrei. Wir warten erst mal auf die Leute und schauen dann weiter.«

»Die verdammte Warterei geht mir auf die Nerven«, jammerte Ernest verärgert.

Eric kam mit Michelle aus der Terminalnische und setzte sich wieder an den Tisch. »Die Analyse ist zu Ende.« Er klopfte Ernest mit den Fingerspitzen aufmunternd auf die Schultern. Daraufhin erhob sich dieser, ging zu einem Schrank und kam wenig später mit einer Flasche *Four Roses* und einem Glas zurück.

»Rick hat gleich auf den Hyperfunkspruch geantwortet«, berichtete Michelle, nachdem sie sich ebenfalls wieder an den Tisch gesetzt hatte. »Er sagte, er werde mit seinem neuen Schiff persönlich hierherfliegen.«

»Rick hat schon wieder ein neues Schiff?« Eric staunte.

»Das ist doch typisch für ihn«, antwortete Christopher.

Als Ernest sich wieder gesetzt hatte, sagte er lächelnd: »Das hier könnte meine Stimmung erheblich verbessern.«

Sie sahen Ernest lachend zu, als dieser sich ein Glas einschenkte. »Hat Rick gesagt, wie lange er unterwegs sein wird?«, fragte er.

»Er meinte, wenn das Schiff voll funktionstauglich ist, müsste er in etwa drei Tagen hier sein«, antwortete Michelle.

»Voll funktionstauglich? Anscheinend hat er sich mal wieder so einen hypermodernen Prototyp bauen lassen.«

»Na ja, Rick sitzt an der Quelle«, meinte Christopher gelassen. Nach einer Weile fragte er: »Was machen wir während dieser Zeit?«

»Wir könnten noch mal im See schwimmen gehen.« Michelle spürte, dass sich die Stimmung tatsächlich wieder verbessert hatte und es nicht schaden könnte, diesen Vorschlag zu machen.

»Gute Idee«, antwortete Christopher spontan.

»Aber ohne mich.« Ernest prustete, nachdem er einen kräftigen Schluck getrunken hatte. »Mir ist es da draußen eindeutig zu warm und zu feucht.«

»Ich werde auch hierbleiben. Ihr beide kommt ohne mich bestimmt auch gut zurecht.« Eric konnte sich ein leichtes Grinsen nicht verkneifen.

»Aber nehmt ein Kommunikationsset mit«, schlug Ernest vor, »damit wir euch rufen können, falls sich etwas ereignet.«

»Okay«, erwiderte Christopher. »Ich werde mir das wasserdichte Etui an den Unterarm schnallen. Das wird mich beim Schwimmen nicht behindern.«

»Ihr dürft uns natürlich auch um Hilfe rufen, falls ihr bei irgendetwas Schwierigkeiten haben solltet«, fügte Ernest schelmisch an.

»Soso, wobei denn?« Michelle schmunzelte.

»Ach, das können verschiedene Dinge sein.« Ernest sah sie mit unschuldiger Miene an.

»Ich könnte mir auch einiges vorstellen«, witzelte Eric.

»Ihr seid zwei scheinheilige Lüstlinge.« Christopher lachte, stand auf und ging in seine Kabine, um sich umzuziehen. Michelle folgte ihm.

21.

Vor knapp einer Stunde hatten Christopher und Michelle das Schiff verlassen und waren zum See hinuntergegangen. Am Ufer hatten sie sich ausgezogen und sich ins Wasser begeben. Sie verzichteten auf Badekleider. Das Einzige, was Christopher trug, war das kleine wasserdichte Etui an seinem linken Unterarm.

Nachdem sie die gesamte Länge des Sees zweimal durchschwommen hatten, steuerten sie zum Wasserfall, wo sie sich an derselben Stelle wie letztes Mal in das flache Wasser legten und sich ausruhten.

»Wenn die Situation nicht so ernst wäre, könnte man es hier echt genießen.« Christopher konnte die Niedergeschlagenheit nicht verbergen.

»Ich hätte nichts dagegen, ein paar Wochen hierzubleiben.« Michelle küsste ihn auf die Wange.

»Ich befürchte, es wird etwas länger als vorgesehen dauern, bis wir von hier wieder wegkommen.«

»Wie lange denkst du?«

»Kommt drauf an, wie schnell Rick hier ist und was er bezüglich des Virus' ausrichten kann. Auch wenn er mit seinem neuen Schiff relativ schnell hier wäre, wird er für die Analyse des Problems eine Weile benötigen.«

»Warum braucht er nicht so lange wie wir, um aus dem Sonnensystem zu fliegen?«

»Seine Schiffe sind nicht nur wesentlich schneller und größer als unseres. Sie sind in allen Belangen auch viel moderner ausgerüstet. Er kann bereits kurz nach Verlassen der Mondumlaufbahn in den Hyperraum eintauchen und auf Überlichtgeschwindigkeit gehen. Auch die Geschwindigkeit im Hyperraum ist um ein Vielfaches schneller als bei der *Space Hopper*.«

»Warum konnten wir nicht so früh in den Hyperraum eintauchen?«

»Unser Raumgleiter ist nicht mehr das neuste Modell. Eigentlich ist er schon ziemlich alt. Damit sollte man solche Manöver lieber nicht innerhalb eines Planetensystems durchführen.«

»Ich hoffe, dass er uns wirklich helfen kann.«

»Als irdischer Diplomat erhält er in allen Kolonien beste Unterstützung. Daher sollte er hier auf keinen Widerstand der Kolonialadministration stoßen.«

»Dann ist die Situation gar nicht so ausweglos, wie es zuerst den Anschein machte.«

»Es gibt meistens einen Ausweg, fragt sich nur, wie der aussieht. Aber nicht auszudenken, wenn wir das Virus nicht entdeckt hätten.«

»Daran dürfen wir einfach nicht mehr denken.« Sie schmiegte sich an ihn. Er legte seinen Arm um sie.

Einige Minuten lagen sie einfach nur da, ohne etwas zu sagen, lauschten dem Rauschen des Wassers und genossen die Stimmung. Obwohl sie hinter dem Wasserfall unter dem Felsen lagen, bemerkten sie, dass es heller geworden war. Anscheinend hatte es die Sonne heute geschafft, sich gegen die feuchte Luft durchzusetzen. Das regelmäßige Geräusch des Wasserfalls versetzte sie in eine Art Trance, in der sie die Zeit zu vergessen schienen.

Nach einiger Zeit hob Michelle den Kopf und sah Christopher lächelnd in die Augen. Dann fanden sich ihre Lippen zu einem zärtlichen und leidenschaftlichen Kuss.

Die schrille Sirene des Sicherheitsalarms riss Ernest aus seinen Gedanken. Er brauchte eine Sekunde, um sich zu fassen, und blickte kurz zu Eric.

Dieser stand auf und eilte in die Terminalnische, wo er den Alarm ausschaltete und sich die Sicherheitsmeldung auf den Monitor holte.

Ernest erhob sich ebenfalls und folgte ihm.

»Sie sind schon da«, rief Eric, als er auf den Monitor sah.

»Wer ist schon da?« Ernest brauchte einen Moment, um seine Gedanken zu ordnen.

»Entweder die Leute der Wartungsgesellschaft oder die von *Norris & Roach*«, antwortete Eric.

»Das ging aber schnell.«

»Umso besser.«

Sie gingen wieder zum runden Tisch zurück und aktivierten den Panoramabildschirm. Dieser zeigte abwechselnd das Bild verschiedener Außenkameras. Eric fixierte die Anzeige auf eine bestimmte Kamera, auf der von Weitem eine Karawane von Geländegleitern zu sehen war. Auf jedem saßen vier schwerbewaffnete Männer.

»Das gefällt mir nicht.« Misstrauisch beobachtete Ernest die Geschehnisse.

Eric betrachtete den Bildschirm genauer und fragte nach einer Weile: »Sind das die Leute von *Norris & Roach* oder die von der Wartungsgesellschaft?«

»Wenn du mich fragst, weder noch.«

»Dort hinten kommen noch mehr.«

»Die vordere Gruppe war anscheinend nur eine Vorhut.«

»Das sieht nach einer ganzen Armee aus.«

Die Kolonne der Geländegleiter näherte sich der *Space Hopper*. Der Mann auf dem vordersten Gleiter trug ein Headset.

Plötzlich drang eine Stimme aus den Lautsprechern des Aufenthaltsraums. »Transportschiff *Space Hopper*, hier spricht Sergei Krasnic. Bitte geben Sie sich zu erkennen.«

»Die können uns wegen des Spiegelschirms nicht sehen«, bemerkte Eric.

»Wir haben Ihre Standortkoordinaten und wissen, dass Sie hier sind«, fuhr Krasnic fort.

»Das sind definitiv nicht die Leute von *Norris & Roach* oder der Wartungsgesellschaft«, stellte Ernest fest. »Die wären nämlich nicht uniformiert und derart bewaffnet?«

»Wir müssen herausfinden, was die von uns wollen.« Eric starrte unentwegt nach draußen.

»Es bleibt uns wohl nichts anderes übrig, als den Spiegelschirm abzuschalten und sie zu fragen.«

»Du hast recht. Wir müssen es riskieren. Wir sitzen ja hier fest. Vielleicht können die uns aus der Patsche helfen.«

Eric legte die notwendigen Schalter um. Doch kaum hatten sie den Schirm abgeschaltet, schwärmten die Geländegleiter aus und umkreisten die *Space Hopper*.

»Was soll das denn bedeuten?«, fragte Ernest erstaunt.

»Das sieht nicht gut aus.«

Ernest setzte das Headset des Kommunikators auf und schaltete es ein. »Hier spricht Ernest Walton vom Transportunternehmen *Space Hoppers*.« Er versuchte, seiner Stimme eine gewisse Autorität zu verleihen. »Wen vertreten Sie und was wollen Sie von uns?«

»Mister Walton«, hörte er die Stimme von Krasnic. »Wir sind von der Oppositionellen Vereinigung von Tongalen und fordern Sie hiermit auf, Ihr Einstiegsschott zu öffnen, damit wir an Bord kommen können.«

»Diese Vereinigung ist uns nicht bekannt. Wir glauben nicht, dass wir Ihnen etwas zu bieten haben, was von Interesse sein könnte. Warum haben Sie uns umzingelt?«

»Das ist eine reine Vorsichtsmaßnahme und tut nichts zur Sache. Bitte öffnen Sie umgehend das Schott.« Krasnics Stimme klang energischer.

Ernest unterbrach die Verbindung und sah Eric ratlos an. »Also, wenn du mich fragst, stinkt das mächtig zum Himmel.«

»Gefällt mir auch nicht, das Ganze.«

Ernest schaltete die Verbindung wieder ein und sagte entschlossen: »Zuerst ziehen Sie Ihre Gleiter rund um unser Schiff ab und bringen sie auf Distanz.«

»Sie strapazieren unnötig unsere Geduld«, fuhr Krasnic unbeirrt fort. »Wenn Sie uns nicht an Bord lassen, werden wir uns mit Gewalt Zutritt verschaffen.«

»Das hat uns gerade noch gefehlt«, flüsterte Eric empört.

»Tut mir leid«, erwiderte Ernest. »Aber wir bestehen auf unserer Forderung.«

Krasnic drehte sich um und schien sich mit einem seiner Begleiter zu beraten.

»Steht der Energieschirm noch?« fragte Ernest.

»Ja, der steht noch.«

Krasnic wandte sich wieder der *Space Hopper* zu. Doch statt einer Antwort sahen Ernest und Eric einen flammenden Blitz auf das Schiff zuschießen, der sich sogleich über den gesamten Abwehrschirm verteilte und in den Erdboden abgeleitet wurde.

»Damit haben die nicht gerechnet«, sagte Ernest hämisch.

Tatsächlich herrschte auf dem vordersten Geländegleiter helle Aufregung. Krasnic gestikulierte wild mit den Armen und erteilte über sein Headset Befehle.

»Jetzt bläst er zum Vollangriff«, äußerte Eric seine Befürchtung.

»Mit diesen Strahlern können sie uns aber nichts anhaben«, beruhigte ihn Ernest. »Sie müssten schon schwereres Geschütz auffahren.«

»Hoffen wir, dass sie es nicht tun.«

»Ich informiere sicherheitshalber Christopher und Michelle, sich vorerst vom Schiff fernzuhalten.«

22.

Das Vibrieren des Kommunikators riss Christopher aus einem zärtlichen Moment. Er öffnete sein Armetui, entnahm ihm das Headset und setzte es auf. Kaum hatte er es eingeschaltet, vernahm er Ernest erregte Stimme.

»Haltet euch vorerst fern von unserem Schiff«, warnte er.

»Warum das denn?«, fragte Christopher erstaunt.

»Wir haben Besuch, und der ist nicht gerade freundlich.«

»Die Planetenpatrouille?«

»Nein, eine ganze Armee ist hier aufgekreuzt. Der Anführer, ein Typ namens Sergei Krasnic, sagte, er wäre von der Oppositionellen Vereinigung von Tongalen. Frag mich nicht, was das für ein Verein ist. Mir ist er nicht bekannt. Er will sich mit Gewalt Zutritt zu unserem Schiff verschaffen.«

»Hat er gesagt, was er will?«, wollte Christopher wissen, während Michelle sich auf ihre Ellenbogen stützte und ihn verwundert ansah.

»Nein, aber sie haben unser Schiff umzingelt. Er verlangt, an Bord gelassen zu werden.«

»Das klingt äußerst merkwürdig. Ihr solltet herausfinden, was sie sonst noch von uns wollen, bevor ihr sie ins Schiff lasst.«

»Das haben Eric und ich uns auch gedacht und ihnen den Zutritt vorerst verweigert, bis sie uns erklären, was sie wollen.«

»Wie haben sie reagiert?«

»Sie haben uns mit ihren Strahlenwaffen beschossen.«

»Was?«, rief Christopher verblüfft.

Michelle starrte ihn erschrocken an. »Was ist denn los?«

Christopher klärte sie kurz über das bisher gehörte auf. Dann hörte er Ernest sagen: »Aber damit können sie uns nichts anhaben.«

»Hoffen wir nur, dass sie nicht mit anderem Geschütz aufkreuzen.«

»Das hoffen wir auch. Aber es sieht im Moment nicht danach aus, als würde etwas nachkommen.«

»Haltet die Augen trotzdem offen.«

»Werden wir bestimmt. Und ihr seid vorsichtig. Schaut zu, dass sie euch nicht entdecken. Ihr seid nicht mal bewaffnet.«

»Hoffentlich entdecken sie unsere Kleider nicht, die wir am Ufer abgelegt haben.«

»Eure Klamotten liegen am Ufer?«

»Ja, oder dachtest du, wir tragen sie beim Schwimmen?«

»Dann können wir nur hoffen, dass die sie nicht finden.«

»Zu spät«, hörte Christopher Erics Stimme im Hintergrund.

»Die haben sie anscheinend bereits entdeckt«, informierte Ernest. »Jetzt schwärmen einige der Geländegleiter aus.«

»Scheiße!«, fluchte Christopher verärgert. »Wir hätten alles verstecken sollen.«

»Ihr solltet euch verkriechen, denn die suchen jetzt nach euch.«

»Wir verziehen uns in die Höhle. Da wird es jedoch Probleme mit dem Funkempfang geben.«

»Könnte sowieso sein, dass die unseren Funkverkehr anpeilen.«

»Damit müssen wir rechnen. Also kommunizieren wir nur, wenn es unbedingt nötig ist.«

»Einverstanden. Passt auf und lasst euch nicht erwischen.«

Christopher schaltete den Kommunikator ab und verstaute das Headset wieder im Armetui.

»Die haben unsere Kleider gefunden und sind nun auf der Suche nach uns«, klärte er Michelle auf.

»Mist!«, erwiderte sie ärgerlich. »Und wir haben nichts zum Anziehen.«

»Das dürfte das kleinere Problem sein, wenn die uns jagen.« Christopher drehte sich um und kroch im seichten Wasser näher zum Wasserfall. Zwischen den Wasserstrahlen versuchte er, etwas zu erkennen. »Die suchen mit ihren Gleitern auf beiden Seiten des Sees das Ufer ab«, rief er Michelle zu.

Als sie aufstand und zu ihm kommen wollte, sagte er: »Bleib unten. Leg dich so gut es geht ins Wasser.«

Als er wieder zu ihr zurückgekehrt war, fragte sie: »Warum? Die sehen uns doch hinter dem Wasserfall nicht.«

»Wenn sie Wärmedetektoren einsetzen, können sie uns anhand unserer Körperwärme lokalisieren.«

»Daran habe ich nicht gedacht.«

»Das Wasser isoliert unsere Wärme.«

»Wir können aber nicht andauernd im Wasser bleiben.«

»Werden wir auch nicht. Wir ziehen uns in die Höhle zurück. Der Fels schirmt uns ebenfalls ab.«

»Aber auf dem Weg zur Höhle könnten sie uns anhand der Körperwärme doch ausmachen.«

»Wir werden kriechen.«

»Meinst du, dann sehen sie uns nicht?«

»Schon, aber es besteht die Möglichkeit, dass sie nach menschlichen Umrissen Ausschau halten. Wenn wir kriechen, halten sie uns vielleicht für etwas anderes und beachten uns nicht.«

Michelle legte sich neben Christopher flach auf den Bauch und sah ihn ängstlich an. Dann robbten sie nebeneinander in Richtung Höhle.

»Mister Walton«, hörte Ernest die genervte Stimme von Krasnic. »Wie ich feststelle, sind Sie unnachgiebig.«

»Mister Krasnic«, antwortete Ernest in ruhigem Ton. »Das könnte ich auch von Ihnen behaupten. Können wir nicht wie zivilisierte Menschen über das Problem reden? Anscheinend herrscht hier ein Missverständnis.«

Krasnic beriet sich erneut mit seinen Begleitern. Dann sagte er: »Einverstanden. Wie lauten Ihre Bedingungen?«

»Zuerst möchten wir wissen, warum Sie mit einer schwerbewaffneten Armee hier aufkreuzen, unser Schiff umzingeln lassen und dann auch noch auf uns schießen. Wir erwarten jemanden, der die von uns von der Erde hierher transportierten chemischen Substanzen für die Niederlassung von *Norris & Roach* abholt. Dann sollten noch Techniker der Wartungsgesellschaft vom Raumhafen hierher unterwegs sein. Ich frage Sie nun noch mal: Wen vertreten Sie wirklich?«

Es folgte eine kleine Pause.

»Ich weiß nichts von chemischen Substanzen«, antwortete Krasnic gleichgültig. »Tut mir leid, wenn wir nicht diejenigen sind, die Sie erwartet haben. Aber eine Person unter Ihnen ist im Besitz eines Gegenstandes, der für uns bestimmt ist.«

Ernest und Eric waren sprachlos und sahen sich fragend und überrascht an.

Ernests Gedanken rasten. Wer von ihnen vier könnte einen Gegenstand von der Erde nach Tongalen mitgebracht haben, der für diese Organisation bestimmt war? Dass Eric oder Christopher dies ohne sein Wissen tun würden, konnte er sich beim besten Willen nicht vorstellen. Blieb nur Michelle.

War sein anfängliches Misstrauen ihr gegenüber doch berechtigt gewesen? Wäre sie dazu fähig, mitzufliegen, nur um heimlich einen Gegenstand nach Tongalen zu schmuggeln?

»Wir wissen weder von einem Gegenstand noch kennen wir Ihre Organisation«, erwiderte Ernest. »Wer soll diese Person sein?«

»Den Namen kenne ich nicht. Ich weiß nur, dass es sich um eine Frau handelt.«

»Michelle«, flüsterte Ernest zu Eric. »Also doch. Ich habe ihr von Anfang an nicht getraut.«

»Aber wir können sie ihm doch nicht ausliefern.«

»Wahrscheinlich müssen wir das gar nicht.«

Bevor Eric nach dem Grund fragen konnte, hörten sie Krasnic sagen: »Ich weiß, dass sich zwei Personen Ihrer Besatzung hier draußen aufhalten. Ich vermute stark, dass es sich bei der einen um diese Frau handelt.«

Ernest schwieg. Was sollte er tun? Ihm bestätigen, dass Michelle tatsächlich draußen war und sie somit zur Jagd freigeben?

Oder spielte es überhaupt keine Rolle mehr, da Krasnics Leute bereits nach ihr suchten?

»Mister Walton«, meldete sich Krasnic einmal mehr. »Ich gehe davon aus, dass Sie mit den beiden Personen in Kontakt stehen. Ich fordere Sie auf, ihnen mitzuteilen, sich meinen Männern zu ergeben. Wir möchten nur den Gegenstand an uns nehmen, dann lassen wir sie in Ruhe und verschwinden wieder.«

»Welche Garantien haben wir, dass sie unsere Leute nicht einfach umbringen, um lästige Zeugen loszuwerden?«

»Sie müssen uns schon vertrauen.«

»Das fällt mir ehrlich gesagt schwer, da ich weder ihre Organisation noch deren Motive kenne.«

»Wie ich schon sagte, Sie müssen uns vertrauen. Eine andere Möglichkeit haben Sie nicht. Wir sind bereits auf der Suche nach Ihren Leuten. Wenn Sie uns nicht unterstützen, verzögert es die Sache lediglich.«

»Können Sie mir verraten, um was für einen Gegenstand es sich dabei handelt?«

»Mister Walton, glauben Sie mir. Je weniger Sie darüber wissen, desto einfacher wird es für Sie. Werden Sie nun kooperieren?«

»Mister Krasnic. Ich glaube nicht, dass Ihre Motive oder jene Ihrer Organisation von edler Natur sind. Das beweist schon allein die Art und Weise, wie Sie hier auftreten, Forderungen stellen und uns drohen. Weiter glaube ich nicht, dass Sie unsere Leute unbehelligt ziehen lassen, wenn Sie im Besitz dieses Gegenstandes sind. Deshalb betrachte ich unser Gespräch hiermit als beendet. Ich wünsche Ihnen noch einen schönen Tag, Mister Krasnic.«

Ernest schaltete die Kommunikation ab und sah Eric schweigend an. »Jetzt bin ich gespannt, was passiert.«

»Zunächst müssen wir dafür sorgen, dass Christopher und Michelle unbehelligt an Bord kommen können«, sagte Eric nach einer Weile. »Dummerweise sitzen wir hier fest und können ihnen nicht entgegenfliegen.«

Ernest ging zum Hyperfunkgerät. »Ich werde versuchen, mit Mark in Kontakt zu treten und ihn fragen, ob er diese Vereinigung kennt und ob er etwas von diesem Gegenstand weiß, den Michelle mit sich führt. Vielleicht hat er sich mit ihr in der Bar darüber unterhalten.«

»Du meinst, er hat sich heimlich auf einen Schmuggel eingelassen und benutzt sie dafür?«

»Ich kann es mir zwar nicht vorstellen, aber ganz ausschließen möchte ich die Möglichkeit nicht.«

Er wählte die Verbindung zu Mark Henderson, sprach eine Nachricht in das Mikrofon des Headsets und wartete. Als nach ein paar Minuten keine Antwort kam, wiederholte er die Nachricht.

»Er antwortet nicht.«

Als er sich wieder dem Panoramaschirm zuwandte, sah er, dass sich bis auf einen alle Gleiter auf die Suche nach Christopher und Michelle machten. Nur Krasnic blieb zurück.

23.

Michelle und Christopher hatten gerade die Höhle erreicht, als sie das Summen eines Geländegleiters vernahmen. Sie legten sich so flach wie möglich auf den Boden und rührten sich nicht.

Als sich das Geräusch wieder entfernte, krochen sie weiter. Da sie zuvor im Wasser gelegen hatten, klebte nun an ihrer Haut eine feine Sandschicht.

»Wisch den Sand nicht von deiner Haut«, sagte Christopher. »Der schirmt unsere Körperwärme auch etwas ab.«

Langsam krochen sie weiter in Richtung der Höhle. Es wurde immer dunkler. Das Geräusch des Wasserfalls schwächte sich ab. Erneut vernahmen sie das Summen eines Gleiters, das sich genauso schnell wieder entfernte, wie das erste.

»Hoffentlich kommt keiner auf den Gedanken, hinter dem Wasserfall nachzusehen«, raunte Christopher.

Doch kaum hatte er es gesagt, hörte er das Plätschern, das eindeutig von hastigen Schritten im seichten Wasser verursacht wurde.

»Hierher!«, hörten sie einen der Männer rufen. »Da ist ein Hohlraum hinter dem Wasserfall!«

Ein anderer antwortete etwas, aber Christopher konnte es nicht verstehen. Der erste erschien hinter der Wasserwand und blieb stehen. Anscheinend musste er sich ebenso an die Dunkelheit gewöhnen. Es folgten keine Geräusche von weiteren Schritten.

Christopher drehte langsam den Kopf zur Seite und versuchte zurückzuschauen. Aus den Augenwinkeln sah er Michelle regungslos auf dem Boden liegen. Der Fremde stand unmittelbar neben ihr und starrte ins Dunkle.

Dann geschah das Unvermeidliche.

Der Mann drehte sich um und wollte die Höhle verlassen. Dabei machte er einen kleinen Schritt zur Seite und stieß mit seinem Fuß an Michelles Oberschenkel. Sie erschrak derart, dass sie unweigerlich ihre Beine anzog und sich blitzschnell zur Seite bewegte.

Der Mann, selbst fast zu Tode erschrocken, machte ein paar Schritte rückwärts, riss die Waffe hoch und brüllte: »Keine Bewegung! Wer immer Sie auch sind, stehen Sie mit erhobenen Händen auf!«

Weil sich die Aufmerksamkeit des Fremden ganz auf Michelle konzentrierte, nutzte Christopher die Gelegenheit, um sich etwas zu drehen, sodass er die Lage besser überblicken konnte.

Michelle kauerte unbeweglich auf dem Boden und regte sich nicht.

»Aufstehen, hab ich gesagt!«, schrie der Fremde erneut. »Sonst werde ich schießen!«

Christopher beobachtete, wie sich Michelle langsam erhob und die Hände in den Nacken faltete. Im Gegenlicht erkannte er die schmale Wolke aus feinem, trockenem Sand, der sich von ihrer Haut löste und langsam zu Boden rieselte.

Der Bewaffnete starrte sie entgeistert an.

»Sie sind also die Person, die wir suchen!«, dröhnte er mit einem verächtlichen Unterton und starrte sie gierig an. »Anscheinend haben Sie nichts zum Anziehen bei sich. Aber das macht auch nichts. Wer hat schon gegen einen solchen Anblick etwas einzuwenden.«

Michelle machte die Andeutung, langsam ihre Arme zu senken, doch der Mann hob daraufhin seine Waffe noch energischer. »Nichts da! Ihre Hände bleiben schön im Nacken. Sie werden nun langsam vorwärtsgehen, während ich Ihnen folge. Und kommen Sie nicht auf dumme Gedanken. Draußen warten meine Kameraden.«

Der Mann, der bisher mit dem Gesicht zum Inneren der Grotte gestanden hatte, trat vorsichtig beiseite und ließ Michelle an sich vorbeigehen. Gleichzeitig drehte er sich langsam um. Christopher nutzte die Gelegenheit und robbte sich vorwärts.

Langsam und geräuschlos näherte er sich dem Mann, der ihm nun den Rücken zuwandte. Als er noch etwa zwei Meter von ihm entfernt war, stand er auf und setzte vorsichtig einen Fuß vor den anderen, bis er nahe genug war. Dann packte er ihn von hinten, griff nach seiner Waffe und riss sie in die Höhe.

Der Strahl des Schusses, der sich fast gleichzeitig löste, traf die Decke der Grotte und ließ einen Schwarm von Funken nach unten regnen. Gleich darauf versetzte Christopher dem Mann mit der Handkante einen kräftigen Schlag ins Genick, worauf dieser kraftlos zu Boden sank.

Nachdem Ernest die Kommunikation mit Sergei Krasnic abgebrochen hatte, verfolgte er zusammen mit Eric über den Panoramaschirm aufmerksam das Geschehen außerhalb der *Space Hopper*.

Zuerst sprach Krasnic unentwegt weiter in sein Headset und versuchte anscheinend den Kontakt zur *Space Hopper* wieder herzustellen. Kurz darauf gab er das Unterfangen auf. Er machte ein zorniges Gesicht, bellte seine Untergebenen an und diskutierte mit seinem Adjutanten. Dann setzte er sich und redete eine Zeit lang in seinen Kommunikator.

Zwei Stunden später begann es zu dämmern. Ernest hatte es bis zu diesem Zeitpunkt unterlassen, sich erneut mit Christopher in Verbindung zu setzen. Nun hielt er nervös seinen Kommunikator in der Hand und überlegte sich, dies nachzuholen.

»Lass es«, mahnte ihn Eric. »Sonst verrätst du unter Umständen Krasnics Schergen ihre Position.«

»Die Ungewissheit macht mich verrückt.«

»Das verstehe ich, aber wir müssen jetzt einen kühlen Kopf bewahren. Christopher wird sich melden, wenn er Hilfe benötigt. Er ist ja nicht auf den Kopf gefallen und weiß sich bestimmt zu helfen.«

Ernest, der die letzten Minuten im Raum auf und ab gegangen war, setzte sich wieder. »Du hast recht.«

»Zudem wird sich die hereinbrechende Nacht für Christopher und Michelle als nützlich erweisen. Im Dunkeln ist der Gejagte klar im Vorteil.«

»Wir wissen nicht, wie kalt es nachts in dieser Gegend wird. Das könnte für die beiden, so ganz ohne Kleider, ein Handicap sein.«

»Ich glaube, auch da werden sie sich zu helfen wissen.«

Als Ernest wieder auf den Panoramaschirm sah, war es draußen schon sehr dunkel. Von der Umgebung konnte er fast nichts mehr erkennen. Krasnics Gleiter hatten mittlerweile die Suchscheinwerfer eingeschaltet und durchforsteten weiterhin die Umgebung. Dabei patrouillierten ein paar Fluggeräte genau zwischen der *Space Hopper* und dem Seeufer. Anscheinend wollte man verhindern, dass sich Christopher und Michelle heimlich in die Nähe ihres Gleiters schleichen konnten.

Plötzlich zuckten Blitze durch das Bild des Panoramaschirms. Den ersten Gedanken, es könnte sich dabei um ein aufziehendes Gewitter handeln, verwarfen Ernest und Eric sofort wieder, als sie Funken sprühende Lichtgebilde erkannten, die durch Einschläge von Strahlenwaffen in Pflanzen oder Buschwerk erzeugt wurden.

Ernest und Eric starrten ungläubig und mit hilfloser Verzweiflung auf das Bild, das sich ihnen bot. »Christopher und Michelle sind entdeckt worden. Jetzt machen die Scheißkerle Jagd auf die beiden.«

24.

Christopher hatte den bewaffneten Mann mit einem gezielten Handkantenschlag ins Land der Träume geschickt. Dieser war in sich zusammengesackt und lautlos zu Boden gegangen.

Michelle fiel Christopher um den Hals und atmete erleichtert aus.

»Was machen wir mit ihm?« Sie sah verächtlich auf den bewusstlosen Mann auf dem Boden.

»Wir müssen ihn verstecken, sonst ist hier bald der Teufel los.« Christopher nahm die Strahlenwaffe, schaltete sie auf Betäubung und schoss auf den Mann. »Damit sollte er uns in den nächsten Stunden nicht in die Quere kommen.«

»Wie geht es weiter?«

»Wir müssen es irgendwie schaffen, unauffällig ins Schiff zu kommen. Aber das dürfte bei dieser Suchaktion alles andere als einfach sein.«

»Wir sollten warten, bis es dunkel ist.

»Das ist eine gute Idee. Dann haben wir größere Chancen, uns unbemerkt zum Schiff durchzuschlagen.«

Christopher packte den Bewusstlosen unter den Armen und zog ihn ins Innere der Grotte, wo er ihn an eine Stelle legte, die von draußen nicht eingesehen werden konnte. Dank der Sonne, die es an diesem Tag geschafft hatte, die Wolkendecke zu durchbrechen, war es in der Grotte etwas heller als bei ihrem letzten Besuch.

»Falls du frierst, könntest du seine Uniform anziehen.« Er sah Michelle prüfend an.

»Nein, muss nicht sein. Lass uns lieber eine Stelle suchen, wo wir warten können, bis es dunkel ist. Wir können uns solange gegenseitig wärmen.«

Sie sah sich in der Grotte um und entdeckte im Hintergrund eine kleine Nische, die man von draußen ebenfalls nicht direkt sehen konnte. Nachdem sie den Boden abgetastet und sich vergewissert hatte, dass keine spitzen Gegenstände herumlagen, ließ sie sich nieder und lehnte sich an die kühle Felswand. Christopher setzte sich neben sie, legte seinen Arm um sie und zog sie an sich.

Etwa zwei Stunden später setzte die Dämmerung ein. In der Höhle wurde es schnell dunkel, sodass man praktisch nichts mehr erkennen konnte. Durch das untätige Herumsitzen hatte Michelle zu frieren begonnen. Christopher umarmte sie und drückte ihren Körper an seinen.

Immer wieder huschten Lichtstreifen vor der Höhle vorbei, ein Anzeichen dafür, dass die Leute die Suche immer noch nicht aufgegeben hatten.

»Wir können nicht ewig hier warten«, flüsterte Christopher. »Draußen ist es mittlerweile dunkel. Wir sollten es versuchen. Wir müssen vor allem darauf achten, den Scheinwerfern aus dem Weg zu gehen.«

»Ich habe Angst.«

»Ja, ich auch. Aber ich glaube nicht, dass die aufhören werden, nach uns zu suchen. Wir sollten es wagen.«

»Ja, okay.«

»Willst du nicht doch die Uniform dieses Kerls anziehen?«

»Nein«, antwortete sie vehement. »Lieber friere ich, als die Sachen dieses Lüstlings zu tragen.«

»Dann lass uns gehen.«

»Sollten wir nicht die Strahlenwaffe mitnehmen?«

»Daran habe ich auch schon gedacht. Aber sie könnte angepeilt werden. Zudem wird eine Waffe gegen Dutzende nicht viel ausrichten können. Dann bleiben wir schon eher so lange es geht unentdeckt.«

Vorsichtig traten Sie zum Höhlenausgang, bogen nach rechts ab und schlichen an der Rückseite des Wasserfalls der Felswand entlang. Nach einigen Metern erreichten sie das Unterholz. Sofort gingen sie zwischen ein paar Büschen in

Deckung und verharrten eine Weile. Es befand sich gerade kein Suchgleiter in ihrer Nähe.

Geduckt gingen sie weiter. Da sie barfuß waren, tasteten sie sich mit den Füssen vorsichtig Schritt für Schritt vorwärts. Sie wollten sicher gehen, nicht versehentlich auf einen spitzen Gegenstand zu treten und daraufhin mit einer ungeschickten Bewegung unnötige Geräusche zu verursachen.

Das Buschwerk verdichtete sich. Die dünnen und teilweise spitzen Zweige strichen schmerzhaft über ihre nackte Haut. Immerhin waren sie hier geschützter, aber sie kamen trotzdem nur langsam voran.

Nach einigen Metern lichtete sich das Unterholz und mündete in eine Fläche mit hohem Gras. Die Gleiter suchten gerade das andere Ufer ab. Christopher war überzeugt, dass sie danach auch dieses Ufer noch einmal durchsuchen würden. Sie würden nicht aufgeben, bis sie sie gefunden hatten.

»Wenn einer der Gleiter in unsere Nähe kommt, müssen wir uns flach auf den Boden legen und dürfen uns nicht bewegen«, flüsterte Christopher. »Wenn sie Wärmedetektoren verwenden, können sie uns auch ohne Scheinwerfer bemerken.«

Sie legten sich auf den Bauch und krochen langsam durch das hohe Gras.

Plötzlich legte Christopher seine Hand auf Michelles Nacken und drückte ihn hinunter. Er selbst ließ sich ebenfalls flach auf den Boden nieder. Reglos blieben sie eine Weile schweigend liegen.

»Was ist?«, wisperte Michelle.

»Vor uns schwebt ein Gleiter ohne Beleuchtung dicht über dem Boden. Könnte sein, dass die Typen uns unbemerkt den Weg abschneiden wollen. Vielleicht ist diese ganze Suche mit den Scheinwerfern nur ein Ablenkungsmanöver, um uns hierher zu locken.«

»Was machen wir jetzt?«

»Vorerst einmal warten.«

»Wir können doch nicht einfach hier liegen bleiben. Wenn ein Gleiter mit einem Scheinwerfer über uns fliegt, liegen wir wie auf dem Präsentierteller da.«

»Das stimmt. Aber wenn meine Vermutung zutrifft, werden sie sich hüten, diese Stelle mit Scheinwerfern abzusuchen. Wir warten noch eine Weile und werden sehen, ob ein Gleiter hierherfliegt.«

Sie blieben etwa eine Viertelstunde an derselben Stelle liegen. Tatsächlich kam in dieser Zeit kein einziger Gleiter mit einem Scheinwerfer auch nur annähernd in ihre Nähe.

»Ganz schön clever, die Typen«, meinte Michelle. »Aber wir sind noch cleverer.«

»Wir sollten uns erst loben, wenn wir wieder an Bord sind.«

»Dieser Gleiter vor uns befindet sich genau zwischen uns und der *Space Hopper*.«

»Genau. Das ist bestimmt kein Zufall. Wir sollten äußerst vorsichtig sein. Am besten machen wir einen großen Bogen um ihn herum.«

»Aber wenn die Wärmedetektoren haben, werden sie uns aufspüren, wenn wir uns bewegen.«

»Dieses Risiko müssen wir eingehen. Wir können, wie du schon gesagt hast, nicht ewig hier liegen bleiben. Irgendwann wird es wieder hell. Versuchen wir uns möglichst flach auf dem Boden zu halten und kriechen ganz langsam. Könnte auch sein, dass sie über weitreichende und breit gefächerte Bewegungsdetektoren verfügen.«

»Bleiben wir dicht nebeneinander, damit wir ein kleineres Ziel abgeben.«

Fast zentimeterweise krochen sie flach auf dem Boden zwischen dem hohen Gras nach rechts vom Ufer weg. In der nächsten Viertelstunde legten sie höchstens ein paar wenige Meter zurück. Immer wieder achteten sie darauf, die Distanz zum fremden Gleiter zu halten.

Eine weitere knappe Stunde später erreichten sie niederes dichtes Buschwerk, was ihnen das Kriechen erschwerte.

Mühsam zwängten sie sich zwischen den Sträuchern hindurch. Ihre Haut wurde erneut von den spitzen Zweigen zerkratzt. Christopher versuchte zwar, mit beiden Händen das Geäst beiseitezuschieben, damit Michelle einfacher hindurchkriechen konnte. Doch viel brachte es ihnen nicht. Dann wurde das Gebüsch noch dichter.

»Ich komme nicht mehr weiter«, flüsterte Michelle verzweifelt. »Diese Äste tun höllisch weh.«

»Geht mir auch so. Wir müssen wieder zurück und einen anderen Weg suchen. Aber schön langsam und unten bleiben. Bleib dicht neben mir.«

»Wie weit sind wir noch von unserem Schiff entfernt?«

»Ich schätze etwa fünfzig Meter. Aber zwischen der *Space Hopper* und uns befindet sich ein Stück offenes, ungeschütztes Gelände. Da haben wir keinerlei Deckung.«

»Können wir dieses offene Gelände nicht umrunden und uns von der anderen Seite unserem Schiff nähern?«

»Daran habe ich auch schon gedacht. Aber wir müssen aufpassen. Irgendwo hier müsste der Gleiter des Anführers sein.«

»Ich dachte, das wäre jener mit den ausgeschalteten Scheinwerfern.«

»Das könnte natürlich auch sein. Aber wir sollten trotzdem damit rechnen, dass uns noch ein weiterer Gleiter im Dunkeln auflauert.«

Langsam krochen sie rückwärts aus dem Gebüsch. Christopher spürte das hohe Gras an seinen Füssen. Erneut schrammte ein spitzer Zweig langsam über seinen Rücken. In Gedanken malte er sich aus, wie seine Haut aussah.

Als sie das Gebüsch verlassen hatten, blieben sie einen Moment reglos liegen und achteten auf die Suchscheinwerfer. Sie waren weit von ihnen entfernt.

Christopher tastete sich auf der rechten Seite des Gebüschs, in dem sie kurz zuvor festgesteckt hatten, vorwärts und suchte nach einer Lücke. Gerade als er dachte, eine Stelle gefunden zu haben, wurden ihre Körper in taghelles Licht getaucht.

Für einen kurzen Moment waren sie starr vor Schreck. Doch gleich darauf nutzte Christopher die Situation, um sich nach einem geeigneten Fluchtweg umzuschauen. Noch etwas weiter rechts von ihm gab es ein höheres Gebüsch, das jedoch nicht sehr dicht war. Kurz entschlossen stand er auf, packte Michelles Hand und zog sie mit sich. Geduckt rannte er direkt in dieses Gebüsch, schob mit der anderen Hand die Äste beiseite und hoffte, dass es nicht dichter wurde und ihnen erneut den Weg versperrte.

Es wurde nicht dichter. Im Gegenteil. Nach wenigen Metern gelangten sie in offenes Gelände, nach wie vor im hellen Lichtkegel des Suchscheinwerfers. Christopher war überzeugt, dass es sich um den Gleiter handelte, der die ganze Zeit im Dunkeln gewartet hatte. Anscheinend waren sie doch von Wärme- oder Bewegungsdetektoren geortet worden.

Plötzlich zischte ein Strahlenschuss haarscharf hinter ihnen in den Boden. Kurz darauf ein zweiter vor ihnen.

Christopher bremste jäh, machte einen Haken nach links und rannte, immer noch Michelle an der Hand mit sich ziehend, nach links weiter. Sofort schlug auch der Suchscheinwerfer diese Richtung ein und hatte sie bald wieder im Lichtkegel. Erneut zischte ein Schuss links neben ihnen in den Boden. Jedes Mal wurden Äste und Blätter versengt und bildeten einen wahren Funkenregen.

Der nächste Schuss traf rechts von ihnen in den Boden. Auch hier wurden Äste und Blätter verschmort, bevor er auf den Boden traf.

»Ich glaube, die wollen uns gar nicht treffen!« schrie Christopher keuchend, während der nächste Schuss wieder hinter ihnen einschlug.

»Wie kommst du darauf? Das war doch bis jetzt ziemlich knapp.«

»Das schon, einmal knapp hinter uns, dann vor uns, dann links und rechts von uns und vorhin wieder hinter uns.«

»Was glaubst du, was die damit bezwecken?«

»Uns einschüchtern, damit wir aufgeben. Die wollen uns anscheinend nicht umbringen.«

»Was dann?«

»Ich vermute, gefangen nehmen.«

Mittlerweile hatten sie sich dem Wald genähert. Die Schüsse trafen nur noch vor ihnen in den Boden. Anscheinend wollte man verhindern, dass sie den Wald betraten.

»Wir müssen in den Wald.« Christopher schlug ein paar Haken nach links und rechts und hielt Michelles Hand fest umklammert. »Pass auf, dass du nicht hinfällst. Wenn du den Halt verlierst, klammere dich an mich, damit ich dich auffangen kann.«

Dann änderten die Verfolger ihre Strategie. Der nächste Schuss machte nicht mehr den Anschein, als wollte man sie nur knapp verfehlen und lediglich einschüchtern. Dieser Schuss sollte sie treffen. Aber dank der Haken, die Christopher fortwährend einschlug, verfehlte er Michelle äußerst knapp.

Noch etwas hatte sich verändert. Dieser Schuss hatte weder Äste oder Blätter versengt, noch hatte er auf dem Boden ein glühendes Einschlagloch hinterlassen.

Betäubungsstrahlen, schoss es Christopher durch den Kopf. »Die wollen uns betäuben. Jetzt werden sie versuchen, uns zu treffen!«

In wildem Zickzackkurs rannte er zusammen mit Michelle auf den Wald zu. Die Schüsse verfehlten sie haarscharf.

Dann spürte Christopher, ausgehend von Michelles Hand, einen plötzlichen Ruck, der ihn beinahe aus dem Gleichgewicht gebracht und umgeworfen hätte. Hastig drehte er sich um und sah gerade noch, wie Michelle zusammensackte.

Sie war getroffen worden.

Blitzschnell bückte er sich, hievte ihren schlaffen Körper über seine Schultern und rannte unter anhaltendem und intensivem Beschuss weiter.

25.

»Komm mit ins Cockpit!« Ernest lief entschlossen voran, während Eric ihm folgte.

»Was hast du vor?«

»Wir werden den Brüdern ordentlich einheizen.«

»Du willst dich mit ihnen auf ein Gefecht einlassen?«

»Etwas anderes bleibt uns wohl nicht übrig. Die sind uns zwar zahlenmäßig überlegen, aber sie können uns mit ihrer Bewaffnung nichts anhaben. Dafür ist unser Schutzschirm zu stark.«

»Aber solange sie glauben, dass die *Space Hopper* nur ein harmlos bewaffnetes Transportschiff ist, werden sie zumindest nichts gegen uns unternehmen.«

»Das mag stimmen, aber wir können diesen Schurken Christopher und Mickie nicht einfach überlassen.« Ernest aktivierte das Waffensystem und programmierte die Zielvorrichtung. »Halte Ausschau nach den beiden.«

Transportschiffe wie die *Space Hopper* verfügten für gewöhnlich nur über eine geringe oder gar keine Bewaffnung. Doch Ernest hatte seinen Raumgleiter vor Jahren mit effizientem Geschütz nachrüsten lassen, es bis zum heutigen Tag jedoch nie einsetzen müssen.

»Ich wollte diese Option immer nur als allerletzten Ausweg in einer Notsituation einsetzen, sozusagen als letzten Trumpf.«

»Du glaubst, jetzt haben wir eine solche Situation?«

»Allerdings.«

Ernest visierte den Gleiter an, von dem aus die Strahlenschüsse kamen, und ließ die automatische Zielvorrichtung das Objekt fixieren. Für einen kurzen Moment zögerte er und dachte nach.

Dann feuerte er.

Der Rumpf des Bodengleiters glühte auf. Kurz darauf kam er ins Trudeln. Zwei Männer verloren den Halt, fielen heraus und landeten gut zwei Meter tiefer im Gebüsch. Der Gleiter driftete von der *Space Hopper* weg und krachte ins Unterholz, das sofort Feuer fing. Drei weitere Männer verließen hastig das brennende Wrack und rannten davon.

»Jetzt werden sie ihre Strategie bestimmt ändern, nachdem sie bemerkt haben, dass wir doch nicht nur harmlos bewaffnet sind.« Ernest konzentrierte sich auf die Umgebung und hielt weiter Ausschau nach Christopher und Michelle. Aber er konnte sie nirgends entdecken.

Dann hörte er seinen Kommunikator summen.

»Christopher?« rief er ins Headset. »Wo seid ihr?«

»Auf Backbord am Waldrand.« Christophers Stimme klang gehetzt.

»Geht's euch gut?«

»Michelle wurde von einem Betäubungsstrahl getroffen. Kannst du die Ladeluke öffnen? Ich werde versuchen, mich mit ihr dahin durchzuschlagen. Wenn wir da sind, gebe ich dir Bescheid, damit du den Abwehrschirm kurz deaktivieren kannst.«

»Ich habe soeben den Gleiter abgeschossen, der auf euch gefeuert hat.«

»Das habe ich gesehen. Du bist dir im Klaren, was das für uns bedeutet?«

»Ja. Wir haben unseren Trumpf aus der Hand gegeben. Nun weiß der Feind, wie wir bewaffnet sind.«

»Er könnte nun mit schwererem Geschütz auftauchen.«

»Schau du mal, dass ihr unversehrt an Bord kommt. Dann können wir darüber diskutieren, was wir weiter tun wollen.«

»In Ordnung.«

Die Verbindung wurde unterbrochen. Christopher, der Michelles Körper über der Schulter trug, drang ein Stück weiter in den Wald ein, sodass er über eine gute Deckung verfügte. Hier war es für die Gleiter schwieriger, ihn mit den Scheinwerfern aufzuspüren.

Er fragte sich, ob sich der Anführer der Gruppe auf dem Gleiter aufgehalten hatte, als dieser getroffen worden war.

Wenn ja, dann wäre jetzt eine gute Gelegenheit, zur *Space Hopper* zurückzukehren, da die Angreifer sich neu organisieren mussten.

Er hielt an, drehte sich um und blickte in die Richtung des Absturzes. Zwei weitere Gleiter mit Suchscheinwerfern umkreisten die Absturzstelle und landeten unmittelbar daneben. Ein paar Männer wurden an Bord genommen, dann stiegen sie wieder auf.

Christopher rannte los, umrundete den Landeplatz der *Space Hopper* großräumig, bis er sich auf deren Rückseite befand. Doch zwischen dem Waldrand und der *Space Hopper* gab es noch einen breiten Streifen offenes Gelände. Sollte einer der Suchscheinwerfer dahin gerichtet werden, würden er und Michelle sich auf dem Präsentierteller befinden. Die Last auf den Schultern würde ihn zu stark behindern, um sich schnell genug bewegen zu können.

Er musste es trotzdem wagen. Jetzt war der beste Zeitpunkt. Sobald sich die Angreifer neu organisiert hatten, verringerten sich die Chancen wieder.

Er presste mit dem rechten Arm Michelles Beine an seine Brust und rannte los. Im Gegenlicht der Suchscheinwerfer konnte er die Umrisse der *Space Hopper* deutlich erkennen. Nach einigen Metern entdeckte er spärliches Licht, das aus der Ladeluke nach draußen drang. Er hielt genau darauf zu.

Einige Male verheddderte er sich in niederen Pflanzen und musste sich davon befreien. Die Ladeluke kam nur langsam näher.

Kurz darauf stieg einer der Gleiter in die Höhe und ließ den Suchscheinwerfer in der Gegend der *Space Hopper* hin und her streifen. Dann geschah es. Der Strahl blieb stehen, genau auf ihn gerichtet. Christopher blickte kurz nach oben und sah, wie der Gleiter sich nach unten senkte. Genau in seine Richtung.

Verzweifelt rannte er weiter. Er war völlig außer Atem. Die Last behinderte ihn immer mehr.

Plötzlich schoss ein gleißender Strahl von der *Space Hopper* nach oben und traf den Gleiter auf dessen Unterseite. Doch dieser verfügte anscheinend ebenfalls über einen Schutzschirm, der den Strahl rund herum ablenkte.

Christopher versuchte, aus dem Lichtkegel des Scheinwerfers herauszukommen, schlug einige Haken und rannte wieder vorwärts. Ein Strahlenschuss schlug unmittelbar hinter ihm wirkungslos in den Boden. Es musste sich wieder um einen Betäubungsstrahl gehandelt haben, denn weder Pflanzen noch Boden wurden angesengt.

Er bog nach rechts ab, aus dem Lichtkegel heraus und dann ein Stück von der *Space Hopper* weg. Diese Taktik schien die Angreifer zu verwirren, denn für einen kurzen Moment hatten sie ihn verloren. Er nutzte die Gelegenheit und bewegte sich wieder direkt auf die *Space Hopper* zu. Noch fehlten ihm etwa zwanzig Meter.

Der Lichtkegel befand sich links von ihm und glitt parallel auf die *Space Hopper* zu. Jeden Moment konnte er ihn wieder erreichen.

Christopher aktivierte den Kommunikator und gab Ernest das Signal, den Schutzschirm für einen kurzen Moment abzuschalten.

Der Fluggleiter wurde von einem zweiten Schuss getroffen. Doch auch dieser prallte wirkungslos am Schutzschirm ab. Immerhin verschob sich dadurch der Lichtkegel des Scheinwerfers. Sofort erkannte Christopher die Gelegenheit und rannte geradewegs auf die Ladeluke zu. Doch sogleich richtete sich der Scheinwerfer wieder auf ihn. Mehrere Strahlenschüssen trafen unmittelbar hinter- und neben ihm in den Boden.

Ein paar Sekunden später legte er Michelles Körper auf die Ladefläche und kletterte selbst auch hinauf.

»Schutzschirm aktivieren und Ladeluke schließen!«, rief er in den Kommunikator. Dann legte er sich auf den Rücken und atmete tief durch, während die Luke sich schloss. Der kühle Boden des Ladedecks wirkte in dieser Situation wohltuend.

26.

Sergei Krasnic ging auf seinem Geländegleiter auf und ab und fluchte unentwegt vor sich hin.

Es war nicht zu fassen! Seine halbe Mannschaft war von ein paar lausigen Amateuren ausgetrickst worden, ganz zu schweigen davon, dass sie seinen besten Fluggleiter abgeschossen hatten. Seine Leute und er hatten sich wie Anfänger überrumpeln lassen.

Mit bellenden Befehlen trommelte er über das Headset sein Team zusammen und steigerte sich mehr und mehr in einen Tobsuchtsanfall hinein.

Nachdem er sich gehörig Luft verschafft hatte, setzte er sich wieder und dachte nach. Zu schade, dass sie die Frau nicht erwischt hatten, wo sie sich doch außerhalb des Raumgleiters aufgehalten hatte. Nun musste er wieder mit der Crew der *Space Hopper* verhandeln. Er glaubte nicht, dass sie sich diesmal kooperativer zeigen würde als beim ersten Mal.

Er würde sie schon klein kriegen. Dazu brauchte er nur zu warten. Man hatte ihm erzählt, die *Space Hopper* sei momentan nicht flugtauglich, und die Crew sitze hier fest. Also brauchte er nur Geduld.

Sein Kommunikator summte. Einer seiner Untergebenen übermittelte ihm die Schadensmeldung. »Der Fluggleiter hat beim Abschuss Totalschaden erlitten und kann nicht mehr eingesetzt werden.«

»Das habe ich bereits vermutet«, antwortete er zerknirscht. »Verteilen Sie die Leute auf die anderen Gleiter.«

Er hätte sich die Haare raufen können. Er hatte es zugelassen, dass ausgerechnet sein Gleiter abgeschossen worden war. Und das nur, weil er auf den Abwehrschirm verzichtet hatte. Aber woher hätte er wissen können, dass dieser kleine Transportgleiter über eine derartige Bewaffnung verfügte? Warum hatte man ihm davon nichts gesagt?

Eine knappe Stunde später erwachte Michelle aus ihrer Betäubung. Christopher hatte sich in der Zwischenzeit frisch gemacht, ihre und seine Kratzer behandelt und sich angezogen. Nun schickte sie sich an, dasselbe zu tun. Als sie fertig war, gingen sie in den Aufenthaltsraum, wo Ernest und Eric bereits ungeduldig auf sie warteten. Nachdem sie sich zu ihnen gesetzt hatten, bemerkte Christopher sofort, dass etwas nicht stimmte.

Auf dem Panoramabildschirm war das hektische Treiben von Krasnics Leute zu sehen, doch das schien Ernest und Eric gerade nicht zu interessieren.

»Was ist los?« Christopher sah die beiden fragend an.

»Diese Frage solltest du Mickie stellen.« Ernest richtete seinen grimmigen Blick auf sie.

»Hab ich was falsch gemacht?«, fragte sie verunsichert.

»Warum bist du mit uns geflogen?«

»Was meinst du damit?«

»Tu nicht so unschuldig!«, schrie er sie an und hämmerte mit der Faust auf den Tisch.

Michelle wich erschrocken zurück.

»Red nicht in diesem Ton mit ihr!«, brüllte Christopher, nachdem er sich erhoben hatte.

»Setz dich!« Nun sah Ernest auch ihn mit strenger Miene an. »Du hast ja keine Ahnung.«

»Wovon sollte ich eine Ahnung haben?«

»Sie hat auch dich um den Finger gewickelt.«

»Das müssen wir uns nicht länger anhören.« Zornig stand Christopher auf. »Komm Mickie, wir verschwinden in unsere Kabine.«

»Bitte bleib hier«, erwiderte sie in ruhigem Ton. »Ich habe euch etwas zu sagen.«

Christopher sah sie verwundert an, setzte sich langsam wieder auf seinen Stuhl, ohne sie aus den Augen zu lassen. Er war sprachlos.

»Kurz bevor wir vor der Hotelbar zusammenstießen, hatte ich doch dieses Treffen mit Mark Henderson.«

»Das ist uns bereits bekannt«, unterbrach Ernest sie. »Ich wusste es schon, bevor du es uns in Christophers Hotelzimmer gebeichtet hattest.«

Nun war es Michelle, die sich überrascht zeigte.

»Ich war in der darauffolgenden Nacht in der Bar und hab den Barkeeper gefragt. Er hatte mir ein Bild aus seinem Speicher gezeigt, auf dem du und Mark zu sehen wart.«

»Du hast die ganze Zeit nichts gesagt?«, empörte sich Christopher.

»Eigentlich wollte ich ihr die Möglichkeit geben, selbst damit herauszurücken. Das hat sie in deinem Hotelzimmer auch getan, jedoch nur unter gewissem Druck meinerseits. Allerdings hatte ich immer Zweifel über die Gründe des Treffens, die sie uns geschildert hat. Nachdem, was heute passiert ist, nehme ich dir deine Geschichte nicht mehr ab.«

»Was soll das denn heißen?«, empörte sich Christopher und richtete seinen zornigen Blick auf Ernest.

»Mark hat mit dir über etwas ganz anderes gesprochen, als über das versehentliche Mithören eines vertraulichen Gesprächs«, fuhr Ernest an Michelle gerichtet fort. »Hab ich recht?«

Michelle blickte hilflos in die Runde. »Ich hätte es euch gesagt«, versicherte sie verzweifelt. »Ich wollte die passende Gelegenheit abwarten.«

»Nun, die hast du jetzt. Also raus damit!«

»Hat es etwas mit dem Ärger zu tun, den du mit deinem Vorgesetzten hattest?«, wollte Christopher wissen.

»Nicht direkt. Aber es könnte sein, dass Mark die Situation ausnutzte, da ich zu dem Zeitpunkt ziemlich verunsichert war.«

»Was hat er von dir gewollt?«

»Er hat mich unter Druck gesetzt.«

Ernest lachte laut auf. »Erzähl uns keine Märchen. So etwas würde Mark nie tun. Dafür kenn ich ihn zu gut.«

»Du würdest staunen, wenn du wüsstest, zu was Mark fähig ist.« Michelle bedachte Ernest mit einem eiskalten Blick.

»Dann lass mal hören!«

»Mark erklärte mir, dass ein Mikrochip mit hochwichtigen Daten nach Tongalen gebracht werden sollte, und dass dieser Chip nicht in falsche Hände geraten dürfe.«

»Um was für Daten handelt es sich dabei?«

»Das hat er mir nicht gesagt. Als ich ihn danach fragte, meinte er, es wäre besser für mich, wenn ich es nicht wüsste.«

»Für wen sind diese Daten bestimmt?«

»Auch das wollte er mir nicht verraten. Er sagte, nach der Landung würde jemand mit mir Kontakt aufnehmen, dem ich den Chip übergeben sollte.«

»Das hat er bereits.«

Michelle sah ihn einen Augenblick fragend an. Dann verstand sie, was Ernest meinte. »Diese Typen da draußen?«

»Genau. Krasnic hat uns gesagt, es gehe ihm nur um einen Gegenstand, den eine Frau bei sich trägt, den er haben wollte. Damit kann er wohl nur dich gemeint haben.«

»Das klingt jetzt vielleicht etwas naiv, aber ich habe mir diese Kontaktaufnahme anders vorgestellt.«

»Tja, du hast uns in Teufels Küche gebracht.«

»Du kannst ihr doch deswegen keinen Vorwurf machen«, verteidigte Christopher seine Freundin. »Woher sollte sie wissen, dass die gleich mit einer Armee aufkreuzen?«

»Sie hätte von Anfang an mit offenen Karten spielen sollen.«

»Dann hättet ihr mich garantiert nicht mitgenommen!« Nun wurde auch ihr Ton lauter.

»Da hast du allerdings recht.«

»Womit hat er dich denn unter Druck gesetzt?«, fragte Christopher.

»Bei *Norris & Roach* gibt es Leute, die heimlich für Mark arbeiten.«

»Blödsinn«, knurrte Ernest.

»Lass sie ausreden«, bat Christopher energisch.

»Über diese Leute hat sich Mark geheime Forschungsdaten besorgt«, fuhr Michelle fort. »Die hat er in den Daten, für die ich in der Firma zuständig war, versteckt. Er sagte, wenn ich nicht tun würde, was er verlangt, würde er meinen Vorgesetzten einen Tipp geben, wo sie nachschauen müssten. Dann würden sie mich wegen Datenspionage drankriegen.«

»Das ist doch lächerlich.« Ernest schüttelte ungläubig den Kopf. »Du hättest diese Daten ja wieder entfernen können, wenn sie sich schon innerhalb deines Zuständigkeitsbereichs befanden.«

»So einfach ist das bei einer so großen Datenmenge nicht. Zudem versicherte er mir, dass ich sie nie finden würde. Sie wären gut getarnt.«

»Wo hast du den Datenchip?«, fragte Christopher.

Michelle zeigte mit dem Finger an ihr Ohr.

»In einem Ohrring?« Ernest starrte sie verblüfft ab.

»Ja, einer von ihnen besitzt einen Hohlraum, in dem ich den Chip versteckt habe. Er ist winzig klein. Ich dachte, dass im Raumhafen von Tongalen jemand mit mir Kontakt aufnehmen würde, dem ich den Chip übergeben sollte.«

Bevor Ernest seiner Empörung und seinem Unglauben erneut Luft verschaffen konnte, hob Eric, der bis zu diesem Zeitpunkt schweigend zugehört hatte, beschwichtigend seine Hand. »Freunde, ich möchte euch alle bitten, Ruhe zu bewahren. Lasst uns doch vernünftig darüber diskutieren.« Um seinen Worten Nachdruck zu verleihen, sah er allen der Reihe nach eindringlich in die Augen. »Betrachten wir doch mal die uns bekannten Fakten. Da draußen befindet sich ein Irrer, der von uns, besser gesagt von Mickie, etwas haben will. Dabei handelt es sich offensichtlich um den Mikrochip, den sie bei sich trägt. Da Krasnic sich als Mitglied dieser Oppositionellen Vereinigung vorgestellt hat, dürfte es klar sein, dass der Chip für diese Gruppe bestimmt ist. Wenn Mickie ihn tatsächlich von Mark bekommen hat, würde das heißen, dass Mark an diesem Datenschmuggel beteiligt ist.«

»Angeblich von Mark bekommen«, knurrte Ernest.

»Ernest! Bitte.«

»Angenommen, Mickie hat ihn tatsächlich von Mark erhalten, dann stellt sich die Frage, ob er mit dieser Gruppe zusammenarbeitet, oder einfach nur im Auftrag von jemandem handelt und Datenschmuggel betreibt.«

»Das ist doch Blödsinn.« Ernest hob seine Hand und winkte ab.

»Eine andere Frage, die sich stellt: Wenn er die Daten schon nicht per Hyperfunk schickt, da diese abgefangen werden könnten, warum beauftragt er nicht einen Vertrauten mit dem Datentransport? Warum Michelle, die er kaum kennt?«

»Vielleicht gibt es innerhalb dieser Oppositionellen Vereinigung auch undichte Stellen«, antwortete Christopher. »Eine Außenstehende fällt am wenigsten auf.«

»Da könnte was dran sein. Das würde heißen, dass diese Daten höchst brisant sind und auf keinen Fall in falsche Hände geraten dürfen.«

»Das waren auch Marks Worte«, fügte Michelle hinzu. »Er sagte, ich müsse unbedingt darauf achten, dass der Chip nicht in falsche Hände gerät.«

»Dann ist sich Mark der Brisanz der Daten im Klaren.«

Michelle griff an ihr Ohr, löste den Clip und legte ihn auf den Tisch. Dann steckte sie den Fingernagel in eine Ritze und klappte einen kleinen Deckel auf. Als sie das Schmuckstück umdrehte, fiel ein winziges Plättchen heraus.

Alle starrten gebannt auf den Mikrochip. Ernest wurde plötzlich ruhig und nachdenklich.

»Können wir die Daten dieses Chips in unser Bordsystem kopieren?«, fragte Eric an Christopher gewandt.

»Sollte kein Problem sein.«

»Dann tu es. Es würde mich brennend interessieren, was drauf ist.«

Christopher kramte seinen Kommunikator hervor und öffnete den Minislot. Dann zog er einen dünnen Stift aus dem

Seitenfach des Geräts, entfernte am hinteren Ende die Abdeckkappe, worauf eine kleine Pinzette zum Vorschein kam. Damit griff er nach dem Mikrochip und steckte ihn in den Slot. Gleich darauf gab das Gerät durch einen leisen Piepton zu verstehen, dass es den Chip erkannt hatte und bereit war, auf die Daten zuzugreifen. Christopher drückte auf dem Display einige Befehle und sandte die Daten über die drahtlose Verbindung an das Bordsystem.

»Eine Sicherheitskopie befindet sich auf meinem Kommunikator. Aber wir könnten die Daten auch auf dem Terminal des Bordsystems anschauen.«

»Zeig uns mal, was du auf dem Kommunikator hast«, bat Eric.

Wieder drückte Christopher einen Befehl und holte den Inhalt der Daten auf das Display. Ungläubig starrte er darauf und schob den Kommunikator zu Eric hinüber.

27.

Als Krasnic, immer noch wütend, gerade dabei war, einen Belagerungsring um die *Space Hopper* aufzubauen, trat einer seiner Untergebenen an ihn heran und überbrachte ihm eine Meldung.

»Sind Sie sicher?«, fragte er erschrocken.

Zur Bestätigung reichte ihm der Mann seinen Kommunikator. Krasnic sah auf das Display und machte große Augen.

Er überlegte einige Augenblicke und rief in das Headset seines Kommunikators: »Wir rücken ab!«

»Hey! Schaut mal nach draußen!« Christopher war aufgestanden und starrte auf den Panoramabildschirm.

»Die rücken ab«, sagte Ernest ungläubig. »Zuerst hat es so ausgesehen, als wollten sie uns belagern.«

»Vielleicht hat er neue Befehle von seinem Vorgesetzten bekommen.«

»Das kann ich mir nicht vorstellen. Wenn das so wichtige Daten sind, dann würden die alles tun, um sie in ihren Besitz zu bekommen.«

»Könnte sein, dass er in Kürze mit Verstärkung zurückkehrt.«

»Dann hätte er hierbleiben, uns bewachen und auf sie warten können. Das muss einen anderen Grund haben.«

»Den werden wir wohl nicht so schnell erfahren«, bemerkte Eric. Als von Krasnics Truppe nichts mehr zu sehen war, wandte er sich wieder dem Display des Kommunikators zu, auf dem nur Hieroglyphen zu sehen waren. »Gibt es eine Möglichkeit, diese Daten zu entschlüsseln?«

»Ich kann es versuchen. Wir haben einige Entschlüsselungsalgorithmen im Bordsystem, vielleicht nicht die allerneuesten.«

»Dann mach dich mal daran.«

Christopher steckte den Kommunikator weg und begab sich an ein Terminal. In der nächsten Stunde versuchte er, mit sämtlichen ihm zur Verfügung stehenden Algorithmen den Verschlüsselungscode zu knacken. Doch am Ende musste er einsehen, dass dieser Code nicht zu knacken war. Zumindest nicht von ihm.

»Tut mir leid. Da ist nichts zu machen.« Christopher setzte sich wieder an den runden Tisch. »Das ist ein Fall für Rick und seine Kryptoanalytiker. Ich habe ihn vorhin benachrichtigt. Er wird ein entsprechendes Team mitnehmen. Zudem auch noch eine Einheit von erfahrenen Space Marines, falls dieser Krasnic es wagen sollte, uns noch einmal anzugreifen.«

»Das ist eine gute Idee.« Ernest hatte sich wieder beruhigt. »Rick wird mir wieder mehrmals unter die Nase reiben, dass er uns hat retten müssen.«

»Er macht es doch gern und ist stolz darauf, dass er die Gelegenheit dazu bekommt«, sagte Eric lächelnd.

Ernest wandte sich wieder an Christopher. »Hast du ihn gefragt, ob er schon einmal von dieser Oppositionelle Vereinigung gehört hat?«

»Er meinte, das sei nur eine kleine Gruppe von Fanatikern, die in Tongalen keinen großen Einfluss hätten.«

»Kleine Gruppe?« Ernest lachte. »Mit einer derartigen Kampftruppe? Die haben bestimmt noch mehr als das.«

»Mickie, gibt es sonst noch etwas, das du uns bisher verschwiegen hast?« Eric sah sie mit ernster Miene an.

»Nein, nichts mehr. Es tut mir leid, dass ich es euch nicht früher erzählt habe. Ich war in einem großen Zwiespalt. Aber da ich den Chip nicht abliefern konnte, wird dieser Krasnic bestimmt Mark informieren. Er wird seine Drohung wahr machen und meinen Vorgesetzten den Hinweis auf die vertraulichen Daten geben. Damit werde ich wohl bei meiner Rückkehr auf die Erde verhaftet.«

»Ich kann mir nicht vorstellen, dass Mark das tun wird«, antwortete Ernest. »Wahrscheinlich hat er gar kein Druckmittel gegen dich. Er hat dir das bestimmt nur aufgetischt, um dich einzuschüchtern.«

»Wäre schön, wenn es so wäre. Aber ich glaube nicht daran. Sein Auftreten wirkte sehr überzeugend.«

Ernest erhob sich. »Es ist schon spät. Ich werde schlafen gehen. Jemand sollte Wache halten, falls die Kavallerie erneut anrückt.«

»Michelle und ich werden die erste Schicht übernehmen«, verkündete Christopher. »Währenddessen werde ich noch mal versuchen, den Code zu entschlüsseln.«

»In Ordnung«, erwiderte Eric. »Ich werde euch in etwa vier Stunden ablösen.«

»Du kannst ruhig länger schlafen.«

»Nachdem, was ihr heute da draußen erlebt habt, sollte das reichen. Ihr habt nachher etwas Ruhe verdient.«

»Danke Eric«, erwiderte Michelle und legte kurz ihre Hand auf seine Schulter. Dann setzte sie sich neben Christopher, der vor dem Terminal saß und sich erneut mit der Entschlüsselung befasste.

»Wann wolltest du es mir erzählen?«, fragte er, nachdem sie alleine waren.

»Heute Nachmittag beim Wasserfall. Aber dann kam Ernests Anruf, und wir mussten uns verstecken. Was nachher passiert ist, weißt du ja.«

»Warum nicht, als wir das erste Mal beim See waren?«

»Ich hatte Angst.«

»Wovor?«

»Irgendwie hatte ich schon lange den Eindruck, dass sich zwischen uns etwas entwickelt. Nachdem du mir beim Schwimmen so viel Persönliches von dir erzählt hast, hat sich dieser Eindruck noch verstärkt. Ich wollte die wunderschöne Stimmung nicht zerstören. Ich weiß, das klingt egoistisch. Aber bitte glaub mir, es war nie meine Absicht, dass jemand von euch zu Schaden kommt.«

»Weißt du, worüber ich mir noch mehr Gedanken mache? Es bereitet mir mit Abstand am meisten Kopfzerbrechen.«

»Was denn?«

»Ich frage mich, ob dein Datenschmuggel im Zusammenhang mit dem Virus in unserem Bordsystem steht.«

Michelle starrte ihn fassungslos an.

28.

Nachdem sie von Eric abgelöst worden waren, zogen sich Christopher und Michelle in ihre Kabine zurück. Kaum hatten sie sich hingelegt, brach die Erschöpfung wie ein zusammenfallendes Kartenhaus über sie herein, und sie schliefen ein.

Es dauerte jedoch nicht lange, bis sie durch dröhnende Geräusche und Erschütterungen wieder aufgeweckt wurden.

Christophers erster Gedanke war, dass die *Space Hopper* von Krasnics zurückgekehrter und verstärkter Truppe beschossen wurde. Doch als er zusammen mit Michelle in den Aufenthaltsraum kam und auf den Panoramabildschirm blickte, stellte er fest, dass es sich um etwas ganz anderes handelte.

Draußen tobte ein heftiger Sturm.

Mittlerweile hatte sich auch Ernest zu ihnen gesellt und beobachtete das Spektakel voller Faszination.

»Kann man das überhaupt noch als Regen bezeichnen?«, fragte er nachdenklich. »So etwas habe ich auf der Erde noch nie erlebt.«

»Da muss ich dir recht geben. Ist der reinste Sturzbach, der da vom Himmel fällt«, ergänzte Eric.

»Kann uns dieser Sturm etwas anhaben?« Michelle war die Sache nicht geheuer.

»In dieser Stärke nicht«, antwortete Ernest. »Unser Schutzschirm hält den größten Teil ab.«

»Aber warum wackelt das Schiff trotzdem?«

»Der Schirm ist eigentlich für die Abwehr von Strahlenenergie gedacht«, erklärte Christopher. »Er leitet sie ähnlich wie ein Blitzableiter einfach in die Erde oder um den Gleiter herum. Aber wenn ein Sturmwind darauf prallt, wird er zusammengedrückt. Dadurch ändern sich die Druckverhältnisse innerhalb des Schirms, was sich im Schiff als leichtes Vibrieren oder Wackeln bemerkbar macht.«

»Kannst beruhigt sein«, sagte Ernest lächelnd. »Der Schutzschirm hat schon ganz andere Sachen ausgehalten.«

»Dann hoffen wir mal, dass der Sturm nicht stärker wird.«

Aber der Sturm wurde stärker.

Das Wackeln des Schiffes wurde heftiger. Laufend trafen starke Böen auf den Schutzschirm. Jedes Mal machte es den Anschein, als würde eine Abrissbirne gegen die Außenhülle prallen. Die Sicht durch den Panoramabildschirm verschlechterte sich durch den noch stärker werdenden Regen zusehends.

»Wisst ihr was?« Christopher sah die anderen der Reihe nach an. »Ich glaube, das war der Grund für Krasnics überstürzten Abflug. Er wurde bestimmt über den herannahenden Sturm in Kenntnis gesetzt, denn seine Gleiter wären dem nicht gewachsen gewesen.«

»Da könnte was dran sein«, erwiderte Eric. »Das würde aber auch heißen, dass er mit Verstärkung zurückkehrt, sobald der Sturm vorbei ist.«

»Das befürchte ich auch.«

Kurz vor Morgengrauen spürten sie, dass das Schiff regelmäßig hin und her schaukelte, konnten jedoch den Grund dafür nicht erkennen. Aber als der Tag anbrach und sie nach draußen sahen, erlebten sie eine große Überraschung.

Der Gleiter schwamm mitten auf dem See.

Der Wasserspiegel war innerhalb kurzer Zeit dermaßen angestiegen, dass er das Schiff erreicht und es vom Boden abgehoben hatte.

Nun stellte sich ein neues Problem ein. Die leichte Strömung trieb das Schiff immer näher an den Abfluss des Sees. Dieser musste bei dem Sturm bestimmt zu einem reißenden Strom angewachsen sein.

Wenn das Schiff in diese Fluten geriet, konnte es an den Felswänden zerschellen. Mit einwandfrei funktionierenden Triebwerken wäre es kein Problem gewesen, einfach zu starten und davonzufliegen. Doch aufgrund der wahrscheinlichen

Manipulation der Triebwerkssteuerung durch das Virus war es zu riskant, diese zu aktivieren.

»Was können wir tun?«, fragte Eric ratlos.

»Ich hab keine Ahnung«, antwortete Ernest. »In so einer Situation war ich in meinem ganzen Leben noch nicht.«

Christopher saß am Tisch und schien zu überlegen.

»Woran denkst du?«

Nach einer Weile entgegnete er: »Ich überlege mir, welches Risiko wohl größer ist. Abzuwarten und nichts zu unternehmen oder für wenige Minuten die Normaltriebwerke zu starten und das Schiff in Sicherheit zu bringen.«

Ernest, Eric und Michelle sahen ihn mit unschlüssiger Miene an und sagten nichts.

Nach einer Weile unterbrach Ernest die Stille. »Darüber habe ich mir nun auch Gedanken gemacht.«

»Das Virus hat die Triebwerkssteuerung befallen«, fuhr Christopher fort. »Das heißt, die Triebwerke könnten ausfallen.«

»Dann würden wir unweigerlich abstürzen«, folgerte Ernest.

»Genau. Das wäre, wenn wir über diesem Dschungel nicht allzu hoch fliegen, vielleicht gar nicht so schlimm. Bei einem gewöhnlichen Atmosphärenflug mit den Normaltriebwerken jedoch fatal, weil wir aus viel größerer Höhe abstürzen würden.«

»Außerhalb der Atmosphäre würden wir einfach schwerelos dahintreiben, bis uns jemand auffischt«, ergänzte Eric.

»Das wäre fürs Erste auch nicht so schlimm.«

»Was wir jedoch überhaupt nicht abschätzen können«, erklärte Christopher mit Nachdruck, »was in Überlichtgeschwindigkeit im Hyperraum passiert.«

Wieder sahen sie sich ratlos an.

»Dabei sind wir vorerst nur davon ausgegangen, dass das Virus lediglich einen Triebwerksausfall verursacht. Was aber, wenn es noch mehr gibt?«

»Was könnte das sein?«, fragte Michelle besorgt.

»Die Steuerung könnte derart manipuliert sein, dass sie die Triebwerke beim Start oder während des Fluges zur Explosion bringt.«

Nun verwandelte sich die Ratlosigkeit in ihren Gesichtern in blankes Entsetzen.

»Wir müssen auf jeden Fall verhindern, dass unser Schiff in den Fluss gerät«, sagte Eric.

»Um das zu schaffen, bleibt uns nichts anderes übrig, als das Steuersystem zu aktivieren und die Triebwerke zu starten«, sagte Christopher mit Nachdruck.

29.

Ernest und Eric saßen im Cockpit, während Christopher hinter ihnen an einem Terminal das Steuerungssystem überwachte. Michelle hatte sich neben ihn an den Kommunikationsmonitor gesetzt und blickte gespannt nach vorn zu Ernest, der sich zu überlegen schien, ob er es wagen sollte, das Schiff zu starten.

Obwohl der Tag bereits angebrochen war, herrschte draußen aufgrund des anhaltenden Unwetters immer noch Düsternis.

Das Schiff hatte in der letzten halben Stunde den Kurs in Richtung Abfluss nicht geändert. Im Gegenteil, es wurde immer schneller darauf zugetrieben. Es war nicht mehr möglich, sich ohne Hilfe der Triebwerke aus dieser misslichen Lage zu befreien.

»Nun denn. Packen wir es an. Wenn es schief geht, haben wir es wenigstens versucht.«

Sie waren sich im Klaren, dass die Triebwerke bereits beim Start explodieren könnten. Doch Christopher hatte in den letzten Minuten immer wieder seine Überzeugung ausgedrückt, dass dies zumindest nicht beim Start geschehen würde. Anscheinend glaubte er daran, dass der Saboteur beabsichtigte, das Schiff erst im Weltraum zerstören zu lassen. Außerdem hatten sie beschlossen, auf den Einsatz des Autopiloten zu verzichten.

Die Anspannung war riesengroß, als Ernest die entsprechenden Schalter betätigte. Das vertraute Summen erschien ihnen viel lauter als üblich. Die kleinste Erschütterung und auch das schwächste Vibrieren ließ sie zusammenfahren und versetzte ihnen jedes Mal einen Schrecken.

Schließlich löste sich die *Space Hopper* langsam aus den Fluten und stieg etwas an. Ernest ließ sie eine Weile knapp über der Wasseroberfläche schweben und blickte verunsichert zu seinen Freunden, während der anschwellende Sturm den Gleiter im festen Würgegriff hatte und heftig durchschüttelte.

»Steig ruhig etwas höher«, sagte Christopher aufmunternd. »Ich bin überzeugt, dass nichts passieren wird.«

Ernest ließ das Schiff weiter steigen. Über dem Horizont konnten sie gleißende Blitze erkennen, die in skurrilen Mustern in den Boden einschlugen und das Gebiet für einen kurzen Moment taghell erleuchteten.

»Wir müssen unbedingt raus aus diesem Sturm«, sagte Eric. »Wir sind noch lange nicht im Zentrum. Das kann noch viel schlimmer werden.«

»Durch die Schlucht sollten wir nicht fliegen«, meinte Christopher. »Der Wind könnte uns an die Felsen schmettern.«

»Er hat recht. Deine Flugkünste in allen Ehren, Ernest. Aber bei dem Orkan schaffst du es nicht, da hindurch zu fliegen. Wir müssen raus aus diesem Kessel.«

»Dann könnte uns Krasnic orten«, erwiderte Ernest trocken.

»Dieses Risiko müssen wir eingehen.«

Ernest ließ das Schiff noch weiter ansteigen und beschleunigte zugleich. Der See glitt unter ihnen weg und war durch den dichten Regen bald nicht mehr zu sehen.

Ernest steuerte nach Norden, wo der Himmel am Horizont deutlich heller erschien. Der heftige Regen wurde an das Panoramafenster geschmettert und aufgrund der wasserabweisenden Beschichtung zur Seite verdrängt. Trotzdem war die Sicht alles andere als gut.

Vom Westen her näherten sich die Blitze immer mehr und wurden zahlreicher. Der Sturm nahm an Intensität weiter zu. Zwischendurch machte es den Anschein, als würde die Gischt in Form von Wellen an das Panoramafenster klatschen.

Ernest hielt den Steuerknüppel mit beiden Händen fest umschlossen und beschleunigte noch mehr, was die Erschütterungen zusätzlich verstärkte.

»Das Steuersystem arbeitet einwandfrei«, informierte Christopher. »Bisher keine Fehlermeldungen.«

»Keine Ortungs- oder Funksignale bis jetzt«, ergänzte Michelle.

»Na, wer sagt's denn.« Eric blickte aufmunternd in die Runde und schien zu lächeln.

In den nächsten zwei Stunden wurde kaum gesprochen. Das Schiff glitt mit hoher Geschwindigkeit über den Urwald, während draußen unvermindert der Sturm tobte. Doch er hatte sich nicht mehr weiter verstärkt. Das Zentrum zog südlich an ihnen vorbei.

Christopher vermutete, dass ihr paradiesischer Talkessel arg in Mitleidenschaft gezogen wurde. Wehmütig erinnerte er sich an die schönen Stunden, die er dort mit Michelle verbracht hatte, und fragte sich, ob sie diesen Ort jemals wiedersehen würden.

Mittlerweile hatten sie den Anfang der Schlucht erreicht und gelangten auf offeneres Gelände. Ernest ging etwas tiefer, in der Hoffnung, einer möglichen Ortung zu entgehen.

Plötzlich wurden sie von einem grellen Lichtblitz geblendet. Fast zeitgleich folgte ein krachendes Donnern und aus dem Innern des Schiffes ein zischendes Getöse. Funkenregen erfüllte das Cockpit. Es roch nach verschmorten elektronischen Teilen. Ein starkes Rumpeln ging durch den Rumpf des Schiffs. Es begann heftig zu schlingern.

»Wir stürzen ab!«, schrie Michelle.

Blitzschnell riss Ernest das Steuer herum und versuchte den Gleiter zu stabilisieren, woraufhin er sich aufbäumte. Die Triebwerke gaben ein heulendes Geräusch von sich. Dann sackte das Schiff wieder ab und kam den Wipfeln der Urwaldriesen bedrohlich nahe. Die Fluggeschwindigkeit war noch immer sehr hoch.

»Die Triebwerke reagieren nicht mehr!«, rief Ernest aufgeregt und versuchte, das Schiff in eine günstige Gleitlage zu bringen. Das war bei dieser Windstärke jedoch ein schwieriges Unterfangen.

»Weit und breit keine geeignete Landefläche«, haderte Eric.

Ernest hatte es geschafft, die *Space Hopper* in einen bestmöglichen Gleitflug zu bringen, konnte jedoch nicht verhindern, dass sie immer mehr an Höhe verlor. Wenig später gerieten sie in den Bereich der Baumkronen. Das knisternde Getöse von zerberstendem Geäst erfüllte das Cockpit.

»Bereitet euch auf eine Notlandung vor!«, rief er verzweifelt. »Köpfe runter auf die Knie und Arme schützend davor!«

Sie befolgten seine Anweisung, während er krampfhaft den Steuerknüppel festhielt.

Das Bersten von Zweigen und Ästen wurde heftiger und lauter. Plötzlich gab es einen Knall, gefolgt von weiteren Funken. Aus einem Schaltschrank drang Rauch.

Christopher löste seine Sicherheitsgurte, erhob sich schwankend von seinem Sessel und griff nach dem nächstbesten Feuerlöscher. Er versuchte, sich so gut es ging festzuhalten, damit er nicht von den Beinen gerissen wurde, während er das Ventil des Feuerlöschers aufdrehte. Er öffnete den Schaltschrank, aus dessen Inneren ihm sogleich eine Stichflamme entgegenschoss, richtete die Düse darauf und sprühte eine weiße Wolke hinein. Die Flamme war sofort erstickt. Gleich darauf wurde er an die gegenüberliegende Wand geschleudert und zu Boden gerissen.

Als er sich halbwegs wieder aufgerichtet hatte, den Feuerlöscher mit einem Arm fest umklammert, gab es wieder einen heftigen Knall. Der gleichzeitig erfolgte Ruck hätte die anderen drei von den Sesseln gerissen, wenn sie nicht angeschnallt gewesen wären. Der Feuerlöscher entglitt Christophers Händen. Er selbst konnte sich gerade noch in seinen Sessel fallen lassen und sich an den Armlehnen festhalten.

Die *Space Hopper* hatte einen Baum gestreift.

Das Schiff geriet dadurch erneut in Schieflage und stieß in der Folge mit weiteren Bäumen zusammen. Der Horrorflug wurde jäh abgebremst, als sich die Nase des Gleiters in dichtes Pflanzenwerk bohrte und das Panoramafenster sich verdunkelte. Mit letzter Kraft bewegte er sich weiter, schrammte mit dem Bauch über den Waldboden und blieb kurz danach mit einem heftigen Ruck zwischen zwei Urwaldriesen stecken.

Schrille Alarmsirenen heulten auf. Ein erneuter Funkenregen erfüllte das Cockpit. Aus einigen Schaltkästen drang wieder Rauch.

»Ist jemand verletzt?«, schrie Ernest energisch.

Wie durch ein Wunder waren alle bis auf ein paar kleine Schrammen und Beulen unversehrt geblieben.

Blitzschnell schnallten sie sich los, schnappten sich die erstbesten Feuerlöscher und versuchten, die Brände einzudämmen. Immer wieder züngelten neue Flammen zwischen den einzelnen Bauteilen hervor.

Eine Viertelstunde später hatten sie die Lage unter Kontrolle. Das Bild, das sich ihnen bot, war katastrophal und ihre Situation äußerst prekär.

30.

Eine halbe Stunde später saßen sie im Aufenthaltsraum, oder dem, was davon übrig geblieben war. Alles, was nicht befestigt gewesen war, lag wild verstreut herum. Einige Dinge waren zertrümmert. In ihren Schlafkabinen herrschte das reinste Chaos. Die Triebwerkssteuerung war komplett ausgefallen, genauso wie einige Teile der Lebenserhaltungssysteme. Mehrere der Energiespeicher waren ebenfalls zerstört.

Auch die Terminals waren zertrümmert. Nur das Mobilterminal, das Christopher während des Horrorfluges an der Rückseite von Ernests Rückenlehne befestigt gehabt hatte, schien noch zu funktionieren. Aber da die meisten Teile der Bordrechner defekt waren, konnte er damit auch nicht mehr viel anfangen.

Überall tropfte Wasser von der Decke. An einigen Stellen hingen Abdeckplatten und verschmorte Kabel herunter. Aus verschiedenen Richtungen vernahm man ein Knistern und Knacken.

Michelle hatte versucht, noch einmal mit Rick in Kontakt zu treten, musste jedoch feststellen, dass auch das Kommunikationssystem nicht mehr funktionierte. Nicht besser sah es mit dem Peilsender aus, mit dem sie ein Ortungssignal hätten senden können.

»Anscheinend hat es für den Saboteur doch keine Rolle gespielt, ob wir im Weltraum verunglücken oder auf der Planetenoberfläche«, sagte Ernest niedergeschlagen. »Einen Teil hat er zumindest erreicht. Unser Schiff ist so gut wie zerstört.«

»Es war nicht das Virus«, erwiderte Christopher, worauf ihn die anderen erstaunt anstarrten.

»Was dann?«

»Wir wurden von einem Blitz getroffen.«

»Dann hat mich der Eindruck also nicht getäuscht«, bestätigte Eric.

»Die Sache mit dem Virus hat sich damit wohl erübrigt, denn das Schiff kann in diesem Zustand unmöglich starten, geschweige denn fliegen«, sagte Ernest.

»Da hast du allerdings recht.«

»Glaubt ihr, Rick wird uns finden?« Michelle blickte niedergeschlagen in die Runde.

»Da wir kein Peilsignal mehr senden können, dürfte es für ihn schwierig sein«, antwortete Christopher. »Wir können auch nicht feststellen, wie weit wir uns vom vereinbarten Treffpunkt entfernt haben.«

»Auf der anderen Seite besteht die Möglichkeit, dass uns die Planetenpatrouille bei unserem überstürzten Flug hierher geortet hat und jetzt nach uns sucht«, bemerkte Eric.

»Oder Krasnic und seine Leute«, knurrte Ernest missmutig.

»Mit denen möchte ich lieber nichts mehr zu tun haben.« Christopher verzog sein Gesicht zu einer verächtlichen Miene.

»Das heißt, wir können nichts tun als warten«, jammerte Michelle.

»Oder uns selbst auf den Weg machen«, schlug Eric vor. »Unsere mobilen Navigationsgeräte sollten noch intakt sein.«

»Da wären wir aber wochenlang unterwegs.« Ernest zeigte sich nicht gerade begeistert.

»Wir müssten nicht alle gehen«, meinte Christopher. »Zwei von uns könnten hier bleiben und warten, bis wir mit Hilfe zurückkehren.«

»Wer von uns soll gehen?«

»Michelle und ich sind die jüngsten. Wir könnten versuchen, uns zum nächsten Stützpunkt durchzuschlagen.«

»Was ist, wenn Rick uns in der Zwischenzeit findet? Dann müssten wir nach euch suchen.«

»Nicht, wenn wir einen der mobilen Peilsender mitnehmen.«

»Wir kennen diesen Dschungel nicht«, entgegnete Ernest weiter. »Wir haben keine Ahnung, was für Gefahren da lauern. Ich halte das Risiko für zu groß.«

»Was schlägst du vor?«

»Warten. Entweder findet uns Rick oder die Planetenpatrouille. Die Chancen stehen nicht so schlecht, dass uns irgendjemand findet.«

»Ich habe meine Meinung geändert und muss Ernest recht geben«, warf Eric ein. »Rick wird auf jeden Fall nach uns suchen. So schnell wird er nicht aufgeben.«

»Das glaube ich auch«, bestätigte Ernest. »Zudem kann er Hilfe anfordern.«

»Die Frage ist jedoch, wie lange wir es hier aushalten«, gab Christopher zu bedenken. »Die Wasseraufbereitungsanlage ist defekt, die Klimaanlage funktioniert nicht mehr. Mal abgesehen von den sanitären Bedürfnissen, könnte uns bald das Trinkwasser ausgehen. Zudem wird es in Kürze hier drinnen ziemlich warm werden.«

Ernest verdrehte die Augen. »Das hat mir gerade noch gefehlt, wo ich doch Hitze nicht so gut vertrage.«

»Mit Energie sollten wir auch sparsam umgehen. Einige unserer Energiespeicher sind ebenfalls zerstört.«

»Nahrung sollten wir noch genug haben«, mutmaßte Eric. »Nur können wir sie nicht mehr erwärmen, da die Mikrowelle ebenfalls zerstört ist.«

»Dann müssten wir draußen ein Lagerfeuer machen und unsere Sachen braten«, schlug Ernest vor. »Damit habe ich keine Probleme.«

»Bei diesem Wetter dürfte das etwas schwierig sein«, gab Christopher zu bedenken. »Aber wir brauchen nicht unbedingt warmes Essen. Wasser sollte reichen, um ein Müsli oder Flocken anzurühren.«

»Damit kann ich auch leben«, fügte Michelle erleichtert hinzu.

»Wir sollten ausrechnen, wie lange wir auf diese Weise überleben können und abschätzen, wie lange Rick ungefähr braucht, um uns zu finden. Anhand dieser Berechnung werden wir die Nahrungsmittel und das Frischwasser aufteilen.«

»Das Wasser wird uns schnell ausgehen. Aber das sollte keine großen Probleme bereiten. In der Nähe gibt es bestimmt irgendein Gewässer, aus dem wir uns versorgen können.«

»Dazu müssten wir die Gegend auskundschaften.«

»Genau. Ich bin überzeugt, dass der Fluss westlich von uns liegt. Der Sturm kam ebenfalls von Westen und hat uns ziemlich nach Osten abgedrängt. Damit ist die Wahrscheinlichkeit groß, dass der Fluss westlich von uns liegt.«

Nachdem sie sich einen Überblick über ihre Lage verschafft und das Notwendigste organisiert hatten, kehrte der Optimismus wieder zurück. Die Lage schien nicht gänzlich auswegslos.

In den nächsten Stunden beschäftigten sie sich mit Aufräumen und der Beseitigung von zerstörten Gegenständen und richteten Alternativen für die nicht mehr benutzbaren Einrichtungen und Geräte ein.

Während dieser Zeit wurde es im Innern des Schiffs merklich wärmer. Aber solange draußen immer noch der Sturm tobte, war nicht daran zu denken, das Außenschott zu öffnen.

Ernest hatte sich vorzeitig zurückgezogen, da er die feuchte Wärme nicht gut vertrug. Michelle hatte ihm etwas zu Essen zubereitet und es in seine Kabine gebracht. Er lag nur in Shorts bekleidet auf seinem Bett. Seine Haut glänzte vom Schweiß, der aus seinen Poren triefte.

Michelle holte einen feuchten Lappen und strich damit sanft über sein Gesicht und seine Brust.

Er schlug seine Augen auf, lächelte sie an und sagte: »Du bist ein guter Mensch. Es tut mir leid, dass ich an dir gezweifelt habe. Ich freue mich, dass du und Christopher euch gefunden habt.«

»Danke«, erwiderte sie leise und küsste ihn sanft auf die Stirn.

31.

Als Christopher aufwachte, war es erstaunlich ruhig. Er fragte sich, ob sich der Sturm gelegt hatte. Er spürte Michelles warmen Körper, der halb auf dem seinen lag, und den sanften Lufthauch ihres regelmäßigen Atems an seinem Hals. Langsam und darauf bedacht, sie nicht aufzuwecken, rutschte er unter ihr hervor und legte ihren Arm vorsichtig auf das Kissen. Sie atmete einmal tief ein und aus. Er drückte ihr einen sanften Kuss auf die Wange und stand auf.

Leise zog er sich an, verließ die Kabine und ging in die Bordküche, um sich etwas zu essen zu machen. Nachdem er die Packung mit dem Getreidegranulat fast geleert hatte, ließ er einen winzigen Gegenstand darin verschwinden, verschloss sie wieder und stellte sie in den Schrank zurück. Er wusste, dass er der einzige im Team war, der dieses Granulat mochte.

Anschließend setzte er sich im Cockpit in den Pilotensessel, um durch das Panoramafenster nach draußen zu schauen. Der Panoramabildschirm im Aufenthaltsraum funktionierte nicht mehr. Der Sturm hatte tatsächlich nachgelassen, aber es regnete immer noch in Strömen. Geistesabwesend beobachtete er das Geschehen draußen.

Dann hörte er, wie sich jemand von hinten näherte. Er blickte sich um und erkannte Eric. Dieser setzte sich neben ihn auf den Sessel des Kopiloten, auf dem er auch sonst immer saß.

»Ich glaube, wir können es riskieren, das Hauptschott zu öffnen und etwas frische Luft reinzulassen«, sagte Christopher leise. »Der Sturm hat nachgelassen.«

»Gute Idee. Die Luft hier drin wird so langsam ziemlich stickig.«

»Wie denkst du über die Geschehnisse der letzten Tage? Und über Michelles Geheimnis?«

»Das ist schwer zu sagen.« Eric atmete tief durch. »Es ist äußerst merkwürdig, dass Krasnic bei uns aufgetaucht ist und nicht die Leute von der Wartungsgesellschaft.«

»Das macht mir auch Kopfzerbrechen. Woher hat er überhaupt von uns gewusst?«

»Glaubst du, Mark hat uns reingelegt?«

»Das kann ich mir nicht vorstellen. Wir arbeiten schon so lange mit ihm zusammen. Ernest ist eng mit ihm befreundet.«

»Aber etwas ist mir aufgefallen, was ich sehr merkwürdig finde.«

Eric blickte neugierig zu ihm herüber. »Lass hören.«

»Als wir uns in der Bar im Raumhafen mit euch treffen wollten, tauchte Mark plötzlich auf. Wie konnte er wissen, dass wir uns gerade dort treffen wollten?«

»Hat er doch erklärt.«

»Er war keineswegs überrascht, als er Michelle sah. Auch darüber nicht, dass sie uns begleiten würde.«

»Das ist allerdings merkwürdig. Aber dafür gibt es bestimmt eine Erklärung.«

»Ernest hatte sie doch erst kurz davor für den Flug nachgebucht. Wie konnte er, wie er behauptete, im System der Raumflugkontrolle davon erfahren haben und sich dann so schnell in die Bar begeben?«

»Na ja, er könnte es unterwegs getan haben. Aber es ist trotzdem merkwürdig, dass es zufällig in dieser kurzen Zeitspanne passiert sein soll.«

»Ich finde es sogar eigenartig, dass er sich überhaupt danach erkundigt hat. Er wusste schon vorher, wann wir starten. Warum sollte er kurz vor unserem Start noch mal im System nachschauen?«

»Das würde heißen, er hat damit gerechnet, dass Michelle mit uns fliegt. Und das wiederum würde heißen, er hat gewusst, dass wir sie kennengelernt haben.« Eric blickte nachdenklich vor sich hin und sagte nichts mehr.

Christopher erhob sich vom Pilotensessel. »Ich werde mich draußen etwas umsehen.« Er verließ das Cockpit und begab sich zum Hauptschott. Als er die Taste drückte, stellte er fest, dass es sich nicht rührte.

»Scheiße«, fluchte er. »Auch das noch.«

Wenig später stand Eric neben ihm. »Wir könnten versuchen, es manuell zu öffnen.«

Christopher entfernte eine Abdeckung unmittelbar neben dem Schott. Im Innern der Bordwand befand sich eine Handkurbel. Er griff hinein und drehte daran, worauf sich das Schott ein bisschen bewegte.

»Ich öffne es nur so weit, dass ich hinausschlüpfen kann.« Feuchtwarme Luft und Regen schlugen ihnen entgegen. »Mensch, da draußen ist es wie in einer Sauna. Ich dachte, es hätte sich dank des Sturms etwas abgekühlt. Wir lassen das Schott aber trotzdem einen Spalt offen. Wenigstens bekommen wir frische Luft.«

»Wir sollten Regenwasser sammeln«, schlug Eric vor. »So könnten wir unseren Wasservorrat etwas erweitern.«

Plötzlich stand Michelle neben ihnen. Sie trug nur ihren Tanga und das Top, welches sie beim ersten Mal am See getragen hatte. »Ich werde euch helfen.«

Etwa zwei Stunden später hatten sie einen notdürftigen Wassersammler konstruiert. Dazu verwendeten sie Teile aus dem Schiff und Holz aus dem Wald. Gespeichert wurde das Wasser in einem der leeren Wassertanks, den sie gemeinsam ausgebaut und nach draußen befördert hatten. Dieser konnte so viel Wasser aufnehmen, dass es für mehrere Tage reichte. Dafür, so hofften sie, müsste der Regen jedoch noch eine Weile anhalten.

Den Rest des Tages verbrachten sie mit dem Aufräumen ihrer Schlafkabinen. Die Einrichtungen für die persönlichen Bedürfnisse mussten teilweise mit improvisierten Mitteln repariert werden.

Als es zu dämmern begann, saßen sie erneut am runden Tisch im Aufenthaltsraum, der mittlerweile auch wieder einen wohnlicheren Eindruck machte, und sprachen über die Dinge, die noch zu erledigen waren. Viele waren es nicht mehr.

Der Regen dauerte noch die ganze Nacht über an. Die Temperatur im Schiff sowie der Feuchtigkeitsgehalt der Luft stiegen weiter an und trieb den Insassen buchstäblich den Schweiß aus den Poren.

Als der Tag anbrach, war der Wassertank voll. Es regnete immer noch, aber der Sturm hatte sich gelegt. Der Boden rund um das Schiff hatte sich in einen tiefen Morast verwandelt. An eine Expedition zu Fuß war daher nicht zu denken.

Um nicht jedes Mal im Schlamm zu versinken, wenn sie Wasser aus dem Tank holen wollten, verlegten sie Metall- und Kunststoffplatten, die sich während ihrer Notlandung im Innern des Schiffs gelöst hatten, auf dem sumpfigen Boden und unter dem Baum, von dem aus Wasser herunterlief und der ihnen als Freiluftdusche diente.

Sie hatten alles getan, um eine gewisse Zeit problemlos überleben zu können. Nun konnte das große Warten beginnen.

32.

Am nächsten Tag herrschte im Innern des Schiffes eine derart feuchtwarme Luft, dass man fast nicht mehr atmen konnte. Da jegliche Kleidungsstücke auf der Haut klebten, trugen sogar Ernest und Eric nur noch ihre Badehosen. Christopher hatte schon länger auf mehr Kleidung verzichtet, aber auch Michelle hielt es nicht mehr aus und trug nur ihren Tanga. Anfangs hatten Ernest und Eric sie erstaunt angestarrt, doch die Situation ließ sie schnell auf andere Gedanken kommen.

Obwohl der Regen nicht nachgelassen hatte, wurde es draußen nicht kühler. Zumindest waren sie froh, regelmäßig im Freien duschen zu können.

Den Tag verbrachten sie mit Unterhaltungsspielen und Gesprächen. Sie erzählten einander von früheren Erlebnissen oder wie sie sich kennengelernt hatten. Da gab es noch so manch interessante und lustige Episode. Zwischendurch verschwand immer wieder jemand nach draußen, um sich zu erfrischen. Am Nachmittag legte sich Ernest in seine Kabine und versuchte zu schlafen.

Als es zu dämmern begann, beschlossen Christopher und Michelle, noch einmal hinauszugehen, um sich eine erfrischende Dusche zu gönnen, bevor die Nacht hereinbrach. Der Baum spendete genügend Regenwasser. Michelle ließ sich von Christopher einseifen. Er nahm sich dafür viel Zeit. Anschließend tat sie es ihm gleich. Auch er genoss die Berührungen ihrer Hände auf seiner Haut.

Als sie fertig war, wandte er sich ihr zu und stellte sich mit ihr zusammen genau unter den Wasserstrahl. Dann nahm er ihr Gesicht zwischen seine Hände und küsste sie zärtlich. Sie legte die Arme um seinen Hals und schmiegte sich eng an ihn. Sie ließen ihren Gefühlen freien Lauf. Ihre Küsse wurden leidenschaftlicher.

Ein Schlag in Christophers Nacken beendete dieses schöne Erlebnis jäh. Ein stechender Schmerz durchfuhr seinen Kopf. Benommen ging er auf die Knie und stützte sich mit den Händen auf dem durchweichten Boden ab.

Sein erster Gedanke galt Michelle. Er versuchte seinen Kopf zu heben. Verschwommen musste er mit ansehen, wie sie von zwei bewaffneten Männern gepackt und festgehalten wurde. Sie begann sich zu wehren, worauf einer der beiden sie mitten ins Gesicht schlug. Danach drückte er seine Hand auf ihren Mund, damit sie nicht schreien konnte.

Der andere beleuchtete mit einer Stablampe ihren nackten Körper von oben bis unten. Anscheinend suchte er nach irgendwelchen versteckten Gegenständen. Hinter Christopher standen weitere Uniformierte. Aus den Augenwinkeln konnte er ihre Beine erkennen.

Dann wurde er von zwei Männern an den Oberarmen gepackt und brutal nach oben gezerrt. Auch bei ihm suchten sie nach versteckten Dingen. Er spürte kaltes Metall an seiner Schläfe, drehte seinen Kopf leicht und erkannte eine Strahlenwaffe. Mit Fingerzeichen bedeutete ihm der Mann, er würde schießen, wenn er einen Laut von sich gäbe. Vermutlich hatte man Michelle dasselbe mitgeteilt, denn auch sie schwieg still.

Christopher drehte den Kopf zurück und erkannte zwei weitere Männer, die Ernest und Eric unter Waffengewalt aus dem Gleiter führten.

Als Ernest sah, wie man Christopher und Michelle behandelte, entriss er seinem Bewacher blitzschnell die Waffe, drehte sich um und zielte auf die anderen Männer.

Christopher erkannte die Chance und wollte seinem Peiniger ebenfalls die Waffe entreißen. Er wurde jedoch sofort von hinten gepackt und festgehalten.

Was dann geschah, spielte sich für ihn wie in Zeitlupe ab. Der Mann neben ihm richtete seine Strahlenwaffe auf Ernest, drückte ab und traf diesen mitten in die Brust.

Ernest stand wie angewurzelt da, ließ die Waffe fallen und sah mit großen Augen zu ihnen herüber. Dann ging er auf die Knie und fiel vornüber auf den morastigen Boden.

»Neeeeeeeeeeeein!«, schrie Christopher ungläubig und schockiert zugleich.

Er wand sich und versuchte sich loszureißen, doch ein weiterer harter Schlag auf den Hinterkopf beendete das Unterfangen.

Die Männer setzten sich in Bewegung und zerrten ihn mit roher Gewalt mit sich. Er konnte sich nicht auf seinen Füßen halten und wurde deshalb einfach mitgeschleift. Mehrmals schrammten Äste und Zweige an seinem Körper entlang und verursachten stechende Schmerzen. Dabei dachte er die ganze Zeit an Michelle, der es wahrscheinlich nicht anders erging.

Kurz darauf erreichten sie eine Lichtung, auf der zwei Gleiter standen. Er sah auf, konnte jedoch im dichten Regen und wegen seiner Benommenheit die Beschriftung nicht lesen. Als sie näher kamen, erkannte er die Symbole eines tongalischen Patrouillenschiffs.

Der Mann, der Michelle festhielt, sprach etwas in sein Headset. Christopher konnte es im Rauschen des Regens nicht verstehen.

Wenig später stieg ein weiterer Mann aus einem der Gleiter und trug etwas auf seinem Arm. Als er näher trat, stellte Christopher fest, dass es sich um Stofftücher handelte.

Der Mann stülpte Michelle und ihm je eines über den Kopf. Die Tücher waren rund geschnitten und hatten je drei Löcher, ein größeres in der Mitte für den Kopf und auf beiden Seiten davon je ein kleineres für die Arme.

Kaum waren sie in die Umhänge gehüllt, legte man ihnen Handschellen an. Dann zerrte man sie in Richtung eines Gleiters, wo sie gewaltsam ins Innere verfrachtet wurden. Dort ließ man sie auf dem kalten Metallboden liegen und schloss das Schott wieder.

Christopher drehte sich um und hielt nach Michelle Ausschau, die hinter ihm auf dem Boden lag und sich nicht rührte. Langsam kroch er zu ihr hinüber und betrachtete ihr verschmutztes Gesicht. Sie blutete aus der Nase. Anscheinend vom Schlag ins Gesicht, als sie sich gewehrt hatte.

»Was wollen die von uns?«, flüsterte sie weinend.

»Keine Ahnung.« Er hob seine gefesselten Hände und versuchte mit seinem Umhang, das Blut aus ihrem Gesicht zu wischen.

»Sie haben Ernest erschossen.« Michelle wurde von einem Weinkrampf erschüttert. »Sie haben ihn einfach erschossen.«

»Ja, ich weiß. Er wollte uns helfen.«

Christopher sah das erschütternde Bild in Gedanken immer noch vor sich, wie Ernest ihn erstaunt und mit großen Augen anstarrte, bevor er nach vorn in den Morast fiel.

Er drückte Michelle an sich und versuchte zu begreifen, was in den letzten Minuten geschehen war.

33.

Christopher konnte nicht abschätzen, wie lange der Gleiter geflogen war, bis sie landeten und er den typischen Ruck des Aufsetzens spürte.

Bevor sie gestartet waren, hatten die Angreifer Michelle und ihn an den Handschellen gepackt, sie im Innern des Gleiters über den metallenen Boden eines Gangs geschleift und in eine kleine, düstere Kabine gesteckt. Er hatte keine Ahnung, was mit Eric geschehen war. Vielleicht hatten sie ihn auch umgebracht und zusammen mit Ernest einfach im Morast liegengelassen.

Irgendwann hörte er die Schritte von schweren Schuhen. Das Schott der Kabine wurde geöffnet. Zwei Männer traten ein und befahlen ihnen aufzustehen. Sie trugen overallartige Uniformen, jedoch nicht dieselben wie Krasnics Leute.

Christopher erhob sich und half Michelle auf die Beine. Sie wurden aus der Kabine in den Gang hinausgeführt. Dort schlossen sich ihnen zwei weitere Männer an und führten sie zum Hauptschott. Dieses war bereits geöffnet und offenbarte ihnen den Blick auf eine endlose beleuchtete Fläche, auf der unzählige Patrouillenschiffe standen. Rechts davon befand sich ein längliches, rechteckiges Gebäude mit vielen kleinen Fenstern und einem Turm in der Mitte. Die Fassade bestand aus dunkelgrauen Steinen, ein Baustil, den es auf der Erde seit Langem nicht mehr gab.

Als sie aus dem Gleiter stiegen, spürten sie, dass die Luft hier wesentlich kühler und trockener war als noch im Dschungel. Auch der Asphaltboden unter ihren Füßen fühlte sich kalt an.

Dann näherte sich ein Geländegleiter und hielt direkt vor ihnen.

»Aufsteigen!«, befahl einer der Uniformierten und zeigte auf den hinteren Teil des Gleiters.

Michelle und Christopher bestiegen die Ladefläche und hockten sich mit angezogenen Beinen auf den kühlen Metallboden. Der Gleiter setzte sich in Bewegung und steuerte an unzähligen Patrouillengleitern vorbei auf das längliche Gebäude zu. Kaum hatte er dort angehalten, befahl derselbe Uniformierte wie schon vorher: »Absteigen!«

Michelle und Christopher rutschten von der Ladefläche und wurden sogleich von zwei weiteren Uniformierten unsanft vorwärtsgestoßen.

Man führte sie in eine riesige Eingangshalle. Der graue Steinboden war glatt und zeigte viele Stiefelabdrücke. Links von ihnen gab es vier Aufzüge und zu beiden Seiten breite Treppen, die sowohl nach oben wie auch nach unten führten. Anscheinend benutzte man in Tongalen noch keine Antigravitationslifte.

Rechterhand hinter einem langen Tresen stand auf einem länglichen Arbeitstisch ein Monitor neben dem anderen. Dahinter saßen Männer und Frauen in einfachen Arbeitskleidern, die Headsets trugen und sehr beschäftigt wirkten.

Einer der Uniformierten trat an den Tresen und redet kurz mit einem Mann, der ihm eine Datenkarte aushändigte.

Als er zurückkam, sagte er schroff: »Hier entlang!«

Sie wurden nach links zu einem der Aufzüge geführt, der sich sogleich öffnete. In der Kabine gab es lediglich spärliches Licht.

Nachdem sie eingetreten waren, steckte der Mann die Karte in einen Slot und drückte eine Schaltfläche. Die Kabine setzte sich langsam abwärts in Bewegung. Christopher konnte nicht abschätzen, wie weit sie hinunterfuhren, aber die Sekunden kamen ihm endlos vor.

Mit einem Ruck und einem metallischen Geräusch hielt der Fahrstuhl an und öffnete die Tür auf der gegenüberliegenden Seite. Ein düsterer Gang lag vor ihnen, der kein Ende zu nehmen schien. Sie traten hinaus. Christopher fühlte den kalten Boden unter seinen nackten Füßen. Die Luft war ebenfalls kühl und stickig. Beidseits des Ganges gab es identische Metalltüren mit schmalen Schlitzen auf Augenhöhe.

Nachdem sie ein gutes Stück gegangen waren, öffnete einer der Uniformierten auf der linken Seite eine der Türen. Sie schwang nach außen auf und offenbarte einen finsteren Raum.

Michelle und Christopher wurden hineingestoßen. Kurz darauf schloss sich die Tür mit einem lauten metallischen Knall.

Der Raum besaß keine Beleuchtung. Ihre Augen mussten sich zuerst an die Dunkelheit gewöhnen. Doch so sehr sie auch warteten, die Finsternis blieb.

Christopher tastete mit den Händen die Wände ab und stieß dabei mit dem Schienbein an einen harten Gegenstand. Er verzog das Gesicht vor Schmerzen.

Michelle schien das Geräusch gehört zu haben und fragte: »Was ist?«

»Ich hab mir das Bein an irgendetwas gestoßen.«

Er bückte sich und tastete nach dem Gegenstand. Er fühlte sich metallisch an und war nur etwa kniehoch. Die Oberfläche war weich.

»Anscheinend eine Pritsche oder etwas Ähnliches«, fuhr er fort, als sich der Schmerz am Schienbein etwas gelegt hatte.

Michelle hatte sich ihm genähert und berührte seinen Rücken. Er griff nach hinten und bekam ihre Hand zu fassen. Dann zog er sie zu sich.

»Da können wir uns setzen.« Mit der anderen Hand tastete er die Oberfläche der Pritsche ab. »Fühlt sich an wie gewöhnliche Wolldecken.«

Er setzte sich, worauf ein leises Quietschen ertönte. Vorsichtig zog er Michelle neben sich.

»Hier drin ist es kühl und stickig.« Sie hielt sich an ihm fest. Er legte seinen Arm um sie und drückte sie an sich.

»Kannst du dir erklären, warum wir so behandelt werden?«, fragte sie nach einer Weile.

»Nein, aber ich finde es schon sehr merkwürdig. Zuerst dachte ich, es wären Krasnic und seine Leute. Aber dann erkannte ich an den Uniformen das Symbol der tongalischen Planetenpatrouille.«

»Wir hätten uns innerhalb von zwölf Stunden bei denen melden sollen.«

»Schon, aber ich glaube nicht, dass sie uns derart behandeln, nur weil wir das versäumt haben.«

»Vielleicht hier schon.«

»Kann ich mir nicht vorstellen. Das war einmal eine irdische Kolonie. So verschieden sind Verhalten und Gepflogenheiten auch wieder nicht. Da muss etwas anderes dahinterstecken.«

»Ich kann mir aber nicht vorstellen, was das sein soll.«

»Ich frage mich, woher Krasnic über unseren Aufenthaltsort Bescheid wusste. Dafür kommen nur die Wartungsgesellschaft, die Niederlassung von *Norris & Roach* und die Leute, die uns die Mineralien liefern sollen, in Frage. Sonst wusste niemand, wo wir gelandet waren.«

»Stimmt, eigentlich hätte jemand von der Wartungsgesellschaft oder vom *Norris & Roach* vorbeikommen sollen.«

»Komisch ist auch, dass Mark nicht erreichbar war.«

»Mark …«, sagte Michelle verächtlich. »Ich kann den Kerl nicht leiden.«

»Er ist kein übler Mensch, auch wenn er manchmal etwas grobschlächtig wirkt. Du darfst nicht vergessen, dass Ernest und er viele Jahren befreundet waren.«

»Ich mag ihn trotzdem nicht. Schon wie er mich immer angeglotzt hat, als wollte er mich mit seinen Blicken ausziehen. Aber darum geht es gar nicht. Wir sollten uns über den Mikrochip Gedanken machen, den er mir gegeben hat.«

»Du hast recht. Ich habe den Eindruck, dass damit einiges faul ist.«

»Die Frage ist nur, ob Mark davon gewusst hat oder nicht.«

»Ich glaube nicht, dass er davon wusste, sonst hätte er sich bestimmt nicht darauf eingelassen.

»Da wär ich mir nicht so sicher.« Ihre Stimme klang abfällig. Nach einer kleinen Pause fuhr sie fort: »Was glaubst du, wie lange die uns hier festhalten?«

»Keine Ahnung, aber ich nehme an, sie werden uns irgendwann informieren oder sogar verhören.«

»Am liebsten würde ich einschlafen, und wenn ich aufwache, war alles nur ein böser Traum.«

»Schlafen ist gar keine schlechte Idee. Wer weiß, wann wir wieder dazu Gelegenheit bekommen werden.«

Er legte sich auf die Pritsche und zog sie an sich. Sie schmiegte sich eng an ihn und hielt ihn fest umarmt.

34.

Seit gut einer Stunde saß Rick Blattning in einem spartanisch eingerichteten Warteraum im Administrationsgebäude von Tongala, der Hauptstadt von Tongalen.

Vor knapp sechs Stunden hatte er mit seinem neuen Schiff, der BAVARIA, die Umlaufbahn des Planeten erreicht und um Landeerlaubnis gebeten. Als diplomatischer Abgesandter der Erde wurde sie ihm problemlos gewährt. Man hatte ihn aber doch über drei Stunden im Orbit warten lassen, bevor man seinem Schiff die Landekoordinaten übermittelte.

Auf dem Raumhafen wurde er von einer Delegation abgeholt, zum Verwaltungsgebäude gefahren und in einen Warteraum geführt. Das Schiff überließ er Commander Gerald Hauser.

Um ihm die Wartezeit angenehmer zu gestalten, hatte man ihm ein Getränk und etwas zu Essen serviert und einige elektronische Zeitschriften besorgt.

Mit seinen siebenundfünfzig Jahren besaß er noch einen schlanken Körper von einem Meter neunzig. Sein Äußeres zierten hellbraune Haare mit grauen Strähnen, blaue Augen und ein schmales Gesicht. Er war Inhaber einer der größten Technologiekonzerne der Erde mit Sitz in München, hatte sich aber vor ein paar Jahren aus dem operativen Geschäft zurückgezogen und lebte mit seiner Frau Britt auf seinem Landsitz außerhalb der Stadt.

Als kleiner Junge war er ein faszinierter Leser von Ernests Abenteuerromanen gewesen. Die Hauptfigur in diesen Geschichten bildete ein Nachkomme des einst mächtigen Indianerstamms der Sioux. Sein Name war Rotes Pferd oder Redhorse, wie er sich selbst auch nannte. Ernest hatte ihn als Weltraumtramper beschrieben, der sich meist zum falschen Zeitpunkt am falschen Ort aufhielt und somit in die aufregendsten Abenteuer verstrickt wurde.

Rick hatte Ernest durch Zufall auf einer Autorentagung in seiner Heimatstadt kennengelernt. Seither verband sie eine enge Freundschaft, die auch während Ernests langen Raumflügen Bestand hatte. Wann immer Ernest in Schwierigkeiten geriet, war Rick zur Stelle, um seinem alten Freund aus der Patsche zu helfen.

Schon in seiner Jugendzeit hatte Rick von den Gerüchten gehört, dass Ernest selbst indianische Vorfahren besaß und für seine Geschichten deshalb einen Indianer als Hauptfigur ausgewählt hatte. Ernest selbst hatte dies zu keinem Zeitpunkt bestätigt, aber auch nie dementiert.

Seit einigen Jahren war Rick Mitglied des Diplomatischen Rats der Erde, einer Gruppe, die zwar keine ausführende Gewalt innerhalb der Regierung innehatte, jedoch bei Schwierigkeiten oder Konflikten mit Kolonien Vermittlungsarbeit leistete.

Als Rick den Funkspruch von der *Space Hopper* erhalten hatte, eröffnete er im Diplomatischen Rat ein Mandat für eine offizielle Hilfsaktion. Als Leiter dieser Aktion waren er und die Crew seines Schiffs, der BAVARIA, nach TONGA-II geflogen.

Nach einer quälend langen Wartezeit öffnete sich die Tür. Eine junge, einfach gekleidete Frau bat ihn mitzukommen. Er legte das Tablet, auf dem er die Zeitschrift gelesen hatte, auf den Tisch, erhob sich und verließ mit ihr den Raum.

Rick musterte seine Begleiterin, die mit federleichten Schritten vor ihm herschwebte. Sie war auffallend schmal gebaut und fast so groß wie er. Er hatte schon von der, durch die leicht geringere Gravitation von TONGA-II, veränderten Anatomie der Tongaler gehört. Jedoch war er bisher noch nie einem Tongaler persönlich begegnet.

Der lange Gang mit hellem und glattpoliertem Steinboden war an den Wänden mit vielen Bildern von Tongalen dekoriert. Die gesamte Decke gab ein dezentes Licht von sich, das sich regelmäßig in seiner Farbe veränderte.

Die Doppeltür am Ende des Ganges stand bereits offen. Nachdem Rick sie passiert hatte, befand er sich in einem länglichen Raum mit einer Glasfront auf der linken und der vorderen Seite, die vom Boden bis zur Decke reichte und eine fantastische Aussicht über die Hauptstadt gewährte.

Mitten im Raum stand ein ovaler Tisch, um den herum zwölf Personen saßen, sieben Männer und fünf Frauen, und ihn erwartungsvoll anstarrten. Die Frau am oberen Ende des Tisches bat ihn, Platz zu nehmen, worauf er sich auf den einzigen noch freien Sessel am unteren Ende setzte.

»Mister Blattning, im Namen des Administrativen Rates von Tongalen heiße ich Sie willkommen. Mein Name ist Mohen Olweny. Ich bin die amtierende Ratsvorsitzende.«

»Vielen Dank, dass Sie mich so schnell empfangen haben«, antwortete Rick freundlich. Er vermied es, durch einen sarkastischen Unterton seinen Unmut über die lange Wartezeit auszudrücken. Im Moment war er auf die Kooperation dieser Leute angewiesen. »Wie ich Ihnen in meinem Antrag bereits mitgeteilt habe, geht es um ein vermisstes irdisches Transportschiff.«

»Wir sind darüber informiert und haben diesbezüglich bereits Abklärungen getroffen«, antwortete die Vorsitzende. »Demian Imray, der Vorsitzende der Planetenabwehr, wird Sie über die Ergebnisse informieren.«

Ein Mann, der mit dem Rücken zur Fensterfront saß, ordnete ein paar Folien, die er vor sich auf dem Tisch liegen hatte, und setzte zum Sprechen an. »Nun denn, Mister Blattning, wir müssen Ihnen leider mitteilen, dass sich die Besatzung der *Space Hopper* des Datenschmuggels schuldig gemacht hat und wir entsprechende Maßnahmen ergriffen haben.«

»Datenschmuggel?« Rick blickte fassungslos in die Runde.

»Ganz richtig.«

»Ich bitte Sie, es muss sich um ein Missverständnis handeln.«

»Leider nein.«

»Woraus schließen Sie das?«

»Es gibt erdrückende Beweise, dass ein Mitglied der *Space Hopper* strategisch wichtige Daten für eine Untergrundorganisation von Tongalen bei sich trägt.«

»Wie sehen diese Beweise aus?« Rick nahm sich keine Mühe mehr, seinen Unmut zu verbergen.

»Da die Ermittlungen noch im Gange sind, können wir Ihnen dies nicht verraten. Das müssen Sie verstehen. Aber wir hatten diese Beweise bereits, bevor die *Space Hopper* hier auftauchte. Wir ließen die betreffende Person bereits auf der Erde überwachen. Auch unser Geheimdienst ist nicht untätig.«

Rick richtete seinen Blick vor sich auf den Tisch, setzte zu einem Lächeln an und schüttelte den Kopf. Ernest, in was bist du da hineingeraten?, fragte er sich in Gedanken.

»Mister Blattning!« Mohen Olwenys Ton war etwas strenger geworden. »Wollen Sie uns dazu etwas sagen?«

»Aber natürlich«, antwortete er gelassen. »Ich kann Ihnen dazu sehr viel sagen.«

Die Anwesenden drehten die Köpfe und sahen ihn erwartungsvoll an.

»Ich kenne Ernest Walton seit über fünfzig Jahren, seit ich ein kleiner Junge war. Ich kenne ihn praktisch so gut wie meinen eigenen Vater. In dieser Zeit hat er sich nie etwas zuschulden kommen lassen, hat nie irgendwelche krummen Dinger gedreht oder sonst irgendetwas Illegales getan. Sie wollen mir weismachen, er würde Datenschmuggel betreiben? Das ist lächerlich.« Beim letzten Satz hatte er bewusst die Lautstärke angehoben.

»Tut mir leid, Mister Blattning«, meldete sich der Abwehrchef wieder zu Wort. »Aber die Beweise für das Vergehen der Crew stammen von der Erde.«

Rick musste sich beherrschen, um sich seine Überraschung nicht anmerken zu lassen. »Von wem haben Sie diese Beweise, wenn ich fragen darf?«

»Das dürfen wir Ihnen im Moment leider auch noch nicht verraten.«

Rick schüttelte wieder den Kopf. »Das Ganze muss ein Missverständnis sein. Sollte jemand aus dem Team der *Space Hopper* dies tatsächlich getan haben, werde ich von meiner Position als Mitglied des Diplomatischen Rates der Erde unverzüglich zurücktreten, da ich mit diesen Leuten eng befreundet bin und mich dies in einen Interessenkonflikt bringen würde.«

Tumult brach bei diesen Worten aus.

»Aber Mister Blattning. Ich bitte Sie!«, rief die Vorsitzende. »Wollen Sie wirklich eine diplomatische Krise riskieren, indem Sie sich hinter eine überführte Gruppe von Schmugglern stellen?«

»Mister Walton genießt auf der Erde und in diplomatischen Kreisen einen ausgezeichneten Ruf und würde diesen nie und nimmer aufs Spiel setzen.«

»Für Geld tun die Menschen auf der Erde doch bekanntlich alles«, sagte ein anderer Mann verächtlich.

Rick sah ihn eine Weile scharf an, bevor er fragte: »Und wer sind Sie?«

»Kamal Golenko. Ich bin der hiesige Polizeichef.«

»Mister Golenko, auch wenn Sie von den Menschen auf der Erde eine so schlechte Meinung haben, die vereinzelt sogar zutreffen mag, möchte ich Ihnen doch versichern, dass es bei uns auch anständige und ehrliche Bürger gibt. Wenn einer zu dieser Gattung gehört, dann ist es mit Bestimmtheit Mister Walton.«

»Mister Blattning, Keyna Algarin von der Kolonialanwaltschaft«, meldete sich eine Frau in beruhigendem Tonfall zu Wort. »Ihre Loyalität gegenüber Mister Walton in allen Ehren, aber könnte es nicht sein, dass Mister Walton von seinen Begleitern zu diesen Handlungen gezwungen worden ist?«

»Wie bitte?« Rick wäre vor Empörung beinahe aufgesprungen. »Nein, nein. Eric Daniels ist ein ebenso enger Freund von Mister Walton, wie ich es bin. Er hat es gar nicht nötig, so etwas zu tun. Er ist bereits ein reicher Mann und hat sich aus seinem Reichtum nie viel gemacht.«

»Er ist aber nicht der einzige neben Mister Walton.«

»Christopher Vanelli, ebenfalls ein langjähriger Freund von Mister Walton, ist ein hoffnungsloser Träumer, der sich nie für Reichtum interessiert hat. Ich lege für die beiden ebenfalls meine Hände ins Feuer und kann Ihnen noch mal versichern, dass es sich hier um ein Missverständnis handeln muss.«

Die Männer und Frauen sahen sich eine Weile fragend an.

Dann meldete sich Demian Imray, der Vorsitzende der Planetenabwehr, wieder zu Wort: »Laut den Informationen, die wir erhalten haben, gibt es eine vierte Person, die noch nicht lange der Crew der *Space Hopper* angehört.«

»Sie meinen Michelle Evans. Über sie weiß ich nicht viel. Ich bin ihr noch nie persönlich begegnet und kenne sie nur von unseren Gesprächen über Hyperfunk. Auf mich macht sie einen seriösen und vertrauenserweckenden Eindruck.«

»Vielleicht hat sie den Datenschmuggel organisiert.«

»Das kann ich mir nicht vorstellen. Um so etwas durchzuführen, fehlt ihr das Wissen.«

»Vielleicht ist sie nicht die, wofür Sie sie halten oder wofür sie sich ausgibt.«

»Jetzt hören Sie mal gut zu.« Rick wurde langsam ungehalten. »Diese Frau war wochenlang an Bord der *Space Hopper*. Die Vier haben in dieser Zeit auf engstem Raum gelebt und sind sich dabei sehr nahegekommen.« Er machte eine kleine Pause und blickte die Leute eindringlich an, bevor er fortfuhr: »Glauben Sie wirklich, sie hätte das in einer solchen Lebensumgebung durchziehen können? Einerseits die ganze Zeit so tun, als wäre nichts, und andererseits die Daten so lange versteckt zu halten, dass es niemandem auffällt? Vor allem bei der Ankunft hätte sie sich doch mit den Empfängern in Verbindung setzen müssen.«

Wieder sahen sich die Männer und Frauen eine Weile fragend an.

»Wir können nicht nachvollziehen, was sich an Bord der *Space Hopper* abgespielt hat«, sagte der Abwehrchef emotionslos.

»Darf ich erfahren, wo sich meine Freunde zurzeit befinden?« Ricks Ungeduld war beinahe erschöpft.

»An einem sicheren Ort in Gewahrsam. Mehr können wir Ihnen nicht sagen. Aber wir werden Sie informieren, sobald sich bei den Ermittlungen etwas Neues ergeben hat.«

»Seien Sie solange unser Gast«, sagte die Ratsvorsitzende. »Es soll Ihnen an nichts fehlen. Wir haben für Sie in einem Hotel im Stadtzentrum eine Suite reserviert. Natürlich auf unsere Kosten. Wenn Sie möchten, wird man Sie gleich dorthin fahren.«

»Wie großzügig. Vielen Dank.«

35.

Christopher erwachte durch den Lärm, der durch das Aufschließen der Tür verursacht wurde. Er brauchte eine Sekunde, um sich zu vergewissern, dass er nicht geträumt hatte. Diese Erkenntnis traf ihn wie ein Schlag in die Magengrube.

Neben sich spürte er die Wärme von Michelles Körper. Durch den Türspalt drang Licht in ihren Kerker. Er konnte erkennen, dass auch sie aufgewacht war und ihren Kopf hob.

»Sie da!«, rief einer der beiden Uniformierten und zeigte auf ihn.

»Meinen Sie mich?«, fragte Christopher mit verschlafener Stimme.

»Ja Sie! Kommen Sie mit!«

Christopher stand langsam auf und spürte, dass er ziemlich wacklig auf den Beinen war. Er machte einen unsicheren Schritt vorwärts, worauf Michelle ebenfalls aufstand, um ihn zu stützen.

»Sie bleiben hier!«, bellte der Uniformierte und sah Michelle grimmig an, worauf sie erschrocken stehen blieb.

Christopher drehte sich noch einmal um und gab ihr einen flüchtigen Kuss. Dann ging er zu den beiden Uniformierten und ließ sich von dem einen in den Gang hinausführen, während der andere die Tür geräuschvoll wieder verriegelte. Christopher kniff geblendet die Augen zusammen und brauchte eine Weile, bis er sich an das Licht gewöhnt hatte.

»Wohin bringen Sie mich?«, fragte er verunsichert.

»Das werden Sie noch früh genug erfahren.«

Unsanft wurde er den Gang entlang in Richtung Fahrstuhl geführt. Dort angekommen öffnete sich dessen Tür. Der erste Mann stieg ein, während der andere Christopher unsanft in die Kabine stieß.

Nach kurzer Fahrt wurde er in einen düsteren, ungepflegten Gang geführt. Auf dem glatten Steinboden spiegelte sich die mit Staub vermischte Feuchtigkeit. Die Wände waren mit Schmutz besudelt, während an den Decken nur notdürftige Beleuchtungskörper hingen.

Sie gingen ein Stück den Gang entlang und betraten durch eine offenstehende Metalltür einen schäbigen Raum mit blassgrünen Wänden und einem Metalltisch in der Mitte. Darüber hing ein kleiner Leuchtstrahler an einem Kabel. An beiden Enden des Tisches stand jeweils ein einfacher Metallstuhl.

»Hinsetzen!«, befahl einer der beiden Uniformierten.

Christopher tat wie ihm geheißen, während die beiden Männer den Raum verließen und die Tür verschlossen. Er sah sich um. An der gegenüberliegenden Wand, unmittelbar unter der Decke, steckte eine Überwachungskamera in einem kleinen Loch, genau auf ihn gerichtet. Ob sie in Betrieb war, konnte er nicht feststellen.

Nach etwa einer halben Stunde betraten ein Mann und eine Frau den Raum. Sie trugen für Tongalen typische Anzüge und machten einen gepflegten Eindruck. Die Frau trug einen kleinen silbrigen Metallkoffer bei sich. Der Mann hatte lediglich eine dünne Kunststoffmappe unter den Arm geklemmt.

Der Mann setzte sich ihm gegenüber an den Tisch, während die Frau sich dahinter an die Wand postierte, den Koffer neben sich auf dem Boden.

»Mein Name ist Ernyk Cardell. Ich werde Ihnen einige Fragen stellen«, begann er die Unterhaltung. »Hinter mir sehen Sie Zyra Sokol. Sie ist psychologische Verhörspezialistin.«

Christopher sagte nichts und sah Cardell ausdruckslos an.

»Bitte nennen Sie uns Ihren Namen und Ihre Funktion auf der *Space Hopper*.«

»Das wissen Sie doch schon alles«, antwortete Christopher unwirsch.

»Bitte beantworten Sie nur meine Frage. Betrachten Sie es als Zeichen guter Zusammenarbeit. Je kooperativer Sie sich verhalten, desto schneller haben wir alles hinter uns.«

Christopher nannte seinen vollständigen Namen und beschrieb seine Haupttätigkeiten während der Raumflüge.

Cardell hatte inzwischen die Mappe geöffnet und entnahm ihr ein paar Folien.

»Was ist mit Eric Daniels geschehen?« Christopher legte seine ganze Verzweiflung in seine Stimme. »Ist er auch erschossen worden wie Ernest Walton?«

»Bitte beruhigen Sie sich. Sie werden zu einem späteren Zeitpunkt darüber informiert.« Er studierte eine Weile die erste Folie, bevor er mit seiner Befragung fortfuhr. »Sagt Ihnen der Begriff OVT etwas?«

»Diesen Begriff habe ich zum ersten Mal nach unserer Landung auf TONGA-II gehört.«

»Von wem?«

»Da war ein Typ namens Krasnic ...«

»Sergei Krasnic?«

»Soviel ich weiß, ja. Er hat sich mir nicht persönlich vorgestellt. Meine Freunde haben es mir erzählt.«

»Welche Freunde?«

»Ernest Walton und Eric Daniels. Sie haben sich mit Krasnic unterhalten.«

Es entstand eine kleine Pause, bevor Cardell seine nächste Frage stellte. »Sie waren während dieser Unterhaltung nicht anwesend?«

»Nein.«

»Wo waren Sie dann?«

»Wir, ich meine, meine Freundin Michelle Evans und ich, waren zu dem Zeitpunkt schwimmen.«

»Schwimmen?«

»Da gab es einen kleinen See mitten im Urwald in einem Talkessel.«

»Warum sind Sie gerade dort gelandet?«

»Beim Anflug zu Ihrem Planeten wurden wir von einem unbekannten Schiff bedroht.«

»In welcher Form bedroht?«

»Es sah so aus, als ob man uns entführen wollte. Daraufhin sind wir geflohen und nach Süden geflogen.«

»Woraus schließen Sie, dass es sich um Entführer handelte?«

»Das Schiff hatte keinerlei Kennzeichen. Der Mann, der uns aufgefordert hatte, ihm zu folgen, hatte sich nicht vorgestellt. Also nahmen wir an, es handle sich um Piraten.«

»Hatten Sie früher schon Kontakt mit Piraten?«

»Mehr als einmal.«

»Also fällten Sie ihre Entscheidung, die Flucht zu ergreifen, anhand früherer Erfahrungen.«

»So ist es. Wir haben uns jedoch nie mit Piraten angelegt. Wir sind ein Transportunternehmen und keine Söldnertruppe. Also sind wir Kämpfen stets aus dem Weg gegangen.«

»Klingt vernünftig.«

»Was werfen Sie uns eigentlich vor? Was berechtigt Sie, uns auf diese brutale Art und Weise gefangen zu nehmen.«

»Es bestand ein dringender Tatverdacht, der unser Handeln rechtfertigte.« Wieder machte er eine kleine Pause. »Mister Vanelli«, fuhr er dann fort. »Sie landeten also mitten im Dschungel an einem See. Haben Sie sich dort oder sonst irgendwo mit diesem Krasnic verabredet?«

»Nein, wir kannten den Typ bis dahin gar nicht.«

»Aber Sie beabsichtigen, sich mit jemandem von der OVT zu treffen.«

»Nein, nicht mit jemandem von der OVT. Diese Organisation war uns bis zu diesem Zeitpunkt unbekannt.«

»Mit wem dann?«

»Einerseits mit dem Wartungsdienst. Andererseits wollte jemand von der Niederlassung von *Norris & Roach* chemische Substanzen abholen, die wir transportierten.«

»War das Ihr eigentlicher Auftrag?«

»Ja, zur Hälfte. Auf dem Rückflug zur Erde sollten wir Steine und Mineralien für das Astronomical Museum of London mitnehmen, die wir im Raumhafen abholen sollten.«

»Wie wollten Sie mit diesen Leuten Kontakt aufnehmen?«

»In unseren Auftragsdaten sind die Kommunikationsfrequenzen enthalten, mit denen wir gleich nach der Ankunft auf TONGA-II mit den Kontaktleuten Verbindung aufnehmen sollten.«

»Haben Sie das getan?«

»Ja, gleich nach unserer Landung im Dschungel.«

»Wer hat Ihnen darauf geantwortet?«

»Zunächst ein Wissenschaftler namens Daniel Beckman. Später eine Sekretärin namens Afra Melinn von *Norris & Roach*. Dazwischen haben wir uns mit der Wartungsgesellschaft wegen unserer Panne unterhalten.«

Cardell sah ihn überrascht an. »Sie sagen also, Sie haben mit den in Ihrem Auftrag enthaltenen Kommunikationsfrequenzen die richtigen Leute erreicht, aber dann tauchte Krasnic von der OVT bei Ihnen auf?«

»Ganz richtig. Das hat uns alle auch sehr verwundert.«

»Können Sie sich das erklären?«

»Ehrlich gesagt, nein. Unser Auftragsvermittler hatte auch nichts von einer Organisation namens OVT erwähnt.«

»Wie ist der Name Ihres Auftragsvermittlers?«

»Mark Henderson.«

Cardell überlegte kurz. »Der Name sagt mir nichts.«

»Henderson hat uns die beiden Aufträge vermittelt.«

Christopher ließ sich die Sache mit Michelles Mikrochip durch den Kopf gehen. Er fragte sich, ob er Cardell die ganze Wahrheit verraten sollte. Bisher hatte er ihn nicht angelogen, lediglich nicht alles gesagt. War Cardell über den Mikrochip informiert? Sollte er ihm davon erzählen? Unter Umständen könnte sich ihre Lage dadurch massiv verschlechtern.

»Sie hatten wirklich nicht die Absicht, mit der OVT in Verbindung zu treten?«

»Nein!«, antwortete Christopher ungehalten. »Wie oft muss ich Ihnen das noch sagen?«

»Reden wir über Ihren Vermittler, diesen Mark Henderson. Wie gut kennen Sie ihn?«

»Von ihm bekommen wir seit vielen Jahren unsere Aufträge. Zudem ist er ein langjähriger Freund von Ernest Walton, und er erledigt die administrativen Angelegenheiten unseres Unternehmens.«

»Man könnte also sagen, er ist eine Vertrauensperson.«

»Ja, genau.«

»Trauen Sie ihm zu, dass er Sie hintergangen hat?«

»Inwiefern hintergangen?«

»Die Kommunikationsdaten so zu manipulieren, dass nebst der Niederlassung von *Norris & Roach* und den Wissenschaftlern auch die OVT über Ihre Ankunft informiert wurde.«

»Nein, das kann ich mir beim besten Willen nicht vorstellen.«

»Irgendwie drehen wir uns im Kreis.«

»Dürfte ich endlich erfahren, was hier eigentlich los ist?« Christopher machte aus seiner Verärgerung keinen Hehl mehr.

Cardell gab der Frau, die während der gesamten Befragung hinter ihm gestanden und Christopher nicht aus den Augen gelassen hatte, ein Handzeichen, worauf sie den Koffer vom Fußboden hob und auf die rechte Seite trat. Sie legte ihn auf die Tischplatte, ließ die Verschlüsse aufschnappen und entnahm ihm ein kleines Gerät und etwa ein Dutzend kleine Haftsensoren.

»Was haben Sie vor?« Christopher sah die Frau verunsichert an.

»Wir möchten mit Ihnen einen kleinen Test machen«, antwortete Cardell gelassen. »Ist vollkommen harmlos. Und auch schmerzlos.«

»Was soll das bringen?«

»Damit können wir erkennen, ob Sie uns die Wahrheit sagen.«

»Bitte machen Sie ihren Oberkörper frei.« Es waren Zyra Sokols erste Worte, seit sie den Raum betreten hatte. Der sanfte Klang ihrer Stimme überraschte ihn.

»Das geht schlecht mit diesem Umhang.« Kurz entschlossen zog er ihn über den Kopf und legte ihn, um seine Blöße zu bedecken, auf den Schoss.

Die Frau befestigte die Haftsonden an seinem Kopf und an der Brust, während er sie aufmerksam beobachtete.

Sie war keine Schönheit im üblichen Sinne, aber sie hatte etwas Besonderes in ihrem Ausdruck, das sie geheimnisvoll und unnahbar erscheinen ließ. Ihr dunkles Haar war streng zurückgekämmt und am Hinterkopf zu einem Knoten zusammengebunden.

Als sie fertig war, schaltete sie das Gerät ein, entnahm ihrer Brusttasche einen kleinen, spitzen Metallstift und tippte damit auf dem Display ein paar Sachen ein. Danach blickte sie ihm in die Augen und sagte: »Mister Cardell wird Ihnen jetzt ein paar Fragen stellen. Sie antworten bitte ausschließlich mit Ja oder Nein.«

»In Ordnung.«

Cardell wiederholte einige der Fragen, die er vorher bereits gestellt hatte, formulierte sie jedoch so, dass darauf mit Ja oder Nein geantwortet werden konnte.

Christopher beantwortete alle Fragen bereitwillig und wahrheitsgetreu, während Zyra Sokol das Display beobachtete.

Anschließend legte sie das Gerät auf den Tisch. »Keine Unregelmäßigkeiten. Anscheinend sagt er die Wahrheit.«

Cardells Gesicht versteinerte sich. »Dann möchte ich Ihnen jetzt noch ein paar weitere Fragen stellen.«

»Nur zu«, erwiderte Christopher gleichgültig.

»Als Krasnic bei Ihnen auftauchte und Sie festgestellt hatten, dass er nicht der war, den Sie erwartetet hatten, was haben Sie dann getan?«

»Wie ich schon sagte, waren meine Freundin und ich zu dem Zeitpunkt nicht an Bord.«

»Können Sie mir verraten, was Krasnic von Ihnen wollte?«

Christopher fühlte sich in die Enge getrieben. Seine Gedanken rasten. Er wusste nicht, was er darauf antworten sollte

Cardell bemerkte sein Zögern sofort und hakte nach. »Was wollte Krasnic von Ihnen?«

»Also gut«, sagte Christopher resignierend.

In der nächsten Viertelstunde berichtete er genau das, was Michelle über den Mikrochip erzählt hatte. Er erwähnte auch, dass die Daten auf dem Chip verschlüsselt waren und er es trotz mehrmaliger Versuche nicht geschafft hatte, sie zu entschlüsseln.

Cardell hörte aufmerksam zu und unterbrach ihn kein einziges Mal. Als Christopher geendet hatte, fragte er: »Dann haben Sie keine Ahnung, um was für Daten es sich dabei handelt?«

»Nein.«

»Nachdem Sie beide wieder im Schiff waren, hat Krasnic Sie weiter beschossen oder sonst irgendwie einen Angriff versucht?«

»Anfangs sah es so aus, als wollte er einen Belagerungsring um unser Schiff errichten. Dann rückte er mit seinen Leuten plötzlich ohne ersichtlichen Grund ab. Wir vermuten, dass er über den heranbrausenden Sturm informiert worden war und deswegen verschwand.«

»Das heißt also, Krasnic ist nicht in Besitz dieses Mikrochips gelangt.«

»Richtig.«

»Wo befindet sich dieser jetzt?«

»An einem sicheren Ort.«

»Wären Sie bereit, uns diese Daten auszuhändigen?«

»Unter gewissen Voraussetzungen.«

»Die wären?«

Christopher reckte seinen Oberkörper und sah seinem Gegenüber eindringlich in die Augen. »Hören Sie, Mister Cardell«, begann er leise, aber mit resoluter Stimme. »Ihre Leute haben Mister Walton erschossen. Über das Befinden von Mister

Daniels habe ich keine Ahnung. Meine Freundin sitzt in einer kalten, dunklen Zelle und fürchtet sich zu Tode, und ich sitze hier und muss mir Ihre Fragen anhören!«

»Bitte beruhigen Sie sich«, erwiderte Cardell beherrscht.

»Ich soll mich beruhigen? Nachdem, was Sie uns angetan haben?«

»Mister Vanelli, ziehen Sie sich wieder an«, sagte Cardell ruhig und erhob sich. »Anschließend folgen Sie mir bitte.«

Er drehte sich um, öffnete die Tür und trat in den Gang hinaus.

Nachdem Christopher den Umhang wieder übergestreift hatte, sagte Zyra Sokol leise zu ihm: »Sie sollten die Kratzer an Ihrem Körper desinfizieren lassen.«

36.

Etwa zwei Stunden nachdem Christopher abgeholt worden war, tauchten die beiden Uniformierten wieder auf. Während der eine bei der Tür stehenblieb, trat der andere auf Michelle zu. Im fahlen Gegenlicht konnte sie erkennen, dass er etwas auf seinem Arm trug.

»Was wollen Sie von mir?«, fragte sie gereizt.

»Bitte ziehen Sie sich das hier an«, antwortete er in wesentlich freundlicherem Ton als bei der letzten Begegnung.

Er legte ein Bündel Kleider und ein Paar offene Schuhe neben sie auf die Pritsche, drehte sich um und wollte die Zelle wieder verlassen.

Mit einer brüsken Handbewegung schleuderte Michelle den Stapel auf den Fußboden. »Ich brauche Ihre feinen Klamotten nicht!«, schrie sie wütend, rutschte an die Wand und zog ihre Beine an sich. »Da behalte ich doch lieber diesen erbärmlichen Stofffetzen an.«

Der Uniformierte drehte sich überrascht um, bückte sich und hob die verstreuten Kleider langsam auf. »Wie Sie wollen.« Er blieb ruhig und legte sie wieder auf seinen Arm. »Darf ich Sie trotzdem bitten, mir zu folgen?«

»Wohin bringen Sie mich?«

»An einen Ort, an dem es Ihnen bestimmt besser gefallen wird«, antwortet er knapp und trat in den Gang hinaus.

Verwirrt rutschte Michelle von der Pritsche und folgte ihm. Geblendet kniff sie ihre Augen zusammen. Der zweite Uniformierte schloss die Tür der Zelle wieder.

»Wo ist mein Freund?«, fragte Michelle ungehalten.

»Sie werden ihn gleich treffen.«

»Geht es ihm gut?«

»Aber sicher. Was denken Sie denn. Wir sind doch keine Barbaren.«

»Da bin ich mir nicht so sicher.«

Der Mann reagierte nicht auf ihre Bemerkung. Nachdem sich die Tür des Fahrstuhls geöffnet hatte und sie eingestiegen waren, steckte er seine Karte in den Slot. Überrascht stellte Michelle fest, dass der zweite Uniformierte nicht mit einstieg, sondern kehrtmachte und sich kommentarlos in eine andere Richtung entfernte. Der Mann mit der Karte drückte auf eine Schaltfläche. Die Tür schloss sich. Der Fahrstuhl fuhr nach oben.

Michelle presste sich an die Rückwand, während der Mann vor ihr stand und ihr den Rücken zuwandte. Sie spürte den Drang, sich auf ihn zu stürzen und ihn zu verprügeln. Doch sie war sich im Klaren darüber, dass sie gegen ihn im Nachteil war und keine Chance hatte. Also schluckte sie ihren Groll hinunter.

Nachdem der Aufzug angehalten hatte, betraten sie einen hellen Gang mit sauber poliertem Boden und mit Bildern verzierten Wänden. Es überraschte sie, hatte sie doch erwartet, erneut in schäbige, düstere Räumlichkeiten geführt zu werden.

Wenig später betraten sie einen Raum mit einem edlen Rauchglastisch, umgeben von sechs bequemen Sesseln. Die Wände bestanden nicht aus Stein, sondern waren hell getäfelt. Gegenüber der Tür offenbarte sich durch eine Glasfront ein weiter Ausblick über den Raumhafen.

Vor einem der Sessel befand sich eine Tellerglocke, flankiert von Essbesteck, daneben standen eine dunkle Flasche und ein Weinkelch.

»Was soll das denn werden?«, fragte Michelle misstrauisch und zugleich erstaunt.

»Bitte setzen Sie sich dahin«, sagte der Mann und zeigte zum Gedeck.

»Soll das die Henkersmahlzeit sein?«

»Bitte essen Sie. Es ist alles in Ordnung.«

Mit diesen Worten drehte er sich um und verließ den Raum.

Michelle starrte verblüfft zur verschlossenen Tür, dann zum Tisch. Jetzt erst wurde ihr bewusst, wie lange sie nichts mehr gegessen hatte, und spürte den Hunger. Sie setzte sich und hob die Tellerglocke.

»Lecker«, sagte sie leise, als sie den Geruch wahrnahm, griff nach dem Besteck und begann hastig zu essen. Sie sah auf das Etikett der Flasche und hätte sich vor Überraschung beinahe verschluckt.

»Das gibt's ja nicht«, sagte sie verblüfft. »Ein edler Tropfen von der Erde.« Sie schenkte sich ein und trank gierig das halbe Glas leer.

Als der Teller leer war, schenkte sie sich Wein nach, nahm das Glas in die Hand, umrundete den Tisch und blickte durch die Glasfront nach draußen. Sie stellte sich nahe an die Scheibe und hätte beinahe ihre Nase plattgedrückt.

In Gedanken durchlebte sie noch einmal die letzten Tage, die Landung im Talkessel neben dem See, die schönen Momente mit Christopher, die spektakuläre Rückkehr zum Schiff, den Sturm und die Notlandung im Dschungel mit dem Drama bei ihrer Gefangennahme.

Aber so sehr sie auch nachdachte, sie fand keine Entschuldigung dafür, dass sie sich von Mark zu diesem Schmuggel hatte zwingen lassen. Mark Henderson. Er musste der Schlüssel zu diesem Rätsel sein. Ihm hatte sie den ganzen Schlamassel zu verdanken.

Sie war derart in Gedanken versunken, dass sie nicht hörte, wie sich leise die Tür öffnete und jemand den Raum betrat.

»Hallo Michelle«, vernahm sie eine vertraute Stimme hinter sich. Sie drehte sich um, ließ vor Schreck das Weinglas fallen und starrte ungläubig in die Augen, die von der anderen Seite des Tisches zu ihr herübersahen.

37.

Rick saß am Schreibtisch in seiner Hotelsuite, nahe dem Verwaltungsgebäude von Tongalen. Man hatte ihm die Diplomatensuite zur Verfügung gestellt, die für ihn über einen Luxus verfügte, auf den er keinen großen Wert legte.

Über seinen multifunktionalen Kommunikator erledigte er einige wichtige Aufgaben, die gerade anstanden und nicht warten konnten.

Vor vier Stunden hatte er die Besprechung mit dem Administrationsrat verlassen und wartete seither vergeblich auf eine Rückmeldung. Man hatte ihm nahegelegt, sich für die nächste Zeit zur Verfügung zu halten, falls man mit ihm Kontakt aufnehmen wollte. Aber bis jetzt war das nicht geschehen.

Nachdem er in die Suite gezogen war, hatte er alle ihm bekannten Fakten zu dieser mysteriösen Angelegenheit noch mal zusammengetragen und systematisch geordnet. Am Ende blieben trotzdem ein paar Fragen, über die er sich keinen Reim machen konnte. Zudem wurde seine Analyse dadurch erschwert, dass sich der Administrationsrat bisher in Sachen Informationen nicht sehr transparent gezeigt hatte.

Anschließend hatte er auf dem Display seines Kommunikators ein Organigramm mit allen Komponenten gezeichnet, die diese Angelegenheit betrafen, und die einzelnen Bausteine mit verschiedenen Linien miteinander verbunden.

Die Konstanten hatte er rot eingefärbt. Sie bestanden aus folgenden Elementen: die Planetenadministration von Tongalen, die OVT, die *Space Hopper* und ihre Besatzung, Mark Henderson. Alle ihm bekannten bisherigen Aktivitäten, die diese Sache betrafen, hatte er blau eingefärbt. Bei einem der roten Elemente war anscheinend etwas nicht so, wie es zu sein schien. Die Frage war nur, bei welchem. Außerdem gab es ein paar Linien, die in Fragezeichen mündeten. Diese galt es zu ergründen.

Als er das Gefühl hatte, bei seiner Analyse nicht mehr weiterzukommen, speicherte er das Organigramm und widmete sich anderen Aufgaben.

Das Summen an der Tür der Hotelsuite riss ihn aus seiner Arbeit. Er stand auf und öffnete. Zwei junge Frauen in der typischen Kleidung der Planetenadministration standen im Flur und händigten ihm eine Einladungsfolie aus. Darauf waren Uhrzeit und Angaben zur Räumlichkeit für eine weitere Besprechung mit dem Administrationsrat vermerkt. Auch die Namen und Funktionen der teilnehmenden Personen waren aufgelistet. Die Besprechung sollte diesmal nicht im Verwaltungsgebäude des Administrativen Rats im Stadtzentrum stattfinden, sondern in jenem der Raumhafenverwaltung.

Ihm verblieb bis dahin noch etwas Zeit. So setzte er sich wieder an den Schreibtisch. Er gab auf seinem Kommunikator einen verschlüsselten Code ein und schickte diesen ab. Anschließend holte er sein Jackett aus dem Zimmerschrank, entnahm dem Wandtresor eine Kunststoffmappe und verließ das Hotel.

Commander Gerald Hauser saß in seiner Kabine und las ein Fachmagazin auf dem Display seines Kommunikators, als dieser ein Summen von sich gab. Er drückte die Taste, um den Anruf entgegenzunehmen.

»Sir«, meldete sich die Stimme von Natalie Villaine, seiner Stellvertreterin. »Das vereinbarte Signal ist eingetroffen.«

»Vielen Dank«, antwortete Hauser. »Ich bin gleich da.« Er unterbrach die Verbindung und verließ seine Kabine. Er war, genau wie seine Stellvertreterin, von Rick detailliert über die Situation der *Space Hopper* informiert worden.

Auf der Brücke liefen bereits die Vorbereitungen für den Start. Commander Hauser setzte sich in seinen Sessel und gab über ein Display ein paar Befehle ein. Daraufhin erschien auf dem Panoramabildschirm ein Kartenausschnitt der Planetenoberfläche von TONGA-II.

»Ist das der Ausschnitt, in dem wir suchen müssen?«, fragte Natalie Villaine.

Der Commander nickte und malte mit einem Zeigegerät einen weißen Kreis um ein bestimmtes Gebiet. In der Mitte setzte er einen Punkt.

»Genau hier befand sich die *Space Hopper*, als sie den Hyperfunkspruch absetzte«, erklärte Hauser und erhob sich von seinem Sessel. »Unsere Peilung konnte sie jedoch an diesem Ort nicht mehr lokalisieren. Wenn wir davon ausgehen, dass Walton bei Ausbruch des Sturms gestartet ist und durch diesen behindert wurde, ist das in etwa der Radius, in dem sich das Schiff befinden könnte. Wenn wir berücksichtigen, dass der Sturm von West nach Ost gezogen ist, wurde es mit großer Wahrscheinlichkeit nach Osten abgetrieben. Somit werden wir uns zuerst auf diese Hälfte des Suchgebiets konzentrieren.«

»Dann hat Walton trotz des manipulierten Steuersystems einen Start gewagt«, folgerte seine Stellvertreterin.

»So muss es sein. Auf dem Raumhafen konnten wir die *Space Hopper* nicht lokalisieren. Wir müssen davon ausgehen, dass sie beschädigt oder gar zerstört ist, sonst würden wir ein Peilsignal empfangen.«

»Das heißt, wir suchen unter Umständen nach einem Wrack.«

»Richtig. Da wir nun von Mister Blattning das Signal erhalten haben, müssen wird davon ausgehen, dass sich der gesuchte Gegenstand noch an Bord befindet und geborgen werden muss. Ansonsten würde eine Bergung zum jetzigen Zeitpunkt keinen Sinn machen. Wir werden diesen Bereich also systematisch absuchen.«

»Sir, wir sind bereit für den Start«, sagte eine Frau aus dem Hintergrund, die an einem Terminal saß. »Wir haben von der Planetenüberwachung Starterlaubnis erhalten.«

»Dann lasst uns den Schrotthaufen suchen«, erwiderte Hauser und setzte sich wieder in seinem Sessel.

Sanft hob die BAVARIA vom Raumhafen ab und nahm Kurs in Richtung Süden.

38.

Michelle starrte wie gebannt auf das ihr so vertraute Gesicht und glaubte zu träumen.

»Ernest!«, rief sie, lief um den Tisch herum und warf sich ihm um den Hals. Dann brach sie in Tränen aus. Ihr Körper wurde heftig durchgeschüttelt.

»Na na, nicht so stürmisch.« Er legte seine Hand auf ihren Rücken und drückte sie tröstend an sich. Nach einer Weile ließ Michelle ihn wieder los, sah ihm ins Gesicht und sagte freudestrahlend: »Du lebst!«

»Warum sollte ich nicht leben«, antwortete er mit gespielter Verwunderung.

»Die haben doch auf dich geschossen.« Sie wischte sich die Tränen aus dem Gesicht.

»Ja, das war aber nur ein Betäubungsstrahl.«

»Ich dachte schon, wir hätten dich für immer verloren.«

»So schnell bin ich nicht unterzukriegen. Das solltest du doch wissen.« Wieder lächelte er.

Erst jetzt bemerkte sie, dass Eric ebenfalls den Raum betreten hatte. Sie umarmte auch ihn und sagte: »Ach, bin ich froh, dass es euch beiden gut geht.«

Eine weitere Person betrat den Raum, die Michelle jedoch nicht kannte. »Mein Name ist Keyna Algarin«, stellte sie sich vor und reichte Michelle die Hand. »Ich bin die Kolonialanwältin von Tongalen. Es freut mich, Sie kennenzulernen.«

»Was ist denn plötzlich los?« Michelle starrte alle erstaunt an. »Auf einmal sind hier alle so freundlich und nett.«

»Das ist eine lange Geschichte«, antwortete die Anwältin. »Ich möchte Sie bitten, mir zu folgen. Wir treffen uns im großen Besprechungssaal mit dem Administrativen Rat.«

Auf dem Weg den Gang entlang ging Michelle neben Ernest her. »Geht's Christopher gut?«

»Ja, es geht ihm gut. Ich hab ihn vorhin kurz gesehen. Er wird bei der Besprechung auch dabei sein.«

»Sie haben ihn abgeholt, wahrscheinlich, um ihn zu verhören. Ich hab keine Ahnung, was dabei herausgekommen ist.«

»Das werden wir gleich erfahren. Aber sag mal, was trägst du für einen eigenartigen Umhang?«

»Den haben sie uns bei der Festnahme übergezogen.«

»Das kommt davon, wenn man dauernd nackt in der Gegend rumläuft«, feixte er.

Kurz darauf betraten sie den großen Raum, in dem bereits viele Leute anwesend waren. Michelle hielt nach Christopher Ausschau und entdeckte ihn auf der rechten Seite einer Stuhlreihe. Sofort eilte sie zwischen den Leuten hindurch zu ihm und umarmte ihn heftig.

Er drückte sie an sich. »Geht's dir gut?«

»Ja«, flüsterte sie ihm ins Ohr. »Jetzt geht's mir sogar noch viel besser.«

»Setzen wir uns hier.« Er deutete auf zwei Stühle.

Ernest und Eric nahmen rechts von ihnen auf zwei weiteren Stühlen Platz.

Wenig später betrat ein weiterer Mann den Raum, gefolgt von zwei identisch angezogenen jungen Frauen. Der Mann steuerte direkt in ihre Richtung und begrüßte einen nach dem anderen.

Als er Michelle die Hand reichte, sagte er: »Hallo Mickie. Ich bin Rick. Freut mich, dich persönlich kennenzulernen.«

Sie stand auf und erwiderte seinen Händedruck. »Hallo Rick. Freut mich auch. Entschuldige meine Aufmachung.«

»Ja, hab schon davon gehört. Stört mich aber nicht im Geringsten.« Sein Grinsen enthüllte zwei Schneidezähne, die denen eines Hasen nicht unähnlich waren. Nachdem sie sich wieder gesetzt hatte, verstummten die Geräusche.

Auf einem Podium im Vordergrund des Saales erblickte Michelle verschiedene Leute, die auf sie den Eindruck machten, als seien sie wichtige Persönlichkeiten.

Eine schlanke, groß gewachsene Frau mittleren Alters erhob sich und sagte: »Verehrte Anwesende. Ich danke Ihnen, dass Sie sich Zeit für eine weitere Besprechung genommen haben.« Sie machte eine kurze Pause und sah die Anwesenden der Reihe nach an, bevor sie fortfuhr: »Zuerst würde ich gerne unsere neuen Gäste begrüßen. Mister Blattning kennen Sie bereits von der ersten Besprechung. Zusätzlich möchte ich die Herren Ernest Walton, Eric Daniels, Christopher Vanelli und auch Michelle Evans herzlich willkommen heißen. Ich bin Mohen Olweny, die derzeitige Vorsitzende des Administrativen Rates von Tongalen.«

»Warum sind alle plötzlich so freundlich zu uns?«, flüsterte Michelle zu Christopher.

»Wirst du gleich hören«, antwortete er kurz.

»Als Nächstes möchte ich mich in aller Form bei den Herren Walton, Daniels, Vanelli und bei Miss Evans für die großen Unannehmlichkeiten entschuldigen, die wir ihnen in den letzten Stunden zugefügt haben«, fuhr die Ratsvorsitzende fort und blickte in ihre Richtung. »Wie sich herausgestellt hat, beruht das Ganze auf einem großen Missverständnis.«

»Ist ja tröstlich«, flüsterte Michelle.

»Ich möchte Sie, verehrte Crewmitglieder der *Space Hopper*, bitten, uns noch einmal die Details über die Geschehnisse seit Ihrer Landung auf TONGA-II zu schildern, damit wir uns alle ein umfassendes Bild machen können. Anschließend werden wir Ihnen einige interessante Fakten zur Untergrundorganisation OVT offenlegen. Vielleicht kann unser gemeinsames Wissen etwas zur Lösung dieses Konfliktes beitragen.«

Während der nächsten anderthalb Stunden erzählten Ernest, Eric, Christopher und Michelle abwechselnd von ihren Erlebnissen auf TONGA-II. Zwischendurch wurden ihnen Fragen gestellt, die sie bereitwillig beantworteten.

Als sie bei ihrer Schilderung die unbekannten, verschlüsselten Daten auf dem Mikrochip erwähnten, die Krasnic sich besorgen wollte, gerieten die Mitglieder des Administrativen Rates in helle Aufregung.

»Sie müssen uns diesen Chip umgehend ausliefern«, forderte Kamal Golenko, der hiesige Polizeichef, energisch.

»Es wäre für uns sehr hilfreich, wenn Sie uns zumindest eine Kopie davon aushändigen würden«, sagte Keyna Algarin, die Kolonialanwältin besänftigend.

»Sind Sie sicher, dass die Daten nicht doch noch in die Hände der OVT gelangen konnten?«, fragte Demian Imray besorgt.

»Darauf können Sie sich verlassen«, antwortete Christopher selbstsicher. »Ohne einen Anhaltspunkt wird niemand diesen Mikrochip finden. Dafür habe ich gesorgt.«

Golenko sah ihn grimmig an.

Im weiteren Verlauf ihrer Schilderungen kristallisierten sich immer mehr die offenen Fragen heraus. Zur Unterstützung des Ganzen übertrug Rick sein Organigramm, das er in der Hotelsuite erstellt hatte, auf einen dreidimensionalen Projektor und erläuterte es in allen Einzelheiten.

Als er seinen kurzen Vortrag beendet hatte, ergriff die Ratsvorsitzende wieder das Wort. »Ich danke Ihnen allen für Ihre Berichterstattung. Nun möchte ich das Wort an Demian Imray übergeben, dem Vorsitzenden der Planetenabwehr. Er wird Ihnen von weiteren Einzelheiten über die OVT berichten.«

Die Ratsvorsitzende setzte sich, während Imray einige Folien sortierte und dann in die Runde blickte.

»Die Oppositionelle Vereinigung von Tongalen, wie sich diese Untergrundorganisation nennt, ist eine fundamentalistisch-religiöse Gruppierung, die sich darum bemüht, ihre Glaubensvorstellung in unserer Kolonie zu verbreiten. Die dafür verwendeten Methoden können wir allerdings nicht länger gutheißen. Anfänglich hielten sie lediglich regelmäßig ihre Versammlungen ab und warben weitere Mitglieder auf persönlicher Ebene.

Doch je größer die Gruppe wurde, desto extremer wurden ihre Ansichten und auch ihre Rekrutierungsmethoden. Es führte von Nötigungen bis zu Erpressungen. Dann gab es die ersten Morde, die der OVT zwar nie nachgewiesen werden konnten, aber die Indizien waren ziemlich eindeutig. Menschen verschwanden unter mysteriösen Umständen.

Daraufhin wurde die OVT als eine illegale Gruppierung mit terroristischen Absichten eingestuft. Ihr heutiges Ziel lautet klar und deutlich: Die gesamte Kolonie von Tongalen zu säubern und ihre Ideologie zu verbreiten. Dazu ist ihnen jedes Mittel recht. In letzter Zeit häuften sich die Sabotageakte an öffentlichen Einrichtungen.

Bis vor kurzem war die OVT als kleine Minderheit auch in der kolonialen Administration vertreten, doch als man sie zu einer illegalen Institution einstufte, wurden diese Mitglieder aus der Administration ausgeschlossen.«

Rick hob die Hand, um eine Zwischenfrage zu stellen: »Haben Sie niemals Mitglieder oder Anhänger der OVT eines Vergehens überführen und verhaften können?«

»Es gab in letzter Zeit viele Verhaftungen«, antwortete Imray. »Doch eigenartigerweise hieß es seitens der OVT immer wieder, es handle sich nicht um Mitglieder ihrerseits, sondern lediglich um Mitläufer. Durch die Verleugnung ihrer eigenen Aktivisten konnten wir bei all den Vergehen nie eine direkte Beziehung zur OVT nachweisen. Anscheinend entspricht das ihrem Kodex: ,Wer erwischt wird, gehört nicht zu uns'.«

»Eine Art Selbstschutz«, bemerkte Ernest.

»Richtig. Genau das macht uns so große Probleme bei der Bekämpfung dieser Organisation. Andere Punkte rückten in letzter Zeit immer mehr in den Vordergrund. Beispielsweise stellen sich die Fragen: Woher bezieht die OVT ihre Ressourcen? Wer finanziert die ganze Logistik? Sie besitzen teilweise Gerätschaften, über die nicht einmal wir verfügen. Die Kontrollen in unserer Industrie werden seit geraumer Zeit verstärkt. Somit kann man praktisch ausschließen, dass einer der hiesigen Produktionsbetriebe die OVT beliefert.«

»So ganz langsam kommt mir ein ganz böser Verdacht«, unterbrach Ernest den Abwehrchef.

Erwartungsvoll und überrascht zugleich richteten alle ihren Blick in seine Richtung.

»Die werden von uns unterstützt.«

»Sie glauben, dieses Material kommt von der Erde?« Imray war bestürzt.

Ernest nickte nur.

»Das kann ich mir beim besten Willen nicht vorstellen. Unser planetarischer Abwehrgürtel ist derart dicht, da kann kein Frachtschiff hindurchschlüpfen.«

»Wer sagt denn, dass es ein Frachtschiff ist?«

»Alle anderen Schiffe werden ebenfalls strengstens kontrolliert. Es ist unmöglich, dass auch noch so kleine Geräte ohne unser Wissen nach Tongalen eingeführt werden.«

»Schon haben wir wieder ein neues Fragezeichen«, mischte sich Rick in die Unterhaltung ein, nachdem er während der gesamten Diskussion sein Organigramm mit den neuesten Erkenntnissen aktualisiert und ergänzt hatte. »Wenn wir so weiterdiskutieren, haben wir am Ende nur noch Fragezeichen.«

»Was schlagen Sie vor?«, fragte Imray.

Rick zeigte den Anwesenden über den Projektor die aktualisierte und erweiterte Version seines Organigramms.

»Wir haben ein paar ganz klare, unumstößliche Fakten«, erklärte er. »Auf die sollten wir uns stützen. Die Zusammenhänge mögen noch nicht überall klar ersichtlich sein oder logisch erscheinen, aber wir müssen bei unseren Recherchen von diesen Fakten ausgehen. Dabei sollten wir auch andere Möglichkeiten nicht außer Acht lassen.«

»Was verstehen Sie unter anderen Möglichkeiten?«

»Zum Beispiel Ernest Waltons Vermutung, dass die OVT von der Erde beziehungsweise von einer irdischen Institution unterstützt oder beliefert wird. Auch wenn Sie glauben, dass es praktisch unmöglich ist, heimlich irgendwelche Güter nach Tongalen zu schaffen, sollten wir uns vor dieser Möglichkeit nicht verschließen.« Rick sah Imray eindringlich an.

»Fahren Sie fort«, sagte dieser kurz.

»Vorerst sollten wir uns darauf einstellen, dass *tatsächlich* Gerätschaften von der Erde hierher gebracht werden, und das WIE einmal beiseitelassen. Darum können wir uns später immer noch kümmern, sollte es erwiesen sein, dass tatsächlich Material von der Erde kommt. Wenn wir dies ebenfalls als Faktum betrachten, verschwinden auf unserer grafischen Darstellung plötzlich ein paar Fragezeichen.«

Als Rick in seinem Organigramm den Materialimport von der Erde als Tatsache darstellte und die Fragezeichen für die sich daraus ergebenen Antworten entfernte, ging ein Raunen durch den Raum.

»Das nennen wir Analyse«, sagte er und lächelte in die Runde.

»Höchst interessant«, kommentierte die Ratsvorsitzende Olweny. »Was sagen Sie dazu?«, fragte sie ihren Abwehrchef.

»Ich stimme Ihnen vollumfänglich zu.«

»Im Verlauf unserer Ermittlungen werden weitere Fakten auftauchen«, fuhr Rick fort. »Das können kleinere oder auch größere sein. Aber wir müssen sie alle in unser Gesamtbild integrieren und die Folgen daraus berücksichtigen und erörtern.«

»Wir würden einen Riesenschritt vorankommen, wenn wir die geheimen Daten hätten, die sich auf dem Mikrochip befinden«, sagte Christopher.

»Diese Daten bilden auch ein Element in unserer grafischen Darstellung«, erklärte Rick weiter. »Aber momentan ist es noch ein geschlossenes Element. Das heißt nicht, dass wir es vernachlässigen dürfen. Schon die Existenz dieser Daten gibt uns gewisse Aufschlüsse, auch wenn wir deren Inhalt noch nicht kennen. Mit anderen Worten, allein die Existenz dieser Daten, die den direkten Weg zur OVT gefunden hätten, wenn Christopher Vanelli nicht eingegriffen hätte, sagt uns, dass irgendetwas geplant oder schon im Gange ist, das von der Erde beeinflusst oder sogar gesteuert wird. Schon allein diese Tatsache ist ein wichtiges Faktum, auf dem wir aufbauen können. Sollte es uns zusätzlich noch gelingen, die Daten zu entschlüsseln, werden wahrscheinlich wieder einige Fragen beantwortet.«

»Leider haben wir den Mikrochip nicht mehr«, sagte Christopher entmutigt. »Er befindet sich im Wrack der *Space Hopper* und dieses liegt mitten im morastigen Dschungel. Auch mein Kommunikator, auf dem eine Kopie der verschlüsselten Daten gespeichert ist, befindet sich an Bord des Wracks und wurde höchst wahrscheinlich beim Absturz zerstört.«

»Wahrscheinlich nicht mehr lange«, erwiderte Rick, worauf ihn alle verblüfft anstarrten.

»Was meinen Sie damit?«, wollte Imray wissen.

»Der Kommandant meines Schiffes, Gerald Hauser, ist vor etwa zwei Stunden zu einer Suchaktion gestartet. Wir hatten zuvor, unter Verwendung verschiedener Variablen, den möglichen Radius der Absturzstelle berechnen lassen und konnten diesen auf ein bestimmtes Gebiet einschränken.«

»Warum weiß ich nichts davon?«, fragte Imray empört.

»Ich konnte Ihre Reaktion auf einen offiziellen Antrag für diese Suchaktion nicht voraussehen. Da mir der Zeitfaktor nicht ganz unwichtig erschien, habe ich mir erlaubt, den Flugantrag anders zu deklarieren.«

Imray schnaubte und sagte nichts.

»Rick, wie er leibt und lebt«, flüsterte Ernest zu seinen Freunden.

»Wir müssen nämlich damit rechnen, dass wir nicht die einzigen sind, die nach dem Mikrochip suchen. Wie wir aus Christopher Vanellis Schilderung entnehmen konnten, hat Krasnic es nicht geschafft, den Chip mit Gewalt an sich zu bringen. Sollte die OVT von der Notlandung der *Space Hopper* erfahren haben, ist bestimmt bereits eine Expedition dorthin unterwegs. Um nicht geortet zu werden, reisen sie wahrscheinlich mit Geländegleitern.«

»Diese Expedition, falls es sie tatsächlich gibt, wird wesentlich früher gestartet sein, als Commander Hauser mit der BAVARIA«, bemerkte Eric.

»Das ist richtig, aber sie kommt nicht so schnell voran. Darin liegt unser Vorteil. Mit unserem Schiff dauert diese Suche höchstens Stunden, während die OVT wesentlich länger braucht. Es ist nur eine Frage der Zeit, bis wir wissen, ob Commander Hauser der OVT zuvorgekommen ist und das Wrack gefunden und geborgen hat. Dann wären die Daten sichergestellt.«

Rick zeichnete in sein Organigramm zwei weitere Komponenten ein und beschriftete sie mit *Daten sicherstellen* und *Daten entschlüsseln.*

»Sobald wir im Besitz der Daten sind, wird diese Komponente ausgeführt«, schloss er und zeigte auf das zuletzt eingefügte Element.

Die Ratsvorsitzende erhob sich und sagte: »Ich schlage vor, wir machen eine Pause, in der wir uns erfrischen und etwas erholen können. Vielleicht trifft in der Zwischenzeit die Nachricht von Commander Hauser ein. Im Raum nebenan wurde für uns Verpflegung bereitgestellt. Ich möchte Sie bitten, sich dorthin zu begeben und sich zu bedienen.«

Alle erhoben sich und strömten zur Tür.

39.

Die BAVARIA war mit hoher Geschwindigkeit nach Süden unterwegs und hatte das Tropengebiet erreicht. In Kürze würde sie in die Zone eindringen, in der sie nach den Berechnungen die *Space Hopper* vermuteten.

Commander Hauser betrat die Brücke. Sofort wurde er von Natalie Villaine über die momentane Position informiert. Die weiteren Crewmitglieder saßen ebenfalls an ihren Plätzen und verrichteten ruhig ihre Arbeit. Der Suchstrahl war so programmiert worden, dass er sich automatisch aktiviert, wenn die BAVARIA in den berechneten Radius eindrang, in dem die Position des Wracks vermutet wurde.

Der Commander sah aus dem Panoramafenster auf den unendlichen Urwald, der von verschiedenen größeren und kleineren Flüssen durchzogen wurde, die vereinzelt in Seen mündeten und diese am anderen Ende wieder verließen.

Hauser war mittelgroß und kräftig gebaut, hatte kurzes, schwarzes Haar, das an den Schläfen leicht ergraute. In seiner Freizeit trieb er viel Sport und Fitness. Bei der Konstruktion der BAVARIA hatte er darauf bestanden, dass auf dem Mannschaftsdeck ein umfangreicher Fitnessraum eingerichtet wurde. Er versuchte immer wieder, seine Crewmitglieder dazu zu motivieren, diesen zu nutzen. Sein Motto lautete: Fitness kann einem in bestimmten Situationen das Leben retten. Dies hatte er in früheren Jahren in seinem Dienst bei den Streitkräften der irdischen Raumflotte mehrmals erlebt.

»Sir, wir sind soeben in die östliche Hälfte des Suchradius eingedrungen«, sagte der Navigator von seinem Platz aus. »Der Suchstrahl ist aktiviert und arbeitet einwandfrei.«

»Vielen Dank. Hoffen wir, dass uns niemand zuvorgekommen ist.«

Vor knapp einer Stunde war ein Funkspruch des Administrativen Rats von Tongalen eingegangen, der ihn darüber informiert hatte, dass unter Umständen auch eine Patrouille der OVT auf der Suche nach dem Wrack sei. Zudem hatte man ihn über die Ergebnisse der vorangegangenen Gespräche mit Rick Blattning und der Crew der *Space Hopper* instruiert und betont, wie enorm wichtig es sei, den Mikrochip vor einer eventuellen OVT-Patrouille sicherzustellen.

Nach dem Gespräch mit dem Administrativen Rat führte er noch eine persönliche Unterhaltung mit Christopher Vanelli, der ihn über das Versteck des Chips informierte. Zudem erörterte er mit Rick Blattning eine Möglichkeit, wie er den Chip auch dann sicherstellen konnte, wenn er bei der Suche von einer OVT-Patrouille gestört werden oder sogar in Gefangenschaft geraten sollte.

Danach traf er sich mit seiner Einsatztruppe zu einem Briefing, in dem das genaue Vorgehen besprochen wurde. Er teilte die Leute in zwei Gruppen auf. Die eine sollte das Fundgebiet absichern, während sich die andere um die Bergung des Wracks und des Chips kümmerte. Er selbst würde letztere anführen.

Nach etwas mehr als zwei Stunden überflogen sie einen Talkessel mit einem See, an dessen südlichem Ende ein Wasserfall mündete.

»Sir, wir haben die Position erreicht, an der die *Space Hopper* das Hyperfunksignal gesendet hat«, sagte der Navigator.

»Vielen Dank«, antwortete Hauser. »Gehen Sie auf halbe Geschwindigkeit.«

»Ja, Sir. Kurs ist programmiert.«

»Gut, dann können wir nur noch abwarten, bis wir die Absturzstelle erreicht haben.«

»Sir«, sagte seine Stellvertreterin. »Jetzt wäre ein guter Zeitpunkt für ihre Zahnbehandlung.«

Er sah sie eine Sekunde lang an. »Okay. Übernehmen Sie solange.«

»Ja, Sir.«

Er ging zum Aufzug und verschwand.

Die Sonne näherte sich im Westen immer mehr dem Horizont, was darauf schließen ließ, dass es bald dämmern würde. Über dem Dschungel hingen vereinzelte Nebelschwaden.

Eine knappe Viertelstunde später kehrte der Commander auf die Brücke zurück und rieb sich die Wange.

»Hat alles geklappt?« Natalie Villaine sah ihn besorgt an.

»Ja. Hat sich nur ein bisschen komisch angefühlt, aber man gewöhnt sich schnell daran.«

Als die Sonne den Horizont fast erreicht hatte, meldete der Navigationsoffizier den Empfang eines Ortungssignals. »Sir, der Suchstrahl hat ein Objekt erfasst.«

»Okay. Triebwerke stoppen, Position halten, auf tausend Meter absinken und bleiben«, befahl Hauser.

»Ja, Sir.«

Das Schiff bremste ab. Nach einer Weile blieb der Dschungel unter ihnen stehen und näherte sich langsam.

»Suchstrahl auf maximale Auflösung erhöhen.«

Der Ortungsoffizier tippte auf dem Display einige Befehle ein und meldete dann: »Suchstrahl ist auf maximaler Auflösung.«

»Okay, und jetzt langsam weitersinken.«

»Ja, Sir.«

»Analyseprogramm starten und Objekt scannen.«

»Sir, das Muster des Objekts entspricht zu sechsundachtzig Prozent der *Space Hopper*.«

»Das ist sie«, sagte Hauser überzeugt. »Die Abweichung dürfte von der Beschädigung durch den Absturz oder durch die Notlandung herrühren. Gibt es irgendwelche Landemöglichkeiten in der Nähe?«

»Etwa einen halben Kilometer westlich der Fundstelle befindet sich eine kleine Lichtung. Dürfte für unser Schiff etwas knapp werden.«

»Wir werden es versuchen. Beide Gruppen bereit machen zum Ausstieg.«

»Okay, Sir.«

Die BAVARIA war in der Lage, auf verschiedene Arten zu landen. Deshalb besaß sie sowohl ein Fahrwerk für die horizontale Landung auf einer Piste als auch Landestützen zum Aufsetzen bei einer vertikalen Landung. Zudem verfügte sie noch über eine Art Schwimmer für das Aufsetzen auf dem Wasser

»Landestützen ausfahren«, befahl er und erhob sich aus seinem Sessel. »Commander Villaine, Sie übernehmen während meiner Abwesenheit das Kommando. Wenn wir draußen sind, aktivieren Sie die Schutzschirme.«

»Ja, Sir«, antwortete sie kurz.

Hauser begab sich zum Bordaufzug und ließ sich ins unterste Deck bringen, wo er sich mit der Einsatztruppe traf. Die letzten Details wurden besprochen, bevor das Schiff mit einem sanften Ruck aufsetzte. »Denken Sie daran, falls wir auf einen Feind stoßen, dieser kennt das Gelände besser als wir. Also, seien Sie vorsichtig.«

Die Leute nickten und erhoben sich.

Hauser betätigte den Schalter für die Rampe, die sich daraufhin langsam abzusenken begann. Als das vordere Ende den Boden berührte, verließ die erste Gruppe mit der Waffe im Anschlag das Schiff und schwärmte aus. Zwei Minuten später eilte Hauser, gefolgt von der zweiten Gruppe, die Rampe hinunter und tauchte in die feuchtwarme Luft des Dschungels ein. Er orientierte sich anhand eines Peilgerätes und trieb sein Team auf direktem Weg auf das Ziel zu.

Je weiter sie gingen, desto dichter wurde der Dschungel, was das Weiterkommen immer mehr erschwerte. Nachdem die Sonne hinter dem Horizont verschwunden war, wurde es innerhalb weniger Minuten stockdunkel.

»Nachtsichtgeräte aufsetzen«, befahl er in sein Headset, setzte sein eigenes auf und aktivierte es. Der Restlichtverstärker ließ die Umgebung vollkommen in Grüntönen erscheinen.

Hauser arbeitete nur ungern mit solchen Geräten. Es bestand zwar keine Gefahr, dass man von einer plötzlich auftauchenden Lichtquelle geblendet wurde. Die Geräte reagierten diesbezüglich sofort und passten sich an, indem sie die Restlichtverstärkung automatisch regulierten. Aber wenn man sie zu lange benutzte, brauchten die Augen anschließend eine gewisse Zeit, sich wieder an das Normallicht zu gewöhnen. In dieser Zeit war man bei einem Feindkontakt stark im Nachteil.

Hauser schloss deswegen während der Benutzung des Geräts meistens ein Auge, damit wenigstens dieses schon auf das Normallicht eingestellt war, wenn er das Nachtsichtgerät absetzte. Das war zwar auf die Dauer anstrengend, hatte ihm aber einmal das Leben gerettet.

Mittlerweile war das Buschwerk derart dicht, dass sich die Leute regelrecht einen Weg bahnen mussten. Sie kamen immer langsamer voran.

Wenig später traten sie aus dem Dickicht auf einen offenen Streifen, der im rechten Winkel zu ihnen verlief und der nur spärlich bewachsen war. Der Boden war aufgerissen und teilweise umgepflügt.

»Das könnte die Furche sein, die die *Space Hopper* bei der Notlandung hinterlassen hat«, sagte Hauser in sein Headset.

»Das Ortungssignal kommt von links«, stellte einer seiner Männer fest.

»Okay, zwei Mann bilden die Vorhut und sondieren die Lage. Wir wollen uns nicht von eventuellen Gegnern überraschen lassen und ihnen ins offene Messer laufen.«

»Ja, Sir«, war die Antwort der beiden, die von Hauser bestimmt worden waren.

Nach etwa zehn Minuten wurde ihm der Fund des Wracks gemeldet. Geschlossen setzte sich Hauser mit seiner Gruppe in Richtung *Space Hopper* in Bewegung. Wenig später erreichten sie die Stelle, an der das Wrack nach dem Absturz zum Stillstand gekommen war. Als Erstes entdeckten sie den Wassertank, den die Crew zum Sammeln des Regenwassers aus dem Schiff ausgebaut und nach draußen befördert hatte. Ein paar Metall- und Kunststoffplatten, die auf dem morastigen Boden lagen, erleichterte ihnen das Weiterkommen zum Hauptschott der *Space Hopper*. Dieses stand zu einem Drittel offen.

Hauser sah sich nach den beiden Männern um, die vorausgegangen waren, konnte sie aber nirgends entdecken. Er rief sie über sein Headset, doch sie antworteten nicht.

»Alle Männer sofort in Deckung!«, befahl er spontan.

Kaum hatte er den Satz beendet, zischte ein gleißender Strahlenschuss durch die Nacht und schlug ins Dickicht ein. Hauser hatte sich reaktionsschnell neben dem Wrack auf den Boden geworfen und sofort versucht, die nähere Umgebung zu überblicken.

Die zwei Männer, die vorausgegangen waren, fehlten immer noch. Konnte es sein, dass die OVT-Patrouille bereits hier war? Sie hatten keine Geländegleiter ausmachen können, aber das hatte nichts zu bedeuten. Es gab genug Möglichkeiten, solche Fluggeräte zu tarnen.

Falls tatsächlich Leute der OVT hier waren, mussten sie sich im Innern des Wracks aufhalten und von dort aus den Schuss abgegeben haben. Getroffen wurde anscheinend niemand, denn seine Leute hatten sich, bis auf die beiden Vermissten, alle bei ihm gemeldet.

»Sir«, klang es in seinem Headset. »Einer unserer Männer ist tot. Wir haben ihn im Dickicht gefunden.«

»Verdammt«, fluchte Hauser. »Wir sind anscheinend doch zu spät gekommen. Konnten Sie den Feind ausmachen?«

»Nein, Sir. Wir haben die unmittelbare Umgebung analysiert. Da ist nichts Lebendiges.«

»Der Feind befindet sich anscheinend im Innern der *Space Hopper*. Wir schleichen uns in einem Bogen von der anderen Seite an.«

»In Ordnung, Sir.«

Wo war der zweite Vermisste? fragte sich Hauser in Gedanken. Es bestand die Möglichkeit, dass die Gegner ihn im Wrack gefangen hielten und als Geisel benutzten.

Kurz darauf vernahm er eine Stimme, die nicht über sein Headset kam. »An den Anführer der Gruppe da draußen. Können Sie mich hören?«

Hauser antwortete nicht, sondern wartete ab.

»Ich möchte Sie in Ihrem Interesse auffordern zu antworten«, meldete sich die Stimme erneut. »Wir haben einen Ihrer Männer gefangen.«

»Hier spricht Gerald Hauser, Kommandant der BAVARIA. Was wollen Sie von uns?«

»Erstens verlangen wir, dass sich Ihre Männer zurückziehen. Zweitens möchten wir, dass Sie, und nur Sie allein, an Bord kommen. Und zwar unbewaffnet!«

Hauser überlegte einige Augenblicke, welche Optionen ihm zur Verfügung standen, ohne den Gefangenen zu gefährden. Aber solange er selbst sich hier draußen aufhielt und nicht wusste, über wie viele Leute der Gegner verfügte, konnte er nichts tun. »Männer! Zieht euch zurück«, befahl er in sein Headset.

Dann schlich er um das Wrack herum zum Einstiegsschott. Als er sich unmittelbar daneben befand, legte er die Waffe und das Nachtsichtgerät ganz nahe an der Außenhülle des Gleiters auf den Boden, erhob sich und trat vor das Schott.

»Steigen Sie ein!«, befahl ihm die schroffe Stimme.

Hauser kletterte die wenigen verbliebenen Stufen zum Schott hinauf und betrat die *Space Hopper*. Dann wurde eine Lampe eingeschaltet, die im Innern spärliches Licht verbreitete. Eine Waffe zielte auf ihn. Im Hintergrund konnte er fünf weitere Männer erkennen. Einer von ihnen kniete auf dem Boden. Eine Strahlenwaffe war auf seinen Kopf gerichtet. Es war Lars Thorwald, einer der beiden, die er vorausgeschickt hatte.

»Wer sind Sie?«, fragte Hauser den unbekannten Anführer.

»Mein Name ist Sergei Krasnic. Ich bin von der OVT, der Oppositionellen Vereinigung von Tongalen.«

»Ich habe von Ihnen gehört«, erwiderte Hauser.

»Bestimmt nichts Gutes«, sagte Krasnic. »Aber das ist reine Ansichtssache.«

»Ehrlich gesagt ist es mir egal, wie man über Sie redet. Ich tu hier nur meinen Job.«

»Worin besteht der?«

»Das geht Sie nichts an.«

»Ich bitte Sie.« Krasnics Stimme drückte gespielte Freundlichkeit aus. »Machen wir es uns nicht so schwer. Sie wollen Ihren Mann zurückhaben. Ich möchte dafür etwas anderes.«

»Das wäre?«

»Commander Hauser. Das wissen Sie genau. Aus diesem Grund sind Sie doch auch hier.«

»Dann sagen Sie es mir.«

»Ich gehe jede Wette ein, Sie wurden beauftragt, aus diesem Schiff einen Mikrochip zu bergen.«

»Was für einen Mikrochip?«

»Ach, kommen Sie. Für wie dumm halten Sie mich?«

»Also gut«, gab Hauser nach. »Ich nehme an, Sie haben keine Ahnung, wo er sich befindet.«

»Aber Sie wissen es bestimmt.«

»Nein«, log Hauser und versuchte, die Ruhe zu bewahren.

»Das glaube ich Ihnen nicht.«

»Es ist mir egal, was Sie glauben. Ich weiß es nicht, weil der einzige, der es wusste, bei seiner Verhaftung leider von einem Mitglied der Planetenpatrouille erschossen wurde. Er hatte sich bei der Festnahme widersetzt und wollte einen Soldaten angreifen.« Hauser hoffte, dass Krasnic ihm die Lüge abnahm.

Dieser schien verunsichert. »Wie lauten Ihre Befehle?«, fragte er nach einem kurzen Moment.

»Das Wrack zu finden und für eine Bergung sicherzustellen, damit es nach dem Chip durchsucht werden kann.«

»Wie wäre es, wenn wir gemeinsam danach suchen? Sollten wir ihn finden, bekommen Sie Ihren Mann zurück.«

»Wie sollen wir das anstellen? Schauen Sie sich doch mal um. Die Wahrscheinlichkeit, in diesem Trümmerhaufen einen winzigen Mikrochip zu finden, ist gleich null.«

»Sie unterschätzen unsere Möglichkeiten.« Er deutete auf die Geräte, mit denen seine Leute ausgerüstet waren. »Das sind sehr effiziente Suchscanner.«

Hauser musste Zeit gewinnen, damit sich seine Männer in eine möglichst günstige Position begeben und eventuelle Gegner ausschalten konnten. Ein mögliches Problem bestand darin, dass der Gegner, sollte er unter Druck geraten, Verstärkung anfordern konnte, die sich unter Umständen ganz in der Nähe aufhielt. Als letzte Möglichkeit würde Hauser seiner Stellvertreterin den Angriffscode übermitteln. Dann würde sie mit der BAVARIA einen Scheinangriff starten. Aber auf diese Option würde er gerne verzichten, denn es bestand die Gefahr, dass dabei auch seine eigenen Leute gefährdet würden, da sie auf fremdem Territorium operierten.

»Wie haben Sie sich entschieden?«, fragte Krasnic.

»Einverstanden. Lassen Sie uns mit der Suche beginnen.«

Krasnic drückte ihm einen Scanner in die Hand.

40.

Die Verpflegungspause dauerte eine knappe Stunde. In dieser Zeit traf jedoch keine Meldung von der BAVARIA ein. Also setzte man sich wieder in den Sitzungsraum und diskutierte weiter. Viel kam dabei nicht mehr heraus, denn auf die entscheidenden Fragen fand man nach wie vor keine Antworten.

Wer oder welche Gruppierung auf der Erde hatte Interesse daran, die OVT zu unterstützen? Worin lagen für diese Gruppe das Motiv oder der Nutzen? In wieweit war Mark Henderson in die ganze Sache verwickelt? Wusste er davon oder war er auch nur ein Bauernopfer? Warum sollte die *Space Hopper* samt Insassen auf dem Rückflug vernichtet werden, wo sie doch, wenn alles geklappt hätte, erneut für heimliche Datentransporte hätte eingesetzt werden können? Man erhoffte sich, in den verschlüsselten Daten auf dem Chip auf all diese Fragen Antworten zu finden.

Eine weitere Stunde später beendete die Ratsvorsitzende das Treffen, vereinbarte für den nächsten Tag eine erneute Zusammenkunft, bedankte sich bei allen Anwesenden und verabschiedete sich.

Der Raum leerte sich schnell. Nur die fünf Freunde blieben zurück.

»Was machen wir bis morgen?«, fragte Ernest ratlos.

»Ich brauche erst einmal andere Kleider.« Michelle zupfte nervös an ihrem Umhang.

»Warum denn?« Rick konnte ein Schmunzeln nicht verbergen. »In dem Kleid siehst du bezaubernd aus.«

»Findest du? Was ist denn daran so besonders?«

»Also, beispielsweise den Schnitt finde ich sehr originell.«

»Den Schnitt? Dieses Ding hat gar keinen Schnitt, außer diesen drei Löchern. Ein Kartoffelsack ist richtig modisch dagegen.«

»Genau das macht es aus. Die Einfachheit, mit der dieses Gewand angefertigt wurde. Schlicht und zweckmäßig.«

Die anderen drei grinsten hinter vorgehaltener Hand.

»Trägt deine Frau etwa auch solche Gewänder?«, fragte Michelle schlagfertig.

»Ab und zu schon.«

»Zu welchen Anlässen?«

»Meistens nächtliche.«

»Nächtliche?«

»Ja, und meistens schläft sie dabei.«

Nun konnten die anderen drei das Lachen nicht mehr verbergen. Auch Rick grinste über das ganze Gesicht, während Michelle nur den Kopf schüttelte.

»Männer ...!«

Mit einem Geländegleiter wurden sie zum Hotel geflogen, in dem Rick die Diplomatensuite bewohnte. Da diese mehrere Räume besaß - sie bestand aus vier Schlafzimmern, einem Aufenthaltsraum, einer Küche und zwei großzügig eingerichteten Badezimmern -, beschlossen sie, diese aufzuteilen, wobei Christopher und Michelle zusammen ein Doppelzimmer belegten.

Nachdem sie sich umgezogen hatten, trafen sie sich im Aufenthaltsraum. Sie bestellten beim Zimmerservice etwas zu essen und zu trinken. Ernest hatte noch mal versucht, Mark über Hyperfunk zu erreichen. Aber er hatte, wie bereits die vorigen Male, kein Glück.

»Eine Frage lässt mir keine Ruhe«, sagte Ernest, womit er die neugierigen Blicke der anderen auf sich zog. »Warum wollte man uns umbringen, auch wenn wir die geheimen Daten abgeliefert hätten? Ich kann mir einfach nicht vorstellen, dass Mark davon gewusst hat. Den Datenschmuggel könnte ich mir noch vorstellen, wobei ich auch hier sagen muss, eine Organisation wie die OVT würde er niemals unterstützen.«

»Könnte sein, dass er nicht gewusst hat, für wen er diese Daten wirklich schmuggelt«, bemerkte Rick. »Vielleicht wurde auch er nur als Werkzeug benutzt.«

»Aber so, wie es aussieht, ist es nicht nur der Datenschmuggel. Man will uns aus dem Weg räumen«, sagte Eric.

»Eigenartig finde ich auch, dass Mark seit einigen Tagen nicht erreichbar ist.«

»Das würde entweder heißen, er will nicht mit euch reden ...«, mutmaßte Rick.

»... oder es ist ihm etwas zugestoßen«, beendete Christopher den Satz.

Es wurde still im Raum. Sie sahen sich ratlos an. Plötzlich wurde allen bewusst, in welcher Gefahr sie seit einigen Tagen schwebten. Wie leicht hätte alles anders ausgehen können, wenn beispielsweise das Wartungsprogramm diese Unstimmigkeit im Datenbestand nicht entdeckt hätte. Nachdem sie die Gesteinsproben und Mineralien für das Astronomical Museum of London abgeholt hätten, wären sie arglos in den Weltraum gestartet, ohne zu wissen, dass sie in ihr Verderben geflogen wären.

Die Stimmung sank auf einen Tiefpunkt.

41.

Gerald Hauser ließ Krasnic und seine Leute den größten Teil der Sucharbeit verrichten. Bisher hatten sie sich ausschließlich den Unterkünften der Crew gewidmet. Er selbst begnügte sich damit, sich in allen Räumlichkeiten umzusehen, ohne sich dabei große Mühe zu geben. Krasnic hatte in den letzten Minuten darüber mehrmals seinen Unmut geäußert.

»Warum soll ich mich bei der Suche anstrengen«, rechtfertigte sich Hauser. »Sie werden mir den Chip sowieso wieder abnehmen, falls ich ihn finden sollte.«

In Tat und Wahrheit wusste Hauser genau, wo er diesen winzigen Datenträger zu suchen hatte. Er musste nur den richtigen Moment abwarten und schnell genug sein, um ihn zu bergen.

Mit den Scannern, die Krasnic und seine Leute einsetzten, konnten sie jede noch so kleine Ecke oder Nische in den Räumen durchsuchen. Diese Geräte waren in der Lage, jede Art von Datenträgern, egal von welcher Größe, zu finden, falls sie sich nicht in abgeschirmten Bereichen befanden.

Als sich Krasnic einmal mehr über Hausers lasche Suchunterstützung beschwerte, sagte dieser: »Ich werde im Aufenthaltsraum und in der Küche weitersuchen.«

Kaum setzte er sich in Bewegung, gesellte sich einer von Krasnics Leuten zu ihm und begleitete ihn.

»Er wird Ihnen auf die Finger schauen«, raunte Krasnic und warf ihm einen scharfen Blick zu.

Hauser wandte sich ab, verließ die Kabine und steuerte unauffällig auf einen bestimmten Vorratsschrank in der Kochnische zu. Er öffnete ihn und entnahm ihm mehrere Lebensmittelpackungen, die er auf die Ablage stellte und so tat, als würde er sie durchsuchen.

»Haben Sie Hunger?«, fragte er seinen Aufpasser. »Hier gibt es echte Nahrungsmittel. Nicht dieses synthetische Zeugs, das man sonst auf den Schiffen bekommt.«

Er hielt ihm eine Packung hin, während er selbst etwas davon probierte. Kommentarlos griff der Mann zu und verzehrte einen Großteil des Inhalts.

Gleichzeitig schnappte sich Hauser eine andere Packung und begutachtete deren Inhalt. Sie war fast leer. Er schüttete den kümmerlichen Rest auf seine Handfläche und kippte ihn in den Mund. Es handelte sich um ein grobkörniges Granulat, das sich unter Beimischung von Flüssigkeit langsam auflöste.

Während er die weiteren Nahrungsmittelschränke durchsuchte und den Inhalt auf die Ablage stellte, tat er so, als würde er kauen und schlucken. Tatsächlich ließ er die Granulate auf seiner Zunge zergehen und wartete, bis er einen winzig kleinen, harten Gegenstand spürte. Den schob er unauffällig unter seine Zunge.

Scheinbar gleichgültig schlenderte er in den Aufenthaltsraum, wo er weitere Schränke durchsuchte. Dabei achtete er immer darauf, nicht in den Bereich des Scanners zu geraten.

In einem unbeobachteten Moment schob er den kleinen Finger in den Mund und hob mit dem Nagel die Plombe einer seiner Backenzähne an. Mit der Zunge schob er den kleinen Gegenstand in den ausgehöhlten Zahn und drückte die Plombe wieder zu. Der ganze Vorgang dauerte nicht länger als fünf Sekunden. Erleichtert atmete er auf und setzte seine Suche scheinbar fort. Der präparierte Backenzahn war im Innern mit einer Hohlraumummantelung abgeschirmt, sodass der Inhalt weder angepeilt noch von einem Scanner erkannt werden konnte.

Als Nächstes musste er schauen, wie er Thorwald befreien und zusammen mit ihm von hier verschwinden konnte. So, wie es aussah, würde Krasnic nicht ohne den Chip von hier fortgehen. Da er nichts finden würde, könnte es noch sehr lange dauern. Er musste etwas unternehmen.

Rick saß alleine im Aufenthaltsraum der Hotelsuite und studierte wieder und wieder sein Organigramm. Er hoffte, etwas zu finden, was er bisher außer Acht gelassen oder übersehen hatte. Doch so sehr er sich auch anstrengte, er fand nichts. Die Fragezeichen blieben.

Seine Gefährten hatten sich in ihre Zimmer zurückgezogen und schliefen. Es war für sie ein anstrengender Tag gewesen, besonders für Christopher, der sich nebst seiner Gefangennahme auch noch einem mühsamen Verhör hatte unterziehen müssen. Das Ergebnis dieser Befragung hatte den Ausschlag für den Sinneswandel des Administrativen Rates gegeben. Christopher hatte klug taktiert, indem er seinen Trumpf, das Wissen um das Versteck des Mikrochips, zum richtigen Zeitpunkt ausgespielt hatte. Der Administrative Rat setzte alles daran, diese Daten in seine Hände zu bekommen. Man erhoffte sich wichtige Hinweise zu bekommen, um endlich einen entscheidenden Schlag gegen die OVT landen zu können.

Das Summen seines Kommunikators riss Rick aus den Gedanken. Er setzte sein Headset auf und meldete sich.

»Hier Commander Villaine«, hörte er die Stimme von Hausers Stellvertreterin. »Wir haben die *Space Hopper* gefunden.«

»Hervorragend«, entgegnete Rick erfreut.

»Der Commander ist mit zwei Trupps unterwegs.«

»Hat er sich schon gemeldet?«

»Leider nein.« Natalie Villaine wirkte besorgt. »Wir müssen davon ausgehen, dass er auf Widerstand gestoßen und eventuell in Gefangenschaft geraten ist.«

»Dann ist seine vereinbarte Kontrollmeldung ausgeblieben.«
»So ist es.«

»Haben sich wenigstens seine Leute gemeldet?«

»Leider auch nicht. Aber das kann vieles bedeuten. Der Commander gab ihnen den Befehl, bei Feindkontakt auf jeglichen Funkverkehr zu verzichten. Er hat sie instruiert, wie sie sich bei einem eventuellen Scheinangriff unsererseits verhalten sollten. In diesem Fall sollten sie ihre Peilsender aktivieren, damit sie vom Schiff aus besser zu lokalisieren wären. Damit könnten wir die Aktion gezielter durchführen, ohne unsere Leute zu gefährden.«

»Ich nehme an, das ist Ihre Standardstrategie.«

»Richtig. Andererseits könnte das Ausbleiben der Kontaktaufnahme auch bedeuten, dass sie in einen Hinterhalt geraten sind. Dann besteht die Möglichkeit, dass es ihnen nicht möglich ist, ihre Peilsender zu aktivieren. Ob dies tatsächlich der Fall ist, könnten wir jedoch erst feststellen, wenn wir zum Scheinangriff gestartet sind. In dem Fall würden die Peilsignale ausbleiben. Wir würden auf einen Beschuss verzichten, um nicht unsere eigenen Leute zu treffen. Sorge bereitet mir zudem, dass sich gleich beide Gruppen nicht mehr melden, was aber auch nicht unbedingt etwas heißen soll. Die eine sollte den Bereich großräumig absichern, während der Commander mit der anderen Gruppe das Wrack sucht.«

»Haben Sie versucht, mit einer der Gruppen in Kontakt zu treten?«

»Das habe ich getan, aber sie haben nicht reagiert. Wenn sie Feindkontakt hatten, werden sie wie gesagt Funkstille bewahren.«

»Hm. Ist schwierig zu beurteilen, ob sie nicht antworten, weil sie Feindkontakt hatten oder in Gefangenschaft geraten sind.«

»Commander Hauser hat mir aufgetragen, zu einem Scheinangriff zu starten, sollte genau dieser Fall eintreten. Falls wir nach diesem Start unsere Männer anpeilen können, soll ich die Gegend unmittelbar um das Wrack beschießen.«

»Das wäre eine Möglichkeit, um den Feind zu verwirren. Damit würden wir unseren Leuten die Chance geben, etwas zu unternehmen.«

»Der Commander hat mir weiter aufgetragen, mich vor einem solchen Manöver mit Ihnen in Verbindung zu setzen, um abzuklären, ob sich etwas Neues ergeben hat.«

»Hat es nicht. Wir stehen immer noch vor denselben Fragen wie nach der Besprechung mit dem Administrativen Rat.«

»Dann werde ich das Ablenkungsmanöver starten.«

»Tun Sie das. Halten Sie mich auf dem Laufenden.«

Er legte das Headset beiseite und dachte eine Weile nach. Wenn sich keiner von Hausers Leuten gemeldet hatte, bestand durchaus die Möglichkeit, dass die gesamte Truppe gefangen genommen oder unschädlich gemacht worden war. Das wäre eine Katastrophe. Dann wäre der Datenchip sehr wahrscheinlich endgültig verloren.

Aber wie hatte es der Feind so schnell geschafft, das Wrack der *Space Hoppers* zu finden? Mit gewöhnlichen Geländegleitern hätte er für diese Strecke viel mehr Zeit benötigt. Oder Krasnic war gar nicht zu seiner Basis zurückgeflogen, sondern hatte sich lediglich aus dem Gebiet des Tropensturms entfernt und gewartet. Dadurch konnte er die fliehende *Space Hopper* leicht anpeilen.

Was Rick am meisten zu schaffen machte, war der Umstand, dass er außer zu warten nichts tun konnte.

42.

Ein lautes Donnern, gefolgt von einem kräftigen Beben, ließ Krasnic und seine Leute zusammenfahren. Sofort blickten sie zu Hauser und sahen, dass dieser mit einer Unschuldsmiene die Schultern hob.

»Sind das etwa Ihre Leute?«, fragte Krasnic verärgert.

»Ganz bestimmt nicht«, antwortete Hauser gelassen. »Ich habe meinen Leuten nichts dergleichen befohlen. Ohne meinen ausdrücklichen Befehl würden sie nichts unternehmen.«

»Da bin ich mir nicht so sicher.«

»Ich bin überzeugt, es handelt sich um die Planetenpatrouille, die ebenfalls auf der Suche nach dem Mikrochip ist.«

»Woher sollte die von dem Chip wissen?«

»Vergessen Sie nicht, dass die Crew der *Space Hopper* von der Planetenpatrouille gefangen genommen wurde. Mit großer Wahrscheinlichkeit wurden die Leute verhört.«

»Da könnten Sie recht haben«, erwiderte Krasnic misstrauisch.

Hauser wusste sehr wohl, dass der Angriff von seiner Stellvertreterin ausgeführt wurde und dass seine Männer darauf vorbereitet waren. Er hatte sie schließlich genau instruiert.

Ein zweites Donnern ließ das Wrack erzittern.

»Die meinen es anscheinend ernst«, sagte Hauser lakonisch.

»Sie werden das Wrack auf keinen Fall zerstören, bevor sie den Chip nicht selbst geborgen haben«, antwortete Krasnic selbstsicher. »Das ist nur ein Ablenkungsmanöver.«

»Dann dürfte es hier in Kürze von Soldaten wimmeln.«

»So leicht werden sie es nicht haben. Ich habe da draußen noch ein paar Trümpfe. Zudem habe ich zwei Geiseln. Wir werden den Chip und freien Abzug fordern.«

Der dritte Einschlag ließ das Wrack erbeben. Gegenstände, die sie vorher aus den Schränken geholt und untersucht hatten, fielen geräuschvoll zu Boden.

Krasnic schien nervös zu werden. Hauser vermutete, dass der Grund dafür weniger im vermeintlichen Angriff der Planetenpatrouille lag, sondern vielmehr darin, dass er den Chip immer noch nicht gefunden hatte und nun bei seiner Suche gestört und eventuell gänzlich davon abgehalten wurde.

Hauser brauchte nur zu warten. Wenn der Feind nervös und ungeduldig wurde, machte er irgendwann Fehler. Je mehr Zeit man ihm dafür gab, umso größer wurden die Chancen für eine Gegenmaßnahme.

Es folgten drei Einschläge unmittelbar hintereinander, die sie alle von den Beinen rissen und zu Boden schleuderten.

»Verdammt noch mal«, fluchte Krasnic, während Hauser ruhig blieb und sich langsam wieder erhob.

Noch ein paar solche Treffer, und Krasnic ist fällig, dachte Hauser. Schon krachte ihnen die nächste Ladung um die Ohren.

Krasnic ging ins Cockpit und blickte durch das Panoramafenster ins Freie. Gleichzeitig schlug unmittelbar vor ihm eine Granate ein und schleuderte ihn in den Pilotensitz. Geblendet rieb er sich die Augen und fluchte wie ein Berserker.

Hauser war wie die anderen Männer ebenfalls zu Boden gegangen und rappelte sich mühsam wieder auf. Dann fiel ihm auf, dass einer von Krasnics Männern fehlte. Er sah sich unauffällig nach ihm um, konnte ihn jedoch nirgends entdecken.

Die anderen hatten die Abwesenheit ihres Kameraden anscheinend noch nicht bemerkt, sie waren seit dem Bombardement vorwiegend mit sich selbst beschäftigt.

Thorwald saß immer noch auf dem Fußboden, hatte sich aber an eine Wand gelehnt.

Sein Bewacher hielt sich mit der einen Hand an einem Metallgriff fest, während er mit der anderen bemüht war, die Waffe an den Kopf seines Gefangenen zu halten.

Hauser hatte die Treffer genau analysiert und festgestellt, dass sie in einem bestimmten Abstand rund um die *Space Hopper* erfolgten, jedoch nicht auf der Seite des Einstiegsschotts.

Nun ahnte Hauser, wo der vermisste Mann geblieben war. Anscheinend hatte er in der Nähe des Eingangsschott gestanden, und einer von Hausers Männern hatte ihn unauffällig nach draußen gezerrt.

Sehr gut, dachte der Commander, sie sind in der Nähe.

Der nächste Einschlag kam dem Wrack bedrohlich nahe. Es wurde durch die Druckwelle leicht angehoben und stürzte anschließend krachend auf den Dschungelboden zurück. Die Insassen wurden mit heftiger Wucht zu Boden geschleudert. Metallteile und Abdeckplatten lösten sich und fielen scheppernd herunter.

Hauser sah, dass Thorwalds Bewacher bei seinem Sturz die Waffe aus der Hand geschleudert worden war und er sie aus den Augen verloren hatte. Er gab seinem Gefährten ein unauffälliges Zeichen, worauf dieser seinen Gegner innerhalb weniger Sekunden überwältigte und außer Gefecht setzte.

Bevor die beiden im Raum Verbliebenen reagieren konnten, wurden sie durch gezielte Schläge betäubt.

Plötzlich stand ein bewaffneter Mann im Einstiegsschott. Hauser erkannte sofort, dass es einer aus seiner Gruppe war. Er gab ihm mit Handzeichen zu verstehen, dass sich im Cockpit noch ein Gegner aufhielt, worauf dieser sich in die angegebene Richtung in Bewegung setzte.

Ein weiterer Einschlag streckte alle wieder zu Boden. Bevor sie sich aufrappeln konnten, kam Krasnic aus dem Cockpit zurück. Er erfasste die Lage sofort, hob seine Waffe und zielte auf den Neuankömmling. Dieser rollte sich noch rechtzeitig zur Seite, worauf der Strahlenschuss sein Ziel verfehlte und in den Boden einschlug.

Krasnic war nach dem Schuss sofort in Deckung gegangen, sodass der gegnerische Schuss ebenfalls wirkungslos blieb.

»Geben Sie auf!«, rief Hauser, der mittlerweile die verlorene Waffe von Thorwalds Bewacher aufgehoben hatte. »Ihre Männer sind außer Gefecht. Sie sind alleine.«

Krasnic antwortete nicht, sondern feuerte eine Salve in ihre Richtung, die jedoch weit daneben ging.

Hauser aktivierte seinen Kommunikator und nahm mit seiner Stellvertreterin Kontakt auf. »Feuer einstellen«, befahl er. »Wir haben die Lage unter Kontrolle.«

Er wollte nicht riskieren, dass ein weiterer Treffer Krasnic wieder in Vorteil brachte.

Hauser hörte ihn fluchen.

»Hatte ich also doch recht, dass es Ihre Leute sind!«, brüllte er aufgebracht.

»Ergeben Sie sich, dann werden Sie vor ein ordentliches Gericht gestellt. Ansonsten kann es sein, dass wir Sie erschießen.«

Krasnic machte seinen letzten Fehler. Er stürzte sich aus der Deckung und schoss auf alles, was ihm vor die Waffe kam.

Hausers gezielter Schuss streckte ihn nieder.

43.

Unruhig wälzte sich Christopher hin und her. Er wurde von abstrakten Traumbildern gepeinigt, als ihn die Berührung an seiner Schulter in die Realität zurückholte.

»Du hast geträumt«, sagte eine sanfte Stimme nahe an seinem Ohr.

Seine Gedanken bewegten sich zwischen Traum und Wirklichkeit und vermischten sich. Der Versuch, sich zu erinnern, wo er sich befand und was geschehen war, bereitete ihm einige Schwierigkeiten.

Dann, von einem Moment auf den anderen, waren die Traumbilder verschwunden. Er konnte sich nicht mehr an sie erinnern. Er drehte den Kopf auf die andere Seite und blickte in Michelles lächelndes Gesicht.

Sie legte ihre Hand auf seine Wange, streichelte sie sanft und küsste ihn anschließend. Die Nachttischlampe auf ihrer Seite war eingeschaltet. Das spärliche Licht verteilte sich im Raum.

»Wie spät ist es?«, fragte er leise.

»Du hast nicht einmal zwei Stunden geschlafen«, antwortete sie. »Die ganze Sache scheint dir ziemlich zugesetzt zu haben.«

»Da hast du wahrscheinlich recht.«

Sie legte ihren Arm auf seine Brust und schmiegte ihr Gesicht an seinen Hals. Er zog sie an sich und küsste ihre Stirn.

Eine Weile lagen sie schweigend nebeneinander. »Vielleicht sollte ich dich auf andere Gedanken bringen«, flüsterte sie ihm nach einer Weile ins Ohr und begann daran zu knabbern.

Er drehte sich zu ihr, umarmte sie und drückte sie an sich. Er spürte, wie ihm ihre Nähe gut tat. Sie gab ihm den Halt und die Kraft, die er schon lange gesucht hatte.

Ihre Haut fühlte sich warm an. Sanft strich er mit seiner Hand über ihren Rücken zu ihrem Nacken und wieder in die andere Richtung. Zärtlich küsste er ihr Gesicht, ihre Stirn, die Nase, Augen und die Wangen. Als er ihre leicht geöffneten

Lippen fand, verschmolzen sie mit seinen zu einem leidenschaftlichen Kuss.

Eine knappe Stunde später lagen sie sich eng umschlungen in den Armen. Ihre Leidenschaft hatte sie in einen Rausch versetzt, dem sie nichts entgegenzusetzen wussten. Sie hatten sich aneinander geklammert, als wäre ein Sturm über sie hinweggefegt, der in einem überwältigenden Inferno gipfelte.

Anschließend lagen sie erneut einfach so da, ohne etwas zu sagen, und genossen den Moment und die Stille. Diese wurde durch ein leises Klopfen an die Zimmertür unterbrochen.

»Ja«, rief Christopher.

Die Tür öffnete sich einen Spalt. Rick streckte zaghaft den Kopf hinein. »Wir haben soeben eine sehr erfreuliche Nachricht erhalten«, sagte er.

Christopher und Michelle standen sofort auf, zogen sich an und begaben sich in den Aufenthaltsraum. Ernest und Eric saßen mit verschlafenen Gesichtern auf der Couch und hielten ein Glas in der Hand.

Michelle und Christopher setzten sich ihnen gegenüber, während Rick auf seinem Kommunikator ein paar Tasten betätigte.

»Gerald Hausers Stellvertreterin, Natalie Villaine, hat mir vor ein paar Minuten zum zweiten Mal Bericht erstattet«, begann er, während ein leises Lächeln seine Lippen umspielte.

Den anderen blieb dies nicht verborgen. Sie drängten ihn, weiterzuerzählen.

»Gleich vorweg, die *Space Hopper* konnte geborgen werden und der Mikrochip ist sichergestellt«, sagte er freudestrahlend.

Lauter Jubel brach aus. Michelle warf sich Christopher um den Hals, während Ernest und Eric darauf anstießen und sich einen Schluck genehmigten.

»Commander Hauser ist zwar noch nicht ins Schiff zurückgekehrt«, unterbrach Rick den Freudentaumel. »Seinen ausführlichen Bericht müssen wir noch abwarten.«

»Das Wichtigste ist doch, dass wir den Chip haben«, bemerkte Eric. »Nun wird sich hoffentlich vieles aufklären.«

»Das stimmt. Doch leider gab es auch einen Verlust. Einer von Hausers Männern wurde von der OVT getötet.«

»Das war bestimmt dieser Krasnic«, fauchte Ernest zornig. »Das ist ein echter Fiesling.«

»Krasnic konnte unschädlich gemacht werden«, fuhr Rick fort. »Hauser hat ihn mit einem Strahlenschuss betäubt.«

»Hoffen wir, dass sie ihm gehörig den Prozess machen.«

In der Folge berichtete Rick, was er von Natalie Villaine erfahren hatte. Anschließend schickte er eine Nachricht an die Vorsitzende des Administrativen Rats. Obwohl es mitten in der Nacht war, dauerte es nur wenige Minuten, bis die Antwort eintraf. Sie schlug ein Treffen gleich nach Tagesanbruch vor.

44.

Die BAVARIA befand sich auf dem Rückflug zum Raumhafen. Commander Hauser war mit seiner Truppe an Bord zurückgekehrt. Zuvor war das Wrack der *Space Hopper* mit dem Traktorstrahl aus dem Dschungel geborgen und in den Hangar der BAVARIA verladen worden. Die Tanks mit den chemischen Substanzen konnten ebenfalls unversehrt geborgen werden.

Hauser hatte den Mikrochip den Kryptoanalytikern übergeben, die sich sofort daran machten, die geheimen Daten in das Bordsystem zu kopieren, um sie anschließend einer genauen Analyse zu unterziehen.

Nachdem die BAVARIA auf dem Raumhafen von Tongala gelandet war, ließ sich Hauser auf direktem Weg in das Verwaltungsgebäude des Raumhafens fahren, wo er sich umgehend mit Rick traf. Nach einer kurzen Begrüßung begaben sich die beiden in den Besprechungsraum, in dem gerade eine Sitzungspause zu Ende war.

Als sie zusammen eintraten, wurde Hauser frenetisch begrüßt und zu seinem Erfolg beglückwünscht.

»Vielen Dank«, sagte er, nickte den anderen lächelnd zu und setzte sich mit Rick auf zwei freie Plätze. »Wie Sie bereits erfahren haben, konnten wir die *Space Hopper* bergen. Wir hatten zwar eine unangenehme Begegnung mit einer OVT-Patrouille, die einem meiner Männer das Leben gekostete. Die *Space Hopper* befindet sich in einem schlimmen Zustand. Es ist fraglich, ob sie überhaupt noch repariert werden kann. Aber wir wollten das Wrack nicht einfach im Dschungel liegen lassen. Wir werden es zur Erde mitnehmen und es dort entsorgen, falls keine Reparatur mehr möglich sein sollte. Den Mikrochip konnte ich sicherstellen. Zurzeit werden die Daten von einigen Spezialisten analysiert. Mit einem Ergebnis kann jedoch frühestens in ein paar Stunden gerechnet werden. Wie mir vom Chefanalytiker mitgeteilt wurde, sind die Daten mit einem der modernsten kryptografischen Algorithmen verschlüsselt worden.«

»Aber wir sind natürlich dafür ausgerüstet«, fügte Rick gelassen hinzu. »Es ist nur eine Frage der Zeit.«

»Eines hat sich während des Einsatzes jedoch gezeigt«, fuhr Hauser fort. »Für die OVT muss es sich bei diesen Daten um etwas äußerst Wichtiges handeln. Auf dem Rückflug hatte ich Gelegenheit, mich mit diesem Krasnic in seiner Arrestzelle zu unterhalten. Während meines Aufenthalts im Wrack der *Space Hopper* erhielt ich immer mehr den Eindruck, dass sein Verhalten und seine ganze Wesensart nicht zum Persönlichkeitsprofil passen, das Sie mir über die Mitglieder dieser Sekte gegeben haben. Auf meine Frage, was er mit dieser Organisation zu schaffen habe, antwortete er, er sei zusammen mit ein paar weiteren Männern als Söldner angeheuert worden, um die Truppen der OVT anzuführen und zu trainieren.«

Durch die Reihen der Zuhörenden ging ein Raunen. Anscheinend war man auf diese Tatsache nicht vorbereitet gewesen.

»Wie Krasnic mir mitteilte, stammt er von der Erde und hat hier einen gut bezahlten Job erhalten«, fuhr Hauser fort. »Er meinte, er und seine Leute wären nicht die einzigen Söldner. Es gäbe noch weitere Gruppen.«

Die Mitglieder des Administrativen Rats begannen wild zu diskutieren. Über die Verpflichtung von Söldnern hatte man bis zu diesem Zeitpunkt keine Ahnung gehabt. Dann bat die Ratsvorsitzende um Ruhe, worauf Rick das Wort ergriff.

»Vielen Dank. Meine Damen und Herren des Administrativen Rats, ich gelange immer mehr zu der Überzeugung, dass die OVT etwas Größeres plant und dass diese Sache schon ziemlich weit fortgeschritten ist.«

»Das kann ich mir nicht vorstellen«, widersprach Kamal Golenko, der Polizeichef. »So etwas wäre uns nicht entgangen.«

»Das wäre es vielleicht auch nicht, aber bedenken Sie Folgendes: Die Leute der OVT setzen Mittel und Gerätschaften ein, die in Tongalen bisher unüblich waren. So, wie es aussieht, stammen viele davon von der Erde. Sie sind Ihren Mitteln technisch teilweise überlegen. Wer die OVT unterstützt und aus welchen Motiven dies geschieht, ist uns noch ein Rätsel. Aufschluss erhoffen wir uns aus den geheimen Daten.«

»Die Bedrohung durch die OVT wurde offenbar falsch eingeschätzt«, warf die Ratsvorsitzende ein und sah zu Golenko. »Niemand macht Ihnen oder Ihrer Behörde dafür einen Vorwurf.«

Trotzdem machte der Polizeichef einen nervösen Eindruck.

»Ich schlage vor, wir unterbrechen die Sitzung und treffen uns erneut, sobald die entschlüsselten Daten vorliegen«, schloss die Ratsvorsitzende. »Bitte halten Sie sich in den nächsten Stunden zur Verfügung.«

Damit erhoben sich alle und verließen den Raum.

Kaum befanden sie sich im Fahrstuhl, summte Ricks Kommunikator. Während des Gesprächs verdüsterte sich seine Miene zusehends.

Als er es beendet hatte, fragte er Hauser und seine Freunde leise: »Können wir irgendwo hingehen, wo wir uns ungestört unterhalten können?«

»Aber sicher«, antwortete Ernest, dem Ricks besorgter Gesichtsausdruck nicht entgangen war. »Am besten suchen wir uns ein Lokal, in dem wir etwas trinken können.«

»War das die BAVARIA?«, fragte Hauser.

»Ja, der Chefanalytiker.«

»Schlechte Nachrichten?«

»Wie man's nimmt. Sagen wir mal, überraschende.«

Sie sahen ihn erwartungsvoll an.

»Suchen wir uns erst einmal ein ruhiges Plätzchen«, schlug er vor.

Eine Querstraße weiter fanden sie ein kleines, gemütliches Lokal. Drei große, runde Tische füllten den Raum. Auf jedem standen Kunststoffkaraffen mit Wasser und frische Gläser. Am ersten saß ein halbes Dutzend Menschen und plauderte. Die anderen beiden Tische waren leer. Sie setzten sich an den entfernteren und gossen sich Wasser ein.

»Na, dann schieß mal los«, sagte Eric ungeduldig. »Haben deine Leute schon etwas entschlüsseln können?«

»Nein, das nicht. Aber etwas anderes haben sie herausgefunden. Das gibt mir ernsthaft zu denken.«

Nun konnte auch Hauser seine Neugier nicht mehr verbergen. »War der Chip etwa leer?«, fragte er voller Sorge.

»Nein. Es sind definitiv Daten vorhanden.«

»Was ist es dann?« Auch Ernest wirkte ungeduldig. »Mach es nicht so spannend.«

»Es geht um die Algorithmen, mit denen die Daten verschlüsselt sind.«

»Was ist damit?« Christopher blickte überrascht zu Rick. »Lassen sich die Daten damit nicht entschlüsseln?«

»Das schon, aber meine Leute haben herausgefunden, woher diese Algorithmen stammen.«

»Und woher?«

»Aus meiner Firma.«

45.

»Wie bitte?«, fragte Ernest bestürzt, während sie alle Rick fassungslos anstarrten.

Dieser antwortete nicht sofort, begann hastig auf seinem Kommunikator zu tippen. Als er damit fertig war, sagte er: »Der Algorithmus, mit dem die geheimen Daten verschlüsselt sind, trägt unverkennbar unsere Signatur. Das heißt eindeutig, dass er in meinem Konzern hergestellt wurde. Eigentlich ist es unmöglich, dass er bei diesen Daten angewendet worden ist, aber da es trotzdem geschehen ist, musste ich den höchsten Sicherheitsalarm auslösen. Das habe ich soeben getan, indem ich Natalie Villaine eine verschlüsselte Nachricht gesendet habe, die sie über Hyperfunk an das Sicherheitssystem meiner Firma schickt.«

»Aber wie konnte das geschehen?«, fragte Hauser ebenso entsetzt. »Der Bereich, in dem diese Algorithmen hergestellt werden, untersteht der höchsten Sicherheitsstufe. Das heißt, er ist sogar mehr als nur top secret.«

»Stimmt, schon die Existenz dieses Bereichs ist streng geheim. Ich dürfte euch eigentlich gar nichts davon erzählen. Die Öffentlichkeit und sogar sämtliche übrigen Mitarbeiter meiner Firma wissen nichts davon.«

»Dann muss es einen Verräter geben«, mutmaßte Eric.

»Einer allein reicht nicht.«

»Warum nicht?«

»Niemand innerhalb dieses Bereichs hat so viel Kenntnis, dass er damit etwas anfangen kann. Die Entwicklung dieser Algorithmen ist in mehrere Bereiche unterteilt. Keiner weiß über die anderen Bescheid. Den Mitarbeitern ist es strengstens untersagt, mit anderen Informationen auszutauschen. Auch dürfen keine Datenträger, egal welcher Art, zu den Arbeitsplätzen ein- oder von ihnen ausgeführt werden. Auch nicht in Form von handgeschriebenen Notizen. Die Kontrollen sind rigoros und die Strafen bei Verstößen drakonisch. Jeder Mitarbeiter wird beim Betreten und Verlassen des Sicherheitsbereichs gescannt.«

»Aber anscheinend ist trotzdem etwas durchgesickert.«

»Es sieht so aus. Das ist eine riesige Katastrophe.«

»Was passiert jetzt?«

»Bei einem Alarm der höchsten Stufe wird der gesamte Sicherheitsbereich hermetisch abgeriegelt. Niemand kommt hinein oder hinaus. Die Mitarbeiter werden praktisch unter Quarantäne gestellt. Für ein solches Szenario gibt es einen genau vorgeschriebenen und definierten Handlungsplan, nach dem verfahren wird. Das schließt auch eine peinlichst genaue Personenüberprüfung ein.«

»Machen die Leute keine Probleme deswegen?«, wollte Michelle wissen.

»Nein, denn sie wissen genau, auf was sie sich bei diesem Job eingelassen haben. Sie haben sich vertraglich mit diesem Vorgehen einverstanden erklärt.«

»Wie sieht denn diese Personenüberprüfung aus? Kann da nicht trotzdem etwas durchsickern?«

»Ich weiß nicht, ob du das wirklich wissen willst«, antwortete Rick und sah Michelle mit nachdrücklicher Miene an.

»Du kannst es ruhig erzählen«, antwortete sie. »Ich kann einiges ertragen.«

»Die Leute werden von internen Vertrauensärzten peinlichst genau untersucht. Das schließt jede nur erdenkliche Möglichkeit ein, wie noch so kleine Gegenstände am oder im Körper hinausgeschmuggelt werden können. Die Methode, wie Commander Hauser den Mikrodatenträger vor Krasnics Schergen versteckt hat, hätte bei uns nie und nimmer funktioniert. Nun könnt ihr euch vorstellen, warum es für mich so unglaublich erscheint, dass sich die gesamten Algorithmen in den Händen der OVT befinden.«

»Das würde heißen, es gibt in jedem dieser Unterbereiche einen oder mehrere Verräter«, stellte Ernest bestürzt fest.

Immer mehr wurde ihnen das Ausmaß dieser Angelegenheit bewusst.

»Was passiert jetzt in den Bereichen?«, erkundigte sich Michelle.

»Die Mitarbeiter bleiben solange in Quarantäne, bis der Fall vollständig geklärt ist. Jeder Unterbereich bildet dabei eine eigene, in sich geschlossene Quarantänestation. Es besteht kein Kontakt untereinander. Nebst den ärztlichen Untersuchungen werden die Leute mehrmals befragt und psychologisch analysiert. Auch Lügendetektoren werden eingesetzt, um sicherzugehen, dass nichts verborgen bleibt. Für die Betroffenen kann das der reinste Psychoterror sein.«

»Also nichts für zartbesaitete Wesen«, meinte Eric treffend.

»Von den Mitarbeitern wurden bereits vor ihrer Einstellung entsprechende psychologische Gutachten erstellt.«

Plötzlich ließ ein gewaltiger Donner die Glasfront des Lokals erzittern. Die Wasseroberfläche in den Trinkgefäßen vibrierte in konzentrischen Ringen. Die vielen Gläser auf den Regalen hinter der Bar klirrten im Chor.

»Was war das denn?« Ernest drehte den Kopf erstaunt zum Fenster.

»Ein Sturm jedenfalls nicht«, erwiderte Eric.

Sie blickten nach draußen und sahen Menschen, die stehen geblieben waren und angespannt in eine Richtung starrten.

»Da muss etwas passiert sein.« Rick stand auf und steuerte auf den Ausgang des Lokals zu. Sofort folgten ihm die andern.

Als sie draußen standen, sahen sie über dem Gebäudehorizont einen riesigen, kugelförmigen und dunkelgrauen Rauchpilz aufsteigen. Die Menschen gerieten in Panik und begannen zu schreien. Im Nu herrschte das totale Chaos.

»Das kommt vom Raumhafen«, schrie Rick, der im Lärm beinahe sein eigenes Wort nicht mehr verstand. Den anderen stand der Schreck buchstäblich ins Gesicht geschrieben.

»Die BAVARIA …«, flüsterte Christopher mit starrem Blick auf die Rauchsäule, doch keiner hatte ihn gehört.

Dann erfolgte die zweite Detonation.

46.

Im allgemeinen Tumult hatten sie Schwierigkeiten, einen Geländegleiter zu finden, der sie zum Raumhafen fliegen konnte.

Geländegleiter waren für gewöhnlich überall in der Stadt verteilt, parkten an bestimmten Stellen und standen der Bevölkerung zur freien Verfügung. Es gab kleinere, die man selbst fliegen konnte, und größere, die von einem Piloten gesteuert wurden. Die kleineren boten lediglich Platz für zwei bis drei Personen, die nebeneinander in Kunststoffschalensesseln saßen. Die größeren hatten mehrere Sitzreihen, auch hier solche mit zwei oder drei Plätzen neben- und drei oder vier Reihen hintereinander. Der Pilot saß alleine ganz vorne.

Während sie sich zu Fuß gegen den Strom der verängstigte Menge in Richtung Raumhafen kämpften und von vielen Passanten immer wieder angerempelt wurden, kamen ihnen unzählige überfüllte Geländegleiter entgegen, mit denen sich die Menschen möglichst schnell und weit vom Ort des Geschehen entfernen und in Sicherheit bringen wollten. Doch bei der momentan hohen Verkehrsdichte war das Vorwärtskommen eine äußerst mühsame Angelegenheit.

Immer wieder kam es vor, dass Passanten, die ihnen entgegenkamen, von der Menge in den Rücken gestoßen wurden, zu Boden stürzten und es kaum mehr schafften, sich wieder aufzurichten. Mehrmals halfen Christopher und Rick einigen von ihnen wieder auf die Beine, die sich sofort wieder in den Menschenstrom eingliederten und in der Menge verschwanden.

Plötzlich stoppte ein größerer Geländegleiter neben ihnen, der, im Gegensatz zu allen anderen, den Anschein machte, in ihre Richtung zu fliegen. Der Pilot, ein hagerer, groß gewachsener junger Mann mit blondem, schulterlangem Haar, gab ihnen mit einer Kopfbewegung zu verstehen, aufzuspringen.

Nachdem sie dem Piloten ihr Ziel genannt hatten, verließ er die Hauptverkehrsachse und navigierte sein Fluggefährt durch Seitenwege und enge Gassen, bog immer wieder ab und mündete in andere Nebenstraßen ein. Dabei durchquerte er auch Innenhöfe von größeren Gebäudekomplexen und zog da und dort den Unmut der Bewohner auf sich, die sich gerade im Freien aufhielten. Doch das schien ihn nicht zu kümmern.

Hauser, der unmittelbar hinter dem Piloten saß, beugte sich nach vorn und tippte ihm auf die Schulter.

»Machen Sie das immer so?«, fragte er, als dieser kurz den Kopf drehte.

Der Pilot gab keine Antwort und flog unbekümmert weiter seinen Kurs.

Nach einer wilden Irrfahrt verließ er eine weitere Seitenstraße, drosselte die Geschwindigkeit und erreichte einen großen Platz, der unmittelbar an das riesige Flugfeld des Raumhafens grenzte. In der Mitte stand eine hohe, kunstvolle Skulptur, die von vielen Sitzbänken und Pflanzenbeeten umgeben war.

Ihr Interesse galt jedoch nicht diesem Kunstwerk, sondern vielmehr dem Geschehen, das sich jenseits des hohen Zauns abspielte, der den Raumhafen abgrenzte.

Ihnen bot sich ein Bild der Verwüstung und der Zerstörung. Unweit vom Zaun entfernt, konnten sie die Trümmer von zerstörten Patrouillenschiffen und große Krater auf dem Landefeld erkennen. Überall wimmelte es von Lösch- und Ambulanzfahrzeugen und Uniformierten, die wild durcheinander hetzten. Tote und Verwundete wurden geborgen und abtransportiert. Eine riesige dunkelgraue Rauchwolke hing über dem Gelände. Aus den Trümmern züngelten Flammen oder entwich weiterer Rauch in die Höhe.

Mitten in diesem Chaos stand die BAVARIA, im Gegensatz zu den Patrouillenschiffen majestätisch groß und unversehrt.

Der Pilot parkte sein Gefährt gleich neben dem Zaun. Sie stiegen aus, stellten sich an das Gitter und starrten ungläubig auf das Bild, das sich ihnen bot.

»Die ist ja völlig intakt«, stammelte Michelle überrascht. »Wie ist das möglich?«

»Der Schutzschirm«, antwortete Hauser trocken. »Commander Villaine hatte anscheinend den richtigen Riecher.«

Während er über den Kommunikator mit seiner Stellvertreterin Kontakt aufnahm, wandte sich Rick an seine Freunde. »Die BAVARIA verfügt über einen neuartigen Schutzschirm, der für das menschliche Auge unsichtbar ist«, erklärte er und konnte seine Erleichterung über die Unversehrtheit des Schiffs kaum verbergen. »An manchen Orten wirkt ein aktivierter und sichtbarer Schutzschirm bei einem Diplomatenschiff nicht gerade Vertrauen einflößend.«

Unauffällig hatte sich auch der Pilot des Geländegleiters zu ihnen gesellt und die kurze Unterhaltung mitbekommen. »Sie müssen Ernest Walton sein«, sagte er und sah diesen an.

Ernest musterte den jungen Mann verblüfft und fragte ihn: »Woher wissen Sie das?«

»Entschuldigen Sie. Mein Name ist Devian Tamlin«, erwiderte er lächelnd und fuhr fort: »Sie müssen Eric Daniels, Christopher Vanelli, Michelle Evans und Rick Blattning sein.«

Nun sahen sie sich alle verblüfft an.

»Aber Sie kenne ich nicht.« Tamlin blickte nachdenklich zu Hauser, der seine Unterhaltung mit Natalie Villaine gerade beendet hatte und sich wieder ihnen zuwandte.

»Das ist Commander Gerald Hauser«, erklärte Rick, »der Kommandant meines Schiffes.«

Tamlin musterte ihn zuerst etwas argwöhnisch, aber dann umspielte ein kurzes Lächeln seine Lippen.

»An Bord scheint alles in Ordnung zu sein«, sagte Hauser und schenkte seine Aufmerksamkeit wieder Rick und seinen Freunden. »Die Explosionen konnten dem Schiff nichts anhaben. Wir sollten uns unverzüglich an Bord begeben.«

»Sie können momentan nicht zu Ihrem Schiff«, teilte ihnen Devian Tamlin mit, worauf ihm Hauser einen leicht genervten Blick zuwarf. »Der Raumhafen wurde hermetisch abgeriegelt. Da kommt bis auf Weiteres niemand rein oder raus.«

»Können Sie uns verraten, wer Sie sind und woher Sie uns kennen?«, fragte Christopher den jungen Mann.

»Das ist eine lange Geschichte«, antwortete er. »Setzen wir uns doch.«

Er zeigte auf die Bänke bei der Skulptur.

Erst jetzt bemerkte Christopher, dass am obersten Punkt des Gebildes eine dünne Wasserfontäne in die Höhe schoss und das Kunstwerk mit einem feinen Nebel berieselte. Das Eigenartige daran war jedoch, dass sich die Farben der Oberfläche laufend veränderten, je nachdem, aus welchem Winkel aus man sie betrachtete.

»Ich gehöre der Gruppe FDB an, was so viel wie Freiheitliche Demokratische Bewegung bedeutet«, begann Devian Tamlin, als sie sich gesetzt hatten. »Wir können uns mit den laschen Methoden, mit denen unser Administrativer Rat gegen die Untergrundbewegung OVT vorgeht, nicht mehr einverstanden erklären. In mehreren Eingaben haben wir dies dem Rat mitgeteilt. Bisher gab es jedoch nur einmal eine Reaktion. Man antwortete uns, alles im Griff zu haben.«

Er machte eine kleine Pause, um das Gesagte wirken zu lassen. »Aber in letzter Zeit kommt es immer häufiger vor, dass Menschen einfach verschwinden oder dass öffentliche Einrichtungen zerstört werden.«

»Wurde nach den Vermissten gesucht?«, fragte Michelle.

»Wir glauben, dass keine großen Anstrengungen unternommen wurden. Man hat zwar die Vermisstenmeldungen zur Kenntnis genommen, aber bisher niemanden finden können.«

»Sind keine der Vermissten von selbst wieder aufgetaucht?«

»Einige waren plötzlich wieder da, sind jedoch wenig später an einer mysteriösen Krankheit gestorben.«

»Gab es noch andere Leute, die diese Krankheit bekamen?«, fragte Christopher. »Ich meine solche, die vorher nicht vermisst worden waren.«

»Nicht dass ich wüsste.«

»Was sind das für Leute, die verschwinden?«, wollte Rick wissen. »Bekleiden sie bestimmte Ämter oder arbeiten an strategisch wichtigen Stellen?«

»Nein, es sind ganz gewöhnliche Menschen aus unterschiedlichen Arbeitsgebieten, teilweise sogar solche, die gar keiner Arbeit nachgehen.«

»Eigenartig.«

»Wir vermuten weiter, dass bestimmte Stellen in unseren Behörden und Ämtern, ja sogar beim Administrativen Rat, von OVT-Sympathisanten besetzt sind, doch der Rat dementiert das vehement.«

»Auf welcher Grundlage stützen sich all Ihre Erkenntnisse?«

»Einerseits durch die Untätigkeit und die Ignoranz gewisser Beamter und Ratsangehöriger, andererseits gibt es an einigen strategisch wichtigen Stellen Personen, die sich unserer Gruppe angeschlossen haben, und die uns mit Informationen versorgen.«

»Diese Untätigkeit muss nicht unbedingt ein Indiz dafür sein, die Gefahr zu verkennen.«

»Da gebe ich Ihnen recht. Bis zu einem gewissen Grad kann man diese Trägheit auch mit Faulheit begründen. Aber in vielen Fällen, vor allem in jüngster Zeit, wurde es immer offensichtlicher.«

»Gibt es dafür klare Beispiele?«

»Unsere Gruppe hat sich in letzter Zeit damit befasst, Vorkommnisse und die darauf notwendigen Maßnahmen der Behörden genau zu analysieren. Welche Personen für welche Maßnahmen verantwortlich sind, ob solche überhaupt ergriffen, und wenn, wie schnell und in welchem Maß sie ausgeführt wurden. Es hat sich gezeigt, dass diese Passivität immer bei praktisch denselben Leuten festzustellen war. Das

Erschreckendste an der ganzen Sache ist, dass es ausnahmslos alle Behörden und Amtsstellen betrifft, bis in den Administrativen Rat hinauf.«

Rick sah seine Freunde der Reihe nach nachdenklich an. »Das würde einmal mehr meinen Verdacht bestärken, dass bei der OVT etwas Größeres geplant oder bereits im Gange ist.«

»Sie haben uns immer noch nicht erzählt, woher Sie uns kennen«, sagte Eric.

»Wie ich schon sagte«, antwortete Devian Tamlin, »haben wir an einigen strategisch wichtigen Stellen unsere Informanten. Am besten begleiten Sie mich an einen sicheren Ort. Dort wird Sie jemand ausführlich über unsere Gruppe informieren.«

47.

Nach der Unterhaltung mit Devian Tamlin ließen sie sich wieder in die Stadt zurückfliegen, wo sich die Aufregung mittlerweile gelegt hatte.

Devian führte sie in eine Gegend etwas außerhalb des Zentrums, wo sie sich in einem geräumigen Holzhaus mit anderen Mitgliedern seiner Gruppe trafen. Viele Häuser, die sie bisher in der Stadt gesehen hatten, waren aus natürlichen Materialien gebaut, meist aus Holz und aus Stein. Einzig das Verwaltungsgebäude im Stadtzentrum und einige industrielle Gebäude besaßen Fassaden aus Metall und Glas.

Neha Araki, die Anführerin und Gründerin der Gruppe *Freiheitliche Demokratische Bewegung*, führte sie in einen schlicht eingerichteten, von Kerzenlampen erleuchteten Raum. In dessen Mitte stand ein großer, runder Tisch, auf dem eine Mahlzeit angerichtet war, die vorwiegend aus Rohkost, Salaten, Obst und verschiedenem Brot bestand.

An den Wänden hingen Bilder, die nackte Menschen in künstlerischen sowie in natürlichen Posen zeigten. Auf den Möbeln standen Skulpturen, die ebenfalls Menschen in realistischer oder abstrakter Form darstellten.

Man bat sie, Platz zu nehmen und sich zu bedienen. Der Tisch füllte sich schnell. Es wurde ausgiebig gegessen und getrunken.

Die Gastgeberin gab ihnen Zeit, sich untereinander kennenzulernen, doch dann ergriff sie das Wort und erzählte den Neuankömmlingen eine lange Geschichte über die Kolonie Tongalen und deren Entwicklung.

Neha Araki machte einen jungen aber reifen und gebildeten Eindruck, hatte lange, schwarze und gerade Haare, die ihrem schmalen Gesicht eine dezente Symmetrie verliehen. Ihre kristallblauen Augen wirkten wie zwei funkelnde Perlen und strahlten eine geheimnisvolle Tiefe aus. Die türkisfarbene, weitgeschnittene Bluse ließ nicht sehr viel von ihrer schmalen Gestalt erkennen, aber die dunkelblauen, eng geschnittenen und kurzen Shorts brachten ihre schlanken und drahtigen Beine voll zur Geltung. Schuhe trug sie keine und ihre Füße waren zierlich und klein.

Ihr Vortrag vermittelte Ernest und seiner Crew ein etwas anderes und weitaus detaillierteres Bild über die Kolonie.

Tongalen befand sich bereits in der siebten Generation. Als die Emigranten von der Erde hier eintrafen, fanden sie in den gemäßigten Breitengraden im Westen eine fruchtbare Landschaft vor, die sich bebauen und besiedeln ließ.

Neha Araki erzählte von der Vorbereitung des Planeten durch Terraforming und von den Folgen der geringeren Gravitation auf die Anatomie der Kolonisten. Des Weiteren berichtete sie von den astronomischen Eigenschaften des Planeten. So betrug die Umlaufzeit um TONGA-SOL, wie die Sonne hier genannt wurde, etwa zwei Drittel der Zeit, die die Erde für die Umkreisung ihrer Sonne benötigte. Die Jahreszeitunterschiede waren jedoch wesentlich geringer als in denselben Breitengraden auf der Erde. Der Planet rotierte innerhalb von knapp einundzwanzig Stunden um die eigene Achse, sodass ein Tag etwas kürzer war, wodurch sich die Kultur eines geregelten Tagesablaufs etwas anders entwickelt hatte.

Die frühen Morgenstunden dienten der Selbstfindung, der mentalen Stärkung und der ausgedehnten Körperpflege. Danach nahm man innerhalb einer Gemeinschaft die eigentliche Hauptmahlzeit des Tages ein. Weitere gemeinsame Mahlzeiten während eines gewöhnlichen Tagesablaufs gab es nur bei besonderen Anlässen. Ansonsten versorgte sich jeder individuell mit Zwischenverpflegungen. Der anschließende Teil, der etwa ein Viertel des gesamten Tages ausmachte, wurde als kommunale Aktivität bezeichnet und beinhaltete die honorierte Arbeit im Dienste der Gesellschaft. Der abendliche Teil diente der sportlichen oder spielerischen Betätigung sowie der Unterhaltung, bevor die Ruhezeit anbrach.

Die Kultur der Tongaler brachte Kunst hervor, die vorwiegend den Menschen als Wesen und Individuum in gegenständlicher oder abstrakter Form in den Mittelpunkt stellte.

Die ehemaligen irdischen Immigranten hatten damals ihren Heimatplaneten verlassen, um in Tongalen eine neue Existenz aufzubauen. Meist waren es Menschen aus ärmeren Schichten gewesen, die von den damaligen Systemen enttäuscht und benachteiligt worden waren, und zwar sowohl von weltlichen wie auch von religiösen Institutionen. Daher hatten sich in der Kolonie in den Anfangszeiten keine Glaubensgemeinschaften gebildet. Religionen hatte es so gut wie keine gegeben. Einige kleinere Gruppen, die in spiritistischen Bereichen ihr Glück versucht hatten, waren allesamt gescheitert.

Doch dann bildete sich die OVT, anfangs eine harmlose Gruppe, die vorwiegend aus Neuankömmlingen von der Erde bestand. Diese Menschen hatten Mühe, sich in die etablierte Gesellschaftsordnung der Kolonie einzugliedern und störten sich vor allem an unserer freidenkerischen und freizügigen Art.

Michelle wollte mehr über diese Art wissen, worauf Neha Araki und auch andere Gruppenmitglieder ausführlichere Erklärungen gaben, was denn die Einwanderer am Lebensstil der Tongaler störte.

Auf der einen Seite war es die offene Meinungsäußerung, welche die Neuankömmlinge teilweise vor den Kopf stieß. In Tongalen war es gang und gäbe, dass man offen sagte, was man dachte. Rhetorische Spielereien, die auf der Erde in vielen Ländern ein Bestandteil der Gesellschaftsordnung bildeten, bei denen man etwas äußerte, aber etwas ganz anderes meinte oder dem Gegenüber falsche Komplimente machte, kannte man in Tongalen genau so wenig, wie heuchlerische oder von Zynismus geprägte Konversationen.

Auf der anderen Seite war es die natürliche Freizügigkeit, für die Tongaler ebenfalls ein fester Bestandteil ihres gesellschaftlichen Lebens, die einigen Einwanderern Problem bereitete. Die Tongaler waren ein Volk, das sich stark mit den natürlichen Elementen Luft und Wasser verbunden fühlte. Dementsprechend war das Sonnenbaden oder das Schwimmen in Gewässern wie Flüssen, Seen oder im Meer eine beliebte Beschäftigung. Die Tongaler taten dies jedoch ausschließlich nackt, ohne dass sie dabei irgendwelche Hemmungen entwickelten. Innerhalb einer Kommune oder Wohngemeinschaft kannte man ebenfalls keine Scham voreinander. Häuser und Wohnungen besaßen meist größere Bade- oder Duschräume, da auch diese Tätigkeit oft gemeinsam ausgeführt wurde.

Nach diesen Schilderungen konnten sich Ernest, Eric, Christopher und Michelle besser vorstellen, dass einige der Einwanderer Probleme mit der Integration bekundeten. Kam noch dazu, dass viele von ihnen gläubig waren und sich am Fehlen von Glaubensgemeinschaften und Kirchen störten. Dass aus all diesen Gründen irgendwann eine Gegenbewegung entstehen musste, war gut nachvollziehbar.

Der Administrative Rat der Kolonie hatte der neuen Bewegung der OVT anfangs wenig Bedeutung zugemessen. Durch den Umstand, dass es in Tongalen nie eine andere Gesellschaftsform gegeben hatte, war schon der Gedanke an einen Systemwechsel als nicht vorstellbar und absurd eingestuft worden. Ein Trugschluss, wie sich später gezeigt hatte.

Im weiteren Verlauf ihres Vortrags erklärten ihnen Neha Araki und einige ihrer Gefährten die Gründe der Entstehung ihrer Gruppe und berichteten über den Fortschritt ihrer Recherchen und Analysen.

Zum Schluss eröffnete man den Gästen, einen Weg zu kennen, wie sie unbemerkt an Bord ihres Schiffes gelangen könnten, doch dies lehnten Ernest und seine Freunde dankend ab, da sie es nicht riskieren wollten, den Administrativen Rat vor den Kopf zu stoßen oder gar zu verärgern, in dem sie sich über die verhängte Sperre des Raumhafens hinwegsetzten.

Gerald Hauser und Rick Blattning hingegen äußerten den Wunsch, in die BAVARIA zurückzukehren, schlugen jedoch vor, den offiziellen Weg zu versuchen, da sie sicher waren, als Besatzungsmitglieder des Schiffes, dem der Anschlag sehr wahrscheinlich gegolten hatte, ohne Probleme an Bord gelassen zu werden.

»Wir bleiben in Kontakt«, sagte Rick. »Wenn es etwas Neues bei der Entschlüsselung der Daten gibt, werde ich euch informieren, damit wir über das weitere Vorgehen diskutieren können.«

Dann verabschiedeten sich Rick und Hauser von ihren Freunden. Devian Tamlin bot ihnen an, sie zum Raumhafen zu fliegen, was die beiden dankend annahmen.

48.

Als Rick und der Commander die BAVARIA betraten, wurden sie von Natalie Villaine persönlich empfangen. Ihre sonst ruhige, besonnene Art war einer wachsamen Nervosität gewichen. Unter den übrigen Besatzungsmitgliedern herrschte ebenfalls eine allgemeine Unruhe.

»Was gibt es?«, fragte Rick, dem der Stimmungswandel sofort aufgefallen war.

»Wir haben von der Untersuchungsbehörde einen provisorischen Bericht zum Bombenanschlag erhalten«, antwortete sie. »Die genaue Anzahl der Todesopfer ist noch nicht bekannt. Insgesamt sieben Patrouillenschiffe wurden teilweise oder vollständig zerstört. Es gibt jedoch keinen Zweifel, dass der Anschlag der BAVARIA galt.«

»Davon bin ich ebenfalls überzeugt. Gibt es noch andere Erkenntnisse?«

»Man geht davon aus, dass die OVT dahintersteckt. Als Motiv vermutet man die Daten auf dem Mikrochip. Anscheinend will man sie lieber vernichten, als sie uns zu überlassen.«

»Das unterstreicht meine Vermutung, dass diese Daten höchst brisant sind und dass etwas Großes geplant oder bereits im Gange ist. Gibt es sonst noch etwas?«

»Eigentlich nichts von Bedeutung.«

»Irgendetwas bedrückt Sie doch.«

»Ach, es ist nichts.«

»Wenn Sie mit mir reden wollen, stehe ich Ihnen jederzeit zur Verfügung.«

»Vielen Dank, Sir.«

Sie lächelte ihn kurz an und begab sich wieder auf ihren Posten. Sie brachte es nicht fertig, ihm zu erzählen, dass sie die Schutzschirme aufgrund einer inneren Eingebung erst kurz vor dem Anschlag aktiviert hatte.

Rick ging ins Datenlabor zu den Kryptoanalytikern, um sich nach dem aktuellen Stand der Entschlüsselung der Daten zu informieren.

»Wir sind gerade dabei, das Verschlüsselungsmuster zu knacken«, erklärte ihm der Chefanalytiker Emanuel Navas, ein gebürtiger Argentinier. »Aber das kann noch dauern. Die Rechner laufen auf Hochtouren.«

»Irgendwelche weitere Erkenntnisse bezüglich der Algorithmen?«

»Nein. Die Tatsache, dass es sich hier um uns bekannte Algorithmen handelt, könnte die Hoffnung wecken, bei der Entschlüsselung gebe es weniger Probleme. Doch dieser Eindruck hat sich nicht bestätigt.«

»Ist mir schon klar. Auch wenn man das Muster kennt, entschlüsseln muss man die Codes trotzdem.«

Rick bedankte sich und begab sich in seine Kabine, wo er das Organigramm auf das Display seines Kommunikators holte und etwas daran veränderte. Nachdem er es eine Weile betrachtet hatte, legte er sich schlafen.

Nach Neha Arakis ausführlichem Vortrag, wurde noch lange über dieses und jenes diskutiert, bevor sich die Gruppenmitglieder nach und nach voneinander verabschiedeten.

»Wenn ihr wollt, könnt ihr bleiben, bis ihr Tongalen wieder verlasst«, schlug Neha Araki vor. »Platz ist genug vorhanden. Es gibt einen Schlafraum mit mehreren großen Betten.«

Ernest und Eric sahen sich verlegen an, was Neha nicht entging.

»Ich habe auch zwei kleinere Räume, in denen je ein Bett steht. Wir benutzen sie, wenn jemand krank ist oder wenn es jemandem schlecht geht und lieber alleine sein möchte. Wir respektieren die Bedürfnisse eines jeden.«

»Also, ich für meinen Teil wär froh, wenn ich einen der kleinen Räume haben könnte«, meinte Ernest lächelnd. »Mein

Schlaf ist nicht ganz geräuschlos. Ich möchte niemanden stören.«

»Wenn es euch nichts ausmacht, schließe ich mich dem aus demselben Grund an«, bemerkte Eric.

Neha machte sich sofort daran, die beiden kleinen Räume vorzubereiten, bezog die Betten mit frischer Wäsche und stellte je eine Getränkeflasche und ein Trinkglas auf die Beistelltische.

Ernest und Eric bedankten sich herzlich, wünschten den anderen eine gute Nacht und verschwanden in ihren Zimmern.

Anschließend gingen Neha, Michelle und Christopher in den großen Schlafraum. Als Neha die Kerzenlampen anzündete, konnten sie drei breite Betten erkennen, die je an einer Wand standen. Auch in diesem Raum hingen ähnliche Bilder wie im Esszimmer.

»Hier können sechs Personen schlafen«, erklärte Neha und zeigte auf die Betten. »Wenn unsere Zusammenkünfte und Sitzungen jeweils lange dauern, bleiben einige aus der Gruppe über Nacht hier. Oft reden wir dann noch über dieses und jenes, bis alle eingeschlafen sind.«

»Das erinnert mich an meine Kindheit, als ich mit meinem Bruder das Zimmer teilte und wir jede Nacht vor dem Einschlafen noch miteinander plauderten«, sagte Christopher lächelnd.

»Ich habe auch einen Bruder«, erklärte Michelle. »Aber ich hatte trotzdem immer mein eigenes Zimmer.«

Wieder holte Neha frische Bettwäsche, zwei Getränkeflaschen und Trinkgläser und stellte beides auf die Tischchen. Dann zeigte sie ihnen den Duschraum, der erstaunlich groß war und mehrere Brausen enthielt, entnahm einem Schrank zwei Badetücher und legte sie über die Sprossen eines Heizkörpers, auf dem bereits ein Tuch lag.

Als sie zurückkehrten, betrachtete Christopher die Bilder im Schlafraum genauer. Eines davon weckte sein besonderes Interesse. »Das bist du, nicht wahr?«, fragte er Neha, ohne den Blick davon zu nehmen. »Auf einigen anderen auch.«

»Ja«, antwortete sie. »Ich mache sie selbst. Gefallen sie dir?«

»Ich finde sie großartig. Vor allem dieses hier. Du hast einen sehr schönen, ästhetischen Körper. Du verstehst es, diese Schönheit auf den Bildern zur Geltung zu bringen.«

»Danke.« Sie sah ihn verlegen an. »Es freut mich, dass dir die Bilder gefallen.«

»Mir gefallen sie auch.« Michelle hatte sich neben Neha gestellt und betrachtete ebenfalls aufmerksam dieses eine Bild. »Mir ist aufgefallen, dass all deine Bilder eine gewisse Symmetrie enthalten, die im Einklang mit der Pose oder mit bestimmten Körperpartien stehen.«

»Du hast ein gutes Auge.« Neha lächelte.

»Manche behaupten, sie hätte zwei davon.« Christopher schmunzelte, worauf sie alle drei lachen mussten.

Kurz darauf verließ Neha den Raum.

»Du hast mir nie erzählt, dass du einen Bruder hast.« Christopher wandte sich vom Bild ab und sah zu Michelle.

»Ich habe seit Jahren keinen Kontakt mehr mit ihm«, erwiderte sie betrübt. »Ich habe keine Ahnung, wo er sich aufhält und was er macht.«

Christopher spürte, dass sie nicht weiter darüber reden wollte, und setzte sich auf die Bettkante. »Etwas lässt mir keine Ruhe«, sagte er nach einer Weile, um das Thema zu wechseln.

Michelle wandte sich vom Bild ab und blickte fragend in seine Richtung.

»Wenn es stimmt, dass der Administrative Rat von der OVT infiltriert worden ist«, fuhr er fort, »dann dürfen wir ihm die entschlüsselten Daten auf keinen Fall übergeben.«

»Du hast recht. Dann würden die Leute der OVT sie doch noch bekommen.«

»Vor allem wären sie dann gezwungen, sofort zu handeln, da der gesamte Administrative Rat auch Kenntnis des Inhalts hätte.«

»Kommt natürlich darauf an, was die Daten enthalten.«

»Wie Rick schon seit einiger Zeit vermutet, muss es sich um etwas Großes handeln.«

»Es ist etwas Großes«, hörten sie Neha sagen, die unbemerkt in den Schlafraum zurückgekehrt war. »Das vermuten wir schon seit einiger Zeit. Aber wir konnten bis heute nicht herausfinden, was es ist.«

»Das könnte sich ändern, wenn wir es schaffen, die Daten zu entschlüsseln.«

»Davon erhoffen wir uns auch sehr viel. Vielleicht nimmt der Administrative Rat das Problem etwas ernster.«

»Davon bin ich überzeugt.«

»Ihr wollt doch vor dem Schlafen bestimmt auch noch duschen.« Neha hatte bereits damit begonnen, sich auszuziehen und ihre Kleider in einen Wäschebehälter zu verstauen. »Ihr könnt mir eure Kleider geben. Bis morgen sind sie gewaschen und trocken.«

Michelle und Christopher sahen sich kurz in die Augen und begannen dann zögernd, sich auszuziehen. Neha drehte sich um und verschwand im Duschraum. Kurz darauf folgten ihr Michelle und Christopher. Neha stand unter einer Brause und hatte bereits damit begonnen, ihren Körper einzuseifen. Kaum standen Michelle und Christopher unter der zweiten Brause, gab Neha etwas Duschgel in ihre Hand und begann damit, Michelles Körper ebenfalls einzuseifen. Michelle wiederum tat dasselbe bei Christopher.

»Könntest du mir beim Haarewaschen behilflich sein?«, fragte Neha und sah zu Michelle.

»Natürlich.« Michelle bekam von Neha eine geöffnete Plastikflasche mit Shampoo in die Hand gedrückt.

So wuschen sie sich gegenseitig die Haare und ließen sich beim Spülen viel Zeit. Die anfängliche Scheu, zusammen mit Neha, die sie erst ein paar Stunden zuvor kennengelernt hatten, zu duschen, verflog bald. Die Selbstverständlichkeit, die Neha bei diesem alltäglichen Akt ausstrahlte, übertrug sich auf Michelle und Christopher.

Anschließend trockneten sie sich gegenseitig ab und begaben sich zurück in den Schlafraum. Aus der Schublade einer Kommode entnahm Neha einen Haartrockner und reichte ihn Michelle.

Nachdem Neha ein zweites Gerät hervorgeholt hatte, setzte sie sich auf ihre Bettkante und schaltete es ein. Die nassen, schwarzen Haare lagen auf ihrer nackten Haut und bedeckten Teile ihrer Brust.

Christopher kam nicht umhin, zwischendurch immer wieder einen Blick auf Nehas Körper zu werfen. Sie war wie alle Tongaler schmal gebaut, schlank und strahlte eine eigenartige Ästhetik aus. Ihr Teint war etwas dunkler als Michelles. Er fragte sich, ob er sich täuschte oder ob Nehas Haut tatsächlich einen leicht bläulichen Ton aufwies. Vielleicht lag es auch nur an der Beleuchtung.

Als ihre Haare trocken waren, schlüpften sie unter die Laken und schliefen wenig später ein.

49.

Rick wurde durch das Summen seines Kommunikators aus dem Schlaf gerissen. Sofort war er hellwach. Er griff nach dem Gerät, räusperte sich und nahm den Anruf entgegen.

»Sir, wir haben ein erstes Fragment des Codes entschlüsseln können«, hörte er Navas erregte Stimme.

»Ich bin gleich bei Ihnen«, entgegnete Rick und beendete das Gespräch. Hastig stand er auf, zog sich an und verließ die Kabine.

Als er wenig später das Datenlabor betrat, herrschte allgemeine Hektik. Die meisten Mitarbeiter hatten sich um ein Display versammelt und redeten wild durcheinander.

»Sir, wir versuchen gerade mit dem entschlüsselten Fragment des Codes einen Teil der Daten zu lesen«, sagte Navas aufgeregt. »Sie kommen gerade rechtzeitig.«

Rick sah auf das Display, das komplett mit Zeichen aller Art ausgefüllt war. Er versuchte, darin etwas zu erkennen.

»Der Datenstrom durchläuft gegenwärtig das entschlüsselte Codefragment«, erklärte Navas weiter. »Es ist jedoch nicht sicher, ob dabei schon etwas Brauchbares herauskommt.«

Rick sagte nichts darauf und blickte weiter gebannt auf die Anzeige. Doch was er sah, ergab keinen Sinn. Die Zeichenfolgen bestanden nur aus Hieroglyphen.

»Der Code besteht aus verschiedenen untergeordneten Teilcodes, mit denen die Daten nach dem Zufallsprinzip verschlüsselt worden sind. Der Rechner braucht eine Weile, bis er alle Daten mit diesem Codefragment verglichen hat. Da es sich dabei um unterschiedliche Datentypen handelt, reine Texte, Grafiken, Ton- und Videodaten, dauert dieser Prozess seine Zeit.«

Dann erkannte Rick ein einzelnes Wort. Es war zwar ein unbedeutendes, aber zumindest war es ein lesbares Element aus dem Datenbestand.

»Ich glaube, wir müssen nur etwas Geduld haben.« Er erhob sich, klopfte dem Chefanalytiker anerkennend auf die Schulter und verließ den Raum.

Mitten in der Nacht erwachte Christopher durch ein leises Geräusch. Er war nicht sicher, ob es real war, oder ob es sich nur um eine Traumerinnerung handelte. Doch er kam nicht mehr dazu, sich weiter darüber Gedanken zu machen.

Er spürte plötzlich einen feuchten Lappen, der von einer fremden Hand auf seinen Mund gepresst wurde. Der penetrante Geruch sagte ihm gleich, um was es sich dabei handelte. Sofort hielt er den Atem an und bewegte seine Brust zum Schein weiter auf und ab. Er schloss seine Augen und entspannte die Muskeln.

Als er merkte, dass der Fremde von ihm abgelassen hatte, öffnete er das eine Auge einen Spalt und versuchte im Halbdunkeln zu erkennen, was dieser tat.

Blitzschnell analysierte er die Situation. Wenn der Einbrecher ihn hätte umbringen wollen, wäre er bereits tot. Mit ihm Michelle und Neha. Aber anscheinend wollte er sie lebend, sonst hätte er nicht versucht, ihn zu betäuben. Wahrscheinlich hatte er es bei Ernest und Eric bereits getan. Aber wofür?

Sie brauchen ein Druckmittel oder Geiseln, dachte er.

Das konnte nur bedeuten, dass die OVT weiter alles daran setzte, doch noch in den Besitz der Daten zu gelangen. Und zwar bevor sie entschlüsselt waren und dem Administrativen Rat in die Hände fielen. Dafür war ihnen anscheinend jedes Mittel recht.

War der Bombenanschlag auf die BAVARIA etwa nur ein Einschüchterungsversuch gewesen?

Während Christopher all diese Gedanken durch den Kopf gingen, konnte er erkennen, dass der Fremde Michelle ebenfalls einen Lappen auf Mund und Nase legte. Da er es bei ihr wesentlich behutsamer tat, merkte sie anscheinend von all dem nichts.

Christopher ließ ihn gewähren. Solange sie betäubt war und sich nicht gegen den Fremden wehrte, befand sie sich vorerst nicht in unmittelbarer Lebensgefahr.

Anschließend richtete sich der Eindringling auf und wandte sich langsam Neha zu. Christopher war überzeugt, dass sich draußen weitere Komplizen befanden und nur darauf warteten, bis der erste seine Arbeit getan hatte. Sobald der Kerl Neha ebenfalls betäubt hatte, würde er seine Freunde rufen. Dann würde es schlecht für sie aussehen. Er musste etwas unternehmen, war sich aber sicher, dass er im Zweikampf gegen den mutmaßlichen Söldner nicht bestehen würde. Aber Christopher kam nicht mehr dazu, sich weitere Gedanken über sein Vorgehen zu machen, denn plötzlich ging alles blitzschnell.

Wie eine Sprungfeder schnellte Neha aus ihrem Bett und traf den Einbrecher mit ihrem Fuß mit voller Wucht im Gesicht. Bevor dieser wusste, was mit ihm geschah, war sie auf den Beinen und ließ ihre Fäuste und Handkanten auf seinen Körper niederprasseln.

Als Christopher sich langsam aufrichtete, war alles vorbei. Der Einbrecher war wie ein schwerer Sack zu Boden gesunken und blieb reglos liegen. Im fahlen Licht erkannte Christopher Nehas Körpersilhouette und ihre Brust, die sich langsam hob und senkte.

»Versteck den Bewusstlosen unter dem dritten Bett«, flüsterte sie, als er unter seinem Laken hervorkroch. »Kein Licht machen. Draußen sind bestimmt noch mehr von denen.«

»Das nehme ich auch an«, erwiderte Christopher leise. »Michelle ist betäubt.«

»Das ist nicht schlimm. Sie wacht nach einer Weile von selbst wieder auf. Vorerst ist sie nicht in Gefahr.«

»Ich nehme an, Ernest und Eric sind ebenfalls betäubt.«

»Glaube ich auch. Damit befinden sie sich ebenfalls nicht in unmittelbarer Gefahr. Wir müssen die anderen hereinlocken.«

»Und wenn es zu viele sind?«

»Das ist kein Problem«, sagte sie selbstsicher. »Ich gehe zur Tür und werde ihnen ein Zeichen geben.«

»Bist du dir sicher?«

»Ja.«

»Wie kann ich dir helfen?«

»Stell dich hinter die Tür und versuche, den letzten Mann, der den Raum betritt, niederzuschlagen.«

Christopher wollte nach einem Laken greifen, um es um seinen Körper zu wickeln.

»Lass es«, sagte sie.

»Warum?«

»Ohne das Laken können sie dich nicht am Stoff packen. Du wirst dich aus einer Umklammerung viel besser befreien können. Kleider wären noch ein größeres Hindernis. Zudem rascheln sie und machen Geräusche, wenn man sich bewegt.«

Leise öffnete sie eine Schublade, entnahm ihr eine kleine Plastikflasche und öffnete den Deckel. Dann drückte sie etwas vom Inhalt auf ihre Hand und rieb damit seinen gesamten Körper ein. Anschließend gab sie etwa dieselbe Menge auf seine Hand und sagte: »Trag es auf meine Haut auf.«

Zaghaft verteilte er die ölige Flüssigkeit auf ihrem Oberkörper und ihren Beinen, während sie ihre langen Haare zu einem Knoten zusammenband, in den sie mehrere Nadeln mit beidseitig spitzen Enden hineinsteckte.

»Ich kann mir sehr gut vorstellen, was das alles bewirkt.«

»Halt mal meinen Arm.«

Er schloss seine Hand um ihrem Unterarm, doch einen Sekundenbruchteil später hatte sie sich wieder befreit. Dank der öligen Substanz auf der Haut konnte er sie nicht festhalten.

»Falls einer auf den Gedanken kommt, meinen Haarknoten zu ergreifen, wird er eine sehr schmerzhafte Erfahrung machen«, fügte sie lächelnd hinzu. Dann verschwand sie geräuschlos aus dem Schlafraum und kehrte wenige Sekunden genauso lautlos wieder zurück.

»Ich bin bereit«, flüsterte sie, worauf er sich hinter die Tür stellte und glaubte, sein Herz würde gleich zerspringen. »Atme langsam, tief und leise«, hörte er sie noch sagen. Danach war es totenstill im Raum.

50.

Rick war von Emanuel Navas soeben wieder ins Datenlabor gerufen worden. Man hatte einen kleinen Durchbruch erzielt, wie er ihm freudig mitteilte.

»Wir konnten den Index einiger Datenblöcke entschlüsseln und kommen damit an die echten Daten heran«, erklärte der Chefanalytiker, als Rick das Labor betrat.

Dieser äußerte sich nicht dazu und blickte stattdessen gebannt auf das Display. Navas tippte laufend irgendwelche Befehle ein, woraufhin neue Daten erschienen.

»Sir?«, klang es plötzlich aus dem Hintergrund. »Wir haben etwas.«

Einer der Analytiker spähte hinter seinem Bildschirm hervor und winkte Rick und Navas zu sich heran. Neben ihm saß ein Kollege.

Rick gesellte sich zu den beiden und sah ihnen gebannt über die Schultern. Das Display war gefüllt mit unformatierten Textfragmenten, die von unten nach oben scrollten.

»Bei diesen Daten handelt es sich um einzelne Textblöcke. Die müssen alle noch in die richtige Reihenfolge gebracht werden.«

»Die Informationen dafür stehen in den Indizes der einzelnen Datenblöcke«, ergänzte Navas. »Die haben wir gerade entschlüsselt.«

»Das heißt, wir kommen gut voran«, folgerte Rick erfreut.

»Das kann man tatsächlich so sagen.«

»Dann machen Sie weiter, und benachrichtigen Sie mich bei jeder neuen Erkenntnis.«

Christopher hörte Schritte aus dem Esszimmer. Er drückte sich hinter der Zimmertür noch fester an die Wand, gab sich für einen kurzen Moment der Illusion hin, eins mit ihr zu werden, und hielt den Atem an. Doch dann erinnerte er sich wieder an Nehas Ratschlag, langsam, tief und leise zu atmen. Sofort entspannte sich sein Körper.

Im fahlen Licht, das von draußen in den Raum drang, erkannte er ihre Silhouette und den Seidenglanz auf ihrer Haut. Sie hatte sich auf der anderen Seite der Tür an die Wand gestellt.

Erneut fiel ihm die Ästhetik ihres Körpers auf. Wäre die Situation im Moment nicht so ernst, hätte er bestimmt weiter diesen Gedanken gefrönt. In der jetzigen Situation verflogen sie jedoch schnell wieder und machten einem mulmigen Gefühl Platz.

Er wurde augenblicklich aus seinem Grübeln gerissen, als plötzlich ein Fremder das Zimmer betrat, gefolgt von einem zweiten.

»Da ist etwas faul«, flüsterte der erste. »Wo ist Igor?«

»Keine Ahnung«, antwortete der andere. »Er muss hier irgendwo sein. Er hat uns doch das Zeichen gegeben.«

Christopher spähte hinter der Tür hervor und konnte gerade noch sehen, wie Neha, sich mit der Geschmeidigkeit einer Katze bewegend, den ersten der beiden Fremden mit ein paar Fußtritten und Handkantenschläge niederstreckte.

Christopher trat zwei Schritte vor und nahm den zweiten Mann in den Schwitzkasten. Doch dieser drehte sich derart schnell um seine eigene Achse, dass Christopher aus dem Gleichgewicht geriet und beinahe gestürzt wäre. Diese Gelegenheit nutzte der Fremde und packte ihn um den Oberkörper. Doch da zahlte sich die ölige Substanz auf seiner Haut aus, denn Christopher konnte sich aus dieser Umklammerung sofort befreien und den Einbrecher erneut packen.

Dann war Neha blitzschnell zur Stelle, packte den Fremden mit beiden Händen um den Hals und presste ihre Finger auf seine Gurgel. »Nicht bewegen und keinen Laut«, hauchte sie.

Christopher spürte, wie die Gegenwehr des Mannes erlahmte.

»Gibt es noch mehr von eurer Sorte?«

Der Fremde schüttelte den Kopf.

»Christopher, du kannst ihn loslassen. Ich habe ihn unter Kontrolle. Wenn er einen Mucks macht, kann er sich von seinem Kehlkopf verabschieden. Schau bitte draußen nach, ob wirklich niemand mehr hier ist.«

Christopher schlich ins Esszimmer und von dort den Gang entlang in Richtung Haupteingang. Unterwegs kontrollierte er alle Räume. In der Wohnung war tatsächlich niemand mehr. Mit einem Blick in ihre Zimmer vergewisserte er sich, dass Ernest und Eric friedlich schliefen. Wahrscheinlich waren sie ebenfalls betäubt worden. Er schloss ihre Türen wieder und bewegte sich weiter.

Der Haupteingang stand einen Spalt offen. Er spähte ins Freie. Als er niemanden sehen konnte, zog er sie soweit auf, dass er hindurchschlüpfen konnte.

Einige Meter von der Tür entfernt stand ein kleiner Geländegleiter. Leise ging er darauf zu und blickte hinein. Er war leer. Dann ließ er seinen Blick langsam durch die nähere Umgebung schweifen, konnte aber auch hier niemanden sehen.

Beruhigt ging er wieder ins Haus.

Als er in den Schlafraum zurückkehrte, lagen alle drei Fremden, mit Handschellen und Fußfesseln dingfest gemacht, bäuchlings auf dem Fußboden. Zwei von ihnen waren immer noch bewusstlos, während der dritte Flüche und Drohungen von sich gab. Neha hatte inzwischen die Kerzenlampen angezündet.

»Die Luft ist rein«, sagte Christopher. Neha sah ihn verwirrt an. »Es ist niemand mehr draußen.«

»Ach so. Das mit der reinen Luft habe ich nicht verstanden.«

»Ist bei uns eine Redewendung, die besagt, dass alles in Ordnung ist.«

Sie stellte sich vor den fluchenden Gefangenen und sagte in verächtlichem Ton: »Schergen der OVT. Wie lautet euer Auftrag?«

Als der Fremde nicht antwortete, kniete sie sich neben seinen Kopf. »Noch mal. Wie lautet euer Auftrag?«

Als er noch immer schwieg, drückte sie auf eine bestimmte Stelle zwischen Hals und Schulter. Der Fremde schrie vor Schmerz laut auf.

»Ich frage jetzt zum letzten Mal«, sagte Neha in ruhigem Ton. »Es gibt noch andere, weitaus schmerzhaftere Stellen am Körper.«

Nach kurzem Zögern antwortete er: »Wir sollen euch in die Hauptzentrale der OVT bringen.«

»Zu welchem Zweck?«

Wieder schwieg der Fremde.

Nehas Finger glitten langsam der Wirbelsäule entlang nach unten.

»Stopp!«, jammerte er verzweifelt. »Man will euch benutzen, um die Herausgabe des Datenchips zu erzwingen.«

»Man wird auf diese Forderung nicht eingehen. Wir sind nämlich alle entbehrlich.«

»Vor dem Austausch wird man euch einer ganz speziellen Behandlung unterziehen, um herauszufinden, wie viel ihr von den geheimen Daten bereits erfahren habt.«

»Ich nehme an, er spricht von Folter«, erklärte Christopher angewidert.

»So viel mir bekannt ist, hat es in Tongalien noch nie Folter gegeben.« Neha wirkte erschüttert.

»Sobald man die Wahrheit aus euch herausgeholt und den Datenchip erhalten hat, wird man euch eliminieren«, brüllte der Fremde hämisch. »Es bringt euch überhaupt nichts, dass ihr uns gefangen genommen habt, es werden andere kommen und euch holen.«

Neha legte dem Fremden erneut ihre Finger zwischen Hals und Schulter und drückte fest zu. Nach einem langgezogenen, markerschütternden Schrei wurde er ohnmächtig und gab keinen Ton mehr von sich. »Ich glaube, die Lage ist ernster, als wir bisher dachten«, sagte sie besorgt.

»Wie kommst du darauf?«

»Sie gehen auf Nummer sicher und wollen alle Mitwisser eliminieren. Das heißt, sie stehen kurz vor der Ausführung einer großen Aktion.«

»Was für eine Aktion könnte das sein?«

»Unser Verdacht war schon immer, dass die OVT langfristig die Kontrolle über ganz Tongalen übernehmen will. Die Ereignisse der letzten Tage haben uns darin bestätigt. Nur hätten wir nicht gedacht, dass es so schnell geschehen würde.«

Sie holte ihr Kommunikationsgerät und führte ein kurzes Gespräch. »Ein Mitglied aus unserer Gruppe wird gleich hierherkommen, die drei Typen abholen und an die Polizei ausliefern«, sagte sie, nachdem sie das Gespräch beendet hatte. »Komm bitte mit und hilf mir. Wir verfrachten die Kerle schon mal auf ihren Gleiter.«

Gemeinsam zogen sie die drei bewusstlosen Fremden ins Freie, hievten sie nacheinander auf die Ladefläche des Gleiters und schlossen die Abdeckung. Wenig später erschien der junge Mann, den Neha zuvor angerufen hatte, und flog mit dem beladenen Gleiter in die Nacht. Danach kontrollierten Neha und Christopher noch einmal alle Räume und verriegelten das Haus.

Als sie kurz darauf in den Schlafraum zurückkehrten, bewegte sich Michelle und gab ein leises Stöhnen von sich.

»Sie wacht auf.« Neha setzte sich auf ihre Bettkante.

Michelle murmelte etwas Unverständliches und schlug ihre Augen auf. »Was ist passiert?« Verwundert blickte sie zuerst in Nehas Gesicht und anschließend zu Christopher.

»Wir hatten ungebetenen Besuch«, antwortete Neha.

»Einbrecher? Was wollten die denn?« Michelle rieb sich die Augen.

»Uns alle betäuben und zur Hauptzentrale der OVT bringen, wo man uns foltern wollte.«

Nun war Michelle hellwach und richtete ihren Oberkörper auf. »Warum seid ihr so ölig?«, fragte sie, als sie aufsah. »Haben die euch das angetan?«

Neha lachte und antwortete: »Nein, wir haben uns damit nur auf einen eventuellen Kampf eingestellt.«

Michelle sah die beiden verwirrt an.

Neha stand auf und vollführte ein paar Kampfbewegungen. Dann setzte sie sich wieder auf die Bettkante.

»Aha, ich verstehe. Aber wozu das Öl?«

Daraufhin machte Neha mit Michelle denselben Test, wie schon vorher mit Christopher.

»Clever«, erwiderte sie beeindruckt. Dann schlug sie das Laken zurück, setzte sich ebenfalls auf die Bettkante und fuhr mit den Händen über ihr Gesicht. »Ich bin noch etwas wirr im Kopf und brauche ein paar Sekunden.«

Neha wandte sich an Christopher. »Bevor wir uns anziehen, sollten wir das Öl abwaschen. Es ist nicht sehr angenehm unter den Kleidern.«

»Das kann ich mir vorstellen«, erwiderte er lachend.

»Dann macht schon mal«, sagte Michelle immer noch verschlafen. »Ich komme hier schon zurecht.«

Neha stand auf und verließ den Schlafraum in Richtung Duschraum. Christopher sah ihr nach, erhob sich dann ebenfalls und folgte ihr zögernd.

51.

Rick saß gerade an einem Tisch der Bordkantine im Oberdeck und verzehrte einen Karottensalat, als sein Kommunikator summte.

»Hallo Rick«, hörte er Christophers Stimme.

»Hallo Christopher.« Er kaute zu Ende und schluckte. »Konntet ihr euch von euren Strapazen erholen?«

»Du hast gut reden. Wir wurden beinahe entführt.«

Ricks Miene verdüsterte sich. »Was ist passiert? Wie habt ihr das verhindern können?«

»Dank unserer neuen Freundin Neha Araki. Sie beherrscht einige ganz spezielle Kampftechniken. Die Einbrecher hatten dem nichts entgegenzusetzen.«

»Dann seid ihr immer noch dort?«

»Ja, aber wir sind hier nicht mehr sicher. Anscheinend haben uns die Leute der OVT die ganze Zeit beschattet. Woher hätten sie sonst gewusst, wo wir uns aufhalten?«

»Dann schaut zu, dass ihr sofort hierherkommt. Ich werde veranlassen, dass ihr unbehelligt passieren könnt.«

»Vielen Dank. Wie weit seid ihr mit der Entschlüsselung?«

»Wir kommen gut voran. Ein Teil der Daten liegt in roher Form vor, muss allerdings noch geordnet werden.«

»Rick. Hör mir gut zu!« Christophers Stimme klang eindringlich. »Ihr dürft die entschlüsselten Daten auf keinen Fall dem Administrativen Rat geben.«

»Du beziehst dich auf das Gespräch mit dem Gleiterpiloten?«

»Nicht nur. Auch Neha ist dieser Ansicht, dass der Administrative Rat, alle Behörden und Ämter von der OVT infiltriert worden sind. Es scheint viel schlimmer zu sein, als wir angenommen haben. Die Gruppe hat sehr gut recherchiert.«

»Du brauchst dir keine Sorgen zu machen«, beruhigte er Christopher. »Ich habe mir deswegen auch Gedanken gemacht und werde die Daten nicht so ohne Weiteres hergeben.«

»Du glaubst nicht, was die Leute der FDB hier alles in Erfahrung gebracht haben. Die OVT will die Kontrolle über die gesamte Kolonie übernehmen. Man hat bisher angenommen, dass es ein langfristiges Ziel sei, aber so, wie es aussieht, soll das sehr bald geschehen.«

»Wie ich schon die ganze Zeit vermutete. Etwas ganz Großes ist im Gange. Der Administrative Rat scheint keine Ahnung davon zu haben. Man könnte meinen, die seien blind.«

»Wir wissen bei denen nicht, wem wir trauen können. Wenn die Daten in falsche Hände geraten, landen sie bei der OVT. Dann war alles umsonst.«

»Das glaube ich auch.«

»Wenn wir die Daten doch nur schon hätten, dann könnten wir uns ein Bild über das Ausmaß der Verschwörung machen.«

»Hab noch etwas Geduld. Wir sind auf dem besten Weg. Es braucht eben seine Zeit. Schaut zu, dass ihr so schnell wie möglich zur BAVARIA kommt. Nehmt die Leute der FDB mit, damit auch ihnen nichts geschieht.«

»Einverstanden.«

Christopher verstaute den Kommunikator und das Headset in seiner Tasche, trat ans Fenster und sah hinaus. Der Morgen dämmerte. Ein neuer Tag brach an. Von der OVT hatte sich niemand mehr blicken lassen. Aber das könnte sich schnell ändern.

Als Neha und er vor einer Stunde aus dem Duschraum gekommen waren, war Michelle bereits angezogen und hatte im Esszimmer für alle Frühstück zubereitet, obwohl es draußen noch dunkel gewesen war.

Nun waren auch Ernest und Eric aus ihrer Betäubung aufgewacht. Sie zeigten sich über die hektischen Aktivitäten zunächst verwundert, aber als man ihnen vom nächtlichen Überfall berichtete, war ihnen der Schrecken deutlich anzusehen.

Neha hatte einige weitere Führungsmitglieder der Gruppe angerufen und ihnen die Situation geschildert. Sie hatte keine

Probleme, ihre Freunde davon zu überzeugen, dass es besser sei, sich in die Obhut der BAVARIA zu begeben.

Während des Frühstücks besprachen sie das weitere Vorgehen. Im Nachhinein betrachtet fanden sie, dass es ein Fehler war, die Einbrecher der hiesigen Polizei zu übergeben. Wer weiß, wie viele Leute die OVT dort eingeschleust hatte. Sollten diese Söldner wieder auf freien Fuß kommen, waren Neha und ihre Freunde in der Stadt nirgends mehr sicher.

Nach und nach traf die Führungsspitze der FDB ein. Als letzter erschien Devian Tamlin. Er parkte seinen großen Geländegleiter unmittelbar vor dem Haupteingang.

»Wir sind bereit«, sagte Neha, als sich alle im Esszimmer versammelt hatten. Sie warf noch einen letzten Blick in den Raum, drehte sich entschlossen um und ging den Flur entlang zum Ausgang.

Nach dem Gespräch mit Christopher bereitete sich Rick auf eine größere Anzahl Besucher vor, ließ die Passagierkabinen herrichten und begab sich anschließend umgehend wieder in das Datenlabor, wo man ihm über weitere Erfolge bei der Entschlüsselung berichten konnte.

»Wir können eine erste Grobstruktur der Daten erkennen«, erläuterte Emanuel Navas. »So, wie es aussieht, sind sie in sechs große Bereiche unterteilt. Jeder Bereich ist in sich geschlossen. Es existieren zwar viele Referenzen zwischen den Bereichen, aber nicht auf der Hauptebene. Dabei handelt es sich mit großer Wahrscheinlichkeit um einfache Querverweise.«

»So langsam kommen wir der Sache näher«, sagte Rick zufrieden.

»Im Moment läuft ein Script, das die einzelnen Datenblöcke anhand der Informationen aus den Indizes untereinander richtig zuordnet. Anschließend sollte es möglich sein, die ersten Daten lesen zu können.«

»Die werden aber immer noch in der Rohform vorliegen, nicht wahr?«

»Ja, die Formatierungscodes sind in eigenen Bereichen abgelegt, die separat entschlüsselt werden müssen. Reine Textdaten werden sofort lesbar sein, grafische Daten, Ton- oder Videodaten müssen allerdings zuerst ins entsprechende Format gebracht werden.«

»Zum Lesen der Texte sollte die Rohform reichen.«

»Sir«, sagte einer von Navas' Mitarbeitern. »Wir haben die Daten der obersten Ebene von allen sechs Bereichen. Es sind reine Texte. Wir nehmen an, es handelt sich dabei lediglich um Titel oder Überschriften der Hauptbereiche.«

Sofort begaben sie sich zu dessen Arbeitsplatz und richteten ihren Blick gebannt auf das Display.

Rick sah auf die Wörter und erstarrte.

52.

Nachdem das Gepäck auf der Ladefläche verstaut worden war und alle auf dem Gleiter Platz genommen hatten, flog Devian los und wich den üblichen Transitwegen so gut es ging aus. Wie schon beim ersten Flug, als er die Crew der *Space Hopper* und den Commander der BAVARIA chauffiert hatte, benutzte er Seitenstraßen, schmale Gassen und durchquerte Innenhöfe von größeren Gebäudekomplexen.

Als sie aus einer Seitenstraße auf offenes Gelände kamen, bremste Devian brüsk ab. Vor ihnen reihte sich ein Gleiter neben dem anderen. Auf jedem befanden sich mehrere Uniformierte.

Eine Stimme ertönte aus einem Lautsprecher: »Hier spricht die Personenkontrolle der OVT! Schalten Sie das Triebwerk ab und steigen Sie aus dem Gleiter!«

»Mist«, sagte Christopher leise zu sich selbst und überlegte fieberhaft, wie sie sich aus dieser Situation retten konnten.

»Wir waren dem Ziel so nahe«, flüsterte Neha enttäuscht.

»Was haben wir für Möglichkeiten?«

»Einfach ruhig sitzen bleiben«, antwortete sie gerade so laut, dass es auch Michelle, Ernest und Eric verstanden.

»Schnallt euch an«, sagte Devian, während seine Freunde bereits damit begonnen hatten, die Gurte anzulegen. Gleichzeitig drückte Devian eine Taste. Ein ovaler, flimmernder und transparenter Schutzschirm legte sich um den Gleiter.

Kaum hatte sich dieser aufgebaut, machte der Gleiter einen gewaltigen Satz nach vorn und stieg gleichzeitig einige Meter in die Höhe. Mit starker Beschleunigung schoss er über die Gleiter der OVT-Patrouillen hinweg in Richtung Raumhafen. Unter ihnen glitten die Außenbezirke der Stadt vorbei. Vor ihnen näherte sich schnell das Raumhafengelände.

Christopher versuchte derweil, über seinen Kommunikator Verbindung mit Rick aufzunehmen.

»Seid ihr schon unterwegs?«, fragte dieser.

»Wir sind näher als du denkst.«

»Deine Stimme klingt verzerrt. Ist alles in Ordnung?«

»Natürlich ist alles in Ordnung. Schau mal auf deine Ortung und öffne den Schutzschirm!«

Es folgte eine kleine Pause. Dann erwiderte Rick: »In Ordnung. Wir haben euch auf dem Schirm und sehen euch auch im Panoramafenster. Aber sag mal, was ist das für ein Fluggerät?«

»Das kann dir unser Pilot beantworten, wenn wir gelandet sind.«

Vor ihnen tauchte die BAVARIA auf.

»Flieg das Heck an«, wies Christopher Devian an, der sofort den Kurs entsprechend änderte.

Von Weitem konnten sie erkennen, dass sich die Heckrampe langsam senkte und eine rechteckige dunkle Öffnung preisgab.

Devian steuerte direkt darauf zu, drosselte die Geschwindigkeit und ließ das Fluggerät sanft in die Öffnung gleiten. Kurz darauf setzte er auf dem metallenen Hangarboden auf.

Nachdem das Triebwerk und der Schutzschirm abgeschaltet waren, stiegen sie aus und wurden von Rick und Commander Hauser herzlich begrüßt und aufs Oberdeck geführt.

Zwei Stunden später hatten alle ihre Kabinen bezogen und sich eingerichtet. Anschließend versammelte man sich im Konferenzraum. Die Crew der *Space Hopper*, Gerald Hauser, Natalie Villaine, Emanuel Navas und Neha Araki saßen auf der einen Seite des langen Tisches, während die übrigen Mitglieder der FDB die andere Seite besetzten. Rick hatte am Kopfende des Tisches Platz genommen und begrüßte alle Anwesenden zu dieser Besprechung.

»Wir haben bei der Entschlüsselung der Daten einen Durchbruch erzielen können«, begann er, woraufhin im Raum sofort Unruhe aufkam. »Bitte berücksichtigen Sie, dass die Daten noch in Rohform vorliegen und daher nur Texte sichtbar sind und die Lesefreundlichkeit zu wünschen lässt. Grafik-,

Audio- und Videodaten sind noch nicht ersichtlich. Zudem sind die Daten noch nicht vollständig. Sie sind in sechs große Hauptbereiche unterteilt. Jeder Bereich hat eine eigene Hierarchie. Es gibt jedoch unzählige Querverweise zwischen den Bereichen, die wir aber noch nicht entschlüsselt haben.«

Rick machte eine kleine Pause. Dann atmete er tief ein und sagte: »Ich möchte Ihnen nun die bisherigen Ergebnisse bekannt geben.«

Er tippte auf dem vor ihm liegenden Touchscreen ein paar Befehle ein, worauf der Großmonitor hinter ihm aktiviert und folgender Text sichtbar wurde:

- *Baupläne Gerätschaften*
- *Übernahme des Administrativen Rats und Beherrschung der Bevölkerung*
- *Verbindungsleute Norris & Roach Labs Inc.*
- *Interplanetarische Kontrollzentrale*
- *Chemische Basisformeln*
- *Finanzierung*

53.

Die Offenlegung der ersten entschlüsselten Daten hatte vor allem unter den Mitgliedern der FDB einen Schock ausgelöst. Obwohl noch keine detaillierten Texte zur Verfügung standen, übertrafen diese ersten Formulierungen ihre schlimmsten Befürchtungen.

Die anschließende Diskussion drehte sich vorwiegend um Mutmaßungen über den Inhalt dieser Themen. Bei den Bauplänen von Gerätschaften erhoffte man sich Aufschluss darüber, wie die OVT zu ihren fortgeschrittenen technischen Errungenschaften kam.

In ihrer Vermutung bestätigt sahen sie sich vor allem im zweiten Punkt, der unmissverständlich darauf hindeutete, dass die Macht über den Administrativen Rat und folglich auch über die Bevölkerung von der OVT übernommen werden sollte. Man äußerte sogar die Befürchtung, dass auf ein diktatorisches Regime hingearbeitet wurde.

Dass die Unterstützung durch die Erde über den Pharmakonzern *Norris & Roach* erfolgte, hatten die Crew der *Space Hopper* und Rick Blattning bereits vermutet. Diesbezüglich entschloss man sich, die Behälter mit den chemischen Substanzen vorerst nicht an die Niederlassung von *Norris & Roach* abzuliefern.

Ein völlig neuer, bisher unbekannter Aspekt, stellte die planetarische Kontrollzentrale dar. Man war sich nicht sicher, ob die OVT sogar beabsichtigte, auf andere Kolonien zu expandieren.

Mit der Rubrik ‚Chemische Formeln' wusste man ebenfalls nichts anzufangen.

Gespannt war man auch über die Art und Weise, wie das gesamte Unternehmen finanziert werden sollte.

In den nächsten Stunden häuften sich Meldungen über Sabotageakte in öffentlichen Einrichtungen. An strategisch wichtigen Stellen versagte die Energieversorgung, an einigen Orten wurden wichtige Transitwege unterbrochen und in weiten Teilen der Kolonie fiel wiederholt die Kommunikation aus. In der Bevölkerung verbreiteten sich Unruhe und Angst.

Nachdem es verschiedentlich zu Kämpfen zwischen OVT-Anhängern und der Polizei gekommen war, kamen erste Gerüchte auf, wonach die OVT bereits verschiedene Institutionen übernommen hätte. Doch von offiziellen Stellen wurde dies nicht bestätigt.

In der BAVARIA verfolgte man die Entwicklung mit größter Besorgnis. Während man immer noch auf weitere Resultate der Entschlüsselung der Detailtexte wartete, häuften sich die Nachrichten über weitere Zwischenfälle.

Sieben Stunden später traf die längst befürchtete Meldung ein. Die OVT hatte durch einen Putsch die meisten Mitglieder des Administrativen Rats gefangen genommen und unter Arrest gestellt. Unter der Bevölkerung brach Panik aus. Eine Massenflucht aus der Hauptstadt setzte ein und verstopfte innerhalb kurzer Zeit sämtliche Verkehrswege.

Die wenigen Polizeitruppen, die sich noch wehrten, wurden von der OVT erbarmungslos niedergemetzelt. Öffentliche Institutionen wurden gestürmt und an den wichtigsten Verkehrsknotenpunkten Kontrollen aufgebaut.

Es herrschte das totale Chaos.

Die BAVARIA stand unter dem Schutz des Abwehrschirms. Mittlerweile waren auch auf dem Raumhafen Kämpfe ausgebrochen. Überall detonierten Granaten und rissen Löcher in die Landeflächen oder zerstörten Patrouillenschiffe. Einige konnten noch in den Orbit starten, wurden aber von Schiffen der OVT verfolgt und zur Rückkehr gezwungen oder abgeschossen.

Die meisten Kontakte zu anderen Mitgliedern der FDB waren abgebrochen. Ein Zeichen dafür, dass sie entweder verhaftet worden waren oder sich ohne technische Kommunikationsmittel auf der Flucht befanden.

Auf der BAVARIA reagierte man auf diese Entwicklung mit großer Bestürzung. Die Ohnmacht und die Niedergeschlagenheit, vor allem unter den Einheimischen, kannten keine Grenzen.

Rick hatte über Hyperfunk mit dem Diplomatischen Rat der Erde Kontakt aufgenommen und die jüngsten Ereignisse in Tongalen geschildert. Daraufhin hatte man versucht, mit der neuen Führung der Kolonie Kontakt aufzunehmen, um mit ihr diplomatische Gespräche zu führen. Es blieb jedoch beim Versuch. Die OVT betonte ausdrücklich, man wünsche keinerlei Einmischung seitens offizieller Stellen der Erde. Die Erdregierung selbst hatte sich bisher nicht in die Angelegenheit eingemischt. Man wollte dem Rat Zeit geben, auf diplomatischem Weg eine friedliche Lösung zu finden. Zudem waren der irdischen Regierung die Hände gebunden, solange nicht von einem Mitglied des Administrativen Rats von Tongalen ein offizielles Hilfegesuch einging. Ein solches war bis zu diesem Zeitpunkt ausgeblieben.

Über den Verbleib der restlichen Ratsmitglieder wusste niemand Bescheid. Man vermutete, dass alle unter Arrest gestellt und jeglicher Kontakt nach außen unterbunden worden war.

Ein paar Stunden später wurde diese Vermutung bestätigt. Der Administrative Rat von Tongalen war offiziell abgesetzt worden. Behörden, Ämter, Polizei und andere Ordnungshüter befanden sich vollständig unter Kontrolle der OVT. Jeglicher Widerstand wurde brutal niedergeschlagen.

Auch der Raumhafen war mittlerweile in fester Hand der OVT, mit Ausnahme der BAVARIA. Jeglicher Start von Schiffen wurde untersagt. Ankommende Schiffe erhielten keine Landeerlaubnis, außer solchen aus eigenen Verbänden.

Ein Angriff auf die BAVARIA hatte bis zu diesem Zeitpunkt nicht stattgefunden. Die Vermutung lag nahe, dass die OVT immer noch hoffte, an die Daten des Mikrochips heranzukommen. Auf der anderen Seite fragte man sich, wie die Leute der OVT ohne sie den Putsch so reibungslos organisieren konnten. War es möglich, dass die Daten nachträglich auf anderem Weg zu ihnen gefunden hatten?

Weitere zwölf Stunden später waren die Detailtexte des ersten Hauptbereichs entschlüsselt. Man traf sich sofort im Konferenzraum, um die Ergebnisse zu besprechen.
»Mit der Entschlüsselung dieses Bereichs dürfte sich eines der großen Rätsel gelöst haben«, begann Rick die Diskussion. »Wir wissen jetzt, wie die OVT zu ihren überragenden technischen Gerätschaften kommt.«
Die irdische Raumfahrtbehörde betrieb auf dem Gelände des Raumhafens von Tongalen eine Wartungsstation für Raumschiffe. Die Mitarbeiter dieses Betriebs waren nach und nach durch OVT-Anhänger ersetzt worden. Der Pharmakonzern *Norris & Roach* organisierte regelmäßig getarnte Transportflüge nach Tongalen, die von Scheinfirmen organisiert wurden. Diese Schiffe beförderten spezielle Einzelteile für modernste technische Gerätschaften von der Erde nach Tongalen, die in der Kolonie selbst nicht produziert werden konnten.
Um diese Bauteile an den strengen Einfuhrkontrollen der Planetenpatrouille vorbeizuschleusen, wurden sie, gut getarnt, als feste Bestandteile in die Schiffe selbst eingebaut. Über den regelmäßigen Datenschmuggel von der Erde nach Tongalen erhielt der Wartungsbetrieb Pläne der Transportschiffe, um die Teile ordnungsgemäß wieder ausbauen zu können, und der zu konstruierenden neuen Geräte, um diese dann aus den ausgebauten Einzelteilen zusammenzusetzen.
In den soeben entschlüsselten Detaildaten fanden sich Baupläne für neue, modernere Planetenschiffe, Geländegleiter und schlagkräftigere Waffensysteme. Diese Erkenntnisse wurden sofort über Hyperfunk zur Erde geschickt.
Rick erhielt vom Diplomatischen Rat der Erde die Nachricht, dass gegen den Pharmakonzern *Norris & Roach*

Ermittlungen eingeleitet worden waren. Erste Ergebnisse seien bis zu diesem Zeitpunkt jedoch noch keine vorhanden.

Mitten in der Diskussion erschien der Kommunikationsoffizier im Konferenzraum. »Sir. Die OVT hat uns angefunkt und will Sie sprechen.«

»Vielen Dank. Leiten Sie das Gespräch hierher«, erwiderte Rick.

»Das verheißt nichts Gutes«, sagte Ernest mit besorgter Miene, als der Offizier wieder verschwunden war.

»Ich habe mich schon gewundert, warum die sich bisher noch nicht gemeldet und noch nichts gegen die BAVARIA unternommen haben«, sagte Rick mit nüchterner Stimme und schaltete den Kommunikator auf den Lautsprecher.

Nach einigen Sekunden meldete sich eine fremde Stimme: »Hier spricht Marac Kresnan vom Revolutionsrat der OVT. Spreche ich mit dem Verantwortlichen des irdischen Raumschiffs BAVARIA?«

»Ja, das tun Sie«, antwortete Rick gelassen. »Mein Name ist Rick Blattning. Was kann ich für Sie tun?«

»In Ihrem Schiff befindet sich einer unserer Führungsoffiziere mit einigen seiner Leute in Gewahrsam.«

»Das ist richtig.«

»Wir fordern die sofortige Freilassung dieser Männer.«

»Wenn wir dieser Aufforderung nicht Folge leisten?«

»Dann sehen wir uns gezwungen, Ihr Schiff anzugreifen.«

»Damit würden Sie das Leben Ihrer Leute gefährden.«

»Wir würden Ihr Schiff lediglich manövrierunfähig machen. Wenn Sie unsere Leute freilassen, können Sie ungehindert starten. Wir legen Ihnen nahe, diese Gelegenheit zu nutzen und Tongalen unverzüglich zu verlassen. Sollten Sie dies nicht tun, besteht später unter Umständen keine Möglichkeit mehr dazu.«

Rick blickte zu seinen Freunden. Ernest, Eric und Christopher schüttelten den Kopf.

»Wir werden Ihre Leute nicht freilassen. Wir protestieren gegen die Art und Weise, wie Sie die Macht dieser Kolonie an sich gerissen haben. Wir werden alles Mögliche unternehmen, um Sie daran zu hindern, weiteren Schaden anzurichten.«

»Ich warne Sie zum letzten Mal. Sollten Sie unsere Männer innerhalb einer Stunde nicht freilassen, sehen wir uns gezwungen, entsprechende Maßnahmen zu ergreifen.«

Der Kontakt wurde unterbrochen.

54.

»Wir haben weitere Daten entschlüsselt«, meldete Navas eine halbe Stunde später.

»Sehr gut«, antwortete Rick. »Bitte schicken Sie sie in den Konferenzraum.«

»Sofort, Sir.«

Wenige Sekunden später bestätigte eine kleine Meldungsbox auf dem Display seines Kommunikators den Empfang.

Nachdem die Anwesenden die Texte gelesen hatten, sagte Ernest: »So, wie es aussieht, ist das, was hier steht, bereits eingetreten.«

»In der Tat«, antwortete Rick. »Nun wissen wir auch, wie sie vorgegangen sind und wer alles beteiligt war.«

»Die meisten Namen sagen uns nichts«, fügte Eric hinzu. »Bis auf Kamal Golenko, den Polizeichef.«

»Richtig. Er befand sich in einer strategisch sehr günstigen Position, um den Umsturz einzufädeln und zu organisieren.«

Unter den Einheimischen brach heftige Unruhe aus. Sie hatten noch weitere Namen entdeckt, die sie in großes Erstaunen versetzten. Es gab sogar zwei Namen von Personen, die ihrer Gruppe angehörten.

Verräter in den eigenen Reihen.

In einem weiteren entschlüsselten Datenbereich erfuhren sie, wie die OVT die Kontrolle über die Bevölkerung erlangen wollte. Unter anderem war geplant, innerhalb der Polizei eine neue Personenkontrolltruppe zu schaffen, die regelmäßig in den öffentlichen Bereichen patrouillieren würde. Mit dieser neuen Truppe hatten sie auf dem Flug zum Raumhafen bereits Bekanntschaft gemacht.

Es sollten neue Gesetze erlassen werden, die die Freiheit der Bürger massiv einschränkten, vor allem im freizügigen Verhalten und in der freien Meinungsäußerung.

»Man könnte denken, der Mensch kapiert es nie, dass mit Diktatur und Freiheitsberaubung nur Hass und Gewalt gesät werden«, bemerkte Ernest nachdenklich.

»Wir kennen so etwas gar nicht«, erwiderte Neha Araki verwirrt. »In Tongalen hat es das nie gegeben.«

»Auf der Erde leider schon zur Genüge. Es liegt wohl in der Natur vieler Menschen, dass das höchste Erstrebenswerte im Leben Macht darstellt. Es gibt Menschen, die würden alles tun, um dieses Ziel zu erreichen.«

»Macht über andere Menschen auszuüben wird zu einer Sucht«, ergänzte Eric. »Um diese Sucht immer wieder zu befriedigen, braucht man noch mehr Macht. Ein Teufelskreis. Diese menschliche Eigenschaft führte in der Vergangenheit auf der Erde zu einer kapitalistischen Gesellschaft, in der es nur noch darum ging, Vermögen zu erlangen. Denn wer das besaß, hatte Macht. Die Methoden, wie Vermögen angehäuft und vermehrt wurden, nahmen immer dreistere und unmoralischere Formen an. Das Wirtschaftssystem hatte damals die Macht über Politik und Medien. Mit diesen beiden Instrumenten wurde die Bevölkerung manipuliert.«

»Es gab früher auf der Erde noch weitere Institutionen, die Macht über die Bevölkerung ausübten«, sagte Ernest.

»Du meinst die Kirchen im Mittelalter«, erwiderte Christopher.

»Genau. In der damaligen Zeit hatten Kirchen sogar Macht über Regierungen. Da wurden Menschen öffentlich gebrandmarkt oder umgebracht, wenn sie an etwas anderes glaubten oder Handlungen ausführten, die der Kirche nicht bekannt oder nicht genehm waren.«

Neha und ihre Freunde hatten diesen Schilderungen bisher sprachlos zugehört und starrten entsetzt zu Ernest.

»Die OVT ist eine stark religiös orientierte Gruppierung«, fuhr dieser fort. »Es besteht die große Gefahr, dass sie hier ein ähnliches System einführen will.«

»Das wird die Bevölkerung nicht zulassen«, sagte einer von Nehas Freunden empört.

»Wenn sie die Kontrolle über das System hat, wird die Bevölkerung nicht mehr viel dagegen tun können.«

»Außer zu kämpfen und dabei viele Opfer in Kauf zu nehmen«, ergänzte Eric.

»Wir können keine Menschen töten«, sagte Neha. »Das mussten wir noch nie tun. Kämpfen mit Fäusten und Füßen ist etwas anderes. Aber mit tödlichen Waffen Menschen umbringen, können wir nicht.«

»In der Geschichte der Erde hat es auch das schon oft gegeben«, berichtete Ernest. »Ganze Völker wurden niedergemacht, weil sie sich nicht zu wehren wussten oder gar nicht beabsichtigten, sich zu wehren.«

»Was können wir dagegen tun?« Neha sah ihre neuen irdischen Freunde verzweifelt an.

»Euer Volk ist auf diese Situation nicht vorbereitet. Das ist auch der Grund, warum die Gefahr bisher massiv unterschätzt worden ist. Man hat es nicht für möglich gehalten, dass es überhaupt so weit kommen könnte, weil es so etwas in Tongalen bis jetzt noch nie gegeben hat.«

»Die Vergangenheit hat mehrmals gezeigt, dass Menschen zwar ein Unheil erkennen, es jedoch zu wenig ernst nehmen und erst dann etwas dagegen unternehmen, wenn es fast zu spät ist«, sagte Christopher. »Meist waren es Bequemlichkeit oder Ignoranz, die es verhinderten, rechtzeitig zu handeln. Anscheinend liegt das in der Natur des Menschen.«

»Genau das ist bei uns passiert«, sagte Neha deprimiert. »Und jetzt ist es zu spät. Jetzt sind wir alle verloren.«

»Es ist nie zu spät.« Ernest blickte entschlossen zu Neha und ihren Freunden. »Nur braucht es jetzt wesentlich mehr Aufwand und Opfer, um dieses Unheil abzuwenden.«

»Und fremde Hilfe«, ergänzte Rick.

Nehas Freunde sahen ihn schweigend an. Auf ihren Gesichtern zeichnete sich eine leise Hoffnung ab. Dann wurde die Diskussion durch das Summen von Ricks Kommunikator erneut unterbrochen.

»Sir. Der Kerl von der OVT ist wieder dran«, sagte der Kommunikationsoffizier.

»Vielen Dank. Stellen Sie ihn durch.« Rick schaltete den Kommunikator auf die Lautsprecher.

»Die vereinbarte Stunde ist verstrichen.« Marac Kresnans Stimme klang energisch. »Wir geben Ihnen noch drei Minuten, um unsere Leute freizulassen.«

»Unsere Meinung hat sich nicht geändert«, antwortete Rick gelassen. »Wir werden Ihre Leute auf keinen Fall freilassen. Sie haben sich eines Verbrechens schuldig gemacht und wurden festgenommen. Wir werden sie der ordnungsgemäßen Gerichtsbarkeit übergeben.«

»Sie werden die Konsequenzen zu tragen haben.« Kresnan unterbrach die Verbindung.

Ein paar Minuten später hörten sie ein Donnern und spürten ein kurzes Vibrieren.

55.

»Die schießen auf uns!« Michelle sah Hilfe suchend zu Rick.

»Sie werden bald merken, dass sie mit ihren Waffen gegen unseren Schutzschirm nichts ausrichten können.«

»Klingt ja beruhigend«, erwiderte Michelles mit ironischem Unterton.

»Die BAVARIA ist mit optimalen Verteidigungsmechanismen bestückt«, fuhr er fort. »Diese wurden unter Berücksichtigung neuester Waffentechnologien konstruiert. Die OVT mag zwar sehr gut ausgerüstet sein, aber ihre Waffen reichen nicht aus, um uns gefährlich zu werden.«

»Wie steht es mit eurer eigenen Bewaffnung?«, wollte Neha wissen.

»Die BAVARIA ist kein Kampfschiff. Daher verfügt sie nur über eine minimale Bewaffnung, die in erster Linie der Selbstverteidigung dient. Sie ist definitiv kein Angriffsschiff. Gebaut wurde sie für diplomatische Missionen.«

»Das heißt, ihr könnt die OVT nicht angreifen.« Sie konnte ihre Enttäuschung nicht verbergen.

»Nein, angreifen können wir sie nicht, aber sie können uns auch nichts anhaben.«

»Dann kann Kresnan seine Drohung nicht wahr machen?«

»Mit Waffengewalt hat er keine Chancen. Aber ich nehme an, er wird es bald selbst merken und sich eine andere Strategie einfallen lassen.«

Neha blickte ihn fragend an.

»Es gibt andere Möglichkeiten, uns unter Druck zu setzen.«

»Zum Beispiel?«

»Erpressung.«

Wieder sah ihn Neha fragend an.

»Es kommt darauf an, wie gut er uns Menschen kennt. Bei all den negativen Eigenschaften der Menschheit, die wir vorhin diskutiert haben, gibt es auch einige positive. Eine davon könnte er sich zunutze machen und sie gegen uns einsetzen.«

»Wie würde das aussehen?«

»Er könnte uns damit drohen, Kolonisten zu töten, wenn wir seinen Forderungen nicht nach kommen.«

»Ich kann das alles nicht verstehen.« Sie schüttelte verzweifelt den Kopf. »Das ist für mich alles völlig neu.«

»Es wird noch viele andere Dinge geben, die für euch neu sind, wenn wir die OVT nicht aufhalten«, sagte Ernest nachdrücklich.

Unter Nehas Freunden, die bisher aufmerksam zugehört und nur sporadisch ihre Meinung geäußert hatten, brach eine heftige Diskussion aus.

Zwei Stunden später erhielten sie die nächsten entschlüsselten Daten, die sogleich zur Erde übermittelt wurden. Sie enthielten Informationen über die Verbindung der OVT zu *Norris & Roach* und die Namen aller beteiligten Personen. So, wie sich das Bild präsentierte, wurde der Konzern dazu benutzt, die OVT logistisch, personell und finanziell zu unterstützen.

Aus den Unterlagen ging jedoch nicht hervor, ob das gesamte Unternehmen im Dienste dieser Mission stand, oder ob es nur von bestimmten Leuten dafür missbraucht wurde. Das herauszufinden war Gegenstand behördlicher Ermittlungen auf der Erde.

Die Namensliste derer, die an der Verschwörung beteiligt waren, reichte jedoch bis in die Führungsspitze des Unternehmens. Und einer dieser Namen jagte ihnen einen gewaltigen Schrecken ein.

»Derek Varnowski?«, rief Eric ungläubig.

»Wer ist das?« Neha hatte die fassungslose Reaktion ihrer neuen Freunde sofort bemerkt und zeigte sich nun ebenfalls besorgt.

»Der oberste Chef von *Norris & Roach* und einer der mächtigsten Industriebosse auf der Erde. Wenn er an der Sache beteiligt ist, haben wir es mit einer ungeahnten Macht zu tun. Der Kerl ist stinkreich. Zudem frage ich mich, was es ihm überhaupt einbringt, wenn er die OVT mit modernsten Gerätschaften versorgt. Umsonst wird er es bestimmt nicht tun. Die OVT schwimmt nicht in Geld.«

Neha blickte eine Sekunde verwirrt zu Eric, schien ihn aber doch verstanden zu haben.

»Könnte sein, dass dies in der Rubrik *Finanzierung* erklärt wird«, mutmaßte Ernest.

»Ich frage mich, in wieweit Varnowskis Macht reicht, auch die irdische Regierung und die Behörden zu beeinflussen.« Ricks Selbstvertrauen war einer Verunsicherung gewichen. Als Mitglied des Diplomatischen Rats der Erde könnte er diese Macht sehr bald zu spüren bekommen, sollte er mit seiner Mission der OVT weiterhin in die Quere kommen. »Ich befürchte, wir haben die ganze Sache ziemlich unterschätzt. Da sind Mächte und Mittel am Werk, gegen die wir nicht das Geringste ausrichten können.«

Rick setzte sich, trommelte mit den Fingern auf dem Tisch und blickte ratlos in die Runde.

Ernest räusperte sich. »Wir waren die ganze Zeit nur ein winziges Rädchen im System. Für die spielt es keine Rolle, mal hier, mal dort jemanden zu eliminieren, wenn er seinen Zweck erfüllt hat. So hatten auch wir unseren Zweck zu erfüllen, indem wir der OVT strategisch wichtige Daten liefern sollten. Anschließend wären wir entbehrlich gewesen.«

»Lasst euch jetzt nur nicht entmutigen«, warf Eric aufmunternd ein. »Immerhin haben die Leute der OVT die Daten nicht bekommen. Wir konnten sie sogar entschlüsseln. Das ist doch ein Teilerfolg im Kampf gegen diese Bande. Zudem sind sie bisher auch nicht ernsthaft gegen die BAVARIA vorgegangen.«

»Müssen sie auch nicht«, erwiderte Ernest. »Sie können sich Zeit lassen, bis sie die gesamte Kolonie unter Kontrolle haben. Irgendwann wird uns hier die Luft ausgehen. Darauf warten die doch nur.«

»Eric hat recht.« Rick schien etwas von seinem Selbstvertrauen wiedergewonnen zu haben. »Wir sollten uns am besten nicht rühren und den Entscheid der irdischen Regierung abwarten. Ich bin überzeugt, dass wir von der Erde Unterstützung bekommen werden. Ich glaube nicht, dass Varnowskis Macht momentan soweit reicht, sie gegen uns einzusetzen.«

»Vor allem nicht, da gegen seinen Konzern Ermittlungen am Laufen sind.«

»Sollte das tatsächlich der Fall sein, wären wir stark im Vorteil. Dann wären wir es, die einfach warten müssten, bis Hilfe eintrifft.«

»Wie es Eric schon erwähnt hat, geht mir nicht in den Kopf, wieso es ein Geldsack wie Varnowski überhaupt nötig hat, sich an einer solchen Verschwörung zu beteiligen«, sagte Christopher. »Ich meine, es ist zwar kein Geheimnis, dass er ein rücksichtsloser Abzocker ist. Aber was bringt ihm das Ganze hier?«

»Der Teufelskreis der Macht«, entgegnete Eric. »Der Hunger nach Macht muss immer wieder gestillt werden.«

»Macht über Tongalen?«

»Vielleicht ist Tongalen nur Mittel zum Zweck für einen viel größeren Plan. Könnte etwas mit der Rubrik *Interplanetarische Kontrollzentrale* zu tun haben.«

Für einen Moment herrschte Totenstille im Konferenzraum. Alle blickten zu Eric, der mit seinen letzten Worten eine neue Tür des Unheils aufgestoßen hatte.

Die Diskussion in der nächsten Stunde legte Möglichkeiten offen, wie Varnowski zusammen mit der OVT seine Macht auf die ganze Erde und alle Kolonien ausweiten könnte. Die Wahrscheinlichkeit, dass ein solcher Plan existierte, war durch verschiedene bisherige Ereignisse bestätigt worden.

Neha und ihre Freunde hatten die Debatte aufmerksam verfolgt. Es war jedoch mehr als deutlich zu spüren, dass sie vom Ausmaß und von der Komplexität der Geschehnisse völlig überfordert waren. Sie durchlebten die Entstehung eines Szenarios, das jenseits ihrer Vorstellungskraft lag.

Mitten in der Diskussion summte Ricks Kommunikator erneut. »Sir. Wir haben einen Anruf von einer gewissen Keyna Algarin, die Sie dringend sprechen möchte«, sagte der Kommunikationsoffizier.

»Stellen Sie sie durch.« Rick schaltete sofort die Lautsprecher ein.

»Spreche ich mit Rick Blattning?«, hörten sie eine weibliche Stimme aufgeregt fragen.

»Die Kolonialanwältin«, sagte Christopher leise.

»Ja, Madam. Hier spricht Rick Blattning. Wo sind Sie?«

»Ich möchte meinen Aufenthaltsort lieber nicht verraten, da die Möglichkeit besteht, dass dieses Gespräch von der OVT abgehört wird«, antwortete sie.

»Wir erhielten die Information, dass der Administrative Rat unter Arrest steht. Wie kommt es, dass Sie noch frei sind?«

»Das ist teilweise richtig, Sir. Aber ich konnte mich der Verhaftung entziehen. Ein Mitglied der FDB hat mir einen Kommunikator besorgt und mir geraten, mich mit Ihnen in Verbindung zu setzen.«

»Elf Personen dieser Gruppe, unter anderem ihre Anführerin, befinden sich an Bord der BAVARIA in Sicherheit.«

»Das freut mich zu hören. Hätten wir doch nur früher auf diese Leute gehört. Sie haben alles vorausgesehen, und wir haben sie nicht ernst genommen.«

»Madam, bitte sagen Sie uns, was wir für Sie tun können.«

»Ich möchte ein offizielles Hilfegesuch an die irdische Regierung stellen, uns in dieser Krise zu unterstützen.«

»Bitte entschuldigen Sie, wenn ich Sie das frage, aber sind Sie dazu befugt?«

»Im Todesfall oder bei einer Verhinderung der Vorsitzenden des Administrativen Rats bin ich als Kolonialanwältin berechtigt, Entscheidungen in ihrem Namen zu treffen. Ich werde Ihnen den Verifizierungscode zustellen, den Sie bitte zusammen mit dem Gesuch an die irdische Regierung weiterleiten. Anhand dieser Signatur wird die Echtheit der Botschaft bestätigt.«

»Ich werde Ihr Ersuchen und den Verifizierungscode selbstverständlich an die entsprechende Stelle auf der Erde weiterleiten«, sagte Rick, nachdem der Code übermittelt worden war. »Können wir sonst noch etwas für Sie tun?«

»Im Moment nicht. Ich werde meinen Standort wechseln, da die Gefahr besteht, dass dieses Gespräch angepeilt worden ist.«

»Das ist eine gute Idee«, sagte Rick.

»Ich habe eine Beschützerin bei mir. Eine junge Frau aus der Gruppe der FDB.«

Neha hob ihren Kopf und sah gespannt zum Lautsprecher.

»Sie sagte, sie werde ihren Namen nicht nennen. Sie möchte ihre Familie nicht in Schwierigkeiten bringen, falls die OVT dieses Gespräch abhört«, fuhr die Anwältin fort.

»Dafür haben wir Verständnis.«

»Ich werde mich später wieder melden, Sir.«

»Passen Sie auf sich auf.«

»Das werden wir. Vielen Dank.«

Die Verbindung wurde unterbrochen.

Rick verfasste ein Dokument, signierte und verschlüsselte es mit dem Code des Diplomatischen Rats der Erde. Dann fügte er das offizielle Hilfegesuch zusammen mit dem Verifizierungscode hinzu und schickte es an die irdische Regierung.

56.

Vier Stunden später waren die letzten Daten entschlüsselt. Was sich ihnen offenbarte, ließ ihnen das Blut in den Adern gefrieren.

Im vierten Hauptbereich wurde eine langfristige detaillierte Strategie beschrieben, wie sich die Macht der OVT auf andere Kolonien und sogar auf die Erde ausweiten ließ. Damit sahen sie sich in ihrer Vermutung nicht nur bestätigt. Das Ganze übertraf ihre Vorstellungen noch bei Weitem.

Der fünfte Bereich beinhaltete die Darstellung unzähliger chemischer Formeln, mit denen sie überhaupt nichts anzufangen wussten. Ohne das nötige Fachwissen würde es ihnen nicht möglich sein, herauszufinden, wofür diese Formeln waren und um was für Chemikalien es sich dabei handelte. Doch eine Frage interessierte sie brennend: Was hatten all diese Formeln auf dem Mikrochip zu suchen, der eindeutig für die OVT bestimmt war? Und von wem stammten sie?

Als ob das alles noch nicht genug gewesen wäre, erwartete sie im sechsten Hauptbereich eine riesige Überraschung, die vor allem Ernest aus der Fassung brachte.

Die Rede war von der Art und Weise, wie die Aktivitäten der OVT und ihre Expansionspläne finanziert werden sollten. Anscheinend ließ sich Derek Varnowski für seine Dienste von der OVT fürstlich bezahlen.

Auf dem großen Monitor erschien eine Übersicht, die aufzeigte, woher die finanziellen Mittel kamen und wofür man sie einsetzen wollte. Eine dieser Quellen stach ihnen sofort ins Auge. Ihre Bezeichnung lautete:

Erbschaft E. Walton.

Als Verwalter dieser Erbschaft wurde ein Anwalt namens Michael O'Donovan genannt. Noch mehr in Erstaunen versetzte sie der Umfang der Erbschaft. Sie übertraf sämtliche anderen Geldquellen bei Weitem.

Die Anwesenden starrten auf die Zahlen in der Übersicht und trauten ihren Augen nicht. Nach einer Weile richteten sie ihre Blicke auf Ernest, dessen Augen immer noch gebannt die Zahlen fixierten.

»Kennst du diesen Michael O'Donovan?« Eric nickte mit dem Kopf in Richtung Bildschirm.

»Noch nie von ihm gehört«, antwortete Ernest immer noch fassungslos.

»War anscheinend der Anwalt deines Vaters.«

»Ich habe meinen Vater nie kennengelernt, also weiß ich auch nicht, wer sein Anwalt war. Ich kenne nicht einmal seinen Namen.« Ernest machte eine Pause und wirkte plötzlich sehr nachdenklich. »Nun wissen wir, warum wir umgebracht werden sollten. Die Mistkerle wollten sich meine Erbschaft unter den Nagel reißen.« Nach dieser schockierenden Erkenntnis verfiel Ernest in einen maßlosen Zorn. »Wenn ich einen von denen in die Finger kriege, werde ich ihm den Hals umdrehen!«

»Wer verwahrt eigentlich dein Testament?« fragte Eric.

»Mark, wer denn sonst. Er hat sich doch bisher immer um all unsere Angelegenheiten gekümmert.«

»Darf ich fragen, wen du darin berücksichtigt hast?«, erkundigte sich Rick.

»Hey, noch bin ich nicht unter der Erde«, erwiderte Ernest empört.

»Darum geht es mir nicht«, beschwichtigte ihn Rick. »Ich möchte nur in Bezug auf das Virus im Bordsystem eures Schiffs sicher sein.«

Die kurze Stille im Raum wurde nur vom Summen der Klimaanlage übertroffen. Eigentlich wussten alle, was Rick meinte.

»Viele sind es nicht«, antwortete Ernest. »Bis auf drei sind alle hier anwesend: Rick, Eric und Christopher. Wenn ich das nächste Mal auf der Erde bin, werde ich meinen Notar aufsuchen und auch Michelle mit einbeziehen.«

Sie sah ihn mit großen Augen an und brachte keinen Ton heraus.

»Weil du mir netterweise Bier und Essen in meine Kabine gebracht hast«, ergänzte er, ohne sein Gesicht zu verziehen, »und im Grunde genommen ein liebenswerter Mensch bist.«

»Du hast gesagt, bis auf drei sind alle hier anwesend«, fuhr Rick fort. »Wer gehört denn noch dazu?«

»Mein Sohn Rob, meine Tochter Sonja und Mark«, antwortete Ernest spontan. Gleichzeitig realisierte er die Tragweite dessen, was er eben gesagt hatte. Sein Gesicht wurde leichenblass. »Die schweben alle in Lebensgefahr. Oder sind vielleicht schon umgebracht worden.«

»So, wie es aussieht, will die OVT alle Begünstigten eliminieren«, folgerte Rick weiter. »Dann würde niemand mehr Anspruch auf den Nachlass erheben.«

Eric sah Rick eindringlich an. »So, wie es aussieht, scheinst du hier sicherer zu sein als auf der Erde. Nicht auszudenken, wenn du nicht hierher geflogen wärst.«

Diese Erkenntnis traf Rick wie ein Schlag ins Gesicht. »Anscheinend habe ich riesiges Glück gehabt«, sagte er zerknirscht. »Wenn man bedenkt, wie die kryptografischen Bereiche meines Konzerns infiltriert worden sind. Da wäre es bestimmt auch ein Leichtes gewesen, mich zu beseitigen.« Für einen Moment schwieg er und starrte Riesenlöcher in die Luft. »Ich werde gleich über Hyperfunk Kontakt mit der Erde aufnehmen.« Hastig verließ er den Konferenzraum.

Als er nach einer Viertelstunde zurückkehrte, konnte er den Anwesenden die beruhigende Mitteilung überbringen, dass die betroffenen Personen unversehrt waren und ab sofort rund um die Uhr von der Polizei bewacht wurden. Ernest atmete sichtlich erleichtert auf. Einzig von Mark Henderson fehlte jede Spur.

»Vielleicht haben sie ihn erwischt und umgebracht«, äußerte Rick seine Befürchtung. »Das würde erklären, warum er seit Längerem nicht erreichbar ist.«

»Das ist gut möglich. Dann wären wohl demnächst meine Kinder dran gewesen.«

»Zum Glück konnten die Daten rechtzeitig entschlüsselt werden.«

»Interessant wäre es zu erfahren, wer dein Vater gewesen ist«, sagte Christopher zu Ernest.

»Das würde mich auch interessieren«, entgegnete er. »Aber das steht nicht im Text.«

»Leider. Also müsstest du dir das Testament deines Vaters besorgen.«

»Das dürfte unter den gegebenen Umständen schwierig sein. Wie aus dem entschlüsselten Text zu entnehmen ist, wurde es aus der Obhut Michael O'Donovans gestohlen und der Anwalt selbst mit großer Wahrscheinlichkeit umgebracht.«

Als Rick sich vom Schrecken über die jüngsten Erkenntnisse einigermaßen erholt hatte, begann er, auf dem Kommunikator sein Organigramm mit den neuesten Daten zu erweitern.

»Da war doch die Rede von Formeln für irgendwelche Chemikalien«, begann er zögernd. »Ich meine bei den entschlüsselten Daten.«

»Auf was willst du hinaus?«, fragte Eric.

»Habt ihr eigentlich eine Ahnung, was ihr im Auftrag von *Norris & Roach* nach Tongalen transportiert habt?«

57.

Laut Bordzeit war es später Abend. Die letzten Stunden waren sehr anstrengend gewesen. Unter den Leuten machte sich die Müdigkeit bemerkbar.

In den fast drei Tagen, in denen sie sich schon an Bord der BAVARIA befanden, hatte sich vieles verändert. Für die Mitglieder der FDB war die bisherige Welt praktisch auf den Kopf gestellt worden. Sie hatten Mühe, sich mit dieser Situation zurechtzufinden. Der psychische Druck unter ihnen stieg und machte sich mehr und mehr bemerkbar.

Nachdem in den letzten beiden Nächten fast niemand ausgiebig zum Schlafen gekommen war, erhofften sich alle, diesmal etwas mehr Ruhe zu finden.

Neha hatte sich in ihrer Einzelkabine in den letzten beiden Nächten derart unwohl gefühlt, dass sie Michelle und Christopher fragte, ob die beiden ihre Kabine mit ihr teilen würden.

»Sagt es mir einfach, wenn ihr lieber unter euch bleiben wollt«, meinte sie, nachdem sie ihr Anliegen hervorgebracht hatte.

»Du störst uns keineswegs«, antwortete Christopher. Michelle nickte ihr bestätigend zu. »Nachdem, was wir mittlerweile über euch und eure Lebensart gelernt haben, können wir gut nachvollziehen, dass das Alleinsein für dich unerträglich sein muss.«

»Erst recht in so einer kleinen Einzelkabine auf einem Schiff«, ergänzte Michelle.

»Ich gebe zu, das macht mir zu schaffen«, erwiderte Neha. »Es ist für uns alle sehr ungewohnt. Ihr habt bestimmt schon bemerkt, dass keiner meiner Freunde alleine eine Kabine bewohnt. Wir brauchen die Nähe vertrauter Menschen. Das gibt uns ein sicheres Gefühl.«

»Du brauchst dich dafür nicht zu rechtfertigen«, meinte Christopher lächelnd. »Bei uns hat sich die Zivilisation anders entwickelt. Die Menschen besuchen zwar

Massenveranstaltungen, ziehen sich danach aber in eine Art Isolation zurück, in der sie sich sicher und geborgen zu fühlen scheinen. Sie merken nicht, dass sie trotzdem sehr einsam sind. Das private Leben findet oft nur noch in virtuellen Welten oder alleine statt. Bei euch gibt es Kommunen und Gemeinschaften, die auf engen Raum zusammenleben können, ohne dass es zu Spannungen kommt. Ihr nehmt Rücksicht aufeinander, stellt euch auf das Zusammensein ein und respektiert die Bedürfnisse anderer. Deshalb bewundere ich euch.«

Neha lächelte verlegen. »Ihr könnt mir vom Leben auf der Erde erzählen«, schlug sie vor. »Ich würde sehr gerne mehr darüber erfahren.«

»Warst du schon einmal auf der Erde?«, wollte Michelle wissen.

»Nein, ich habe schon viel über sie gelesen. Aber ich möchte einmal dahin fliegen und mir vieles ansehen, um mir ein eigenes Bild machen zu können.«

»Du könntest mit uns fliegen und eine Weile bleiben«, schlug Christopher vor. »Bis die *Space Hopper* wieder flugtauglich ist, wird es eine Weile dauern. In dieser Zeit werden wir nicht unterwegs sein, und du könntest bei uns wohnen.«

Nehas Augen leuchteten kurz auf, aber sogleich legte sich wieder ein Schatten über ihr Gesicht. »Das würde ich sehr gerne«, erwiderte sie traurig. »Wenn wir das hier überleben.«

Michelle setzte sich neben sie, legte den Arm um ihre Schultern und zog sie an sich.

Neha erwiderte die Umarmung und schmiegte sich an Michelle. »Ihr beide seid anders als die Menschen von der Erde, die ich bisher kennengelernt habe. Ihr seid uns ähnlicher als ihr denkt.«

»Diesen Eindruck habe ich auch ein bisschen bekommen, seit wir hier sind«, erwiderte Christopher. »Es hat schon seinen Grund, warum ich seit Jahren im Weltraum unterwegs bin und mich nur noch selten auf der Erde aufhalte.«

»Für mich war es ebenfalls eine große Erleichterung, als ich mich Ernest, Eric und Christopher anschließen durfte«, bestätigte Michelle.

Während der nächsten zwei Stunden erzählten Christopher und Michelle vom Leben und von den Menschen auf der Erde. Dazu hatten sie sich nebeneinander auf das breite Bett gelegt und die ganze Zeit zur Decke geblickt.

Bei ihrer Schilderung der Verhältnisse auf der Erde und der menschlichen Eigenschaften zeichnete sich immer deutlicher der Unterschied zwischen Menschen und Tongalern ab. Während die Menschen fast ihr ganzes Leben unter beruflichem und gesellschaftlichem Erfolgsdruck standen, lebten die Tongaler frei von solchen Zwängen und waren daher der derzeitigen Belastung nur schlecht gewachsen.

Michelle, die in der Mitte lag, war irgendwann eingeschlafen, während Neha immer noch aufmerksam Christophers Erzählungen lauschte. Doch irgendwann wurde auch sie von der Müdigkeit übermannt und schlief ein.

Christopher schloss die Augen und versuchte ebenfalls zu schlafen.

Es war mitten in der Nacht. Ernest konnte nicht einschlafen und entschloss sich, im Unterdeck einen Spaziergang zu machen, wo er Rick über den Weg lief. Zusammen begaben sie sich in die Bordkantine, wo Ernest sich einen Bourbon einschenkte. Rick begnügte sich mit Sodawasser.

Plötzlich summte sein Kommunikator. Als er das Gespräch entgegennahm, hörte er Keyna Algarins Stimme. Sie klang leise und nervös.

»Sind Sie in Sicherheit?«, fragte Rick als Erstes.

»Vorerst schon«, antwortete sie fast flüsternd. »Aber das kann sich schnell ändern.«

»Sind Sie alleine?«

»Nein, meine Begleiterin ist immer noch bei mir. Wir haben in den letzten Stunden ständig unser Versteck gewechselt, aber wir sind nicht sicher, ob wir nicht doch verfolgt wurden.«

»Wir sollten versuchen, Sie zu holen«, schlug Rick vor.

»Nein, das wäre zu gefährlich für Sie«, protestierte sie. »Sie sind unsere einzige Hoffnung. Sie dürfen auf keinen Fall in Gefangenschaft geraten.«

Ernest, der das Gespräch durch den kleinen Lautsprecher des Kommunikators mitbekommen hat, hob die Hand.

»Ich hätte einen Vorschlag«, sagte er ruhig.

»Madam, einen kleinen Moment bitte. Bleiben Sie dran.«

Rick sah zu Ernest. »Ich weiß, was du mir vorschlagen willst. Bist du dir ganz sicher?«, fragte er besorgt.

»Absolut.«

»Ich werde dir zwei meiner Leute mitgeben.«

»Ist mir recht.«

»Also gut.«

Dann schaltete er den Kontakt zu Keyna Algarin wieder her.

»Madam? Wir holen Sie ab. Aber ich werde nicht selbst fliegen. Ernest Walton und zwei Männer aus meiner Besatzung werden mit einem Gleiter versuchen, Sie und Ihre Begleiterin abzuholen.«

»Wir müssen einen Treffpunkt vereinbaren. Aber das könnte riskant sein, falls die OVT das Gespräch abhört.«

»Dieses Risiko müssen wir eingehen. Irgendwie müssen wir Sie finden.«

»Vielleicht wäre es besser, wenn einer aus der Gruppe der FDB mitfliegt. Er kennt sich in der Gegend besser aus.«

»Das halte ich für eine sehr gute Idee.«

»Einen Moment bitte«, sagte die Anwältin.

Dann hörte Rick eine andere Stimme.

»Ich bin die Begleiterin von Keyna Algarin. Entschuldigen Sie, wenn ich Ihnen meinen Namen nicht nenne. Ich möchte meine Familie nicht in Gefahr bringen.«

»Kein Problem.«

»Bitte geben Sie Neha Araki folgende Information weiter. Sie wird dann genau wissen, wo der Treffpunkt ist.« Die junge Frau nannte Rick einen Namen, mit dem er nichts anzufangen wusste, und übergab den Kommunikator wieder an Keyna Algarin.

»Wie lange brauchen Sie bis zu diesem Treffpunkt?«, fragte Rick.

»Geben Sie uns zwei Stunden Zeit. Wahrscheinlich müssen wir einige Umwege in Kauf nehmen. Falls wir es früher schaffen, werden wir uns verstecken und warten.«

Kurz darauf wurde die Verbindung unterbrochen. Einen Moment schwiegen Ernest und Rick.

»Du bist dir im Klaren darüber, was du für ein Risiko eingehst?« Rick machte ein besorgtes Gesicht.

»Ja, das bin ich.«

Rick hatte den Eindruck, selten so einen entschlossenen Ausdruck in Ernests Augen gesehen zu haben.

58.

Ernest saß auf dem Pilotensitz des Kleinjets und bereitete den Start vor. Neben ihm auf dem Kopilotensitz hatte David Mitchell Platz genommen, ein Mitglied aus Commander Hausers Truppe. Aus der Gruppe der FDB hatte sich Devian Tamlin anerboten mitzufliegen, da er die Innenstadt am besten kannte. Er saß hinter ihnen auf einem zusätzlichen Platz.

Rick hatte den Jet sofort bereitstellen und durchchecken lassen. Das Fluggerät war schnell und wendig und für die Verteidigung des Diplomatenschiffs konzipiert worden. Es verfügte in Form von zwei Strahlenkanonen über eine ansprechende Bewaffnung. Damit konnte es der BAVARIA bei einem feindlichen Angriff einen zusätzlichen Schutz bieten.

Kurz darauf war es soweit. Die Kontrollen waren abgeschlossen und der Jet startklar. Rick, Eric, Christopher, Michelle und Neha standen auf dem Deck neben dem Cockpit. Rick hob den rechten Daumen. Ernest erwiderte die Geste. Dann verließen sie den Startraum.

Man war gespannt, wie die OVT auf diesen Start reagieren würde. Einerseits bestand das Problem darin, an den Kontrollen der OVT vorbeizufliegen und andererseits, dass man für einen kurzen Moment den Abwehrschirm öffnen musste. Doch man wollte das Überraschungsmoment nutzen, da die OVT nicht mit dem Start eines Jets von der BAVARIA aus rechnete.

Das Außenschott der BAVARIA öffnete sich. Ernest zündete die Triebwerke. Der Jet schoss mit starker Beschleunigung aus dem Hangar in die dunkle Nacht hinaus und ließ das Mutterschiff hinter sich.

Im Tiefflug, um eine Ortung der OVT möglichst lange hinauszuzögern, flog Ernest in einem weiten Bogen um die Stadt herum, da sich der Treffpunkt, den sie von Neha erfahren hatten, auf der anderen Seite befand.

Die Gegend in den Außenbezirken wirkte wie ausgestorben. Kein Licht war zu sehen. Die Menschen waren entweder auf der Flucht oder hatten sich in ihre Häuser verkrochen und rührten sich nicht von der Stelle.

Der Jet stammte aus der neuesten Generation von Kleinfluggeräten, die mit einem fast lautlosen Triebwerk ausgerüstet waren. Wendigkeit für Manöver auf engstem Raum und ein sehr guter Abwehrschirm zeichneten ihn ebenfalls aus. Doch bei diesem Flug war es nicht ratsam, ihn zu aktivieren, da er bei hoher Geschwindigkeit durch die Luftreibung leicht zu glühen begann und dieses Leuchten nachts sehr gut zu sehen war.

Als Ernest den Stadtrand erreichte, drosselte er die Geschwindigkeit. Er überflog das Gelände in geringer Höhe, während Devian sich zu orientieren versuchte. Da es überall dunkel war, hatte er damit mehr Mühe als erwartet.

Plötzlich kamen ihnen Lichter entgegen.

»Achtung!«, rief David Mitchell. »Da vorne sind Gleiter. Ich glaube, sie haben uns entdeckt!«

Ernest flog ein waghalsiges Manöver und tauchte unter den entgegenkommenden Schiffen hinweg. »Das ist bestimmt eine Patrouille der OVT. Die werden sich nicht so leicht abschütteln lassen.«

Devian, der inzwischen die Orientierung wiedergefunden hatte, lotste Ernest derweil zwischen Gebäudekomplexen hindurch weiter ins Innere der Stadt.

Kaum wähnten sie sich zwischen den Gebäuden in Sicherheit, wurde der Jet durch den Schuss einer Strahlenkanone erschüttert. Ein zweiter schlug in eine Gebäudefassade ein und setzte sie in Brand.

»Festhalten!«, rief Ernest. Er zog den Steuerknüppel mit einem Ruck nach hinten und beschleunigte mit voller Energie. Der Rumpf hob sich blitzschnell steil nach oben. Gleich darauf sahen sie aus dem Cockpitfenster nur noch den dunklen

Himmel. Danach flog der Jet ein kurzes Stück auf dem Rücken und senkte seine Nase langsam wieder der Erde zu. Unter ihnen sahen sie die Patrouillengleiter schnell auf sich zukommen. Einen Moment lang stürzte der Jet senkrecht dem Boden entgegen, bevor das Gelände unter ihnen wegglitt. Kurz darauf befanden sie sich wieder in horizontaler Lage.

Dieser Looping hatte sie direkt hinter die Patrouillengleiter der OVT gebracht. Ernest aktivierte die Strahlenkanone, ließ den Bordcomputer das Ziel anvisieren und drückte auf den Auslöser. Gleich darauf zog er den Jet etwas höher, um dem Feuerball auszuweichen, in dem einer der feindlichen Gleiter verging.

Sofort visierte er den nächsten an und schoss erneut. Getroffen krachte er in eine Gebäudefassade und explodierte. Dem dritten Gleiter war mittlerweile die Flucht gelungen.

Ernest ließ sich von Devian Tamlin wieder auf den richtigen Kurs bringen und flog mit horrender Geschwindigkeit über die Dächer hinweg, bremste zwischendurch wieder ab, wenn er eine andere Richtung einschlagen musste. Das Ziel war nicht mehr weit entfernt. Devian Tamlin lotste ihn problemlos dahin.

»Gleich da vorne ist es.« Mit dem Finger zeigte er in die entsprechende Richtung.

Ernest verlangsamte das Tempo, bis der Jet in der Luft zum Stillstand kam, und ließ ihn allmählich tiefer sinken, während David Mitchell den Ortungsmonitor im Auge behielt.

Plötzlich traten unter ihnen zwei Personen aus einer Gebäudetür ins Freie, blickten nach oben und winkten ihnen zu. Sie hatten sich Tücher über die Köpfe gezogen und waren nicht zu erkennen. Eine der beiden hielt die Hand in die Höhe und machte ein Zeichen.

Devian Tamlin reagierte sofort darauf: »Das sind sie!«

Ernest steuerte langsam auf die beiden zu und setzte zur Landung an.

»Achtung!«, schrie Mitchell. »Hinter uns kommt ein Gleiter!«

Kaum hatte er den Satz beendet, schoss ein gleißender Strahl an ihnen vorbei.

Ernest hatte den Jet unmittelbar nach der Warnung instinktiv nach links gezogen und so einen Treffer verhindert. Den Schutzschirm hatte er noch nicht aktiviert, da dieser die Manövrierfähigkeit des Jets einschränkte. Er stieg senkrecht in die Höhe, vollführte eine Hundertachtziggraddrehung, senkte die Nase nach unten und feuerte eine Strahlensalve ab.

Der Patrouillengleiter krachte getroffen zu Boden und blieb liegen. Die Luke öffnete sich und drei Männer stürmten ins Freie, bevor das Fluggerät in einem Feuerball explodierte.

Für einen Moment war es zwischen den Gebäuden taghell. Ernest sah, wie die Männer der OVT den beiden flüchtenden Frauen nachsetzten. Sofort ließ er den Jet nach unten sinken und setzte hart auf dem Boden auf.

»Wir müssen ihnen helfen.« Hastig schälte er sich aus dem Pilotensitz und schnappte sich eine Strahlenwaffe.

Mitchell erhob sich ebenfalls und starrte unschlüssig zu Devian. »Ich nehme an, du bist noch nie mit so einem Ding geflogen.«

»Nein«, antwortete er verängstigt.

»Dann bleib einfach hier sitzen und rühr nichts an, bis wir zurück sind.«

»Keine Angst, ich werde nichts anfassen.«

Mitchell stieg aus, verschloss die Luke und eilte hinter Ernest her, der schon ein Stück in die Richtung, in die die Männer der OVT gerannt waren, vorausgegangen war.

Als Mitchell ihn eingeholt hatte und sie gemeinsam um die Ecke eines Gebäudes bogen, schoss ein Strahlenschuss knapp an ihren Köpfen vorbei. Sofort duckten sie sich und gingen in Deckung.

»Wenn wir schießen, könnten wir die Falschen treffen«, warnte Mitchell.

»Waffe auf Betäubung einstellen«, erwiderte Ernest trocken. »Dann können wir trotzdem schießen.«

Sie rannten weiter und gelangten zum Ende des Gebäudes. Vor ihnen befand sich ein kleiner Innenhof, dessen Mitte eine metallene Kugelskulptur zierte. Mitchell rannte direkt darauf zu und ging in Deckung, während Ernest nach den Flüchtenden Ausschau hielt. Aber sie waren aus seinem Blickfeld verschwunden.

Dann hörten sie einen Schrei. Sofort rannten sie in die entsprechende Richtung weiter, quer durch den Innenhof, an einer Metalltreppe vorbei, hinein in einen länglichen Durchgang zwischen zwei höheren Gebäuden.

Ihre Schritte hallten laut inmitten beider Fassaden. Am Ende des Durchgangs befanden sie sich in einem weiteren Innenhof. Auf der gegenüberliegenden Seite gab es eine Wendeltreppe, die an der gesamten Fassade des Gebäudes entlang bis nach oben reichte. Etwa auf halber Höhe entdeckten sie die beiden Frauen und gleich darunter die uniformierten Männer, die mit hastigen Schritten hinter ihnen herhetzten.

Ernest zielte und schoss. Einer der Verfolger taumelte, stieß an das Geländer und hielt sich lediglich den Arm, während die anderen beiden sofort zurückschossen.

Mitchell hatte nun auch das Feuer eröffnet und schoss auf den zweiten Mann, der getroffen zusammensackte und den hinteren zu Fall brachte. Dieser rappelte sich mühsam wieder hoch, doch dabei gab er ein gutes Ziel ab. Ernest nutzte die Gelegenheit und streckte ihn mit einem gezielten Schuss ebenfalls nieder. Blieb noch einer übrig.

Dieser hatte mittlerweile die beiden Frauen eingeholt und versuchte, sie zu überwältigen. Doch sie wehrten sich mit Händen und Füßen.

Ernest rannte auf die Wendeltreppe zu und begann mit dem Aufstieg, während Mitchell eine günstige Gelegenheit abwartete, um auf den letzten Verfolger zu schießen.

Durch den Lärm des Kampfes bekam der Mann nicht mit, dass Ernest die Treppe erklommen hatte. So überraschte es ihn, als er plötzlich von hinten gepackt wurde. Er ließ die

Waffe fallen. Die junge Frau streckte ihn mit ein paar Handkantenschlägen nieder.

Dann war es endlich ruhig.

Ernest und die beiden Frauen setzten sich auf die Stufen und atmeten tief durch.

»Vielen Dank, dass Sie so schnell gekommen sind«, sagte Keyna Algarin. »Wir kennen uns ja schon. Das ist Jamalla Sahil.«

»Freut mich, Ihre Bekanntschaft zu machen«, erwiderte Ernest, an die junge Frau gerichtet. »Mein Name ist Ernest Walton.« Dann wandte er sich wieder der Anwältin zu und sagte in freundlichem Ton: »Es freut mich sehr, Sie wiederzusehen, auch wenn die Umstände vielleicht nicht ganz passend sind. Am besten gehen wir zu unserem Jet zurück und fliegen zur BAVARIA, bevor weitere Schergen der OVT auftauchen.«

Sie stiegen die Treppe hinunter, trafen auf Mitchell, der das Gelände abgesichert hatte, und eilten auf demselben Weg zurück, auf dem sie gekommen waren.

Als sie in den Hof gelangten, in dem ihr Jet parkte, blieben sie erschrocken stehen. Vor ihnen erkannten sie die dunklen Silhouetten eines halben Dutzend Männern in OVT-Uniformen, die ihre Waffen auf sie richteten.

»Ich gratuliere Ihnen zu Ihrer fast gelungenen Rettungsaktion.« Die Stimme kam Ernest bekannt vor.

»Vielen Dank für das Kompliment, Mister Kresnan«, erwiderte er trocken, worauf sich dessen Lippen zu einem dünnen Lächeln formten.

»Ah, Sie haben mich erkannt. Das ehrt mich. Aber jetzt möchte ich Sie alle bitten, die Hände zu heben und auf die Knie zu gehen.«

Ernest, der bis jetzt die eine Hand in seiner Hosentasche gehalten und einen kleinen Gegenstand umklammert hatte, zog sie heraus und hob beide Arme in die Höhe. Dann ging er zusammen mit den anderen in die Knie. Er hoffte, dass im Dämmerlicht niemand etwas bemerkte.

Die Männer kamen langsam näher. Je zwei von ihnen packten die beiden Frauen an den Armen und zerrten sie in Richtung eines weiteren Patrouillengleiters, der einige Meter hinter ihnen stand.

Ernest drückte unauffällig ein paar Knöpfe auf dem Gegenstand und legte anschließend den Daumen auf einen dünnen Stift, den er sanft bewegte. Daraufhin hob sein Jet ein bisschen vom Boden ab und drehte sich langsam und lautlos. Als der Bug genau auf den feindlichen Gleiter zeigte, ließ er den Stift wieder los und drückte auf einen anderen Knopf.

Ein gleißender Lichtstrahl schoss auf das Patrouillenboot zu und bohrte ein großes Loch in dessen Außenhülle. An den Rändern glomm geschmolzenes Metall und tropfte auf den Boden.

Die vier Männer, die die beiden Frauen festgehalten hatten, fielen zusammen mit ihnen zu Boden. Alle sechs hielten schützen die Arme um ihre Köpfe.

Marac Kresnan und der sechste Mann drehten sich erschrocken um und blickten fassungslos auf ihr zerstörtes Fluggerät, dann zum Jet, von dem der Schuss gekommen war und in dem sie weitere Gegner vermuteten.

Ein zweiter feuriger Strahl schoss aus dem Jet, traf den Patrouillengleiter an derselben Stelle und setzte ihn augenblicklich in Brand. Krachend fiel er auf den Betonboden.

»Hierher!«, schrie Ernest den beiden Frauen zu, während Kresnan und seine Männer verzweifelt nach Deckung suchten.

Kurz darauf explodierte der Patrouillengleiter in einem flammenden Inferno. Für einen kurzen Moment wurde der Innenhof in taghelles Licht getaucht.

Ernest und Mitchell eilten den beiden Frauen entgegen, halfen ihnen auf die Beine, rannten auf ihren Jet zu und stiegen ein. Sofort ließ sich Ernest im Pilotensessel nieder, aktivierte den Schutzschirm und startete das Triebwerk. Wenig später schoss er in die Höhe und beschleunigte in Richtung Raumhafen.

Zurück blieb ein wütender Marac Kresnan.

»Diesmal bist du mir noch mal entkommen«, knurrte er leise zu sich selbst.

59.

Als Ernest, David Mitchell und Devian Tamlin nach der Landung im Hangar der BAVARIA zusammen mit den beiden Frauen aus dem Jet stiegen, wurden sie von der gesamten Besatzung wie Helden gefeiert.

»Das ist ein weiterer Teilerfolg im Kampf gegen die OVT.« Rick strahlte und klopfte ihnen anerkennend auf die Schultern, während rund um sie herum tosender Applaus erklang.

Keyna Algarin trat auf Ernest zu, legte ihre Hand an seine Wange und gab ihm einen Kuss, worauf erneut alle Anwesenden applaudierten.

Ernest und Mitchell ließen sich noch eine Weile feiern und mussten ihr Erlebnis in allen Details erzählen.

Anschließend bedankte sich Ernest bei allen und verkündete, er werde sich nun in seine Kabine zurückziehen, da er ziemlich erschöpft sei. Die beiden Frauen wurden mit allem Notwendigen versorgt. Man wies ihnen vorbereitete Kabinen zu und bot ihnen Essen, Getränke und neue Kleider an.

Kurz darauf traf von der Erde eine Nachricht ein, in der es hieß, die irdische Regierung sei nach sorgfältiger Beratung einstimmig zum Schluss gelangt, alles daran zu setzen, der rechtmäßigen Administration von Tongalen wieder in ihr Amt zu verhelfen. Deshalb sei eine Raumflotte der irdischen Streitkräfte in Richtung TONGA-System gestartet und werde in den nächsten achtundvierzig Stunden eintreffen.

Rick entschloss sich, die Leute deswegen nicht aufzuwecken und nahm sich vor, ihnen die gute Nachricht gleich am nächsten Morgen mitzuteilen. Dann zog er sich in seine Kabine zurück und gönnte sich ein paar Stunden Schlaf.

Am nächsten Vormittag traf man sich zu einer erneuten Besprechung im Konferenzraum, an der auch Keyna Algarin und Jamalla Sahil teilnahmen.

Die beiden vermittelten den Anwesenden ein umfassendes Bild von den Zuständen in der Hauptstadt. Die OVT hatte eine nächtliche Ausgangssperre verhängt und kontrollierte die Straßen mit zahlreichen Patrouillen. Auch Menschen, die sich in den eigenen Gärten oder auf Vorplätzen ihrer Häuser aufhielten, wurden rigoros ermahnt, sich ab einer bestimmten Uhrzeit nur noch innerhalb des Gebäudes aufzuhalten.

Tagsüber wurden die Geländegleiter ausschließlich von uniformierten OVT-Leuten gesteuert. Die kleinen Gleiter durften nicht mehr selbst gesteuert werden. Jeder Reisende musste sein Ziel und eine genaue Begründung angeben.

In den Einkaufszentren wurde penibel kontrolliert, was und wie viel die Menschen einkauften. Vorgeschriebene Mengen durften nicht überschritten werden. Viele Artikel waren aus dem Sortiment entfernt worden. Jeglicher Besitz solcher Gegenstände wurde mit harter Strafe geahndet.

Die Bekleidung der Menschen hatte genauen Vorgaben zu entsprechen. Haut durfte nur noch am Kopf und an Händen gezeigt werden. Nacktes Baden in Gewässern, bisher eine Selbstverständlichkeit, wurde strikt untersagt.

Keyna Algarin und Jamalla Sahil erzählten noch von weiteren Veränderungen. Insgesamt vermittelten sie ein düsteres Bild. Unter Nehas Freunden machte sich erneut eine tiefe Niedergeschlagenheit breit.

»Das Schlimme ist, dass wir nicht wissen, was wir dagegen tun können«, klagte Keyna verzweifelt. »Wir können nicht für immer in einem Raumschiff leben.«

»Wir müssen warten, bis die irdische Raumflotte eingetroffen ist«, versuchte Rick die Einheimischen zu beruhigen. »Die irdische Regierung lässt es nicht zu, dass hier eine fundamental-religiöse Diktatur entsteht. Wenn nicht gleich am Anfang eingegriffen wird, könnte durch die OVT eine Macht entstehen, die zu einer ernsten Bedrohung auch für die Erde und andere Kolonien heranwächst.«

»Aber sind die Streitkräfte der irdischen Flotte stark genug, um die OVT zu bekämpfen?«, fragte einer von Nehas Freunden.

»Wie stark die OVT in Wirklichkeit ist, wissen wir nicht. Wir haben keine Ahnung, über welche Waffen diese Leute verfügen. Aber anscheinend sollten die allerneuesten mit den Plänen, die wir entdeckt haben, erst gebaut werden.«

»Diese Pläne haben sie nicht erhalten«, fügte Christopher hinzu.

»Oder falls doch, dann wesentlich später als geplant«, ergänzte Rick. »Das ist schon mal ein Vorteil für uns.«

»Übrigens, diese Wartungsstation, die von der irdischen Raumfahrtbehörde betrieben wird und über die der Material- und Datenschmuggel mit der OVT heimlich abgewickelt wird …«, begann Christopher zaghaft.

»Was ist damit?«, fragte Eric neugierig.

»Dort wären doch handfeste Beweise zu finden.«

»Worauf willst du hinaus?«

»Wir könnten uns doch dort mal ein bisschen umsehen.« Christopher versuchte, einen harmlosen Gesichtsausdruck aufzusetzen.

»Wie stellst du dir das vor?« Ernest sah ihn skeptisch an.

»Wir könnten einen Trupp zusammenstellen, uns bewaffnen und uns dorthin schleichen.«

»Was sollen wir dort tun?«

»Die Schiffe, die sich dort befinden, nach Beweisen durchsuchen.«

»Du glaubst, die OVT lässt uns einfach gewähren?«

»Dann gehen wir eben nachts, wenn niemand da ist.«

»Wenn doch?«

»Nehmen wir sie fest, bringen sie zur BAVARIA und stellen sie unter Arrest. Wenn die irdische Flotte hier ist, übergeben wir sie ihnen samt Krasnic und seinen Leuten. Die können sie dann verhören.«

»Ist das nicht etwas zu gefährlich für uns?«, fragte Eric skeptisch.

»Die Idee ist eine Überlegung wert.« Rick hatte den Vorschlag aufmerksam verfolgt. »Wir haben eine Truppe ausgebildeter Space Marines an Bord, die schon bei der Bergung der *Space Hopper* im Einsatz war.«

»Was hält uns dann noch davon ab?«, fragte Christopher.

»Die große Frage ist, wie die Truppe dahin kommt. Die BAVARIA wird, nach Ernests Rettungsaktion, von der OVT bestimmt noch schärfer bewacht.«

»Es gibt eine Möglichkeit«, meldete sich Devian Tamlin, der bisher lediglich zugehört hatte. »Das gesamte Raumhafenareal ist unterhöhlt. Wenn es uns gelingt, unter der BAVARIA ein Loch in den Boden zu treiben, könnte sich die Truppe unbemerkt durch die unterirdischen Gänge bis zu den großen Wartungshallen durchschlagen.«

Nach diesem Vorschlag herrschte einige Augenblicke nachdenkliche Ruhe im Raum. Die große Spannung, die sich soeben aufgebaut hatte, war zum Greifen spürbar.

»Die Frage ist, wie wir das bewerkstelligen, ohne dass die OVT etwas merkt«, gab Eric an Rick gewandt zu bedenken.

»Ich bin am Überlegen.« Sein Gesicht machte einen konzentrierten Eindruck. Alle sahen erwartungsvoll in seine Richtung. »Das könnte gehen. Wir müssten die Transparenz des Abwehrschirms aufheben, sodass von außen niemand sehen kann, was sich im Innern abspielt. Zudem müssten wir den Abwehrschirm etwas ausweiten, damit die BAVARIA einige Meter abheben kann. Auf dem Boden des Ladedecks gibt es eine Notausstiegsluke. Wir bauen die Strahlenkanone vom Bug aus und installieren sie im Ladedeck nach unten gerichtet genau über dieser Ausstiegsluke. Somit könnten wir ein Loch in den Asphalt und den darunterliegenden Beton schmelzen. Es würde jedoch eine gewisse Zeit dauern, bis wir durch sind und das Loch groß genug ist. Dabei würde eine enorme Hitze unter der BAVARIA entstehen, die die Hülle beschädigen könnte.

Der Abwehrschirm lässt sich biegen bzw. umformen, sodass er beispielsweise die Form eines kopfstehenden Trichters annimmt. Im Zentrum wäre die Ausstiegsluke. Auf diese Weise würde der Abwehrschirm die Hitze von der Außenhülle fernhalten. Deshalb das Abheben vom Boden. Die Hitze würde am Schirm abprallen und zur Seite abgelenkt.«

»Heißt das, der Abwehrschirm bildet sozusagen eine abgeschlossene Blase, die auch unterhalb der BAVARIA wirkt?«

»Genau, bis auf das Loch, durch das der Strahl der Kanone auf den Asphalt trifft.«

»Wird die zur Seite abgelenkte Hitze von den OVT-Leuten nicht bemerkt?« gab Ernest zu bedenken.

»Das sollte kein Problem sein. Draußen liegen genug glühende Trümmer von zerstörten Patrouillengleitern herum. Schon deshalb ist der Aufenthalt in deren Nähe in den nächsten Stunden fast unmöglich. Die Hitze, die wir zusätzlich erzeugen, wird daher kaum auffallen.« Rick machte eine kleine Pause. »Falls wir uns für diese Operation entscheiden, müssten wir darauf achten, möglichst nicht in Kampfhandlungen mit der OVT zu geraten. Sollte es später zu diplomatischen Verhandlungen kommen, könnten sie das gegen uns verwenden.«

»Aber die Wartungsstation ist doch ein irdisches Unternehmen«, sagte Christopher.

»Ja schon, aber es befindet sich im Hoheitsgebiet von Tongalen und ist hier nur geduldet.«

»Wenn die OVT vernichtet ist, kräht kein Hahn mehr danach«, sagte Ernest. »Wenn ich etwas jünger wäre, würde ich diesen Stoßtrupp sogar anführen.«

»Was ist ein Hahn?«, fragte Neha verlegen, worauf ein kurzes Lachen die Runde machte.

»Ich werde mich mit Commander Hauser zusammensetzen und mir anhören, was er dazu meint«, sagte Rick schließlich, während sich Neha von Michelle Ernests Redewendung erklären ließ.

60.

Nach der Besprechung hatten die Space Marines zusammen mit den Bordtechnikern begonnen, eine der Bugkanonen auszubauen. Gleichzeitig hatte man den Abwehrschirm erweitert und anschließend die Transparenz des Schirms deaktiviert. Niemand konnte von außen feststellen, dass sich der Abwehrschirm im Umfang leicht vergrößert hatte, da der Schirm zuvor gar nicht sichtbar gewesen war. Dann ließ man die BAVARIA um etwa drei Meter in die Höhe steigen und sie in dieser Position verharren.

Ein paar Stunden später war die Strahlenkanone im Ladedeck über der Notausstiegsluke in vertikale Position gebracht und installiert worden. Die Luke selbst wurde mit hitzebeständigem Material abgedichtet, damit die Wärme nicht ins Ladedeck dringen konnte. Nach einem Test war man sicher, dass die Konstruktion funktionierte. Anschließend aktivierte man die Kanone. Langsam fraß sich der Strahl in den mit Asphalt bedeckten Betonboden.

Am späteren Nachmittag traf man sich wieder, um das weitere Vorgehen zu besprechen.

»Hausers Einsatztruppe ist für die vorgeschlagene Operation bereit«, begann Rick. »Er wird die besten drei Leute aus der Truppe anführen. David Mitchell wird einer von ihnen sein.«

»Reichen vier Männer aus?«, fragte Ernest.

»Wir möchten nicht zu viele Leute einsetzen, weil das Risiko, entdeckt zu werden, dadurch kleiner wird. Diese drei bilden zusammen mit Commander Hauser eine schlagkräftige Truppe.«

»Jamalla Sahil, Devian Tamlin und ich würden uns der Gruppe gern anschließen«, sagte Neha Araki entschlossen.

Im ersten Moment waren alle sprachlos. Dann unterbrach Christopher die Stille: »Ich würde auch gern dabei sein.«

Gerald Hauser sah die Mitglieder der FDB und Christopher skeptisch an.

»Wenn Sie einen Datenspezialisten brauchen, könnte ich Ihnen von Nutzen sein«, fuhr Christopher fort. »Auch stimme ich zu, dass Neha, Jamalla und Devian dabei sind. Ihre Kampftechnik könnte bei Feindberührung von großem Vorteil sein.«

»Das kann ich bestätigen«, sagte Mitchell und sah lächelnd zu Jamalla.

Jamalla war wie Neha schmal gebaut, überragte diese jedoch um einen halben Kopf und hatte kurzgeschnittenes, hellbraunes Haar und dunkle Augen.

Rick bedachte Hauser mit einem fragenden Blick.

»Ich finde die Idee zwar riskant, aber einen Datenspezialisten könnten wir unter Umständen gut gebrauchen«, meinte dieser und wandte sich anschließend an Neha und ihre Freunde. »Wenn Sie im Nahkampf wirklich so gut sind, dann könnten Sie uns bei einem Feindkontakt tatsächlich von Nutzen sein.«

»Jamalla, Devian und ich werden keine Waffen tragen«, erklärte Neha selbstsicher. »Wir können mit Ihren Waffen nicht umgehen und werden deswegen ausschließlich unsere Kampftechniken einsetzen.«

»Das ist Ihre Entscheidung. Wenn Sie es so wollen, habe ich nichts dagegen.«

»Ich werde einen mobilen Kleinrechner mitnehmen, falls wir irgendwo Daten übernehmen müssen.« Christopher deutete dabei auf seinen linken Unterarm, an dem er bei Ausflügen jeweils seine schmale Tasche befestigte.

»Auch das ist eine gute Idee.«

»Ich werde ebenfalls keine Waffe tragen.«

Hauser machte ein verblüfftes Gesicht. »Sind Sie sich da sicher?«

»Ja. Ich sehe meinen Einsatz vorwiegend im datentechnischen Bereich. Bei Feindberührungen werde ich mich auf meine Verteidigung beschränken und mich dabei an Neha, Jamalla und Devian halten. Der Umgang mit Waffen ist mir zwar nicht unbekannt, aber trotzdem habe ich zu wenig Erfahrung damit. Neha hat mir ein paar Tricks beigebracht. Natürlich beherrsche ich ihre Kampftechniken nicht annähernd so gut wie sie und ihre Freunde. Jedoch glaube ich, dass ich mich damit einigermaßen zur Wehr setzen kann. Zudem werde ich nicht alleine sein.«

»In Ordnung.« Hauser zeigte sich zufrieden. »Jeder soll seine Stärken da einsetzen, wo sie gebraucht werden. Für die Verteidigung werden hauptsächlich wir sorgen und versuchen, den Feind auf Distanz zu halten. Neha und ihre Freunde können uns oder Christopher mit ihren Fähigkeiten den Rücken freihalten, sollte der Gegner uns zu nahe auf die Pelle rücken. Ich schlage vor, die Operation am späten Abend Ortszeit zu starten. Dann ist die Wahrscheinlichkeit am geringsten, irgendwelchen Leuten über den Weg zu laufen. Bis dahin haben Sie Zeit, sich auszuruhen. Zudem müssen wir warten, bis das Loch im Boden groß genug ist.«

»Ich werde Ihnen einen Peilsender mitgeben«, sagte Rick zu seinem Commander. »Dann können wir uns orientieren, wo Sie sich aufhalten.«

Neha, Jamalla und Devian trafen sich in Christophers und Michelles Kabine und diskutierten über weitere Einzelheiten des Einsatzes. Dabei sprach Neha einen ganz bestimmten Punkt an.

»Wie Christopher es bereits einmal erlebt hat, haben wir für den Nahkampf eine ganz eigene Art«, erklärte Neha.

»Du meinst das Öl, damit man euch nicht festhalten kann«, mutmaßte Christopher.

»Richtig. Wir werden diese Art auch hier wieder anwenden. Es bringt im Nahkampf große Vorteile.«

»Aber ich kann mir nicht vorstellen, dass sich Hausers Männer dazu überreden lassen«, zweifelte er.

»Das müssen sie auch nicht. Sie sollen ihre gewohnten Kampfanzüge und Waffen tragen. Sie wurden damit ausgebildet.«

»Stimmt.«

»Wenn du möchtest, könntest du auch unsere Art anwenden.« Neha sah zu Christopher. »Du willst doch auch auf Waffen verzichten.«

»Ja schon, aber so ganz ohne Kleider ist mir nicht wohl«, erwiderte er verlegen.

Neha lachte. »Das ist bei uns normalerweise auch nicht üblich. Letztes Mal hatten wir einfach keine andere Möglichkeit.«

»Ach so.«

»Wir werden uns aber zusätzlich noch auf eine andere Art vorbereiten. Dabei kann Michelle uns helfen.«

»Kein Problem«, sagte Michelle. »Sag einfach, was ich tun kann.«

Neha holte aus ihrer Tasche eine Plastikflasche und reichte sie ihr. Dann zogen sich Neha, Jamalla und Devian vollständig aus und bedeuteten Christopher, ihrem Beispiel zu folgen.

»Müssen wir uns jetzt schon mit dem Öl einschmieren?«, fragte er verunsichert.

»Nein«, antwortete Neha. »Das ist etwas anderes. Du brauchst vor uns keine Hemmungen zu haben, wir sind den Anblick von nackten Menschen gewöhnt.«

Michelle konnte sich ein Schmunzeln nicht verkneifen.

Als die vier ausgezogen waren, nahm Neha eine zweite Plastikflasche aus ihrer Tasche und begann mit dem Inhalt, Jamalla einzuschmieren. Michelle tat dasselbe mit Christopher.

»Achte darauf, die Flüssigkeit gleichmäßig aufzutragen«, sagte Neha zu Michelle. »Das Gesicht auch. Nicht in die Haut einreiben, sondern nur auftragen.«

»Okay.« Michelle gab sich große Mühe, es genauso zu tun.

Als Neha bei Jamalla fertig war, wechselten sie, und Jamalla tat es bei Neha gleich. Michelle wiederholte die Prozedur bei Devian.

Christopher blickte auf seine Arme und stellte fest, dass sie etwas dunkler waren als vorher. Noch eine Weile später verfärbte sich seine Haut langsam in einen graubraunen Ton, der noch dunkler wurde. Mit Neha und Jamalla passierte dasselbe.

Nach weiteren zehn Minuten waren sie fast nicht mehr zu erkennen. Ihre Haut hatte einen dunkelgrauen, leicht bräunlichen und glanzlosen Ton angenommen.

Bei Christophers Anblick musste Michelle unweigerlich grinsen.

»Du kannst schon lachen«, sagte er. »Du bist nicht angemalt.«

»Wenn es dich beruhigt, mach ich es an mir auch«, erwiderte sie und lachte weiter.

»Nein, brauchst du nicht. Bringt nichts, wenn du nicht mitkommst.«

»Wenn ich kämpfen könnte, würde ich mitkommen.«

Neha holte einen Becher Wasser, benetzte damit ihre und Jamallas Haut und verrieb die Flüssigkeit. »Nur zum Testen, ob es hält«, erklärte sie. Dann griff sie noch mal in ihre Tasche und holte vier knappe schwarze Tangas hervor. Einen gab sie Jamalla und zwei weitere, etwas weniger knappe, reichte sie Christopher und Devian. Nun brach Michelle vollends in ein Gelächter aus.

»Na los«, kicherte sie. »Zieh ihn an, ich will es sehen.«

Neha, Jamalla und Devian hatten ihren bereits angezogen. Christopher schlüpfte nun auch hinein. »Passt sehr gut«, stellte er fest.

»Ist schließlich ein Modell für Männer.« Auch Neha konnte nun ein Lachen nicht verkneifen.

»Steht dir sehr gut«, witzelte Michelle.

Christopher gab ihr einen Klaps auf den Po, worauf sie einen leisen Aufschrei von sich gab. »Wenn du so weitermachst, werde ich dich ausziehen und durch das Mannschaftsdeck jagen«, sagte er grinsend.

Alle fünf mussten herzhaft lachen.

»Kurz bevor wir gehen, werden wir das Öl auftragen«, erklärte Neha weiter.

»Ist es nachts draußen nicht zu kalt für diese Aufmachung?« fragte Michelle besorgt.

Neha kramte aus dem untersten Bereich ihrer Tasche vier Kunststoffbeutel hervor und verteilte sie. »Darin befinden sich leichte und wärmedämmende Umhänge, die wir uns überziehen. Wir werden sie so lange wie möglich tragen. Wenn der Feind uns zu früh ohne Umhänge sieht, weiß er, dass wir auf Nahkampf spezialisiert sind und könnte frühzeitig das Feuer auf uns eröffnen. Wenn wir sie ablegen, heißt es für uns, dass wir angreifen.«

»Du hast anscheinend an alles gedacht.« Christopher war beeindruckt.

»Das ist meine Standardausrüstung. Die trage ich immer bei mir. Die zusätzlichen Exemplare haben mir Freunde ausgeliehen.«

Christopher öffnete seinen Beutel und entnahm ihm einen schwarzen Stoffballen. Er entfaltete ihn, legte ihn sich um die Schultern und hüllte sich damit ein.

»Jetzt siehst du aus wie Batman«, grinste Michelle.

»Wer ist Batman?« fragte Neha, worauf Michelle und Christopher schmunzelten.

61.

Am späten Abend stand der Stoßtrupp zusammen mit Rick, Ernest, Eric, Michelle, Keyna Algarin und Nehas Freunden im Hangar vor der Notausstiegsluke. Die Strahlenkanone hatte ein Loch durch den Boden des Raumhafens geschmolzen, das breit genug war, damit Menschen hindurchschlüpfen konnten. Neha hatte von einem Mitglied aus der Gruppe der FDB einen Plan des Raumhafens bekommen, auf dem auch die unterirdischen Gänge und Räume eingezeichnet waren. Anhand dieses Plans wollte man einen Weg zur Wartungsstation finden.

Rick, Ernest und Eric musterten Christopher verblüfft, als dieser mit fast schwarzem, glänzendem Gesicht und einem schwarzen Umhang erschien.

»Was ist das denn für eine Maskerade?«, fragte Ernest erstaunt.

»Das ist nur Tarnung«, antwortete Christopher. »Speziell für die Kampftechnik, die Neha und ihre Freunde pflegen.«

Ernest und Eric konnten sich ein Grinsen nicht verkneifen.

»Seid ihr bereit?«, fragte Hauser. Sofort wurden die Gesichter wieder ernst.

»Ja, Sir!«, ertönte es allgemein.

Rick betätigte den Schalter für die Notluke. Warme Luft schlug ihnen entgegen. Hauser stieg als Erster die schmale Metallleiter hinunter, gefolgt von den drei Space Marines David Mitchell, Tom Bennet und Paolo Sartori. Den Abschluss bildeten Neha, Jamalla, Devian und Christopher.

Dunkelheit empfing sie. Gemäß dem Grundrissplan liefen sie einen langen Gang entlang in die Richtung der Wartungsstation. Die Marines hatten Lampen an ihren Helmen, die genug Licht spendeten, um den Weg auszuleuchten. Nach einigen Hundert Metern erreichten sie einen senkrechten Schacht. Metallsprossen ermöglichten den Aufstieg nach oben.

Wieder ging Hauser voran. Oben angelangt, drehte er an einer Kurbel und hob vorsichtig den Metalldeckel. Draußen war es dunkel. Weit und breit waren keine Menschen zu sehen. Er hob den Deckel weiter an und stieg aus dem Schacht. Nacheinander folgten ihm die Marines und Nehas Gruppe.

Es stellte sich als Vorteil heraus, dass die OVT den Raumhafen geschlossen hatte und sich die gesamte Anlage im Dunkeln befand. Nun konnten sie sich frei bewegen, ohne Gefahr zu laufen, sofort entdeckt zu werden.

Die Wartungsstation lag ein Stück vom Ausstiegsschacht entfernt. Zudem war das Gelände von Bombenkratern und Trümmern zerstörter Patrouillengleiter übersät, sodass sie auf ihrem weiteren Weg immer wieder ausweichen und kleine Umwege in Kauf nehmen mussten. Aber gerade in diesem von Zerstörung gezeichneten Bereich des Raumhafens waren keine OVT-Patrouillen unterwegs.

Hauser und seine Leute bildeten die Spitze, während Christopher am Schluss ging. Er hatte Schwierigkeiten, Neha, Jamalla und Devian in ihren schwarzen Umhängen zu sehen und musste aufpassen, nicht mit ihnen zusammenzustoßen.

Hauser orientierte sich anhand eines kleinen Ortungsgeräts. Aber da sie immer wieder Hindernissen ausweichen mussten, brauchten sie für den Weg zur Wartungsstation länger als angenommen.

Nach einer weiteren halben Stunde erreichten sie einen Bereich, der von der Zerstörungswut der Oppositionellen verschont geblieben war. Es war offensichtlich, dass sie die Wartungsstation nicht in Gefahr bringen wollten, bildete sie doch die Quelle für ihren logistischen Nachschub.

Das letzte Stück bis zum Gebäudekomplex und den großen Hangars legten sie in weniger als fünf Minuten zurück.

Zunächst erreichten sie das Verwaltungsgebäude, in dem nachts nicht gearbeitet wurde. Dieses Gebäude interessierte sie nicht, da hier vorwiegend administrative Arbeit verrichtet wurde. Von größerem Interesse waren die Hangars, in denen die zu wartenden Schiffe parkten, und die großen Hallen, in denen die Ersatzteile gelagert wurden. Die Hangars und die Hallen befanden sich ein Stück vom Verwaltungsgebäude entfernt. Hier mussten sie aufpassen, denn es bestand die große Wahrscheinlichkeit, dass dieses Areal von OVT-Patrouillen kontrolliert wurde.

Leise schlichen sie hintereinander an der Fassade des Verwaltungsgebäudes entlang und überquerten anschließend das kurze Stück offenen Geländes. Wenig später befanden sie sich an der Seitenwand des ersten Hangars. Die breiten Glasfenster befanden sich in zu großer Höhe, sodass man nicht durch sie ins Gebäude hineinsehen konnte.

»Wir werden versuchen, auf der Rückseite reinzugehen«, flüsterte Hauser.

Erneut schlichen sie die Fassade entlang, bis sie das Ende erreichten. Hauser lugte um die Ecke. Als er niemanden ausmachen konnte, schickte er Mitchell voraus, der kurz darauf ein Zeichen gab, ihm zu folgen. Er hatte den Eingang entdeckt und machte sich daran, das elektronische Schloss mit einem Gerät zu öffnen. Kurz darauf war es geknackt und die Tür offen. Blitzschnell verschwand die Gruppe im Innern des Gebäudes.

Sofort schalteten Hausers Männer ihre Helmlampen ein und leuchteten den Raum aus. Es handelte sich um einen typischen Empfangsraum mit einem Tresen auf der einen und einem Wartebereich mit Sesseln und einem Verpflegungsautomaten auf der anderen Seite. Hinter dem Tresen standen zwei Terminals im Ruhemodus.

Christopher setzte sich an eines der beiden, holte seinen Kleinrechner aus der flachen Armtasche und schloss ihn an. Dann tippte er ein paar Befehlssequenzen ein und drückte auf die Bestätigungstaste. Sofort begann das Gerät Daten aus dem System zu kopieren. Nach ein paar Sekunden war der Vorgang beendet.

Hausers Männer hatten in der Zwischenzeit den nächsten Raum kontrolliert. Es handelte sich um einen Verwaltungsraum mit mehreren Arbeitsplätzen, in dem anscheinend die wichtigsten administrativen Vorgänge für die Logistik abgeckelt wurden.

An dessen Ende gab es eine weitere Tür. Sie war verschlossen, und Mitchell musste wieder sein Gerät einsetzen. Sekunden später war auch dieses Schloss geknackt. Als er die Tür öffnete, empfingen ihn stockfinstere Dunkelheit und eine Totenstille.

Hausers Männer schwärmten mit eingeschalteten Helmlampen in drei verschiedene Richtungen aus. In den sich entfernenden Lichtkegeln konnten die Zurückgebliebenen nicht sehr viel erkennen. Als die drei Männer weiter vorgedrungen waren, zeichnete sich vor ihnen eine große Silhouette ab. Im fahlen Licht wurden die Umrisse eines irdischen Frachtschiffs immer deutlicher, das auf seinen Landestützen und mit seiner hässlich geformten Außenhülle gespenstisch in die Höhe emporragte.

Kurz darauf kehrten die drei Männer zurück.

»Alles ruhig. Wäre gut, wenn wir uns im Innern dieses Schiffs etwas umsehen würden«, schlug Mitchell vor.

Geschlossen eilten sie unter dem Frachter hindurch zum Heck, wo sie eine schräg nach unten aufgeklappte Rampe vorfanden.

»Sind Sie sicher, dass niemand drin ist?«, fragte Hauser.

»Sicher kann man nie sein.«

Schritt für Schritt stiegen sie die Rampe hinauf. Neha, Jamalla, Devian und Christopher hatten wesentlich weniger Mühe, sich geräuschlos fortzubewegen, da sie statt schwerer Schuhe nur leichte, schwarze Stoffslipper mit Haftsohlen trugen.

Als sie oben angelangt waren, befanden sie sich im Verladedeck des Frachters. Hier reihte sich ein Verladekran an den anderen. Alle Kräne hingen an einer Gleitschiene, die weit über ihnen verlief. Aber außer ein paar leeren Containern und Rohren gab es nichts auf dem Deck.

Sie gingen weiter ins Innere und leuchteten die Wände und den Boden ab. Nebst Verstrebungen, Leitungen, Schaltkästen, Metallgittern und herunterhängenden Ketten konnten sie nichts Ungewöhnliches entdecken.

»In diesen Innereien lassen sich Tausende von Kleinteilen verstecken«, sagte Hauser leise.

»Man muss praktisch das gesamte Schiff auseinandernehmen, um sie auszubauen«, erwiderte Mitchell.

»Genau das machen die hier anscheinend schon seit einiger Zeit.«

»Aber wohin bringen sie all diese Teile?«

»Wahrscheinlich in die großen Lagerhallen nebenan. Dort werden wir uns auch noch umsehen.«

»Vielleicht wäre es gut, wenn wir die Daten des Bordsystems kopieren«, schlug Christopher vor. »Wer weiß, was sich da alles an Beweisen finden lässt.«

»Wir müssten nur irgendwo ein Terminal finden«, erwiderte Hauser. »Ich sehe hier keines.«

»Am besten auf der Brücke.«

Sie durchquerten das Verladedeck in Richtung Bug.

Nach etwa fünfzig Metern stießen sie auf eine Metalltreppe. Als die Männer ihre Helmlampen nach oben richteten, konnten sie erkennen, dass der Aufstieg zu den oberen Decks führte.

Leise stiegen sie hinauf, gingen auf dem ersten Deck ein Stück in den Gang hinein und leuchteten ihn aus. Anscheinend handelte es sich um ein Mannschaftsdeck mit vielen Einzelkabinen. Sie kehrten zurück und stiegen zum nächsten Deck hinauf. Hier bot sich ihnen ein ähnliches Bild.

Auf dem dritten Deck fanden sie die Bordküche, einen größeren Aufenthaltsraum und am Ende des Gangs auf der einen Seite das Rechenzentrum und auf der anderen den Kommunikationsraum, gefüllt mit Funkapparaturen älteren Jahrgangs. Die Geräte in beiden Räumen schienen in Betrieb zu sein. An

Armaturen leuchteten unzählige Lämpchen. Auf den Monitoren liefen verschiedene Skripts ab.

»Fasst nichts an«, warnte Hauser. »Wir wollen keinen versehentlichen Alarm auslösen.«

Christopher betrat das Rechenzentrum und sah sich um.

Hauser stellte sich neben ihn und fragte: »Sehen Sie eine Möglichkeit, unbemerkt und ohne Spuren zu hinterlassen, an die Daten zu kommen?«

»Wenn ich ein Terminal mit einer geeigneten Schnittstelle finde, sollte es kein Problem sein. Aber das scheint ein uraltes Schiff zu sein. Hier sind noch Systeme in Betrieb, die vor meiner Zeit gebaut wurden.«

»Im Zweifelsfall lieber nichts anrühren.«

»Okay.«

Christopher ließ sich von einem der Marines eine Stablampe geben und sah sich die Rechner und die Terminals genauer an. Die Tastaturen machten einen vorsintflutlichen Eindruck. Dieses Schiff musste beinahe hundert Jahre alt sein. Aber anscheinend eignete es sich sehr gut für den Schmuggel von Einzelteilen.

Dann entdeckte er bei einem der Terminals eine Schnittstelle für Kleinrechner und externe Datenkarten. Er war sich sicher, dass sie nachträglich eingebaut worden war, um den Datenaustausch mit moderneren Geräten zu ermöglichen.

Nachdem er sich gesetzt hatte, schaltete er die Stablampe aus, steckte seinen Kleinrechner in den entsprechenden Slot und rief ein paar Befehlssequenzen auf. Sofort durchstöberte das Scanprogramm den Datenspeicher des Bordsystems. Was es an Daten fand, wurde sofort kopiert. Nach wenigen Minuten meldete der Kleinrechner den Scanvorgang als beendet. Christopher verstaute ihn wieder.

Als er den Kopf hob und zum Ausgang blickte, blieb ihm vor Schreck beinahe das Herz stehen. Draußen im Gang schlichen sich mehrere Männer in OVT-Uniformen in Richtung Brücke. Hauser und seine Leute mussten sich bereits dort aufhalten, denn von ihnen war nichts zu sehen. Ihn selbst hatten die Uniformierten nicht bemerkt, da er hinter einem Monitor saß.

Aber wo waren Neha, Jamalla und Devian?

Dann vernahm er Stimmen. Er konnte nicht verstehen, was sie sagten, aber sie verhießen nichts Gutes.

Langsam stand er auf und stahl sich leise zum Ausgang. Gespannt sah er den Gang entlang. Er war leer. Die Stimmen wurden lauter und kamen eindeutig von der Brücke.

Vorsichtig, einen Fuß vor den anderen setzend, schlich er den Flur entlang und kam zu einem breiten Durchgang, der zur Brücke führte.

Christopher konnte jetzt deutlich Stimmen von fremden Männern vernehmen, die anscheinend Hauser und seine Leute überrumpelt hatten und in Schach hielten. Zu beiden Seiten des Durchgangs gab es je eine halbrunde Nische. In einer der beiden entdeckte er auf dem Fußboden drei schwarze Umhänge.

Das konnte nur heißen, dass sich Neha, Jamalla und Devian für einen Nahkampf entschieden hatten. Da er sie bisher immer noch nicht entdeckt hatte, nahm er an, dass sie sich ebenfalls auf der Brücke aufhielten. Die Frage war nur: Waren auch sie den OVT-Schergen in die Hände geraten?

Christopher drückte sich an die Wand und wagte einen schnellen Blick hinein. Die Fremden standen etwa fünf Meter von ihm entfernt, den Rücken ihm zugewandt und mit gezogener Waffe, die sie auf Hauser und seine Gruppe richteten. Von Neha, Jamalla und Devian war nichts zu sehen.

Christopher löste seinen Umhang, ließ ihn leise zu Boden gleiten und bereitete sich darauf vor, sofort einzugreifen, falls Neha und ihre Freunde aktiv wurden. Allerdings hatte er keine Ahnung, aus welcher Richtung sie es tun würden.

Er konnte erkennen, wie die uniformierten Männer Hauser und seine Leute zwangen, mit erhobenen Händen auf die Knie zu gehen, und damit begannen, ihnen elektronische Handschellen anzulegen. Er fragte sich, warum Hauser nichts dagegen unternahm. Doch bevor er sich eine Antwort darauf geben konnte, schossen aus dem Nichts drei dunkle Silhouetten hervor und stürzten sich auf die OVT-Männer.

Christopher zögerte keinen Moment. Er rannte ebenfalls auf die Männer zu und bearbeitete einen von ihnen mit Fäusten und Fußtritten. Dabei probierte er einige gezielte Schläge aus, die ihm Neha gezeigt hatte.

Die Uniformierten waren von diesem Angriff derart überrascht, dass ihre Abwehrversuche viel zu spät erfolgten. Auch Hauser und seine Männer kamen aus dem Staunen kaum mehr heraus.

Plötzlich wurde Neha von einem sechsten Mann von hinten umklammert. Sie drehte sich blitzschnell um die eigene Achse, ließ sich nach unten gleiten und riss den Mann mit einer eleganten Beinbewegung von den Füssen. Mit einem gezielten Handkantenschlag beförderte sie ihn ins Land der Träume. Das Ganze hatte nicht einmal drei Sekunden gedauert.

Hausers Männer bekamen vor Bewunderung den Mund kaum mehr zu, während Devian und Jamalla sich vergewisserten, dass nicht noch mehr Kämpfer auftauchten.

»Ich glaube, das waren alle«, sagte Neha.

»Fesselt sie mit ihren eigenen Handschellen und sperrt sie in die Mannschaftskabinen«, befahl Hauser.

»Ja, Sir«, antwortete Mitchell.

»Sind die Borddaten sichergestellt?«

»Sind kopiert«, bestätigte Christopher.

»Okay, dann schauen wir uns mal den nächsten Hangar an.«

62.

Während sie die Rampe hinunterstiegen, hielten sie aufmerksam Ausschau nach weiteren OVT-Patrouillen. Doch weit und breit war niemand zu sehen. Sie verließen den Hangar auf demselben Weg, wie sie ihn betreten hatten. Neha, Jamalla, Devian und Christopher hatten die schwarzen Umhänge wieder angelegt.

Vorsichtig schlich die Gruppe an der Fassade entlang zum nächsten Hangar. Mitchell öffnete wiederum die Tür. Gemeinsam betraten sie den Vorraum. Dieser war wesentlich größer als der vorherige, dafür gab es keinen Verwaltungsraum. Durch eine Doppeltür am anderen Ende gelangte man direkt in die große, dunkle Halle.

Als sie eintraten, vernahmen sie klirrende und rasselnde Geräusche. Abrupt blieben sie stehen. Es hörte sich an, als würde Metall bearbeitet. Doch es war stockfinster.

»Benutzt die Nachtsichtgeräte«, befahl Hauser leise und setzte mit wenig Begeisterung sein eigenes auf. Kurz darauf entdeckte er etwas: »Das sind kleine, selbstständig arbeitende Transporgleiter.«

»Aber die können unmöglich die Geräusche verursachen«, widersprach Mitchell. Zudem kann ich nirgendwo Leute erkennen. »Da muss es noch etwas anderes geben.«

»Wir müssen näher ran.« Hauser richtete sich an Neha. »Sie und Ihre Gruppe haben keine Nachtsichtgeräte. Halten Sie sich an den Anzügen oder Rückentornistern der Marines fest, und folgen Sie ihnen so gut es geht.«

Christopher tastete sich nach vorn und hielt sich am erstbesten Tornister fest, während der Mann langsam ein paar Schritte vorwärts machte. Es war immer noch stockfinster. Christopher konnte überhaupt nichts erkennen. Jeder Schritt, den er tat, war ein Schritt ins Ungewisse.

Wenig später spürte er, dass sein Vordermann stehen geblieben war. Die anderen Männer gingen anscheinend auch nicht weiter.

Das Summen der Gleiter war nun deutlicher zu hören. Anscheinend waren sie nicht mehr weit von ihnen entfernt.

»Mitchell«, hörte Christopher Hausers Stimme. »Gehen Sie voraus, und schauen Sie nach, was das für Geräusche sind.«

»Okay, Sir.«

Geräuschlos entfernte sich Mitchell. Christopher konnte nicht erkennen, in welche Richtung er gegangen war. Falls er doch irgendwelche Geräusche von sich gab, wurden sie vom metallischen Lärm und dem Summen der Gleiter übertönt.

Nach einigen Minuten leuchtete plötzlich der Lichtkegel einer Helmlampe auf. David Mitchell kehrte mit eingeschalteter Lampe zurück. »Der Krach kommt aus dem Frachter. Er wird von Arbeitsrobotern verursacht. Menschen habe ich keine ausmachen können.«

Christopher konnte mehrere kleine Lastengleiter erkennen, die mit Einzelteilen beladen langsam an ihnen vorbeiglitten. Sie schienen alle aus derselben Richtung zu kommen.

Nun schalteten die anderen Männer ihre Lampen ebenfalls ein. Vorsichtig gingen sie an den Transportgleitern vorbei und achteten darauf, nicht mit ihnen zusammenzustoßen. Es musste sich um Dutzende, wenn nicht um Hunderte von Gleitern handeln, die unaufhörlich Material abtransportierten.

Als sie ein gutes Stück gegangen waren, erkannten sie aus einiger Entfernung die Umrisse eines kleineren, jedoch breiteren Frachtschiffs. Sie näherten sich ihm heckseitig. Die Verladerampe war heruntergelassen. Aus dem Innern schwebte ein beladener Gleiter nach dem anderen heraus.

Vorsichtig stiegen sie seitlich an ihnen vorbei die Rampe hoch ins Innere des Schiffs. Auch hier war es stockdunkel. Langsam gingen sie weiter. Im Schein ihrer Helmlampen konnten sie nirgendwo Gegenstände erkennen. Das Deck musste leer sein. Der von den schweren Schuhen der Marines verursachte Klang vermischte sich mit den entfernten metallischen Geräuschen. An verschiedenen Stellen tropfte Wasser von weit oben auf den Boden.

Als sie am Ende des Decks angelangt waren, erkannten sie zwei Gänge, aus dem die metallischen Geräusche zu kommen schienen. Sie teilten sich in zwei Gruppen und nahmen beide Gänge vorsichtig in Augenschein.

Christopher kam aus dem Staunen nicht mehr heraus. Soweit das Auge und auch das Licht reichten, erblickte er unzählige schwebende Arbeitsroboter, welche die Abdeckungen in den Seitenwänden des Ganges demontierten, daraus kleinere und mittlere Gegenstände ausbauten und sie auf wartende Transportgleiter verluden. Sobald diese voll beladen waren, schwebten sie hinaus ins Verladedeck und von dort über die Rampe aus dem Schiff in den Hangar.

»Das nenne ich Effizienz«, sagte er beeindruckt. »Der Frachter wird regelrecht ausgeschlachtet.«

»So wird es wahrscheinlich im ganzen Schiff aussehen«, erwiderte Paolo Sartori gelassen. »Lasst uns zu den anderen zurückgehen. Wir haben genug gesehen.«

Als sie ins Verladedeck zurückkehrten, kam ihnen die andere Gruppe bereits entgegen.

»Hier wird gerade eine ganze Ladung von Einzelteilen ausgebaut und abtransportiert«, bestätigte Hauser. »Würde mich interessieren, wohin sie das Material bringen. Am besten, wir folgen den Transportgleitern.«

Der Commander ging voran, als sie den Frachter über die Rampe wieder verließen. Wachsam und immer auf genug Distanz bedacht folgten sie den Transportgleitern durch den gesamten Hangar. An dessen Ende trafen sie auf einen röhrenförmigen, mannshohen Durchgang, in dem die Gleiter verschwanden.

Der Gang war lang und ziemlich eng und mündete in eine riesige Lagerhalle. Sie konnten zwar wegen der anhaltenden Dunkelheit die Größe nicht ausmachen, doch der durch metallisches Scheppern verursachte Hall vermittelte ihnen in etwa das Ausmaß des Raumes.

Die Transportgleiter teilten sich, schwebten auf verschiedenen Ebenen zwischen hohe Gestellwände und wurden dort von unzähligen Arbeitsrobotern entladen. In der untersten Ebene kehrten die geleerten Gleiter zurück und bewegten sich durch einen anderen Röhrengang in den Hangar zurück, um erneut beladen zu werden.

»Achtung, hier herrscht Gegenverkehr«, warnte Mitchell und richtete den Strahl seiner Lampe auf die entgegenkommende Kolonne von Gleitern.

»Das ist ein uraltes Logistiksystem, das auf der Erde schon vor Jahrzehnten durch modernere ersetzt worden ist«, erklärte Hauser.

»Aber hier scheint es seinen Zweck noch zu erfüllen«, erwiderte Christopher. »Wahrscheinlich hat man dieses ausrangierte System von der Erde einfach hierher verfrachtet.«

»Das sehe ich auch so.«

»So, wie es aussieht, werden diese Lagerhallen von den Kolonisten nie kontrolliert. Die sind sich überhaupt nicht bewusst, was sich direkt vor ihrer Nase abspielt.«

»Ich vermute, wir wissen noch lange nicht alles«, sagte Hauser nachdenklich. »Lasst uns von hier verschwinden. Wir haben genug gesehen.«

Als sie sich umdrehten, erkannten sie im fahlen Licht der Helmlampen einige Arbeitsroboter, die langsam auf sie zu schwebten.

»Passt auf, berührt sie nicht!«, warnte der Commander, doch als sie zur Seite ausweichen wollten, stellten sie fest, dass die Roboter ihnen den Weg versperrten und sie langsam einkreisten. Aus dem Hintergrund erschienen immer mehr.

Erschrocken starrten sie im Lichtkegel auf die sich anbahnende Gefahr und rückten näher zusammen. Im Nu hatten die Roboter den Kreis geschlossen.

»Wir müssen eine Bresche in den Ring schießen und dann schleunigst abhauen«, flüsterte Mitchell aufgeregt. Doch als er seinen Strahler zog, schnellte einer der Roboter blitzartig vor, schnappte sich mit einem seiner Greifer die Waffe, hielt sie fest umklammert und wich wieder zurück in die Formation.

»Scheiße«, murmelte Mitchell erschrocken.

Die anderen Männer, die ebenfalls ihre Waffe ziehen wollten, hielten in ihrer Bewegung inne und blieben unbeweglich stehen.

»Ich glaube, wir haben ein Problem«, stellte Hauser in nüchternem Ton fest.

Als Neha ihren Arm hob, stieg einer der vor ihr schwebenden Roboter sofort in die Höhe, während andere die Lücke unter ihm schlossen.

»Ich fürchte, gegen diese Dinger bin auch ich nicht schnell genug«, murmelte sie resigniert.

Die Roboter zogen den Ring immer enger. Wie ein immer dünner werdender Zylinder positionierten sie sich neben- und übereinander um sie herum.

Christopher spürte die Angst in seinem Nacken. Seine Gedanken rasten und suchten verzweifelt nach einem Ausweg.

Im düsteren Licht wirkten die Roboter noch gespenstischer und bedrohlicher. Als sie nahe genug waren, schnellten ihre Greifer vor und griffen blitzschnell nach ihren Armen.

Während Hauser und seine Männer keine Chancen hatten, sich dem zu entziehen, erwischten sie bei Neha, Jamalla, Devian und Christopher lediglich die schwarzen Umhänge. Mit einem Ruck wurden diese von ihren Körpern weggezerrt, während andere Roboter nach ihren Armen griffen. Dann hatten auch sie keine Chance mehr.

Hauser und seine Leute wurden von den langsam auseinanderschwebenden Robotern getrennt, was die Marines mit derben Flüchen quittierten, während Neha und ihre Gruppe verzweifelt an ihren Armfesseln zerrten.

Die Roboter ließen sich davon nicht beeindrucken. Sie erhöhten zwar den Druck um die Arme nicht, gaben sie aber auch nicht frei.

Wenig später näherten sich ihnen acht leere Transportgleiter. Jeder hielt neben einem der Roboter an, die mit entsprechenden Bewegungen ihre Gefangenen dazu zwangen, sich rücklings auf einen der Gleiter zu legen.

Kaum hatten sie dies getan, wurden ihre Fuß- und Handgelenke von halbkreisförmigen Metallfesseln fixiert.

Die Gleiter setzten sich in Bewegung, jedoch nicht in die Richtung, in der sie das Gebäude gerade verlassen wollten, sondern zwischen den hohen Gestellen weiter ins Innere der Halle.

63.

Christopher konnte in der Dunkelheit nichts erkennen. Er spürte lediglich, dass der Transportgleiter sich langsam vorwärts bewegte.

»Wo seid ihr?«, fragte er leise.

»Ich bin hier«, hörte er Nehas ängstliche Stimme unmittelbar hinter sich.

»Wir sind auch da«, bestätigte einer der Männer vor ihm.

»Möchte wissen, wohin die uns bringen.«

»Das werden wir sehr wahrscheinlich gleich erfahren.«

Der schwindende Hall zeugte davon, dass sie sich dem Ende der großen Lagerhalle und den hohen Gestellwänden näherten. Kurz darauf hörten sie das typische Geräusch einer sich öffnenden, metallenen Schiebetür.

»Ich glaube, wir befinden uns in einem Lastenaufzug«, mutmaßte Hauser kurz darauf. Der gänzlich fehlende Hall bestätigte zumindest die Tatsache, dass sie sich nicht mehr in der Halle, sondern in einem ziemlich kleinen Raum aufhielten. »Und wir fahren abwärts.«

Als sich die Schiebetür wieder geräuschvoll geöffnet hatte und sie den Aufzug verließen, wurden sie von hellem Licht geblendet.

Während der Gleiter sich vorwärts bewegte, hob Christopher leicht den Kopf und sah sich blinzelnd um. Seine Gefährten und er wurden in eine gigantische, unterirdische, mit einem riesigen Arsenal von Geräten, Scheinwerfern, Monitoren und Schaltschränken ausgestattete Anlage gebracht, in der sich alles in gewaltige Höhen auftürmte.

Mitten drin arbeiteten unzählige Frauen und Männer in weißen oder hellblauen Overalls. Andere trugen die typische OVT-Uniform und waren bewaffnet. Ohne Zweifel handelte es sich hierbei um ein großes Labor. Das Ganze wurde durch eine bunte Geräuschkulisse untermalt, die aus scheppendem

Metall, klirrendem Glas, summenden Geräten und klickenden Magnetschlössern bestand. Aber nicht eine einzige menschliche Stimme war zu hören. Mitten hinein in diese emsige Geschäftigkeit steuerten ihre Gleiter.

Die Menschen in den Overalls wirkten apathisch und nahmen keine Notiz von ihnen, verrichteten unbekümmert ihre Arbeit, als würden die Neuankömmlinge gar nicht existieren.

Doch dann traten zwei Männer und zwei Frauen in hellblauen Overalls auf sie zu, nahmen teilnahmslos den ersten Gleiter in Empfang, lösten die Hand- und Fußfesseln und hievten den Körper auf eine Art metallenen Untersuchungstisch, von denen eine größere Anzahl bereitstand. Anschließend wiederholten sie die Prozedur beim Rest der Gefangenen.

Hauser und den Marines zog man Schuhe und Kampfanzug und bis auf die Unterhose sämtliche Kleider aus, während man bei Nehas Gruppe die Stoffslipper entfernte. Mit Kunststoffriemen wurden sie auf den Tischen festgebunden. Man befestigte an Kopf, Brust, Leisten und Füßen mehrere Haftsonden.

»Was machen die mit uns?« Tom Bennets Stimme klang verängstigt.

Doch die Männer und Frauen in den Overalls reagierten nicht, entfernten sich von den Untersuchungstischen und verrichteten stoisch ihre Arbeit, ohne sich weiter um die Gefangenen zu kümmern.

Andere Männer und Frauen in weißen Overalls traten heran, schlossen die Sonden an irgendwelche Messgeräte an und schalteten sie ein. Sie blickten emotionslos auf die Displays, drückten hier und da auf ein paar Tasten und entfernten sich ebenfalls wieder.

Danach passierte längere Zeit nichts. Das untätige Warten, ohne zu wissen, was weiter mit ihnen geschehen würde, zerrte an den Nerven.

»Was glaubt ihr? Werden wir als Versuchskaninchen für irgendwelche Experimente benutzt?«, fragte Mitchell.

»Was weiß ich«, erwiderte Paolo Sartori. »Auf jeden Fall messen die irgendwas an uns.«

»Neha, wissen Sie, was das hier sein könnte?«, erkundigte sich Hauser.

»Tut mir leid, ich habe keine Ahnung«, antwortete sie verwirrt. »Ich habe so etwas in Tongalen noch nie gesehen und auch noch nie davon gehört, dass es so etwas geben soll.«

Nach weiteren unendlichen Minuten trat ein einzelner Mann an sie heran, schaltete die Geräte ab und entfernte die Sonden.

»Können Sie uns verraten, was Sie mit uns gerade gemacht haben?«, fragte Christopher und versuchte mit dem Mann Blickkontakt herzustellen. Doch dieser reagierte nicht auf die Frage. Nachdem er seine Aufgabe erledigt hatte, verschwand auch er wieder. Erneut verging eine lange Zeit, in der nichts geschah.

Als das Warten fast unerträglich geworden war, erschien ein Mann mittleren Alters und musterte sie der Reihe nach eindringlich. Er trug den typischen dunklen Anzug eines Mitglieds des Administrativen Rats und machte alles andere als einen teilnahmslosen Eindruck. Sein grau meliertes und kurz geschnittenes Haar umrahmte ein hageres, leicht eingefallenes Gesicht. Er hatte die Finger vor dem Mund verschränkt und funkelte Christopher mit seinen graublauen Augen herausfordernd an.

Christopher starrte entsetzt zurück. »Sie sind Kamal Golenko, der angebliche Polizeichef von Tongalen«, sagte er in verächtlichem Ton.

Der Mann hob beeindruckt seine Augenbrauen und schien eine Weile zu überlegen, was er darauf antworten sollte. »Ich war tatsächlich Polizeichef«, erwiderte er blasiert und machte einen Schritt zur Seite. »Aber es ist eine neue Zeit angebrochen, in der ich zu Höherem berufen worden bin.«

»Was haben Sie mit uns vor?«, fragte Hauser energisch.

Wieder wartete Golenko mit der Antwort einen Moment, drehte sich langsam um und sah den Commander eine Weile scheinbar überrascht an. »Und Sie sind?« Sein Ton wurde noch überheblicher.

»Commander Gerald Hauser von der BAVARIA. Das ist ein Diplomatenschiff von der Erde. Sie werden mächtigen Ärger bekommen, wenn Sie uns nicht unverzüglich freilassen!«

Golenko lächelte süffisant. »Stimmt. Ich hätte Sie beinahe nicht wieder erkannt.«

»Ich frage Sie noch einmal, was Sie mit uns vorhaben?« Hausers Stimme war lauter geworden.

»Das wird Ihnen zu gegebener Zeit jemand anders erzählen.« Golenkos ruhiger, herablassender Ton wirkte äußerst provokant.

»Glauben Sie nicht, dass Sie damit durchkommen!«

»Durchkommen ist wohl nicht die angebrachte Bezeichnung.«

»Was wäre für Sie angebracht?«, fragte Christopher, wobei er das Wort ‚angebracht' besonders betonte.

Golenko wandte sich langsam wieder um. »Nun, sagen wir es mal so. Sie befinden sich an einem Ort, den es auf diesem Planeten eigentlich gar nicht gibt. Wer wird Sie hier schon suchen? Wir können mit Ihnen machen, was wir wollen. Niemand kann uns daran hindern. Also lassen Sie diese Spielchen mit den albernen Drohungen. Sie interessieren mich nicht im Geringsten.«

»Darf ich trotzdem fragen, was Sie mit uns vorhaben?«

»Wie ich schon sagte«, antwortete er in ruhigem, distinguiertem Ton. »Das wird Ihnen jemand anders erzählen. Aber alles zu seiner Zeit.«

64.

»Schlechte Nachrichten«, sagte Rick als Erstes, als sie sich im Konferenzraum trafen.

»Was ist passiert?« Michelle machte ein besorgtes Gesicht.

»Wir haben Hausers Peilsignal verloren.«

»Hast du ihn angefunkt?«, fragte Eric.

»Ja, aber er antwortet nicht.«

»Das gefällt mir gar nicht.«

»Was heißt das jetzt?« Michelle wurde noch besorgter.

»Wenn ihnen etwas zugestoßen ist, müsste das Peilsignal immer noch senden«, erklärte Rick. »Es würde sich einfach nicht mehr bewegen. Aber dass es ganz weg ist, könnte bedeuten, es wurde entdeckt, und man hat den Peilsender abgeschaltet oder zerstört.«

»Oder sie befinden sich außer Reichweite«, meinte Ernest.

»Das ist fast nicht möglich. Dann müssten sie sich praktisch auf der anderen Seite des Planeten befinden. Wie sollen sie denn so schnell dahin kommen.«

»Was gibt es sonst noch für Möglichkeiten?«, erkundigte sich Eric.

»Es könnte sein, dass sie sich in einem abgeschirmten Bereich aufhalten«, antwortete Rick nachdenklich. »Wobei der Sender eigentlich alle herkömmlichen Schirme durchdringen kann. Es müsste sich also um eine neuartige Version handeln. Ich bezweifle, dass es in Tongalen so eine gibt.«

»Oder sie befinden sich tief unter der Erde«, mutmaßte Ernest.

»Das wäre auch eine Möglichkeit.«

»Geben wir ihnen noch ein wenig Zeit«, schlug Eric vor. »Vielleicht ist die Unterbrechung nur vorübergehend.«

»In Ordnung. In spätestens dreißig Stunden wird die irdische Flotte hier eintreffen. Ihre Streitkräfte können sich auf die Suche machen, falls wir bis dahin immer noch nichts von ihnen gehört haben.«

Golenko war wieder gegangen. Sie blieben eine längere Zeit alleine, in der keiner von ihnen ein Wort sagte.

Christopher dachte eine Weile über den Sinn dieser Begegnung nach. Es machte ganz den Anschein, als gehörte Golenko zur Führungsspitze der OVT. Als Polizeichef und Mitglied des Administrativen Rats hatte er zwei der strategisch günstigsten Posten bekleidet, um den Putsch sorgfältig vorbereiten zu können.

Aber was machte er hier in diesem Labor? Wollte er sich vergewissern, wer ihnen in die Hände geraten war?

Da er nun wusste, wer die Gefangenen waren, konnte er dies als Druckmittel gegen Rick verwenden, Krasnic und seine Leute doch noch freizulassen.

Insgeheim machte sich Christopher Vorwürfe, den Vorschlag zu diesem Unternehmen vorgebracht zu haben. Im Nachhinein betrachtet, entpuppte es sich als schlechte Idee, den sicheren Ort der BAVARIA zu verlassen. Auf der anderen Seite hätte die OVT andere Mittel und Wege gefunden, sie unter Druck zu setzen.

Mitten in seinen Grübeleien tauchte ein Mann in OVT-Uniform auf und löste seine Fesseln. Nachdem sich Christopher aufgesetzt hatte, legte ihm der Mann elektronischen Handschellen an und befahl ihm mitzukommen.

Christopher schwang seine Beine vom Tisch und rutschte langsam über die Kante, bis er den Boden unter den Füßen spürte. »Was ist mit den anderen?«, fragte er den Uniformierten.

»Die bleiben vorerst hier«, antwortete dieser, ohne sich umzudrehen. »Sie kommen mit!«

Neha und Jamalla sahen Christopher besorgt hinterher.

»Falls sich eine Gelegenheit bietet, versuchen Sie zu entkommen, und holen Sie Hilfe«, flüsterte Hauser.

Christopher nickte nur.

Der Uniformierte führte ihn zwischen Arbeits- und Labortischen, Gerätekästen und arbeitenden Menschen hindurch bis ans Ende des großen Laborraums in einen kurzen Gang und öffnete eine in die linke Wand eingelassene Tür zu einem gewöhnlichen Personenaufzug.

Als sie eingestiegen waren, drückte der Mann auf eine von drei Tasten. Daraufhin setzte sich der Fahrstuhl nach oben in Bewegung und hielt bereits nach wenigen Sekunden wieder an.

Nachdem sich die Aufzugstür geöffnet hatte, traten sie in einen gepflegten Raum mit verschiedenen stilvollen Möbeln, Bildern und anderen Einrichtungsgegenständen. Die linke Wand bestand zum größten Teil aus Glas, durch das man einen Überblick über die gesamte Laborhalle bekam. Die rechte Seite war mit einem ovalen Konferenztisch mit mehreren Sesseln bestückt. Geradeaus, vor der gegenüberliegenden Wand, protzte ein wuchtiger Schreibtisch. Darauf entdeckte Christopher einige technische Geräte, ein Terminal und dahinter ein ihnen abgewandter Sessel mit hoher Rückenlehne.

Ein vor dem Schreibtisch stehender einfacher Kunststoffstuhl vermittelte den Eindruck, als würde er überhaupt nicht in diesen Raum passen. Christopher wurde vom Uniformierten aufgefordert, sich darauf zu setzen. Dann ließ er ihn alleine.

Als sich Christopher gerade auf eine längere Wartezeit einstellte, drehte sich der Bürosessel langsam um. Fassungslos blickte er in das ihm so vertraute Gesicht.

65.

Tom Bennet hatte sein Studium an der Raumfahrtakademie in Brüssel absolviert und anschließend die Merchant Marine Academy in West Point besucht. In seiner Familie waren militärische Karrieren Tradition. Sechs Generationen seiner Vorfahren hatten diese Schule in den ehemaligen Vereinigten Staaten von Amerika besucht und erfolgreich abgeschlossen.

Tom hatte nie vorgehabt, diese Tradition zu brechen. Jedoch betrachtete er die Marineausbildung lediglich als einen Teil seines beruflichen Werdegangs. Sein Traum war schon immer der Weltraum gewesen. Mit dem entsprechenden zusätzlichen Studium an der Raumfahrtakademie erhoffte er sich einen Platz bei den Streitkräften der irdischen Raumflotte.

Nach zahlreichen Einsätzen ohne nennenswerte Feindberührungen erhielt er eine Anfrage des Diplomatischen Rats. Dieser benötigte gut ausgebildete Kämpfer mit abgeschlossenem raumfahrttechnischem Studium für diplomatische Aufgaben. Seine Freunde rieten ihm davon ab, das Angebot anzunehmen. Man munkelte, solche Missionen würden vor Langeweile nur so strotzen.

Tom war jedoch immer der Meinung gewesen, dass die Erforschung des Weltraums und die Kolonialisierung von erdähnlichen Planeten in anderen Sonnensystemen nicht immer so friedlich und problemlos verlaufen würden wie bisher.

Auf außerirdische, nicht menschliche Lebensformen war man zwar bei diplomatischen Missionen bisher nicht gestoßen, aber falls dies doch einmal passieren sollte, würde er es um keinen Preis versäumen wollen. Als Angehöriger des Korps des Diplomatischen Rats der Erde konnte er sich seinen Jugendtraum erfüllen und an Weltraumflügen teilnehmen.

Dass er jedoch bei einem seiner Einsätze in eine derartige Situation geraten würde, in der er sich gerade befand, hätte er sich nie und nimmer vorstellen können.

Tom Bennet hatte oft versucht, sich ein Bild von einer Gefangenschaft zu machen, wie man die Untätigkeit und die Ungewissheit über sein Schicksal ertragen und überwinden konnte. In der Theorie sah das ganz anders aus als in der Wirklichkeit. Diese Erkenntnis wurde ihm gerade auf bittere Art und Weise vor Augen geführt.

Er hatte sich auch vorzustellen versucht, zu was er bereit wäre für seine Freilassung oder eine Verschonung zu tun. Immer wieder hatte er sich gesagt, niemals würde er seine Leute oder seine Heimat verraten, nur um seinen Hals zu retten. Lieber würde er die schlimmste Folter ertragen oder sogar in den Tod gehen.

Nun befand er sich in Gefangenschaft und stellte sich diese Frage erneut. Seine bisherige innere Überzeugung stand auf einmal auf wackeligen Beinen. Er war sich nicht mehr sicher, wie er reagieren würde, falls er vor solch eine Entscheidung gestellt würde.

Halb nackt auf einem kalten, metallenen Operationstisch zu liegen, gefesselt an Armen, Brust und Beinen und nicht zu wissen, was man mit seinem Körper anstellen würde, konnte den stärksten Willen und jeglichen inneren Widerstand wie ein Kartenhaus zusammenbrechen lassen.

Als eine fremde Frau in hellblauem Overall die Nadel in seinen Unterarm stach und ihm ein Serum injizierte, gerieten seine Gedanken völlig außer Kontrolle. Die Teilnahmslosigkeit, mit der sie diese Aktion durchführte, steigerte seine Angst und seine Hoffnungslosigkeit zusätzlich. Er wollte schreien, doch die Scham vor seinen Gefährten hielt ihn davon ab. Seine Gedanken fingen an, surreale Bilder zu erzeugen. Das Gespür für sein eigenes Körpergewicht veränderte sich. Das zeitliche Empfinden rückte in eine völlig andere Relation.

Er fühlte sich frei von Schuld und Furcht, frei von moralischen Verpflichtungen und frei von einem eigenen Willen.

66.

»Hallo Christopher«, sagte Mark Henderson grinsend. »So sieht man sich wieder.«

»Mark? Was machst du denn hier? Bist du auch ein Gefangener?«

»Aber nein«, antwortete er lächelnd und selbstzufrieden, machte eine kleine Pause, in der er auf die Tischfläche sah. Dann richtete er seinen Blick wieder auf Christopher. »Sagen wir es mal so. Ich habe hier eine Mission zu erfüllen.«

Die Erkenntnis traf Christopher wie elektrischer Schlag. »Du willst mir doch nicht sagen, dass du hinter all dem steckst?«

»Das wäre ein bisschen übertrieben. Ich bin nur ein Teil des Ganzen«, erwiderte er in selbstgefälligem Ton. »Aber ein nicht ganz unbedeutender. Ihr wart bis jetzt auch ein Teil davon, nur eben ein entbehrlicher.«

»Aber das ist doch nicht möglich!« Christopher begann an seinem Verstand zu zweifeln. »Mark, du bist doch unser Freund. Du bist seit Jahren unser Freund. Was haben sie mit dir gemacht?«

»Du kannst versichert sein, niemand hat mit mir etwas angestellt.« Dann veränderte sich sein Gesichtsausdruck plötzlich zu einer eiskalten Fratze. Sein unheimlicher Blick stach Christopher in die Augen, als wollte er sich in ihnen für ewige Zeiten einbrennen. »Du hast ja keine Ahnung.«

»Wovon sollte ich denn eine Ahnung haben? Haben wir dir irgendwann Unrecht getan? Willst du uns für irgendetwas bestrafen?«

»Ich verschwende meine Zeit nicht mit solchen Banalitäten«, erwiderte er brüsk. »Meine Aktivitäten dienen höheren Zwecken.«

»Das heißt, du bist an den Machenschaften der OVT beteiligt?«

»Nicht nur beteiligt. Ich bin einer der führenden Personen.«

Christopher begann erneut an seinem Verstand zu zweifeln.

»Du hast Menschen umbringen lassen!«

»Notwendige Opfer.«

»Du verdammter Dreckskerl! Dann hatte Michelle mit ihrer Vermutung also doch recht. Sie hat dir die ganze Zeit misstraut.«

»Aber, aber, wo sind deine guten Manieren geblieben.« Er lächelte herablassend.

»Du kannst dir die Manieren sonst wohin stecken.«

»Originelle Aufmachung, die du da hast. Die dunkle Haut steht dir sehr gut«, spöttelte er.

»Dein Zynismus wird dir noch vergehen.«

»Was willst du denn gegen uns unternehmen?« Er lehnte sich zurück und lachte hämisch. Dann beugte er sich wieder nach vorn. Sein Gesicht wurde wieder ernst. »Du hast nicht die geringste Chance.«

»Das wirst du schon noch sehen.«

»Deine Drohungen lassen mich kalt.«

»Warum machst du bei dieser fundamentalistischen Organisation mit? Seit wann bist du religiös?«

»Ich und religiös?« Erneut lachte er laut auf. »Das war vielleicht früher einmal. Sagen wir, in einem anderen Leben.«

»Die OVT ist doch eine religiöse Gruppe.«

»Glaubst du, ich mach aufgrund irgendwelcher religiösen Ansichten mit? Da solltest du mich aber besser kennen.«

»Dann steckt bestimmt Geld dahinter.«

»Was ist schon Geld. Auch das ist nur ein notwendiges Werkzeug.«

»Wofür?«

»Macht und Einfluss!« Er breitete theatralisch seine Arme aus.

»Dafür brauchst du Ernests Erbschaft?«

Hendersons Miene veränderte sich augenblicklich. Er sah Christopher überrascht an. »Woher weißt du davon?«

»Das kannst du selbst herausfinden. Aber ich bin nicht der Einzige, der davon weiß.«

Henderson schien zu überlegen. Es machte den Anschein, als würde es nicht in sein Konzept passen, dass noch weitere Personen davon wussten. »Dann muss ich annehmen, alle auf der BAVARIA wissen davon.«

Christopher sah ihm in die Augen und antwortete nicht. Er fragte sich, ob er jetzt einen Fehler gemacht hatte, indem er Henderson sein Wissen verraten hatte.

»Das ändert jedoch nur eine Kleinigkeit in meinen Plänen.«

»Warum benutzt du für dein Vorhaben ausgerechnet eine religiöse Gruppierung?«

»Menschen unter religiösem Einfluss kann man besser kontrollieren.«

»Du meinst wohl eher manipulieren«, erwiderte Christopher provozierend.

»Nenn es, wie du willst. Mir kommt es jedenfalls entgegen. Seien wir mal ehrlich, die Kolonisten hier haben sich in den letzten hundert Jahren so gut wie gar nicht weiterentwickelt. Die sind irgendwann in ihrem Fortschritt stehen geblieben. Sie benutzen immer noch Technologien, die auf der Erde schon vor langer Zeit ersetzt wurden.«

»Da bin ich anderer Meinung. Sie haben ein paar ganz nette Sachen entwickelt. Aber mal anders gesehen, braucht es denn immer einen technischen Fortschritt? Kann das Leben nicht auch lebenswert sein mit dem, was man hat?«

»Das ist doch idealistisches Geschwafel. Gleichstand bedeutet Rückschritt. So sieht es aus. Gesellschaften und Kulturen, die da nicht mithalten können, werden früher oder später untergehen.«

»Oder von anderen erobert.«

»So könnte man es auch nennen.«

»An den Preis, den die Menschen in Tongalen für den so hochgepriesenen Fortschritt bezahlen müssen, hast du wohl nicht gedacht.«

»Opfer gibt es bei Veränderungen immer. Es geht in erster Linie um die Veränderung selbst. Sie wird den Menschen hier große Vorteile bringen. Dafür müssen sie eben auch Opfer bringen.«

»Mit den so gut gemeinten Veränderungen meinst du wohl, dass ein paar wenige abgebrühte Schurken, wie du und dieser Abzocker Varnowski, eine gesamte Bevölkerung beherrschen und ausbeuten wollen.«

»Deine Provokationen kannst du dir sparen. Wie ich vorhin schon sagte, ich halte nichts von idealistischen Ansichten. Diese Menschen hier brauchen eine starke Führung. Am besten kann man sie führen, wenn man Gesetze und Restriktionen einführt. Wir werden sie von einem Glauben überzeugen, unter dem sie noch viel besser geführt werden können.«

»Wahrscheinlich genauso wie im irdischen Mittelalter.«

»Aber es hatte damals funktioniert. Die Kirchen und die Monarchien hatten die Macht über das Volk.«

»Du meinst, das wäre die ideale Gesellschaftsform für diese Kolonie?«

»Davon sind wir überzeugt.«

Christopher schüttelte nur verächtlich den Kopf. »Was hast du mit mir und den anderen Gefangenen da unten vor?«

Mark ließ sich mit der Antwort etwas Zeit und verzog den Mund wieder zu einem hämischen Grinsen. »Wir werden euch ein bisschen umfunktionieren«, antwortete er mit einem diabolischen Blick.

67.

»Sir, wir haben Kontakt«, sagte der Kommunikationsoffizier. Rick brauchte eine Sekunde, um richtig wach zu werden. Er wechselte den Kommunikator ans andere Ohr. »Wer ist es?«, fragte er.

»Sergeant Bennet.«

»Stellen Sie ihn zu mir durch.« Rick setzte sich auf die Bettkante und wartete.

»Sir, hier spricht Tom Bennet«, hörte er die aufgeregte Stimme des Sergeanten. »Ich habe eine Botschaft für Sie von Commander Hauser.«

»Wo befinden Sie sich?«

»Auf dem Weg zurück zur BAVARIA. Da wir vom Gegner geortet wurden, will der Commander jeglichen Funkkontakt vermeiden. Er hat auch den Peilsender abgeschaltet.«

»Gab es Feindberührung?«

»Ja, Sir, aber wir konnten uns in Sicherheit bringen. Bei einem Sturz habe ich mir die Schulter ausgekugelt. Deshalb hat mich der Commander zurückgeschickt, um mich behandeln zu lassen und Ihnen mitzuteilen, dass die Truppe Verstärkung benötigt.«

»Hat er gesagt, wie viele Leute er braucht?«

»Er meinte, so viele, wie Sie entbehren können.«

Rick überlegte kurz. Es stand ihm noch gut ein Dutzend ausgebildete Marines zur Verfügung. Die übrige Besatzung bestand aus Wissenschaftlern und Technikern.

»In Ordnung«, sagte er. »Ich werde die Marines losschicken. Wo befindet sich der Treffpunkt?«

»Ich habe die Koordinaten bei mir, Sir«, antwortete Bennet. »Ich bin gleich bei der Notluke.«

Eine Stunde später saßen Rick, Eric und Michelle in der Bordkantine Tom Bennet gegenüber. Nachdem dieser medizinisch versorgt und seine Schulter wieder eingerenkt und fixiert worden war, hatte man ihm ein Schmerzmittel verabreicht.

Der Sergeant berichtete vom Einsatz und von seinem Sturz, als er auf der Verladerampe eines Frachtschiffes ausgerutscht und heruntergefallen war. »Als Uniformierte der OVT auftauchten, schickte mich der Commander zurück, um Verstärkung anzufordern.«

»Ist es zu Kampfhandlungen gekommen?«

»Ja, im Laderaum eines großen Frachtschiffs. Aber der Commander und seine Leute konnten sich verschanzen. Jetzt brauchen sie Unterstützung.«

»Wie geht es Neha, Jamalla, Devian und Christopher?«, erkundigte sich Michelle.

»Als ich ging, waren sie beim Commander.«

»Mussten sie gegen OVT-Leute kämpfen?«

»Nein, sie haben sich mit unseren Leuten verschanzt. Die beiden jungen Frauen sehen in ihren Tangas zum Anbeißen aus. Aber bei Vanelli und dem Tongaler sah das schon etwas ulkig aus. Ich würde nie so herumlaufen.« Er grinste kurz, wurde aber sofort wieder ernst, als sein Lächeln nicht erwidert wurde.

»Bestand zu irgendeinem Zeitpunkt die Möglichkeit, dass Neha, Jamalla, Devian und Christopher in einen Nahkampf hätten verwickelt werden können?« Michelle blickte Bennet aufmerksam in die Augen.

»Nein, sie befanden sich immer hinter unseren Leuten.«

»Sind Sie auf dem Rückweg weiteren OVT-Leuten begegnet?«, wollte Rick wissen.

»Nein, da war niemand mehr. Ich bin auf demselben Weg zurückgekommen.«

»Vielen Dank, dass Sie uns trotz Ihrer Verletzung noch Auskunft gegeben haben. Begeben Sie sich nun in die Krankenstation und lassen Sie sich weiter verarzten.« Rick erhob sich.

Bennet bedankte sich, stand ebenfalls auf und verließ die Bordkantine.

»Der Kerl lügt«, sagte Michelle spontan.

Rick und Eric sahen sie einen Moment an. Dann sagte Eric: »Ich habe zuerst gedacht, dass ich es mir nur einbilde. Aber ich hatte bei seinen Antworten und bei der Geschichte, die er uns auftischte, auch ein komisches Gefühl.«

»Ich weiß, dass er lügt.«

»Woraus schließt du das?«

»Wie konnte er wissen, wie Neha, Jamalla, Devian und Christopher unter ihren verschlossenen schwarzen Umhängen aussehen, wenn sie nicht kämpfen mussten?«

»Vielleicht haben sie ihre Umhänge trotzdem abgelegt.«

»Ich weiß, dass sie dies nur dann tun wollten, falls sie in Kampfhandlungen verwickelt würden. Wir haben bei den Vorbereitungen in unserer Kabine ausgiebig darüber gesprochen.«

»Könnte es nicht sein, dass sie die Umhänge sofort abgelegt haben, als der Feind auftauchte? Noch bevor es zu Kampfhandlungen gekommen ist?«

»Das könnte schon sein, aber wenn sie sich gleich verschanzten, hatten sie eigentlich keinen Grund dazu. Aber es ist nicht nur dieser eine Widerspruch. Ich hatte bei all seinen Antworten ein merkwürdiges Gefühl.«

»Wahrscheinlich ist es dasselbe Gefühl, das auch ich hatte«, erwiderte Eric nachdenklich. »Aber nehmen wir einmal an, er lügt tatsächlich. Was hätte er für einen Grund?«

»Das weiß ich nicht. Vielleicht hatte er nach seinem Sturz von der Rampe Angst vor einem Kampf und ist abgehauen.«

»Mickie, das sind alles ausgebildete Marines«, sagte Rick nachdrücklich. »Die sind es gewohnt zu kämpfen, bis es nicht mehr geht.«

»Diesen Eindruck hat er auf mich nicht gemacht.«

»Wie viele Leute wirst du Hauser zur Unterstützung schicken?« Eric blickte nachdenklich zu Rick.

»Alle Marines, die noch hier sind. Das sind elf Männer und drei Frauen.«

»Gibt es eine weitere Möglichkeit, wie wir Hauser und seinen Leuten helfen können?«

»Die BAVARIA ist nicht ausreichend bewaffnet, um es gegen eine Mehrzahl von Patrouillenschiffen der OVT aufnehmen zu können«, antwortete Rick. »Wir müssen warten, bis die irdische Flotte eingetroffen ist.«

»Das kann noch eine Weile dauern.«

»Wenn der Commander und seine Leute sich verschanzt haben, wie Bennet behauptete, dann müssten sie nur möglichst lange durchhalten, bis unser zweiter Trupp eintrifft. In etwa vierundzwanzig Stunden bekommen wir Unterstützung von der Flotte.«

»Wann wirst du die zweite Truppe losschicken?«

»Sobald sie bereit ist. Es dürfte sich eigentlich nur noch um Minuten handeln.«

»Am liebsten würde ich mitgehen«, sagte Michelle verzweifelt.

»Kann ich verstehen, aber es bringt nichts.«

»Ich weiß. Ich meinte ja nur, wenn ich kämpfen könnte.«

68.

Als Christopher nach dem Gespräch mit Mark Henderson zu seinen Gefährten zurückgebracht wurde, fiel ihm sofort auf, dass einer von Hausers Männern fehlte. Nachdem er wieder auf den metallenen Tisch geschnallt worden war und sich der Uniformierte entfernt hatte, fragte er: »Wo ist Tom?«

»Sie haben ihn abgeholt, kurz nachdem Sie weggebracht worden waren«, antwortete Hauser. »Wir dachten schon, dass wir alle einzeln und nacheinander woanders hingebracht würden.«

»Wo warst du eigentlich so lange?«, fragte Neha besorgt.

»Ihr glaubt nicht, wem ich gerade begegnet bin.«

Nun drehten alle ihre Köpfe in Christophers Richtung.

»Einigen von euch wird dieser Name wahrscheinlich nicht so viel bedeuten wie mir oder meinen Freunden von der *Space Hopper*. Aber gehört habt ihr ihn bestimmt auch schon: Mark Henderson. Er ist einer der Drahtzieher der ganzen Verschwörung. Der Dreckskerl thront da oben hinter der Glasfront in seinem Luxusbüro und schaut wahrscheinlich in diesem Moment zu uns herunter.«

»Es dürfte klar sein, dass er uns nicht einfach wieder gehen lässt, nachdem wir nun über ihn Bescheid wissen«, folgerte Hauser.

»Das hatte er auch bestimmt nie vor«, meinte David Mitchell. »Ich frag mich nur, was die mit uns anstellen werden. Wenn sie beabsichtigen, uns zu eliminieren, hätten sie es doch schon längst getan.«

»Er sagte, er wolle uns umfunktionieren lassen, was immer das bedeutet«, berichtete Christopher weiter.

»Das kann nur eines bedeuten. Sie werden Experimente an uns durchführen, bevor sie uns umbringen.«

Eine halbe Stunde später wurde Paolo Sartori abgeholt.

Nachdem die zweite Truppe mit den restlichen Marines aufgebrochen war, hatten sich Rick, Eric und Michelle in ihre Kabinen zurückgezogen. Sie nahmen sich vor, Tom etwas schlafen zu lassen und ihn zu einem späteren Zeitpunkt noch einmal zu befragen.

Im Datenlabor waren die Analytiker immer noch mit der Formatierung beschäftigt. Seitdem die Daten in lesbarer Form vorlagen, war die weitere Bearbeitung nicht mehr ganz so dringend wie die eigentliche Entschlüsselung. Man gönnte sich zwischendurch etwas wohlverdiente Ruhe.

Da sich auch Commander Natalie Villaine in ihrer Kabine aufhielt, war die Brücke gerade nicht besetzt, ein Zustand, der im Normalfall oder während eines Fluges niemals eintrat.

Tom Bennet, von dem die meisten dachten, er würde sich in seiner Kabine ausruhen, war auf dem Weg ins Oberdeck und achtete darauf, niemandem zu begegnen. Er öffnete das Schott zur Brücke und setzte sich an ein Terminal. Als Mitglied der Einsatztruppe des Diplomatischen Rats hatte er Kenntnisse über die Zugangscodes der BAVARIA und des Bordsystems. Würden Diplomaten während einer Mission in Gefangenschaft geraten oder sogar getötet, hätte jeder einzelne Marine die Befugnis, ja sogar die Pflicht, die Kontrolle über das Schiff zu übernehmen, und es in Sicherheit zu bringen.

Zielstrebig loggte er sich ein, wählte aus einer Gesamtübersicht von Funktionen eine ganz bestimmte aus und änderte einige Einstellungen. Anschließend versetzte er das Terminal wieder in seinen Ausgangszustand, erhob sich und verließ die Brücke. Auf dem Rückweg zu seiner Kabine achtete er erneut darauf, niemandem zu begegnen. Nachdem er seine Kabine betreten hatte, legte er sich auf sein Bett und schlief sofort ein.

Ernest Walton und Keyna Algarin saßen zusammen in der Bordkantine und frühstückten. Seit der spektakulären Rettungsaktion waren sie sich näher gekommen und hatten sich ab und zu getroffen, um miteinander über dieses und jenes zu plaudern.

Keyna war nach irdischer Zeitrechnung etwa zweiundfünfzig Jahre alt und fühlte sich zu Ernest hingezogen. Für sie hatte der Altersunterschied zwischen ihm und ihr keinerlei Bedeutung. Für Ernest war es seit dem Tod seiner Frau vor vielen Jahren die erste weibliche Bekanntschaft.

Nach dem ausgiebigen Frühstück rief Ernest Rick an und fragte, ob er zusammen mit Keyna das Bordobservatorium aufsuchen dürfe. Rick, dem die Entwicklung zwischen Ernest und Keyna nicht entgangen war, versicherte ihm, dass sie diesen Raum in der nächsten Stunde für sich alleine haben würden.

Als die beiden das Observatorium betraten, das sich unmittelbar über der Brücke unter einer Kuppel befand, erklärte Ernest ihr die wenigen Geräte und schaltete anschließend das Teleskop und den dazugehörigen Monitor ein. Eine Weile lang betrachteten sie die verschiedenen Ausschnitte des Weltraums, die sich auf dem dreidimensionalen Monitor in ihrer vollsten Pracht darstellten.

Eine Stunde später verließen sie das Observatorium und machten noch einen Abstecher auf die Brücke. Keyna hatte noch nie einen Kommandostand eines Raumschiffs von innen gesehen.

Ernest erklärte ihr den Sinn und Zweck der einzelnen Terminals und Armaturen. Dabei blieb sein erstaunter Blick auf einem bestimmten Bereich einer Anzeige hängen. »Aber das ist doch nicht möglich.«

»Stimmt etwas nicht?« Sie sah ihn besorgt an.

»Diese Kontrollanzeigen müssten eigentlich leuchten.« Er tippte mit dem Finger auf die kleinen Leuchtdioden. Aber es tat sich nichts.

»Wofür ist diese Anzeigen?«

»Sie sagen aus, ob das Verteidigungssystem mit dem Abwehrschirm aktiviert ist oder nicht.«

»Heißt das, der Abwehrschirm ist deaktiviert?«

»Wenn die Anzeigen stimmen, dann ist es tatsächlich so.«

Er nahm seinen Kommunikator und rief Rick an. Drei Minuten später stand dieser vor der Armatur und starrte nachdenklich auf die nicht leuchtenden Anzeigen. Dann setzte er sich an ein Terminal, gab ein paar Befehlssequenzen ein und starrte ungläubig auf den Monitor.

Sein Gesicht wurde blass.

69.

»Wir haben einen Saboteur an Bord!« Ricks Blick drückte große Besorgnis aus. Nach seiner Entdeckung auf der Brücke hatte er die gesamte Mannschaft und alle Gäste im großen Besprechungsraum versammeln lassen. »Das Abwehrsystem, und mit ihm zusammen der Schutzschirm, wurde von jemandem manuell abgeschaltet.«

Unter den Anwesenden brach ein heftiger Tumult aus. Alle sahen sich an und redeten wild durcheinander.

»Ich bitte Sie, die Ruhe zu bewahren«, versuchte er die Leute zu besänftigen. »Es besteht absolut keine Veranlassung, sich gegenseitig zu verdächtigen, denn ich weiß, wer es war.«

Sofort wurde es ruhig im Raum. Alle blickten gebannt in seine Richtung.

Rick hatte sich zuvor Gedanken darüber gemacht, den Schuldigen unter vier Augen auf sein Vergehen anzusprechen. Allerdings hatte er keine Ahnung, aus welchem Grund der Saboteur seine Tat begangen und ob er es aus freiem Willen getan hatte.

Es bestand die Möglichkeit, dass sich nicht alle aus Hausers Truppe verschanzt hatten, sondern einer oder mehrere von ihnen in Gefangenschaft geraten und manipuliert worden waren. Hatte man ihnen Tom Bennet geschickt, nicht nur, um das Abwehrsystem außer Kraft zu setzen, sondern auch, um den Rest der Truppe in eine Falle zu locken? Falls Tom Bennet manipuliert worden war, würde es sein eigenartiges Verhalten bei der Befragung erklären.

»Ich möchte dem Schuldigen die Möglichkeit geben, sein Vergehen aus freien Stücken zu gestehen«, fuhr er fort und sah jeden Einzelnen abwechselnd an. »Und zwar hier und jetzt.«

Wie erwartet meldete sich niemand. Falls seine Vermutung zutraf, konnte sich Bennet gar nicht mehr an seine Tat erinnern.

»Ist es jemand aus der Besatzung oder von unseren Gästen?« Ernest war zusammen mit Eric der einzige, der sich bisher nicht hatte aus der Ruhe bringen lassen.

»Da sich bis jetzt niemand freiwillig gemeldet hat, werde ich die Angelegenheit etwas eingrenzen. Es war niemand aus den Reihen unserer einheimischen Freunde.«

Unter der Besatzung machte sich Empörung breit. »Sie meinen, es ist jemand von uns?« Navas sah seine Mitarbeiter ungläubig der Reihe nach an. »Das kann ich mir beim besten Willen nicht vorstellen.«

Rick widerstrebte es, seine Leute auf diese Weise mit einem solchen ungeheuerlichen Verdacht zu konfrontieren. Aber er musste den Druck auf Tom Bennet in seinem Umfeld langsam erhöhen. Auf diese Weise konnte eine mentale Blockade unter Umständen langsam umgangen werden. Allerdings waren die Chancen dazu gering. »Nein, es ist keiner der Wissenschaftler und auch kein Mitglied der *Space Hopper*.«

Wieder ließ er das Gesagte eine Weile wirken. Tom Bennet zeigte jedoch keine Reaktion.

»Es ist einer der Space Marines.«

Es dauerte ein paar Sekunden, bis alle begriffen hatten. Dann drehten sich die Köpfe in dieselbe Richtung. Alle blickten erstaunt zu Tom Bennet. Er war momentan der einzige Marine an Bord der BAVARIA.

»Sie meinen mich?« Überrascht sah er sich um.

»In der Tat, Sergeant Bennet.« Ricks Stimme blieb ruhig. »Sagen Sie uns einfach, warum Sie es getan haben?«

»Ich habe es nicht getan!« Die Empörung in seinem Gesicht schien echt.

»Ich habe unwiderlegbare Beweise, dass Sie es waren. Allerdings glaube ich, dass Sie es nicht wissentlich getan haben.«

Aus Empörung wurde Verblüffung. »Wie meinen Sie das?«

Die meisten der Anwesenden hatten auf Ricks letzte Bemerkung mit Bestürzung reagiert. Nur den Einheimischen schien nicht klar zu sein, was sich im Konferenzraum gerade abspielte.

»Ich denke, dass es nicht Ihr eigener Wille war, der Sie zu dieser Tat bewegte, und dass sie zum jetzigen Zeitpunkt nicht mehr wissen, was Sie getan haben.«

»Sie glauben, ich bin hypnotisiert worden?«

»Etwas in dieser Art.«

»Aber das kann nicht sein. Wann soll ich denn hypnotisiert worden sein? Dann müsste ich ja zuerst gefangen genommen worden sein. Das ist nicht geschehen. Es hat sich genau so zugetragen, wie ich es Ihnen berichtet habe.«

Ricks Stimme bekam einen autoritären Klang. »Betrachten Sie sich vorläufig als suspendiert. Wir werden Sie in ihre Kabine einsperren und mit dem Nötigsten versorgen. Sobald die irdische Flotte eingetroffen ist, übergeben wir Sie zur Abklärung dem medizinischen Personal.«

»Aber ich habe doch gar nichts getan!«, rief Bennet verzweifelt. »Was wollen Sie mir anhängen?«

Rick gab auf der Tastatur des Terminals ein paar Befehle ein. Sogleich erschien auf dem großen Monitor hinter ihm ein Ausschnitt des Logbuchs. Darin waren klar und deutlich die Uhrzeit und die Befehlsfolge ersichtlich, zudem auch der Benutzername der Person, die diese Befehle ausgeführt hatte.

»Jemand will mir etwas anhängen«, jammerte Bennet empört.

»Wie soll das funktionieren?«, fragte Rick.

»Jemand hat sich unter meinem Namen eingeloggt und das getan.«

»Wer könnte sich mit Ihren Fingerprints und Ihrem Zugangscode einloggen?«

»Das weiß ich nicht, aber mit der Technik an Bord dieses Schiffs ist doch alles möglich.«

»Sergeant Bennet, dies ist nicht der einzige Beweis.«

Bennets Gesicht machte einen völlig überraschten und verwirrten Eindruck.

Rick tippte erneut ein paar Befehle ein. Daraufhin wurde die Sequenz einer der Überwachungskameras auf der Brücke abgespielt. Entgeistert starrte Bennet nach vorn. Er stand auf und näherte sich dem Großmonitor, um ganz sicher zu sein, was er da sah.

»Das kann doch nicht sein«, flüsterte er verzweifelt. »Das bin ich nicht.« Dann ließ er sich völlig entmutigt auf den erstbesten Sessel nieder.

Rick würde für jeden einzelnen der Marines, die ihn auf diplomatischen Missionen begleiteten, die Hand ins Feuer legen. So auch für Tom Bennet. Aber die Tatsache, dass er an Bord der BAVARIA einen Sabotageakt begangen hatte und davon nichts mehr wusste, änderte die Situation radikal. Wie würde die OVT reagieren, wenn sie feststellte, dass ihr Plan nicht funktioniert hatte? Würden sie einen weiteren manipulierten Marine schicken? Was würden sie diesem auftragen?

Nachdem man den völlig verwirrten Tom Bennet aus dem Raum geführt und in seine Kabine gesperrt hatte, herrschte im Konferenzraum allgemeine Unruhe. Die Einheimischen, die keine Vorstellungen davon hatten, was gerade passiert war, waren von den anderen in kurzer Form aufgeklärt worden.

»Wir haben eine völlig neue Situation.« Rick wirkte gefasst und blickte mit ernster Miene in die Runde. »So, wie es aussieht, wurde Tom Bennet tatsächlich manipuliert und zu uns zurückgeschickt, um das Abwehrsystem abzuschalten.«

»Eine andere Möglichkeit gibt es nicht?«, fragte Devian Tamlin.

»Ziemlich ausgeschlossen. Diese Marines haben eine umfangreiche Ausbildung und ein hartes Training hinter sich. Sowohl in physischer wie auch in psychologischer Hinsicht. Sergeant Bennet zeigte uns vorhin ein Verhalten, das in keiner Weise dem eines ausgebildeten und qualifizierten Marines entspricht.«

»Dann stellt sich die Frage, wie die OVT reagieren wird, wenn sie feststellen, dass das Abwehrsystem immer noch aktiv ist.« Der sonst ruhige Ausdruck in Erics Gesicht war verschwunden.

»Wir müssen davon ausgehen, dass sie uns noch jemanden schicken werden. Es ist anzunehmen, dass uns Tom Bennet bei der Befragung eine völlig falsche Geschichte erzählt hat.«

»Das würde heißen, unsere Leute konnten sich gar nicht verschanzen und befinden sich unter Umständen sogar in Gefangenschaft.«

»Ganz richtig. Es würde auch heißen, dass die Nachricht, weitere Leute zur Unterstützung hinzuschicken, ebenfalls falsch ist. Wir haben sie womöglich in eine Falle geschickt!« Sofort griff er nach seinem Kommunikator und rief den Anführer der Nachhut, der sich gleich meldete.

»Abbrechen!«, sagte Rick entschlossen. »Kehren Sie unverzüglich zur BAVARIA zurück. Es ist eine Falle!«

»Okay, Sir! Wir kehren unverzüglich zurück.«

70.

Lars Thorwald, der Anführer der zweiten Truppe, schaltete den Kommunikator ab, nachdem ihm Rick eine kurze Zusammenfassung der Ereignisse gegeben hatte. »Es war Rick Blattning«, sagte er zu seiner Stellvertreterin Nadia Koslova.

Die gebürtige Russin war klein, stämmig und hatte kurze blonde Haare. Sie war eine exzellente Kämpferin und hatte gute Instinkte, wenn es darum ging, heikle Situationen abzuwägen und die richtige Entscheidung zu treffen.

»Er sagt, wir würden in eine Falle laufen«, fuhr er fort.

»Glauben Sie, es ist was dran?«

Er erzählt ihr kurz, was er von Rick soeben erfahren hatte.

»Das ist eine merkwürdige Geschichte«, erwiderte sie daraufhin. »Ich kann mir nicht vorstellen, dass Tom so etwas bewusst tun würde. Auch nicht, dass er lügt.«

»Geht mir auch so. Ich kenne Tom schon eine ganze Weile. Ich würde meine Hand für ihn ins Feuer legen.«

»Gehen wir wirklich zurück?«, fragte sie verunsichert.

»Der Befehl war eindeutig.«

»Aber wenn Hauser und seine Leute doch unsere Hilfe benötigen?«

Thorwald dachte nach. »Sie glauben, es wäre besser, nicht zurückzugehen?«

»Mein Gefühl sagt mir einerseits, dass wir in eine Falle tappen werden, und andererseits, dass Commander Hauser tatsächlich unsere Hilfe braucht.«

»Was schlagen Sie vor?«

»Wir sollten die Leute zur BAVARIA zurückschicken und nur zu zweit weitergehen.«

»An wen haben Sie dabei gedacht?«

Nadia Koslova sah dem Lieutenant entschlossen in die Augen und sagte: »Ich würde vorschlagen, Sie und ich.«

Wieder dachte Thorwald nach. Als er beim letzten Vorstoß die Vorhut gebildet hatte, wurde sein Partner getötet und er selbst gefangen genommen. Zweimal hintereinander sollte ihm das nicht passieren.

»Einverstanden«, sagte er. »Schicken wir die Leute zurück. Ich werde die Verantwortung dafür übernehmen.«

Eine knappe halbe Stunde später kehrten Thorwalds Männer und Frauen zur BAVARIA zurück. Rick empfing die Truppe persönlich bei der Notluke.

»Wo sind Lieutenant Thorwald und Sergeant Koslova?«, fragte er verwundert.

»Sie haben uns zurückgeschickt und sich dann zu zweit weiter auf die Suche nach Hauser und seinen Leuten gemacht«, antwortete einer der Männer.

Rick starrte den Mann einen Moment lang fassungslos an. Dann drehte er sich um und verließ das Verladedeck.

Das ist glatte Befehlsverweigerung, dachte er. Aber wenn er ehrlich war, musste er sich eingestehen, dass er genauso gehandelt hätte. Da Thorwald von der Falle wusste, würde er eine andere Taktik anwenden. Es bestand also die berechtigte Hoffnung, dass er und Nadia Koslova es schaffen könnten, Hauser und seine Leute zu finden und zu befreien, falls sie tatsächlich gefangen waren.

Vielleicht wäre jetzt der richtige Zeitpunkt, Tom Bennet noch mal zu befragen. Vielleicht ließ sich der mentale Block nach der vorherigen Konfrontation doch noch knacken.

Er rief über den Kommunikator die Krankenstation an und veranlasste, Tom Bennet zusammen mit der Bordärztin sofort in einen Untersuchungsraum bringen zu lassen.

Eine Viertelstunde später wurde der Sergeant von zwei Pflegern und der Schiffsärztin in den Raum gebracht, in dem Rick, Ernest, Eric und Michelle bereits auf ihn warteten. Rick hatte sich über das Vorgehen während der Befragung mit seinen Freunden abgesprochen und eine bestimmte Taktik vorgeschlagen. Zudem hatte er der Ärztin aufgetragen, dem Sergeanten ein spezielles Mittel zu verabreichen.

»Sergeant Bennet«, begann Rick in ruhigem Ton. »Die Ärztin wird Ihnen jetzt eine Schmerzspritze geben.«

»Oh, danke«, erwiderte dieser lächelnd. »Ich kann's brauchen. Die Schulter tut immer noch höllisch weh.«

Bennet machte seinen Arm frei. Die Ärztin desinfizierte die Haut und injizierte ihm das Mittel. Anschließend besprühte sie die Einstichstelle mit einer Flüssigkeit, die kleinere Blutungen sofort stoppte, und verließ den Untersuchungsraum.

»Bitte erzählen Sie uns noch mal der Reihe nach, was passiert ist, als Sie und die Truppe bei der Wartungsstation angekommen sind.«

»Heißt das, Sie glauben mir doch, dass ich es nicht war?«

»Das heißt gar nichts. Wir wollen die Sache lediglich gründlicher erörtern. Also, berichten Sie bitte.«

»Wir haben den ersten Wartungshangar durch den Hintereingang betreten und einen leeren Frachter vorgefunden«, begann Bennet zögerlich. »Und dann ..., als wir das Verladedeck betreten hatten, hörten wir von draußen Schritte. Ich war der Letzte, der die Rampe betrat. Dabei bin ich über irgendetwas gestolpert und über den Rand auf den Hangarboden gefallen und habe mir die Schulter ausgekugelt.«

Eric machte sich ein paar Notizen. Dann fragte er in ruhigem aber ernstem Ton: »Was meinen Sie mit draußen? Draußen im Freien oder im Hangar?«

»Im Freien ..., äh ..., nein, im Hangar«, stotterte Bennet. »Entschuldigen Sie. Wir befanden uns ja schon an Bord des Frachters. Also, draußen im Wartungshangar.«

»Was passierte dann?«, setzte Rick die Befragung fort.

»Zwei meiner Kameraden halfen mir die Rampe hinauf aufs Verladedeck. Commander Hauser befahl mir, mich gleich neben der Rampe zu verstecken und sobald der Feind das Deck betreten hatte, zur BAVARIA zurückzukehren, um Verstärkung anzufordern.«

»Wo haben Sie sich versteckt?«

»Da stand ein einzelner leerer Container. Ich bin hineingeklettert und habe gewartet, während der Commander und seine Leute sich weiter ins Innere des Verladedecks zurückzogen.«

»Zurückzogen?« Rick sah ihn mit gespielter Verwunderung an. »Ich dachte, Sie wären gerade auf dem Vormarsch.«

»Ich meinte, sie bewegten sich weiter ins Innere des Decks.«

»Sie sagten, Sie wären in den Container hineingeklettert«, fragte Eric erstaunt. »Wie konnten Sie das mit einer ausgekugelten Schulter tun?«

Bennet zögerte und antwortete dann: »Der Container war nicht so hoch. Ich habe mich nur mit einer Hand am Rand festgehalten.«

»Okay, haben Sie gesehen, was der Commander und seine Leute dann getan haben?«, übernahm Rick wieder.

»Weiter im Innern gab es viele leere Container. Sie haben sich dahinter verschanzt.«

»Wie konnten Sie das sehen, wenn Sie sich im Innern eines Container befanden?«

»Ich habe ab und zu über den Rand geschaut.«

»Sie befürchteten nicht, dabei von den Gegnern entdeckt zu werden?«

»Nein, die waren noch gar nicht da. Aber kaum hatten sich der Commander und seine Leute verschanzt, tauchten sie auf.«

»Wie viele waren es?«, fragte Rick.

»So genau weiß ich das nicht. Aber ich schätze, etwa zwanzig. Vielleicht auch mehr.«

»Das konnten Sie feststellen, indem Sie wiederum über den Rand sahen?«

»Äh …, ja. Ich habe gewartet, bis sie an mir vorbei waren.«

»Was taten Sie dann?«

»Als die Soldaten des Gegners weit genug im Innern waren, kletterte ich aus dem Container und ging leise die Rampe hinunter in den Hangar und von da aus denselben Weg zurück, auf dem wir gekommen waren.«

»Niemand hat Sie dabei gesehen?«

»Nein.« Bennet sah Rick und Eric mit einem gelassenen Ausdruck an.

»Noch eine Frage«, sagte Letzterer und ließ sich etwas Zeit. »Am Anfang sagten Sie, Sie hätten den ersten Hangar betreten.«

»Ja.«

»Warum sagten Sie *den ersten Hangar* und nicht einfach *den Hangar*? Sie hatten doch bis dahin noch gar keine weiteren Hangars aufgesucht?«

»Äh …, ja, das stimmt. Da gab es ja mehrere. Es war eben der erste.«

»Sie hatten schon vorher besprochen, dass Sie mehrere Hangars durchsuchen wollten?«

»Ja …, nein …, ich weiß es nicht mehr.«

»In unserem ersten Gespräch sagten Sie uns, Sie wären auf der Rampe ausgerutscht und hinuntergefallen«, fuhr Rick fort. »Vorhin erzählten Sie uns, Sie wären über irgendetwas gestolpert.«

»Ich bin gestolpert«, erwiderte Bennet. »Ich weiß auch nicht, warum ich beim ersten Gespräch gesagt habe, ich wär ausgerutscht.«

»Im ersten Gespräch sagten Sie weiter aus, Neha Araki, Jamalla Sahil, Devian Tamlin und Christopher Vanelli wären zu keinem Zeitpunkt, an dem Sie anwesend waren, in Kämpfe verwickelt worden.«

»Ja, das stimmt.«

»Alle vier trugen also die ganze Zeit ihre schwarzen Umhänge.«

»Genau.«

»Und die waren verschlossen.«

»Ja.«

»Woher wussten Sie dann, wie sie darunter aussahen?«

Bennet sah sie mit einer Mischung aus Verunsicherung und Entsetzten an. Dann lächelte er kurz. Aber gleich darauf verfiel seine Miene wieder in diese Ratlosigkeit.

»Ich kann Ihnen ehrlich nicht sagen, woher ich das wusste«, antwortete er verwirrt. »Ich frage mich jetzt selbst, woher ich dieses Wissen habe. Aber ich kann es Ihnen beim besten Willen nicht sagen.«

»Sergeant Bennet«, sagte Rick in ruhigem Ton. »Einiges, was Sie vorhin ausgesagt haben, klingt für uns widersprüchlich. Es gibt Dinge in Ihren Antworten, die nicht so ganz zusammenpassen.« Rick näherte sich seinem Gesicht und sah ihm eindringlich in die Augen. »Noch eine letzte Frage: Wurden Sie von OVT-Leuten gefangen genommen und verschleppt?«

Bennet starrte Rick einige Augenblicke entgeistert an, bevor er antwortete: »Nein, Sir. Das wurde ich nicht.«

»Wir danken Ihnen, dass Sie sich noch mal unseren Fragen gestellt haben. Lassen Sie sich wieder in Ihre Kabine zurückbringen. Falls wir noch etwas wissen wollen, werden wir Sie kontaktieren.«

»Gern geschehen«, antwortete Bennet unsicher, stand auf und verließ den Raum.

71.

Lars Thorwald und Nadia Koslova kauerten vor dem großen Panoramafenster auf der Brücke des irdischen Frachtschiffs, das im ersten Hangar stand, und leuchteten mit ihren Stablampen den Boden ab.

»Da ist Blut«, sagte sie, als sie mit dem Finger den dunklen Tropfen auf dem Metallboden aufwischte.

»Hier muss vor kurzem ein Kampf stattgefunden haben«, erwiderte Thorwald. »Das waren bestimmt unsere Leute.«

»Hier sind noch mehr Blutstropfen.«

Nadia Koslova hatte noch in einem weiteren Bereich des Fußbodens nach Spuren gesucht. Sie war für ihre Gründlichkeit bei der Untersuchung von Tatorten oder Kampfplätzen bekannt.

»Nehmen wir an, unsere Leute waren hier und sind auf Feinde gestoßen«, fuhr sie wenig später fort. »Dann müssten wir herausfinden, ob sie gefangen genommen worden sind oder ob sie den Gegner überwältigen konnten.«

»Nehmen wir weiter an, sie konnten den Gegner überwältigen und gefangen nehmen.«

»Dann müssten wir nach Hinweisen suchen, die uns das bestätigen. Sind diese noch so klein oder unbedeutend.« Auf Knien suchten sie weiter.

»Ich habe hier ein kleines Stück Stoff oder Kunstfaser«, sagte Thorwald nach einer Weile. »Könnte von einer Uniform sein.«

Die Sergeantin erhob sich und kam zu ihm herüber, ließ sich das Stoffstück geben und hielt es in den Strahl ihrer Stablampe.

»Der Farbe nach zu urteilen ist es nicht von unseren Kampfanzügen«, erklärte sie einen Moment später. »Sieht mir eher nach einem Stofffetzen von einer OVT-Uniform aus.«

»Das würde bedeuten, dass einer von denen etwas abbekommen hat. Aber das heißt noch lange nichts. Suchen wir weiter.«

Als Nadia Koslova einen Sessel umdrehte, richtete sie sofort ihre gesamte Aufmerksamkeit darauf. »Hier, die Rückseite dieser Sessellehne ist mit einer öligen Substanz verschmiert.«

Thorwald eilte herbei und sah sich das an. Er strich mit dem Finger darüber und hielt ihn unter seine Nase. »Ich glaub, ich weiß, was das ist«, sagte er nachdenklich. »Riechen Sie mal.« Er hielt ihr den Finger ebenfalls unter die Nase. »Genauso haben die drei jungen Tongaler und dieser Vanelli gerochen, bevor sie mit Hauser abrückten.«

»Stimmt. Sie hatten doch ihre Arme und das Gesicht damit eingeschmiert.«

»Ich nehme an, auch den Rest ihrer Körper.«

»Das würde heißen, dass sie an diesem Kampf beteiligt waren.«

»Glaube ich auch. Suchen wir weiter.«

»Lieutenant!«, rief sie nach einer Weile. »Unter dieser Konsole liegt eine Strahlenwaffe.« Sie zog sie hervor und zeigte sie Thorwald.

»Das ist keine von unseren«, sagte er, nachdem er sie begutachtet hatte.

»Dann muss sie einem Mitglied der OVT gehören. Aber ich glaube nicht, dass er seine Waffe freiwillig hat hier liegen lassen.«

»Das würde die Annahme bestätigen, dass unsere Leute die OVT-Schergen überwältigen konnten.«

»Aber wo haben sie sie hingebracht?«

»Da sie nicht zur BAVARIA zurückgekehrt sind, müssen sie sie hier irgendwo versteckt haben, damit sie die nächste Patrouille nicht sofort entdeckt. Wir sollten die Räume auf diesem Deck überprüfen. Aber vorsichtig. Wir wissen nicht, was uns erwartet.«

Leise verließen sie den Kommandostand und gingen den Gang entlang am Rechenzentrum und am Navigationsraum vorbei.

Als sie zur ersten Kabinentür gelangten, stellten sie sich zu beiden Seiten neben sie, schalteten die Stablampen aus und zogen ihre Strahlenwaffen. Thorwald betätigte den Schalter. Die Tür glitt zur Seite.

Im Innern des Raumes war es dunkel, aber es rührte sich nichts. Sie vernahmen auch nicht das geringste Geräusch.

Thorwald schaltete seine Stablampe ein und leuchtete in den Raum hinein. »Da ist einer«, flüsterte er. »Scheint bewusstlos zu sein.«

Nadia Koslova blickte ebenfalls in den Raum. »Er ist mit Handschellen an das Bettgestell gefesselt.«

»Schauen wir noch in den anderen Räumen nach.«

Eine Viertelstunde später hatten sie die Gewissheit, dass Hauser und sein Team die Gegner überwältigen konnten. Insgesamt fanden sie noch fünf weitere bewusstlose Uniformierte der OVT, jeder in einer anderen Kabine gefesselt.

»Ich nehme an, der Commander und seine Leute werden das Schiff nach diesem Kampf verlassen und sich weiter umgesehen haben.«

»In dem Hangar steht aber nur dieses eine Schiff.«

»Dann müssen wir zum nächsten.«

Als sie eine weitere Viertelstunde später die Tür zum zweiten Hangar öffneten, blieben sie sofort stehen. Von Weitem vernahmen sie metallische Geräusche.

»Hier arbeitet doch niemand«, wunderte sich Nadia Koslova. »Es ist stockdunkel.«

»Es könnten Maschinen sein.«

»Wir sollten uns das auf jeden Fall mal ansehen.«

Sie setzten die Nachtsichtgeräte auf und näherten sich Schritt für Schritt den metallischen Geräuschen.

»Da vorn steht ein weiterer Frachter, etwas kleiner als der andere«, sagte Nadia Koslova. »Aber da bewegt sich etwas.«

»Stopp!«, flüsterte Thorwald. »Da sind unzählige kleine Transportgleiter. Ich könnte mir vorstellen, dass die mit Sensoren ausgestattet sind, um nicht mit anderen zusammenzustoßen.

Vielleicht lösen Sie einen Alarm aus, wenn man sie berührt. Also halten wir uns lieber auf Distanz zu ihnen.«

»Die schweben alle in dieselbe Richtung.«

»Genau, da rechts, in diesen runden Gang oder Tunnel, was immer das auch ist. Er führt anscheinend in eine andere Halle.«

»Dann sehen wir uns die Mal an. Aber wir gehen nicht durch den Tunnel. Sonst kommen wir den Dingern zu nahe.«

Gemeinsam verließen sie den Hangar und begaben sich im Schutz der Dunkelheit zum nächsten Gebäude, einer riesigen Halle.

Auf der Rückseite gab es ebenfalls einen Eingang, den sie ohne Probleme öffnen konnten. Auch hier war es stockdunkel, aber sie hörten ähnliche Geräusche, wie schon im Hangar nebenan. Erneut setzten sie die Nachtsichtgeräte auf und sahen sich um.

Vor ihnen erstreckten sich gigantische Gestellwände, die bis unter die Decke der Halle reichten. Von ihrem Standort aus vermittelten sie das Bild von Straßenschluchten in einer ausgestorbenen Großstadt bei Nacht. Im grünen Blickfeld des Nachtsichtgeräts wirkte das Ganze noch viel unheimlicher.

Vorsichtig näherten sie sich den ersten Gestellen. Soviel sie erkennen konnten, waren sie gefüllt mit unzähligen kleinen und mittleren Bauteilen, deren Verwendungszweck sie nicht deuten konnten.

»Das reinste Ersatzteillager. Wozu brauchen sie das alles?«

»Sehr wahrscheinlich bauen sie damit ihre Gerätschaften. Das ganze Zeugs kommt von der Erde.«

»Da vorne sind die Transportgleiter wieder.« Nadia Koslova machte ein paar Schritte vorwärts. Achtung!«, rief sie flüsternd. »Am anderen Ende der Gestellwände ist das Licht angegangen.«

»Nachtsichtgeräte ausschalten«, befahl Thorwald leise. »Man könnte das grüne Leuchten sehen.«

Sie verstauten die Geräte in ihren Seitentaschen und liefen leise zu den Gestellwänden. Die Helligkeit am anderen Ende reichte für sie aus, um sich zu orientieren. Lautlos schlichen sie dem Licht entgegen.

»Ich höre Stimmen«, flüsterte Nadia Koslova.

»Ich auch. Da kommen Leute. Verhalten wir uns ruhig und warten ab.«

Die Geräusche von Schritten und von Stimmen näherten sich. Wenig später sahen sie zwischen den Ersatzteilen hindurch drei Männer von der linken Seite her den Lagerraum betreten. Sie steuerten direkt auf eine Aufzugstür zu, die sich am Ende der großen Halle befand.

Kurz darauf öffnete sich die Kabinentür des Fahrstuhls. Die drei unterschiedlich gekleideten Männer traten ein.

»Sobald sich der Aufzug in Bewegung setzt, werde ich die Zeit stoppen«, sagte Thorwald leise, der bereits den Finger auf eine Schaltfläche auf dem Display seiner Uhr gelegt hatte.

Als sich die Tür des Fahrstuhls geschlossen hatte, rannte er direkt auf sie zu, blieb dann stehen und lauschte. Dann drückte er den Knopf und lauschte weiter.

Nadia Koslova trat neben ihn und lauschte ebenfalls gespannt.

»Siebenundzwanzig Sekunden«, sagte er, nachdem er das Geräusch des anhaltenden Aufzugs vernommen hatte.

»Scheint ziemlich weit unten zu sein.«

»Kommt drauf an, wie schnell der Aufzug fährt.« Er drückte auf den Knopf neben der Tür.

»Wollen Sie etwa hinunterfahren?«, fragte sie erstaunt.

»Was bleibt uns anderes übrig, wenn wir Hauser und seine Leute finden wollen? Die Frage ist nur, sollen wir am selben Ort aussteigen wie die drei Männer oder auf einer anderen Ebene.«

»Ich schlage vor, nicht auf derselben Ebene. Ach, übrigens, haben Sie die drei Typen genauer angesehen? Bei dem einen hatte ich den Eindruck, ihn von irgendwoher zu kennen. Ich weiß nur nicht woher. Ich müsste sein Gesicht noch mal sehen.«

Nach einer Weile öffnete sich die Kabinentür erneut. Sie stiegen ein.

»Was nun?«, fragte Koslova ratlos. »Da sind drei Knöpfe. Welchen nehmen wir?«

»Den untersten.«

Thorwald drückte ihn, worauf die Fahrt ins Ungewisse begann.

72.

Nach der zweiten Befragung von Tom Bennet begaben sich Rick und seine Freunde in die Bordkantine, besorgten sich eine Kleinigkeit zu essen und setzten sich abseits an einen kleinen Tisch.

»Ich nehme an, ihr habt auch ein komisches Gefühl in Bezug auf Tom«, begann Rick.

»Und wie«, erwiderte Eric. »Er hat sich einige Male widersprochen und war ziemlich verwirrt.«

»Was war das übrigens für ein Mittel, das die Ärztin ihm vorher gespritzt hatte?«

»Ein spezielles psychopharmazeutisches Medikament, das helfen soll, Erinnerungsblockaden aufzuheben.«

»Scheint aber nicht sonderlich gewirkt zu haben.«

»Ich glaube schon«, widersprach Rick lächelnd. »Ich bin überzeugt, ohne dieses Mittel hätte er nicht so einen verwirrten Eindruck hinterlassen. Ich glaube ebenfalls, er hätte sich auch in keiner Situation derart widersprochen.«

Sie sahen ihn erstaunt an.

»Meine Entscheidung, ihm vor der Befragung dieses Mittel zu verabreichen, beruhte auf der Annahme, dass es eventuell mehr als nur Hypnose war.«

»Was soll es sonst gewesen sein?«

»Eine partielle Gehirnmanipulation.«

»Wie bitte?«, fragte Eric verblüfft. »Du glaubst, man hat ihm eine Gehirnwäsche verpasst?«

»Wir hatten doch schon nach der ersten Befragung den Eindruck, er sei manipuliert worden.«

»Ja schon, aber an eine Gehirnwäsche hätte ich nicht gedacht. Worauf stützt du deine Vermutung?«

»Einerseits aus seinem Verhalten«, antwortete Rick in ruhigem Ton. »Und andererseits ...«, er machte eine kleine Pause. »Es gibt da etwas, das in der Öffentlichkeit nicht bekannt ist.«

Jetzt wurden die anderen erst recht hellhörig.

»Jedem Marine steht es frei, sich vor Missionen und Einsätzen einer bestimmten Behandlung zu unterziehen. Einer sogenannten Mentalstabilisierung. Dadurch wird Hypnose praktisch wirkungslos. Diese Behandlung ist für den Probanden sehr unangenehm. Deshalb ist sie freiwillig.«

»Lass mich raten«, unterbrach ihn Eric. »Tom Bennet hat sich dieser Behandlung unterzogen.«

»Genau. Deshalb kann es nicht oder nicht nur Hypnose gewesen sein, die ihn zu seinen Taten veranlasst hat. Es muss mehr dahinterstecken. Zudem hätte das Medikament, das wir ihm vor der zweiten Befragung verabreicht hatten, einen Hypnoseblock zum größten Teil entfernt.«

»Denkst du an eine medikamentöse Gehirnmanipulation?«

»Ich weiß es nicht.« Rick machte eine kleine Pause, bevor er fortfuhr. »Es gibt in meinem Konzern auf der Erde ein völlig neues Projekt, das momentan noch streng geheim ist. Damit könnte ich mir eine solche Manipulation vorstellen. Es geht dabei um einen Sensor, der direkt mit dem menschlichen Gehirn kommunizieren kann. Dieser Sensor wird an den Schläfen direkt unter die Haut eingepflanzt.«

Für einen Moment waren Ricks Zuhörer sprachlos.

»Es würde jetzt zu weit gehen, die Funktionsweise dieses Sensors zu erklären«, fuhr er in ruhigem Ton fort.

»Du meinst, die haben Bennet einen solchen Sensor eingepflanzt?«, fragte Eric.

»Das wiederum glaube ich nicht, weil mein Konzern auf der Erde der einzige ist, der an einem solchen Projekt forscht und weil diese Technik noch nicht ausgereift ist. Es gibt allerdings eine andere Methode, wie man Gehirnströme beeinflussen kann.«

»Erzähl.«

»Es handelt sich dabei um eine besondere Art von Strahlung. Ich kann mir vorstellen, dass diese Methode bei Tom Bennet angewendet worden ist. Dagegen hilft die Behandlung, die er vor der Mission über sich hat ergehen lassen, praktisch nichts.«

»Auch ein Projekt deines Konzerns?«

»Nein.«

»Wie kommt die OVT an diese Technologie?«

»Es war vor langer Zeit ein Forschungsprojekt von *Norris & Roach*. Allerdings wurde es wegen einiger Pannen eingestellt. Zumindest ist das die offizielle Version.«

»Also glaubst du, *Norris & Roach* hat die ganze Zeit weitergeforscht.«

»Nicht unbedingt. Der jetzige Chef, Derek Varnowski, bekleidet diesen Posten erst seit einigen Wochen. Sein Vater ist völlig überraschend verstorben. Komischerweise häufen sich seither die Gerüchte, dass der Konzern an etwas ganz Großem dran ist.«

»So, wie es aussieht, hast auch du deine inoffiziellen Informanten.«

Rick erwiderte nichts auf Erics Äußerung und ließ lediglich ein kurzes Lächeln aufblitzen. Dann fuhr er fort: »Mal angenommen, *Norris & Roach* forscht tatsächlich wieder an diesem Projekt, jedoch nicht auf der Erde, sondern hier in Tongalen.«

»Warum nicht auf der Erde?«

»Das weiß ich auch nicht. Könnte sein, dass bei diesen Forschungen nicht alles legal ist. Weit ab von der Erde würde es nicht weiter auffallen.«

»Falls es tatsächlich so ist«, mischte sich nun auch Ernest in die Unterhaltung ein, »dann vermute ich noch etwas ganz anderes.«

Darauf erntete er einige fragende Blicke.

»Könnt ihr euch noch erinnern, was uns der Gleiterpilot - wie hieß er noch mal?«

»Devian Tamlin.«

»Genau. Was er uns bei der ersten Begegnung erzählt hat?«

»So in etwa. Du meinst die Menschen, die verschwunden sind?«

»Genau das meine ich. Es ist bekannt, dass viele Kolonisten in der Niederlassung von *Norris & Roach* arbeiten.«

»Aber es sind nicht ausschließlich Angestellte der Niederlassung verschwunden.«

»Das stimmt. Aber ich gehe jede Wette ein, dass alle Verschwundenen in irgendeiner Beziehung zu Angestellten gestanden haben.«

»Das abzuklären dürfte zum jetzigen Zeitpunkt schwierig sein. Aber worauf willst du hinaus?«

»Ich glaube, die führen die Forschungen an diesem Projekt nicht nur weiter, sondern sie benutzen die Einheimischen für Experimente.«

Für die nächsten Sekunden herrschte völlige Betroffenheit.

Michelles Gesicht wurde kreideweiß. Sie schluckte schwer und begann wie in Trance zu sprechen. »Christopher und Neha und die anderen befinden sich womöglich in ihrer Gewalt. Die werden an ihnen ebenfalls Versuche durchführen, wie sie es mit Tom Bennet gemacht haben. Oder vielleicht noch schlimmer.«

»Rick«, fuhr Ernest fort. »Du hast einige Mutmaßungen über dieses Projekt mit der Strahlung angestellt. Anscheinend verfügst du über Informationsquellen, die sonst niemand hat. Wie sicher bist du dir bei deinen Vermutungen?«

»Dass mit Tom etwas Unerklärliches geschehen ist, steht für mich außer Frage. Ich kenne ihn schon seit einigen Jahren. Er hat eine erstklassige Ausbildung an einer angesehenen Marineakademie und an der Raumfahrtakademie in Brüssel hinter sich. So, wie er sich bei den beiden Befragungen verhalten hat, ist es mir vorgekommen, als hätte ich es mit einem völlig anderen Menschen zu tun gehabt. Ihr habt ihn im Konferenzraum erlebt, als wir ihn mit den Tatsachen konfrontierten. Er war kurz vor dem Zusammenbruch. Von seiner mentalen Stärke war nichts mehr zu spüren. Nur mit Hypnose ist so etwas nicht möglich.«

»Wir kennen ihn natürlich nicht gut genug, um den Unterschied feststellen zu können«, erklärte Eric. »Aber auf mich machte er nicht gerade den Eindruck eines gefestigten Soldaten.«

»Das würde heißen, dass Ricks Theorie von der Gehirnwäsche zutrifft«, meinte Ernest. »Zumindest so was Ähnliches wie eine Gehirnwäsche.«

»Wie sie es auch immer anstellen. Ob mit oder ohne diese neue Technik. Ja, ich glaube, dass es zutrifft«, bestätigte Rick. »Dass *Norris & Roach* die OVT unterstützt, wissen wir mittlerweile auch. Allerdings hatten wir bisher angenommen, der Pharmakonzern hilft der OVT lediglich bei der Materialbeschaffung. Nun müssen wir davon ausgehen, dass noch mehr dahintersteckt.«

»Dass die OVT diese Technik für ihre Zwecke missbraucht.«

»Sieht so aus.«

Michelle wurde sichtlich nervös. »Dann besteht also praktisch keine Hoffnung mehr, dass sie unversehrt zurückkehren. Die werden sie missbrauchen.«

»Wir sollten keine voreiligen Schlüsse ziehen«, sagte Rick beruhigend. »Ich betrachte es lediglich als eine Möglichkeit, dass Hauser und sein Team gefangen und in eines dieser Labors gebracht worden sind. Ob das ganze Team oder nur Tom einer Gehirnmanipulation unterzogen worden ist, möchte ich nicht weiter kommentieren. Aber wir müssen mit allem rechnen.«

»Hast du eine Ahnung, was diese neuartige Strahlung alles bewirken kann?«, erkundigte sich Ernest.

»Darüber bin ich zu wenig informiert. Aber ich kann mir vorstellen, dass man jeden Bereich des Gehirns beeinflussen kann.«

»Somit auch das Gedächtnis auslöschen.«

»Ja, das könnte durchaus sein.«

Michelles Atem beschleunigte sich. »Das würde bedeuten, dass sich Christopher an nichts mehr erinnern könnte.«

»Wie gesagt, es muss nicht so sein. Bei Tom haben sie wahrscheinlich lediglich einen Erinnerungsblock durch andere

Daten ersetzt. Ein Teil von dem, was er uns erzählt hat, ist gar nie passiert.«

»Nur können wir nicht beurteilen, welcher Teil stimmt und welcher nicht.« Eric sah die anderen ratlos an. »Also wissen wir so gut wie gar nichts über das Schicksal unserer Leute.«

»Wir können nur hoffen, dass Lieutenant Thorwald und Sergeant Koslova Erfolg haben.

»Was machen wir mit Bennet?«

»Wir lassen ihn in Ruhe.«

»Hast du keine Angst, er könnte etwas anstellen?«

»Zwei Leute werden ihn unauffällig überwachen. Ich habe sie damit beauftragt, ihn auf den Überwachungsmonitoren genau zu beobachten. Sogar in seiner Kabine.«

»Ihr habt Kameras in den Kabinen?« Michelle sah Rick verwundert an.

»Nein, aber bei ihm ließ ich zwei installieren, als wir ihn vorhin befragten.«

»Das heißt, wenn er wieder etwas unternimmt, können wir ihn nicht nur daran hindern, sondern wir wissen dann auch, was die OVT ihm aufgetragen hat.«

»Genau das ist der Sinn der ganzen Sache. Ich möchte zu gern wissen, was die OVT mit uns noch so alles vorhat.«

73.

Als der Aufzug anhielt und die Türen sich öffneten, sah Thorwald auf seine Uhr. »Dreiunddreißig Sekunden«, sagte er leise und blickte unschlüssig zu seiner Stellvertreterin.

»Wir sind weiter hinuntergefahren«, erwiderte sie.

»Genau, die drei Männer sind über uns ausgestiegen.«

»Dann bin ich mal gespannt, wo wir hier gelandet sind.«

Sie traten in einen kurzen Gang hinaus, dessen Beleuchtung einen genauso düsteren Eindruck machte, wie jene im Fahrstuhl. Sie wandten sich nach rechts, wo das helle Licht am Ende des Ganges mehr Freundlichkeit versprach. Mit gezogenen Waffen schlichen sie dicht an der Wand entlang darauf zu.

»Was ist das hier?«, flüsterte Nadia Koslova erstaunt und hielt an.

»Scheint ein riesiges Labor zu sein.« Thorwald blieb ebenfalls stehen. »Da arbeiten unzählige Leute.«

»Es sind auch Uniformierte der OVT dabei.«

»Gerade vor denen sollten wir uns in Acht nehmen.«

Thorwald ließ seinen Blick durch die Halle schweifen und erkannte die unterschiedlichsten Gerätschaften. Am meisten fiel ihm jedoch die Geschäftigkeit der Personen in den weißen und hellblauen Overalls auf. Die OVT-Uniformierten standen nur herum und schienen die Arbeitenden zu bewachen.

»Solange die OVT-Soldaten anwesend sind, können wir nichts unternehmen«, raunte Nadia Koslova. »Es sind zu viele.«

»Wir müssen warten, bis sich eine Gelegenheit ergibt.«

Das Warten wurde zur Geduldsprobe. Jede Minute schien eine Ewigkeit zu dauern.

»Achtung! Da tut sich was«, flüsterte Nadia Koslova plötzlich. Sie trat einen Schritt zurück und pressten sich noch mehr an die Wand.

»Verflucht«, sagte Thorwald leise. »Können Sie das auch sehen?« Er nickte mit dem Kopf in die entsprechende Richtung.

»Ja, das sind Hauser und seine Leute«, erwiderte sie aufgeregt. »Alle halb nackt. Was machen sie mit ihnen?«

Thorwald und seine Stellvertreterin konnten mit ansehen, wie die Uniformierten Hauser und sein Team von den Untersuchungstischen losschnallten und sie zum Aufstehen zwangen.

»Einer fehlt.«

»Tom ist doch schon zur BAVARIA zurückgekehrt.«

»Ich meine nicht Tom. Es fehlt noch einer. Hauser hatte drei von unseren Leuten mitgenommen und jetzt ist von denen nur noch Mitchell da.«

»Stimmt. Es fehlt tatsächlich einer. Paolo Sartori war noch dabei. Er fehlt. Aber die vier Zivilisten sind noch da. Was machen sie jetzt mit ihnen?«

»So, wie es aussieht, bringen sie sie woanders hin. Sehen Sie? Sie führen sie nach rechts. Anscheinend gibt es dort noch einen Ausgang.«

Als die Kolonne, angeführt von zwei und gefolgt vom Rest der Uniformierten, aus Thorwalds Blickfeld verschwunden war, ging er vorsichtig ein paar Schritte den Gang entlang vorwärts.

»Passen Sie auf! Sie werden noch entdeckt«, flüsterte Nadia Koslova aufgeregt.

Thorwald spähte vorsichtig um die Ecke und sah gerade noch, wie der letzte Uniformierte durch eine Seitentür verschwand. Er drehte sich um und sagte leise: »Wir müssen ihnen unbedingt folgen. Wer weiß, was die mit unseren Leuten anstellen.«

Als er seinen Blick wieder nach vorne richtete, bemerkte er sofort, dass mehrere der Laboranten in den weißen und hellblauen Overalls ihn kurz angesehen hatten und anschließend weiter ihre Arbeit verrichteten, als wäre nichts Besonderes geschehen.

»Die haben mich gesehen und nichts unternommen«, sagte er überrascht.

»Wie bitte? Sind Sie sicher?«

»Aber klar, nicht nur einer, sondern mehrere«, antwortete er verwirrt. »Da, schauen Sie, schon wieder.«

Thorwald hob die Hand und winkte einer Laborantin zu, aber sie sah teilnahmslos weg und arbeitete weiter.

Dann traf ihn die Erkenntnis wie ein Schlag. »Mein Gott«, flüsterte er entsetzt.

»Was ist?«

»Die sind alle apathisch«, antwortete er. »Als wären sie hypnotisiert oder sonst irgendwie manipuliert worden.«

Dann bemerkte es auch Nadia Koslova. »Sie glauben, die wurden alle hypnotisiert?«

»Könnte sein. Sehen sie nur, wie teilnahmslos sie wirken. Völlig desinteressiert. Verrichten wie Roboter ihre Arbeit. Es sind bestimmt die vermissten Einheimischen.« Dann wechselte er das Thema. »Momentan ist keiner der Uniformierten anwesend. Das heißt, wenn wir jetzt da rausgehen, müsste nichts passieren.«

»Sind Sie sicher?«

»Nein, bin ich nicht, aber wir sollten es trotzdem versuchen. Nur so besteht noch eine Chance, den Commander und seine Leute zu finden. Stellen Sie sich vor, die tun mit ihnen dasselbe wie mit den Leuten hier.«

»Okay.«

Entschlossen schritten sie aus dem Gang in das Labor und auf die Tür zu ihrer Rechten zu. Sie wurden von niemandem beachtet. Die Leute verrichteten weiter unbeteiligt ihre Arbeit. Leise öffnete Thorwald die Tür einen Spalt und spähte hindurch. Was er sah, gefiel ihm überhaupt nicht.

Der Raum dehnte sich der Länge nach weit nach hinten aus und war in mehrere Abteile unterteilt, die nur mit Glaswänden voneinander abgetrennt waren. In jedem Abteil standen zwei

Operationstische. Auf jedem lag, an Armen und Beinen angeschnallt, ein Mensch.

Thorwald erkannte ebenfalls in jedem Abteil zwei Uniformierte, die etwas abseits der Tische standen und die Arbeit der Laboranten beaufsichtigten. Diese bereiteten gerade Kanülen vor, die sie den Opfern in die Venen einführen würden.

Im ersten Abteil lagen die beiden einheimischen Frauen, im zweiten Christopher und der junge Tongaler. Hauser und Mitchell mussten sich demnach im dritten Abteil befinden. Wie viele weitere Abteile es noch gab, konnte Thorwald nicht erkennen.

»Wir gehen aufs Ganze und greifen an«, sagte er entschlossen. »Wenn ich schieße, rennen Sie zum zweiten Abteil und erledigen die Soldaten. Ich hoffe, mir bleibt danach genug Zeit, mich um das dritte zu kümmern.«

»Okay.«

Zwei gezielte Schüsse aus Thorwalds Strahlenwaffe machten die ersten beiden Uniformierten unschädlich. Gleichzeitig stürmte Nadia Koslova in das zweite Abteil. Als die beiden OVT-Kämpfer merkten, was vor sich ging, war es für sie bereits zu spät. Auch sie fielen den Strahlenschüssen zum Opfer.

Als Thorwald beim dritten Abteil ankam, stellte er fest, dass sich hier ein Drama abspielte. Durch die Glasscheibe konnte es auch Nadia Koslova sehen. Sofort rannte sie dahin.

Hauser und Mitchell standen an der Wand. Etwa fünf Meter vor ihnen richtete Paolo Sartori die Strahlenwaffe auf sie. Einer der beiden OVT-Soldaten hielt die Mündung seiner eigenen Waffe an Sartoris Kopf.

»Geben Sie uns Ihre Waffen und nehmen Sie die Hände hoch!«, rief der Soldat, während der zweite auf Thorwald und Nadia Koslova zukam und nach ihren Strahlern griff. Dann entfernte der erste seine Waffe von Sartoris Kopf. Doch dieser zielte weiter auf seine Kameraden.

»Was tut er da?«, rief Nadia Koslova entsetzt und wollte auf ihn zurennen.

»Bleiben Sie stehen!«, brüllte der Soldat.

»Sieht so aus, als würden sie ihn zwingen, Hauser und Mitchell zu erschießen«, flüsterte Thorwald, als er neben Nadia stand.

»Stellen Sie sich neben ihre Kameraden!«, befahl einer der Bewaffneten.

Thorwald und seine Stellvertreterin traten langsam auf Hauser und Mitchell zu.

Paolo stand ihnen völlig apathisch gegenüber und schien sie nicht zu erkennen.

»Paolo, wir sind es«, rief die Sergeantin ihm zu. »Nadia und Lieutenant Thorwald. Erkennst du uns nicht mehr?«

Sartori rührte sich nicht und hielt weiterhin ruhig die Waffe auf sie gerichtet.

»Wenn ich ihm den Befehl gebe, wird er Sie alle erschießen«, sagte der Uniformierte, der neben Paolo stand. »Er wird sich anschließend an nichts erinnern.«

»Das ist teuflisch«, brüllte Nadia Koslova fassungslos.

»Wen interessiert das schon? Wir haben eine Mission zu erfüllen. Davon lassen wir uns nicht abbringen. An diesem Beispiel können Sie unsere Macht erkennen. Durch diese Macht werden wir eines Tages die Kontrolle über das ganze Universum erlangen.«

»Sie sind größenwahnsinnig«, sagte Thorwald verächtlich. »Wahrscheinlich wurden Sie einer Gehirnwäsche unterzogen.«

»Was erzählen Sie für einen Blödsinn? Sie haben keine Ahnung, mit wem Sie es zu tun haben.«

»Noch mehr Größenwahnsinnige.«

»Leider kommen Sie nicht mehr in den Genuss, das herauszufinden.«

Dann drehte er sich um.

»Erschießen!«, befahl er Sartori.

74.

Als Michelle aus dem Schlaf gerissen wurde, heulten die Alarmsirenen. Sofort war sie hellwach, kleidete sich an und verließ die Kabine.

Auf dem Deck rannten Männer und Frauen vorbei. Unter ihnen befand sich auch Rick, der sich gerade ein Shirt überzog.

Gemeinsam eilten sie zum Aufzug, der sie auf die Brücke brachte, und trafen dort auf die stellvertretende Kommandantin Natalie Villaine, die den Leuten an den Terminals Anweisungen erteilte.

»Sir! Wir werden angegriffen!«, sagte sie mit ernster Miene.

»Wie sieht es aus?«, fragte Rick und blickte durch das Panoramafenster.

»Ein gebündelter Energiestrahl trifft seit einigen Minuten auf unseren Abwehrschirm.«

»Kann er uns etwas anhaben?«

»In dieser Stärke noch nicht.«

»Noch nicht?«

»In den letzten Minuten hat er sich kontinuierlich verstärkt.«

Rick überlegte kurz. »Haben Sie Berechnungen anstellen lassen, wie schnell er sich verstärkt und wie lange es dauert, bis unser Schirm überlastet ist?«

»Der Offizier ist gerade dabei.«

Rick sah besorgt zu Michelle. »Ich befürchtete zuerst, Bennet hätte wieder etwas angestellt.«

»Das war auch mein erster Gedanke, als ich die Sirenen hörte.«

Rick wandte sich an den Überwachungsoffizier. »Was macht unser Patient?«

»Schläft seit der Befragung wie ein Murmeltier und hat seine Kabine seither nicht wieder verlassen.«

»Gut.«

Nun trafen auch Ernest und Eric auf der Brücke ein und ließen sich kurz über die Ereignisse informieren.

»Sir, unser Abwehrschirm wird momentan mit vierunddreißig Komma sieben Prozent belastet. Wird pro Stunde um drei Komma sechs Prozent steigen, falls die Anstiegsgeschwindigkeit linear bleibt.«

Rick tippte die Zahlen auf seinem Kommunikator ein. »Das heißt, es bleiben uns noch etwas mehr als achtzehn Stunden«, verkündete er anschließend und sah Natalie Villaine und die anderen nachdenklich an.

»Falls sich der Anstieg nicht beschleunigt, wie ich vorher schon erwähnte«, fügte der Offizier noch an.

»Wir können nur hoffen.«

Dann wandte er sich an den Kommunikationsoffizier und sagte: »Schicken Sie der irdischen Flotte einen Hyperfunkspruch. Klären Sie sie über unsere Situation auf und fragen Sie nach, wie lange es noch dauert, bis sie hier eintrifft.«

»Okay, Sir«, antwortete dieser und begann gleich zu tippen.

Ein paar Minuten später berichtete er: »Sir, der Kommandant der Flotte, Admiral Matthew Cunningham, meinte, die Flotte sei mit Höchstgeschwindigkeit unterwegs, aber er könne trotzdem frühestens in knapp zwanzig Stunden hier eintreffen. Aber er wird dann so schnell wie möglich eingreifen.«

»Das reicht nicht«, raunte Rick nachdenklich.

»Was können wir tun?«, erkundigte sich Natalie Villaine.

»Zuerst einmal abwarten und schauen, wie sich das Ganze entwickelt. Im schlimmsten Fall müssen wir mehr Energie für den Abwehrschirm bereitstellen. Die Strahlenkanone, mit der wir das Loch in den Boden geschmolzen haben, hat einiges von unseren Energiereserven verzehrt.«

»Haben wir denn überhaupt noch Reserven?«, fragte Michelle besorgt.

»Nicht mehr viel. Wenn die aufgebraucht sind, müssten wir Energie von anderen Systemen abzweigen.«

»Von welchen denn?«

»Von irgendetwas, auf das wir für ein paar Stunden verzichten können. Am meisten Energie verbraucht die Klimaanlage. Im schlimmsten Fall könnten wir die abschalten.«

»Das kommt mir irgendwie bekannt vor.« Michelle verdrehte die Augen.

Rick sah sie fragend an.

»Ach, das ist eine andere Geschichte. Bei unserer Notlandung im Urwald fiel unsere Klimaanlage ebenfalls aus. Im Nu war es an Bord wie in einer Sauna.«

»Kannst dir vorstellen, wie es mir dabei ergangen ist«, knurrte Ernest.

»Und draußen?«, fragte Rick.

»Da regnete es in Strömen, aber es war ebenfalls tropisch warm.«

»Ach, deshalb die Freiluftdusche«, sagte er grinsend. »Ich hab davon gehört.«

»Du kannst ruhig lachen. Ohne die wäre es nicht auszuhalten gewesen.«

»Sir, dieser Kresnan hat sich wieder gemeldet«, unterbrach sie der Kommunikationsoffizier. »Er will den Kommandanten sprechen.«

»Stellen Sie ihn durch.«

»Okay, Sir.«

»Mister Blattning, nehme ich an«, erklang die Stimme aus den Lautsprechern. »Wie geht es Ihnen?«

»Was wollen Sie?«

»Wie Sie sicher bereits feststellen konnten, wird Ihr Schutzschirm seit einigen Minuten von einem gebündelten Energiestrahl getroffen.«

»Ja, und?«

»Wie lange wird Ihr Schirm dem wohl standhalten?«

»Lange genug.«

»Wollen Sie mir nicht verraten, wie lange genau?«

»Warum sollte ich? Ich frage Sie noch mal: Was wollen Sie?«

»Wenn Sie uns zusagen, den Schutzschirm anschließend zu deaktivieren und uns an Bord zu lassen, werden wir den Energiestrahl abschalten. Zusätzlich verlangen wir noch einmal die Freilassung unserer Leute.«

»Was wollen Sie bei uns an Bord? Etwa Ihre Leute persönlich abholen?«

»Das auch. Unsere Männer werden Sie und Ihre Besatzung in eine andere Unterkunft geleiten. Seien Sie für eine Weile unsere Gäste. Es wird Ihnen an nichts mangeln.«

»Sie wollten uns doch starten lassen.«

»Die Situation hat sich verändert. Wir können nun auf Sie und Ihre Besatzung nicht mehr verzichten.«

Rick blickte verwundert zu Ernest und Eric. »Wir werden Ihre Leute nicht freilassen. Sie werden vor ein ordentliches Gericht gestellt, wo sie sich für ihre Taten zu verantworten haben. Wir haben nicht das Bedürfnis, unsere Unterkunft zu wechseln. Uns gefällt es hier sehr gut. Es fehlt uns an nichts.«

»Dann haben Sie noch nicht alles von unserem schönen Planeten gesehen. Sie sollten sich das nicht entgehen lassen. Was unsere Leute betrifft, es gibt in Tongalen keine Instanz mehr, die sie irgendwelchen Taten bezichtigt und anklagen wird.«

»Ich will mit Ihnen nicht weiter diskutieren. Unsere Entscheidung ist weder verhandelbar noch von Ihnen beeinflussbar.«

»Wie geht es eigentlich Ihren Leuten, die Sie hinausgeschickt haben?«

»Welchen Leuten?«

»Ach, tun Sie nicht so, als wüssten Sie nichts davon. Wann haben sie sich zuletzt bei Ihnen gemeldet?«

»Ich weiß nicht, wovon Sie sprechen.«

»Das wissen Sie sehr wohl. Sollten Sie meiner Aufforderung nicht Folge leisten, werden wir den Energiestrahl weiter verstärken. Ihr Schutzschirm wird irgendwann zusammenbrechen. Dann wird es hässlich, sehr hässlich.«

»Sie werden doch nicht Ihre eigenen Leute opfern.«

»Wir haben eine Mission zu erfüllen. Da müssen wir Opfer in Kauf nehmen.«

»Wir lassen es darauf ankommen«, erwiderte Rick und unterbrach die Verbindung.

»Wie wäre es, wenn wir einen Blitzstart in den Orbit vornehmen?«, schlug Eric vor.

»Solange unsere Leute da draußen sind, werden wir uns nicht von der Stelle rühren«, antwortete Commander Villaine schroff.

»Wenn sich der Strahl aber wirklich schneller verstärkt, haben wir ein Problem.«

»Ich glaube, er blufft. Er wird nicht seine eigenen Leute schmoren lassen. Wir haben zwar bisher festgestellt, dass sie für ihre Sache Opfer in Kauf nehmen, aber ich bin mir sicher, dass es bei eigenen Leuten etwas anders aussieht. Erst recht, wenn ein Führungsmitglied dabei ist.«

»Du meinst diesen Krasnic?«, fragte Ernest. »Aber er ist ein Söldner von der Erde.«

»Trotzdem glaube ich nicht, dass sie auf den verzichten werden.«

»Diese veränderte Situation, die Kresnan erwähnte, gibt mir zu denken«, meldete sich Eric erneut zu Wort. »Ich vermute, die haben davon Wind bekommen, dass die irdische Flotte hierher unterwegs ist und wollen uns als Geisel einsetzen. Damit könnten sie die Flotte unter Druck setzen und versuchen, sie vom Eingreifen abzuhalten.«

»So, wie es klang, weiß Kresnan auch von unserem Stoßtrupp.«

»Wenn unsere Leute tatsächlich gefangen genommen wurden, hat er in ihnen bereits Geiseln.«

»Sofern sie noch leben.«

75.

Nadia Koslova stand wie versteinert neben Lars Thorwald und wartete auf die tödlichen Schüsse. Man hatte ihr immer wieder erzählt, kurz vor dem Tod würde das ganze Leben wie ein Film noch einmal vor dem inneren Auge ablaufen. Sie hatte nie daran geglaubt und sah sich nun in ihrer Meinung bestätigt. Da war nichts, keine Erinnerungen. Sie sah nur Paolo mit der Waffe in seiner zittrigen Hand und sein verzerrtes Gesicht. Er hatte sichtlich seine Ruhe verloren.

Sie schloss die Augen.

Ein Schuss zischte an ihr vorbei.

Dann war es ruhig. Kein Geräusch eines zu Boden fallenden Körpers.

Als sie die Augen wieder öffnete und den Kopf nach links drehte, sah sie ihre drei Kameraden immer noch neben sich stehen. Hinter ihr klaffte ein rauchendes Loch in der Wand.

Paolo hielt die Waffe nach wie vor im Anschlag und auf sie gerichtet. Seine Hand zitterte noch mehr. Sein verzerrtes Gesicht deutete auf einen schweren inneren Kampf hin.

Hatte er absichtlich danebengeschossen, oder war er ein so schlechter Schütze? Ihr blieb keine Zeit mehr, sich diese Frage zu beantworten, denn plötzlich ging alles sehr schnell.

Wie aus dem Nichts schossen drei schwarze Schatten heran und wirbelten durch den Raum. Als Erstes wurde Paolo Sartori von Jamalla entwaffnet. Gleich darauf drückte sie mit den Fingern auf eine bestimmte Stelle zwischen Hals und Kopf, woraufhin er bewusstlos zu Boden sank.

Währenddessen hatten sich Neha und Devian mit den beiden OVT-Männern angelegt. Trotz heftiger Gegenwehr konnten sie ihnen mit einigen gezielten Handkantenschlägen und Fußtritten die Strahlenwaffen aus den Händen schlagen und sie anschließend ebenfalls zu Boden strecken.

Nadia Koslova sammelte sofort die Waffen ein und steckte sie in ihren Gurt, während Thorwald in das zweite Abteil eilte und Devian und Christopher befreite.

»Wie konntet ihr eure Fesseln lösen?« Nadia Koslova sah Neha, Jamalla und Devian erstaunt an.

Neha streckte ihre Finger und legte den Daumen an die schmale Handfläche, wobei sich ihr Handrücken stark wölbte.

»Verstehe«, erwiderte Nadia und lächelte. »Du kannst deine Hand so schmal machen, dass sie zu klein ist für die Metallfesseln.«

Gerald Hauser trat zu ihnen: »Vielen Dank euch Dreien. Nun habt ihr uns schon zum zweiten Mal den Hals aus der Schlinge gezogen.«

»Welche Schlinge?«, fragte Neha verwundert.

Hauser lachte und antwortete: »Ach, das ist auch so eine Redewendung bei uns auf der Erde. Mit anderen Worten, ihr habt uns schon wieder gerettet.«

»Diesmal aber auch uns selbst«, antwortete sie schmunzelnd.

»Wir sollten uns erst einmal Kleider besorgen«, meinte Hauser und sah sich im Abteil um.

»Wie wäre es mit den Uniformen dieser Männer hier?« Neha zeigte auf die bewusstlosen OVT-Soldaten.

»Keine schlechte Idee«, antwortete er und machte sich sogleich daran, die Männer auszuziehen.

Hauser verteilte die Uniformen an seine Leute. Paolo Sartori, der inzwischen wieder zu Bewusstsein gekommen war, wurde ebenfalls eingekleidet. Er wirkte völlig verstört und war nicht ansprechbar.

Genauso wie Neha, Jamalla und Devian verzichtete auch Christopher auf eine Uniform, da er und seine tongalischen Freunde sich für alle Fälle in ihrer Beweglichkeit nicht einschränken lassen wollten.

»Wir müssen schnellstens hier raus«, sagte der Commander kurz darauf. »Lieutenant Thorwald, Sie werden die Gruppe zusammen mit Sergeant Koslova anführen. Wir verlassen diesen

Ort auf demselben Weg, den Sie zum Herkommen benutzt haben. Ich werde den Abschluss bilden. Geben Sie mir bitte Ihren Rückentornister.«

»Okay, Sir«, antwortete dieser, zog ihn aus und übergab ihn seinem Vorgesetzten. »Gehen wir.«

Vorsichtig öffnete Thorwald die Tür einen Spalt und vergewisserte sich, dass sich unter den Laboranten keine weiteren Uniformierten befanden. Er konnte nur weiße und hellblaue Overalls ausmachen. »Alles klar, die Luft ist rein«, flüsterte er den anderen zu. »Einfach ruhig an der Wand entlanggehen und dann links in den dunklen Gang hinein.«

Als Hauser im besagten Gang eintraf, standen die anderen bereits im Aufzug. Ohne zu zögern trat er ebenfalls ein. Thorwald drückte den obersten Knopf. Der Fahrstuhl setzte sich in Bewegung, bremste jedoch bereits nach wenigen Sekunden wieder.

Erschrocken sahen sich Thorwald und Nadia Koslova an.

»Wir sind noch nicht oben«, warnte der Lieutenant. »Vorsicht! Wir wissen nicht, was uns hier erwartet.«

»Waffen bereithalten!«, befahl der Commander.

Dann glitt die Tür des Aufzugs zur Seite. Als sie in die Gesichter der drei Männer blickten, die ihnen gegenüberstanden, erstarrten sie vor Schreck.

76.

»Sir, die Auslastung des Abwehrschirms hat fünfundvierzig Komma acht Prozent erreicht«, meldete der Überwachungsoffizier. »Es sind genau drei Stunden vergangen.«

Rick rechnete noch mal nach. »Es ist geringfügig mehr, als wir am Anfang berechnet hatten«, erwiderte er. »Aber es wird sowieso nicht reichen. Mit großer Wahrscheinlichkeit müssen wir zusätzliche Energie auf den Schirm umleiten.«

»Bisher hat sich der Strahl praktisch linear verstärkt.«

»Hoffen wir, dass es so bleibt.«

Rick fragte sich, wie viel die irdische Flotte hier überhaupt ausrichten konnte. In den letzten Tagen waren sie immer wieder von der hoch technisierten Ausrüstung der OVT überrascht worden.

Wusste die OVT tatsächlich darüber Bescheid, dass die Flotte unterwegs war? Wenn ja, bereiteten sie sich auf einen Abwehrkampf vor?

Das Summen seines Kommunikators riss ihn aus den Gedanken.

»Sir?«, erklang Emanuel Navas' Stimme aus dem Lautsprecher. »Wir haben einen Teil der Bild- und Videodaten entschlüsselt. Falls Sie sich das hier anschauen wollen.«

»Haben Sie das Material schon gesichtet? Ist etwas Interessantes dabei, von dem wir noch nichts wissen?«

»Eigentlich nicht. Nur eines vielleicht. Das müssten Sie sich ansehen.«

»Ich bin gleich bei Ihnen.« Rick unterbrach die Verbindung. »Falls ich gebraucht werde, ich bin im Datenlabor.«

»Okay, Sir.« Natalie Villaine wandte sich wieder an den Überwachungsoffizier und beobachtete mit ihm zusammen die weitere Entwicklung des Energiestrahls.

Als Rick im Datenlabor ankam, saßen Emanuel Navas und zwei seiner Mitarbeiter an einem großen Monitor und sahen sich eine dreidimensionale Videosequenz an. Als Navas Rick kommen sah, tippte er auf das Display, um die Sequenz noch mal von vorne zu starten.

Rick starrte gespannt auf das Bild. Es zeigte ein Versuchslabor mit mehreren Leuten in weißen Schutzanzügen. Sie öffneten gerade einen Metallzylinder, aus dem dichter Dampf entwich. Das Eigenartige daran war, dass dieser Dampf nicht weiß war, sondern leicht bläulich.

»Was ist das?«, fragte Rick.

»Das wissen wir nicht. Aber wir haben noch weitere Textdokumente entdeckt, die zusammen mit den Videos in Datencontainern steckten. Anscheinend sind es Erläuterungen zu den Filmen. Aber sie sind uralt.«

»Wie kommen Sie darauf?«, wollte Rick wissen, ohne den Blick vom Monitor abzuwenden.

»Wir haben im Datencontainer, aus dem dieses Video und die zugehörigen Dokumente stammen, eine Datumssignatur gefunden. Danach müssten diese Aufnahmen über hundertzwanzig Jahre alt sein.«

»Wie bitte?« Rick starrte Navas verblüfft an. »Sind Sie sich da ganz sicher?«

»Absolut. Solche Datumssignaturen wurden von den Systemen automatisch in die Dateien eingefügt. Manipulationen waren praktisch unmöglich.«

Als Rick wieder auf den Monitor blickte, sah er, wie zwei Wissenschaftler etwas vom Inhalt des Zylinders in eine Petrischale schütteten. Dann zoomte die Kamera näher heran, bis die Schale das gesamte Bild einnahm.

»Sieht aus wie Wasser«, bemerkte Rick. »Was soll daran so besonders sein?«

»Warten Sie mal ab. Gleich kommt es.«

Einige Sekunden später traute Rick seinen Augen nicht. Aus dem Wasser in der Schale funkelten plötzlich winzige Lichtpunkte und stiegen ein paar Zentimeter hoch, bevor sie verpufften. Kurz darauf hatte sich die Wasseroberfläche dunkelblau verfärbt. Sie schien sich permanent zu kräuseln und zu bewegen. Dünne und skurrile Gebilde formten sich aus dem Wasser, stiegen in die Höhe und endeten in einer Spitze. Das Eigenartigste daran war, dass diese Gebilde fortwährend ihre Form veränderten.

»Was ist das denn?« Rick konnte kaum fassen, was er sah. »Sieht fast so aus, als wäre es eine lebende Substanz.«

»Wissen wir auch nicht. Ich habe von der Dokumentation erst den Anfang gelesen. Die ist ziemlich umfangreich. Aber viel hab ich davon nicht verstanden. Da war zwischendurch die Rede von irgendwelchen Nanopartikeln. Aber was es damit auf sich hat und woher sie stammen, weiß ich nicht.«

»Überspielen Sie mir bitte dieses Material zusammen mit dem Video auf meinen Kommunikator. Ich werde es mir in aller Ruhe ansehen, sobald ich dazu komme. Falls Sie noch mehr davon entdecken, hätte ich es auch gerne.«

»Okay, werde ich machen.«

»Benachrichtigen Sie mich, wenn Sie noch andere interessante Dinge finden.«

Rick verließ das Datenlabor und machte sich nachdenklich auf den Weg zur Brücke. Was er soeben gesehen hatte, bestärkte seinen Verdacht, dass *Norris & Roach* das alte Projekt wieder aktiviert hatte, und dass diese Experimente hier in Tongalen durchgeführt wurden. Warum sonst sollten die Aufzeichnungen der früheren Experimente hierher gebracht werden. Wenn der Konzern der OVT Zugang zu diesen Versuchen gewährte, mussten sie mit noch viel Schlimmeren rechnen als bisher angenommen.

Aber was war das für ein blaues Zeugs, das er vorhin im Film gesehen hatte? Bei den Experimenten von damals ging es doch um eine geheimnisvolle Strahlung. Könnte es sein, dass diese blaue Substanz diese Strahlung verursachte?

Er nahm sich vor, sobald er dazu kam, mehr über das damalige Projekt in Erfahrung zu bringen.

Eine andere Frage drängte sich immer mehr in den Vordergrund. Wenn in der hiesigen Niederlassung von *Norris & Roach* tatsächlich an diesem Projekt geforscht wird, welche Fortschritte haben sie bis zu diesem Zeitpunkt bereits gemacht?

77.

Wäre Verblüffung in irgendeiner Form messbar, dann wäre bestimmt gerade jetzt so etwas wie eine Bestmarke erzielt worden. Die drei Männer, die vor dem Fahrstuhl standen, als sich dessen Tür öffnete, waren derart perplex, dass sie keinen Ton herausbrachten und mit großen Augen und offenen Mündern in die Aufzugskabine und in die Mündungen der Waffen von Commander Hauser und seinem Team starrten.

Christopher wusste genau, wo sie sich befanden. Er hatte keine guten Erinnerungen an die Begegnung, die er vor kurzem in diesem feudalen Büro gehabt hatte. Hier hatte sich ihm Mark Henderson als einer der schlimmsten Schurken offenbart.

Er wollte es immer noch nicht so richtig wahrhaben. Mark war all die Jahre ein guter Freund gewesen, hatte alles für sie getan und sich stets für sie eingesetzt. Er hatte Beziehungen geschaffen, die ihnen die Türen zu den lukrativsten Aufträgen öffneten, hatte ihre persönlichen Angelegenheiten geregelt, während sie im Weltraum unterwegs waren.

Hatte er das alles nur gespielt, oder war er erst in jüngster Zeit zum Verbrecher geworden?

Neha war die erste, die sich von der Überraschung erholte. Mit ihrer für sie typischen Behändigkeit machte sie ein paar Schritte vorwärts und nahm Kamal Golenko blitzschnell in den Schwitzkasten.

Fast gleichzeitig holte Jamalla aus Hausers Rückentornister die elektronischen Handschellen hervor. Kurz darauf war Golenko gefesselt.

»Was soll das?«, fragte der zweite Mann. »Wer sind Sie überhaupt?« Er trug einen altmodischen Nadelstreifenanzug, wie er in der Vergangenheit auf der Erde üblich gewesen war.

»Jetzt weiß ich, wer das ist«, erinnerte sich Nadia Koslova plötzlich und deutete mit dem Finger auf ihn. »Wusste ich es doch, dass mir der Kerl bekannt vorkommt.«

»Ich weiß auch, wer das ist«, sagte Christopher verächtlich. »Seine Visage ziert auf der Erde regelmäßig die führenden Wirtschaftsmagazine.«

»Derek Varnowski«, ergänzte Nadia nicht weniger abfällig. »Der Oberboss des Pharmakonzerns *Norris & Roach*. Sie sind der schlimmste Halsabschneider, den man sich vorstellen kann! Wie viele Menschen haben Sie über den Tisch gezogen und mit ihrer Raffgier in den Ruin getrieben?«

»Was tun Sie hier?«, fragte Hauser, der es für angebracht hielt, sich auch am Gespräch zu beteiligen.

»Das geht Sie überhaupt nichts an!«, brüllte Varnowski entrüstet.

»Der macht irgendwelche Deals mit der OVT«, fügte Nadia verächtlich hinzu.

»Ich bin ein ehrbarer irdischer Geschäftsmann. Ich mache nur seriöse Geschäfte!«

»So sehen Sie aus, Sie Dreckskerl!«

»Wer ist eigentlich der Dritte im Bunde?«, fragte Christopher und wandte sich dem Mann ganz links zu, der bisher unauffällig und ruhig geblieben war. Er war nicht sehr groß, aber stämmig und kräftig gebaut.

»Mein Name ist Marac Kresnan. Ich bin der Leiter des Revolutionsrats der OVT«, sagte er in beherrschtem Ton. »Ich kann Ihnen nur den guten Rat geben, uns unverzüglich freizulassen. Sie haben keine Ahnung, mit wem Sie es hier zu tun haben.«

»Revolutionsrat?«, wiederholte Christopher spöttisch. »Sie sind das also, der für das Chaos in der Stadt und auf dem Raumhafen verantwortlich ist. Sind Sie sich eigentlich im Klaren, wie viele Tote es bei Ihrem Bombardement gegeben hat?«

»Wir haben eine Mission zu erfüllen, dabei müssen Opfer in Kauf genommen werden. Die Leute sind für eine gute Sache gestorben.«

»Hören Sie endlich auf mit diesem Schwachsinn!«, schrie Christopher den Mann an, der gleichzeitig zusammenzuckte. »Kommen Sie mir nicht mit dieser verfluchten Scheiße! Von wegen Mission und Opfer für eine gute Sache! Es gibt im ganzen Universum keine Sache, die es wert ist, dafür Menschen zu opfern.«

Hauser legte Christopher besänftigend die Hand auf die Schulter. Neha und Jamalla hatten inzwischen auch Derek Varnowski Handschellen angelegt, der weiterhin vehement und lautstark dagegen protestierte, und waren gerade dabei, es bei Marac Kresnan ebenfalls zu tun.

»Sie werden es bitter bereuen!«, zischte dieser mit scharfem Blick.

»Wo ist eigentlich der Vierte im Bunde, dieser Mark Henderson?«, fragte Christopher abschätzig.

»Ich kenne keinen Mark Henderson«, antwortete Golenko mit fragendem Blick. »Wer soll das sein?«

»Ich weiß auch nicht, wer das ist«, fügte Kresnan hinzu.

»Das ist aber äußerst merkwürdig, denn ich bin ihm vor knapp einer Stunde genau in diesem Etablissement begegnet.«

»Sie müssen sich irren«, sagte Golenko verwirrt. »Wir sind die Einzigen, die Zugang zu diesem Raum haben.«

»Wie mir scheint, sind Sie doch nicht über alles im Bilde.«

Golenko schüttelte nur den Kopf.

Christopher wandte sich an Varnowski und fragte ihn: »Sie kennen Mark Henderson wohl auch nicht?«

»Ich hab den Kerl zuletzt auf der Erde gesehen. Hängt mir immer wieder auf der Pelle, dieser Möchtegern-Vermittler.«

Golenko sah Varnowski überrascht an.

»Was haben Sie mit der OVT zu schaffen?«, fragte Hauser und wandte sich ebenfalls wieder an Derek Varnowski.

»Das geht Sie einen feuchten Dreck an!«, brüllte dieser. »Das ist meine Niederlassung. Sie haben hier nichts verloren.«

»Sie haben wohl nicht bedacht, dass es die OVT war, die uns hierher gebracht hat.«

Varnowski starrte überrascht zu Kresnan. »Ist das wahr?«, fragte er aufgebracht.

»Sie kamen uns in die Quere.«

»Sie wollten uns eine Gehirnwäsche verpassen«, fuhr Hauser fort.

»Sind Sie verrückt geworden?«, blaffte Varnowski Kresnan an. »Das können Sie doch mit Menschen von der Erde nicht machen. Das zieht eine Untersuchung nach sich. Dann fliegt hier alles auf!«

»Es ist Zeit zu gehen«, sagte Hauser. »In den Aufzug mit Ihnen!«

Varnowski, Kresnan und Golenko wurden unsanft in den Fahrstuhl geschubst.

Dann ging Christopher noch mal in das Büro, durchsuchte den Schreibtisch und das Sideboard nach Datenträgern, nahm das Wenige, was er fand und steckte es in Hausers Rückentornister. Dann entnahm er ihm eine Miniatur-Sprengladung, stellte den Zeitzünder auf zehn Minuten ein und platzierte sie mitten auf dem feudalen Schreibtisch.

»Sind Sie wahnsinnig?«, brüllte Kresnan entsetzt. »Das können Sie doch nicht tun!«

»Sie werden sich noch wundern, was ich alles tun kann«, fauchte Christopher zurück. »Los! Gehen wir!«

Die Fahrstuhltür schloss sich. Sie fuhren nach oben.

»Ich gehe doch richtig in der Annahme, dass diese Sprengladung nur das Büro zerstört und den Menschen im Labor nichts anhaben kann«, sagte er leise zu Hauser.

»Vollkommen richtig«, antwortete dieser. »Sie hat zwar ein starkes Zerstörungspotenzial, aber die Reichweite ist begrenzt. Die große Fensterfront wird natürlich zu Bruch gehen. Unten im Labor wird es Glassplitter regnen. Sollte aber für die Leute dort nicht allzu schlimm sein, da sie ein gutes Stück davon entfernt sind.«

78.

Kaum hatte Rick die Brücke erreicht, summte sein Kommunikator erneut. In der Annahme, Navas hätte bereits wieder etwas Interessantes gefunden, machte Rick kehrt und ging zurück zum Aufzug.

»Der Steinadler, der Turmfalke und der Rotmilan sind nach Norden aufgebrochen«, hörte er eine Stimme aus dem Lautsprecher sagen. »Der Wind hat nach Süden gedreht.«

Rick hatte zwar die Stimme erkannt, konnte sich jedoch aus dem Text keinen Reim machen. Trotzdem vermied er es, Christophers Name zu nennen und sagte stattdessen lediglich: »Verstanden, vielen Dank.« Dann rief er Ernest über den Kommunikator und bat um ein Treffen im Konferenzraum.

Einige Minuten später hörten sich Ernest, Eric, Michelle und Keyna Algarin die Nachricht auf Ricks Kommunikator noch mal an. Rick stellte fest, dass sich auf Ernests Gesicht ein sanftes Lächeln abzeichnete.

»Dass er sich noch daran erinnert«, sagte dieser und sah zu Rick. »Du müsstest es eigentlich auch wissen.«

Rick schien einen Moment verwirrt. Dann verzog sich sein Gesicht zu einem für ihn typischen Grinsen. »Dass ich nicht selbst darauf gekommen bin.«

»Könnt ihr mir verraten, wovon ihr redet?« Eric war sichtlich neugierig.

»Das würde mich auch interessieren«, fügte Michelle hinzu.

»Die Nachricht von Chris ist codiert«, antwortete Ernest.

»Was ist das für ein Code?«

»Er stammt aus einem meiner Abenteuerromane. Die Hauptfigur, Redhorse, hat ihn einmal benutzt, um eine geheime Nachricht an seine Leute zu übermitteln.«

Daraufhin musste Eric herzhaft lachen. »Was bedeutet sie im Klartext?«

»Die drei Raubvögel symbolisieren hohe Persönlichkeiten oder Führungskräfte des Feindes«, erläuterte Ernest. »Dass sie nach Norden aufgebrochen sind, bedeutet, diese Leute konnten gefangengenommen werden. Die dritte Aussage, dass der Wind nach Süden gedreht hat, heißt, die Gruppe ist auf dem Heimweg.«

»Da wird es jedoch ein kleines Problem geben«, bemerkte Rick.

Für einen Augenblick herrschte Nachdenklichkeit, aber dann wussten alle, was er meinte.

»Ach ja, der Abwehrschirm«, sagte Ernest. »Wir können ihn nicht abschalten, solange der gebündelte Energiestrahl auf uns gerichtet ist.«

»Ja, wir mussten ihn lückenlos schließen, damit nichts von der Energie des Strahls ins Innere gelangen kann. Damit ist der Zugang durch die Notluke nicht mehr passierbar. Wir müssen es ihnen mitteilen, sonst geraten sie unter Umständen in Teufels Küche, sollte man sie unten in den Gängen entdecken.«

»Gibt es in deinen Romanen dafür auch irgendeinen Code?«, fragte Eric.

»Ich muss mal überlegen«, antwortete Ernest nachdenklich. »Ich glaube aber nicht, dass ich einen wortwörtlich passenden dafür habe. Wir müssen improvisieren.«

»Also, Tatsache ist, sie können derzeit nicht zur BAVARIA zurückkehren. Sie sollten sich irgendwo in Sicherheit bringen und warten, bis die irdische Flotte eingetroffen ist.«

»Ich habe eine Idee«, mischte sich Michelle in die Unterhaltung ein. »Schick ihm folgende Botschaft: ‚Der Südwind kann die Alpen nicht überqueren. Er muss in der Höhle hinter dem Wasser bleiben. Die Zeit wird Aufschluss geben‘.«

Ernest dachte kurz nach, lächelte und sagte: »Du bist ein kluges Mädchen. Das ist ausgezeichnet.«

Sofort tippte Rick die Nachricht ein und schickte sie ab.

Wenig später kam die Antwort: »Botschaft erhalten. Der Wind bleibt bis auf Weiteres hinter dem Wasser und wartet auf Trockenheit.«

»Sehr gut«, meinte Ernest befriedigt. »Er hat es verstanden.«

79.

Christopher schaltete den Kommunikator ab, gab ihn Thorwald zurück und verließ zusammen mit den anderen die Lagerhalle. Kurz darauf vernahm er ein leises und dumpfes Donnern und konnte ein befriedigendes Lächeln nicht verkneifen.

Schnell liefen sie an der Fassade entlang zum ersten Hangar, während Varnowski unablässig gegen seine Gefangennahme protestierte.

Als sie vor knapp zehn Minuten den Aufzug verlassen hatten, empfing sie die erwartete Finsternis. Lars Thorwald und Nadia Koslova, die als einzige über Helmlampen verfügten, waren vorausgegangen und hatten die Gruppe sicher zwischen zwei Gestellwänden hindurchgeführt.

Dann hatte Christopher aus Hauser Rückentornister noch mal drei Sprengladungen geholt, ließ sich von Nadia eine Stablampe geben und schlich sich an die Kolonne der Transportgleiter heran, die nach wie vor unablässig Material aus dem Frachtschiff abtransportierten. Er hatte die Zeitzünder bei allen auf fünf Minuten eingestellt und sie auf drei verschiedene Gleiter gelegt. Anschließend war er zur Gruppe zurückgekehrt und hatte sich Thorwalds Kommunikator ausgeborgt, um die codierte Nachricht an die BAVARIA zu schicken.

Als sie nun den Eingang des ersten Hangars erreichten, detonierten die Sprengladungen und verwandelten die große Lagerhalle in ein gigantisches Inferno.

Christopher und seine Begleiter samt Gefangene wurden von der gewaltigen Druckwelle unsanft zu Boden geschleudert, während das Glas sämtlicher Fenster der umliegenden Gebäude zerbarst. Für einen Moment war es in der Umgebung taghell. Es regnete kleinere Trümmerstücke und Glassplitter. Der Lärm war ohrenbetäubend.

Kresnan und Golenko fluchten wie Rohrspatzen und stießen fortwährend Drohungen aus.

Hauser sah Christopher verwirrt an.

»Wie viele Ladungen haben Sie denn platziert?«, schrie er.

»Nur drei.«

»Die konnten aber unmöglich ein derartiges Feuerwerk anrichten.«

»Anscheinend wurde in der Halle noch etwas anderes gelagert als nur Ersatzteile für Geräte.«

»Das scheint mir auch so.«

Nachdem Thorwald die Tür geöffnet hatte, brachten sie sich im Empfangsraum des Hangars in Sicherheit.

Als sich alle in den Wartebereich gesetzt hatten, sagte Christopher: »Leute, wir haben ein Problem. Ich habe vorhin eine codierte Nachricht an die BAVARIA geschickt, dass wir mit drei hochrangigen Gefangenen auf dem Rückweg sind.«

»Was für einen Code haben Sie denn verwendet?«, wollte Hauser wissen.

»Einen, den nur Ernest Walton kennt.«

»Hat jemand geantwortet?«

»Bis jetzt noch nicht. Ich habe die Nachricht direkt an Rick Blattning geschickt. Theoretisch müsste auch er den Code kennen, ich bin mir nur nicht sicher, ob er sich noch daran erinnert. Aber ich bin überzeugt, dass er die Nachricht Ernest vorspielen wird.«

»Ich bin gespannt, ob wir Antwort bekommen«, meinte Hauser skeptisch. Dann wandte er sich an Golenko und Kresnan. »Was hatten Sie denn in der großen Halle gelagert? Bestimmt nicht nur Ersatzteile für irgendwelche Geräte.«

Golenko und Kresnan schwiegen.

»Das waren doch sicher auch Bomben, Raketen und Munition. Sonst hätte es kein solches Feuerwerk gegeben.«

»Sie werden große Schwierigkeiten bekommen«, knurrte Golenko. »Sie wissen gar nicht, was Sie angerichtet haben.«

Plötzlich summte Thorwalds Kommunikator. Sofort reichte er ihn an Christopher weiter, der auf dem Display erkannte, dass es sich um eine Textnachricht handelte. Nachdem er sie gelesen hatte, überlegte er kurz, tippte seine Antwort ein und schickte sie ab. Anschließend schaltete er das Gerät ab und gab es an Thorwald zurück. Er stand auf, winkte Hauser zu sich und entfernte sich mit ihm von der Gruppe.

»Was ist?«, fragte dieser neugierig.

»Ich möchte es den drei Kerlen nicht unter die Nase reiben, aber wir können momentan nicht zur BAVARIA zurück.«

»Warum nicht?«

»Das ging aus der Antwort nicht hervor. Wir sollen uns verstecken und auf weitere Nachrichten warten.«

»Hm. Vielleicht wird die BAVARIA gerade angegriffen.«

»So etwas habe ich mir auch gedacht. Haben Sie eine Idee, wo wir uns verkriechen könnten?«

»Warum nicht im Frachter hier im Hangar? Sperren wir doch die drei auch in Kabinen ein.«

»Gute Idee.«

»Dann warten wir auf der Brücke, bis wir weitere Informationen erhalten.«

Kurz darauf gesellten sie sich wieder zur Gruppe.

»Leute, wir werden uns vorerst im Frachtschiff in diesem Hangar verstecken und warten, bis uns die BAVARIA abholt«, sagte Hauser zu den anderen, die sich daraufhin erhoben und ihm folgten.

»Da können Sie lange warten«, knurrte Kresnan. »Die BAVARIA wird Sie bestimmt nicht abholen. Dazu ist sie gar nicht in der Lage.«

»Sprechen Sie weiter!«, forderte ihn Hauser auf.

»Sie werden noch früh genug erfahren, was los ist.« Danach sagte er nichts mehr.

Einige Minuten später hatten sie die Gefangenen in drei verschiedene Kabinen eingesperrt und sich auf die Brücke begeben.

Das Warten konnte beginnen.

80.

In Tongalen dämmerte der Morgen, doch die Besatzung der BAVARIA merkte von all dem nicht viel. Zwar hatten sie sich mittlerweile an die kürzeren Tage gewöhnt, doch durch die Hektik der letzten Zeit wurde ihnen ein regelmäßiger Ruherhythmus nicht vergönnt.

Vor allem die letzte Nacht war von verschiedenen Unterbrechungen gezeichnet gewesen. Einerseits durch den gebündelten Energiestrahl, der seit einigen Stunden den Abwehrschirm mit Dauerbeschuss belegte. Andererseits wegen der unerwarteten Meldung von Hausers Truppe über die Gefangennahme von drei hochrangigen Führungsmitgliedern der OVT. Dazu kam noch das Video, das aus den geheimen Daten entschlüsselt werden konnte, über das sich Rick nun ebenfalls den Kopf zerbrach.

Der Beschuss durch den Energiestrahl dauerte mittlerweile bereits siebeneinhalb Stunden an. Die Auslastung des Abwehrschirms war auf zweiundsechzig Komma neun Prozent angestiegen. Wieder war die Zunahme pro Stunde gegenüber der letzten Messung um ein Zehntel Prozent angewachsen.

Die aktuellste Berechnung ergab, dass die volle Auslastung, bei gleichbleibender Entwicklung des Energiestrahls, in neun Stunden und zwanzig Minuten erreicht sein würde. Die irdische Flotte würde jedoch erst in gut zwölf Stunden eintreffen. Ob sie sofort eingreifen konnte, blieb fraglich. Mit anderen Worten, es galt, sich bereits jetzt darauf vorzubereiten, zu gegebener Stunde Energie von anderen Systemen abzuzweigen und auf den Abwehrschirm umzuleiten.

Ortung und Kommunikation mussten in Betrieb bleiben, solange sich eigene Leute außerhalb des Schiffes aufhielten. Das Bordsystem musste ebenfalls weiterlaufen, da sämtliche Untersysteme, darunter viele lebenserhaltende Bereiche, davon abhängig waren.

Die einzigen Systeme, die genug Energie abtreten konnten, waren die Klimaanlage und die Frischwasseraufbereitung. Einen gewissen Wasservorrat konnte man sich im Voraus anlegen und eine akzeptable Luftqualität war auch ohne Klimaanlage für ein paar Stunden gewährleistet. Die Temperaturen würden zwar im ganzen Schiff schnell ansteigen, da das Bordsystem und die vielen Geräte große Wärme freisetzten.

Rick hatte beschlossen, bereits zu diesem Zeitpunkt die Klimaanlage und die Wasseraufbereitung auf sechzig Prozent herunterzufahren und die Anweisung gegeben, mit dem Frischwasser sparsam umzugehen. Man würde diese Einschränkungen zwar zu spüren bekommen, aber lebensbedrohlich waren sie bei Weitem nicht.

Tom Bennet hatte nicht mehr versucht, irgendwelchen Schaden anzurichten. Er konnte sich im Schiff frei bewegen. Seine Schritte wurden jedoch weiterhin aufs Genaueste mittels Überwachungskameras verfolgt.

Einige Mannschaftsmitglieder hatten ihn bezüglich der Abschaltung des Abwehrschirms angesprochen und ihn gefragt, warum er so etwas getan hatte. Doch seine Reaktion war immer dieselbe gewesen. Er wusste nichts mehr davon. Es war, als wäre diese Tat aus seinem Gedächtnis getilgt worden.

Es hatte auch ein unschönes Ereignis gegeben, als ihn einer der Mannschaftsmitglieder in der Bordkantine als Verräter und Saboteur beschimpfte. Tom versuchte, sich zu verteidigen und provozierte den anderen dadurch nur noch mehr, sodass es beinahe zu einer Schlägerei gekommen war.

Weitere zwei Stunden später war die Auslastung des Abwehrschirms auf einundsiebzig Komma eins Prozent angewachsen. Der Anstieg war in nur zwei Stunden um drei zehntel Prozent angewachsen. Vorher war es in viereinhalb Stunden nur ein Zehntel gewesen. Also verstärkte sich der Energiestrahl doch nicht linear. Rick ließ neue Berechnungen durchführen.

Kurz darauf zeigte das Resultat, dass ihre Zeit, bis der Abwehrschirm zu hundert Prozent ausgelastet sein würde, sich um gute anderthalb Stunden verkürzt hatte. Der Zeitpunkt würde somit in weniger als sechs Stunden erreicht sein, bevor zusätzliche Energie umgeleitet werden musste.

Bei einigen Leuten zeichnete sich bereits Nervosität ab, was sich in einer leichten Gereiztheit ausdrückte.

Erneut zwei Stunden später wurde Rick auf die Brücke gerufen, als er gerade mit Michelle in der Bordkantine saß, um eine Kleinigkeit zu essen. Von dem Video und den zusätzlichen Dokumentationen über die früheren Experimente hatte er ihr nichts erzählt, um sie nicht noch mehr zu beunruhigen.

Die Auslastung des Abwehrschirms war mittlerweile auf achtzig Komma zwei Prozent gestiegen und lag nun genau in ihrer Vorausberechnung. Somit hatten sie noch dreidreiviertel Stunden bis zur hundertprozentigen Auslastung. Von diesem Zeitpunkt an musste zusätzliche Energie eingesetzt werden.

Ernest hatte Rick gegenüber den Wunsch geäußert, sich mit Krasnic unterhalten zu dürfen. Unter der Bedingung, dass gewisse Sicherheitsvorkehrungen eingehalten würden, hatte Rick nichts dagegen einzuwenden gehabt.

Seit etwa zehn Minuten saß Ernest in Krasnics Kabine. Man hatte diesen mit den Füßen an einen Stuhl gefesselt, der vor einem kleinen Tisch fest auf dem Fußboden verankert war. Die Hände ließ man ihm frei. Ernest saß ihm auf der anderen Seite des Tisches gegenüber.

Krasnic hatte ihn bei seinem Eintreffen verflucht und wüste Drohungen ausgestoßen. Doch Ernest ließ sich davon nicht aus der Ruhe bringen.

»Eigentlich müssten Sie nicht mir drohen«, sagte er in ruhigem Ton.

»Wem denn sonst?«, blaffte Krasnic.

»Der OVT.«

Krasnic blickte ihn verwundert an.

»Wir haben nämlich ein kleines Problem«, fuhr Ernest bedächtig fort.

»Das wäre?« Ein Hauch von Hoffnung huschte über Krasnics Gesicht.

»Wir glauben, die OVT macht sich nichts aus Ihnen und Ihren Leuten, die wir hier an Bord gefangen halten.«

»Wie kommen Sie darauf?«

»Wir werden seit etwa zwölf Stunden von einem gebündelten Energiestrahl beschossen.«

»Ach ja? Das klingt ja erfreulich. Ich nehme an, dass es für Ihren Abwehrschirm kein Problem darstellt.«

»Nein, noch nicht.«

»Noch nicht?«

»Ja. Der Strahl verstärkt sich permanent.«

Nun verschwand Krasnics Optimismus aus seinem Gesicht. »Was bedeutet das?«

»Das bedeutet, dass der Schirm noch gute drei Stunden halten wird. Aber dann wird die volle Belastbarkeit erreicht sein. Er wird zusammenbrechen. Der Energiestrahl trifft auf die Außenhülle. Das Schiff wird zerstört.«

Krasnic machte große Augen.

»Ein Mann namens Marac Kresnan hat sich bei uns gemeldet und uns gedroht, das Schiff zu zerstören. In Bezug auf Sie und Ihre Männer meinte er, er hätte eine Mission zu erfüllen. Dabei würde er Opfer in Kauf nehmen.«

»Dieser Scheißkerl!«, fluchte Krasnic und hämmerte mit der Faust auf den Tisch. »Er kann sich seine Mission sonst wohin stecken!«

»Wie Sie sehen, hat man Sie und Ihre Leute abgeschrieben.«

Krasnics Gesichtsausdruck veränderte sich plötzlich wieder zu einem Grinsen. »Sie bluffen doch, oder?«

»Nein, in der gegenwärtigen Situation können wir uns den Luxus des Bluffens nicht mehr leisten. Innerhalb von drei Stunden müssen wir eine Lösung finden.«

»Haben Sie schon eine?«

»Nein, aber aufgeben werden wir bestimmt nicht.«

Krasnic war sichtlich verwirrt.

»Was ist das überhaupt für ein Typ, dieser Kresnan?«, fragte Ernest.

»Man sagt, er wäre damals der einzige Überlebende bei der großen Flutkatastrophe gewesen, die ganz Curanien vernichtet hat.«

»Curanien?«

In den nächsten zehn Minuten erzählte Krasnic die Geschichte von Curaniens Entstehung und Untergang und von Kresnans Schicksal.

»Was hat er mit der OVT zu schaffen?«

»Die OVT ist quasi die Nachfolgeorganisation der damaligen Sekte, aus der später der Staat Curanien entstand. Kresnan hat sie vor einiger Zeit gegründet. Davor galt er viele Jahre als verschollen, tauchte plötzlich wieder auf und gründete die OVT.«

»Was haben Sie damit zu tun?«

»Eigentlich nichts. Ich wurde von einem Kerl auf der Erde für diesen Job angeheuert.«

»Wie heißt er?«

»Warum wollen Sie das wissen? Ich nehme nicht an, dass sie ihn kennen.«

»Das kann man nie wissen.«

»Henderson. Mark Henderson.«

Ernest brauchte eine Weile, um das gehörte zu verdauen. Er versuchte, sich den Schrecken möglichst nicht anmerken zu lassen. Aber es gelang ihm nicht vollends.

»So, wie es aussieht, kennen Sie den Typ doch.« Krasnic ließ Ernest die Schadenfreude spüren. Ein leichtes Grinsen umspielte seine Lippen. »Anscheinend ist er nicht das, wofür Sie ihn bisher gehalten haben. Sie hatten wohl keine Ahnung, dass er für die OVT arbeitet.«

Ernest starrte Krasnic wortlos an. In wenigen Augenblicken liefen vor Ernests innerem Auge Bilder aus der Vergangenheit ab. Seine Gedanken rasten zurück, erinnerten ihn an den Tag ihres ersten Zusammentreffens, an die vielen Jahre der engen

Zusammenarbeit, an die Freundschaft und das Vertrauen, das sich während dieser langen Zeit zwischen ihnen aufgebaut hatte. Er konnte nicht glauben, was er soeben gehört hatte.

»Kann es sein, dass es Ihnen sehr nahe geht?« Krasnics Ton drückte gespieltes Mitgefühl aus.

»Nein, es ist nichts.« Ernest versuchte, seine Gesichtszüge zu entspannen und sah seinem Gegenüber mit gleichgültiger Miene in die Augen »Erzählen Sie mir etwas über diesen Henderson.«

»Viel gibt es über ihn nicht zu berichten. Persönlich habe ich ihn nur einmal getroffen. Auf mich machte er einen ziemlich abgebrühten Eindruck.«

»Hat er Ihnen viele Aufträge vermittelt?«

»Es waren schon ein paar, wie viele es genau waren, weiß ich nicht mehr. Aber der Auftrag hier in Tongalen ist bisher mit Abstand der größte.«

»Sie wissen bestimmt, was die OVT bezweckt. Können Sie sich damit identifizieren?«

»Ein Auftrag ist ein Auftrag. Ich führe ihn aus und werde dafür bezahlt. Die Hintergründe und die Motive interessieren mich nicht.«

»Ein richtiger Söldner, wie er im Buch steht.«

»So könnte man es nennen.«

»Sind Sie sich darüber im Klaren, dass man Sie nach Erfüllung Ihres Auftrages nicht zur Erde zurückgehen lässt?«

»Warum sollte ich das nicht können?«, fragte Krasnic erstaunt.

»Da Sie nicht zur OVT gehören, sondern lediglich im Auftrag handeln, sind Sie zu einem unangenehmen Mitwisser geworden. Ich bin überzeugt davon, dass man Sie eliminieren wird, wenn man Ihre Dienste nicht mehr benötigt. Ich nehme an, das ist der Grund, warum wir Sie und Ihre Leute an Kresnan ausliefern sollten. Er will verhindern, dass Sie vor Gericht aussagen.«

Für einen Moment war Krasnic sprachlos. »Sie wollen mich nur einschüchtern.«

»Sie können glauben, was Sie wollen. Aber den Äußerungen von Marac Kresnan nach zu urteilen, liegt ihm nicht viel an Ihnen. Der gebündelte Energiestrahl nimmt ständig an Intensität zu. Es scheint ihm völlig egal zu sein, dass auch Sie mit draufgehen.«

Krasnics Verunsicherung nahm zu. Doch plötzlich starrte er Ernest selbstsicher an und sagte: »Was bezwecken Sie eigentlich mit diesem Gespräch? Wollen Sie mich weichklopfen und dann aushorchen?«

»Nicht im Geringsten. Wenn Sie Wert darauf legen, lasse ich Sie gerne auf die Brücke bringen, wo Sie sich mit einem Blick aus dem Panoramafenster selbst überzeugen können.«

»Ist das der Grund, warum es in den letzten Stunden immer wärmer geworden ist?«

»Nicht direkt.«

»Wie soll ich das verstehen?«

»Seit einigen Stunden läuft die Klimaanlage nur noch mit sechzig Prozent. Die daraus freiwerdende Energie wird bis auf Weiteres für den Abwehrschirm bereitgestellt.«

Diese Aussage verfehlte bei Krasnic ihre Wirkung nicht. Anscheinend wurde ihm die Tragweite der momentanen Lage erst jetzt so richtig bewusst.

»Ich hatte Ihnen doch schon erklärt, dass wir nichts zu verlieren haben«, sagte Ernest in besänftigendem Ton.

Krasnic wurde noch nervöser. Er fuhr sich mit der Hand über das Gesicht und schloss für einen kurzen Moment die Augen.

Ernest ließ ihm Zeit. Dann sagte er: »So, wie es aussieht, will Kresnan Tongalen in einen ähnlichen Staat umwandeln, wie Curanien einst einer war. Wie aber gelang es ihm, unter den Tongalern eine derart große Anhängerschaft zu finden? Denn so viele neue Einwanderer von der Erde, die mit der OVT sympathisieren, gibt es nicht.«

»Man hat viele Leute entführt, sie dann einer Gehirnwäsche unterzogen und ihnen irgendeinen Irrglauben eingepflanzt.«

Ernest schluckte. Er hatte mit vielem gerechnet, aber nicht damit. Ricks Verdacht schien sich mehr als nur zu bestätigen.

»Ich habe damit nichts zu tun«, sagte Krasnic entschuldigend. »Sie brauchen mich nicht so anzustarren. Ich mach nur meinen Job als Söldner und Ausbilder.«

»Woher hat die OVT die Möglichkeiten, das Wissen und die Einrichtungen, um so etwas durchzuführen?«

»Ein irdischer Pharmakonzern hat hier eine Niederlassung. Soviel ich weiß, arbeitet dieser Konzern mit der OVT zusammen. Ich habe gehört, dass dort mit Tongalern Experimente gemacht werden. Viele von ihnen sind dabei gestorben.«

Ernest Gedanken rasten. Er versuchte, das soeben Gehörte in Zusammenhang mit Ricks Vermutungen zu bringen.

Aber dann tauchte aus seinen Erinnerungen ein lange zurückliegendes Ereignis auf. Dabei fiel ihm ein ganz bestimmter Name ein.

Ahen.

Ein ungeheuerlicher Verdacht offenbarte sich ihm.

81.

Nochmals zwei Stunden später war die Neunzigprozentmarke geknackt. Es blieben ihnen noch gut einhundert Minuten. Die irdische Flotte würde jedoch erst knapp vier Stunden später eintreffen. Wenn sie auf ernsthaften Widerstand stieß, könnten es noch einige Stunden mehr werden.

Die Temperaturen innerhalb der BAVARIA waren mittlerweile auf über dreißig Grad angestiegen. Die meisten Mannschaftsmitglieder hatten zu leichterer Kleidung gewechselt. Einzig die stellvertretende Kommandantin Natalie Villaine trug weiterhin standhaft ihre Uniform.

Die meisten konnten der lockeren Bekleidung etwas Gutes abgewinnen und machten da und dort ihre Späße. Doch ein paar wenige bekundeten mit der Hitze ihre ersten Probleme.

Nachdem man sich in der Bordkantine verpflegt hatte, traf man sich wieder im Konferenzraum zu einer weiteren Besprechung. Von den Einheimischen erschienen nicht mehr alle.

Ernest hatte während seines Gesprächs mit Sergei Krasnic einige aufschlussreiche Informationen erhalten, die er mit seinen Freunden erörtern wollte.

»Krasnic hat mir bestätigt, dass *Norris & Roach* nicht nur bezüglich der Materialbeschaffung mit der OVT zusammenarbeitet. Anscheinend werden hier in Tongalen illegale Experimente durchgeführt und dafür Einheimische missbraucht«, erläuterte er. An Keyna Algarin gerichtet fuhr er fort: »Hattet ihr davon Kenntnis oder eine Ahnung?«

»Nein, nicht im Geringsten«, antwortete sie schockiert. »Es offenbart sich mehr und mehr, wie blind wir die ganze Zeit gewesen sind und nicht gemerkt haben, was sich direkt vor unserer Nase abspielt.«

»Für mich ist es so etwas wie ein Heilewelt-Syndrom«, meinte Eric. »Lange Zeit funktioniert alles fast perfekt. Es gibt keine oder nur harmlose Probleme. Mitten drin entwickelt sich plötzlich etwas Böses. Es wird jedoch nicht wahrgenommen, weil man gar nicht damit rechnet, dass so etwas entstehen kann. Im Bewusstsein existiert nicht einmal die Möglichkeit für eine derartige Entwicklung.«

»Genauso ist es«, bestätigte Keyna. »Nun werden wir vor vollendete Tatsachen gestellt. Wir haben Mühe, das Ganze zu begreifen oder einzuordnen.«

»Das kann ich dir gut nachfühlen«, tröstete Ernest sie und umfasste sanft ihre Hand. »Aber wir werden euch so gut es geht beistehen.«

Sie blickte ihm in die Augen und lächelte. »Vielen Dank, Ernest.«

»Ich habe in den letzten Stunden einige sehr interessante Informationen erhalten«, mischte sich nun auch Rick in das Gespräch ein. »Leider hatte ich bisher noch keine Gelegenheit, euch darüber zu informieren.«

»Um was geht es?«, fragte Ernest.

»Eine meiner schlimmsten Vermutungen hat sich leider bestätigt. *Norris & Roach* hat die Experimente an dem alten Projekt wieder aufgenommen. Und zwar hier in Tongalen. Vor ein paar Stunden haben unsere Kryptoanalytiker weitere Daten entschlüsseln können.«

»Ich dachte, wir hätten bereits alles.«

»Nur die reinen Textdaten. Bei den Bild-, Audio- und Videodaten dauerte es etwas länger. Navas hat mir ein Video gezeigt, das mir zu denken gibt.«

Rick tippte auf dem Display etwas ein, woraufhin sich der Wandmonitor hinter ihm aktivierte und gleich darauf einen Film abspielte.

Die Anwesenden bekamen denselben Film zusehen, den Rick im Datenlabor bereits gesehen hatte. Er ließ ihn ohne Kommentar bis zum Schluss laufen. Als die Szene mit der Verformung der dunkelblauen Substanz erschien, ging ein Raunen durch den Raum.

Während Eric verschiedene Vermutungen von sich gab, sich mit Rick in eine wilde Diskussion verstrickte und die Einheimischen einfach nur zuhörten, starrte Ernest auf den Monitor, als wäre ihm der Leibhaftige persönlich begegnet.

»Man muss nur noch eins und eins zusammenzählen«, sagte Rick. »Warum schickt *Norris & Roach* solches Datenmaterial an die OVT? Nicht nur, dass der Konzern die Experimente wieder aufgenommen hat. Er stellt der OVT diese Technik sogar zur Verfügung.«

»Wahrscheinlich hat die OVT im Gegenzug für Versuchspersonen gesorgt«, mutmaßte Eric.

»Das denke ich auch.«

»Gibt es Zwischenergebnisse der Ermittlungen auf der Erde?«

»Ich habe bisher nichts erhalten. Eventuell werden wir welche von der irdischen Flotte bekommen.«

Seit er den Film gesehen hatte, war von Ernest kein Wort mehr zu hören gewesen. Nun aber ergriff er mitten in der Unterhaltung zwischen Rick und Eric das Wort und sagte: »Mark Henderson.« Fast wie in Trance sah er seinen Freunden mit starrem Blick in die Augen.

»Was ist mit ihm? Hat er sich endlich gemeldet?« Eric wunderte sich über Ernest eigenartigen Ausdruck. »Geht's dir nicht gut?«

»Mark arbeitet für die OVT«, antwortete Ernest monoton.

Erics Gesichtsausdruck verwandelte sich in blankes Entsetzen. »Wie kommst du darauf?«

Auch Rick hatte es die Sprache verschlagen. »Wie zuverlässig ist diese Information?«

»Krasnic wurde von Mark für den Job hier angeheuert. Es war nicht das erste Mal, dass Mark einen Söldnerjob an Krasnic vermittelte.«

»Bist du sicher, dass Krasnic dich nicht angelogen hat?«

»Ja. Krasnic hat mir aus freien Stücken erzählt, dass er den Auftrag von Mark erhalten hat, ohne dass ich vorher Mark erwähnt hatte. Woher sonst sollte er diesen Namen kennen?«

Ernests Gesichtsausdruck machte den Eindruck, als wäre er um Jahrzehnte gealtert. Die Erkenntnis über die Machenschaften seines angeblichen Freundes hinterließen deutliche Spuren. Er senkte seinen Blick und starrte eine Weile auf den Tisch. Niemand sprach ein Wort.

Michelle war über diese Offenbarung nicht überrascht. Sie hatte Henderson immer misstraut. Aber jetzt, wo sich ihr Verdacht bestätigte, spürte sie keine Befriedigung. Sie konnte nur an Ernests Gefühle denken, die auf das Schlimmste verletzt worden waren.

Nach einer Weile hob Ernest den Kopf, blickte in die Runde und sagte: »Curanien. Was wisst ihr davon?«

Nach diesem abrupten Themenwechsel brach unter den Einheimischen Hektik aus. Auch Kenya war ziemlich schockiert, als sie dieses Wort hörte. Nachdem sich alle wieder beruhigt hatten, begann sie zu erzählen: »Curanien war einmal ein zweiter Staat auf TONGA-II, im Gebiet südlich des Äquators.«

»So viel habe ich von Krasnic auch erfahren.«

In der nächsten halben Stunde erzählte sie die Geschichte der Curaner weitaus detaillierter als Krasnic zuvor, angefangen von einer Sekte namens Cura, bis zur großen Flutkatastrophe, die den gesamten Staat mit sämtlichen Einwohnern vernichtet hatte.

Anschließend herrschte für eine Weile Totenstille. Die Einheimischen hatten ihre Köpfe gesenkt und schweigend zugehört.

»Warum habt ihr uns nie davon erzählt?«, fragte Ernest leise.

Keyna seufzte. »Nach der Katastrophe herrschte große Bestürzung. Die Tongaler machten sich schwere Vorwürfe. Sie fühlten sich schuldig, die Curaner aus Tongalen vertrieben zu haben. Sie waren der Überzeugung, wenn man sich besser akzeptiert, sich gegenseitig geachtet und anderes Denken toleriert hätte, hätten diese Menschen nicht sterben müssen. Diese Schuld lastete fortan wie ein Fluch über uns.«

Ernest spürte seine Hilflosigkeit. Er wusste, kein noch so gut gemeinter Trost könnte daran etwas ändern.

»Wir mussten lernen, mit dieser Bürde umzugehen und zu leben. Aber es war für uns nicht leicht. Wir sagten uns, dass es unsere Generation war, die sich diese Schuld auferlegt hatte. Niemand anders dürfe an dieser Schuld mittragen. Vor allem nicht unsere Nachkommen. Deshalb wurde beschlossen, nicht mehr über dieses Ereignis zu sprechen. In den Geschichtsarchiven ist zwar alles niedergeschrieben. Jeder Tongaler darf sich darüber informieren. Aber darüber reden wollten wir nicht mehr. Vielmehr wollten wir, dass eine andere Lebenskultur entstand. Eine Gesellschaft der Toleranz und der Akzeptanz, vor allem Andersdenkenden gegenüber. Wir wollten den Nachkommen auf diese Weise eine Grundlage bieten, durch die sie schon in ihrem Lebensstil nicht mehr denselben oder einen ähnlichen Fehler begehen würden.«

»Und Marac Kresnan?«, fragte Ernest.

»Wir wissen nur, dass er einer der führenden Köpfe der OVT ist«, antwortete Keyna. »Es kursieren viele Gerüchte über ihn. Niemand weiß so richtig, woher er kommt.«

»Krasnic hat mir erzählt, Kresnan wäre der einzige Curaner, der die große Katastrophe überlebt hat.«

»Unmöglich!«, rief einer der jungen Tongaler energisch. »Niemand hat dieses Unglück überlebt.«

»Anscheinend doch. Er hatte dabei seine Familie verloren, die Frau und zwei Kinder. Er ist danach verschwunden und erst in jüngster Zeit wieder aufgetaucht, um die OVT ins Leben zu rufen. Die OVT ist eine Nachfolgeorganisation der damaligen Cura-Sekte.«

Keyna und die jungen Tongaler sahen Ernest überrascht an. »Das kann ich einfach nicht glauben«, stammelte sie. »Für mich klingt es ganz danach, als wolle sich dieser Überlebende, falls es überhaupt einer ist, für den Tod seiner Familie und seines Volkes an uns rächen.«

Ernest bekam Zweifel, ob er ihr und den jungen Tongalern von den Machenschaften der OVT in den Labors des Pharmakonzerns erzählen sollte. Es war für sie schon schwierig genug, sich mit der Tatsache eines möglichen Überlebenden, der sich an ihnen rächen wollte, auseinanderzusetzen. Die Sache mit den Experimenten und der Gehirnmanipulation an ihren Landsleuten würde ihnen einen weiteren Schock versetzen. Aber auf der anderen Seite würden sie es früher oder später auf jeden Fall erfahren.

»Ihr wisst doch, dass viele Tongaler in der Niederlassung von *Norris & Roach* arbeiten«, sagte er in ruhigem Ton.

»Ja, wissen wir«, antwortete Keyna. »Aber wir wissen auch, dass es dort immer wieder zu Zwischenfällen gekommen ist, bei denen Leute gestorben sind.«

»Das wurde uns auch gesagt. Habt ihr euch schon einmal Gedanken darüber gemacht, warum die OVT so viele Mitglieder hat?«

»Das sind alles Tongaler, die aus irgendeinem Grund mitmachen. Auch das ist etwas, was wir nie verstehen konnten.«

»Ihr habt davon gewusst, dass es eure Leute sind?« Ernest war über diese Aussage erstaunt.

»Ja, sicher. Nur konnten wir uns nie erklären, warum sie sich zu einer solchen Organisation hingezogen fühlten und solche Machenschaften noch unterstützten, geschweige denn, dass sie plötzlich religiös wurden. Sogar zwei meiner engsten Freundinnen haben sich ihnen angeschlossen. Eine davon wurde später plötzlich krank und starb kurz darauf. Ich habe es nie verstehen können, warum sich die beiden dazu hinreißen ließen.«

»Sie wurden alle manipuliert«, sagte Ernest so behutsam wie möglich.

Keyna wurde kreidebleich und starrte ihn fassungslos an. »Was meinst du mit manipuliert?«

»Bei uns nennt man so etwas Gehirnwäsche«, fuhr er in ruhigem Ton fort. »Niemand von eurem Volk hat sich freiwillig der OVT angeschlossen. Sie alle wurden dazu gezwungen, indem man ihnen den Willen nahm und ihnen einen Irrglauben in die Köpfe pflanzte. Wie sie das bewerkstelligt haben, wissen wir noch nicht genau. Aber in den Labors von *Norris & Roach* gehen seltsame Dinge vor sich.« Ernest unterließ es, ihnen von seinem ungeheuerlichen Verdacht zu erzählen. Die Tatsachen, mit denen die Tongaler bisher konfrontiert worden waren, waren schon schlimm genug. Zudem war er sich alles andere als sicher, ob die Zeit für eine derartige Enthüllung bereits reif genug war.

Für Keyna war das, was sie soeben gehört hatte, schon mehr als genug. Sie sank in sich zusammen und war sprachlos. Tränen strömten aus ihren Augen und liefen über das Gesicht. Sie begann, am ganzen Körper zu zittern. Auch bei den jungen Tongalern saß der Schock tief.

Es war eine erschütternde Szene. Ein komplettes Weltbild schien soeben in sich zusammengefallen zu sein.

82.

Auf der Brücke des irdischen Frachtschiffs herrschte Stille. Hauser und seine Männer hatten sich in die Sessel verteilt und nutzten die Gelegenheit, um sich auszuruhen oder zu schlafen. Die beste Art, sich die Zeit zu vertreiben, wenn man nichts tun konnte.

Neha, Jamalla und Devian zeigten die ersten Ermattungserscheinungen. Seit vielen Stunden befanden sie sich in einer Situation, mit der sie sich in ihrem bisherigen Leben nie hatten auseinandersetzen müssen. Der psychische Druck, der in dieser Zeit auf ihnen gelastet hatte, machte ihnen zu schaffen. Die Ungewissheit während dieser Wartezeit trug auch nicht zur Beruhigung bei.

Irgendwann hatte Jamalla angefangen zu weinen. Neha versuchte sie zu trösten, aber sie hatte selbst große Probleme, mit der Situation klarzukommen.

David Mitchell war der einzige, der zu dem Zeitpunkt nicht schlief, und wurde darauf aufmerksam. Er stand auf, ging langsam zu den beiden jungen Frauen und setzte sich neben sie.

»Wenn ich euch irgendwie helfen kann, sagt es mir«, bot er ihnen an. »Ich kann gut nachvollziehen, wie es euch gerade geht. Es ist nicht leicht, in dieser Ungewissheit einen klaren Kopf zu behalten.«

»Vielen Dank«, antwortete Neha mit zittriger Stimme. »Ich wäre dir dankbar, wenn du dich ein bisschen um Jamalla kümmern könntest. Sie braucht jetzt Halt und Trost.«

»Selbstverständlich.« Er legte seinen Arm um die Schultern von Nehas Freundin und zog sie sanft an sich.

»Ist dir kalt?«, fragte er sie leise.

»Ein bisschen.«

Er zog sie noch näher an sich heran und versuchte, ihren Körper zu wärmen. Mit den Fingern der anderen Hand wischte er ein paar Tränen aus ihrem Gesicht. Sie schmiegte sich an ihn und legte ihren Kopf an seine Brust. Sanft strich er mit der flachen Hand über ihren Rücken.

Neha erhob sich leise, ging zu Christopher, der unweit von ihr auf dem Fußboden schlief. Er lag auf der Seite und hatte seine Beine leicht angewinkelt.

Sie legte sich neben ihn und schmiegte sich mit dem Rücken an seine Brust, zog seinen Arm um ihren Körper und hielt sich daran fest. Dann ließ sie ihren Tränen freien Lauf.

Christopher war sofort aufgewacht, als sich Neha neben ihn gelegt hatte. Als sie sich an ihn schmiegte und seinen Arm nahm, ließ er es geschehen. Er hatte schon vor einer Weile gespürt, was in den beiden Frauen vor sich ging und war froh, ein bisschen dazu beitragen zu können, dass es Neha besser ging.

Als er das leichte Zittern ihres Körpers spürte, das durch das Weinen verursacht wurde, streichelte er sanft ihr Gesicht und drückte sie fester an sich. Daraufhin drehte sie sich um und presste ihr Gesicht an seine Brust. Christopher hielt sie mit beiden Armen fest, streichelte ihren Rücken, während sie unablässig weitere Tränen vergoss.

Nach etwa zwei Stunden erwachte die Brücke wieder zum Leben. Die Männer setzten sich vor das Panoramafenster und sahn nach draußen. Ein neuer Tag war angebrochen. Etwas vom Tageslicht drang auch in den Hangar.

Thorwald starrte ebenfalls aus dem Panoramafenster und schien nachzudenken. In seinem Kopf nahm eine Idee langsam Gestalt an. »Sir?«, sagte er und drehte sich zu Hauser um.

»Lieutenant?«

»Ich habe mir über die Antwort der BAVARIA Gedanken gemacht. Warum haben sie nicht ausführlicher geschrieben und keinen Grund angegeben, warum wir nicht zurückkehren können?«

»Ich glaube, sie haben es deshalb nicht getan, weil sie in Schwierigkeiten stecken und dem Feind nicht unnötig Informationen liefern wollten.«

»Dann hätten sie die Nachricht doch ebenfalls codieren können.«

»Vielleicht reichte dieser improvisierte Code von vorhin dazu nicht aus. Ich hatte den Eindruck, dass er nur angewendet werden kann, wenn man gewisse Kenntnisse über etwas Bestimmtes hat.«

»Ich bin überzeugt, dass die BAVARIA in Schwierigkeiten steckt.«

»Genau deshalb wollen sie, dass wir uns von ihr fernhalten.«

»Aber wir sollten etwas unternehmen.«

»Was könnten wir tun?«

»Besteht die Möglichkeit, diesen Frachter zum Fliegen zu bringen?«

Hauser sah ihn erstaunt an. »Sie wollen mit diesem Ungetüm zur BAVARIA fliegen?«

»Warum nicht? Wenn wir damit den Gegner verwirren, könnten wir der BAVARIA zu einer Möglichkeit verhelfen, etwas zu unternehmen. Wer weiß, vielleicht ergibt sich sogar die Chance, an Bord zurückzukehren.«

Hauser überlegte einen Moment. »An der Idee ist was dran. Wir müssten jedoch zuerst herausfinden, ob der Frachter derzeit auch flugtauglich ist. Zum anderen stellt sich die Frage, ob jemand unter uns diesen Kahn überhaupt fliegen kann.«

»Ich kann es, Sir«, erklang eine weibliche Stimme hinter ihnen.

Hauser und Thorwald drehten sich um und blickten in das entschlossene Gesicht von Nadia Koslova.

»Haben Sie schon einmal ein solches Schiff geflogen?«

»Ja, Sir. Zudem kann ich sofort prüfen, ob es flugtauglich ist.

»Dann bereiten Sie alles vor. Lieutenant, wir beide werden uns eine Strategie zurechtlegen.«

»Okay, Sir.«

83.

Rick saß in seiner Kabine und starrte auf das Display seines Kommunikators. Das Organigramm hatte soeben einige Veränderungen erfahren. Ein paar Fragezeichen waren verschwunden und hatten klaren Antworten Platz gemacht.

Nach der letzten Besprechung hatte er sich sofort zurückgezogen und die neuen Erkenntnisse eingearbeitet. Er hatte den Eindruck, den bisher größten Schritt auf dem Weg zur vollständigen Lösung des Rätsels gemacht zu haben.

Marac Kresnan, der anscheinend einzige Überlebende der großen Katastrophe, verschwand für eine bestimmte Zeit, tauchte eines Tages wieder auf und gründete die OVT. Sein offensichtliches Ziel war es, das Volk der Tongaler, das er insgeheim für den Untergang seines eigenen Volkes verantwortlich machte, zu unterjochen und eine neue religiöse Bewegung zu gründen. Dabei bediente er sich der Niederlassung des irdischen Pharmakonzerns *Norris & Roach* in Tongalen, benutzte deren Labors und ließ den Menschen durch Gehirnmanipulationen eine Doktrin auferlegen. Bei ihm war das Motiv klar erkennbar: Rache und Genugtuung.

Bei Kamal Golenko war er sich nicht sicher, ob dieser auch einer Gehirnmanipulation unterzogen worden war, oder ob er sich aus freien Stücken an den Machenschaften der OVT beteiligte. Bei den Besprechungen im Administrativen Rat von Tongalen hatte er nicht den Eindruck eines willenlosen Individuums gemacht. Sein Motiv war bisher unklar. Rick vermutete, dass es einfach Machthunger war.

Eines der großen Fragezeichen war jenes, welches die Verbindung der Erde zur OVT offenlegen sollte. Wer oder welche irdische Institution war an der gegenwärtigen Entwicklung in Tongalen interessiert. Wer zog daraus einen Nutzen?

Die Vermutung, der Pharmakonzern könnte die OVT unterstützen, war für Rick nicht neu. Das bewies die Tatsache, dass die wichtigsten Daten für das Vorgehen und die Organisation der OVT vom Hauptsitz des Konzerns auf der Erde kamen. Er konnte bisher nur kein sinnvolles Motiv erkennen. Es gab wesentlich lukrativere Geschäfte, als die OVT bei ihrer Volksverknechtung zu unterstützen. Es musste etwas anderes dahinterstecken.

Die Reaktivierung des früheren Projektes zur Herstellung einer Psychodroge könnte diesbezüglich das fehlende Bindeglied sein. Anscheinend hatten es die Wissenschaftler geschafft, eine derartige Droge herzustellen und der OVT zur Verfügung zu stellen. Die OVT wiederum lieferte dem Pharmakonzern die nötigen Versuchspersonen. Die Vermutung wurde durch Devian Tamlins Erzählung über entführte und vermisste Tongaler unterstützt. Die vielen Todesfälle unter ihnen deuteten darauf hin, dass einige der Probanden die Experimente nicht überlebten.

Das Fragezeichen um Mark Henderson hatte eine völlig neue Bedeutung bekommen. Dass er den Datenaustausch zwischen dem Pharmakonzern auf der Erde und der OVT organisierte, hatten sie bereits vermutet. Doch wie tief er in die ganze Sache verstrickt war, wussten sie bis vor kurzem nicht. Nun hatte ihnen Krasnic die Bestätigung geliefert, dass er sogar für die OVT arbeitete. Aber auch hier blieb die Frage nach dem Motiv offen. Das Organisieren von Datenschmuggel und die Vermittlung von Söldnern waren ebenfalls nicht das, was man als finanziell einträglich bezeichnen konnte.

Rick fragte sich, ob Mark mit der Tatsache vertraut war, dass die *Space Hopper* einem Attentat zum Opfer fallen sollte. Dass er nebenbei ein paar zweifelhafte Geschäfte tätigte, konnte er sich noch vorstellen. Aber dass er sich an einem Mordkomplott an langjährige Freunde beteiligte, war für Rick unvorstellbar. Andererseits, wenn man an die horrende Summe von Ernests Erbschaft dachte, konnte manch einer der Versuchung erliegen.

Zudem war sich Rick inzwischen nicht mehr so sicher, was er überhaupt noch glauben sollte. Seine Überzeugung in einigen Dingen war arg ins Wanken geraten.

Das Summen seines Kommunikators riss ihn aus den Gedanken. »Sir, die Auslastung steht kurz vor einhundert Prozent.«

»Danke Sergeant. Ich komme sofort auf die Brücke.« Als er sich erhob, lief ihm der Schweiß vom Haaransatz aus über das Gesicht. Die Temperatur war mittlerweile auf über fünfunddreißig Grad angestiegen. Er zog sein Shirt aus und warf es auf den Stuhl. Dann verließ er die Kabine.

Als er auf der Brücke ankam, vernahm er den Alarm, der die volle Belastung des Abwehrschirms meldete.

»Sir, wir haben die zusätzlichen Energiereserven aktiviert und dem Abwehrschirm zugeteilt.«

»Sehr gut. Lassen Sie berechnen, wie lange wir damit über die Runden kommen.«

Die Leute auf der Brücke waren zu bewundern. Durch die vielen Geräte war es hier noch wärmer als in den übrigen Bereichen des Schiffs. Aber die Leute taten unermüdlich ihre Arbeit, obwohl ihnen der Schweiß nur so herunterlief.

Plötzlich öffnete sich das Schott. Natalie Villaine betrat die Brücke, gekleidet in einem Bikini. Die Leute sahen auf und trauten ihren Augen nicht. Einer der Brückenoffiziere rief ein »Wow« und klatschte in die Hände, woraufhin die anderen sofort einstimmten.

»Vielen Dank«, sagte sie trocken. »Weitermachen!« Sie trat zu Rick und sagte leise: »Sir, in den Gängen und in der Bordkantine sind immer wieder halb nackte Tongaler anzutreffen.«

»Na und?«

»Das geziemt sich eigentlich nicht auf einem Diplomatenschiff.«

»Nun kommen Sie schon. Wir haben eine echte Notlage. Die Tongaler haben diesbezüglich eine andere Einstellung. Für sie ist das etwas ganz Normales. Wir sollten sie so respektieren, wie sie sind, und darüber hinwegsehen.«

»Dagegen ist nichts einzuwenden. Aber einige unserer Mannschaftsmitglieder sehen darin einen Grund, ihnen gegenüber anzügliche Bemerkungen zu machen.«

»Das ist natürlich nicht gut. Spannungen oder Streitigkeiten sind das Letzte, was wir gebrauchen können.«

»Vielleicht sollten Sie einmal zu der gesamten Mannschaft sprechen.«

»Das ist eine gute Idee. Ich werde mich gleich darum kümmern.«

»Sir«, sagte einer der technischen Offiziere. »Die Berechnungen haben ergeben, dass der Abwehrschirm mit den zusätzlichen Energien noch knapp zwei Stunden halten wird.«

»Das ist zu wenig.« Rick machte ein besorgtes Gesicht. »Sogar viel zu wenig. Einerseits wird die irdische Flotte frühestens in etwa drei Stunden hier eintreffen, andererseits wird sie wahrscheinlich auf Widerstand stoßen und zusätzliche Zeit benötigen. Wir müssen dafür sorgen, dass wir den Abwehrschirm noch für mindestens vier Stunden aufrechterhalten können.«

»Das wäre aber nur möglich, wenn wir die Klimaanlage und die Wasseraufbereitung von momentan sechzig auf dreißig Prozent herunterfahren.«

»Ab wann müssten wir es tun?«

»Ab sofort.«

»Tun Sie es!«

Rick wandte sich an den Kommunikationsoffizier. »Lassen Sie die gesamte Mannschaft und alle Gäste in fünfzehn Minuten im Briefingraum antreten.«

Als Rick den Raum betrat, waren bereits alle versammelt. Die Hitze war mörderisch. Er trat vor die Leute und nahm sich Zeit, jedem Einzelnen kurz in die Augen zu sehen. Die meisten versuchten einigermaßen Haltung zu bewahren, aber es war ihnen anzumerken, dass sie unter der Hitze litten. Einige hingen dementsprechend wie Fliegen in ihren Schalensesseln.

Natalie Villaine saß in der vordersten Reihe, ganz links außen. Neben ihr hatten Ernest, Keyna, Eric und Michelle Platz genommen. Ernest hatte am meisten Probleme mit der Hitze. Der Schweiß lief ihm über den ganzen Oberkörper, während er mit dem Atmen große Mühe bekundete. Keyna betupfte regelmäßig sein Gesicht mit einem Erfrischungstuch. Die Einheimischen saßen geschlossenen in den vorderen Reihen auf der rechten Seite des Raumes.

»Meine Damen und Herren«, begann Rick und machte noch mal eine kleine Pause. »Wie Sie sicher bemerkt haben, befinden wir uns in einer prekären Situation.«

»Wir werden bald weich gekocht«, hörte er jemanden im Hintergrund sagen.

»Das ist nicht ganz zutreffend, denn bevor wir weich gekocht sind, wird die irdische Flotte in Tongalen eingetroffen sein. Das dürfte in knapp drei Stunden der Fall sein. Allerdings könnte es noch etwas länger dauern, falls sie auf ernsthaften Widerstand stößt.«

»Wie lange wird der Abwehrschirm halten?«, fragte eine junge Frau.

»Wir mussten die Klimaanlage und die Wasseraufbereitung noch einmal um dreißig Prozent drosseln. Damit haben wir genug Energie, um den Abwehrschirm vier Stunden aufrechtzuerhalten. Das heißt aber auch, dass es im Schiff noch wärmer wird.«

»Was machen wir nach diesen vier Stunden?«

»Entweder die Klimaanlage und die Wasseraufbereitung komplett abschalten, dann hätten wir noch einmal knapp zwei Stunden Zeit. Oder wir ergeben uns.«

»Wir werden uns nicht ergeben«, sagte ein Techniker entschlossen.

»Auf keinen Fall«, bestätigte ein weiterer.

»Ich hoffe nicht, dass wir vor eine solche Entscheidung gestellt werden«, fuhr Rick fort. »Vielmehr hoffe ich, dass uns diese vier Stunden ausreichen.« Er machte eine kleine Pause, bevor er fortfuhr. »Jetzt möchte ich noch einen anderen Punkt ansprechen. Ich hatte Ihnen empfohlen, die Borduniform gegen leichtere Freizeitbekleidung einzutauschen. Wie Sie sehen können, ist sogar unsere ehrenwerte stellvertretende Kommandantin Natalie Villaine dieser Empfehlung gefolgt.«

Wieder setzte anerkennender Applaus ein.

»Wie Sie bestimmt auch festgestellt haben, pflegen unsere Gäste aus Tongalen etwas andere Sitten. Unter normalen Umständen würde eine derartige Freizügigkeit auf der BAVARIA nicht geduldet. Aber wir wollen die Bedürfnisse und die Lebensweise unserer Freunde respektieren. Wir akzeptieren somit die Art und Weise, wie sie sich in dieser Situation bekleiden. Ich möchte Sie alle eindringlich bitten, jegliche anzüglichen Bemerkungen oder Äußerungen ihnen gegenüber zu unterlassen.« Er sah die Leute einzeln an und ließ das Gesagte eine Weile wirken.

In den hinteren Reihen flüsterten ein paar Männer ihrem Sitznachbar etwas zu und grinsten.

»Das ist ein Befehl!«

Für einen Moment war es still im Raum.

Dann erhob sich Michelle, ging zu den jungen Tongalern und setzte sich mitten unter sie.

Einige der Bordoffiziere hatten dies bemerkt und Michelle erstaunt angeschaut. Sie wussten sofort, warum sie dies getan hatte, worauf sie diese Aktion ebenfalls mit einem kleinen Applaus quittierten.

»Wie ihr seht, zeigen einige von uns euch gegenüber ihre Solidarität«, sagte Rick anschließend an die Einheimischen gerichtet.

Eine junge Tongalerin erhob sich, drehte sich den anderen zu und bedankte sich verlegen.

»Ich hätte noch einen Vorschlag«, meldete sich ein Deckoffizier. »Sollte jemand die Hitze nicht mehr ertragen, auf dem Ladedeck ist es nicht ganz so heiß wie im übrigen Schiff. Ich nehme an, niemand hat etwas dagegen, wenn man sich dort aufhält.«

»Nein, bestimmt nicht. Das ist eine sehr gute Idee«, erwiderte Rick. »Vielen Dank, Sergeant.«

Wenig später beendete Rick die Versammlung. Die Leute verschwanden wieder auf ihre Posten oder in ihre Unterkünfte.

84.

Eine halbe Stunde später meldete Nadia Koslova, dass der Frachter flugtauglich war. Sie hatte die Systeme gestartet und einige Leute instruiert, sie zu unterstützen.

»Sir? Haben Sie eine Idee, wie wir diesen Schrotthaufen aus dem Hangar ins Freie befördern können?«

Hauser schien einen Moment zu überlegen. »Wenn wir das Tor vorher öffnen, würde man zu früh auf uns aufmerksam.«

»Was machen wir jetzt?«

»Wir rammen es. Würde der Kahn das aushalten?«

»Ganz bestimmt.« Die Sergeantin wirkte zuversichtlich.

»Dann starten Sie jetzt die Triebwerke.« Anschließend wandte er sich an die anderen: »Bitte setzen Sie sich, und schnallen Sie sich an. Der Flug könnte unruhig verlaufen.«

Nachdem er sich als letzter auf den Kopilotensessel niedergelassen hatte, gab er Nadia Koslova Starterlaubnis.

Die Brücke wurde vom Summen der Geräte und von einem dumpfen Dröhnen der Triebwerke erfüllt. Das Schiff begann leicht zu vibrieren.

Nadia Koslova schloss die Verladerampe und versetzte das Schiff in einen schwerelosen Zustand, um die Landestützen einzufahren. Das Vibrieren verstärkte sich, als es sich knapp über dem Boden schwebend langsam vorwärts bewegte.

Gespannt sahen alle aus dem Panoramafenster in den Hangar hinaus. Das große Außentor befand sich linksseitig von ihrem Standort.

Die Pilotin ließ das Schiff eine langsame Vierteldrehung nach Backbord machen. Dabei schwankte es leicht. Sie brachte den Frachter in Position. Als sich der Ausgang genau vor ihnen befand und der Bug das Tor berührte, gab dieses nach wie ein Stück Papier. Die zerborstenen Trümmerstücke fielen krachend zu Boden. Der Weg war frei.

Draußen wimmelte es von Löschfahrzeugen und Menschen, die panikartig die Flucht ergriffen, als der Frachter durch das Außentor brach. Überall lagen Trümmer der Explosion von letzter Nacht herum. Rechts von ihnen, wo einst die große Lagerhalle gestanden hatte, befand sich eine brennende Ruine.

Die unterirdischen Labors sollten dieser Explosion ohne Probleme standgehalten haben, da sie sich zu tief unter der Oberfläche befanden. Das Problem war nur, dass die Leute dort eingeschlossen waren und irgendwann befreit werden mussten. Hauser nahm sich vor, dies in die Wege zu leiten, sobald es ihm möglich war.

Langsam glitt auch der restliche Teil des Frachters aus dem Hangar. Vor ihnen erschienen einige Uniformierte der OVT und blickten verblüfft zum Cockpit hinauf. Sie begannen mit den Armen zu gestikulieren und bedeutete ihnen, sofort anzuhalten und zu landen.

Als Antwort beschleunigte Nadia, worauf die Männer wie ein verschreckter Haufen Hühner auseinanderstoben. Anschließend ließ sie den Frachter höher steigen, um sich zu orientieren. Von Weitem konnte sie die BAVARIA erkennen. Aber etwas schien nicht so zu sein, wie es sollte.

Auch Hauser bemerkte es sofort. »Aktivieren Sie den Abwehrschirm und bleiben Sie auf dieser Höhe stehen.«

Der Frachter bremste sanft ab und verharrte in seiner Position.

»Was ist das?«, fragte Nadia Koslova, als sie sah, dass Hauser in dieselbe Richtung blickte.

»Der Abwehrschirm der BAVARIA«, antwortete er, ohne den Blick davon abzuwenden.

»Sieht nach einem Dauerbeschuss aus.« Nadia blickte gebannt auf die glühende Halbkugel des Schirms. »Jetzt ist mir klar, warum wir nicht zurückkehren können.«

»Das ist kein gewöhnlicher Angriff. Bei normalen Treffern würde der Schirm einfach nur aufflackern. Aber dieses Glühen ist konstant.«

»Was kann das sein?«

»Sieht nach einem permanenten gebündelten Energiestrahl aus.«

»Wie lange kann die BAVARIA diesem Beschuss standhalten?«

»Kommt drauf an, wie hoch die Energie des Strahls ist und wie viele Reserven die BAVARIA noch hat. Könnte mir vorstellen, dass die Strahlenkanone, mit der wir das Loch in den Boden geschmolzen haben, viel von dieser Reserve verbraucht hat.«

»Wenn unser Frachter diesen Strahl kreuzt und er getroffen wird, fliegt uns alles um die Ohren. Das hier ist kein Kriegsschiff. Es besitzt zwar einen Abwehrschirm, jedoch keine Kanonen. Ich glaube nicht, dass der Schirm diesem Strahl mehr als ein paar Sekunden standhalten kann.«

»Das ist mir klar. Wir müssen trotzdem etwas unternehmen.« Hauser überlegte kurz. »Können Sie den Autopiloten so programmieren, dass er das Schiff in langsamem und geringem Sinkflug links an der BAVARIA vorbeigleiten lässt?«

»Das sollte gehen. Wie tief soll der Sinkflug gehen?«

»So tief, dass wir von der Verladerampe aus abspringen können.«

Sie starrte ihn verblüfft an. »Und das Schiff?«

Hauser zeigte mit dem Finger in die Richtung des gebündelten Energiestrahls, der weiterhin unablässig den Abwehrschirm der BAVARIA traf. »Sehen Sie den Überwachungsturm?« Sie nickte. »Sehen Sie die dünne Linie, die von dort aus zur BAVARIA führt? Das ist der Energiestrahl, mit dem sie das Schiff beschießen. Wenn wir ausgestiegen sind, sollte der Frachter links an der BAVARIA vorbeifliegen. Er wird den Strahl kreuzen und kurz unterbrechen. In diesem Moment könnte Commander Villaine handeln.«

»Was machen wir mit den Gefangenen?«

»Die nehmen wir mit. Wenn der eine oder andere der Uniformierten flieht, wäre es nicht so schlimm. Nur auf

Varnowski, Kresnan und Golenko sollten wir gut aufpassen. Wir haben neun Gefangene und wir sind ebenfalls neun. Ich werde mich persönlich um Varnowski kümmern. Die anderen beiden überlasse ich Neha und Jamalla.«

»Glauben Sie, die beiden sind dem gewachsen? Sie haben vorhin ziemlich schlapp gemacht.«

»Im Kampf haben sie mich überzeugt. Sie sind schnell und wendig und verwenden exzellente Techniken. Wenn einer von den ehrenwerten Herren zu fliehen versucht, dürfte er nicht weit kommen. Dass die Tongaler mit den Nerven am Ende sind, kann ich sehr gut nachempfinden.«

»Glauben Sie, Paolo Sartori ist schon wieder voll einsatzfähig?«

»So, wie es aussieht, hat er sich in den vergangenen Stunden gut erholt. Wir geben ihm aber trotzdem einen unbedeutenden Gefangenen mit.«

»Was ist, wenn wir vor dem Springen beschossen werden?«

»Dann haben wir ein Problem.«

Mit diesen Worten drehte er sich zur Mannschaft um. »Leute, wir fliegen jetzt zu unserem Schiff. Dafür werden wir uns zusammen mit den Gefangenen zur Rampe begeben. Sobald das Schiff tief genug ist, springen wir raus und versuchen, uns zur BAVARIA durchzuschlagen. Also, machen Sie sich bereit. Jeder von uns übernimmt einen Gefangenen. Bitte fesseln Sie sie mit den Handschellen an ihr Handgelenk. Varnowski werde ich mir persönlich vornehmen. Neha und Jamalla, übernehmen Sie Kresnan und Golenko.«

Nadia setzte den Frachter in Richtung BAVARIA wieder in Bewegung.

85.

Plötzlich flackerte es im Panoramafenster des Frachtraumschiffes.

»Sir, wir werden beschossen«, rief Nadia Koslova energisch.

»Irgendetwas zu sehen?«, fragte Hauser.

»Vor uns steht ein Uniformierter, der mit seiner Strahlenwaffe auf das Cockpit zielt. Ich kann nicht tiefer gehen, sonst kollidieren wir mit den Gebäuden.«

»Einfach ignorieren und weiterfliegen«, erwiderte Hauser. »Er wird schnell merken, dass er uns nichts anhaben kann.«

Nadia Koslova hatte die Rampe bereits heruntergefahren lassen. Somit war alles bereit für den Ausstieg. »Noch etwa tausendsechshundert Meter. Der Autopilot ist vorprogrammiert. Ich muss ihn nur noch aktivieren.«

»Ausgezeichnet. Die Geschwindigkeit noch etwas drosseln. Wir brauchen ein paar Minuten bis zur Rampe hinunter.«

Die Gefangenen waren mittlerweile auf die Brücke gebracht und an die Handgelenke der Bordmitglieder gefesselt worden.

»Wir gehen jetzt geschlossen ins Verladedeck hinunter. Aber bleibt vorerst noch weg von der Rampe. Wir wollen nicht, dass jemand vorzeitig hinausfällt, falls das Schiff durch Beschuss erschüttert werden sollte.«

»Sir, Autopilot ist aktiviert. Schutzschirm abgeschaltet.«

»Auf geht's.« Hauser ging mit Varnowski am Handgelenk voraus.

»Wir werden uns alle den Hals brechen«, knurrte dieser verächtlich.

»Halten Sie den Mund«, fuhr ihn Hauser an.

Als sie unten ankamen, spürten sie die kühle und frische Luft. Das dumpfe Dröhnen der Triebwerke war hier besonders gut wahrnehmbar und übte einen unangenehmen Druck auf die Ohren aus. Schnell hatten sie das Verladedeck durchquert und stellten sich nebeneinander vor die Rampe.

»Wir werden alle zusammen springen«, schrie Hauser in den Lärm hinein. »Die Rampe ist dafür breit genug.«

Nadia Koslova hielt ihren Mund an Hausers Ohr und rief: »Sir, laut meinen Berechnungen sind wir noch etwa zweihundert Meter vom Energiestrahl entfernt.«

»Okay«, erwiderte er. »Bei einhundertfünfzig Metern springen wir.«

Hauser hob die Hand. Alle sahen zu ihm.

»Einhundertachtzig Meter«, rief Koslova. »Einhundertsiebzig …, einhundertsechzig …, einhundertfünfzig Meter.«

»Los!«, brüllte Hauser und senkte den Arm in Richtung Ausgang.

Zusammen stürmten sie die gut zehn Meter lange Rampe hinunter.

In dem Moment, als Christopher mit seinem Gefangenen springen wollte, sah er aus seinen Augenwinkeln neben sich jemanden stolpern. Sofort drehte er den Kopf und erkannte Neha und Kresnan, die auf dem Boden der Rampe lagen und verzweifelt versuchten aufzustehen. Aber irgendetwas schien sie davon abzuhalten.

Christopher reagierte blitzschnell. Er tippte den Code für die elektronischen Handschellen ein und befreite seinen Gefangenen. »Springen Sie!«, schrie er den Mann an.

Dieser starrte ihn einen kurzen Moment verblüfft an, dann wandte er sich um und sprang.

Christopher ging auf die Knie und kroch zu Neha und Kresnan. Letzterer war anscheinend gestolpert und mit seinem Overall an einem aufgerissenen Stück Metall hängen geblieben. Sofort machte sich Christopher daran zu schaffen, versuchte den Stoff zu lösen. Aber er hatte sich ziemlich fest verhakt. Verzweifelt zerrte er weiter daran.

Er musste ihn losbekommen. Es musste schnell geschehen, denn der Frachter flog immer näher an den Energiestrahl heran. Er würde explodieren und zusammen mit ihnen in einem Inferno verglühen.

Dann plötzlich riss der Stoff und gab Kresnan frei. Hastig half er ihm und Neha auf die Beine, zerrte sie mit sich und sprang zusammen mit ihnen von der Rampe.

Sie landeten unsanft auf dem Asphaltboden, während der Frachter unbeirrt weiterflog.

»Wir müssen sofort in Deckung!«, schrie Christopher, packte die beiden an den Armen und lief mit ihnen in die entgegengesetzte Richtung auf ein paar Trümmerstücke eines Patrouillengleiters zu. Blitzschnell verkrochen sie sich dahinter und zogen die Köpfe ein.

Keine drei Sekunden später ertönte eine gewaltige Explosion und ließ den Boden erzittern. Eine starke Druckwelle erfasste die Trümmerstücke, hinter denen sie Schutz gesucht hatten, und schob sie einige Meter vorwärts. Leichtere Teile wurden über ihre Köpfe hinweggeschleudert. Unbarmherzig wurden sie auf den Boden gedrückt und hielten sich schützend die Arme um den Kopf.

Eine zweite Explosion, die von irgendwoher ertönte, ließ ihnen das Blut in den Adern gefrieren.

Die BAVARIA! dachte Christopher.

86.

»Sir«, sagte der Ortungsoffizier und blickte zu Rick, der vor dem Panoramafenster stand und nach draußen auf den glühenden Abwehrschirm starrte. »Das müssen Sie sich ansehen.«

Rick drehte sich um und ging zum Platz des Offiziers. »Was ist das?«, fragte er ihn, als er auf dem Ortungsschirm das Objekt entdeckte, das sich langsam der BAVARIA näherte.

»Keine Ahnung.«

»Berechnen Sie seinen genauen Kurs.« Rick starrte weiter auf den Schirm.

»Sir, der Kurs des Objekts führt knapp an der BAVARIA vorbei.«

Rick ging näher, sah genauer hin und erkannte, dass das fremde Objekt, wenn es sich auf diesem Kurs weiterbewegte, genau den Energiestrahl kreuzen würde. »Commander Villaine«, rief er in seinen Kommunikator. »Bitte kommen Sie umgehend auf die Brücke.«

Kurze Zeit später stand sie neben ihm und blickte ebenfalls gebannt auf den Ortungsschirm. »Will da jemand bewusst den Energiestrahl unterbrechen?«, fragte sie verwundert. »Sind das etwa unsere Leute?«

»Wir können nicht sicher sein«, antwortete Rick. »Aber wir sollten darauf vorbereitet sein.«

»Bereit machen zum Abschalten des Abwehrschirms!«, rief sie energisch. »Strahlenkanone klar machen und auf die Spitze des Kontrollturms ausrichten! Programmieren Sie die Kanone so, dass sie automatisch feuert, sobald der Abwehrschirm deaktiviert ist.«

»Okay, Madam«, kam es aus einer Ecke. »Strahlenkanone schussbereit.«

Dann beugte sich Natalie Villaine wieder über den Ortungsschirm. »Wie lange noch?«

»Etwa zehn Minuten«, antwortete der Ortungsoffizier.
»Halten Sie sich bereit.«
»Okay.«
Die Minuten schienen ewig zu dauern. Der Punkt kroch in gerader Linie langsam auf den Energiestrahl zu.
»Ich gehe jede Wette ein, es sind unsere Leute«, sagte Rick leise. »Ich frage mich nur, ob sie sich im Klaren sind, dass sie in den Energiestrahl fliegen.«
»Vertrauen Sie Commander Hauser«, sagte Villaine. »Falls es wirklich unsere Leute sind, dann haben sie einen Plan. Der wird auch ihr Überleben beinhalten.«
»Noch drei Minuten. Objekt immer noch auf Kurs.«
»Ausgezeichnet«, sagte Rick leise.
»Sir, das Objekt ist ziemlich groß. Das kann kein Fahrzeug sein.«
»Scannen Sie es!«
Der Mann tippte einige Befehlssequenzen ein. »Es ist ein irdisches Frachtschiff. Ein ziemlich altes Modell. Es fliegt in sehr geringer Höhe unmittelbar über dem Boden.«
»Das ist Hauser, kein Zweifel.« Rick wirkte euphorisch.
»Noch eine Minute.«
»Bereit machen!«, rief Villaine.
»Sind bereit!«
Knapp eine Minute später kreuzte das Objekt auf dem Ortungsschirm die Linie des Energiestrahls. Gleich darauf wurde die BAVARIA von einer Erschütterung erfasst.
»Energiestrahl ist weg«, rief der Ortungsoffizier.
»Abwehrschirm deaktivieren«, befahl Villaine.
»Ist deaktiviert«, kam die sofortige Bestätigung. »Strahlenkanone wurde abgefeuert. Ziel wurde getroffen.«
»Hervorragend«, rief Rick begeistert.
»Rampe ist geöffnet.«
»Sehr gut. Jetzt hoffen wir, dass es alle bis hierher schaffen.«
Nachdem der Beschuss durch den Energiestrahl aufgehört hatte, konnten die Außenkameras wieder Bilder liefern

und zeigten das Ausmaß der Explosion des Frachtschiffs auf dem Panoramabildschirm. Das brennende Trümmerfeld war riesengroß. Im Hintergrund konnte man den rauchenden Kontrollturm erkennen.

»Hauser und seine Leute haben ganze Arbeit geleistet.« Rick strahlte über das ganze Gesicht.

»Konnten Sie schon jemanden ausmachen?«, fragte Villaine den Ortungsoffizier.

»Vierzehn Personen haben soeben das Verladedeck betreten«, antwortete der Überwachungsoffizier.

»Vierzehn? Das sind doch zwei zu viel. Hauser und seine zwei restlichen Männer, Mitchell und Sartori, dann noch Thorwald, Koslova, Vanelli und die drei Tongaler, das sind neun Personen. Zusätzlich noch die drei Gefangenen.«

»Sir«, meldete sich der Deckoffizier über den Kommunikator. »Zwei von unseren Leuten und ein Gefangener fehlen noch. Dafür haben wir fünf zusätzliche Gefangene.«

»Wer fehlt?«, fragte Rick beunruhigt.

»Christopher Vanelli und Neha Araki.«

»Weiter Ausschau halten. Die Rampe wird erst geschlossen, wenn sie an Bord sind.«

»Okay, Sir.«

Rick stürmte von der Brücke und ließ sich mit dem Aufzug zum Verladedeck hinunterfahren. Er rechnete noch mal nach: Hauser und seine restlichen zwei Männer, Thorwald und Koslova, Devian und Jamalla und sieben Gefangene. Das wären die vierzehn. Fehlen also Christopher, Neha und noch ein Gefangener.

Vielleicht war ihnen einer der Gefangenen entkommen und sie versuchen, ihn wieder einzufangen. Falls es so war, musste es sich um einen wichtigen Mann handeln.

87.

Nachdem das Schlimmste überstanden war und sich die Druckwelle gelegt hatte, hob Christopher den Kopf, um nach der BAVARIA Ausschau zu halten. Er atmete tief durch, als er sie unversehrt links von sich aus gesehen in etwa einhundert Metern Entfernung stehen sah. Ihm fiel auf, dass der Abwehrschirm nicht mehr glühte. Konnten sie ihn tatsächlich abschalten? Wo war der Energiestrahl?

Er drehte den Kopf und blickte zum Kontrollturm. Was er sah, ließ sein Herz höher schlagen. Der oberste Teil des Turms, das eigentliche Kontrollzentrum, war teilweise zerstört und stand in Flammen. Anscheinend hatte die BAVARIA den kurzen Moment, als der Frachter den Energiestrahl unterbrochen hatte, genutzt und den Turm beschossen.

Von seinem ehemaligen Gefangenen war weit und breit nichts zu sehen. Das war nicht weiter schlimm. Er würde früher oder später den Truppen der irdischen Flotten in die Hände fallen.

»Wir müssen weiter«, sagte er zu Neha und half ihr auf die Beine.

»Sie hätten mich sterben lassen sollen«, brummte Kresnan verbissen. »Denn jetzt werde ich Sie vernichten.

»Glauben Sie etwa, ich habe Ihnen deswegen das Leben gerettet?«, erwiderte Christopher. »So leicht werden Sie nicht davonkommen. Sie werden sich für Ihre Taten vor einem Gericht verantworten müssen.«

»Das werden wir noch sehen.« Er warf einen abschätzigen Blick zu Neha.

»Falls Sie schreien sollten, die junge Dame hier kennt ein paar sehr schmerzhafte Stellen. Also lassen Sie es lieber bleiben.« Er packte ihn am Oberteil seines Overalls und zerrte ihn unsanft mit sich.

Wieder waren Löschfahrzeuge unterwegs. Die meisten Uniformierten hatten sich ebenfalls zum Brandherd aufgemacht. Christopher und Neha mussten sich mit ihrem Gefangenen immer wieder verstecken, um ihnen nicht über den Weg zu laufen.

Aber dann zischte plötzlich ein Strahlenschuss nahe an ihnen vorbei und traf das Trümmerstück eines Patrouillengleiters. Sofort ließen sie sich mit dem Gefangenen zu Boden fallen und krochen hinter die erstbeste Deckung.

»Irgendeiner dieser Schergen scheint uns entdeckt zu haben.«

Auf Kresnans Gesicht zeichnete sich ein hämisches Grinsen ab. Ein zweiter Schuss kam von der anderen Seite und verfehlte sie nur knapp. Wieder duckten sie sich.

»Hier spricht Marac Kresnan«, rief der Gefangene plötzlich. »Kommen Sie hierher. Ich werde hier festgehalten.«

Christopher schlug ihm ins Gesicht. »Sie verdammter Mistkerl!«, fauchte er. »Tun Sie das nicht noch einmal!«

Dann tauchten wie aus dem Nichts vier Uniformierte auf und umzingelten sie mit gezogenen Strahlenwaffen. »Ergeben Sie sich und lassen Sie den Mann frei!«, befahl einer von ihnen in energischem Ton.

Mit einer blitzschnellen Bewegung packte Neha Marac Kresnan von hinten und umklammerte mit der einen Hand seinen Hals. Christopher stellte sich schützen vor sie.

»Wenn Sie schießen«, begann sie in eindringlichem Ton, »werde ich zudrücken. Dann ist er auf der Stelle tot.«

Die Uniformierten sahen sich ratlos an, ließen aber ihre Waffen im Anschlag. Christopher hoffte, dass sie Nehas Drohung ernst nahmen, denn er wusste, dass es Neha niemals fertigbringen würde, einen Menschen zu töten.

»Wollen Sie das Leben Ihres Anführers riskieren?«, rief Christopher energisch.

»Worauf warten Sie noch? Erschießen Sie sie!«, schrie Kresnan verzweifelt. Doch seine Worte blieben wirkungslos. Die Männer waren verunsichert.

Christopher und Neha machten mit ihrem Gefangenen ein paar Schritte auf die Männer zu, worauf sie ihre Waffen noch entschlossener auf sie richteten.

»Waffen runter, oder Ihr Anführer stirbt!«, sagte er mit Nachdruck. »Und dann verschwinden Sie auf der Stelle von hier!«

Neha und er machten noch ein paar weitere Schritte auf sie zu. Doch diesmal ließen sie ihre Waffen sinken und traten langsam beiseite.

»Weg hier!«, schrie Christopher die Männer noch einmal an, worauf sie erschrocken einige Meter zurückwichen.

Entschlossen gingen Neha und er weiter. Sie umklammerte nach wie vor Kresnans Hals. Christopher sicherte ihr den Rücken.

Noch etwa fünfzig Meter trennten sie von der BAVARIA. Sie konnten die offene Rampe und einige Leute erkennen, die anscheinend nach ihnen Ausschau hielten.

Plötzlich kamen drei Männer mit gezogenen Waffen angerannt. Christopher erkannte Hauser, Thorwald und Mitchell. Sie sicherten das Gelände und geleiteten Neha und Christopher mit ihrem Gefangenen sicher zur Rampe.

Hauser übernahm Kresnan in seine Obhut und führte ihn ab.

88.

Michelle fiel Christopher erleichtert um den Hals, als sie ihn zusammen mit Neha erblickte. Die ganze Mannschaft hatte sich im Ladedeck eingefunden, um Hauser und sein Team zu empfangen. Die Gefangenen wurden abgeführt und in Kabinen gesperrt, wobei die Festnahme von Derek Varnowski allgemein großes Erstaunen auslöste.

Anschließend ging Michelle zu Neha und umarmte sie ebenfalls innig. »Es freut mich, dass es dir gut geht. Ich habe mir große Sorgen um euch alle gemacht.«

»Ich danke dir«, erwiderte Neha hocherfreut. »Ich bin glücklich, dass wir das Abenteuer heil überstanden haben. Für meine Freunde und mich war alles sehr neu. Ich weiß nicht, wie lange wir es noch ausgehalten hätten.«

David Mitchell kümmerte sich fürsorglich um Jamalla, die ebenfalls mit ihren Nerven am Ende war. Seit der Ankunft im Verladedeck der BAVARIA war sie nicht mehr von seiner Seite gewichen.

Nachdem der Dauerbeschuss auf den Abwehrschirm beendet worden war, kehrten auf dem Schiff wieder normale Verhältnisse ein. Die Klimaanlage und die Wasseraufbereitung arbeiteten mit voller Kapazität, aber es dauerte trotzdem noch eine ganze Weile, bis die Temperaturen wieder den normalen Stand erreicht hatten. Am Ende waren sie auf über vierzig Grad angestiegen. Bei einigen Leuten hatten sich Kreislaufprobleme eingestellt.

Eine Stunde später versammelte man sich im Konferenzraum, in dem diesmal zusätzliche Sitzgelegenheiten organisiert werden mussten.

»Im Namen der ganzen Mannschaft der BAVARIA möchte ich Commander Hauser und sein Team herzlich willkommen zurück heißen«, begann Rick feierlich. »Wir alle freuen uns sehr, dass niemand zu Schaden gekommen ist und alle unversehrt zurückgekehrt sind.«

Ein herzlicher Applaus entflammte.

»Zudem möchte ich allen Beteiligten unser aller Dank aussprechen, für die tolle Leistung und die Strapazen, die sie auf sich genommen haben. Ganz besonders danken möchte ich Neha Araki, Jamalla Sahil und Devian Tamlin für ihren persönlichen und mutigen Einsatz. Zweimal haben sie das Team aus einer prekären Lage befreien können.«

Erneut applaudierten alle.

»Dieses Unternehmen hat uns nicht nur neue Erkenntnisse bezüglich des Datenschmuggels gebracht, es konnte auch eine Lagerhalle mit Ersatzteilen, Munition, Sprengstoffen und Waffen vernichtet werden, die im Kampf gegen die irdische Flotte unter Umständen zum Einsatz gekommen wären. Zudem sind uns drei führende Mitglieder der Verschwörung in die Hände geraten. Mit Marac Kresnan wurde der OVT der Gründer und oberste Führer genommen. Ebenfalls ein führendes Mitglied ist Kamal Golenko, der ehemalige Polizeichef und Mitglied des Administrativen Rates von Tongalen. Eine große Überraschung bildet die Festnahme von Derek Varnowski, dem Generaldirektor des irdischen Pharmakonzerns *Norris & Roach*. Wir wussten zwar, dass er in die Sache verwickelt ist, aber dass er sich hier aufhält, hatten wir nicht erwartet.« Rick machte eine kleine Pause, bevor er fortfuhr. »Ein viertes Führungsmitglied scheint Mark Henderson zu sein, dem Christopher bei seinem Einsatz persönlich begegnet ist. Das Eigenartige daran ist jedoch, dass weder Marac Kresnan noch Kamal Golenko ihn zu kennen scheinen. Nur Varnowski hatte schon mit ihm zu tun und scheint zu wissen, wer er ist. Seiner Aussage nach soll er lediglich für den Datentransfer zwischen dem Hauptsitz des Konzerns auf der Erde und der OVT in Tongalen verantwortlich gewesen sein. Von Sergei Krasnic haben wir jedoch erfahren, dass er auch für die Rekrutierung von Söldnern zuständig war. Man muss sich nun fragen: Warum befindet er sich in Tongalen. Was macht er hier? Warum trifft man ihn im Büro der OVT-Spitzen an, obwohl ihn die zwei führenden Mitglieder nicht kennen?« Rick unterbrach sich erneut und nahm einen Schluck Wasser. »Was Varnowski dazu bewegt hatte, eine Organisation wie die OVT zu unterstützen, wird hoffentlich nach einem Verhör durch irdische Untersuchungsbeamte geklärt werden.« Rick unterließ es, den Leuten von den geheimen Experimenten in den Labors von *Norris & Roach* zu erzählen. Er fand, dass es dafür noch zu früh war.

»Hat außer Christopher Vanelli noch jemand Mark Henderson zu Gesicht bekommen?«, wollte einer der Brückenoffiziere wissen.

»Anscheinend nicht. Sobald die irdische Flotte hier eingetroffen ist und die Kontrolle über Tongalen übernommen hat, wird nach ihm gefahndet werden. Im Moment ist es ihm unmöglich, den Planeten zu verlassen, da vom Raumhafen nicht gestartet werden kann.«

»Wie sicher ist es, dass Christopher Vanelli wirklich diesem Mark Henderson begegnet ist?«, fragte ein anderer Offizier.

»Ich kann Ihnen garantieren«, antwortete Christopher gleich selbst, »es handelte sich tatsächlich um Mark Henderson. Ich kenne ihn seit vielen Jahren. Zudem stand ich zu keiner Zeit meiner Gefangenschaft unter irgendwelchem Drogeneinfluss.«

»Das Büro der OVT-Führung wurde bei der Flucht durch einen Minisprengsatz zerstört«, übernahm Rick wieder das Wort. »Davor konnte noch Beweismaterial sichergestellt werden. Anschließend wurde auch die große Lagerhalle, in der die gesamte Logistik der OVT aufbewahrt wurde, durch eine Explosion vernichtet. Das Ausmaß der Zerstörung ist jedoch nicht auf die drei Minisprengsätze zurückzuführen, die dort platziert worden waren, sondern durch die dort gelagerten explosiven Gegenstände. Es konnte auch geklärt werden, wie die OVT zu den technisch hochstehenden Gerätschaften gekommen ist. Unterstützt wurde sie ebenfalls durch *Norris & Roach*. Ob noch andere irdische Gruppierungen oder Institutionen beteiligt sind, muss noch geklärt werden.« Wieder machte er eine kleine Pause. »Aus Sicherheitsgründen haben wir den Abwehrschirm wieder aktiviert, aber diesmal nur mit der ihm zustehenden Energiemenge. Wir möchten nicht, dass auf der BAVARIA die Freizügigkeit noch weiter ausufert.«

Schallendes Gelächter erfüllte den Raum.

»Ich glaube, wir haben alle etwas Ruhe verdient und können der Ankunft der irdischen Flotte gelassen entgegensehen. Sobald es Neuigkeiten gibt, werden wir uns wieder hier treffen. Ich danke Ihnen und wünsche Ihnen gute Erholung.«

89.

Das Patrouillenschiff der OVT schwebte etwas abseits seines Verbandes und hatte zusammen mit ein paar anderen Gleitern die Aufgabe, den äußeren Bereich des Orbits zu überwachen. Unbestätigten Gerüchten zufolge war eine irdische Kampfflotte unterwegs nach Tongalen. Die Führung der OVT hatte sämtliche zur Verfügung stehenden Patrouillenschiffe zur Überwachung des Orbits abkommandiert. Falls an dem Gerücht etwas wahr sein sollte, wollte man die Feinde gebührend empfangen.

Die Besatzung des Patrouillenschiffs glaubte nicht an das Gerücht. Niemand konnte und würde sich der Macht der OVT entgegenstellen. Davon waren die Piloten überzeugt. Gelangweilt saßen sie in der Steuerkanzel und starrten in den Weltraum hinaus.

Als das Bild im Panoramafenster in helles Licht getaucht wurde, war es vorbei mit der Langeweile. Aus ihrer Lethargie gerissen, trauten die Männer ihren Augen nicht, als unmittelbar vor ihrem Gleiter ein riesiger Leuchtring entstand. Gleich darauf materialisierte ein schwerbewaffnetes Kampfschiff.

»Der Feind!«, schrie der Wachhabende. »Der Feind kommt tatsächlich!«

Hektisch suchten seine Kameraden ihre Plätze auf und aktivierten die Bordgeschütze. Doch als sie ihre Strahlenkanone auf das Kampfschiff richteten, löste sich aus diesem ein greller Blitz, der mit unbarmherziger Geschwindigkeit auf sie zuschoss.

Das Letzte, was die Männer sahen, war gleißendes Licht. Dann verglühten sie zusammen mit ihrem Gleiter.

Insgesamt waren dreißig schwer bewaffnete Kampfschiffe aus dem Hyperraum aufgetaucht und hatten innerhalb weniger Minuten den äußeren Ring der Patrouillenschiffe unschädlich gemacht. Der Überfall geschah derart schnell und überraschend, dass die Schiffe der OVT dem nichts entgegenzusetzen hatten.

Zwischen den verbliebenen Patrouillenschiffen und den irdischen Kampfschiffen entbrannte ein heftiges Gefecht. Nach einer mehrstündigen Schlacht wurden die Schiffe der OVT erobert oder eliminiert. Ein paar wenige konnten entkommen. Doch auch sie wurden erbarmungslos gejagt und abgeschossen.

Als der Orbit gesäubert war, tauchte das Flaggschiff, die ARDMORE, ebenfalls aus dem Hyperraum auf. Die Kampfschiffe bildeten einen Schutzring um das majestätische Großraumschiff. Langsam senkte sich die Flotte dem Planeten entgegen und steuerte zum Raumhafen von Tongala.

Der groß gewachsene Admiral Matthew Cunningham, Kommandant der ARDMORE, stand aufrecht auf der Brücke und blickte aus dem riesigen Panoramafenster.

»Sir. Ein Funkspruch von Rick Blattning.«

»Danke Sergeant. Auf die Lautsprecher bitte.«

»Admiral Cunningham? Hier Rick Blattning. Herzlich willkommen in Tongalen.«

»Vielen Dank. Dem Klang der Stimme nach zu urteilen, geht es Ihnen gut. Was macht Ihre Klimaanlage?«

»Die läuft wieder normal. Der gebündelte Energiestrahl konnte ausgeschaltet werden.«

In wenigen Sätzen schilderte Rick dem Admiral die jüngsten Ereignisse und hob vor allem die großartige Leistung von Commander Hauser und seinem Team hervor.

»Das sind erfreuliche Nachrichten. Ein großer Schritt im Kampf gegen die Agitatoren. Dann können wir uns jetzt voll auf das Gefecht gegen den Rest der OVT konzentrieren. Wir schicken Ihnen eine Delegation, die die Gefangenen abholt. Sie haben Großes geleistet. Gönnen Sie sich etwas Ruhe. Wir werden uns der Sache annehmen.«

»Ja, Sir. Vielen Dank.«

Wenig später landeten einige der Begleitschiffe auf dem unversehrten Teil des Raumhafens, schleusten Kampfjets aus, die Jagd auf die Patrouillengleiter der OVT machten. In weniger als einer Stunde war der Raumhafen zurückerobert. Die restlichen Patrouillengleiter verkrochen sich in der Hauptstadt.

Eine weitere halbe Stunde später landete ein Personengleiter, eskortiert von drei Kampfschiffen, unmittelbar neben der BAVARIA zwischen den Trümmern der zerstörten Patrouillengleiter.

Wenig später betraten die beiden Sergeants Henry Webster und Roger Mercury mit weiteren sechs Space Marines die BAVARIA. Man übergab ihnen Derek Varnowski, Marac Kresnan, Kamal Golenko und Sergei Krasnic samt seinen Söldnern ihre Obhut.

In den nächsten Stunden landeten weitere Kampfschiffe auf dem Raumhafen. Eine größere Flotte von Kampfjets machte sich auf die Jagd nach den übrigen Patrouillengleitern in anderen Städten. Die Aufständischen wurden von der großen Übermacht überrumpelt und zeigten nur geringen Widerstand. Kurze Zeit später hatten die irdischen Truppen die Hauptstadt unter Kontrolle. Ein Räumungskommando machte sich daran, die Landefelder des Raumhafens von den Trümmern zu befreien und die Ordnung wiederherzustellen. Unter den Gefangenen fand man viele Söldner von der Erde oder aus anderen Kolonien.

Am nächsten Tag wurden die übrigen Städte zurückerobert. Tongalen war wieder frei. Unter der Bevölkerung brach unermesslicher Jubel aus.

Auch die gefangenen Mitglieder des Administrativen Rats konnten befreit werden. Sie übernahmen unverzüglich ihre Verwaltungsarbeiten und unterstützten die irdischen Truppen bei der Wiederherstellung der öffentlichen Ordnung.

Im Verwaltungsgebäude des Administrativen Rats wurde eine große Konferenz einberufen. Rick, der mit Keyna Algarin hingeflogen war, vertrat die BAVARIA. Der Rest der

Besatzung, vor allem Commander Hauser und sein Team, erholen sich von den Strapazen ihres Einsatzes.

Christopher saß im Bordobservatorium und sah zum Himmel. Er ließ sich die letzten Tage noch einmal durch den Kopf gehen. Niemals hätte er gedacht, dass sich aus einem harmlosen Transportauftrag ein derartiges Abenteuer entwickeln würde, bei dem er und seine Freunde beinahe ihr Leben verloren hätten. Aber nun spürte er die Erleichterung darüber, dass alles überstanden war. Zudem hatte er neue Freunde gewonnen. Vor allem zu Neha fühlte er nach den gemeinsamen Abenteuern eine starke Verbundenheit. Ihm war nicht entgangen, dass diese Verbundenheit von Michelle geteilt wurde.

Doch eine Sache ließ ihm keine Ruhe. Obwohl ganz Tongalen von den irdischen Truppen durchgekämmt worden war, hatte man keine Spur von Mark Henderson gefunden. Es war, als hätte er sich in Luft aufgelöst.

90.

Christopher und Michelle folgten Nehas Einladung, ein paar erholsame Tage in ihrem Haus zu verbringen. Auch Jamalla und David waren eingeladen.

Keyna lud Ernest auf ihren Landsitz außerhalb der Stadt ein, wo sich beide von den Strapazen erholen wollten, während Eric zusammen mit Devian Tamlin eine kurze Entdeckungsreise durch Tongalen antrat.

Während der nächsten drei Tage wurde in ganz Tongalen nach weiteren OVT-Mitgliedern gefahndet. Eine große Verhaftungswelle setzte ein. Die Gefangenen wurden auf Schiffe der irdischen Flotte gebracht. Sie sollten zur Erde überstellt werden, wo sie sich vor einem interplanetarischen Gericht zu verantworten hatten. Unter ihnen gab es jedoch viele Tongaler, die, ihres Willens beraubt, unfreiwillig an den Machenschaften der OVT beteiligt gewesen waren. Für sie wurde unverzüglich umfassende medizinische Betreuung angeordnet.

Nach knapp einer Woche kehrte in Tongalen wieder der Alltag ein. Vom Umsturz der OVT war bald nichts mehr zu sehen. Der Schrecken sollte den Kolonisten jedoch noch lange in Erinnerung bleiben.

Michelle und Christopher verbrachten zusammen mit Neha, Jamalla und David eine erholsame Zeit. Nach zwei Tagen verabschiedeten sich Jamalla und David. Jamalla wollte zusammen mit ihrem neuen Freund ihre Familie besuchen, die sie seit dem Umsturz nicht mehr gesehen hatte.

Neha führte Christopher und Michelle an verschiedene, sehenswerte Orte, einer schöner als der andere. Einmal besuchten sie eine riesige Tropfsteinhöhle. An einem anderen Tag führte sie sie in ein Gebirge, in dem es einzigartige Bergkristalle in den unterschiedlichsten Farben gab. Der Besuch an der Küste bildete ebenfalls einen Tagesausflug.

Neha erzählte, dass die Tongaler sich stark mit dem Element Wasser verbunden fühlten. Diese Eigenschaft teilten Christopher und Michelle mit ihren neuen Freunden.

Als sie sich am sandigen Strand ausruhten und ihre Körper von der Sonne wärmen ließen, sah Neha die beiden verlegen an und sagte: »Eigentlich wollte ich euch um etwas bitten.«

Michelle und Christopher blickten sie neugierig an.

»Also«, begann sie zaghaft. »Ihr habt doch die Bilder in meinem Haus gesehen.«

»Wie könnte ich die vergessen«, sagte Michelle. »Sie sind wunderschön. Erzähl uns doch, wie du sie gemacht hast.«

»Zuerst habe ich gewöhnliche, nicht holografische Fotos von mir gemacht«, erklärte sie. »Auch von einigen Freunden. Ich habe sie danach mit meiner Maltechnik bearbeitet. Sie sind also eine Mischung zwischen Fotografie und Handmalerei. Mich hat jedoch immer wieder gestört, dass meine Fotovorlagen von der Bildauflösung und vom Kontrast her für meine Zwecke nicht gut genug waren.«

»Ich finde, dass dies beim Stil deiner Bilder gar nicht so wichtig ist. Obwohl Fotografien als Vorlage dienen, ist es doch deine Handmalerei, die im Vordergrund steht und die Bilder prägen. Aber ich glaube zu wissen, was dir auf dem Herzen liegt.« Christopher lächelte ihr zu.

»Zuerst wollte ich dich fragen, ob du mit deiner Kamera von mir Fotos machen würdest. Einerseits möchte ich gern qualitativ gute Bilder von mir haben, andererseits würde ich einige davon mit der Maltechnik weiterbearbeiten.«

»Aber sicher«, antwortete er spontan. »Selbstverständlich werde ich von dir Fotos machen.«

Neha lächelte. »Meine zweite Frage betrifft dich, Michelle.« Sie sah verlegen zu ihr.

Michelle erwiderte den Blick mit Neugierde.

»Würdest du gerne mit mir zusammen auf die Bilder?«

»Na klar, sehr gerne sogar.«

Vor Freude umarmte Neha zuerst Michelle, dann Christopher. »Wenn es euch recht ist, würde ich gerne Fotos an verschiedenen Orten und in verschiedenen Situationen machen. Ich stelle mir vor, dass zwischen dem menschlichen Körper und der Umgebung ein Kontrast bestehen sollte. Ich meine damit nicht nur einen optischen Kontrast, sondern vielmehr einen Gegensatz im symbolischen Sinn, bezogen auf das Zusammenwirken zwischen Körper und Umgebung. Das können Situationen aus dem Alltag oder auch künstlich wirkende Situationen sein. Ich möchte damit erreichen, dass Körper und Umgebung einander entgegenwirken und trotzdem auf eine Art und Weise miteinander harmonieren.«

»Ich glaube zu wissen, was du meinst«, sagte Christopher. »Ich bin überzeugt, mir fallen dazu bestimmt noch ein paar Dinge ein.«

»Bei den Bildern, die wir zu zweit machen«, fuhr sie fort, »würde ich gern die Harmonie zwischen den Körpern im Gegenspiel oder im Einklang mit der Umgebung oder der Situation wirken lassen.«

»Du bist eine hervorragende Künstlerin«, bemerkte Michelle. »Du hast klare Vorstellungen, was du ausdrücken willst. Auch wie du es umsetzen möchtest.«

Neha lächelte verlegen. »Danke, Michelle.«

91.

Als sie am Abend in Nehas Esszimmer saßen, summte Christophers Kommunikator. Sofort nahm er den Anruf entgegen und vernahm Ricks Stimme.

»Wie geht es euch?«

»Danke, sehr gut«, antwortete Christopher. »Wie sieht es bei euch auf der BAVARIA aus?«

»Wir haben ein kleines Problem mit der Klimaanlage. Anscheinend hat die Steuerung etwas abbekommen, als wir die Energiezufuhr zu sehr heruntergefahren haben.«

»Was heißt das für den Rückflug?«

»Ein Raumflug mit einer defekten Klimaanlage ist nicht ratsam. Wir werden die BAVARIA im Hangar der ARDMORE unterbringen und unsere Heimreise im Flaggschiff antreten.«

»Dann kommst du zu einem kostenlosen Rückflug, brauchst weder Energie noch Treibstoff.«

»Dafür muss die BAVARIA auf der Erde in die Wartung.«

»Genau wie die *Space Hopper*. Ist ja fraglich, ob man die noch instand setzen kann.«

»Es werden wohl viele Teile ersetzt werden müssen.«

»Ich glaube, Ernest ist gut versichert.«

Rick lachte. »Ja, das glaube ich auch.«

»Weiß man schon, wann die Flotte startet?«

»In dreißig Stunden. Wurde gerade bekannt gegeben. Deshalb rufe ich euch an. So habt ihr noch Zeit, euch von Tongalen und euren neuen Freunden zu verabschieden.«

»Ja, es ist wunderschön hier.«

»Bleibt es dabei, dass Neha mit zur Erde reist?«

»Ja, sie freut sich schon sehr darauf. Noch etwas. Jamalla würde auch gerne mitfliegen. Zwischen ihr und David hat sich etwas entwickelt.«

»Wenn nicht die ganze Kolonie zur Erde reisen will, soll es mir recht sein. Ich werde sie beim Flottenkommandanten anmelden.«

»Danke.«

»Ach ja, Ernest und Eric sind schon informiert. Ich habe sie gerade vorhin angerufen. Keyna Algarin wird uns übrigens auch begleiten.«

»Dann sehen wir uns in spätestens dreißig Stunden.«

Christopher unterbrach die Verbindung. Er hatte den Lautsprecher des Geräts eingeschaltet gehabt, damit Neha und Michelle mithören konnten.

»Wenn ihr Lust habt, könnten wir jetzt schon einige Bilder machen«, schlug Neha wenig später vor.

»Gute Idee. Zeit haben wir noch genügend.«

Während sich Neha und Michelle entkleideten, holte Christopher seine Kamera und das notwendige Zubehör hervor. Dazu gehörten verschiedene Miniaturleuchten sowie zusammenfaltbare, dünne Reflektorfolien.

»Was haltet ihr davon, wenn ihr zusammen auf dem großen Tisch posiert?«, fragte er, nachdem er seine Ausrüstung aufgebaut hatte. »Wir hätten dann einen dunklen Hintergrund.«

Er stellte den Bildausschnitt der Kamera so ein, dass Michelle und Neha genug Bewegungsfreiheit hatten, ohne aus dem Bild zu geraten.

»Ich möchte euch keine Posen vorschreiben«, schlug er vor. »Setzt euch einfach zusammen auf den Tisch, macht irgendetwas und ändert ab und zu eure Stellungen. Am besten tut ihr so, als würden wir gar keine Bilder machen. Führt irgendwelche Gespräche. Ich warte einfach ab, bis sich eine ideale Stimmung einstellt.«

Neha und Michelle kletterten auf den Tisch und setzen sich einander gegenüber. Christopher spürte, dass Neha und Michelle nicht so recht wussten, wie sie sich positionieren sollten.

»Schaut euch in die Augen und versucht, locker zu bleiben«, erklärte er ihnen. »Wenn ihr miteinander redet, verbergt nicht eure Gefühle. Lasst sie einander spüren. Denkt daran, wir sind unter uns. Niemand schaut uns zu. Dann probiert mal aus, euch gegenseitig diese Empfindungen über Blickkontakte zu vermitteln. Aber ganz dezent, nicht übertrieben. Und achtete überhaupt nicht auf mich.«

Neha und Michelle rückten näher zusammen und sahen sich eine Weile in die Augen. Zwischendurch lächelten sie.

In den ersten Minuten wussten die beiden nicht, worüber sie reden sollten. Nachdem sie sich anfangs vorwiegend über belanglose Dinge unterhielten, kamen sie auf das Abenteuer und Nehas Einsatz beim Stoßtrupp zu sprechen. Mittendrin fragte Michelle plötzlich: »Was war das für ein Gefühl, als du auf dem Metalltisch gefesselt warst und dich kaum bewegen konntest? Ich kann es mir gar nicht vorstellen.«

»Völlige Hilflosigkeit«, erwiderte Neha mit ernster Miene. »Wenn man gewöhnt ist, sich mit Händen und Füssen zur Wehr zu setzen, und dann sind genau diese Körperteile blockiert, ist es ein extrem unangenehmes Gefühl. Zwischendurch spürte ich große Panik in mir aufkommen.«

»Mir machte die Ungewissheit sehr zu schaffen. Die Tatsache, nicht zu wissen, wie es euch geht, und die Untätigkeit waren unerträglich.«

Beide wurden lockerer. Ihre Aufmerksamkeit reduzierte sich immer mehr auf sich selbst und entfernte sich von dem, was um sie herum geschah. Unauffällig umrundete Christopher den Tisch und machte Bilder aus verschiedenen Positionen. Die Kamera war vollständig geräuschlos, sodass Neha und Michelle nicht merkten, wann er auslöste.

Michelle legte spontan ihre Hand auf Nehas Schulter und streichelte sie. Neha neigte ihren Kopf zur Seite und legte ihre Wange auf Michelles Handrücken.

Der Bann war gebrochen. Michelle und Neha waren nun entspannt und wirkten sehr natürlich. Sie rückten noch näher zusammen, bis ihre Gesichter nur noch eine gute Handbreite voneinander entfernt waren.

Christopher spürte die Harmonie und die emotionale Übereinstimmung zwischen den beiden. Zwischendurch blieb er oftmals stehen, wartete einen Moment und betätigte immer wieder unauffällig, aber im richtigen Moment den Auslöser. Dabei suchte er verschiedene Blickwinkel aus und achtete auf den richtigen Hintergrund. Dieser sollte stets neutral und in passendem Kontrast zu den beiden Körpern stehen.

Das Gespräch zwischen den beiden Frauen hatte an Intensität zugenommen. Neha erzählte weiter von ihren Erfahrungen während des Einsatzes und vom großen psychischen Druck, dem sie, je länger die Mission dauerte, ausgesetzt gewesen war. Michelle bemerkte, dass Neha nahe dran war, zu weinen. Sie legte die Hände auf ihre Schultern und küsste sie auf die Wange. Dann senkte sie den Kopf und legte ihre an Nehas Stirn. Eine Weile verharrten sie in dieser Stellung.

»Es gibt Menschen, bei denen spüre ich auf Anhieb eine große Sympathie«, sagte Michelle leise. »Und es gibt Menschen, die ich auf eine innige Art und Weise sofort liebe. Ich meine damit eine Liebe, die aus dem Innersten kommt. Ein starkes Zusammengehörigkeitsgefühl und eine tiefe Verbundenheit. Eine Liebe, in der nicht der Bezug zum Geschlecht dominiert, sondern der Mensch als solches.«

Michelle beobachtete, wie sich eine Träne ihren Weg über Nehas Wange bahnte. Sanft legte sie einen Finger unter ihr Kinn, hob es langsam an und küsste behutsam die schmale, feuchte Spur. Gleich darauf begegneten sich ihre Blicke und verharrten einen Moment.

Dann trafen sich ihre Lippen langsam zu einem zärtlichen, sinnlichen Kuss.

Michelle spürte die innere Zuneigung. Sie wusste, es war genau der richtige Moment dafür. Es musste geschehen. Es gab keinen Widerspruch, keine moralischen Bedenken und nicht die geringste Ablehnung. Es war die natürliche Liebe zu einem Menschen. Es war eine aufrichtige Liebe.

92.

Am übernächsten Tag wurden sie von Devian Tamlin zum Raumhafen geflogen. Der Geländegleiter war voll beladen mit Nehas Gepäck. Sie hatte die meisten persönlichen Gegenstände mitgenommen. Dazu gehörten auch ihre Bilder.

Die Fotos, die Christopher von Neha und Michelle gemacht hatte, waren hervorragend geworden. Er hatte die Stimmung in verschiedenen Facetten einfangen können. Dementsprechend besaßen die meisten Bilder einen starken Ausdruck.

Neha und Michelle waren begeistert und freuten sich bereits auf ihr nächstes Fotoshooting.

Als sie den Raumhafen erreichten, befand sich die BAVARIA bereits im großen Verladehangar der ARDMORE. Nachdem sie sich von allen Freunden verabschiedet hatten, verstauten sie ihr Gepäck, das sie während des Flugs zur Erde nicht benötigten, in ihren Kabinen auf der BAVARIA und nahmen nur das Notwendigste mit auf die ARDMORE. Anschließend wurde die BAVARIA verriegelt und gesichert. Wenig später wurden sie vom Kommandanten Matthew Cunningham herzlich empfangen.

Der Admiral war mittleren Alters, stammte aus Youghal, etwa sechzig Kilometer westlich von Cork in Irland. Er war schlank und hatte kurzes graubraunes Haar. Sein irischer Akzent war unverkennbar.

Derek Varnowski, Marac Kresnan und Kamal Golenko waren, wie alle anderen Gefangenen, auf der ARDMORE in Arrestzellen gesperrt worden. Ein Vertreter der irdischen Globalanwaltschaft hatte eine einstweilige Verfügung erlassen, diese drei Männer und alle am Umsturz Beteiligten in Verwahrung zu nehmen. Man wollte vor allem bei den drei mutmaßlichen Führungsmitgliedern der OVT sichergehen, sie auf der Erde nicht wegen eines Verfahrensfehlers wieder freilassen zu müssen.

Die ARDMORE war riesig. Sie war ein Allzweckschiff und größer als ein irdisches Kreuzfahrtschiff, mit denen die Menschen in der Vergangenheit die Weltmeere bereist hatten. Die Form wich allerdings etwas von diesen Luxuslinern ab.

Auf dreizehn Decks verteilte sich die gesamte Infrastruktur einer kleinen Stadt. Die Brücke mit dem Kommandostand befand sich auf dem zehnten Deck im vordersten Teil und besaß ein Panoramafenster mit einer horizontalen Wölbung von beinahe einhundertachtzig Grad. Über drei Dutzend Brückenoffiziere verrichteten hier ihre Arbeit.

Das Schiff verfügte außerdem über ein großes Medical Center mit einem Ärzteteam, Pflegepersonal, Physiotherapeuten und psychologischen Betreuern. Ein Rehabilitations- und Fitnessbereich mit Trainingsräumen, Swimmingpools und Sprudelbädern befand sich auf demselben Deck. Der Freizeitbereich war mit einem Theater, Kinos, Spielcasinos, Bibliotheken und Restaurants bestückt. Im Education Center wurden Weiterbildungskurse in den verschiedensten Fachbereichen angeboten. Das dreizehnte Deck wurde von einer panzerglasbedeckten Rundumpromenade mit Ausblick ins Weltall umgeben.

Über eintausend Besatzungsmitglieder verrichteten auf der ARDMORE ihren Dienst in den unterschiedlichsten Bereichen.

Die Bodentruppen bildeten auf diesem Flug den größten Anteil der Passagiere. Sie bestanden aus Space Marines, Scharfschützen und Pionieren. Zusätzlich waren Piloten, Diplomaten und Regierungsvertreter mit an Bord. Auf den Transportdecks hatte man große Mengen Nahrungsmittel und medizinische Güter mitgeführt, um im schlimmsten Fall die Tongaler auch diesbezüglich versorgen zu können. Unterwegs wurde das Großraumschiff von dreißig schwer bewaffneten Kampfschiffen eskortiert.

Dass Kampftruppen und Space Marines mit solchen luxuriös eingerichteten Großraumschiffen transportiert wurden, war nicht ungewöhnlich. Schließlich waren sie oft lange unterwegs und konnten sich unter solchen Verhältnissen gesundheitlich und moralisch bestens für ihre bevorstehenden Einsätze vorbereiten.

Der Abflug stand kurz bevor. Die begleitenden Kampfschiffe hatten bereits abgehoben und gingen im Orbit in Warteposition.

Die Crew der *Space Hopper* wurde zusammen mit Rick und den tongalischen Begleitern von Admiral Cunningham eingeladen, den Start der ARDMORE von der Brücke aus mitzuverfolgen. Man hatte ihnen einen Platz hinter dem Kommandostand in einem erhöhten Bereich zugewiesen, von wo sie den idealen Überblick über das Geschehen und eine fantastische Aussicht durch das Panoramafenster hatten. Hätte Christopher nicht gewusst, dass er sich in einem Großraumschiff befand, er hätte glauben können, er befände sich in einem Kino mit einer extrem breiten und gewölbten Leinwand.

Admiral Cunningham berichtete, dass der Rückflug länger dauern würde als der Hinflug, da die ARDMORE aus Sicherheits- und Energiespargründen mit nur einem Viertel der Höchstgeschwindigkeit den Hyperraum durchfliegen würde.

Im Kommandostand herrschte rege Betriebsamkeit. Die Mannschaft bereitete sich auf den Start vor. Letzte Kontrollen wurden durchgeführt und die Startsequenz eingeleitet.

Dann war es soweit.

Als die ARDMORE abhob, war nicht die geringste Erschütterung zu spüren. Sanft glitt das Landefeld des Raumhafens unter ihnen weg, zuerst langsam, dann immer schneller.

Neha saß zwischen Christopher und Michelle, die sie an den Händen hielten, als sie gebannt durch das Panoramafenster sah, wie die Stadt Tongala immer kleiner wurde. Für Neha bedeutete es eine Reise ins Ungewisse. Würde sie sich mit dem Lebensstil auf der Erde anfreunden können?

Christopher spürte ihr Unbehagen und drückte ihr aufmunternd die Hand. Sie schenkte ihm einen kurzen Blick und lächelte verhalten. Er konnte sich ihren inneren Zwiespalt gut vorstellen. Einerseits verließ sie zum ersten Mal im Leben ihre Heimatwelt. Das alleine brauchte schon viel Überwindung, vor allem, wenn man sich so sehr mit ihr verbunden fühlte, wie es bei Neha der Fall war. Auf der anderen Seite waren der Wissensdurst und die Neugier, die Ursprungswelt ihrer Vorfahren kennenzulernen.

Neha war, wie die meisten Tongaler, überaus sensibel. Das war Christopher schon bei ihrer ersten Begegnung aufgefallen. Diese erhöhte Sensibilität im Vergleich zu den Menschen war eine typische Eigenschaft der Kolonisten. Würde Neha mit der wesentlich härteren Gangart der Menschen zurechtkommen?

Als sie den Orbit erreichten und sich TONGA-II als ganzer Planet im Panoramafenster präsentierte, reihten sich die eskortierenden Kampfschiffe wie ein Schutzschild rund um die ARDMORE ein.

Eine knappe Stunde später wurden die Leitsysteme der Kampfschiffe mit der ARDMORE gekoppelt, um den Sprung in den Hyperraum untereinander zu synchronisieren. Wenig später zeugte ein Meer von hellen, perspektivisch angeordneten Linien davon, dass der gesamte Verband in den Hyperraum eintauchte.

Die Heimreise hatte begonnen.

In den ersten zwei Tagen erkundeten Neha, Michelle und Christopher das Schiff. Am meisten beeindruckt zeigten sie sich über die Rundumpromenade auf dem dreizehnten Deck, obwohl man während eines Hyperraumflugs vom Weltall nicht viel zu sehen bekam. Aber die Länge dieser Promenade vermittelte ihnen die ungeheuren Dimensionen der ARDMORE. Sie hatten sich vorgenommen, nach dem Wiedereintritt in den

Normalraum in der Promenade ein Fotoshooting mit dem Weltraum als Hintergrund durchzuführen.

Auch Ernest und Keyna verbrachten viel Zeit in der Rundumpromenade, wo sie während längerer Spaziergänge unter sich waren. Ernest hatte ihr in der Bordbibliothek digitale Bücher über die Erde gezeigt. Am meisten faszinierten Keyna Bildbände über irdische Sportarten. Sie träumte davon, einer Sportveranstaltung in einem riesigen Stadion beizuwohnen.

Neha hatte sich in der Kabine auf einem der beiden Tische einen Arbeitsplatz eingerichtet, auf dem sie begonnen hatte, die ersten Bilder, die Christopher von ihr und Michelle gemacht hatte, zu bearbeiten.

Michelle hatte ihr beim ersten Mal zugesehen und war von der Perfektion fasziniert, mit der Neha die verschiedenen Pinsel führte und damit Konturen nachzeichnete, Schatten veränderte und andere Details hervorhob.

Neha hatte den Kuss nicht mehr erwähnt. Doch das Ereignis hatte das Verhalten untereinander in keiner Weise negativ verändert. Im Gegenteil, die Verbundenheit untereinander war noch stärker geworden.

Für Michelle war es etwas sehr Ungewöhnliches und Neues gewesen. Es war spontan geschehen. In diesem Moment hatte sie die tiefe Zuneigung zum Menschen Neha so stark gespürt wie noch nie.

Michelle wurde auch von Christopher nicht darauf angesprochen. Er hatte sich nicht anders verhalten als sonst. Sie hatte nicht den Eindruck, dass er sich daran gestoßen hätte. Im Gegenteil, seine ihr und Neha entgegengebrachte Zuneigung war noch intensiver geworden. Aber sie spürte auch den klaren Unterschied, mit der er diese Gefühle lebte. Neha liebte er als Menschen. Sie liebte er vor allem als Frau.

93.

Im dritten Deck waren die Arrestzellen untergebracht. Sie unterschieden sich von den Einzelkabinen des Personals lediglich durch die Sicherheitsvorkehrungen, ansonsten wurde den Gefangenen derselbe Lebensstandard gewährt.

Die Zellen waren mit digitalen Schlössern gesichert. Der Zutritt wurde nur mittels zweier entsprechender Datenkarten gewährt, die von verschiedenen Personen des Wachpersonals getragen wurden.

Als am Morgen des dritten Tages das Frühstück für Marac Kresnan gebracht wurde, erlebten die Wärter eine böse Überraschung. Nachdem sie die Zelle geöffnet hatten, fanden sie einen ihnen völlig unbekannten Mann bewusstlos auf dem Fußboden liegend. Er trug zwar die Gefangenenkleidung von Marac Kresnan, doch von ihm selbst fehlte jede Spur.

Als der Mann das Bewusstsein wiedererlangte, erzählte er, er gehöre zum Pflegepersonal des Medical Centers und hätte zusammen mit einem anderen Pfleger dem Gefangenen ein Medikament überbracht. Dann sei er von seinem Kollegen niedergeschlagen worden.

Unmittelbar nach Entdeckung der Flucht von Kresnan wurde auf der ARDMORE stiller Alarm ausgegeben. Das Portrait des Flüchtigen erschien in allen Medien. Die Decks wurden von mehreren Patrouillen auf das Genaueste durchsucht.

Derek Varnowski und Kamal Golenko wurden befragt, ob sie über die Fluchtpläne ihres Kameraden im Bilde waren, was sie jedoch vehement verneinten. Auf allen Decks wurden an den Durchgangspositionen Wachen aufgestellt, die jeden Passanten kontrollierten.

Am Abend gelangte man zu der bitteren Erkenntnis, dass Marac Kresnan sich derart gut versteckt hatte, dass er bisher nicht gefunden werden konnte. Oder aber er hatte sich in Luft aufgelöst.

Am nächsten Mittag saßen die meisten Passagiere in einem der Restaurants beim Essen. So auch Ernest und seine Crew, zusammen mit Keyna, Rick, Neha, Jamalla und David.

Zur selben Zeit rollte ein Versorgungsroboter den Kabinengang entlang und scannte jedes Türdisplay, an dem er vorbeikam. Dadurch konnte er Bestellungen der Kabinenbewohner aufnehmen oder feststellen, welche Standardgüter fehlten und nachgeliefert werden mussten. Vor der Kabine, die Ernest und Keyna bewohnten, hielt er an und öffnete durch ein Signal die Tür.

Mit der gewohnten Routine füllte er nach, was fehlte oder nicht mehr vollständig war. Dann entnahm er der Minibar die fast leere Flasche *Four Roses* und ersetzte sie durch eine neue.

Kurz darauf verließ er den Raum und begab sich zum nächsten. Es handelte sich um die Kabine von Christopher, Michelle und Neha.

Er wiederholte die Prozedur mit Ausnahme der Auswechslung der Whiskyflasche. Stattdessen legte er eine kleine Plastikdose in die leere Fototasche, die auf dem Sideboard stand.

Nachdem er auch diesen Raum verlassen hatte, steuerte er zum nächsten. Als er in Erics Kabine gerade am Auffüllen war, trat dieser ein und sagte ihm, dass es für heute gut sei. Er wolle jetzt ungestört sein.

Bei Ricks Kabine traf er auf einen anderen Roboter, der seine Arbeit dort gerade beendet hatte. Daraufhin rollte er den Gang entlang zurück und parkte im Versorgungsraum, von dem es auf jedem Deck einen gab.

Ernest und Keyna kehrten nach einem erneuten längeren Spaziergang in der Rundumpromenade in ihre Kabine zurück und wollten sich etwas Ruhe gönnen. Ernest holte die Flasche *Four Roses* aus der Minibar, wunderte sich ein bisschen darüber, dass sie wieder voll war, und schenkte sich ein Glas ein.

Keyna verzichtete wie gewohnt auf Alkohol.

Ernest hatte sich vorgenommen, seinen Konsum von Whisky in nächster Zeit zu reduzieren, auch wenn er wusste, dass es ihm nicht leicht fallen würde. Er nahm einen Schluck, legte sich neben Keyna auf das Bett und faltete die Hände hinter seinen Kopf.

Die letzten Tage waren nicht spurlos an ihm vorübergegangen. Die Abenteuer in Tongalen, das nervenaufreibende Warten auf der BAVARIA, die Erkenntnis, dass einer seiner besten Freunde ein gefährlicher Verbrecher war, und die plötzliche Offenbarung, ein Riesenvermögen zu erben, hatten in ihm einiges verändert. Aber seine neue Beziehung zu Keyna gab ihm das Gefühl, dass nicht alles schlecht war, was er in diesem Abenteuer erlebt hatte.

Er fühlte sich müde, sehr müde. Um ihn herum begann sich alles zu drehen. Das konnte doch keine gewöhnliche Müdigkeit sein.

Er wollte seinen Oberkörper aufrichten, aber er schaffte es nicht. Seine Glieder wirkten wie gelähmt. Das Atmen bereitete ihm immer größere Schwierigkeiten.

»Ernest, was ist mir dir los?«, hörte er Keyna fragen, aber er brachte keinen Ton mehr heraus.

Sie starrte ihn entsetzt an. In seinen Augen widerspiegelte sich Panik. Blitzschnell griff sie zum Kommunikator und wählte über die Notverbindung das Medical Center.

Drei Minuten später erschien ein Ambulanzteam und leitete bei Ernest die Wiederbelebung ein. Als sein Herz wieder zu schlagen begann, lud man ihn auf einen Patientengleiter und brachte ihn in die Notaufnahme.

Christopher, Michelle und Neha hatten sich vorgenommen, am Nachmittag das Fitnesscenter aufzusuchen. Für Neha war es eine ganz neue Erfahrung. Fitness betrieb man in Tongalen im Freien. Aber sie hatte großen Spaß an den verschiedenen

Geräten und wollte alle ausprobieren, mit mehr oder weniger Erfolg.

Erschöpft, aber gut erholt, kehrten sie am späteren Nachmittag in ihre Kabine zurück.

»Ich brauch eine Dusche«, sagte Michelle. »Wer kommt mit?«

»Wenn ihr nichts dagegen habt, geselle ich mich dazu«, antwortete Neha verlegen.

»Warum sollten wir etwas dagegen haben?«

»Christopher, könntest du die Raumtemperatur ein bisschen höher einstellen, damit wir nach dem Duschen nicht frieren«, bat Michelle.

Nachdem er ihre Bitte erfüllt hatte, begab er sich zu Michelle und Neha in die großzügige Duschkabine. Während sie sich gegenseitig einseiften und spülten, neckten sie sich immer wieder und hatten großen Spaß. Christopher wusch den beiden die Haare und massierte ihnen dabei die Kopfhaut, was sie besonders genossen.

Ein lauter Knall und eine Erschütterung beendeten ihren Spaß abrupt. Reglos standen sie unter der Brause und sahen sich fragend an.

»Was war das denn?« Michelle stand der Schreck ins Gesicht geschrieben.

»Klang nach einer Explosion«, mutmaßte Christopher.

»Wir werden doch nicht etwa angegriffen oder beschossen?«

In Nehas Gesicht zeichnete sich Panik ab.

Ohne sich abzutrocknen, verließen sie die Duschkabine. Als sie aus dem Toilettenraum in ihre Kabine treten wollten, erstarrten sie vor Schreck. Es sah buchstäblich aus, als hätte eine Bombe eingeschlagen. Die ganze Kabine war ein einziges Chaos. Die Betten und die Möbel waren verkohlt und mit Tausenden von kleinen Trümmerstücken übersät. Die Fototasche oder das, was von ihr übrig war, lag zerfetzt auf dem zerstörten Sideboard.

»Deine Kameraausrüstung«, sagte Michelle geknickt. »Und Nehas Bilder.«

Christopher wollte zu den Betten, aber Michelle hielt ihn zurück. »Du kannst nicht barfuß durch diese Trümmer gehen.«

»Wir haben keine Kleider mehr«, sagte er. »Auch unsere Kommunikatoren sind zerstört.

Spontan drehte sich Neha um, öffnete die Kabinentür und trat in den Gang hinaus. Bei Ernest und Keyna betätigte sie den Türsummer. Als niemand antwortete, versuchte sie es bei Eric, der kurz darauf öffnete und sie erstaunt anstarrte. »Du hast ja nichts an«, sagte er verblüfft. »Was ist passiert?«

»Entschuldige, wenn ich dich störe«, antwortete sie verlegen. »Kannst du mir deinen Kommunikator ausleihen?«

»Was ist denn mit euren? Sind sie defekt?«

»In unserer Kabine gab es eine Explosion«, antwortete sie. »Alles ist zerstört. Wir haben nicht einmal mehr Kleider.«

Eric starrte Neha entsetzt an. »Wissen die anderen davon?«

»Ernest und Keyna scheinen nicht da zu sein. Ich habe es bei ihnen schon versucht.«

Zusammen mit Eric ging sie zu ihrer Kabine zurück.

»Ich werde die anderen herbitten«, sagte Eric, als er das Chaos sah. Er tätigte auf seinem Kommunikator ein paar Anrufe und trat dann wieder zur Tür der Kabine.

Kurz darauf erschienen zwei Uniformierte, brachten einige Kleidungsstücke und begutachteten den Schaden.

»Bitte betreten Sie die Kabine nicht«, sagte einer der Männer. »Es könnten wertvolle Spuren vernichtet werden. Das Forensikteam wird gleich hier sein. Wir werden Ihnen eine andere Kabine zuteilen.«

Inzwischen war auch Rick erschienen und blickte entsetzt in den Raum. »Wie ist das denn hier passiert?«

»Mit großer Wahrscheinlichkeit eine Sprengsatz«, antwortete Christopher.

»Euch ist nichts geschehen?«

»Nein. Wir waren zum Zeitpunkt der Explosion im Toilettenraum.«

»Alle drei?«

»Ja, warum nicht?«

»Ach, nur so. Ist schon okay. Das hat euch ja gerettet.«

»Kann man so sagen.«

»Wo ist eigentlich Ernest?«

»Keine Ahnung«, antwortete Christopher. »Neha war vorhin vor seiner Kabine, aber er und Keyna waren nicht dort.«

»Reden Sie von Ernest Walton?«, fragte einer der Uniformierten. »Er wurde vor einer Stunde in die Intensivstation des Medical Centers eingeliefert.«

Die Freunde sahen sich fassungslos an.

»Warum?«, fragte Michelle entsetzt. »Was ist passiert?«

»Das wissen wir nicht.«

»Kommt, wir gehen hin«, sagte Christopher und machte sich umgehend auf den Weg, während die anderen ihm folgten.

94.

Als sie wenig später im Medical Center eintrafen, wurden sie von einer aufgewühlten Keyna empfangen.

»Wie geht es ihm?«, fragte Christopher als Erstes.

»Den Umständen entsprechend gut.« Sie kämpfte mit den Tränen. »Aber er ist noch bewusstlos.«

»Was ist passiert?«

»Wir haben nach dem Essen einen längeren Spaziergang in der Rundumpromenade gemacht, haben uns dort noch eine Weile hingesetzt und miteinander geredet und sind anschließend in unsere Kabine zurückgegangen, wo wir uns etwas ausruhen wollten.«

»Hat er sich zu sehr verausgabt?«

»Nein, überhaupt nicht.«

»Ist in der Kabine etwas Ungewöhnliches vorgefallen?«

»Nein, mir ist nichts aufgefallen.« Daraufhin erzählte sie detailliert, wie sie den Nachmittag verbracht hatten und was anschließend in ihrer Kabine geschehen war.

Rick trat zu Keyna. »Gibst du mir bitte deine Kabinenkarte?«

Einen kurzen Moment sah sie ihn verwundert an, griff dann in ihre Tasche und händigte sie ihm aus. Daraufhin verließ Rick eiligst die Intensivstation und kehrte nach wenigen Minuten wieder zurück. In der Hand hielt er Ernests Whiskyflasche mit der Aufschrift *Four Roses*.

Mittlerweile hatte sich der untersuchende Arzt zu ihnen gesellt und wollte sie über Ernest Befinden aufklären. Doch Rick trat sofort an ihn heran und gab ihm die Whiskyflasche. »Können Sie bitte den Inhalt untersuchen lassen?«

Der Arzt antwortete ihm mit einem verwunderten Blick. »Wie konnten Sie davon wissen?«

»Reine Intuition. Ich habe bestimmt nicht unrecht.«

»Das haben Sie allerdings nicht.« Der Arzt machte ein verdutztes Gesicht. Dann wandte er sich wieder an die anderen:

»Ich muss Ihnen mitteilen, dass Mister Walton mit großer Wahrscheinlichkeit vergiftet worden ist. Wie mir scheint, befindet sich das Gift in dieser Flasche. Nach einer genauen Untersuchung werden wir es mit Sicherheit wissen.«

»Wie bitte? Jemand wollte ihn töten?« Eric war fassungslos.

Michelles Gesicht beschloss, sich der weißen Farbe des Arztkittels anzupassen. »Soll das etwa heißen, es war ein gezielter Mordversuch? Dann besteht der berechtigte Verdacht, dass es sich bei der Explosion in unserer Kabine auch um einen Anschlag handelte!«

»Was für eine Explosion?« Der Arzt drehte sich verwundert zu ihr.

»Das können Sie noch gar nicht wissen«, klärte Rick ihn auf. »Es ist erst vor einigen Minuten passiert. So, wie es aussieht, geschehen hier merkwürdige Dinge. Ich bin überzeugt, dass beide Ereignisse in Zusammenhang stehen.«

»Auf jeden Fall schwebt Mister Walton nicht mehr in Lebensgefahr. Dies dank der schnellen Reaktion von Miss Algarin. Ich muss den Fall aber trotzdem dem Sicherheitsdienst melden, da der Verdacht auf Mordversuch mehr als nur gegeben ist.«

»Ich werde hierbleiben.« Keyna strich sanft über Ernests Gesicht.

»Das ist gut«, erwiderte Christopher. »Es wird ihm bestimmt gut tun, wenn er dich beim Aufwachen sieht.«

Als sie ein paar Minuten später zu ihrer Kabine zurückkehrten, waren die Forensiker immer noch bei der Spurensicherung.

»Mister Vanelli?« Einer der Männer kam auf ihn zu.

»Ja, das bin ich.«

»Das hier haben wir unter dem Bett gefunden. Es ist praktisch unversehrt. Höchstens an den Außenseiten ein bisschen verkohlt. Aber der Inhalt sollte völlig intakt sein.« Er reichte ihm den Kamerakoffer. »Noch etwas konnten wir unbeschädigt bergen.« Der Mann griff neben die Tür und zog eine große Kunststoffmappe hervor.

»Die lag unter dem Kamerakoffer.«

»Die Bilder!«, rief Neha hocherfreut. Strahlend nahm sie die Mappe entgegen und drückte sie an ihre Brust.

Kurz darauf trat ein anderer Uniformierter an sie heran, der nicht zum Forensikteam gehörte, und sagte: »Christopher Vanelli, Michelle Evans und Neha Araki, würde es Ihnen etwas ausmachen, mir zu folgen? Mein Vorgesetzter möchte Ihnen ein paar Fragen stellen. Es wird nicht lange dauern. Falls die Herren Eric Daniels und Rick Blattning hier anwesend sind, dürfen sie uns selbstverständlich begleiten.«

Ohne auf die Antwort zu warten, drehte er sich um und ging voraus. Christopher, Michelle und Neha blickten sich verwundert an und folgten ihm. Nach kurzem Zögern setzten sich auch Eric und Rick in Bewegung.

Mit dem Aufzug fuhren sie zum zehnten Deck, stiegen aus und gingen den Gang entlang zu einem Besprechungsraum. Dort wurden sie von Commander Hauser und einem Mann empfangen, dessen Gesicht ihnen nicht ganz unbekannt war.

95.

»Bitte setzen Sie sich«, sagte Jason Farrow, der Chef des Terrestrial Secret Service, nachdem er sich vorgestellt hatte. »Eigentlich wollte ich nicht in Erscheinung treten, aber durch die jüngsten Ereignisse haben wir eine völlig neue Situation.« Er setzte sich an das obere Tischende und sah mit ernster Miene in ihre Richtung. »So, wie es aussieht«, fuhr er fort, »ist der Feind auch hier an Bord aktiv geworden.«

»Sie meinen Marac Kresnan«, sagte Christopher spontan.

»Das ist nicht gesagt. Von ihm fehlt nach wie vor jede Spur. Es ist anzunehmen, dass er Verbündete an Bord hat. Dass er die Fäden zieht, ist allerdings mehr als wahrscheinlich.«

Michelle seufzte. »Wir dachten, wir hätten alles überstanden.«

»Was für Fäden?«, flüsterte Neha zu Michelle.

»Ist wieder so eine Redensart. Soll heißen, dass er die Aktivitäten gegen uns lenkt.«

Neha nickte nur.

»Wir werden selbstverständlich Sicherheitsleute aufbieten und Sie rund um die Uhr beschützen lassen.«

»Vielen Dank. Wir wissen es zu schätzen«, entgegnete Eric.

»Eigentlich wollte ich Ihnen nach Ihren aufregenden Erlebnissen einen ruhigen und entspannten Rückflug gönnen und die Befragungen erst auf der Erde vornehmen«, fuhr er in ruhigem Ton fort. »Aber nach diesen beiden Mordversuchen geraten wir unter Zugzwang.«

»Wir stehen Ihnen jederzeit zur Verfügung«, sagte Rick. »Und das auch sofort.«

»Vielen Dank für Ihre Hilfsbereitschaft.«

Während der nächsten zweieinhalb Stunden tauschten Rick und Jason Farrow ihre Erkenntnisse über den gesamten Fall aus. Dabei präsentierte Rick dem Geheimdienstchef auch sein Organigramm, das er mittlerweile erweitert hatte.

Zwischendurch übernahmen Commander Hauser und Christopher das Wort und ergänzten den Bericht durch ihre jüngsten Erlebnisse.

Von Farrow erfuhren sie, dass die Ermittlungen gegen den Konzern *Norris & Roach* interessante Ergebnisse geliefert hatte. Die Beweise darüber, wie tief Derek Varnowski selbst in die ganze Affäre verstrickt war, hatten sich so sehr verdichtet, dass die globale Anwaltschaft beschlossen hatte, gegen ihn einen Haftbefehl zu erlassen. Doch als dies geschah, war Varnowski bereits unterwegs nach Tongalen.

Hingegen war die Fahndung nach Mark Henderson bisher erfolglos verlaufen. Der Mann war wie vom Erdboden verschwunden. Die Organisation des Datenschmuggels von der Erde zur OVT nach Tongalen und die Anheuerung von Söldnern konnten ihm nach der Auswertung der Dokumente, die man bei der Durchsuchung seiner Büroräumlichkeiten auf der Erde gefunden hatte, nachgewiesen werden. Christophers Aussage, er sei ihm im Büro der OVT begegnet, war als Beweis vorerst nicht verwendbar, da es dafür keinen weiteren Zeugen gab. Sie wurde jedoch als wichtiges Indiz eingestuft.

Farrow berichtete auch von den Untersuchungen in Ricks Firma. Anscheinend waren sämtliche Abteilungen, die an der Entwicklung der Verschlüsselungsalgorithmen beteiligt gewesen waren, von OVT-Agenten infiltriert worden. Entsprechende Verhaftungen seien vorgenommen worden.

Weiterhin wurden weltweite Ermittlungen gegen Technologieunternehmen durchgeführt, die Bestandteile für die Gerätschaften der OVT herstellten. Praktisch alle hatten keine Ahnung, an wen das Material schlussendlich geliefert worden war, da es sich bei den Auftraggebern um Strohmänner und Scheinfirmen handelte.

Das Zusammenfügen all dieser Informationen brachte schlussendlich die Ermittlungen einen großen Schritt weiter. Zwei Dinge blieben noch zu tun: die Festnahmen von Marac Kresnan und Mark Henderson.

»Ich würde gerne noch einmal auf die jüngsten Ereignisse zu sprechen kommen«, sagte Jason Farrow. »Ist Ihnen kurz vor der Explosion irgendetwas Außergewöhnliches aufgefallen?«

Michelle, Neha und Christopher tauschten fragende Blicke aus. Als Christopher die beiden Frauen den Kopf schütteln sah, antwortete er: »Wenn ich darüber nachdenke, ist mir etwas aufgefallen. Allerdings erst nach der Explosion. Meine Fototasche, die auf dem Sideboard stand, war völlig zerfetzt. Kein anderer Gegenstand war derart in Mitleidenschaft gezogen worden, wie diese Tasche.«

»Was bewahren Sie darin auf?«

»Ich benutze sie nur, wenn ich unterwegs die kleine Kamera mitnehme. Zum Glück hatte ich sie zum Zeitpunkt der Explosion auch im großen Koffer verstaut.«

»Haben Sie unmittelbar vor der Explosion etwas in der Tasche verstaut oder ihr entnommen?«

»Nein. Seit wir an Bord der ARDMORE sind, habe ich sie nicht mehr geöffnet.«

Farrow machte eine kleine Pause und schien zu überlegen. »Wenn wir davon ausgehen, dass der Urheber dieser Attentate Marac Kresnan war, finde ich es merkwürdig, dass bei Mister Blattning und bei Mister Daniels nichts passiert ist. Wie denken Sie darüber?«

Eric hob den Kopf. »Ich hatte das Restaurant nach dem Essen etwas früher verlassen und wollte noch einiges erledigen. Als ich in meine Kabine kam, war gerade der Versorgungsroboter da. Ich habe ihn weggeschickt, da ich meine Ruhe haben wollte.«

»Konnten Sie feststellen, ob er seine Arbeit beendet hat?«

»Ich glaube, er hatte damit gerade erst angefangen. Aber ich wollte nicht warten, bis er fertig war.«

»Verstehe. Ist Ihnen am Verhalten dieses Roboters etwas Außergewöhnliches aufgefallen?«

Eric überlegte einen Moment. »Nein, eigentlich nicht. Ich hatte den Eindruck, dass er nur sein Programm ausführte.«

»Wir werden die Programmierung dieser Roboter auf Manipulationen untersuchen lassen.« Dann wandte er sich an Rick. »Ist Ihnen etwas aufgefallen?«

»Als ich nach dem Essen in meine Kabine zurückkehrte, war alles bereits wieder aufgefüllt. Aber mir ist nichts Ungewöhnliches aufgefallen.«

»Ich werde Ihnen allen eine andere Kabine zuteilen und ihre jetzige gründlich untersuchen lassen. Ich möchte auf Nummer sicher gehen, dass dort nicht irgendetwas versteckt ist, das jemandem Schaden zufügen könnte.«

In der nächsten halben Stunde wurde über andere Einzelheiten diskutiert, dann entließ sie Farrow mit dem Hinweis, er würde unter Umständen zu einem späteren Zeitpunkt ein weiteres Gespräch mit ihnen führen.

Marac Kresnan ging in seiner Kabine zornig auf und ab. Nicht genug, dass die Versorgungsroboter nur die Hälfte seiner Aufträge ausführen konnten, jetzt wurden seine Zielpersonen auch noch vom Sicherheitsdienst scharf bewacht. Noch einmal etwas in ihre Kabinen bringen zu lassen, konnte er vergessen, geschweige denn, sich in ihre Nähe zu begeben.

Zumindest war es ihm möglich, sich im Schiff frei zu bewegen, ohne erkannt zu werden. Er hatte sich Zugang zu praktisch allen Bereichen verschafft. Zudem war es ihm gelungen, Kontakt zu Leuten herzustellen, die seiner Organisation wohlgesinnt waren. Große Hilfe konnte er von ihnen allerdings nicht erwarten, da sie keine einflussreiche Positionen bekleideten. Aber eine kleine Hilfe da und eine andere dort konnten unter Umständen vorteilhaft sein.

Er dachte zurück und fragte sich, wie alles, was er seit einigen Jahren aufgebaut hatte, so schnell zerstört werden konnte. Tongalen war so gut wie in seiner Hand gewesen. Dann tauchten sie plötzlich wieder auf, wo sie doch schon längst hätten tot sein müssen. Vielleicht hatte er sie unterschätzt. Aber noch einmal würde ihm dies nicht passieren.

Er musste sich eine neue Strategie einfallen lassen. Mit Attentaten würde er keinen Erfolg mehr haben. Nachdem die ersten bereits fehlgeschlagen waren, wenn auch wahrscheinlich nur durch Glück oder Zufall, würden weitere erst recht nicht gelingen. Ihm blieben noch drei Tage Zeit, etwas zu unternehmen.

Eine Stunde später hatte er sich einen neuen Plan zurechtgelegt. Er hatte alles genau durchdacht. Nach seinem Ermessen sollte es diesmal klappen.

96.

Christopher, Michelle und Neha statteten Ernest am nächsten Nachmittag einen Besuch ab. Er hatte sich erstaunlich schnell von der Vergiftung erholt, sodass er von der Intensivstation in eine gewöhnliche Krankenkabine verlegt werden konnte. Für Keyna hatte man ein zweites Bett bereitgestellt.

»Ich habe gehört, ihr wärt beinahe in die Luft geflogen«, sagte er, nachdem sie sich herzlich begrüßt hatten.

»Wir hatten unheimliches Glück«, erwiderte Christopher.

Dann hörten sie von der Tür her ein leises Summen. Christopher erhob sich, öffnete sie und machte große Augen. Vor ihm stand Jason Farrow.

Der Geheimdienstchef begrüßte die Anwesenden, ging zu Ernest, drückte ihm die Hand und erkundigte sich nach seinem Befinden.

»Ich habe gedacht, ich sollte Ihnen einen persönlichen Besuch abstatten, nachdem, was Sie alles erlebt haben.«

»Vielen Dank, Mister Farrow.«

Er setzte sich und wandte sich an Christopher, Michelle und Neha. »Bestimmt interessiert es Sie, was sich bei den forensischen Untersuchungen zum Bombenanschlag ergeben hat.«

Bevor er weitersprechen konnte, öffnete sich die Tür erneut. Rick und Eric betraten die Krankenkabine.

»So langsam wird es ziemlich voll hier«, sagte Ernest verschmitzt. »Setzt euch, Mister Farrow wollte uns gerade etwas Interessantes erzählen.«

»Die Explosion wurde durch eine Miniatur-Sprengladung verursacht. Ausgelöst durch Wärme. Das heißt, sobald die Raumtemperatur eine bestimmte Marke überschritten hatte, ging sie hoch.«

Michelle starrte Christopher erschrocken an und sagte: »Kannst du dich erinnern? Ich hatte dich gebeten, die

Raumtemperatur zu erhöhen, damit wir nach dem Duschen nicht frieren.«

»Stimmt.«

»Der Attentäter wollte sichergehen, dass die Bombe erst hochgeht, wenn Sie sich in der Kabine aufhielten« fuhr Farrow fort. »Allein schon durch Ihre Anwesenheit wäre die Temperatur mit der Zeit genügend angestiegen.«

»Dann können wir von Glück reden, dass wir so schnell unter die Dusche gingen«, meinte Michelle.

»Das heißt also, wenn wir uns für eine gewisse Zeit im Raum aufgehalten hätten, wären wir jetzt tot«, folgerte Christopher.

»Sehr wahrscheinlich. So, wie es aussieht, stammt die Bombe von der Erde. Zum Zeitpunkt der Explosion befand sie sich in der Fototasche, die auf dem Sideboard stand. Mit großer Wahrscheinlichkeit wurden sie und der vergiftete Whisky von einem Versorgungsroboter in ihre Kabinen gebracht. Unsere Untersuchungen haben ergeben, dass im Aktivitätsprotokoll eines Roboters eine Passage fehlt. Es ist anzunehmen, dass dieser Roboter manipuliert worden ist. Anscheinend wollte der Attentäter den Eindruck erwecken, irgendein Gerät in der Tasche wäre explodiert. Dazu müsste er aber über Ihre Vorlieben fürs Fotografieren Bescheid gewusst haben und eventuell einen Sender in der Tasche versteckt haben, auf den der Roboter reagierte. Wann haben Sie sie zuletzt benutzt?«

»Das war auf einem unserer Ausflüge in Tongalen. Da hatte ich meine kleine Kamera und ein paar Reflektoren dabei.«

»Haben Sie sie zu irgendeinem Zeitpunkt jemandem in Obhut gegeben?«

»Außer Michelle und Neha niemandem.«

»Wer außer Ihnen drei hatte noch Zugang zu Ihrer Kabine?«

»Niemand.«

»Wir glauben, dass die beiden Anschläge miteinander zusammenhängen. Wir glauben auch, dass Marac Kresnan dafür verantwortlich ist.«

»Haben Sie schon eine Spur von ihm?«, fragte Rick.

»Nein, bisher noch nicht. Wir suchen aber weiter. Ihre neuen Kabinen werden rund um die Uhr von Sicherheitsleuten bewacht. Auch diese Krankenkabine hier.«

»Konnten Sie herausfinden, wie lange Derek Varnowski schon mit der OVT zusammenarbeitet?«, wollte Eric wissen.

»Das ist Bestandteil von Untersuchungen auf der Erde. Wir haben ihn vor zwei Tagen verhört, doch er verweigerte jegliche Aussage ohne Beisein seines Anwalts.«

»Kann ich verstehen«, sagte Rick. »Aber er hat mehr als nur Dreck am Stecken.«

Neha verzog das Gesicht und blickte ihn verständnislos an. »Was heißt *Dreck am Stecken*?«

»Entschuldige.« Rick lächelte verlegen. »Ich sollte mir endlich diese irdischen Redewendungen abgewöhnen. Das heißt, dass er ziemlich tief in die Sache verwickelt ist.«

Farrow konnte sich ein Schmunzeln nicht verkneifen. »Ich nehme an, Sie hatten schon öfter solche rhetorische Missverständnisse.«

»Da haben Sie recht.«

»Sollte Ihnen irgendetwas Verdächtiges auffallen, scheint es noch so unbedeutend oder harmlos, teilen Sie es mir bitte mit. Wir werden jedem Hinweis nachgehen.«

»Okay, Sir«, sagte Ernest, nachdem sich Farrow erhoben hatte. »Haben Sie vielen Dank für Ihren Besuch.«

»Gern geschehen«, erwiderte dieser. »Ich werde mich jetzt auf die Socken machen.«

Michelle, Christopher und Rick sahen sich einen Moment verdutzt an und fielen in ein schallendes Gelächter.

Farrow drehte sich um und blickte zurück, dann hatte er verstanden, lachte ebenfalls und verschwand.

Neha saß da und verdrehte die Augen.

97.

Nachdem Keyna zusammen mit Ernest in der Krankenkabine zu Abend gegessen hatte, verließ sie ihn, um sich in ihrer eigenen Kabine frisch zu machen und die Kleider zu wechseln. Sie versicherte ihm, in Kürze wieder zurück zu sein.

Ein paar Minuten später erschienen zwei uniformierte Mitglieder des Bordsicherheitsdienstes und eröffneten Ernest, ihn auf Anordnung von Jason Farrow heimlich in die Krankenstation der BAVARIA zu verlegen. Für den Fall, dass der Attentäter einen zweiten Versuch unternehmen und bis hierher vordringen würde, wollte man in der Krankenkabine des Medical Centers eine Attrappe platzieren. Man versicherte ihm, dass man Keyna Algarin informieren und ebenfalls unbemerkt in die BAVARIA geleiten würde. Die BAVARIA werde dann verriegelt, sodass niemand unbemerkt an Bord gelangen konnte.

Damit die List von niemandem bemerkt werden konnte, steckte man Ernest in einen unauffälligen, länglichen Kunststoffbehälter und legte diesen auf einen kleinen Transportgleiter.

Wenig später verließen die beiden Sicherheitsleute zusammen mit dem Gleiter die Kabine, steuerten ihn den Gang entlang und fuhren mit dem Antigravitationslift ins Hangardeck hinunter. Dort angekommen, betraten sie die BAVARIA durch das Hauptschott und lenkten den Gleiter in die Krankenstation, wo ein wie ein Arzt gekleideter Mann mittleren Alters sie empfing.

Gemeinsam befreiten sie Ernest aus dem Behälter und legten ihn in ein Krankenbett. Sie erkundigten sich nach seinen Wünschen, doch Ernest antwortete, er wolle auf seine Freundin warten und sich etwas ausruhen.

Danach verließen ihn die Sicherheitsleute und der Arzt.

Christopher, Michelle und Neha war an diesem Abend nicht zum Schlafen zumute. Sie brauchtes etwas Abwechslung und begaben sich daher in den Freizeitbereich.

Im Gegensatz zu den übrigen Bereichen des Schiffs, die schlicht und neutral gestaltet waren, zeigte sich der Freizeitbereich in einem künstlerisch ansprechenden Design. Die Außenwände bestanden aus einer einzigen Glasfront, die während des Flugs im Normalraum den uneingeschränkten Ausblick ins Weltall gewährte. Die Innenseiten der Gänge hingegen zierten Leuchtwände, die von geometrischen Strukturen in verschiedenen Farben besetzt waren und in regelmäßigen Abständen von Nischen und Eingängen zu den verschiedenen Freizeitangeboten unterbrochen wurden.

»Da vorne scheint etwas los zu sein.« Christopher zeigte in die Richtung, aus der musikalische Rhythmen erklangen.

Als sie die Quelle erreicht hatten, betraten sie durch eine Doppeltür ein Lokal mit einer halbrund angeordneten Bar, deren Tresen aus einem hellen Holzimitat angefertigt war. Darunter, hinter einer auf Hochglanz polierten horizontalen Stange, die als Fußstütze diente, erstreckte sich eine leuchtende perforierte Metallfläche. Die drehbaren, rotbraunen Kunstledersessel mit halbhohen Rückenlehnen waren mit einem Chromstahlbein im Fußboden verankert. Viele runde Tischchen, aus demselben Holzimitat wie der Tresen, verteilten sich gegenüber der Bar im größten Teil des Raumes. Zylinderförmige, hellblaue Kunstledersessel umsäumten sie. Direkt in die Mitte der Tischflächen integriert waren runde Displays, auf denen mittels Antippen das gewünschte Getränk bestellt werden konnte.

Mitten im Raum gab es eine große Fläche, auf der sich viele Menschen zum Rhythmus von lauter Musik bewegten. Der Fußboden der Tanzfläche war mit verschiedenen Strukturen und Mustern verziert, die in unterschiedlichen Farben leuchteten.

Michelle entdeckte ein freies Tischchen und steuerte darauf zu. Neha und Christopher folgten ihr. Als sie sich gesetzt hatten, suchten sie sich ihre Getränke aus und sahen den tanzenden Menschen zu.

Michelle lehnte sich zu Neha hinüber. »Tanzen die Menschen in Tongalen auch?«

»Ja. Aber anders.«

»Du könntest uns eure Tänze beibringen. Wir zeigen dir unsere.«

Neha lächelte. »Gerne.«

Als die Getränke von einem Robotkellner gebracht worden waren und sie den ersten Schluck getrunken hatten, entschlossen sie sich, zu dritt einen Tanz zu wagen.

Michelle war die Tanzerfahrung sofort anzusehen. Neha verfolgte kurz ihre Schritte und fand sich erstaunlich schnell zurecht, während Christopher sich schwerer tat. Er wechselte jeweils nach ein paar Takten zwischen Michelle und Neha, doch je länger der Tanz dauerte, desto harmonischer flossen ihre Bewegungsabläufe ineinander.

Mitten im Gedränge traten unauffällig zwei uniformierte Sicherheitsleute an sie heran. Christopher bemerkte sie erst, als sie unmittelbar bei ihnen standen.

»Christopher Vanelli?«, rief der eine ihm ins Ohr.

Christopher nickte.

»Wir sind im Auftrag von Jason Farrow hier und sollen Sie und Michelle Evans abholen!«

»Wozu?«

»Können wir das draußen besprechen, wo es nicht so laut ist?«

Christopher gab Michelle und Neha durch Handzeichen zu verstehen, ihm zu folgen. Zusammen verließen sie das Tanzlokal.

»Was ist los?«, wollte Christopher wissen, als sie vor dem Eingang standen. »Gibt es neue Erkenntnisse bezüglich der Attentate?«

»Bitte folgen Sie uns zum nächsten Antigravitationslift«, erwiderte der Mann, der ihn im Tanzlokal bereits angesprochen hatte. »Ich werde Ihnen unterwegs alles erklären.«

Nachdem sie einen Aufzug betreten hatten und sie sich nach unten bewegten, fuhr der Mann fort: »Mister Farrow vermutet, dass sich unter dem Bordpersonal einige OVT-Sympathisanten befinden, und fürchtet daher um Ihre Sicherheit. Deshalb hält er es für besser, wenn Sie den Rest des Fluges in der BAVARIA verbringen. Wir werden Sie heimlich dorthin geleiten.«

»Nur schade, dass wir dann nichts mehr von der ARDMORE sehen.« Michelle machte ein enttäuschtes Gesicht.

»Brauchen Sie noch etwas aus Ihrer Kabine?«

»Wir würden gerne unsere restlichen Sachen holen.«

»Wir werden Sie begleiten und Ihnen beim Tragen helfen. Nur müssen wir darauf achten, dass wir niemandem begegnen. Diese Verlegung soll geheim bleiben, damit die OVT-Leute nichts davon erfahren.«

»Dann geben wir Ihnen am besten unser Gepäck, und Sie gehen ohne uns voraus«, schlug Christopher vor. »Wir tun dann so, als würden wir an Bord lediglich einen Spaziergang machen.«

»In Ordnung.«

Als sie ihre Kabine erreicht hatten, packten sie ihre Sachen zusammen. Nach der Explosion war ihnen nicht mehr viel geblieben. Christopher übergab den beiden Sicherheitsleuten seine gesamte Fotoausrüstung, während Neha ihnen ihre Bildermappe reichte.

»Warten Sie ein paar Minuten, bevor Sie uns folgen«, sagte der Mann. »Wir treffen uns in der BAVARIA.«

»In Ordnung.«

Einige Minuten später verließen sie ihre Kabine und ließen sich mit dem Lift ins Hangardeck hinunter bringen. Als sie die BAVARIA betraten, wurden sie von Eric, Rick und den beiden Männern des Sicherheitsdienstes empfangen.

»Ihre Sachen haben wir vor die Tür ihrer Kabine gelegt«, erklärte einer der beiden. »Mister Blattning war so freundlich und hat uns verraten, welche es ist.«

»Vielen Dank.«

»Mister Walton befindet sich ebenfalls in der BAVARIA, zusammen mit einem Arzt auf der Krankenstation. Er wird sich bis zum Ende der Reise um ihn kümmern. Mister Farrow lässt Ihnen ausrichten, Ihre Kommunikatoren nur innerhalb der BAVARIA zu benutzen. Falls er Fragen an Sie hat, wird er sie persönlich hier aufsuchen. Im umgekehrten Fall teilen Sie ihre Anliegen dem Arzt mit. Er wird sie dann an uns weiterleiten.«

»Wir werden uns daran halten. Richten Sie auch Mister Farrow für seine Bemühungen unseren Dank aus.«

»Werden wir tun.«

Michelle, Neha und Eric hatten sich bereits in ihre Kabinen zurückgezogen, während Rick und Christopher sich noch von den beiden Männern verabschiedeten. Dann begaben sie sich ebenfalls in ihre Kabinen.

Als Keyna eine knappe Stunde später ins Medical Center zurückkehrte, fand sie Ernests Krankenkabine verschlossen vor. Sofort benachrichtigte sie eine Krankenpflegerin, die die Kabine öffnete.

Keyna trat ein und glaubte im ersten Moment, Ernest schlafend im Bett vorzufinden. Aber als sie nähertrat, stellte sie fest, dass es sich um eine menschliche Attrappe handelte.

Nachdem sie die Krankenpflegerin noch einmal zu sich gerufen und die Decke zurückgeschlagen hatte, starrten beide verblüfft auf das Bett.

Keyna kramte ihren Kommunikator hervor und versuchte, Rick zu erreichen. Doch außer seinem Beantworter meldete sich niemand. Nicht anders erging es ihr, als sie Eric und Christopher anrufen wollte. Daraufhin alarmierte sie den Sicherheitsdienst.

Ein paar Minuten später wimmelte es in Ernests Krankenkabine von Menschen. Nachdem zuerst einige Sicherheitsleute und ein Team von Forensikern eingetroffen waren, erschien wenig später Jason Farrow.

Schon nach kurzer Zeit gelangte man zu der Überzeugung, dass in der Kabine keine Kampfhandlungen stattgefunden hatten. Ernest war demnach nicht gewaltsam weggebracht worden.

Hatte er den oder die Entführer gekannt? War es überhaupt eine Entführung gewesen?

Farrow schickte ein paar Sicherheitsleute zu den Kabinen von Rick, Eric und Christopher. Doch als sie nach ein paar Minuten zurückkehrten, berichteten sie, dass keiner der betreffenden Personen anwesend gewesen sei.

»Das muss nicht unbedingt Schlimmes bedeuten«, kommentierte Farrow die Situation. »Vielleicht halten sie sich woanders auf dem Schiff auf.«

»Ich habe versucht, sie auf ihren Kommunikatoren zu erreichen« informierte ihn Keyna besorgt. »Aber es meldete sich niemand.«

Farrow war sich bewusst, dass diese Tatsache nichts Gutes bedeutete. Die Kommunikatoren verfügten über Mechanismen, die es dem Träger ermöglichte, praktisch zu jeder Zeit und in jeder Situation den Eingang eines Anrufs oder einer Nachricht festzustellen. Dass zufälligerweise gleich alle drei nicht erreichbar waren, gab ihm mehr als nur zu denken.

War es möglich, dass Kresnan auf der ARDMORE einflussreiche Verbündete hatte?

Farrow bezweifelte, dass es Kresnan ohne zusätzliche Hilfe gelingen konnte, sechs Personen unauffällig zu entführen oder zu beseitigen. Am besten wäre es, wenn er nur noch mit den Leuten des Sicherheitsdienstes und den Space Marines zusammenarbeitete. Nicht dass er dem Bordpersonal misstraute, aber es war besser, so wenig Leute wie möglich in die Sache mit einzubeziehen. Er nahm seinen Kommunikator und wies alle verfügbaren Sicherheitsleute an, nach den Vermissten zu suchen.

Bis zum Morgengrauen gab es keine Spur von ihnen. Farrow hatte vor den Türen ihrer Kabinen Wachposten aufstellen lassen, die ihm sofort melden sollten, wenn eine der gesuchten Personen auftauchte. Man durchsuchte alle öffentlichen Lokale und erkundigte sich unauffällig bei den Leuten des Betriebspersonals. Aber nirgends gab es eine Spur. Die sechs Vermissten blieben unauffindbar.

98.

Christopher erwachte aus einem unruhigen Schlaf. Er hatte das Gefühl, geträumt zu haben, konnte sich jedoch nicht mehr an Einzelheiten erinnern. Zu schnell wurden sie von der Realität verdrängt. Nachdem er sich nach der Zeit erkundigt und festgestellt hatte, dass es früher Morgen war, drehte er sich auf den Rücken und verschränkte die Finger auf seiner Brust. In der Kabine war es beinahe stockdunkel. Das Restlicht stammte von den Kontrolllämpchen der verschiedenen Geräte und von der Digitaluhr.

Er dachte noch mal über den überstürzten Umzug von der ARDMORE in die BAVARIA nach. Er fand die Idee als solches nicht schlecht. Die Feinde würde sie hier zuletzt vermuten. Vielmehr würden sie glauben, sie würden vom Sicherheitsdienst jede Nacht in eine andere Kabine innerhalb der ARDMORE umquartiert. Die BAVARIA hingegen war seit dem Start verschlossen und gesichert. Man gelangte nicht ohne Weiteres hinein.

Solange sich Kresnan auf freiem Fuß befand, war es für Christopher und seine Freunde zu riskant, sich in der ARDMORE aufzuhalten. Wer wusste schon, was dieser Schurke noch alles für Pläne hatte, um sie zu vernichten. Man sollte ihm dazu so wenige Gelegenheiten wie möglich bieten. Er war nicht der Typ, der irgendwann aufgab. Christopher war davon überzeugt, dass Kresnan alles daran setzen würde, um sie zu kriegen, und lieber sterben würde, als aufzugeben.

Plötzlich spürte er eine Regung neben sich. Er wusste nicht, ob es Michelle oder Neha war. Als er eingeschlafen war, lag Michelle neben ihm und Neha hatte sich an die Wand verkrochen. Doch es wäre nicht das erste Mal, dass die beiden während der Nacht ihre Plätze tauschten. Wie sie das jeweils bewerkstelligten, ob absichtlich oder unbewusst, wusste er nicht und er hatte sie auch nie danach gefragt.

»Bist du auch wach?« Nehas Flüstern erklang unmittelbar neben seinem Ohr.

»Ich hoffe, ich habe dich nicht geweckt«, antwortete er leise.

»Nein, ich bin schon lange wach.«

»Kannst du nicht schlafen?«

»Nichts gegen die BAVARIA, aber der Aufenthalt in diesem Schiff erinnert mich an die ungewisse Zeit während unseres Aufenthalts auf dem Raumhafen.«

»Dir macht es ziemlich zu schaffen, nicht wahr?«

»Ja. Ich kann nichts dagegen tun.«

»Vielleicht ist es gut, wenn du es gedanklich verarbeitest. Vor allem jetzt, wo du etwas Distanz zu den vergangenen Ereignissen hast.«

»Noch haben wir es nicht überstanden. Es wäre etwas anderes, wenn wir nicht von diesem Kresnan bedroht würden.«

»Auf jeden Fall sind wir hier sicherer als auf der ARDMORE.«

»Das kann schon sein. Aber ich werde erst beruhigt sein, wenn wir alles überstanden haben. Das haben wir noch lange nicht. Es kann noch viel passieren.«

»Du solltest dich nicht mit solchen Gedanken belasten. Wir werden versuchen, gegenseitig aufeinander aufzupassen.«

Christopher legte seinen Arm um sie und zog sie an sich. Neha kuschelte ihren Kopf auf seine Schulter und schmiegte sich an ihn.

»Mir kommt es vor, als würden wir uns schon eine Ewigkeit kennen«, flüsterte sie. »Michelle und du, ihr wart mir vom ersten Augenblick an so vertraut.«

»Das beruht auf Gegenseitigkeit.«

»Ich habe Angst.«

»Wovor?«

»Dass wir uns eines Tages verlieren.«

»Das wird nicht geschehen.«

»Ich habe ein ungutes Gefühl.«

»Wie meinst du das?«

»Irgendetwas stimmt hier nicht. Die Art und Weise, wie wir hierher verlegt wurden.«

Christopher spürte die Sorge in ihrer Stimme. »Zugegeben, es war etwas überstürzt. Aber im Nachhinein betrachtet, war es eine gute Idee.«

»Trotzdem habe ich ein ungutes Gefühl.«

»Ich hoffe nicht, dass das eine schlimme Vorahnung ist«, erklang Michelles Stimme.

»Tut mir leid, wenn wir dich geweckt haben«, sagte Neha.

»Habt ihr nicht. Wenn ich fest genug geschlafen hätte, würde ich jetzt immer noch schlafen. Aber ich muss Neha recht geben. Ich habe auch ein mulmiges Gefühl.«

»Ist das so etwas wie weibliche Intuition?«

»Wie du es auch immer nennst«, antwortete Neha.

»Wir sollten versuchen, noch etwas zu schlafen. Vielleicht müssen wir für das, was noch passiert, ausgeruht sein.«

»Vorher werde ich noch in unsere Kabine in der *Space Hopper* gehen«, verkündete Michelle.

»Was willst du denn dort?«

»Etwas holen, das ich Neha schenken möchte. Es ist etwas ganz Besonderes.«

»Du solltest dir aber etwas anziehen, falls in der BAVARIA noch jemand unterwegs ist.«

»Wem sollte ich schon begegnen.« Sie schaltete die kleine Wandlampe ein und zog sich ein langes T-Shirt über.

»Nimm eine Lampe mit. In der *Space Hopper* gibt es kein Licht mehr.«

Aus einer Schublade entnahm sie eine kleine Stablampe und verließ die Kabine.

Im Gang verbreitete die Notbeleuchtung, kleine Lämpchen an den Seitenwänden knapp über dem Boden, nur ein spärliches Licht. Mit dem Aufzug fuhr sie ins Ladedeck hinunter, in dem sie völlige Dunkelheit empfing. Sie begab sich auf direktem Weg zum Wrack der *Space Hopper*, die im Schein ihrer

Stablampe einen gespenstischen Eindruck vermittelte. Die Luke stand offen, da die Automatik nicht mehr funktionierte.

Schnell stieg sie die wenigen Stufen zum Eingangsschott hinauf und betrat den Vorraum. Dem Lichtkegel ihrer Stablampe folgend, ging sie den Gang entlang zu ihrer Kabine und verschwand darin. Aus einer Schatulle, in der sie ihren bescheidenen Schmuck aufbewahrte, entnahm sie einen kleinen Gegenstand, schloss sie wieder und verließ die Kabine.

Ein kleiner Schwenk ihrer Stablampe in Richtung Waschraum vermittelte ihr den Eindruck, dass etwas nicht stimmt. Die Tür stand zur Hälfte offen, was nach dem Absturz im Dschungel nicht ungewöhnlich war. Aber was sie im fahlen Lichtkegel kurz erkannte, weckte ihre ganze Aufmerksamkeit.

Langsam ging sie auf den Spalt zu und schob die Tür zur Seite. Als sie mit der Lampe in den Raum hinein leuchtete, blieb ihr vor Schreck beinahe das Herz stehen.

99.

Am frühen Morgen informierte Farrow den Kommandanten der ARDMORE, Admiral Matthew Cunningham, über das Verschwinden der sechs Personen. Dieser instruierte umgehend sämtliche sich an Bord befindenden Space Marines, sich der Sache anzunehmen und ebenfalls nach den Vermissten zu suchen. Zusätzlich wurde die Suche nach Marac Kresnan intensiviert.

Die Marines überprüften alle Passagiere und auch das komplette Personal. Jede Kabine, jeder Raum, auch jene, die niemandem zugänglich waren, jede Nische und jedes Schlupfloch wurden durchsucht und kontrolliert.

Der Verdacht auf ein Verbrechen verdichtete sich immer mehr. Man war überzeugt, dass Marac Kresnan dahinter steckte. Aber auch von ihm fehlte jede Spur.

Zwar konnte einwandfrei festgestellt werden, dass seit dem Verschwinden der Vermissten kein Objekt die ARDMORE verlassen hatte, doch war man sich bewusst, dass man Leichen auch anderweitig entsorgen konnte.

Um die Mittagszeit meldete sich ein Mann des Sicherheitsdienstes bei Jason Farrow. »Sir, sechs unserer Männer werden vermisst.«

»Wie bitte? Noch mehr Vermisste?«

»Sie sind weder zum Dienst angetreten, noch befinden sie sich in ihren Kabinen.«

»Setzen Sie sie ebenfalls auf die Fahndungsliste.« Farrow kratzte sich am Kopf. »Die Liste wird immer länger.«

»Da wäre noch etwas.«

»Was denn?«

»Es mag vielleicht unbedeutend klingen, aber Sie wollten doch über jedes Detail informiert werden. Im Medical Center fehlt ein Transportgleiter.«

»Welche Art Transportgleiter?«

»Einer für den Transport von Patienten.« Der Mann machte eine kleine Pause. »Und Leichen.«

Wie von einer Tarantel gestochen erhob sich Farrow aus seinem Sessel. »Lassen Sie sofort nach diesem Gleiter suchen. Wenn Sie ihn gefunden haben, sollen sich die Forensiker darum kümmern. Ich will jeden Fingerabdruck und jedes noch so kleine Detail haben, das an diesem Gleiter klebt.«

Farrow setzte sich wieder und rieb sich die Augen. Er hatte die ganze Nacht nicht geschlafen. Nun machte sich die Müdigkeit bemerkbar. Aber im Moment war nicht an Schlaf zu denken. Er musste den Leuten zur Verfügung stehen und die ganze Aktion koordinieren.

Eine halbe Stunde später erschien ein Forensiker und wollte ihn sprechen.

»Wurde der Transportgleiter gefunden?«, fragte er voller Hoffnung.

»Welcher Transportgleiter?«

Farrow ging nicht darauf ein. »Was haben Sie mir zu berichten?«

»Wir haben in Mister Waltons Krankenkabine Fingerabdrücke von zwei Mitgliedern des Sicherheitsdienstes gefunden.«

»Sagen Sie es mir nicht. Die zwei gehören zu den Vermissten.«

»Ja, Sir.«

»Noch etwas?«

»Nein, Sir.«

Zwei Sicherheitsleute, ein Transportgleiter und ein verschwundener Patient. Was hatte das zu bedeuten? So, wie sich der Fall darstellte, hatten die beiden vermissten Sicherheitsleute Ernest Walton mit einem Patiententransportgleiter weggebracht. Aber warum sollten sie das tun? Und wohin hatten sie ihn gebracht?

Kaum hatte er diese mögliche Schlussfolgerung zu Ende gedacht, erschien erneut ein Mann des Sicherheitsdienstes.

»Sir, wir haben Mister Vanellis Kabine durchsucht.«

»Etwas Interessantes gefunden?«

»Nein. Die Kabine macht den Eindruck, als wären Mister Vanelli und seine Begleiterinnen ...«

Farrows erwartungsvoller Blick hätte Stahlplatten durchbohren können. »Ja?«

»... äh, abgereist.«

»Woraus schließen Sie das?«

»Ihre Sachen sind weg. Na ja, soviel ich weiß, besaßen sie nicht mehr viel, da das meiste bei der Explosion vernichtet worden war. Aber nun ist von ihrem Gepäck gar nichts mehr da.«

»Keine Hinweise sonst?«

»Momentan suchen die Forensiker nach Spuren. Vielleicht finden die etwas.«

»Wie sieht es in den Kabinen von Mister Daniels und Mister Blattning aus?«

»Einige Sachen fehlen. Aber einiges ist noch da.«

»Welchen Eindruck machen die Dinge, die noch da sind, auf Sie? Sind es entbehrliche Dinge?«

»Das kann man so sagen.«

»Das heißt, sie haben die unentbehrlichen Sachen mitgenommen.«

»Das könnte zutreffen.«

»Nun denn, es sieht bei diesen beiden ebenfalls so aus, als wären sie abgereist.«

»Auch da gebe ich Ihnen recht.«

»Die Forensiker sollen sich auch in diesen beiden Kabinen umsehen.«

»Ich werde es veranlassen.«

»Ich glaube, ich komme heute überhaupt nicht mehr zum Schlafen«, brummte er vor sich hin.

»Sir?«

»Ach, nichts. Sie können gehen.«

Der Mann nickte, drehte sich um und verschwand.

Farrow schloss die Augen und versuchte, sich zu konzentrieren. Er hatte das Gefühl, bald nicht mehr klar denken zu können. Er stand auf und holte einen Kaffee. Der wievielte es mittlerweile war, wusste er nicht. Er hatte längst aufgehört zu zählen.

100.

Als Michelle die Tür öffnete und in die Kabine zurückkehrte, konnte Christopher sofort erkennen, dass etwas nicht stimmte. Sie war außer Atem und völlig aufgeregt.

»Was ist passiert?«, fragte er voller Sorge.

»Tote«, keuchte sie. »Ich habe sechs tote Männer gefunden.«

»Wo?« Christopher war sofort hellwach.

»Im Waschraum der *Space Hopper*.«

Michelle setzte sich neben Neha auf den Bettrand.

»Hast du sie erkannt?«

»Ja. Die zwei, die uns gestern Abend hierher gebracht haben, sind unter ihnen.«

Christophers Gedanken rasten. Er versuchte, das Gehörte einzuordnen und dahinter einen Sinn zu erkennen.

Zwei Leute des Sicherheitsdienstes bringen ihn, Michelle und Neha in die BAVARIA und werden anschließend umgebracht?, fragte er sich in Gedanken.

Dasselbe schien auch mit den Leuten passiert zu sein, die Ernest, Eric und Rick hierher gebracht hatten. Langsam beschlich ihn ein ungeheuerlicher Verdacht. »Das darf nicht wahr sein.«

»Was ist los?« Michelle und Neha machten verwirrte Gesichter.

»Ich glaube, wir sind in eine ganz perfide Falle getappt.«

»Was!« Michelle stand auf und tigerte nervös umher. »Was meinst du damit?«

»Ich befürchte, wir sind in der BAVARIA eingesperrt.«

Michelle und Neha sahen ihn konsterniert an.

»Dann sollten wir sofort versuchen, das herauszufinden«, schlug Michelle vor.

»Ich werde alleine gehen. Es bringt nichts, wenn wir uns alle drei in Gefahr begeben. Ich werde gleich mal mit Rick und Eric reden.«

Christopher zog sich an, nahm eine Stablampe und verließ die Kabine. Auf dem Weg zum Hauptschott begegnete er niemandem. Als er den Schalter betätigte, stellte er verblüfft fest, dass es sich ohne Probleme öffnen ließ.

Nun verstand er die Welt nicht mehr. War das etwa nur ein Hirngespinst von ihm gewesen, als er dachte, sie wären in der BAVARIA eingeschlossen?

Er stieg die Stufen hinunter und setzte einen Fuß auf den Boden des Hangardecks. Als er den nächsten Schritt machte, hob er die Lampe und leuchtete geradeaus. Doch dann blieb er wie angewurzelt stehen, als er vor sich eine seltsame Lichtspiegelung wahrnahm. Die Erkenntnis jagte ihm einen gewaltigen Schrecken ein.

Der Abwehrschirm!

Er leuchtete den Boden um sich herum ab und suchte nach irgendeinem kleinen Gegenstand. Gleich neben der untersten Stufe entdeckte er ein winziges Metallstück. Er hob es auf und warf es in den Abwehrschirm. Mit einem leisen Zischen verglühte es.

Nun wurde ihm bewusst, dass ihn beinahe dasselbe Schicksal ereilt hätte, wenn er die Spiegelung des Lichts nicht rechtzeitig gesehen hätte. Langsam stieg er die Stufen rückwärts wieder hoch. Er ließ das Schott zugleiten, begab sich zu Ricks Kabine und drückte auf den Summer.

Es dauerte eine Weile, aber dann öffnete sich die Tür. Rick blinzelte ihn mit verschlafenen Augen an. »Was gibt's denn?«

»Wir sind eingesperrt.« Christopher hatte nicht vor, lange um den heißen Brei zu reden.

»Wie meinst du das?« Rick schien noch nicht ganz wach zu sein.

»Mickie hat die Leichen der sechs Sicherheitsleute gefunden, die uns in die BAVARIA gebracht haben. Zudem ist der Abwehrschirm aktiviert. Wir können nicht raus.«

Rick starrte ihn fassungslos an. Plötzlich schien auch er hellwach zu sein. »Wer weiß sonst noch davon?«

»Nur wir beide, Mickie und Neha. Bei Eric und Ernest war ich noch nicht.«

»Okay, dann lassen wir die beiden vorerst schlafen und schauen uns die Sache mal an. Wo sind Mickie und Neha?«

»In unserer Kabine. Ich habe ihnen gesagt, sie sollen da bleiben.«

»Sehr gut.«

»Der Arzt wird bestimmt bei Ernest sein.«

»Um den kümmern wir uns nachher. Als Erstes gehen wir auf die Brücke und versuchen, den Abwehrschirm abzuschalten. Nachher nehmen wir Kontakt mit Farrow auf.«

Zusammen bestiegen sie den Aufzug und fuhren ins Oberdeck. Anschließend traten sie in den dunklen Gang, der zum Kommandostand führte. Auch hier brannte nur die Notbeleuchtung.

Als sie auf der Brücke ankamen, blickten sie in die Mündung von vier Strahlenwaffen.

»Ich habe mich schon gefragt, warum es so lange dauert, bis einer von euch hier oben auftaucht«, sagte eine ihnen bekannte Stimme hinter den Waffen.

101.

Jason Farrow hatte am Vormittag beschlossen, sich eine Stunde hinzulegen und zu schlafen. Mehr konnte er sich in Anbetracht der Situation nicht leisten. Doch nicht einmal diese Stunde wurde ihm vergönnt. Das Summen und Vibrieren seines Kommunikators riss ihn aus der Einschlafphase, obwohl er Anweisung gegeben hatte, ihn nur in den allerdringendsten Fällen zu wecken.

Fluchend rappelte er sich hoch und nahm den Anruf entgegen.

»Sir! Es gibt ein Problem.«

»Sprechen Sie!«

»Die BAVARIA ist von einem Abwehrschirm umgeben.«

Mit einem Schlag waren seine Sinne wieder voll funktionsfähig. »Wie ist das möglich? Das Schiff war doch verschlossen und gesichert.«

»Das dachten wir auch. Wir haben es bemerkt, als wir das Hangardeck noch mal durchsuchten.«

»Beziehen Sie Posten um das Schiff herum und lassen Sie es nicht mehr aus den Augen. Wir müssen davon ausgehen, dass sich die Vermissten an Bord der BAVARIA befinden.«

»Das haben wir uns auch schon gedacht.«

»Ich gehe aber davon aus, dass sie sich nicht freiwillig in diesem Schiff verschanzt haben.«

»Dann befindet sich wohl der flüchtige Marac Kresnan bei ihnen.«

»Das denke ich auch. Ich gehe jede Wette ein, dass er sich in Kürze bei uns melden wird.«

»Sollen wir die Suche im übrigen Teil der ARDMORE beenden?«

»Nein, machen Sie weiter, bis sich Kresnan gemeldet hat. Dann wissen wir mit Bestimmtheit, wo er sich aufhält.«

»Okay, Sir.«

Farrow unterbrach die Verbindung und legte sich wieder hin. Doch es dauerte nur ein paar Minuten, bis der Kommunikator erneut summte.

»Sir! Marac Kresnan wünscht Sie zu sprechen.«

»Stellen Sie ihn durch!«

»Spreche ich mit Jason Farrow?«, erklang die Stimme aus dem kleinen Lautsprecher.

»Ja, das tun Sie.«

»Welch eine Ehre, Sie höchstpersönlich hier an Bord zu wissen.«

»Hören Sie auf mit diesen Floskeln. Sagen Sie mir, was Sie wollen. Ich habe eine Scheißnacht hinter mir. Der Tag hat auch nicht gerade vielversprechend begonnen.«

»Es tut mir leid, wenn ich Ihnen jetzt noch mehr Unannehmlichkeiten bereiten muss.«

»Kommen Sie zur Sache!«

»Sie vermissen sechs Personen!« Kresnans Tonfall hatte sich verändert. Seine Stimme klang hart und unerbittlich.

»Sie wissen bestimmt, wo sich diese sechs Personen befinden.«

»Allerdings. In meiner Gewalt.«

»Was verlangen Sie?«

»Soviel ich weiß, wird die ARDMORE in etwa achtzehn Stunden den Hyperraum verlassen.«

»Das ist richtig.«

»Sobald das geschehen ist, verlange ich mit der BAVARIA freien Abzug. Die Gefangenen werden mich selbstverständlich begleiten.«

»Das können wir nicht zulassen.«

»Und ob Sie das können.«

»Dann haben Sie anscheinend keine Ahnung davon, dass die BAVARIA beschädigt ist. Oder warum glauben Sie, fliegt sie nicht selbstständig zur Erde zurück.«

»Sie bluffen!«

»Ganz und gar nicht.«

»Wir haben die Antriebssysteme überprüft. Es wurden keine Fehler angezeigt.«

»Der Schaden liegt nicht an den Antriebssystemen.«

Kresnan schwieg eine Weile. »Sie wollen mich doch nur hinhalten.«

»Nein, mir liegt etwas daran, die Geiseln vor einem Schaden zu bewahren. Was mit Ihnen geschieht, ist mir völlig egal.«

Wieder ein kurzes Schweigen. »Nun gut, dann werden wir die anderen Systeme auch noch prüfen.«

»Sie wissen nicht zufällig etwas über den Verbleib von sechs Männern des Sicherheitsdienstes?«

»Sie dienten einer wichtigen Aufgabe.«

»Haben Sie sie getötet?«

»Auf dem Weg zu einem Ziel müssen leider auch Opfer gebracht werden.«

»Sie sind ein Ungeheuer!«

»Das haben schon viele gesagt, aber die Zukunft wird zeigen, dass sich alle, die so denken, geirrt haben. Aber darüber will ich mit Ihnen nicht diskutieren. Stellen Sie sich einfach darauf ein, mich in achtzehn Stunden gehen zu lassen.« Er machte eine kleine Pause. »Kommen Sie nicht auf den Gedanken, die BAVARIA stürmen zu lassen.«

»Wir haben schon bemerkt, dass Sie den Abwehrschirm aktiviert haben. Bevor ich Ihnen irgendwelche Zugeständnisse machen kann, muss ich mich davon überzeugen, dass es den Geiseln gut geht.«

»Alles zu seiner Zeit, Mister Farrow. Ich werde mich wieder bei Ihnen melden.«

Damit unterbrach er die Verbindung.

102.

Als Christopher und Rick auf der Brücke Marac Kresnan und drei weiteren Männern mit gezogener Waffe gegenüberstanden, war ihnen auf einmal alles klar geworden. Die Leute des Sicherheitsdienstes, die sie in die BAVARIA gebracht hatten, taten das im guten Glauben. Dafür mussten sie mit dem Leben bezahlen. Der angebliche Arzt, der Ernest betreuen sollte, war niemand anders als einer von Marac Kresnans Komplizen.

Sollte man sie vermissen und nach ihnen suchen, würde niemand auf den Gedanken kommen, sie befänden sich in der BAVARIA, da dieses Schiff nach dem Start der ARDMORE verriegelt und gesichert worden war. Doch wie war es Kresnan möglich gewesen, es trotzdem zu öffnen?

»Wir werden jetzt einen kleinen Spaziergang zur Krankenstation machen.« Kresnan fuchtelte mit der Strahlenwaffe herum und bedeutete ihnen vorauszugehen. »Dass niemand auf dumme Gedanken kommt. Meine Waffe ist nicht auf Betäubung eingestellt.«

Die Krankenstation befand sich auf demselben Deck wie die Brücke, jedoch im hinteren Teil des Schiffs.

»Vanelli, rufen Sie ihre Freundinnen und Eric Daniels an, sie sollen ebenfalls in die Krankenstation kommen«, befahl Kresnan in barschem Ton. »Und keine Tricks!«

Einige Minuten später waren sie alle neben Ernests Krankenbett versammelt. Dieser konnte es kaum fassen, als er Kresnan mit den drei Komplizen den Raum betreten sah.

»Wie geht es unserem Patienten?« Kresnan grinste hämisch.

»Sie Dreckskerl!«, zischte Ernest und blickte ihn zornig an. »Lassen Sie uns sofort frei!«

»Warum sollte ich das, nachdem ich mir die Mühe gemacht habe, sie hierher zu schaffen!« Dann sah er zu Christopher und Neha. »Ihnen gebe ich den guten Rat, sich absolut ruhig zu verhalten. Ein zweites Mal werde ich nicht auf Sie hereinfallen. Sollten Sie irgendetwas versuchen, werde ich als Erstes Ernest Walton erschießen. Oder auch Sie beide.«

Christopher starrte ihn mit verächtlichem Blick an. Kresnans eingefallene Augen strahlten eine furchterregende Unerbittlichkeit aus. Darin entdeckte er ein ähnliches Funkeln, das er bei einem anderen Menschen auch schon einmal gesehen hatte.

»Was soll nun weiter geschehen?«, fragte Ernest mürrisch.

»Wir werden uns alle zusammen zurück auf die Brücke begeben.« Wieder wedelte Kresnan mit der Strahlenwaffe. »Die beiden Frauen werden Ernest Walton behilflich sein.«

Als niemand auf seine Aufforderung reagierte, brüllte er: »Was ist? Muss ich Ihnen erst Beine machen?«

Neha sah verwirrt zu Michelle. Als Ernest dies bemerkte, starrte er Kresnan fassungslos an. Dann ließ er sich von den beiden Frauen beim Aufstehen und beim Ankleiden helfen.

Geschlossen begab sich die Gruppe anschließend in Richtung Brücke. Zwei Bewaffnete gingen voraus, während der dritte und Kresnan mit gezogenen Waffen den Schluss bildeten. Dort angekommen befahl Kresnan ihnen, sich zusammen vor den Kommandantensessel zu stellen, auf den er sich setzte und sie somit alle im Blickfeld hatte. Christopher, Michelle und Neha ließen sich auf den Fußboden nieder und überließen Ernest, Eric und Rick die einzigen drei Sessel, die in unmittelbarer Nähe noch zur Verfügung standen. Kresnans Komplizen setzten sich hinter ihrem Anführer auf weitere Sessel.

»Jetzt werden wir Mister Farrows Wunsch nachkommen und ihm zeigen, dass es Ihnen allen gut geht.«

Nachdem er die Verbindung hergestellt hatte, verlangter er den Chef des Terrestrial Secret Service zu sprechen. »Mister Farrow, ich möchte Ihrem Begehren nachkommen und Ihnen meinen guten Willen zeigen. Den Gefangenen geht es, wie Sie gleich hören werden, sehr gut.«

»Ich möchte mit Mister Walton sprechen«, erwiderte Farrow trocken.

Kresnan warf Ernest ein zweites Headset zu.

»Mister Walton? Hier spricht Jason Farrow. Wie geht es Ihnen?« Der Geheimdienstchef hatte den Kopf gesenkt und wartete gespannt auf die Antwort.

Um ihn herum hatten sich Admiral Cunningham, Commander Hauser, David Mitchell und einige Leute des Sicherheitsdienstes versammelt. Sie alle waren bereit, seine Befehle umgehend in die Tat umzusetzen.

Dann erklang aus dem Lautsprecher Ernests Stimme: »Mister Farrow? Uns geht es den Umständen entsprechend gut. Alle sind wohlauf, niemand ist verletzt. Außer den sechs toten Sicherheitsleuten.« Ernest machte eine kleine Pause. »Sie sollten nicht auf die Forderungen dieses Schurken eingehen.«

»Das reicht!«, brüllte Kresnan.

»Ach, bitte grüßen Sie Doktor Jekyll und Mister Hyde von uns.«

Farrow blickte einen Moment fragend zu Cunningham und versicherte Ernest: »Das werde ich. Passen Sie auf sich auf.«

»Danke, Sir.«

Der Kontakt zu Ernest wurde kurz unterbrochen. Dann hörte Farrow wieder Marac Kresnans Stimme.

»Wie Sie sehen, bin ich Ihnen gegenüber im Vorteil. In weniger als siebzehn Stunden wird die ARDMORE den Hyperraum verlassen. Sobald dies geschehen ist, verlange ich freien Abzug mit der BAVARIA.«

»Haben Sie die Systeme noch einmal überprüft?«, fragte Farrow.

»Das haben wir. Es gibt nur eine kleine Unstimmigkeit bezüglich der Klimaanlage. Das sollte kein Hindernis sein, um zu starten.«

»Diese kleine Unstimmigkeit, wie Sie es nennen, könnte Sie und ihre Geiseln umbringen.«

»Sie übertreiben. Dieses Risiko gehen wir gerne ein.«

»Das können wir nicht zulassen. Wenn Sie mit einem beschädigten Schiff starten wollen, ist das Ihre Sache. Aber wenn Sie Geiseln damit in Gefahr bringen, ist das nicht akzeptabel.«

»Glauben Sie mir, ich habe keine Skrupel, diese Leute einen nach dem anderen zu töten. Von dem Moment an, in dem sich die ARDMORE wieder im Normalraum befindet, werde ich jede Stunde eine Geisel töten, sollten Sie mich daran hindern, zu starten.«

»Wenn Sie so gut Bescheid wissen«, mischte sich Admiral Cunningham in die Unterhaltung ein, »dann sollten Sie auch wissen, dass unmittelbar nach Wiedereintritt in den Normalraum automatisch ein starkes Bremsmanöver eingeleitet wird. Wir wollen schließlich nicht an der Erde vorbeifliegen. Dabei ist ein Start eines Beibootes so gut wie ausgeschlossen.«

»Admiral Cunningham nehme ich an.« Kresnan grinste herablassend. »Dachte ich mir doch, dass Sie auch in der Nähe sind. Versuchen Sie nicht, mich für dumm zu verkaufen. Ich weiß genau, dass während eines solchen Bremsvorgangs immer wieder Kampfschiffe das Leitschiff verlassen.«

Cunningham und Farrow sahen sich verwundert an.

Warum weiß er das?, fragte sich Farrow in Gedanken. *Kennt er sich so gut mit irdischen Raumschiffen aus?*

»Wir müssen darüber beraten«, entgegnete Farrow.

»Aber beraten Sie nicht allzu lange.«

Erneut wurde der Kontakt unterbrochen.

103.

Farrow lehnte sich zurück und sah zu Cunningham. »Etwas geht mir nicht aus dem Kopf. Warum verlangt der Kerl nicht, dass wir den Hyperraum sofort verlassen? Dann könnte er sich die Warterei ersparen und gleich losfliegen.«

»Ich kann mir schon vorstellen warum«, antwortete Cunningham. »Wenn man den Hyperraum außerplanmäßig verlässt, könnte es sein, dass man unmittelbar vor einem Planeten oder einer Sonne in den Normalraum eintaucht. Oder in einem Asteroidenschwarm. Das scheint der Kerl auch zu wissen. Also lässt er die ARDMORE lieber planmäßig in den Normalraum eintauchen.«

»Dies würde aber heißen, dass er die Verhältnisse im Sonnensystem kennt.«

»Das ist nicht unbedingt gesagt. In jedem Sternensystem bestehen solche Risiken. Deshalb werden die Etappen eines Hyperraumflugs immer genau berechnet und programmiert. Das unplanmäßige Verlassen des Hyperraums bedeutet immer ein gewisses Risiko. Es lässt sich zwar in etwa vorausbestimmen, wo man sich zu einem bestimmten Zeitpunkt gerade befindet. Aber es gibt immer Abweichungen, die verschiedene Ursachen haben können.«

»Kennen Sie die Leute, die Walton angesprochen hat? Diesen Doktor Jekyll und Mister Hyde?«

»Da haben Sie mich ehrlich gesagt überfragt. Ich kenne niemanden mit solchen Namen.«

Cunningham nickte einem Brückenoffizier zu, der sogleich die Passagierliste durchsuchte.

»Sir«, meldete sich dieser nach wenigen Sekunden. »Auf der ARDMORE gibt es niemanden mit diesen Namen.«

»Eigenartig«, erwiderte Farrow nachdenklich. »Was könnte Walton damit gemeint haben?«

»Vielleicht wollte er uns auf etwas aufmerksam machen«, erwiderte Cunningham.

»Dann müssten diese Namen eine bestimmte Bedeutung haben. Ich werde einen meiner Agenten darauf ansetzen.«

»Würde mich nicht wundern, wenn etwas dabei herauskommt. Ich kenne Ernest Walton schon seit Jahren. Es würde zu ihm passen.«

Farrow dachte eine Weile über das Gesagte nach. »Gibt es eine Möglichkeit, den Schutzschirm der BAVARIA von außen zu deaktivieren?«

»Das müssten Sie Commander Hauser oder Rick Blattning fragen, aber Letzterer befindet sich leider unter den Geiseln.«

»Ich hätte eine Idee«, meldete sich David Mitchell aus dem Hintergrund.

Farrow und Cunningham drehten die Köpfe in seine Richtung.

»Während unseres Aufenthalts auf dem Raumhafen von Tongalen haben wir die BAVARIA durch die Notausstiegsluke verlassen und vorher mit einer Strahlenkanone ein Loch in den Boden des Raumhafens geschmolzen.«

Bevor David Mitchell weitererzählen konnte, war Farrow blitzartig auf den Beinen. »Das ist die Lösung! Mitchell, Sie sind ein Genie!«, rief er begeistert und wandte sich wieder an Cunningham. »Gibt es eine Möglichkeit, unter das Hangardeck zu gelangen?«

Cunningham dachte einen Augenblick lang nach. »Der Hangar liegt im untersten Deck der ARDMORE. Aber es gibt einen Hohlraum zwischen dem Deck und der unteren Außenhülle des Schiffs. Dort herrschen jedoch unangenehme Temperaturen. Es ist bitterkalt.«

»Aber wäre es möglich, dass jemand durch diesen Hohlraum unter die BAVARIA gelangen könnte?«

»Möglich schon, allerdings wegen der Kälte nur in einem Schutzanzug.«

»Sehr gut. Wir machen Folgendes.«

In der nächsten halben Stunde erläuterte Jason Farrow seinen Plan. Dieser sah vor, dass ein Team von Technikern in Schutzanzügen durch den Hohlraum bis unter die BAVARIA vorstößt und dort ein Loch in die Trennwand zwischen Hangardeck und Hohlraum schneidet. Durch dieses Loch sollte anschließend eine Gruppe von Space Marines genau unter die Notluke gelangen. Anschließend müssten die Leute es nur noch schaffen, die Luke zu öffnen.« Er machte eine Pause und sah zu Admiral Cunningham. »Wie groß ist das Risiko eines Druckabfalls in diesem Hohlraum?«

»Der Hohlraum bildet einen Sicherheitsbereich, falls die Außenhülle beschädigt werden sollte« antwortete der Admiral. »Für eine gewisse Zeit sollten die Innenwände des Hohlraums dem Druckverlust standhalten.«

»Für wie lange?«

»Etwa einhundert Minuten.«

»Das sollte auf jeden Fall reichen. Aber wenn es unerwarteterweise zu einem Leck in der Außenhülle kommen sollte, wären die Marines durch ihre Schutzanzüge trotzdem nicht in Gefahr. Sofern das Leck nicht so groß ist, dass sie ins Weltall hinausgezogen werden.«

»Momentan besteht keine Gefahr eines Lecks von außen. Das wäre der Fall, wenn wir in einem Meteoritenschauer geraten. Im Hyperraum gibt es so etwas nicht. Aber es gibt zusätzlich Vorkehrungen, falls es doch zu einem Leck kommen sollte. Der Hohlraum ist in mehrere Sektoren unterteilt. Bei einem Leck würde der entsprechende Sektor durch Hochdruckdüsen automatisch mit einem selbsthärtenden Schaum vollgepumpt. Das Leck wäre damit gestopft. Sollte sich jedoch zur selben Zeit ein Mensch in diesem Sektor aufhalten, würde er vom Schaum erdrückt. Er hätte keine Chance zu überleben.«

»Wie Sie schon sagten, ist die Gefahr eines Lecks in der Außenhülle im Hyperraum gering. Dann bleibt nur noch die Frage, wie lange man braucht, um ein Loch in die Innenhülle zu schneiden.«

»Das sollte kein Problem sein. Entsprechende Geräte und Werkzeuge haben wir an Bord. Ich werde sofort alles Notwendige veranlassen.«

»Aber informieren Sie nur die allernötigsten Leute und von ihnen auch nur jene, denen Sie hundertprozentig vertrauen.«

»Darauf können Sie sich verlassen.«

Cunningham setzte sich in den Kommandosessel, kontaktierte verschiedene Personen und gab Anweisungen und Befehle, während Hauser seine Marines zusammentrommelte.

104.

Zwei Stunden später hatte Commander Hauser sein Team zusammengestellt. Es bestand aus David Mitchell, Lars Thorwald und Nadja Koslova und ihm selbst.

In der Zwischenzeit hatte Admiral Cunningham die genauen Koordinaten der Notluke berechnen lassen und zwei Bordtechniker damit beauftragt, vom Hohlraum aus an dem Punkt ein Loch in den Boden des Hangardecks zu schneiden. Die Schneidbrenner erzeugten zwar eine große Hitze, doch die konnte den Technikern in den Schutzanzügen nichts anhaben.

Weitere zwei Stunden später hatten sie ein rundes Stück von etwa einem Meter Durchmesser herausgeschnitten. Die rauchige Luft verzog sich langsam, während die Ränder des Lochs noch eine Weile glühten. Die beiden Techniker zogen sich zurück und überließen den Hohlraum den Space Marines. Das Öffnen der Notluke sollte kein Hindernis darstellen, da der Commander den Code dafür kannte.

Hauser war mit seinen drei Marines seit einigen Minuten unterwegs. Er bildete die Spitze, während David Mitchell den Abschluss machte. David fühlte sich ziemlich mulmig, hatte der Hohlraum doch eine Höhe von nicht einmal einem Meter. Zudem trug die Gewissheit, dass sich unter ihm nur noch die Außenhülle des Raumschiffs befand, die ihn vom endlosen Weltall trennte, nicht gerade zur Beruhigung bei.

Die in regelmäßigen Abständen verlaufenden Querverstrebungen, welche die einzelnen Sektoren abgrenzten, behinderten ihr Vorwärtskommen zusätzlich. Zudem mussten sie aufpassen, nicht an irgendwelchen spitzen Gegenständen hängen zu bleiben und den Schutzanzug zu beschädigen.

Nach einer halben Stunde mühsamen Kriechens erreichten sie das Loch. Hauser leuchtete mit der Helmlampe nach oben und erkannte die Umrisse der Notluke. Die Berechnung der Techniker war perfekt gewesen.

Der Commander hatte seine Leute angewiesen, sich nur mit Handzeichen zu verständigen, sobald sie sich direkt unter der BAVARIA befanden. Man wollte unbedingt verhindern, dass der Gegner sie hören könnte und ihnen einen unangenehmen Empfang bereiten würde.

Vorsichtig stieg Hauser durch das Loch ins Innere des Hangardecks. Unmittelbar hinter ihm folgten seine Leute. Nach der mühsamen Kriecherei waren sie froh, wieder aufrecht stehen und sich strecken zu können.

Jeder von ihnen wusste, wie er sich nach dem Öffnen der Luke zu verhalten hatte. Zuvor würde der Commander den Öffnungscode eingeben, der den Verriegelungsmechanismus entsperrte. Als Nächstes musste er möglichst lautlos die Handkurbel drehen. Genau da lag bereits das erste Problem. Sie waren nicht sicher, ob diese Aktion Geräusche verursachte.

Wenn die Luke entriegelt war, würde der Commander den runden Deckel einen Spalt anheben und einen Blick ins Innere der BAVARIA wagen, um sich zu vergewissern, ob sich jemand in unmittelbarer Nähe befand. Sollte dies der Fall sein und er würde entdeckt, müsste er so schnell wie möglich die Luke wieder verriegeln und den Sperrcode eingeben. Unter der BAVARIA hätten sie sonst schlechte Chancen, sich gegen einen Angriff von Strahlenwaffen zu wehren.

Nachdem Hauser den Code eingegeben hatte, drehte er die Kurbel ein kleines bisschen. Es gab kein Geräusch. Er drehte noch ein bisschen. Wieder kein Geräusch. Beim nächsten Drehversuch erklang ein leises Quietschen. Sofort hielt er inne und lauschte. Als er nichts hörte, drehte er ganz langsam weiter. Wieder ertönte ein kurzes Quietschen. Wieder stoppte er und lauschte. Doch danach ließ sich die Kurbel viel leichter und völlig geräuschlos weiterdrehen.

Hauser atmete tief durch und blickte erleichtert zu seinen Leuten. Anschließend wandte er sich wieder der Luke zu und hob sie zuerst nur ein paar Millimeter an, um sich zu vergewissern, dass sie auch dabei kein Geräusch verursachte. Als dies nicht geschah, drückte er sie noch ein bisschen weiter nach oben. Ein Blick durch den schmalen Spalt zeigte ihm völlige Dunkelheit im Innern der BAVARIA. Anscheinend befand sich niemand im Ladedeck.

Langsam stieß er die Luke weiter nach oben, immer darauf achtend, ob sich im Ladedeck etwas tat. Aber es blieb weiterhin stockdunkel. Als die Luke eine genaue senkrechte Position erreichte, rastete sie mit einem leisen Klick ein. Er wartete eine Weile, um sicher zu sein, dass auch dieses Geräusch niemanden hergelockt hatte.

Wenig später streckte er den Kopf durch die Öffnung, drehte sich einmal um seine eigene Achse und wartete wieder einen Moment. Dann duckte er sich und zeigte seinen Leuten den aufrechten Daumen.

Leise kletterte er durch die Öffnung ins Innere der BAVARIA, gefolgt von seinen Begleitern. Danach klappte er die Notluke wieder nach unten, jedoch ohne sie zu verriegeln. So konnte der Gegner nicht gleich erkennen, dass jemand das Schiff betreten hatte. Aber gleichzeitig sollte ein notwendiger schneller Rückzug ohne große Hindernisse gewährleistet bleiben.

Schnell entledigten sie sich ihrer Schutzanzüge und versteckten sie an einer strategisch günstigen Position, falls sie aus irgendeinem Grund die Flucht ergreifen mussten.

Leise eilten sie zum Ausgang des Ladedecks. Hauser schlug vor, nicht den Aufzug zu benutzen, da dies unter Umständen vom Gegner erkannt werden konnte. Stattdessen wies er seine Leute an, die Leiter im Notschacht hochzusteigen. Er öffnete das Schott, welches sich gleich neben dem Aufzug befand, und erklomm, gefolgt von den anderen, die Metallsprossen. Etwa auf mittlerer Höhe befand sich das Ausstiegsschott zum Mannschaftsdeck, auf dem sich auch das Datenlabor befand. Hauser kletterte daran vorbei bis ganz nach oben, wo ein weiteres Ausstiegsschott ins obere Deck mündete.

Im Gegensatz zum Feind kannte der Commander die BAVARIA in- und auswendig. Dieser nicht ganz unerhebliche Vorteil stimmte ihn hinsichtlich des Vorhabens zuversichtlich. Das gesamte obere Deck, mit Ausnahme der Brücke, wurde von einem rechteckig angeordneten Rundgang eingerahmt, in dem die verschiedenen Bereiche - Krankenstation, Bordkantine, Rechenzentrum und Konferenzraum - durch zusätzliche Zwischengänge abgetrennt waren. Der vordere Teil dieses Rundgangs mündete in einen Vorraum, von dem aus eine schmale Treppe ins Bordobservatorium über der Brücke und ein weiterer Aufzug nach unten führten. Eine breite Doppelschiebetür führte auf die Brücke. Während des Flugs war sie selten geschlossen.

Im hinteren Teil des Decks gab es nebst eines zweiten Aufzugs, der ins Ladedeck führte, nur noch den Zugang zum Notschacht. Normalerweise wurden die Decks von Kameras überwacht, doch als man die BAVARIA ins Hangardeck der ARDMORE geladen hatte, wurde das gesamte Bordsystem, außer dem Notsystem, heruntergefahren.

Commander Hauser öffnete das Ausstiegsschott einen Spalt und lauschte kurz. Als er nichts hörte, stieß er es ganz auf und stieg leise in den Gang hinaus. Die Notbeleuchtung spendete nicht viel Licht, aber genug, um sich zu orientieren.

Mit einem Handzeichen gab er seinen Leuten zu verstehen, die Helmlampen abzuschalten und im Schacht zu warten. Er wollte zuerst sichergehen, dass ihnen niemand auflauerte. Nachdem er seine Lampe ebenfalls abgeschaltet hatte, machte er einige Schritte nach rechts und spähte vorsichtig um die Ecke den steuerbordseitigen Gang entlang nach vorn. Außer den vielen Notleuchten konnte er nichts erkennen und weiterhin auch nichts hören.

Kurz darauf kehrte er zu seinen Leuten zurück und winkte sie aus dem Schacht. Leise betraten sie den Gang. Danach gab er Lars Thorwald zu verstehen, den Aufzug neben dem

Notschacht zu bewachen, um zu verhindern, dass ihnen der Gegner in den Rücken fiel.

Hauser, Mitchell und Nadia Koslova schlichen den Gang entlang zum ersten Zwischengang, der die Krankenstation von der Bordkantine trennte. Unmittelbar davor blieben sie stehen, um zu lauschen. Aber auch hier konnten sie keine Geräusche vernehmen.

Hauser blickte in den Zwischengang, der genauso verlassen war, wie der Rest des Hauptganges. Er gab Mitchell mit Handzeichen den Auftrag, die Krankenstation zu durchsuchen, während er zusammen mit Nadia Koslova die Kantine besichtigen wollte. Ein kurzer Blick in den Raum bestätigte Hausers Vermutung, dass diese leer war.

Kurz darauf trafen sie sich mit David am selben Ort, wo sie sich kurz zuvor getrennt hatten. Auch er hatte nur die leere Krankenstation vorgefunden.

»Wo sind die alle?«, flüsterte Mitchell.

»Wahrscheinlich auf der Brücke.« Der Commander nickte mit dem Kopf in die entsprechende Richtung.

»Oder der Halunke hat die Geiseln in die Kabinen gesperrt und sich selbst auch schlafen gelegt.«

»Ich glaube nicht, dass Kresnan das Ganze alleine durchzieht. Wenn er tatsächlich schlafen sollte, müsste mindestens einer seiner Komplizen Wache halten.«

»Wäre gut für uns, wenn wir sie einen nach dem anderen erledigen könnten.«

»Darauf können wir uns nicht verlassen. Wir wissen nicht einmal, wie viele es sind. Lasst uns zum nächsten Zwischengang gehen.«

Hauser spähte wieder vorsichtig um die Ecke den Gang entlang. Als er niemanden sehen konnte, ging er mit zügigen aber leisen Schritten voran. Mitchell und Nadia Koslova folgten ihm sofort.

Im zweiten Zwischengang, der die Kantine vom Rechenzentrum trennte, hielten sie wieder an und lauschten erneut.

»Ich glaube, ich habe vorhin, als wir im Hauptgang waren, Stimmen gehört«, wisperte Nadia Koslova. »Sie kamen von vorne. Anscheinend von der Brücke.«

»Wir sichern zuerst diese Räume hier und widmen uns anschließend der Brücke.«

Hauser gab ihnen zu verstehen, an dieser Stelle zu warten, während er das Rechenzentrum besichtigte.

Vorsichtig näherte er sich dem Eingang und wagte einen schnellen Blick hinein. Sofort zog er den Kopf wieder zurück, als er eine Gestalt bemerkte, die mit dem Rücken zu ihm, die Beine weit von sich gestreckt, in einem Sessel hing und mit den Fingern auf irgendeinem Handgerät herumdrückte. Zum Glück verursachten die Geräte im Rechenzentrum genug Eigengeräusche, sodass das Flüstern von vorhin übertönt worden war.

Als er zu seinen Leuten zurückgekehrt war, gab er ihnen durch Zeichen zu verstehen, dass er jemanden entdeckt hatte. Daraufhin zogen sie sich wieder in den ersten Zwischengang zurück.

»Kresnan scheint tatsächlich nicht allein zu sein«, sagte Hauser leise. »Den Kerl im Rechenzentrum habe ich noch nie gesehen.«

»Wir müssen damit rechnen, dass er noch weitere Komplizen hat.«

»Zu blöd, dass wir nicht wissen, wie viele Leute es sind. Dann könnten wir uns eine Strategie zurechtlegen.«

»Wenn wir einen von denen erledigen, müssen wir ihn gut verstecken, damit er möglichst lange unentdeckt bleibt. Sonst wissen die anderen gleich, dass jemand in die BAVARIA eingedrungen ist.«

»Es würde aber bestimmt nicht lange dauern, bis sie ihn vermissen. Das heißt für uns, wir müssten schnell handeln, sobald wir den ersten erledigt haben.«

»Am besten teilen wir uns auf. So können wir gleichzeitig zuschlagen.«

»Wir dürfen die Geiseln nicht vergessen. In erster Linie sollten wir darauf achten, sie zu beschützen und sie nicht in Gefahr bringen. Wir gehen jetzt wieder zum nächsten Zwischengang. Mitchell, Sie nehmen sich den Kerl im Rechenzentrum vor. Nadia und ich kontrollieren den Konferenzraum. Sollte sich da auch irgendein Kerl aufhalten, versuchen wir ihn auszuschalten. Anschließend treffen wir uns wieder an derselben Stelle. Das Ganze sollte möglichst geräuschlos durchgeführt werden, falls sich irgendwo weitere Komplizen aufhalten. Wir sollten das Überraschungsmoment so lange wie möglich aufrechterhalten.«

Gemeinsam schlichen sie wieder zum zweiten Zwischengang, gingen geräuschlos in Stellung und warteten darauf, dass der Commander ihnen das Zeichen zum Eingreifen gab.

Doch genau in dem Moment, als er das tun wollte, kam ihnen der Fremde aus dem Rechenzentrum entgegen.

105.

Die Stimmung auf der Brücke war äußerst angespannt. Marac Kresnan hatte sich bisher nicht ein einziges Mal aus dem Kommandosessel erhoben, während zwei seiner Komplizen zwischendurch immer wieder aufstanden und umhergingen. Zweimal kam einer der beiden zu Christopher, Michelle und Neha, kniete sich vor sie auf den Boden und starrte die beiden Frauen neugierig an. Beide Male wurde er von Kresnan zurechtgewiesen und aufgefordert, sie in Ruhe zu lassen. Der dritte hatte irgendwann die Brücke verlassen und war bisher nicht zurückgekehrt.

Kresnan war nicht der Typ, der Leute zu seinem Vergnügen quälte oder quälen ließ. Menschen waren für ihn Mittel zum Zweck. Wenn er Geiseln benötigte, nahm er sich welche. Dabei sah er immer nur sein Ziel vor Augen. Dafür lebte er und für nichts anderes. Wenn ihm aber jemand in die Quere kam und seine Pläne zu vereiteln versuchte, konnte er sehr wütend werden. In solchen Fällen wurde er unberechenbar und kannte keine Gnade. Rache stellte für ihn eine Form von Strafe dar, die er denen zuteilwerden ließ, die ihm, aus seiner Sicht gesehen, Unrecht zufügten.

Sein unberechenbares, manchmal sogar widersprüchliches Verhalten zeigte sich beispielsweise in dem Moment, als er einen seiner Komplizen angewiesen hatte, aus der Kantine Wasser und etwas zu Essen für die sechs Geiseln zu holen. Er selbst hatte bis zu diesem Zeitpunkt noch nichts zu sich genommen. Allerdings durfte man sich von solchen Aktionen auf keinen Fall täuschen lassen.

Michelle und Neha saßen nebeneinander auf dem Fußboden in gegenseitiger Umarmung. Gleich nachdem sie auf die Brücke geführt worden waren, hatte Neha einen kurzen Moment daran gedacht, ihre Kampftechnik anzuwenden und zuzuschlagen. Aber sie hatte bald eingesehen, dass sie keine

Chance hatte. Die drei Komplizen waren anscheinend von Kresnan über ihre Fähigkeiten informiert worden, denn sie achteten stets darauf, einen gewissen Abstand zu ihr einzuhalten. Zudem hielten Kresnan und seine drei Männer ständig ihre Waffen bereit.

Wieder spürte Neha das Gefühl der Hilflosigkeit in sich aufsteigen. Der Druck setzte ihr erneut zu, obwohl Michelle versuchte, ihr Trost und Halt zu geben. Sie wusste nicht, was sie tun würde, wenn nicht Michelle und Christopher in ihrer Nähe wären. Sie war sich zwar ihrer Stärke im Zweikampf bewusst, aber auch ihrer mentalen Schwäche. Dies wurde ihr immer deutlicher vor Augen geführt, je länger sie sich in der Nähe von Menschen aufhielt. Sie hatte schon immer gewusst, dass Menschen psychisch stärker waren als Tongaler. Deshalb hatte sie sich bisher ein falsches Bild von ihnen gemacht. Dass Menschen auf dieselbe Art und Weise wie sie selbst sensibel und einfühlsam sein konnten, hatte sie erst in jüngster Zeit intensiv zu spüren bekommen.

Die Gefühle, die sie seit den letzten Tagen für Michelle und Christopher entwickelte, hatten sie völlig überrumpelt. Den Grund, warum sie sich vom ersten Moment an von diesen beiden so angezogen fühlte, kannte sie nicht.

Aber sie machte sich darüber auch Sorgen. Sie wusste, dass Menschen paarweise in festen Verhältnissen lebten, und dass eine dritte Bezugsperson alles andere als üblich war. Sie wusste auch, dass Menschen normalerweise starke Eifersucht empfanden, wenn eine Drittperson in eine bestehende Beziehung eindrang. Aber bei Michelle und Christopher hatte sie zu keinem Zeitpunkt von einer Ablehnung oder Eifersucht etwas zu spüren bekommen. Auch gab es zwischen den beiden selbst keinerlei Spannungen, die auf ein Missverhältnis ihretwegen hätten schließen können. Diese Tatsache hatte sie überrascht. Vor allem, nachdem Michelle und sie sich beim Fotoshooting geküsst hatten, hegte sie die Befürchtung, es könnte Probleme geben. Umso erstaunlicher war es für sie gewesen, dass sich das

Verhältnis zwischen ihnen drei in keiner Weise negativ verändert hatte. Im Gegenteil, es hatte sich sogar noch verstärkt.

Neha hatte sich vorgenommen, stets wachsam zu sein und sich beim geringsten Anzeichen von Spannungen zwischen Christopher und Michelle, die auf sie zurückzuführen waren, von ihnen zu distanzieren oder sich sogar zurückzuziehen. Auf keinen Fall wollte sie das Glück der beiden beeinträchtigen. Sie fragte sich zudem, ob sich das Verhältnis zwischen ihnen drei änderte, sobald sie auf der Erde waren und sich Christopher und Michelle wieder in ihrer gewohnten Lebensumgebung befanden.

Als sie zum ersten Mal darüber nachgedacht hatte, Michelle und Christopher zur Erde zu begleiten, hatte sie sich Sorgen gemacht, mit den für sie eher raueren Sitten der Menschen nicht klarzukommen. Aber die Gewissheit, zusammen mit Michelle und Christopher in einer Gemeinschaft zu leben, hatte ihre Befürchtung zerstreut.

»Was starren Sie mich die ganze Zeit so an?«, brüllte Kresnan plötzlich und riss Neha brutal aus ihren Gedanken. Die anderen blickten erschrocken auf und bemerkten, dass Kresnan Rick scharf fixierte.

»Warum haben Sie eigentlich ausgerechnet uns als Geiseln genommen?«, erkundigte sich dieser in ruhigem Ton.

»Das fragen Sie noch? Sie haben alles zerstört, was ich aufgebaut habe! Dafür werden Sie teuer bezahlen!«

»Glauben Sie wirklich, mit Terror und einer Diktatur würden die Menschen in Tongalen glücklich sein?«, fragte Ernest.

»Diese Leute sind schuld am Untergang von Curanien. Durch ihre Intoleranz musste unser Volk in ein anderes Gebiet umsiedeln, wo sie der großen Katastrophe zum Opfer fielen.«

»Die heutige Generation kann dafür nichts. Sie bestrafen die falschen Leute.«

»Curanien wird neu auferstehen, und zwar in Tongalen!«

»Sie denken, Gehirnwäsche ist der richtige Weg dazu?«

»Die Menschen, die wir verändern, werden nur die Basis sein. Diese Basis wird ein anderes Gesellschaftssystem bilden, das es für zukünftige Einwanderer von der Erde attraktiver macht. Gläubige Einwanderer, die bald die Mehrheit bilden werden.«

»Sie sind wahnsinnig«, sagte Ernest. »Sie werden damit nicht durchkommen.«

»Glauben Sie?« Kresnan lachte triumphierend. »Wollen Sie mal versuchen, auf mich zu schießen?«

Er streckte Ernest seine Strahlenwaffe entgegen, aber dieser rührte sich nicht vom Fleck.

»Das kann jeder sagen, der einen Schutzanzug trägt.«

Ohne Ernest zu antworten, legte Kresnan seine Waffe wieder auf seinen Schoß.

»Nicht genug, dass Mark uns alle umbringen wollte, jetzt haben wir es hier zusätzlich noch mit einem Verrückten zu tun«, brummte er.

»Mark ist immer noch auf freiem Fuß«, beklagte sich Eric. »Sollten wir das hier überstehen, wird er uns bestimmt nicht in Ruhe lassen.«

»Wenn man nur wüsste, wo sich der Mistkerl aufhält.«

»Er ist bestimmt noch in Tongalen. Christopher hat ihn schließlich dort getroffen.«

»Aber warum haben Kresnan und Golenko gesagt, sie würden ihn nicht kennen?«

»Das geht mir auch nicht aus dem Kopf. Dieses unterirdische Büro war bestimmt der Hauptsitz der OVT. Sonst hätten sich Varnowski, Kresnan und Golenko nicht dort getroffen.«

»Aber wie kam Mark dort hinein?«

»Anscheinend ist er auch eine Führungsperson der OVT.«

»Ohne das Wissen von Kresnan und Golenko?«

»Versuchen Sie nicht, mich zu provozieren!«, sagte Kresnan grimmig. »Sonst müsste ich jemandem unter Ihnen doch noch Schaden zufügen.«

Christopher hatte die Unterhaltung zwischen Ernest und Eric gespannt mitverfolgt und fragte sich, was das Ganze sollte. Er glaubte nicht, dass es den beiden lediglich darum ging, Kresnan zu provozieren. Es würde ihnen überhaupt nichts bringen, wenn der Schurke ausrastete und jemandem unter ihnen etwas antat. Neha eine Gelegenheit für einen Überraschungsangriff zu geben, war in dieser Situation ebenfalls ziemlich aussichtslos, solange aus drei verschiedenen Richtungen Waffen auf sie gerichtet waren. Da musste etwas anderes dahinterstecken. Aber er konnte sich beim besten Willen nicht vorstellen, was es war.

106.

Als der Fremde dem Commander und seinen beiden Begleitern gegenüberstand, erstarrte er buchstäblich zur Salzsäule. David Mitchell wollte die Gelegenheit nutzten und ihn mit seiner auf Betäubung eingestellten Strahlenwaffe niederstrecken. Doch kurz bevor der Mann getroffen zusammenbrach, gelang es ihm noch, einen Schrei auszustoßen.

Hauser fing ihn auf und flüsterte aufgeregt: »Wir müssen ihn sofort verstecken. Am besten in der Krankenstation. Tragen Sie ihn durch die Kantine nach hinten und geben Sie uns anschließend zusammen mit Thorwald Rückendeckung.«

Während Hauser all das sagte, lud Mitchell den Bewusstlosen auf seine Schultern und machte sich auf den Weg.

Kaum war er verschwunden, hörten Hauser und Nadia Koslova Stimmen und kurz darauf auch Schritte. Sie drückten sich an die vordere Wand des Zwischengangs und lauschten. Die Stimmen waren sofort wieder verstummt und die Schritte wichen einem Schleichen. Die Geräusche kamen von beiden Hauptgängen. Das hieß, sie wurden von zwei Seiten angeschlichen.

Der Commander gab Nadia Koslova zu verstehen, ihm ins Rechenzentrum zu folgen. Hauser war sich bewusst, dass es leichtsinnig war, diesen Weg einzuschlagen, da jeden Moment ein weiterer Mann durch den vorderen Eingang das Rechenzentrum betreten konnte. Vielleicht wäre es besser gewesen, sich ebenfalls zurückzuziehen.

Als sie die vordere Tür erreicht hatten, blickte der Commander vorsichtig in den dritten Zwischengang. Sofort traten sie hinaus und stellten sich, die Waffe im Anschlag, mit dem Rücken neben der Tür an die Wand. Gleichzeitig hörten Sie, wie Männer von der anderen Seite in das Rechenzentrum stürmten. Hauser vermutete, dass es nur zwei waren. Da die Tür zum Konferenzraum verschlossen war, konnte er nicht erkennen, ob sich darin noch jemand aufhielt. Also blieb er ruhig stehen, den Kopf zur Seite gedreht und die Waffe schussbereit. Auf der anderen Seite der Tür sah er Nadia Koslova in derselben Stellung und nickte ihr kurz zu.

Dann trat der erste der Männer aus dem Rechenzentrum in den Zwischengang und wurde von Nadia Koslova sofort mit einem gezielten Schuss betäubt. Fast gleichzeitig machte Hauser einen Schritt vor die Tür. Der zweite Mann stand genau vor ihm und fiel ebenfalls einem Betäubungsschuss zum Opfer.

»Das dürfte einiges an Lärm verursacht haben«, sagte der Commander leise. Gleichzeitig zerrte er die beiden Betäubten in das Rechenzentrum und kehrte sofort wieder zurück. Dann riss er die Tür zum Konferenzraum auf und stürmte hinein, gefolgt von Nadia. Sie durchquerten den leeren Raum und öffneten am anderen Ende die zweite Tür, die sich auf der rechten Seite befand und direkt in den steuerbordseitigen Hauptgang führte. Sofort hörten sie Kresnan seine Komplizen rufen.

»So, wie es sich anhört, ist er alleine.« Hauser betrat den Vorraum, der direkt an die Brücke grenzte. Die Doppeltür stand offen. Er stellte sich unmittelbar neben sie. Es war anzunehmen, dass Kresnan in diesem Moment zur Tür sah. Deshalb wartete Hauser ab. Kresnan konnte seine Geiseln nicht aus den Augen lassen. Wenn er wirklich alleine war, bestand die gute Chance, ihn zu überwältigen. Hauser war sich jedoch im Klaren, dass sein Gegner bewaffnet war und bei seinem Auftauchen sofort auf die Geiseln schießen könnte. Wenn er nur wüsste, wo sich die Gefangenen aufhielten.

Dann hörte er Kresnans Stimme: »Was machen diese Kerle so lange?«

Es folgte eine Pause, dann sagte Ernest: »Gehen Sie doch nachschauen.«

»Das könnte Ihnen so passen. Wir werden jetzt zusammen nach hinten gehen und nachschauen. Denken Sie immer daran, dass eine gezogene Waffe auf Sie gerichtet ist. Bei der kleinsten

Dummheit werde ich irgendjemanden von Ihnen erschießen. Los, gehen Sie schon vor!«

Durch Handzeichen signalisierte Hauser den Rückzug. Mit raschen, aber leisen Schritten verschwanden sie im Konferenzraum, stellten sich unmittelbar neben die Tür und lauschten.

Wenig später hörten sie Schritte, die an der Tür vorbeiführten. Danach war es ruhig.

Hauser sah zu Nadia. »Hoffentlich befinden sich Mitchell und Thorwald in günstiger Position. Dann könnten wir Kresnan in die Zange nehmen.«

»Aber es besteht immer noch die Gefahr, dass er Geiseln erschießt.«

»Das ist mir schon klar. Wir müssen so lange wie möglich unentdeckt bleiben und einen günstigen Moment erwischen, in dem wir ihn mit großer Sicherheit treffen können.«

Hauser eilte zur hinteren Tür und lauschte wieder. »Ich glaube, sie gehen in die Kantine.

»Dann hat er seine betäubten Komplizen noch nicht gefunden.«

»Glaube ich auch nicht, sonst würde da draußen ein Aufruhr herrschen. Anscheinend rechnet er gar nicht damit, dass jemand in die BAVARIA eingedrungen ist.«

Hauser öffnete die Tür einen Spalt und spähte hinaus. Er konnte niemanden sehen. Die Schritte, die er aus dem rechten Hauptgang vernahm, entfernten sich von ihm. Er winkte seine Gefährtin zu sich. Zusammen verließen sie den Konferenzraum, bogen nach rechts und gingen den backbordseitigen Hauptgang entlang nach hinten. Beim nächsten Zwischengang hielten sie an und lauschten. Aus der Kantine erklangen Geräusche.

Plötzlich hörte Hauser Mitchells und Thorwalds Stimme, die Kresnan anschrien, die Waffe fallen zu lassen und sich zu ergeben. Sofort lief der Commander los und betrat die Kantine.

Dann fielen Schüsse.

107.

Jason Farrow ging auf der Brücke der ARDMORE unruhig auf und ab. Über zwei Stunden waren vergangen, seit Hauser und seine Leute durch den Hohlraum zur BAVARIA aufgebrochen waren. Bisher hatte er nichts von ihnen gehört.

Er hatte ein Team von Space Marines ins Hangardeck der ARDMORE beordert, das die BAVARIA unauffällig beobachten sollte. Auch beim Einstieg in den Hohlraum hatte er Leute postiert.

»Sir!«, erklang eine Stimme aus dem Hintergrund.

Farrow drehte sich um und blickte erwartungsvoll zum Kommunikationsoffizier.

»Keyna Algarin wünscht Sie zu sprechen.«

»Stellen Sie das Gespräch auf meinen Kommunikator um.« Farrow aktivierte sein Headset.

»Mister Farrow?«, hörte er eine weibliche Stimme.

»Ja, Madam.«

»Können Sie mir sagen, wo sich Ernest Walton befindet? Ich vermisse ihn seit einigen Stunden. Ich habe bei seinen Freunden nachgefragt, aber die sind ebenfalls unauffindbar.«

»Madam, können wir uns irgendwo treffen?«

»Natürlich. Ist etwas passiert?«

»Ja, aber das möchte ich Ihnen lieber von Angesicht zu Angesicht sagen.«

Eine Viertelstunde später saß er der ehemaligen Kolonialanwältin in einem der Bordrestaurants gegenüber.

»Das Team der *Space Hopper*, Rick Blattning und Neha Araki wurden vor einigen Stunden entführt.«

Keyna starrte ihrem Gegenüber fassungslos in die Augen. »Marac Kresnan?«

»Ja. Sie befinden sich an Bord der BAVARIA. Er hat den Abwehrschirm aktiviert.«

»Dann gibt es keine Möglichkeit, an Bord zu gelangen?«

Farrow erzählte ihr in allen Einzelheiten vom Versuch Hausers und seinen Leuten, durch die Notluke ins Innere der BAVARIA zu gelangen. Keyna hörte ihm aufmerksam zu und unterbrach ihn kein einziges Mal.

Doch nun fragte sie: »Sie haben noch keine Nachricht vom Commander?«

»Nein, Madam. Sie sind seit bald drei Stunden in der BAVARIA. Ich habe keine Ahnung, was sich da drin abspielt. Wir können nur warten und hoffen.«

»Kann ich etwas tun?«

»Im Moment leider nicht. Genauso wenig, wie ich etwas unternehmen kann, solange wir keine Gewissheit über die Situation haben. Aber ich werde Sie auf dem Laufenden halten, sobald ich etwas erfahre.«

»Vielen Dank.«

Farrow dachte einen Moment nach. »Da wäre noch etwas. Kennen Sie einen Doktor Jekyll oder einen Mister Hyde?«

Keyna sah ihn einen Moment lang nachdenklich an. »Nein, diese Namen sagen mir nichts? Wer sind diese Leute?«

»Das wissen wir auch nicht. Mister Walton hat sie uns gegenüber erwähnt, als wir mit ihm sprechen durften. Er meinte, wir sollen diese beiden von ihm grüßen. Aber wir glauben, es könnte sich um eine verschlüsselte Botschaft handeln. Können Sie sich irgendetwas darunter vorstellen?«

»Mir gegenüber hat er diese Namen nie erwähnt. Aber auch von seinen Freunden habe ich sie nie gehört. Haben Sie nach ihnen suchen lassen?«

»Ja, aber auf der ARDMORE halten sich keine Personen mit diesen Namen auf.«

Keyna überlegte einige Augenblicke. »Es gibt doch an Bord eine umfangreiche Bibliothek. Vielleicht sollten Sie da mal eine Namenssuche durchführen.«

»Sie glauben, es sind historische Figuren oder solche aus der Literatur?«

»Ich weiß es nicht, aber ich würde mal nachsehen.«

Farrow kontaktierte sofort einen seiner Agenten und gab ihm den entsprechenden Auftrag. »Sehen Sie, Sie konnten doch etwas für uns tun«, sagte er, nachdem er den Kommunikator beiseitegelegt hatte.

»Wir wissen noch nicht, ob uns das weiterhilft«, gab sie zu bedenken.

Einige Minuten später summte Farrows Kommunikator. Sofort nahm er den Anruf entgegen, hörte eine Weile zu, ohne etwas zu sagen und nickte zwischendurch leicht mit dem Kopf. Er bedankte sich bei seinem Agenten, beendete das Gespräch und sah Keyna lächelnd in die Augen. »Volltreffer!«

Keyna starrte ihn mit großen Augen an.

»Sie werden es kaum glauben«, fuhr er fort. »Es sind zwei Romanfiguren aus früheren Zeiten. Zwar handelt es sich bei den beiden Namen um ein und dieselbe Person, nur dass der eine Name das Gute und der andere das Schlechte im Menschen verkörpert. Diese Figur verwandelt sich nachts von Dr. Jekyll in den bösartigen Mister Hyde und treibt in der Gesellschaft sein wüstes Unwesen.«

»Sehen Sie hier irgendeinen Zusammenhang, was uns Ernest zu vermitteln versuchte?«

»Darüber muss ich mir zuerst noch den Kopf zerbrechen.«

Als Farrow Keynas verwirrten Blick sah, sagte er: »Entschuldigen Sie. Das sollte heißen, dass ich darüber nachdenken werde.«

»Ach so, vielen Dank. Ich habe mich noch nicht an die verschiedenen Redensarten der Menschen gewöhnt. Aber fahren Sie fort.«

»Ich bin mir nicht sicher, ob er bei einer bestimmten Person auf das Gute und Böse hinweisen wollte.«

»Glauben Sie, er bezieht sich dabei auf Marac Kresnan?«

»Das kann ich nur schwer glauben, denn ich kann mir beim besten Willen nicht vorstellen, was an diesem Kerl gut sein soll. Ich sehe in ihm nur Negatives.«

»So geht es auch mir«, bestätigte Keyna nachdenklich.

»Entweder weist uns Mister Walton auf eine andere Person hin, oder das Ganze hat einen ganz anderen Sinn. Ich werde mir auf jeden Fall die Beschreibung dieser Figuren in aller Ruhe durchlesen. Vielleicht entdecke ich dabei noch etwas anderes.«

»Ich könnte das auch tun. Gemeinsam finden wir vielleicht schneller etwas.«

»Gute Idee. Wenn Sie möchten, können Sie sich auf der Brücke aufhalten. Dann bekommen Sie alles mit, was sich sonst noch ereignet.«

»Wenn ich Sie bei Ihrer Arbeit nicht behindere, würde ich das gerne tun.«

Wenig später saß Keyna auf einem Gastplatz und stöberte an einem Terminal im Archiv der Bibliothek.

108.

Hauser und Nadia Koslova eilten sofort in die Kantine, um Mitchell und Thorwald zu unterstützen. Blitzschnell überblickte der Commander die Lage. Seine beiden Gefährten hatten sich hinter einem Tresen in Deckung gebracht, während Kresnan, ihm und Nadia den Rücken zugekehrt, Ernest von hinten umklammerte und ihm die Waffe an den Kopf hielt. Die anderen Geiseln standen hilflos daneben.

Als Hauser auf Kresnan zustürmte, drehte sich dieser, ohne Ernest loszulassen, erschrocken um.

»Halt!«, brüllte er. »Keinen Schritt weiter!«

Hauser blieb breitbeinig mit der Waffe im Anschlag stehen und zielte auf Kresnans Kopf.

»Schießen Sie!«, rief Ernest. »Na, los doch!«

Aber Kresnan wusste genau, dass Hauser dies nicht tun würde, solange Ernests Leben in Gefahr schwebte. Deshalb rührte er sich nicht von der Stelle.

»Gehen Sie nach hinten zu ihren Leuten!«, zischte er Hauser und Nadia Koslova an. »Dann ziehen Sie sich zurück!«

Hauser blieb stehen und zielte weiter auf Kresnan.

»Haben Sie mich nicht verstanden? Muss ich zuerst jemanden erschießen?«

»Ganz ruhig.« Hauser machte ein paar Schritte auf Kresnan zu. Nadia folgte ihm. »Wenn Sie Mister Walton erschießen, nützt Ihnen das überhaupt nichts. Denn dann sind Sie ein toter Mann.«

»Wie ich Sie einschätze, werden Sie das Leben von Ernest Walton auf keinen Fall aufs Spiel setzen. Also, gehen Sie zu Ihren Leuten und verschwinden Sie!«

Hauser bewegte langsam weiter, immer noch die Waffe auf Kresnan gerichtet, und ließ ihn keinen Augenblick aus den Augen. Nadia hielt sich genau neben dem Commander.

In den nächsten Sekunden herrschte absolute Stille, während Hauser und Kresnan sich gegenseitig anfunkelten. Hausers Sinne und Muskeln waren bis aufs Äußerste angespannt. Er war bereit, auf die kleinste Regung Kresnans zu reagieren.

Plötzlich ging alles sehr schnell. Ernest verpasste Kresnan mit seinem Stiefel einen Tritt ans Schienbein und ließ sich sofort senkrecht nach unten fallen. Kresnan, der von diesem Tritt überrumpelt worden war und sich vom Schmerz erholen musste, konnte Ernest nicht mehr festhalten. Dieser entglitt ihm zwischen seinen Armen.

Gleichzeitig machte Hauser einen Schritt auf Kresnan zu und versuchte, ihm die Waffe zu entreißen. Doch dieser reagierte erstaunlich schnell, machte selbst einen Schritt rückwärts und wollte auf eine andere Geisel zielen. Doch Hauser drückte ab und schoss ihm den Strahler aus der Hand. Sofort wollte sich Kresnan auf Michelle stürzen.

»Halt!«, rief der Commander. »Keine Bewegung oder Sie sind Geschichte!«

Kresnan hielt mitten in der Bewegung inne, drehte sich langsam zu Hauser um und hob die Hände.

Nadia hatte sich in der Zwischenzeit gebückt, Ernest von Kresnan weggezerrt und ihm wieder auf die Beine geholfen.

Mitchell und Thorwald krochen aus ihrer Deckung hervor und legten Kresnan Handschellen an.

»Sie sind wendiger und beweglicher als ich dachte«, sagte Hauser zu Kresnan. »Jetzt gehen wir alle zusammen zum vorderen Aufzug. Mitchell, deaktivieren Sie den Abwehrschirm und geben Sie Farrow Bescheid, dass wir die Lage unter Kontrolle haben.«

David eilte voraus, während der Rest der Gruppe mit den Geiseln und dem Gefangenen langsam in dieselbe Richtung ging.

Als sie den Vorraum erreichten, kam David gerade von der Brücke zurück. »Abwehrschirm ist deaktiviert und Farrow informiert. Die BAVARIA ist umstellt.«

»Ausgezeichnet.« Hauser hielt Kresnan am linken Oberarm fest, während Thorwald auf das Tastenfeld des Aufzugs drückte. Zusammen mit David postierte er sich neben die Aufzugtür. Hauser stand mit Kresnan unmittelbar davor. Die ehemaligen Geiseln warteten gleich dahinter. Nadia bildete mit Ernest den Schluss.

Als sich die Aufzugstüren beiseiteschoben, drehte sich Kresnan blitzschnell um die eigene Achse nach rechts und entglitt Hausers Griff. Gleich darauf machte er einen Schritt, hob seine gefesselten Hände in die Höhe und legte sie von hinten um Michelles Hals. Dann zog er sie an sich. Die Handschellen pressten sich gegen ihre Kehle. Ein leises Röcheln zeugte davon, dass sie kaum noch Luft bekam.

»Alle zurück!«, schrie er. »Weg vom Aufzug.«

Entsetzt starrten Hauser und die anderen auf Kresnan und Michelle. Rückwärtsgehend betraten die beiden den Aufzug.

»Bleiben Sie zurück oder ich erwürge sie!« Hastig drückte er eine Taste, worauf sich die Fahrstuhltür schloss.

Sofort eilte Hauser auf die Brücke und blockierte das Hauptschott und die Verladerampe. »Er kann die BAVARIA nicht verlassen«, rief er, als er wieder zurückkehrte. »Mit großer Wahrscheinlichkeit wird er sich ins Ladedeck zurückziehen. Wir fahren mit dem hinteren Aufzug nach unten.«

Dann rannte er den steuerbordseitigen Hauptgang entlang nach hinten, während ihm der Rest der Gruppe folgte. Als er die Taste des Aufzugs gedrückt hatte, dauerte es unendliche Sekunden, bis sich die Tür öffnete. Sie zwängten sich in die Kabine und fuhren abwärts.

Als sich die Fahrstuhltür wieder öffnete, sahen sie Kresnan, immer noch Michelle umklammernd, gerade zur Rampe rennen. Verzweifelt versuchte er, den Öffnungsmechanismus zu betätigen. Als er merkte, dass sich nichts tat, kehrte er um und eilte auf das Wrack der *Space Hopper* zu. Hastig stieg er die Stufen hoch und verschwand im Innern.

»Mitchell, gehen Sie zurück auf die Brücke und öffnen Sie die Rampe und das Hauptschott. Und rufen Sie weitere Marines her.« Hauser stürmte zusammen mit Thorwald und Nadia Koslova zur *Space Hopper*, während David Mitchell mit dem Aufzug wieder nach oben fuhr.

Hauser, Thorwald und Nadia postierten sich neben dem Einstiegsschott und sahen hinein.

»Niemand kommt rein!«, brüllte Kresnan aus dem Innern.

»Geben Sie auf!«, rief Hauser. »Sie haben keine Chance. Wenn Sie die Geisel umbringen, haben Sie nichts mehr. Sehen Sie doch ein, dass Sie verloren haben.«

»Nichts ist verloren, solange ich eine Geisel habe. Ich weiß genau, dass Sie nichts tun werden, um sie zu gefährden.«

Während Hauser versucht hatte, Kresnan zur Aufgabe zu bewegen, hatte sich Ernest leise zu ihnen gesellt.

»Was machen Sie denn hier?«, fragte der Commander erstaunt. »Gehen Sie zurück. Es ist zu gefährlich hier. Kresnan könnte schießen.«

Statt zu antworten oder Hausers Anweisung zu befolgen, stieg Ernest entschlossen die Stufen hinauf und betrat das Wrack.

»Mister Walton! Kommen Sie zurück!«

Aber Ernest war schon im Inneren verschwunden.

109.

Marac Kresnan stand neben dem runden Tisch in der *Space Hopper* und hielt Michelle immer noch von hinten umklammert, als er bemerkte, dass jemand die *Space Hopper* betreten hatte. Verblüfft starrte er Ernest an, als dieser den Gang entlang kam und in den Aufenthaltsraum trat.

»Was tun Sie denn hier?«

»Lassen Sie sie frei und nehmen Sie mich als Geisel.«

»Das könnte Ihnen so passen. Wollen Sie etwa den Helden spielen und sich opfern, damit ich danach ohne Geisel dastehe?«

»Ich will nur, dass Sie sie gehen lassen. Die Leute da draußen wollen genau so wenig, dass mir etwas geschieht. Also spielt es keine Rolle, wen Sie als Geisel haben.«

»Besorgen Sie mir eine Strahlenwaffe!«, befahl er schroff. »Und fragen Sie nach dem Code der Handschellen!«

»Nein! Das werde ich nicht tun.«

»Ich werde ihr sehr wehtun, das können Sie mir glauben. Machen Sie schon!« Kresnan zog die Handschellen um Michelles Hals etwas an, sodass sie wieder zu röcheln anfing.

»Hören Sie auf damit!«, schrie Ernest ihn an. Dann drehte er sich um, kehrte zum Eingangsschott zurück und gab die Forderung weiter. Hauser streckte ihm seine Waffe entgegen und nannte ihm den Öffnungscode. Ernest sah, dass die BAVARIA mittlerweile von vielen Marines umstellt war.

Wenig später nannte er Kresnan den Code und übergab ihm den Strahler, ohne ihn dabei aus den Augen zu lassen. Dieser schnappte ihn blitzschnell und drückte Michelle den Lauf seitlich in die Rippen. Dann befahl er ihr, die Handschellen zu öffnen.

»Rufen Sie Ihre Freunde hierher!«, verlangte er, nachdem Michelle den Code eingegeben hatte und er sich von den Handschellen befreit hatte.

»Wen meinen Sie damit? Ich habe viele Freunde.«

»Sie wissen schon, Eric Daniels, Rick Blattning und diesen Vanelli.«

»Warum sollte ich das tun?«

»Tun Sie es, sonst erschieße ich ihre Freundin auf der Stelle!«

Ernest sah Kresnan einen Augenblick verächtlich an, ging noch einmal zum Eingangsschott und rief die drei zu sich.

»Er will, dass ihr reinkommt«, sagte er leise zu ihnen. »Ich weiß nicht, was der Kerl vorhat, aber wenn wir nicht tun, was er sagt, will er Mickie sofort töten.«

»Was können wir tun?«, fragte Eric nachdenklich.

»Wir gehen rein. Achtet bitte darauf, dass ihr euch nicht näher als etwa einen halben Meter neben mich stellt. Ich brauche ein bisschen …, ähm …, Bewegungsfreiheit.«

»Was hast du vor?«

»Nur falls ich eine Gelegenheit bekomme. Dann brauch ich eben etwas Platz. Lasst mich einfach machen«, antwortete Ernest leise. »Lasst euch nichts anmerken.«

»Du solltest aber nicht unnötig Mickies Leben riskieren.«

»Keine Angst. Wenn sich keine sichere Gelegenheit ergibt, werde ich nichts unternehmen.«

Insgeheim glaubte Ernest nicht wirklich daran, dass sich, wie er hoffte, eine Gelegenheit ergeben würde. Aber man konnte nie wissen.

Plötzlich drängte sich Neha zwischen den Marines hindurch und stieg entschlossen hinter Eric und Rick in das Wrack der *Space Hopper*.

»Was willst du denn hier?«, fragte Rick verwundert.

»Wo sich Michelle und Christopher aufhalten, will auch ich sein.« Mit diesen Worten ging sie an ihm vorbei.

Zusammen betraten sie den Aufenthaltsraum und stellten sich Kresnan gegenüber an die Leichtmetallwand.

»Schön, euch alle wieder beieinanderzuhaben«, sagte er mit zynischem Unterton. »Wir warten jetzt zusammen, bis die ARDMORE den Hyperraum verlassen hat. Dann werden wir uns die BAVARIA zurückerobern und von hier verschwinden. Also, macht es euch bequem. Es wird noch eine Weile dauern.«

»Wir ziehen es vor, hier stehenzubleiben«, entgegnete ihm Ernest. »Ich weiß genau, was Sie vorhaben.«

»Das habe ich Ihnen schon alles erzählt.«

»Ich meine nicht das. Ich weiß, was Sie mit uns vorhaben und schon die längste Zeit vorgehabt hatten.«

»Nichts wissen Sie!« Kresnan starrte Ernest zornig an.

»Ihr Plan wird aber nicht aufgehen, weil Sie uns noch solange brauchen, bis Sie mit der BAVARIA gestartet sind und eine sichere Distanz zur ARDMORE zurückgelegt haben.«

»Da haben Sie recht. Also, verhalten Sie sich ruhig und setzten Sie sich.«

»Wie ich vorhin schon sagte, wir ziehen es vor, zu stehen.«

Kresnan starrte ihn grimmig an und schwieg.

»Wenn ich es mir überlege, gibt es unter Ihnen einige, die für mein weiteres Vorhaben eher ein Risiko darstellen, als von Nutzen zu sein.« Kresnan schob Michelle etwas zur Seite, hob entschlossen die Strahlenwaffe und zielte auf Christopher.

Als Neha erkannte, was Kresnan vorhatte, sprang sie kurz bevor er abdrückte vor Christopher und schlang ihre Arme um seinen Hals. Der Strahl aus Kresnans Waffe traf sie mitten in den Rücken.

Bevor Christopher begriff, was gerade passiert war, spürte er, wie ihre Arme nachgaben. Sofort umfasste er ihren schlaffen Körper und hielt ihn fest an sich gepresst.

Neha sah ihm in die Augen. Ihr Atem ging nur noch stoßweise. Erschüttert erwiderte er ihren Blick und spürte seine Tränen hervorquellen.

Dann schloss sie ihre Augen, und ihr Kopf kippte nach vorn an seine Brust.

110.

Nachdem ihnen David Mitchell mitgeteilt hatte, dass sich Kresnan mit einer Geisel im Wrack der *Space Hopper* verschanzt hatte, begaben sich Farrow und Cunningham umgehend ins Ladedeck der BAVARIA, um die Sache aus nächster Nähe zu verfolgen. Dort wimmelte es mittlerweile von Menschen. Bewaffnete Marines hatten das Wrack umstellt und zielten mit ihren Waffen auf das Eingangsschott.

»Gibt es etwas Neues?«, fragte Cunningham Lieutenant Thorwald.

»Nein, Sir. Kresnan hat nach einer Waffe verlangt. Er hält sich noch immer in der *Space Hopper* auf und hat sechs Geiseln.«

»Sechs?«, sagte Farrow überrascht. »Ich dachte, er hat nur Miss Evans.«

»Zuerst hat sich Mister Walton freiwillig ins Innere des Raumgleiters begeben. Wenig später rief er Daniels, Blattning und Vanelli zu sich. Außerdem hat Neha Araki Vanelli freiwillig begleitet.«

»Hat Kresnan neue Forderungen gestellt?«

»Bisher nicht. Es sieht immer noch so aus, als wolle er mit der BAVARIA starten, sobald wir den Hyperraum verlassen haben.«

»Er wird seine Geiseln niemals freilassen. Er wird sie alle umbringen, wenn er sie nicht mehr braucht.«

»Diesen Eindruck habe ich auch.«

»Gibt es noch eine andere Möglichkeit in das Wrack einzudringen?«

»Nein Sir, nur das Einstiegsschott. Die Rampe lässt sich nicht mehr öffnen.«

»Dann können wir uns auf eine lange Wartezeit einstellen, bis wir den Hyperraum verlassen.« Sein Blick strahlte alles andere als Begeisterung aus. Er setzte sich auf einen flachen Container, stützte die Ellbogen auf seine Oberschenkel und dachte nach. Wieder fiel ihm die verschlüsselte Botschaft von Ernest Walton ein.

Was wollte er damit sagen? Es ließ ihm keine Ruhe. Das Gute und das Böse? Das traf bei Kresnan eindeutig nicht zu. Oder meinte Walton jemand anders? Eventuell einen Verräter in ihren Reihen? Gut und Böse ...?

Vielleicht deutete er auf etwas ganz anderes hin. Wieder konzentrierte er sich auf das Gute und das Böse in ein und derselben Person.

Ein und dieselbe Person ...

Plötzlich fiel es ihm wie Schuppen von den Augen. Dass er nicht schon vorher darauf gekommen war! Es ging Walton gar nicht um das Gute und das Böse in einem Menschen, sondern ...

Dann wurde ihm auch die Konsequenz seiner Erkenntnis bewusst. Ernest Walton und seine Freunde befanden sich als Geisel bei Marac Kresnan und damit in akuter Lebensgefahr.

»Sir!«, rief einer der Marines. »Im Innern des Wracks wird geschossen!«

»Mein Gott«, flüsterte Farrow zu sich selbst, stand auf und eilte zur *Space Hopper*. »Er hat bereits damit begonnen, sie umzubringen.« Er drängte sich zwischen den Soldaten hindurch zum Eingangsschott des Raumgleiters.

Genau in dem Augenblick, als er einen Blick ins Innere des Wracks wagen wollte, hörte er einen lauten, trockenen Knall. Sofort ließ er sich fallen und ging in Deckung. Die Männer um ihn herum wichen erschrocken zurück.

Dann war alles ruhig.

111.

Bei vielen Menschen gibt es im Leben einmal einen Moment, in dem sie über sich hinauswachsen. Dazu braucht es meist ein besonderes Ereignis. Dabei kann es sich um einen erfreulichen wie auch um einen schlimmen Anlass handeln. Bei Michelle war es letzteres.

Nachdem Kresnan auf Christopher geschossen und dabei Neha in den Rücken getroffen hatte, wurde bei ihr ein emotionaler Reflex ausgelöst, der sie dazu veranlasste, sich wie eine Furie auf den Schützen zu stürzen. Dabei stieß sie einen verzweifelten Schrei aus und versuchte, mit ausgestreckten Händen Marac Kresnans Hals zu packen.

Von dieser unerwarteten Attacke überrumpelt, fiel ihm die Strahlenwaffe aus der Hand. Zudem geriet er aus dem Gleichgewicht, sodass er einen Schritt in die andere Richtung machen musste.

Zur selben Zeit öffnete Ernest mit einem unauffälligen Griff den Wandschrank, vor dem er die ganze Zeit gestanden hatte, griff blitzschnell hinein und zog einen länglichen Gegenstand heraus.

Dabei hatte er nur am Rande mitbekommen, dass sich Neha in die Schussbahn geworfen hatte, als Kresnan auf Christopher schoss.

Eine Sekunde später legte Ernest mit seiner Winchester an und feuerte auf Kresnan. Dieser wurde mit voller Wucht rückwärts an die gegenüberliegende Wand geschleudert. Auf seiner Brust zeigte sich ein kleines, schwarzes Loch. Seine Augen drückten Verblüffung aus. Langsam glitt er mit dem Rücken an der Wand nach unten, sank in die Knie und kippte seitlich zu Boden.

Der laute Knall erschreckte Michelle derart, dass sie sofort zurückwich und ihre Hände an sich riss. Dann wandte sie sich schockiert zu Christopher um, der immer noch Nehas leblosen

Körper in den Armen hielt. Es dauerte nur einen kurzen Augenblick, bis sie sich bewusst wurde, was gerade geschehen war. Dass Ernest mit einer ihr unbekannten Waffe Marac Kresnan erschossen hatte, war für sie im Moment nicht von Belang. Ihre einzige Sorge galt Neha.

Dann bemerkte sie, dass Christopher seine Finger auf Nehas Wunde auf dem Rücken presste.

»Holt einen Arzt«, rief dieser verzweifelt. »Ich werde versuchen, die Blutung zu stoppen.«

Rick rannte sofort los.

»Lebt sie noch?«, fragte Michelle unter Tränen.

»Ich weiß es nicht«, antwortete er. »Aber ich werde alles tun, um sie zu retten.«

Michelle half ihm, Nehas Körper zu halten.

»Ich glaube, sie atmet nicht mehr«, sagte Michelle nach einer Weile. Tränen liefen über ihr Gesicht.

Eric und Ernest gingen um den Tisch herum, kauerten sich neben Kresnan auf den Fußboden und drehten ihn auf den Rücken. Er lebte noch, atmete aber nur noch stoßweise.

»Was war das denn?«, fragte er röchelnd und blickte Ernest erstaunt an.

»Du hast wohl vergessen, dass ich immer eine Winchester bei mir habe.«

Kresnan schloss für einen Moment die Augen.

Rick kehrte zusammen mit einem Arzt und zwei Pflegern in die *Space Hopper* zurück. Sofort kümmerten sie sich um Neha.

Als Rick um den Tisch herum zu Ernest und Eric trat, sagte er erstaunt: »Er müsste doch ziemlich bluten.« Dabei blickte er auf das Loch auf der Brust von Kresnans Anzug.

Ernest machte sich daran, Kresnans Overall zu öffnen. Er drehte ihn auf die Seite, sodass er Zugang zu seinem Rücken hatte.

Mit großem Erstaunen bemerkten sie eine Art Verschlussnaht, die vom Nacken über die Wirbelsäule nach unten führte. Ernest betastete sie, bis er herausfand, wie man sie öffnete.

Daraufhin entfernte er die Ganzkörpermaske samt Polsterung von Marac Kresnans Oberkörper. An den Innenseiten befanden sich mehrere flache Taschen, in denen verschiedene Miniaturgeräte und andere Gegenstände verstaut waren.

»Ich werd verrückt«, sagte Rick verblüfft. »Ich dachte, ich würde jede elektronische Erfindung kennen!«

Als Ernest die künstliche Haut langsam über Kresnans Kopf zog, verschlug es ihnen vollends die Sprache.

»Das darf doch nicht wahr sein ...«, stammelte Rick. »Dieser verdammte Mistkerl.«

Vor ihnen lag, mit entblößtem Oberkörper und einer stark blutenden Wunde auf der Brust, Mark Henderson.

»Ihr ... ihr habt mein Lebenswerk zerstört ...«, murmelte er.

»Das war kein Lebenswerk.« Ernest sah Henderson abschätzig in die Augen. »Du warst von Hass und Rache besessen und hast uns für dein schändliches Vorhaben missbraucht. Zudem wolltest du uns umbringen, um dir mein Erbe unter den Nagel zu reißen. Damit wolltest du deine weiteren Rachepläne finanzieren.«

»Ich hätte alles wieder aufgebaut. Aber du bekommst dein Erbe auch nicht mehr, denn nur ich weiß, wo sich das Testament deines Vaters befindet.«

»Ich will dieses Vermögen gar nicht. Es hat nur Tod und Verderben gebracht. Es wäre beinahe dazu verwendet worden, ein liebenswertes Volk zu versklaven oder zu vernichten.«

»Du hättest aber bestimmt gern gewusst, wer dein leiblicher Vater war.« Hendersons Stimme wurde schwächer.

»Auch das will ich nicht wissen. Er hat sich nie nach mir erkundigt.«

»Du würdest staunen, wenn du wüsstest, wer es ist. Im Grunde genommen kennst du ihn schon sehr lange und bist ihm trotzdem im echten Leben nie begegnet.«

Ernest stutzte. Was meinte Mark mit echtem Leben?

Plötzlich, als ob er sein ganzes bisheriges Leben durch eine getrübte Brille betrachtend erlebt hätte, traf ihn die Erkenntnis wie ein Schlag. Auf einmal war alles glasklar. Weit zurückliegende Erinnerungen liefen wie ein Film vor seinen Augen ab.

Eric und Rick blieben Ernests verwirrter Gesichtsausdruck nicht verborgen. Sie fragten sich insgeheim, was in seinem Kopf vorging, während Ernest selbst nach wie vor Mark Henderson mit großen Augen anstarrte.

Dann näherte er sich Hendersons Gesicht und flüsterte: »Ich weiß es. Ich weiß, wer mein Vater war.«

»Wie? Woher ... willst du das ... wissen? Du ...«

Hendersons überraschter Gesichtsausdruck gefror, nachdem er den letzten Atemzug gemacht hatte. Ernest drückte ihm die Augen zu und wandte sich ab. Er hob den Kopf, blickte zu Rick und fragte: »Wie geht es Neha?«

»Ich weiß es nicht. Sie scheint schwer verletzt zu sein.«

»Das tut mir sehr leid.«

»Sie hat Christopher das Leben gerettet.«

»Ja, ich habe gesehen, dass sie vor ihn gesprungen ist.«

Ernest und Eric gingen zusammen mit Rick um den Tisch herum zu Christopher und Michelle, die neben der Schwebetrage standen und mit verzweifelten Gesichtern dem Arzt und den Pflegern bei der Hilfeleistung an Neha zusahen.

Ernest blickte in Michelles tränenerfüllte Augen und nickte ihr kurz zu. Sie hielt immer noch Nehas Hand. »Wie geht es ihr?«, fragte er leise.

»Ich kann es nicht mit Bestimmtheit sagen«, antwortete der Arzt, ohne seine Tätigkeiten zu unterbrechen. »Eigentlich ist sie tot. Das Herz hat aufgehört zu schlagen. Die übrigen Lebensfunktionen sind nicht mehr aktiv.«

»Was macht Sie dann so unsicher?«

»Unsere Messgeräte zeigen weiterhin einen Rest von Körperenergien an, die es in einer solchen Situation eigentlich nicht mehr geben dürfte.«

»Vielleicht gibt es doch ein paar kleine Unterschiede zwischen dem Organismus eines Menschen und jenem eines Tongalers.«

»Das kann es nicht sein, denn die Grundfunktionen sind identisch. Klinisch gesehen ist sie tot. Aber solange wir diese Restenergie messen können, werden wir sie weiter beobachten. Wir werden sie auf die Intensivstation des Medical Centers verlegen und überwachen lassen.«

Die Krankenpfleger steuerten die Schwebetrage aus der *Space Hopper*. Michelle ging, immer noch Nehas Hand haltend, nebenher und blickte unter Tränen auf Nehas lebloses Gesicht. Christopher hatte seinen Arm um Michelles Schulter gelegt und begleitete sie schweigend.

»Wusstest du, dass Kresnan in Wirklichkeit Mark war?« Rick war die Überraschung immer noch anzusehen.

Ernest nickte nur.

»Woher? Seit wann?«

»Ich hatte bei Kresnan schon immer ein eigenartiges Gefühl der Vertrautheit, konnte es jedoch nie zuordnen. Als wir uns vor ein paar Stunden alle zusammen in der Krankenstation der BAVARIA aufhielten, hatte er uns doch aufgefordert, gemeinsam zur Brücke zu gehen. Als wir zögerten, sagte er zu uns ‚Muss ich Ihnen erst Beine machen?‘. Als ich daraufhin Nehas verwirrten Gesichtsausdruck sah, wusste ich sofort, dass sie diese irdische Redewendung nicht verstanden hatte. Ich fragte mich, warum Kresnan eine irdische Redewendung benutzte. Zudem fand ich es eigenartig, warum er gerade an uns so interessiert war. Wir waren ja nicht die Einzigen, die seine Pläne durchkreuzt hatten.«

»Jetzt verstehe ich auch euer Gespräch auf der Brücke der BAVARIA, als ihr euch über Mark und Kresnan unterhalten habt.«

»Ich wollte damit nur seine Reaktion testen. Aber er hat sich ziemlich gut beherrschen können.«

»Bei diesem Gespräch ist mir ein Licht aufgegangen«, gab Eric zu. »Von da an habe ich es zumindest vermutet, aber irgendwie doch nicht wahrhaben wollen.«

»Dabei habe ich aber alt ausgesehen, dass es mir nicht aufgefallen ist«, meinte Rick.

»Du hast ihn nicht so gut gekannt wie wir.«

112.

Der letzte Tag der Rückreise war angebrochen. Am frühen Morgen verließ die Flotte den Hyperraum und tauchte zwischen der Mars- und der Erdbahn in den Normalraum ein. Die Erde war in ihrer vollen Pracht zu sehen.

Die meisten Passagiere hatten auf diesen Moment hingefiebert und sich in der Rundumpromenade versammelt, um dem Schauspiel beizuwohnen. Niemand von ihnen wusste, dass sechs Personen fehlten, die dieses Ereignis sehr gerne miterlebt hätten.

Als die ARDMORE sich der Erde näherte, entfernten sich die Begleitschiffe und flogen voraus zum Raumhafen von Geneva. Die ARDMORE leitete das zweite große Bremsmanöver ein.

Nachdem Marac Kresnan alias Mark Henderson unschädlich gemacht worden war, kehrte im Schiff wieder Ruhe ein. Der Landung auf dem Raumhafen von Geneva stand nichts mehr im Wege.

Zuvor fanden sich alle Beteiligten der vergangenen Ereignisse zu einer letzten Besprechung in einem der feudalen Konferenzräume ein. Als Erstes übernahm der Chefarzt der ARDMORE das Wort und teilte ihnen mit großem Bedauern mit, dass Neha offiziell für tot erklärt worden war. Außer der Restenergie, die sich sukzessiv verringerte, konnten in ihrem Körper keine Vitalfunktionen mehr festgestellt werden.

Die Mannschaft nahm es gefasst zur Kenntnis, während Michelle erneut in Tränen ausbrach und von Christopher getröstet wurde.

Anschließend gab der Arzt das Wort an Rick weiter, der die Anwesenden über den Stand des gesamten Falles informierte. Jetzt erklärte sich auch, wie Kresnan aus der Arrestzelle der ARDMORE hatte entkommen können. Er hatte seine Maske abgenommen und sich bewusstlos gestellt. Da das Wachpersonal ihn als Henderson nicht kannte, war der Wärter auf den Trick hereingefallen und hatte geglaubt, er wäre ein anderer.

In den schmalen Innentaschen seiner Körpermaske trug er genügend Utensilien bei sich, die es ihm ermöglichten, sich jederzeit in andere Personen verwandeln zu können.

Marac Kresnan war tatsächlich der einzige Überlebende der großen Katastrophe von Curanien gewesen. Er hatte TONGA-II danach verlassen und auf der Erde unter dem Namen Mark Henderson ein neues Leben angefangen. Eines Tages lernte er Ernest kennen und freundete sich mit ihm an. Ab wann Kresnan seine Rachepläne hegte und beabsichtigte, Tongalen zu unterwerfen, konnte im Nachhinein nicht mehr festgestellt werden.

Ein einziges Fragezeichen blieb jedoch übrig. Wo befand sich das Testament von Ernests leiblichem Vater? Ernest selbst zeigte kein großes Interesse daran. Wer sein leiblicher Vater war, gab er vor zu wissen, wollte es jedoch nicht verraten.

Während alle Reisenden der ARDMORE sich auf die Ankunft auf der Erde vorbereiteten, wurden Ernest, Eric, Rick, Christopher und Michelle vom Chefarzt persönlich ins Medical Center gerufen.

»Wir brauchen von Ihnen eine Verfügung, was mit Neha Arakis Leichnam geschehen soll«, sagte er so rücksichtsvoll wie möglich.

Christopher spürte bei diesen Worten den Kloß im Hals. Der letzte Funken Hoffnung hatte sich soeben in Nichts aufgelöst. »Was ist mit dieser Restenergie, die sie gemessen haben?«

»Die ist zwar nach wie vor vorhanden«, antwortete der Arzt, »klingt jedoch langsam ab. Aber das ändert nichts an der Tatsache, dass sie gestorben ist. Medizinisch gesehen können wir nichts mehr tun. An ihrem Zustand wird sich auch mit dieser Restenergie nichts mehr ändern.«

»Ich glaube, sie wäre gern im Weltraum bestattet worden«, sagte Michelle leise.

Sie wirkte überraschend gefasst.

Die unausgesprochene Frage war dem Arzt ins Gesicht geschrieben. Die anderen nickten zustimmend.

Zwei Stunden später standen sie vor dem großen Panoramafenster in der Bordmesse der ARDMORE, die auch für Weltraumbestattungen diente.

Nehas Körper war in einen druckfesten Kunststoffsarg gebettet worden, den man in einen Abschusskanal gelegt hatte. Mittels Luftdruck würde er ins Weltall befördert werden, wo er seine ewige Reise antrat.

Ernest hatte sich anerboten, einige würdige Worte zu sagen, während Eric und Rick auf der einen und Christopher und Michelle auf der anderen Seite des Abschusskanals standen und schweigend zuhörten.

Als Ernest seine Abschiedsrede beendet hatte, begab sich Michelle entschlossen zum Schaltpult, zögerte noch einen kurzen Moment und drückte auf das Schaltfeld.

Mit einem leisen Zischen setzte sich der Sarg in Bewegung. Kurz darauf konnten sie durch das Panoramafenster sehen, wie er sich von der ARDMORE entfernte und immer kleiner wurde.

»Leb wohl, Neha«, flüsterte Michelle. Als vom Sarg nichts mehr zu sehen war, vergrub sie ihr Gesicht weinend an Christophers Brust, worauf nun auch er seine Tränen nicht mehr zurückhalten konnte.

Zwei Stunden später setzte die ARDMORE auf dem Raumhafen von Geneva zur Landung an. Ernest, Eric, Rick Christopher und Michelle packten ihre restlichen Sachen und zogen in die BAVARIA um, wo sie ihre bisherigen Kabinen belegten. Der größte Teil ihres Gepäcks befand sich bereits dort. Nehas Bilder und auch ihre anderen persönlichen Sachen lagen in Michelles und Christophers Kabine.

Die Störung an der Bordklimaanlage war zwar noch nicht behoben, doch spielte dies für einen kurzen Flug innerhalb der Erdatmosphäre keine Rolle.

Nachdem sie sich von Admiral Cunningham und Jason Farrow verabschiedet hatten, starteten sie mit der BAVARIA in Richtung Nordwesten. In normaler Flughöhe eines Planetengleiters überflogen sie Frankreich und England und landeten im Süden Irlands auf dem regionalen Raumhafen von Cork.

Nach der Landung wurde die *Space Hopper* in einen Reparaturhangar befördert, wo abgeklärt werden sollte, was noch zu reparieren war.

Ernest besorgte einen Personengleiter und landete damit im Verladedeck der BAVARIA, wo seine Freunde mit ihrem Gepäck bereits auf ihn warteten.

Als sie alles verladen hatten, verabschiedeten sie sich auch von Commander Hausers Team und den Kryptoanalytikern. Gerald Hauser drückte ihnen sein Beileid über den schmerzlichen Verlust aus. Es blieb nicht verborgen, dass Nehas Tod auch ihn tief getroffen hatte.

Nachdem sie mit dem Gleiter gestartet waren, flogen sie der Küste entlang in östliche Richtung. Die Gegend war ihnen vertraut, da sie schon öfter auf dieser Strecke unterwegs waren.

Als sie Youghal durchquert hatten, passierten sie die Brücke über den Black Water River, der an dieser Stelle ins Meer mündete. Nach weiteren zwei Kilometern bogen sie rechts in eine Nebenstraße ein, die ein kurzes Stück durch ein verwildertes Gebiet führte. Dann tat sich eine flache Ebene auf, in der vereinzelte Häuser standen, und an deren Ende der Weg nach einer scharfen Rechtskurve steil nach unten in die Whiting Bay führte.

Gleich zu Beginn dieses steilen Wegabschnitts, am Cabin Point, stand auf der rechten Seite Ernests Haus, ein flacher, länglicher Bungalow mit einem gläsernen Erker als Eingang, von dem man eine fantastische Aussicht auf die gesamte, mehrere Kilometer breite Whiting Bay hatte.

Nachdem sie ihr Gepäck ins Haus gebracht und ihre Zimmer bezogen hatten, setzten sich Christopher und Michelle draußen auf dem Vorplatz auf das Holzgeländer. Dem wunderschönen Sonnenuntergang und der fantastischen Aussicht auf die Bucht konnten sie jedoch nichts abgewinnen. Zu stark war die Trauer um ihren großen Verlust. Wie gerne hätten sie diesen Moment zusammen mit Neha genossen. Christopher und Michelle waren überzeugt, dass es ihr hier sehr gut gefallen hätte.

Wenig später verschwand die Sonne hinter dem Horizont. Die ersten Sterne funkelten am Himmel.

EPILOG

Als eine kühle Brise aufzog, kehrten Christopher und Michelle ins Haus zurück. Ernest und Keyna befanden sich in der Küche und waren mit Kochen beschäftigt.

Ernests Küche war ziemlich altmodisch, aber sehr gemütlich eingerichtet. Er fand sich mit den neuartigen Hightechgeräten nicht zurecht und bevorzugte die traditionelle Art zu kochen.

Für Keyna war es etwas ganz Besonderes, zum ersten Mal die Heimat ihrer Vorfahren zu sehen. Bei körperlichen Anstrengungen war sie jedoch schneller erschöpft, da sie die leicht erhöhte Gravitation zu spüren bekam.

Wenig später saßen sie um den runden Tisch beim Abendessen. Eigentlich hätten sie erleichtert sein müssen, das gefährliche Abenteuer überstanden zu haben. Trotzdem wollte keine Stimmung aufkommen.

Michelle saß schweigend am Tisch und rührte kaum etwas an. Nach einer Weile stand sie auf und verschwand in ihrem Zimmer.

»Wann erzählst du uns, wer dein Vater war?«, fragte Rick nach einer Weile des Schweigens. Es war offensichtlich, dass er versuchte, von der Tragödie abzulenken. Mit halbherzigem Interesse sahen die anderen ebenfalls zu Ernest.

»Das lässt euch anscheinend keine Ruhe«, antwortete er missmutig. Auch ihm war anzumerken, dass ihn Nehas Tod schwer getroffen hatte. Ihm war nicht entgangen, in welchem Verhältnis Christopher und Michelle zu ihr gestanden hatten.

»Natürlich interessiert es uns.« Rick versuchte, seinen üblichen schelmischen Blick aufzusetzen, was ihm jedoch nicht so richtig gelingen wollte.

»Morgen«, erwiderte Ernest.

»Was morgen?«

»Ich muss vorher noch einen bestimmten Ort aufsuchen.«

Am nächsten Vormittag flog Ernest mit dem Gleiter nach Youghal zu seiner Bank, bei der er ein Schließfach besaß. Darin verwahrte er unter anderem auch die Erstausgaben seiner vor Jahrzehnten geschriebenen Romane.

Der Direktor empfing ihn persönlich und freute sich, ihn nach so langer Zeit wieder einmal begrüßen zu dürfen. Er führte ihn in das Untergeschoss, wo sich die Schließfächer befanden.

»Heute hätte ich ausnahmsweise gerne einen Blick in das Schließfach meiner Mutter geworfen.«

Ernest Mutter war vor vielen Jahren gestorben. Er hatte ihr Fach jedoch nie aufgelöst.

»Selbstverständlich«, erwiderte der Direktor, legte seinen Daumen auf den Fingerprintsensor und wartete, dass Ernest dasselbe auch tat.

»War Mister Henderson in letzter Zeit mal hier?«, fragte Ernest beiläufig.

Der Direktor sah ihn verunsichert an. »Sie wissen doch, wir sind gegenüber unseren Kunden verschwiegen. Mister Henderson hat zwar Zugang zu Ihrem Fach und auch zu jenem Ihrer Mutter, aber trotzdem müssten Sie ihn selbst fragen.«

»Mister Henderson ist tot.«

»Ach, das tut mir sehr leid.«

»Vielen Dank.« Ernest vermied es, dem Direktor die Wahrheit über Mark zu erzählen.

»In diesem Fall kann ich Ihnen verraten, dass er tatsächlich vor ein paar Monaten hier war.«

»Konnten Sie feststellen, ob er etwas mitgenommen hat?«

»Mitgenommen hat er, soviel ich erkennen konnte, nichts. Aber er hat etwas in das Fach Ihrer Mutter gelegt.«

Nun war Ernest erst recht neugierig.

»Dann wollen wir doch mal sehen.«

Als der Behälter aus dem Fach hinausgeglitten und der Deckel sich aufgeklappt hatte, versuchte sich Ernest einen Überblick über den Inhalt zu verschaffen. Es war Jahre her, seit er ihn das letzte Mal geöffnet hatte. Trotzdem wusste er noch genau, was sich im Behälter befand. Deshalb bemerkte er den unbekannten Gegenstand sofort. Es handelte sich um eine digitale Datenkarte mit einem speziellen Aufdruck, der sie als amtlich beurkundeten Typ mit verschlüsselten Daten kennzeichnete. Er nahm sie in die Hand und betrachtete sie von allen Seiten. Diese Karte hatte er noch nie gesehen.

»Könnte dies der Gegenstand sein, den Mister Henderson hier reingelegt hat?«

Ernest konnte den Grund, warum Mark die Karte ausgerechnet ins Fach seiner Mutter gelegt hatte, sehr gut nachvollziehen. Immer wieder hatte er Mark gegenüber erwähnt, dass er das Fach seiner Mutter seit Jahren nicht mehr geöffnet hatte und er es auch in Zukunft nicht mehr tun wollte. Mark hatte ihn nie nach dem Grund dafür gefragt. Ernest hatte auch nie einen erwähnt.

»Ich glaube ja, das könnte diese Karte gewesen sein«, antwortete der Direktor. »Ich müsste Sie noch autorisieren, damit sie auch darauf zugreifen können.«

»Dauert das lange?«

»Nein, ich muss mir nur eine Bestätigung einholen, dass Mister Henderson tot ist. Verstehen Sie mich nicht falsch. Das soll nicht heißen, dass ich Ihnen nicht glaube. Aber es ist meine Pflicht. Zudem muss diese Bestätigung in unserem System hinterlegt werden.«

»Das ist schon okay.«

»Nur einen kleinen Moment bitte.«

Der Direktor nahm die Karte an sich und verschwand. Ernest schloss den Behälter und ließ das Fach wieder in die Öffnung gleiten. Nach einer Weile kehrte der Direktor zurück und händigte ihm die Karte aus.

»Es ist alles in Ordnung. Sie haben nun unbeschränkten Zugriff auf die Daten.«

Nachdem sich Ernest bedankt hatte, verabschiedete er sich und verließ die Bank.

Nach seiner Rückkehr ließen sich die Freunde nicht mehr länger auf die Folter spannen. Ernest saß in seinem üblichen Sessel, hatte sich ein Glas Bourbon eingeschenkt, während sich Keyna, Eric, Rick, Christopher und Michelle mit anderen Getränken rund um das kleine Tischchen platziert hatten.

Dann war es endlich soweit.

Ernest griff nach seinem digitalen Dokumentleser, aktivierte ihn mit seinem Daumenabdruck und steckte die Karte in den Slot. Es war mucksmäuschenstill im Raum. Alle starrten ihn an und warteten gespannt, während seine Augen den Zeilen auf dem Display folgten. Sein Minenspiel verriet nichts. Die Sekunden dauerten eine Ewigkeit.

Endlich löste sich sein Blick von der Anzeige. Er sah auf und blickte den anderen der Reihe nach in die Augen.

»Ich hab's doch gewusst.« Seine Mundwinkel verzogen sich kurz zu einem sanften Lächeln.

»Sag schon.« Michelle zappelte ungeduldig mit den Füßen.

Daraufhin streckte Ernest ihr den Dokumentleser entgegen. »Hier, bitte lies es uns vor.«

Sie zögerte und machte einen überrumpelten Eindruck.

»Ja, du darfst es uns vorlesen.« Ernest nickte ihr aufmunternd zu.

Zaghaft griff sie nach dem Gerät und drehte es um.

Dann las sie:

>*»Mein Letzter Wille.*
>*Im Vollbesitz meiner geistigen*
>*und seelischen Kräfte*
>*erkläre ich, der Unterzeichnende,*
>*dass ich meinem geliebten und einzigen Sohn,*
>*den ich nie kennenlernen durfte,*
>*aber dessen Leben ich aufmerksam verfolgte,*
>*und der mir unendlich viel bedeutete,*
>*den großen Schatz unserer Ahnen hinterlasse,*

den ich, als letzter Nachkomme
unseres traditionsreichen und
einst so mächtigen Stammes der Sioux,
behütete und verwaltete,
auf dass er ihn in allen Ehren
weiter verwaltet und behütet.
Er soll sich bemühen,
die Traditionen zu wahren
und an seine Nachkommen weiterzugeben,
auf dass sie ewig existieren.
Er soll sich so viel für seinen Unterhalt nehmen,
wie er dazu für notwendig hält.
Er soll in eigenem Sinn
und in vernünftigem Rahmen
sich Annehmlichkeiten leisten.
Er soll niemals zulassen,
dass damit böse Elemente unterstützt
oder gefördert werden.
Er soll nicht habgierig nach noch mehr trachten.
Er soll sich unseres
allgegenwärtigen Stammesgeistes
stets bewusst sein
und ein langes Leben führen.
Dies sind die ewigen Wünsche und Hoffnungen
eines einsamen Vaters.
Redhorse, das rote Pferd.«

Rick und Eric starrten sich ungläubig an.

»Redhorse?«, fragte Rick verblüfft. »Ich dachte immer, das sei die Hauptperson in deinen Romanen gewesen.«

»Das dachte ich bisher auch«, fügte Eric überrascht hinzu.

»Ehrlich gesagt, war ich mir auch nie ganz sicher«, erklärte Ernest. »Als ich noch ein Junge war, wurde ich einmal unfreiwillig Zeuge eines Gesprächs zwischen meiner Mutter und einer Verwandten. Dabei hörte ich diesen Namen zum ersten

Mal. Als ich meine Mutter später zur Rede stellte und fragte, ob dies mein leiblicher Vater sei, stritt sie alles ab. Danach haben wir nie wieder darüber gesprochen. Später habe ich den Namen in meinen Romanen verwendet.«

»Wie hat deine Mutter darauf reagiert?«

»Ich kann mich noch gut daran erinnern.« Ernest lächelte. »Als sie meinen ersten veröffentlichten Roman in den Händen hielt und auf der Rückseite den Namen der Hauptfigur sah, warf sie das Buch einfach beiseite. Aber ich bin überzeugt, sie hat es heimlich gelesen.«

»Hast du es sonst irgendjemandem erzählt?«, fragte Rick.

»Nein, niemals. Ich war mir selbst nie ganz sicher.«

»Nun hast du den Beweis.«

»Genau. Jetzt lasst es uns in kleinem Rahmen feiern.«

Doch es wollte auch an diesem Abend keine richtige Stimmung aufkommen. Sie tranken zwar Wein und andere Getränke, stießen an, aber der Schmerz des Verlustes machte sich zwischendurch immer wieder bemerkbar.

Den ganzen Abend lang unterhielten sie sich über dieses und jenes, über ihre Abenteuer in Tongalen und über Ernests Vater. Dem Testament lagen noch weitere Dokumente bei. Auch ein Brief von Michael O'Donovan war auf der Datenkarte gespeichert. Darin stand, dass das Testament bei der Räumung einer seit Jahren verlassenen Farm entdeckt worden war, und dass er alle notwendigen Formalitäten erledigt hatte. Wie das Testament in diese Farm gelangt war, stand nirgends geschrieben.

Im Verlauf des Abends konnte der Wein die Traurigkeit ein bisschen ertränken. Ernest wechselte bald zu seinem gewohnten Bourbon.

Ernest konnte in dieser Nacht lange nicht einschlafen. Die Erinnerungen an ein bestimmtes, lange zurückliegendes Erlebnis, beschäftigten ihn mehr denn je. Obwohl die definitiven Beweise noch nicht vorlagen, war ihm und allen anderen Beteiligten klar, dass der Pharmakonzern *Norris & Roach* die

Experimente am alten Forschungsprojekt zur Entwicklung einer neuartigen Psychodroge wieder aufgenommen hatte.

Nachdem ihnen Rick im Konferenzraum der BAVARIA den Film vorgeführt und Ernest diese dunkelblaue Substanz gesehen hatte, war er sich hundertprozentig sicher gewesen, dass nun die Zeit gekommen war, die Botschaft, die er vor langer Zeit von dem geheimnisvollen Jungen namens Ahen bekommen hatte, an die richtigen Leute weiterzugeben. Was *Norris & Roach* auch immer zu entwickeln beabsichtigte, es stellte eine große Gefahr dar.

Aber diese gefährlichen Experimente konnten nun rechtzeitig gestoppt werden. Die Gefahr schien, zumindest vorübergehend, gebannt zu sein. Der Pharmakonzern und die Experimente, sollten sie tatsächlich weitergeführt werden, standen zwar vorübergehend unter der Kontrolle der Weltbehörde, aber wie groß war diese Sicherheit? Niemand konnte mit Bestimmtheit ausschließen, dass von der geheimnisvollen Substanz nicht doch eine größere Gefahr ausging und diese unterschätzt wurde.

Ernest überlegte sich, an wen er sich mit seiner Botschaft wenden müsste und was er überhaupt erzählen sollte. Je mehr er sich darüber Gedanken machte, desto mehr gelangte er zu der Überzeugung, dass die Zeit doch noch nicht reif war. Er entschloss sich, abzuwarten und zu beobachten.

Niemand konnte sich am nächsten Morgen daran erinnern, wie er in sein Bett gekommen war. Stöhnend und mit einem Brummschädel trafen sie sich vormittags am Frühstückstisch.

Kaum hatten sie sich gesetzt, summte Ernests Kommunikator.

»Hier Jason Farrow«, hörten sie die Stimme des Geheimdienstchefs. »Wenn Sie nichts dagegen haben, würde ich Sie heute Nachmittag gern besuchen. Ich befinde mich gerade in London. Einem Abstecher nach Irland steht mir nichts im Wege.«

»Sie sind bei uns herzlich willkommen«, erwiderte Ernest. »Aber wir machen nicht gerade einen taufrischen Eindruck. Wir haben letzte Nacht einiges in Alkohol ertränkt.«

»Dafür habe ich Verständnis. Sagen Sie mir einfach, um welche Zeit es Ihnen recht wäre.«

Als Farrow am Nachmittag eintraf, wurde er herzlich begrüßt. Sie baten ihn ins Haus und boten ihm Getränk und Verpflegung an.

»Vielen Dank, dass Sie mich so kurzfristig empfangen«, sagte er und nippte an seinem Bier. »Ich dachte, es würde Sie interessieren, wie die Ermittlungen vorangehen.«

Farrow erntete neugierige Blicke.

»Der Prozess gegen Derek Varnowski wird nächsten Monat beginnen. Es könnte sein, dass Sie als Zeugen erscheinen müssen.«

»Es wird für uns eine Genugtuung sein«, erwiderte Ernest.

»Sein Privatvermögen ist beschlagnahmt worden und soll im Falle einer Verurteilung dazu verwendet werden, die Beseitigung der entstandenen Schäden zu finanzieren. Sein Pharmakonzern wurde der Weltbehörde zur Verwaltung übergeben, bis die Untersuchungen abgeschlossen sind und eine neue Geschäftsleitung gefunden worden ist.«

»Weiß man schon, wie tief und wie lange Varnowski schon in diese Machenschaften verwickelt ist?«, wollte Christopher wissen.

»Das ist noch nicht ganz geklärt. Er verweigert nach wie vor jegliche Aussage. Sicher ist auf jeden Fall, dass er die Außenstelle in Tongalen dazu missbrauchte, verbotene Experimente an den Kolonisten durchzuführen und eine illegale Psychodroge zu entwickeln. Die rechtsgültigen Beweise müssen allerdings noch zusammengetragen und überprüft werden. Das kann noch eine Weile dauern.«

»Der Grund, warum er mit der OVT zusammengearbeitet hat, dürfte klar sein«, sagte Rick.

»Anhand Ihrer Informationen konnten wir uns ein umfassendes Bild machen. Varnowski und die OVT profitierten gegenseitig voneinander. Während Varnowski die OVT mit Material belieferte, versorgte ihn die OVT mit genügend Versuchspersonen und half ihm, seine Aktivitäten zu verheimlichen.«

»Gibt es schon Informationen, was das für Experimente waren?«

»Wir nehmen an, Sie liegen mit Ihrer Vermutung richtig, dass es sich um die Reaktivierung eines alten Projekts handelt, das vor über hundertzwanzig Jahren von der damaligen Regierung gestoppt worden war und weitere Experimente diesbezüglich untersagt wurden.«

»Werden diese Experimente nun erneut gestoppt?«

»Das kann ich Ihnen noch nicht sagen. Aber sollten sie weitergeführt werden, dann nur hier auf der Erde und unter Aufsicht der Behörden.«

»Mich würde brennend interessieren, um was es sich bei dieser blauen Substanz gehandelt hat, die wir in dem Film gesehen haben.«

»Darüber habe ich leider keine Informationen.«

»Wie steht's eigentlich mit der Verbreitung der OVT auf andere Kolonien oder sogar auf die Erde?«, fragte Ernest.

»Dank den entschlüsselten Daten, die Sie uns übergeben haben, konnten wir einige Aktivitätszellen auf der Erde ausheben und Verhaftungen vornehmen. Auch in anderen Kolonien laufen diesbezüglich Untersuchungen.«

»Varnowski ist ein machtbesessener Irrer«, sagte Ernest abschätzig. »Kresnan, oder Henderson, wenn es Ihnen lieber ist, war von Rache erfüllt.«

»Da haben Sie allerdings recht«, bestätigte Farrow. Er machte eine kleine Pause. »Ich muss Ihnen leider noch eine schlechte Nachricht überbringen.«

Missmutig blickten sie in seine Richtung.

»Kamal Golenko ist es gelungen zu fliehen.«

»Wie ist das denn passieren?« Rick zeigte sich wenig begeistert.

Keyna konnte ihre Bestürzung nicht verbergen.

»Bei der Überführung von der ARDMORE in einen Gefangenentransportgleiter konnte er sich befreien. Er verschwand im Raumhafengelände. Jegliche Suche nach ihm blieb bisher erfolglos.«

»Ich gehe jede Wette ein, er befindet sich als blinder Passagier auf dem Weg zurück nach Tongalen«, mutmaßte Ernest verstimmt.

»Davon gehen wir auch aus«, gab ihm Farrow recht. »Wir haben den Administrativen Rat von Tongalen vorsorglich darüber in Kenntnis gesetzt. Sie sind also darauf vorbereitet, falls er wieder auftauchen sollte.«

»Gut so.«

»Aber sollte Golenko nicht unterwegs nach Tongalen sein und sich noch auf der Erde versteckt halten«, fuhr Farrow warnend fort, »sollten Sie auf der Hut sein. Vielleicht hegt er ebenfalls Rachepläne gegen Sie.«

»Danke für den Hinweis«, sagte Ernest. »Wir werden aufpassen.«

Gleich nachdem Farrow sich verabschiedet hatte, verschwanden Rick und Christopher für eine Weile im Schuppen hinter dem Haus. Niemand bemerkte ihre Abwesenheit. Als sie später wieder im Haus erschienen, taten sie, als wäre nichts geschehen.

Am späteren Nachmittag schlug Rick vor, den Abend mit einem gemütlichen Lagerfeuer zu verbringen. Der Vorschlag stieß bei allen auf große Zustimmung.

Kurz vor dem Essen, als Ernest und Keyna in der Küche beschäftigt waren, verschwand Christopher mit Michelle in ihrem Zimmer, setzte sie über seine und Ricks Idee in Kenntnis und besprach mit ihr das Vorgehen. Sie nickte und befand die Idee für originell.

Nach dem Abendessen setzten sie sich alle um die Feuerstelle, von der aus die Flammen spärliches Licht verbreiteten. Kurz vor Mitternacht stand Ernest langsam auf und hob sein Glas.

»Kinder«, begann er und blickte bedächtig auf sie hinunter. »Ich trinke auf meine Zukunft. Natürlich auch auf eure.«

»Was ist denn mit dir los?«, fragte Michelle erstaunt. »Du wirkst plötzlich so ernst.«

»Ich habe heute einen Entschluss gefasst«, fuhr er fort. »Nun denn, ich habe beschlossen, mich zur Ruhe zu setzen.«

»Wie bitte?« Christopher starrte ihn verblüfft an.

»Ich bin alt genug dafür«, sprach er weiter. »Ich vermache euch meinen Raumgleiter. Christopher kann den auch fliegen. Sagen wir mal, fast so gut wie ich.«

Die Freunde verstanden die Welt nicht mehr.

Ernest aber lächelte nur. »Keyna und ich werden hier in Cabin Point ein etwas ruhigeres Leben führen.« Dabei legte er seinen Arm um ihre Schultern und zog sie sanft an sich. »Keyna hat nämlich beschlossen, zu bleiben.«

»Das ist schön und gut. Aber die Sache mit dem Ruhestand ist doch nicht dein Ernst«, zweifelte Rick.

»Aber sicher«, bestätigte Ernest. »Mein voller Ernst. Ich habe bereits Pläne für unsere Zukunft.«

»Was denn für welche?«, wollte Eric wissen.

»Wir werden gemeinsam verschiedene Sportveranstaltungen besuchen. Und ich werde wieder Romane schreiben.«

»Ach herrje«, sagten alle fast gleichzeitig.

»Wer soll die lesen?«, fragte Eric verwundert. »Heutzutage liest doch niemand mehr. Wir leben in einer 3D-Filmgeneration. Du solltest Spielfilme drehen.«

»Worüber willst du schreiben?«, fragte Michelle neugierig. »Hast du schon Ideen?«

»Ja, aber keine Angst. Ich werde nicht mehr über Redhorse schreiben.«

»Soso, über wen dann?«

Ernest schmunzelte kurz und ließ sich mit der Antwort Zeit. »Über uns. Mit dem letzten Abenteuer werde ich beginnen.«

»Donnerwetter«, zeigte sich Eric beeindruckt. »Na, wenn das kein guter Roman wird.«

»Wir könnten dir noch zusätzlichen Stoff für ein Kapitel liefern«, schmunzelte Rick.

»So? Wie denn?«

»Wart's ab.«

Christopher, Rick und Michelle standen auf und verschwanden.

»Wo wollt ihr denn hin?«

»Wir sind gleich wieder da.«

Nach einer Weile raschelte es im Gebüsch. Erschrocken drehten sich Ernest, Keyna und Eric um. Zwischen den Sträuchern kam ein dicker, etwa zwei Meter langer, hölzerner Pfahl zum Vorschein, getragen von drei merkwürdigen Gestalten, zwei Männer und eine Frau.

Ihre Gesichter waren mit Farbe bemalt. Am Hinterkopf steckte in einem dunklen Stirnband eine Adlerfeder. Außer knappen Lendenschürzen aus synthetischem Wildleder trugen sie nichts. Ihre mit einer öligen Substanz eingeriebenen Körper glänzten im Licht des Feuers.

Gemeinsam trugen sie den Pfahl neben das Feuer, wo die Frau ein paar Zweige vom Boden entfernte. Ein dunkles Loch kam zum Vorschein. Vorsichtig stellten sie den Pfahl hinein, schütteten das Loch mit herumliegender Erde zu und traten sie mit den Füßen fest.

Ernest, Keyna und Eric hatten sich schnell vom ersten Schreck erholt und verfolgten amüsiert das Treiben.

Die drei Indianer vollführten einen wilden Tanz um das Feuer, sangen und stöhnten dabei in den fürchterlichsten Tönen.

Nach einer Weile stellten sie sich neben den mit farbigen Ringen und einer grimmig aussehenden Maske reichlich verzierten und vom Feuerschein hell erleuchteten Pfahl.

Dann trat einer der männlichen Indianer vor und begann zu sprechen: »Wir, die stolzen Krieger des Stammes der Sioux haben beschlossen, einen neuen Häuptling zu wählen. Mit einstimmigem Beschluss möchten wir dich, Ernest Walton, zu unserem neuen Anführer ernennen. Fortan sollst du unter folgendem Namen in die Annalen des tapferen Stammes der Sioux eingehen:

Chief Firewater.«

DANK

Auch in dieser zweiten Auflage möchte ich mich bei all den Menschen bedanken, die ich immer wieder nach Rat fragen durfte und von denen ich den einen oder anderen guten Tipp erhalten habe.

Vor allem möchte ich mich bei den Testlesern bedanken, die sich durch das Manuskript gewagt und mich auf vieles aufmerksam gemacht haben, was man noch verbessern könnte.

Für ausführliche Anmerkungen, Korrekturvorschläge und wertvolle Tipps möchte ich mich ganz besonders bei Ursula Klöti, Renate Hauri, Matthias Zuppinger, Annet Klein, Mandy Thoss, Yvonne Schulz, Gustav Gaisbauer und Willy Baumgartner bedanken.

Herzlichen Dank auch an Natascha Haubner für die tolle Arbeit in ihrem Bücher-Blog *bookdibluempf.blogspot.de*.

Ganz speziell danken möchte ich meinem Lektor Dr. Gregor Ohlerich für seine hervorragende Arbeit bei der Bearbeitung des Manuskripts und für die vielen vertiefenden Gespräche und Diskussionen.

Zu guter Letzt gebührt auch Ronny Spiegelberg und Stefan Bretschneider herzlicher Dank für ihre ausgezeichnete Arbeit bei der Realisation dieses Buches.

Die Sphären-Trilogie

Band 1 – Die Kolonie Tongalen
Band 2 – Die Sphären von Molana
Band 3 – Der Hüter der Sphären

Die Sphären von Molana
2. Teil DER SPHÄREN-TRILOGIE

von Chris Vandoni

Christopher Vanelli, Kommandant der Space Hopper, lässt sich Neuro-Sensoren implantieren, um seinen Raumgleiter und andere Geräte mental steuern zu können.

Doch unerwartete Komplikationen lassen ihn eine Stimme hören, die ihm eine Botschaft unbekannter Herkunft übermittelt: Ein Hilferuf oder eine Falle?

Christopher und seine Crew machen sich auf, das Geheimnis zu lüften. Nach einer Zwischenlandung am Nordpol von TONGA-II und einer unglaublichen Begegnung, führt sie die Spur zum Planeten MOLANA-III, nichts ahnend, dass sich dort eine Gefahr unermesslichen Ausmaßes zusammenbraut, die alles zu vernichten droht.

Die Crew der Space Hopper gerät in ein Abenteuer, in dem es für die Beteiligten immer schwieriger wird, zwischen Illusion und Realität zu unterscheiden. Dabei gilt es, das Geheimnis der Sphären zu erforschen.

ISBN: 978-3-939043-52-2

www.jeder-hat-seine-geschichte.com

Der Hüter der Sphären
3. Teil DER SPHÄREN-TRILOGIE
von Chris Vandoni

Als im irdischen Orbit unzählige Sphären auftauchen und den Planeten gleich einem undurchdringbaren Schild abschotten, bricht auf der Erde Verwirrung und Panik aus.

Während sich die irdische Regierung zwecks diplomatischen Verhandlungen bemüht, zu den unbekannten Flugobjekten Kontakt aufzunehmen, und religiöse Institutionen den Weltuntergang heraufbeschwören, rüstet das Militär auf und ruft die Generalmobilmachung aus.

Die Crewmitglieder der Space Hopper weilen derzeit auf dem Kolonialplaneten TONGA-II, als sie von der Belagerung ihres Heimatplaneten erfahren.

Sofort machen sie sich auf den Rückweg zur Erde, um mit dem Anführer der unbekannten Sphärenflotte Kontakt aufzunehmen. Denn sie wissen, dass es sich bei ihm um einen alten Bekannten handelt.

ISBN: 978-3-939043-63-8

www.jeder-hat-seine-geschichte.com

Dracheneid - Band 1
Der Weg der Drachenseele
von Tilo K. Sandner

Der schwarze Druide Snordas will mit seinen Verbündeten, den bösartigen Feuerköpfen, das Drachenland erobern. Dabei ist er auf der Suche nach dem sagenumwobenen Horn von Fantigorth, das den kommenden Krieg entscheidend beeinflussen kann.

Der vierzehnjährige Adalbert ahnt nichts von dieser Bedrohung, als er Freundschaft mit einem Drachen schließt. Gemeinsam machen sie sich auf die Suche nach dem Horn, doch schon bald muss der Junge ohne seinen Freund in Feindesland und gerät in Lebensgefahr.

Tilo Sandner beschreibt eine ganz eigene Welt, das Drachenland, in dem Elfen, Zwerge und Drachen friedlich miteinander leben, während die Menschen diese fürchten und bekämpfen. Eine Hauptrolle spielen dabei die Drachen und der junge Adalbert, der „Erwartete".

ISBN: 978-3-939043-17-1

www.jeder-hat-seine-geschichte.com

Dracheneid – Band 2
Der Prinz des Drachenreiches
von Tilo K. Sandner

Die drohende Gefahr für das friedliebende Drachenland durch den bösartigen Druiden Snordas wird täglich greifbarer.

Selbst in der Hochburg der Drachen sind Elfen und Menschen nicht mehr sicher.

Die ganze Hoffnung der Drachenländer liegt auf Adalbert von Tronte, dem lang ersehnten Erwarteten. Doch bevor er als Drachenreiter die Verbündeten im Kampf anführen kann, muss er die Seele von Allturith retten, die er in seiner Brust trägt. Unterstützt wird er dabei von dem goldenen Drachen Merthurillh.

Unterdessen bleibt Snordas nicht tatenlos. Sein gefährlichster Krieger, der Feuerkopf Furtrillorrh, hat ihre Spur bereits aufgenommen.

Ein mörderischer Wettlauf gegen die Zeit beginnt.

ISBN: 978-3-939043-64-5

www.jeder-hat-seine-geschichte.com